KB115981

서하객유기 2

徐霞客遊記

The Travel Diaries of Xu Xia Ke

지은이 **서하객**(徐霞客, 1587~1641)은 본명이 서홍조(徐弘祖)이며, 명나라 말의 걸출한 문인이자 지리학자, 여행가, 탐험가로서 세계의 문화명인으로 손꼽히고 있다. 그는 중국의 곳곳을 여행하면서 유람일기인『서하객유기』를 남겼는데, 이 책은 유기문학의 최고의 성과이자, 명말의 사회상을 반영한 백과전서로 평가받고 있다.

옮긴이 **김은희**(金垠希, Kim, Eun Hee)는 이화여자대학교 중어중문과를 졸업하고 서울대학교에서 문학박사 학위를 취득했으며, 현재 전북대학교 인문대학 중어중문과 교수로 재직하고 있다. 주요 논문으로는「1920년대와 1980년대의 여성소설 비교 연구」,「1920년대 중국 여성소설의 섹슈얼리티」등이 있으며, 저역서로는『신여성을 말하다』,『역사의 혼 사마천』등이 있다.

옮긴이 **이주노**(李珠魯, Lee, Joo No)는 서울대학교 중어중문과를 졸업하고 같은 대학에서 문학박사 학위를 취득했으며, 현재 전남대학교 인문대학 중어중문과 교수로 재직하고 있다. 주요 논문으로는「魯迅의「狂人日記」의 문학적 시공간 연구」,「王蒙 소설의 문학적 공간 연구」등이 있으며, 저역서로는『중국현대문학과의 만남-중국현대문학의 인물들과 갈래』(공저),『중화유신의 빛 양계초』등이 있다.

서하객유기 徐霞客遊記 2

1판 1쇄 인쇄 2011년 10월 20일 1판 1쇄 발행 2011년 11월 1일

지은이 서하객 옮긴이 김은희·이주노 펴낸이 박성모 펴낸곳 소명출판
등록 제13-522호 주소 137-878 서울시 서초구 서초동 1621-18 (란빌딩 1층)
대표전화 (02) 585-7840 팩시밀리 (02) 585-7848
이메일 somyong@korea.com 홈페이지 www.somyong.co.kr

ISBN 978-89-5626-624-4 94820   값 31,000원   ⓒ 2011, 한국연구재단
ISBN 978-89-5626-622-0 (전7권)

이 번역도서는 2005년도 정부재원(교육인적자원부 학술연구조성사업비)으로 한국연구재단의 지원에 의하여 연구되었음.

▲ 삼청산(三淸山) _사진 : 마이크로포토스

▲ 무공산(武功山) _사진 : 마이크로포토스

▲ 형산(衡山) _사진 : 마이크로포토스

▲ 형산의 상봉사(上封寺) _사진 : 마이크로포토스

서하객 지음 | 김은희 · 이주노 옮김

서하객유기 2

徐霞客遊記

소명출판

1. 역문의 단락은 기본적으로 날짜를 기준으로 나누었으며, 하루의 기록이 긴 경우에는 여정을 기준으로 나누었다.
2. 주석에 기술된 판본은 각각 다음과 같이 간략히 일컬었다. 계회명초본(季會明抄本)은 계본(季本), 서건극초본(徐建極抄本)은 서본(徐本), 양명시초본(楊明時抄本)은 양본(楊本), 양명녕초본(楊明寧抄本)은 영본(寧本), 진홍초본(陳泓抄本)은 진본(陳本), 사고전서본(四庫全書本)은 사고본(四庫本), 서진(徐鎭)의 건륭본(乾隆本)은 건륭본(乾隆本), 섭정갑본(葉廷甲本)은 섭본(葉本), 주혜영교주본(朱惠榮校注本)은 주혜영본(朱惠榮本) 등으로 약칭했다.
3. 역문과 원문의 괄호는 다음과 같은 의미를 지닌다.
 (본문 크기의 글자) : 저본 및 참고문헌의 정리자가 개별적으로 보완한 부분
 (작은 크기의 글자) : 계본이나 건륭본 등의 원문에 주석의 형태로 원래 있던 글자
 [본문 크기의 글자] : 건륭본에는 있으나 계본에 빠져 있는 글자를 보충한 부분
 [작은 크기의 글자] : 계본과 건륭본의 내용이 서로 합치되지만 건륭본의 기술이 계본보다 상세한 부분
4. 매 편마다 해제를 두어 유람의 대강을 설명하고, 이어 날짜에 따라 역문과 역주를 두었으며, 각 편 뒷부분에 원문과 주석을 실었다. 아울러 각 편에 해당하는 여행노선도를 유람일정 혹은 유람노선에 따라 매 편의 앞에 실었다.
5. 권말에 주요 인물과 지명의 색인을 두어 참고하도록 했다.
6. 서하객의 여행노선도에 나타난 지도 기호의 의미는 다음과 같다.

◎	성성(省城)의 소재지	⟨◯◯⟩	호 수
●	부(府) · 직예주(直隸州) · 위(衛)의 치소	∿∿∿∿∿	성 벽
◉	주(州) · 현(縣) · 소(所) · 사(司)의 치소	天台山	산 맥
○	진(鎭)과 마을	▲	산봉우리 및 동굴
✕	요새 및 요충지	⟵	여행 노선
⥲	교 량	•-----	추측 노선
⤳	하 천	⟷	왕복 노선

7. 유람노선도 일람표

천태산 · 안탕산 유람노선도	제1권 32쪽	강서 유람노선도	제2권 8쪽
백악산 · 황산 · 무이산 유람노선도	제1권 67쪽	호남 유람노선도1	제2권 174쪽
여산 · 황산(후편) 유람노선도	제1권 120쪽	호남 유람노선도2	제2권 175쪽
구리호 유람노선도	제1권 150쪽	광서 유람노선도(1-2)	제3권 8쪽
숭산 · 화산 · 태화산 유람노선도	제1권 166쪽	광서 유람노선도(3-4)	제4권 8쪽
복건 유람노선도(전편)	제1권 216쪽	귀주 유람노선도	제5권 8쪽
복건 유람노선도(후편)	제1권 237쪽	운남 유람노선도(1-4)	제5권 156쪽
천태산 · 안탕산 유람노선도(후편)	제1권 261쪽	운남 유람노선도(5-9)	제6권 8쪽
오대산 · 항산 유람노선도	제1권 305쪽	운남 유람노선도(10-13)	제7권 10쪽
절강 유람노선도	제1권 331쪽		

서하객유기 전체 차례

서하객 유람노선도

吐魯番

韃靼土黙特部

陝西

西安

朶甘思宣慰司

四川

成都

貴陽

鶴慶

鶴足山

大理

曲靖

永昌

雲南

順寧

廣西

臨安

緬甸

雲南

老撾

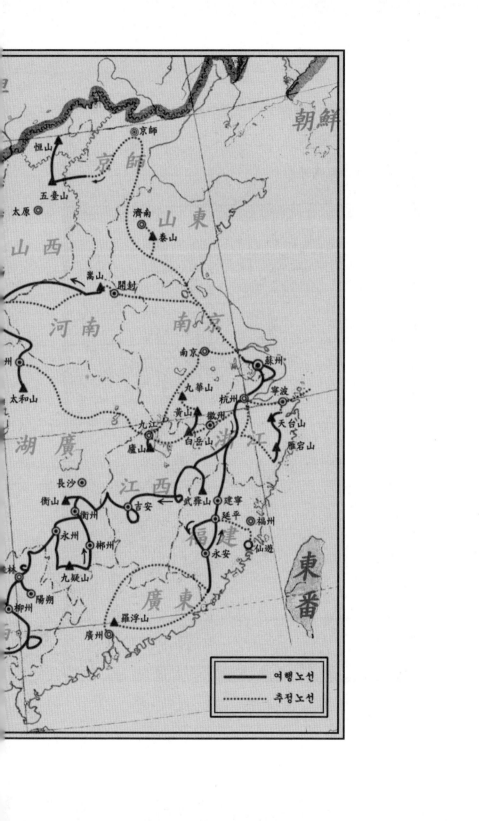

朝鮮

京師

恒山

五臺山

太原

山西

嵩山

河南

太和山

湖廣

長沙

衡山
衡州
永州
永州

九疑山

陽朔

柳州

濟南
山東
泰山

開封

南京

南京

九華山
黃山
九江 徽州
廬山 白岳山

吉安

建寧
延平
永安

羅浮山

廣州

廣東

蘇州

寧波
杭州
天台山
雁宕山

浙江

武彝山

福州
仙遊

東番

여행노선
추정노선

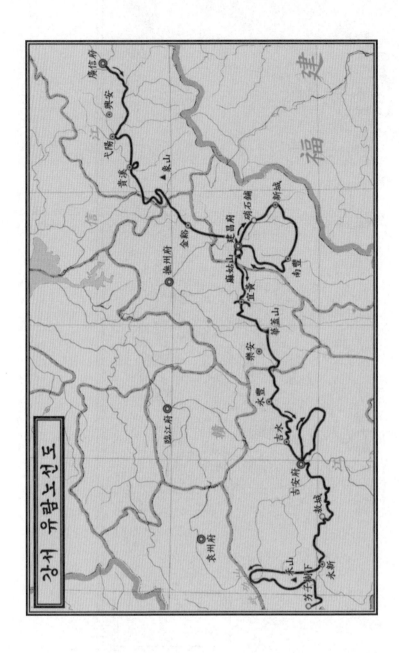

강서 유람일기(江右遊日記)

해제

　북쪽에서 남쪽으로 바라보는 중국의 습관에 따르면, 동쪽은 왼쪽이고, 서쪽은 오른쪽이다. 강우는 장강(長江)의 오른쪽, 즉 장강의 서쪽인 강서성(江西省)을 가리킨다. 「강서 유람일기(江右遊日記)」는 숭정(崇禎) 9년(1636년)에 서하객이 강서성을 유람한 기록이다. 서하객은 절강성(浙江省) 상산(常山)을 거쳐 강서성으로 들어선 후 익양(弋陽), 귀계(貴溪), 건창(建昌), 길안(吉安)을 여행하고서 호남성(湖南省)으로 들어갔다. 이번 여행에서 서하객이 유람했던 주요 경관으로는 익양(弋陽)의 귀암(龜巖), 귀계의 상산(象山), 건창의 마고산(麻姑山), 영신(永新)의 매정동산(梅田洞山) 등을 들 수 있다. 이 글에는 이들 명승 외에도 송대 이학가 육구연(陸九淵)의 유적과 백로서원(白鷺書院)이 언급되어 있으며, 특히 유람 중에 농창 및 도적떼의 약탈 등으로 인한 난관 등을 극복해가는 과정을 통해 당시의 세태

인심을 잘 보여주고 있다.

이번 유람의 주요 여정은 다음과 같다. 장련포(蔣蓮鋪) → 고성포(古城鋪) → 광신부(廣信府) → 뇌타석(雷打石) → 방라(旁羅) → 익양현(弋陽縣) → 귀봉(龜峰) → 유구(留口) → 귀계(貴溪) → 선인교(仙人橋) → 신명지(申命地) → 남길령(南吉嶺) → 채방도(蔡坊渡) → 금곡현(金谿縣) → 건창부(建昌府) → 마고산(麻姑山) → 비로봉(飛爐峰) → 천주봉(天柱峰) → 초석포(硝石鋪) → 축수(竺岫) → 석병강(石甁崗) → 회선봉(會仙峰) → 매원(梅源) → 남풍현(南豐縣) → 군봉산(軍峰山) → 칠리갱(七里坑) → 신풍(新豐) → 건창부(建昌府) → 석평(石坪) → 거상(車上) → 의황현(宜黃縣) → 옥천산(玉泉山) → 조산사(曹山寺) → 대피(大陂) → 유갱(流坑) → 영풍현(永豐縣) → 길수현(吉水縣) → 백로주(白鷺洲) → 대원(帶源) → 하랑(夏朗) → 나가부(羅家埠) → 청원산(靑原山) → 백로주(白鷺洲) → 삼강구(三江口) → 영양(永陽) → 지양도(止陽渡) → 오성(敖城) → 영신현(永新縣) → 십이도(十二都) → 십리요(十里坳) → 평전(平田) → 하가방(何家坊) → 무공산(武功山) → 축고령(祝高嶺) → 석문사(石門寺) → 노강(路江) → 교두(橋頭) → 늑자수하(芳子樹下)

역문

10월 17일[1]

닭이 울자 일어나 밥을 먹었다. 다시 닭이 울자 길을 나섰다. 5리를 나아가 장련포(蔣蓮鋪)에 이르렀다. 달빛이 휘영청 밝았다. 남쪽으로 돌아들어 나아갔다. 산세가 다시 빽빽해지더니, 마을이 나타나기 시작했다. 다시 5리를 나아가 백석만(白石灣)에 이르자 동이 텄다. 다시 5리만에 백석포(白石鋪)에 이르러, 서쪽으로 돌아들어 나아갔다. 다시 7리를 나아가 초평공관(草萍公館)에 도착했다. [이곳은 상산현(常山縣)과 옥산현(玉山縣)의 경계이다.] 예전에는 역참이 있었으나 지금은 이미 사라지고 없었다.

다시 서쪽으로 3리를 나아갔다. 남향한 산줄기가 북쪽으로 건너뛴 산등성이가 나왔다. 이 산줄기는 남쪽의 강산현(江山縣) 이십칠도(二十七都)의 소간령(小竿嶺)으로부터, 서쪽의 강서(江西) 영풍현(永豊縣) 동쪽 경계를 감아돌아 이곳까지 이어져 있다. 산등성이의 남북으로는 모두 둥근 모양의 산봉우리가 우뚝 솟아 있으나, 건너뛴 곳은 낮게 엎드려 그리 높지 않은데다 죄어져 비좁다. 산등성이 서쪽에는 한 줄기 산골물이 남쪽으로 흐르는데, 하류는 파양호(鄱陽湖)로 흘러든다. 산골물 서쪽에는 돌을 쌓아 문을 만들었는데, 문의 남북 양쪽은 모두 산으로 이어져 동서의 분계선을 이루고 있다.

다시 10리를 나아가자, 고성포(古城鋪)가 나왔다. 남쪽으로 돌아들어 나아가 차츰 산을 벗어났다. 5리를 더 가자, 금계동령(金鷄洞嶺)이 나왔다. 서쪽으로 돌아들어 나아가다가, 다시 5리를 가서 산당포(山塘鋪)에 이르렀다. 길이 드디어 크게 넓어졌다. 다시 10리를 나아가 동진교(東津橋)에 이르렀다. 돌다리가 시내 위에 높이 걸쳐져 있다.

다리 아래의 시냇물[2]은 북쪽에서 남쪽으로 흐르고 있다. 다리 뒤의 산[3]은 마치 병풍을 둘러친 듯 높다랗게 우뚝 솟아 있는데, 옥산현(玉山縣) 북쪽 30리 너머에 위치해 있다. 대체로 초평(草萍)에서 북쪽으로 건너뛰어 서쪽에 우뚝 솟아 이 산(이 산은 대령(大嶺)이라고도 하고 삼청산(三淸山)이라고도 한다)을 이루었을 것이다. 산의 북쪽은 요주부(饒州府)의 덕흥현(德興縣)이고, 북동쪽은 휘주부(徽州府)의 무원현(婺源縣)이며, 동쪽은 구주부(衢州府)의 개화현(開化縣)과 상산현(常山縣)이다. 절강(浙江)과 남직예(南直隷), 강서(江西) 삼면의 물은 모두 이곳에서 갈라지리라 생각한다. 내가 이전에 알부(揭埠)에서 구리(裘里)로 나왔을 적에는 이 산의 남동쪽 산골짜기 속을 타는 길을 잡았다.

돌다리를 건너 서쪽으로 4~5리를 걸어 옥산현의 동문에 들어갔다. 1리쯤 나아가 서문을 나왔다. 성 안쪽은 몹시 황량하고 퇴락했으나, 서성 밖에는 시장의 점포가 모여 있다. 배가 드나드는 부두가 있기 때문이다. 동진교의 물길은 성 남쪽을 에돌아 서쪽으로 흘렀다. 이곳에 이르러서야 배를 띄울 수 있었다. 이때 어느덧 오후였다. 물이 말라 탈 만한 큰 배가 없기에, 광신부(廣信府)로 가는 거룻배를 구해 뱃사공에게 배를 띄우도록 했다.

20리를 달리자, 날이 저물었다. 뱃사공은 달빛을 타고서 노를 저어 밤길을 달렸다. 30리를 달려 사계(沙溪)를 지났다. 다시 50리를 달려 광신부 부성의 남문에 배를 댔다. 자정 무렵이었다. 사계의 저잣거리에는 점포가 매우 번창하고, 정박해 있는 조그마한 배들이 백여 척이 되었다. 강 언덕 양쪽에는 물디딜방아 소리가 끊이지 않았다. 하지만 이곳에 도적들이 많다는 이야기를 들은 터라, 달빛 속에 누군가 옷을 걷어붙이고 시내를 건너는 모습이 보이자 경계하는 마음이 들지 않을 수 없었다. (광신부 서쪽 20리의 시내 가까이에 돌다리가 있다. 하류에는 하나의 나무 줄기에 아홉 개의 가지가 뻗어 있는 '구고송九股松'이 하늘 높이 무성하고 빼어나게 아름답다고 한다. 하지만 가볼 겨를이 없었다.)

---

1) 10월 17일은 숭정 9년인 1636년 병자년 10월 17일을 가리킨다.
2) 이 시냇물은 지금의 금사계(金沙溪)를 가리킨다.
3) 이 산은 지금의 해발 1817미터인 왕경봉(王京峰)을 가리킨다.

10월 18일

아침에 일어나 어제 타고 온 배를 찾아 타고서 연산현(鉛山縣) 하구에 이르렀다. 나는 원래 광신부에서 북쪽의 영산(靈山)을 유람할 작정이었다. 게다가 영산의 북산사(北山寺)의 사원이 대단히 번성하다는 이야기를 듣고 한번 가보고 싶었던 터였다. 그런데 갑자기 농창이 생기는 바람에 움직이는 게 지장이 많은데다 배가 하구로 가는 길인지라, 끝내 뱃사공에게 배를 띄우게 하여 두 번이나 광신을 지나면서도 배를 세우지 못했다.

광신부의 성곽은 시내 북쪽에 가로놓인 띠처럼 자리하고 있다. 성곽 담장은 그다지 웅장하지는 않으나, 성 밖의 저자가 멀리 이어져 있다. 산성의 커다란 촌락이라 할 만하다. 성곽 동쪽에는 영계(靈溪)가 흐르는데, 영산에서 새어나온 물길이다. 성곽의 서쪽에는 영풍계가 흐르는데, 영풍현(永豐縣)의 물길이 흘러든 것이다.

남서쪽으로 30리를 내려갔다. 봉우리가 둥글게 뻗어 있고, 적갈색의 벼랑이 휘감아 돌았다. 이곳은 선래산(仙來山)이다. 처음에 배가 산 아래를 지날 때에는 누운 채 일어나지 않았다. 이십리담(二十里潭)을 지나 마안산(馬鞍山) 아래에 이르러서 멀리 바라보니, 이미 오를 틈을 낼 수 없었다. 선래산에서 뇌타석(雷打石)까지 20리를 달리는 동안, 돌산이 시내의 좌우에 나뉘어져 있었다. 돌산은 모두 마치 솥을 뒤집어엎은 듯 소가 누워 있는 듯, 끊어질 듯 이어져 있었다. [돌산은 형태가 독특하고 험준할 뿐만 아니라, 물결 무늬도 없이 매끈하여, 진흙이나 풀줄기 하나도 붙어 있지 않았다.]

돌산이 끊기고 모래톱이 굽이지는 곳에 이르렀다. 서리 내린 흔적과 단풍의 빛깔이 마을의 집을 비추고, 바위 틈새마다 예쁘게 단장한 듯하다. 다시 20리를 흘러가 방라(旁羅)를 지났다. 남쪽의 아봉(鵝峰)을 바라보니, 하늘 끝에 우뚝 솟아 있다. 이곳은 지난날 내가 분수관(分水關)에서 길을 잡아 만정(幔亭)으로 나아갔던 곳인 바, 눈 깜짝할 사이에 어느덧 20년이 지났다. 사람의 수명이 그 얼마이런가, 강산은 어제인 양 변함이 없으니, 어찌 촛불 밝혀 즐기던 시절이 떠오르지 않을 수 있으랴!¹⁾

다시 20리를 달려 연산현 하구에 도착했다. 해는 어느덧 서산에 기울었다. 물살이 완만한데다 역풍이 불었던 탓이다. 하구에는 남동쪽의 분수관에서 발원하는 물길이 있는데, 연산현을 거쳐 이곳에 이르러 큰 시내로 흘러든다. 큰 시내의 왼편에 저자의 가게가 대단히 많이 모여 있다. 아마

두 줄기의 물길이 합쳐져, 비로소 무거운 짐을 실은 배가 다닐 수 있기 때문이리라.

---

1) 이 문장은 이백(李白)의 「봄밤 도리원의 연회에서(春夜宴桃李園序)」의 문장을 모방하고 있는 바, 즉 "무릇 천지란 만물이 쉬어 가는 곳이며 세월은 백대의 나그네이니, 떠도는 인생은 마치 꿈과 같으매 즐거움을 누림이 그 얼마이던가? 옛 사람은 촛불을 잡고 밤에 노닐었으니 그럴 만한 이유가 있도다(夫天地者萬物之逆旅, 光陰者百代之過客, 而浮生若夢, 爲歡幾何? 古人秉燭夜遊, 良有以也.)"이다.

10월 19일

아침 식사를 마치고 귀계(貴溪)로 가는 배편을 구했다. 선실은 몹시 비좁았다. 배는 배를 타는 손님을 기다리느라 한참만에야 출발했다. 이날 아침에는 구름이 사방에 가득하더니 때때로 드문드문 가랑비가 내렸다. 30리를 달려 서쪽으로 규암(叫巖)에 이르렀다. 시내 가까이의 바위 벼랑이 빙 둘러 튀어나와 있다. 벼랑은 아래로 깊은 못에 꽂혀 있고, 못물은 마치 쪽잎처럼 맑고 푸르렀다. 벼랑 위로는 가로로 구멍이 뚫려 봉우리 허리춤까지 구불구불 뻗어 있다. [구멍은 마치 복도나 잔도와 같이 안으로 뚫려 들어가고, 창과 문을 모두 알아볼 수 있었다.] 벼랑 위에는 '늙은 어부 이곳에 은거하다(漁翁隱此)'라는 글귀가 크게 씌어 있고, 벼랑 오른쪽에는 수면위로 돌층계가 있다.

급히 뱃사공에게 배를 멈추게 하여 올랐다. 바위들이 종횡으로 늘어서 있다. 바위 틈새를 뚫고서 그 뒤로 돌아들자, 한 줄기 산길이 눈에 뜨였다. 길을 좇아 골짜기로 들어섰다. 깊은 골짜기에는 뭇 봉우리들이 에워싸고 있고 초목이 무성하게 얽혀 있다. 마음속으로 길을 잘못 들었음을 알았으나, 끝까지 더욱 가보고 싶은 마음이 들었다. 골짜기와 봉우리를 이리저리 굽이돌아 들어갔다. 주민들은 대부분 산간 평지를 파내 못을 만들고, 거기에 물고기를 기르고 있었다.

산자락을 빙 둘러 산촌 인가가 보이는데, 구름노을과 비취빛 초목 사이로 은은하게 그윽한 정취를 드러내고 있었다. 서둘러 달려가 물어보니, 이곳은 홍안현(興安縣)에 속해 있었다. 인가 앞에 마주하여 둥글게 뻗어오른 산은 단계석령(團鷄石嶺)이며, 연산현의 서쪽 경계이다. 단계석령의 서쪽은 규암사(叫巖寺)이다. 규암사는 앞쪽에 큰 시내를 굽어보고 있는데, 그 왼쪽에 어은애(漁隱崖)가 불쑥 솟아 있고, 오른쪽에는 또 다른 벼랑이 마주하여 불쑥 솟아 있다. 오른쪽 벼랑 앞에 둥그런 봉우리 하나가 시내 속에 우뚝 솟아 있다. 마치 양자강 안의 금산(金山)과 초산(焦山),[1] 심양강(潯陽江)의 소고산(小孤山)[2]과 흡사하지만, 이곳이 훨씬 둥글고 가지런하다. 이곳은 인산(印山)이라는 곳이다.

규암사 뒤쪽의 바위는 가운데가 비어 있고 양쪽은 빙 둘러 툭 튀어나와 있는데, 그 안에 집이 한 칸 얹혀 있다. 이것이 바로 규암이다. 규암은 절에 가려 보이지 않는다. 멋지고 툭 트인 경관은 어은애에 있지 이곳에는 없었다. 규암에서 서쪽으로 10리를 가자, 익양현과의 경계가 나왔다. 여기에도 시내 오른쪽에 네모지게 우뚝 솟은 산이 마치 병풍을 가지런히 늘어놓은 듯하다. 그 산 위에 사찰이 있다. 배를 급히 저어가야 하기에 오를 틈이 없어 이름은 알지 못하지만, 아마도 신기한 경관이리라.

다시 30리를 저어갔다. 어느덧 날이 저물었다. 남서쪽으로 차츰 안개가 걷히더니 하늘 높이 솟구친 봉우리 하나가 멀리 바라보였다. 물어보고서야 익양현(弋陽縣) 남쪽 15리에 있는 귀암임을 알았다. 나는 마음속으로 귀암(龜巖)을 몹시 구경하고 싶었다. 하지만 이미 귀계로 가는 배를 타고 있는지라, 중도에 멈출 수가 없었다. 다시 10리를 달려 익양현 동쪽 관문에 이르렀다. 짐을 정문 스님에게 맡겨 배를 따라 가게 하고, 나는 하인 고씨와 함께 동쪽 관문 밖의 여인숙에 묵었다가 내일 귀암에 가기로 했다. 한밤중에 성난 바람이 울부짖고, 비가 쏟아졌다.

1) 양자강(揚子江)은 장강(長江)을 가리키며, 강소성의 양주(揚州) 일대를 지나 흐르기
에 양자강이라 일컬었다. 금산(金山)과 초산(焦山)은 원래 장강 안에 위치하고 진강
부(鎭江府)에 속했으나, 청말에 이르러 금산은 남쪽 강기슭에 이어지게 되었다.
2) 심양강(潯陽江)은 지금의 구강시(九江市) 일대의 심양현(潯陽縣)을 흐르는 장강의 옛
명칭이다. 소고산(小孤山)은 장강 안에 위치하여 있으며, 명대에는 구강부(九江府) 팽
택현(彭澤縣)에 속했다.

10월 20일

아침에 일어나니, 비가 그치지 않고 내리고 있었다. 날이 밝자 도롱
이를 걸치고 길을 나서 익양 현성의 동문에 들어섰다. 현성의 남쪽은
시내 위를 굽어보고 있는데, 시내는 이곳에 이르러 약간 남쪽으로 굽어
흘렀다. 현성 가까이에 이르러 다시 지류를 파내 해자를 이루었다. 이
물은 아래로 흘러내리다가 시내와 합쳐진다. 빗속에 현의 관아 앞을 지
났다. 서쪽으로 더 가다가 서남문(西南門)에 이르렀 때, 집에 돌아가는 길
이던 서(舒)씨 성의 귀암 사람을 만났다. 그를 따라 현성을 나섰다. 해자
의 다리를 건너 3리만에 큰 시내를 건넜다. 시내 남쪽에는 탑이 있는데,
이곳은 익양현의 물길 어귀이다.

여기에서부터 줄곧 산등성이를 따라 나아갔다. 산언덕의 높고 낮은
바위들은 모두 덩어리를 이루고 있으며, 무늬도 없고 진흙도 묻어있지
않았다. 이때 비가 더욱 세차게 내렸다. 주룩주룩 내리는 빗줄기 사이로
귀봉(龜峰)을 멀리 바라보니, 아득하여 보이지 않는다. 문득 길 어귀에
봉우리 하나가 눈에 뜨였다. 전체적인 모습은 갖추었으되 약간 작을 뿐
이었다. 어젯밤 올 적에 하늘 높이 솟구친 채 나의 마음을 사로잡았던
그 봉우리인가 여겼다. 알고 보니 그것은 양각교(羊角嶠)이었다. 귀봉과
는 아직 5리나 떨어져 있었다.

이곳에서 멀리 바라보니, 봉우리 안이 마치 문처럼 갈라져 있었다.
잠시 후 문의 남쪽에 홀연 규옥같은 바위 조각이 갈라져 있다. 이것은
천주봉(天柱峰)이다. 이곳에 이르자, 길이 문득 남쪽으로 꺾어졌다. 동쪽

으로 돌아들어 먼저 방죽을 지났다. 방죽 남쪽에 물을 모아놓은 방생지가 있다. 못의 물은 양쪽 벼랑의 발치까지 차올라 있다. 벼랑의 왼쪽을 따라 바위를 깎아 잔도를 만들어놓았는데, [이곳이 곧 전기봉(展旗峰)이다.] 위로는 높이 치솟은 절벽이요, 아래로는 맑은 못이다.

못이 다하는 곳에는 대나무와 나무들의 가지와 이파리가 무성하게 뒤얽힌 채 골짜기를 뒤덮고 있다. 양쪽 벼랑에서 폭포가 엇갈려 쏟아졌다. 마치 옥룡이 어지러이 춤추는 듯하다. 이 모두가 비의 신과 산신령이 함께 다투어 보여주는 환상적인 경관이다. 산골짜기로 들어섰다. 홀연 남쪽 벼랑 가장 높은 곳에 훤히 뚫린 구멍 하나가 있다. 마치 머리에 매달린 귀처럼 보였다. 나는 흰 구름이 한데 모인 게 아닌가 여겼으나, 바짝 다가가서야 그것이 바위 틈새임을 알았다.

사원에 이르렀다. 마당 안에는 일어서 있는 이들이 한둘이 아니었다. 하지만 자욱한 구름 기운에 가려 가물가물 똑똑히 보이지 않았다. 이때 비의 기세가 더욱 거세져 옷과 신발이 흠뻑 젖고 말았다. 관심(貫心) 스님이 서둘러 자신의 옷을 벗어 바꾸어 입으라 하고서 불을 피워 말리게 했다. 나는 마음속으로야 뭇 봉우리들의 기이함을 알고 있었으나, 구름과 안개를 걷어낼 수는 없는 일이었다. 이날 종일토록 비가 내렸다. '오연시(五緣詩)'를 지었다. 밤에 진의대(振衣臺) 아래의 정실에 누워 잠이 들었다.

10월 21일

아침에 일어나니 추위가 심했다. 비 기운이 차츰 걷혔다. 뭇 봉우리들은 모습을 드러냈지만, 오직 절의 남동쪽 꼭대기에만 여전히 구름 기운이 남아 있었다. 관심 스님과 함께 아침식사를 마치자마자, 사원의 정청을 나와 여러 명승을 가리켰다. 정남쪽에 홀로 높이 솟아 있는 곳은 채정(寨頂)이다. 그 꼭대기에 앵무새 부리 모양의 바위가 있어서 앵취봉

(鸚觜峰)이라고도 부르며, 오늘날에는 노인봉(老人峰)이라고도 일컫는다. [봉우리 위에 둥근 꼭대기가 툭 튀어나와 있는데, 아래에서 바라보면 마치 늙은 스님이 남쪽을 향해 가사를 걸쳐 입은 듯하다. 그래서 '노인'이라는 이름이 붙었다. 진의대에 올라 똑바로 바라보면 그 봉우리는 차츰 둘로 나뉘어지고, 쌍검봉(雙劍峰)에서 굽어보면 이파리 하나가 잇대어 있는 듯하다.]

채정에서 북쪽으로 뻗어내린 산등성이에서 맨 먼저 우뚝 솟은 봉우리는 나한봉(羅漢峰)이요, 다시 우뚝 솟은 봉우리는 앵가봉(鸚哥峰)이요, 세 번째로 우뚝 솟은 봉우리는 정병봉[淨瓶峰, 북쪽으로 뻗어내린 것 가운데 가장 높은 산등성이다]이요, 네 번째로 우뚝 솟은 봉우리는 관음봉[觀音峰, 이 역시 험준하다]이다. 이들은 모두 가운데 갈래로서, 북쪽으로 전기봉과 마주보고 있다.

[남목전은 여기에 위치해 있다. 남쪽의 채정을 따라] 서쪽으로 가장 험준한 곳은 귀봉과 쌍검봉이다. 귀봉은 세 개의 바위가 한데 모여 우뚝 솟구친 채, 쌍검봉과 나란히 늘어서 있다. 꼭대기에는 거북 모양의 세 겹으로 겹쳐진 바위가 있는데, 이것이 이 산의 주된 명칭이 되었다.

[귀봉 아래 남북으로 갈라진 틈은 일선천(一線天)이고, 동서로 갈라진 틈은 마니동(摩尼洞)이다. 마니동의 뒤는 사성곡(四聲谷)이다. 그 옆에서 소리를 지르면 소리가 굽이 돌아 4번이나 메아리친다. 이는 귀봉 동쪽의 수렴곡(水簾谷)의 바위 벼랑이 그 위를 휘감아 돌고 있기 때문이리라. 귀봉 동쪽의 가장 높은 곳이 바로 채정이고, 서쪽의 가장 가까운 곳은 함귀봉(含龜峰)이다. 함귀봉 아래는 바로 채정과 함귀봉의 등성이가 갈라지는 곳이다. 귀봉과 쌍검봉은 깎아지른 듯 위에 꽂혀 있으나 함귀봉에 가려지기 때문에, 그 틈새가 드러났다 합쳐졌다 한다. 합쳐지면 한 폭의 병풍같다가도 때로 갑자기 밝은 틈새를 드러내기도 하니, 어제 흰 구름인가 여겼던 것이다.]

쌍검봉 또한 귀봉과 나란히 서 있다. 귀봉은 아래쪽이 세 군데로 갈라져 있되 위쪽은 합쳐져 있다. 반면 쌍검봉은 꼭대기 부분이 둘로 갈라져 있되 뿌리 부분은 연결되어 있다. 이 두 봉우리의 남쪽에 '만 길의 벼랑(壁立萬仞)'이라 크게 씌어져 있는데, 이것은 채정을 가리켜 한 말이다. 낙관은 이미 떨어져 나갔으나, 전해지는 말로는 주회암(朱晦庵)[1]이 쓴 글씨라 했다. 이 [두 봉우리]는 남서쪽으로 산등성이를 넘어가는 중간이며, 북동쪽으로 향합봉(香盒峰)과 마주보는 곳이다. [예전의 절은 줄곧 이곳에 있었다.]

서쪽에서 북쪽으로 이어져 왼쪽에 병풍처럼 서 있는 봉우리들이 있다. 첫째는 함귀봉이다. 그 아래가 바로 진의대인데, [진의대는 평평한 바위가 병풍같은 벼랑의 중간에 걸려 있으며, 마니동과 일선천으로 오르는 길이다.] 둘째는 명성봉(明星峰)이다. [북쪽으로 쌍오봉(雙鰲峰)에 닿아 있고, 남쪽으로는 함귀봉에 이어져 있다. 정서쪽 봉우리가 최고봉이다.] 그 위에 규약성(窺若星)이 있다. 셋째는 쌍오봉이다. [봉우리 북쪽은 아래로 맑은 못에 꽂혀 있다. 이곳은 골짜기에 들어섰을 적에 지났던 방생지의 남쪽 벼랑이다.] 이 [세 봉우리]는 사성곡의 서쪽에 빙 둘러 솟구쳐 있으며, 채정의 산줄기는 북서쪽으로 뻗어나가다가 여기에서 끝이 난다.

남쪽의 채정에서 동쪽으로 가장 둥글게 에워싸고 있는 곳은 성타봉(城垜峰)과 위병봉(圍屛峰)이다. 이들은 남동쪽으로 층층이 에워싼 봉우리의 뒤편이며, 북서쪽으로는 쌍오봉과 마주보고 있다. 동쪽에서 북쪽으로 오른쪽에 줄지어 우뚝 솟구친 봉우리 가운데, 엎어놓은 듯한 곳은 교정봉(轎頂峰)이요, 뾰족하게 날카로운 곳은 상아봉(象牙峰)이요, 웅크리고 있는 곳은 사자봉(獅子峰)이다. 이들 봉우리들은 사성곡의 동쪽에 끊이지 않고 이어진다.

채정의 산줄기는 여기에서 북동쪽으로 돌아들었다가 다시 북쪽을 따라 나란히 솟구친 채 안산을 이루고 있다. 평평하다가 불쑥 솟아오른 곳은 향합봉이요, 갖가지 모습으로 솟구친 곳은 영지봉[靈芝峰, 곧 주지 스님의 정실이 바라보는 곳이요, 비스듬히 뻗어나간 곳은 전기봉으로 [동쪽은 높고 서쪽은 낮으며, 남북 양쪽에 벼랑이 곧추서 있고 남쪽 벼랑이 맑은 못에 꽂혀 있는 곳이다. 바로 골짜기에 들어설 적에 아래에 바위를 깎아 만든 잔도가 있던 곳이다.] 이 [세 봉우리]가 사성곡의 북쪽에 빙 둘러 늘어서 있다. 채정의 산줄기는 남서쪽으로 뻗어나가다가 이곳에서 다한다. 이것은 사성곡 안쪽의 산봉우리들이다.

사성곡 바깥쪽의 산봉우리로는, 전기봉 북쪽에 천주봉이 있고, [곧 어제 멀리서 바라볼 적에 규옥처럼 갈라진 곳이다] 그 곁에 또 구아봉(狗兒峰)이 있다. 사자봉의 남쪽에는 탁필봉(卓筆峰)이 있고, 위병봉(圍屏峰)의 남쪽 깊은 골짜기에는 기반석(棋盤石)이 있다. 채정의 남쪽에는 또한 조모봉(朝帽峰)이 있는데, [이 봉우리는 홀로 우뚝 솟아 채정의 뒤쪽에 외로이 서 있다. 내가 익양현 동쪽에서 배를 타고 오는 중에 멀리서 보았던 것이 바로 이곳이다. 가까이 다가가자 여러 봉우리에 가려 보이지 않았다. 또한 채정과 조모봉 사이에] 접인봉(接引峰)이 있다. 채정의 서쪽에는 화필봉(畵筆峰)이 있는데, [채정이 북쪽으로 뻗어내려간 것이 나한봉 등의 여러 봉우리라면, 남쪽으로 돌아 서쪽으로 에워싸고서 병풍처럼 늘어선 채 귀봉의 뒤쪽에 우뚝 서 있는 곳이 바로 이 화필봉이다. 화필봉의 바위 위에 샘이 있는데, 이 샘의 이름이] 수렴동(水簾洞)이다. 이들은 모두 사성곡 바깥쪽의 봉우리이다.

사성곡은 사방에 봉우리들이 모여 들어 산굴 같은 모양을 이루고 있고, 오직 서쪽으로 산골짜기가 한 줄기 나 있을 뿐이다. 이 산골짜기는 양쪽 벼랑이 벽처럼 곧추 서 있다. 물은 그 가운데에서 흘러나오며, 길 역시 이들 골짜기를 따라 나 있다. 길은 남쪽으로 귀봉의 아래로, 서쪽으로는 사자봉의 옆으로, 북쪽으로는 향합봉과 천주봉의 사이로 나 있는데, 모두 봉우리를 넘고 바위 틈새를 기어올라야 넘어갈 수 있다. 참으로 천지간에 신비하고도 아름다운 경관이다. 그 가운데의 관음봉(觀音峰) 한 갈래는 채정의 북쪽에서 뻗어내려와 두 개의 골짜기로 나뉘어진다. 서쪽은 주지 스님의 정실이 있는 곳으로, 그 끄트머리에 진의대와 마니동에 오르는 길이 있다. 동쪽은 잡초가 무성하게 우거진 채 가려져 있다.

나는 지팡이를 짚고서 가시덤불을 헤치면서 들어갔다. 곧바로 위병 봉과 성타봉 아래에 이르렀다. '굶주린 호랑이가 양을 뒤쫓다(餓虎赶羊'는 이름이 붙은 여러 바위들을 쳐다보았다. 형상이 어찌 그리 닮아 있는고! 만약 우거진 풀숲을 베어내고 층계를 쌓고 사다리를 놓는다면, 틀림없이 선계의 관문이 다시 열리는 듯 오묘한 아름다움을 말로 이루 다 할 수 없을 터이다. 그러나 아쉽게도 바위가 어지러이 널리고 가시덤불이 깊어 더 이상 들어갈 수가 없었다.

그곳을 빠져나와 사자봉의 북쪽을 따라 고개를 넘어 남쪽으로 돌아들었다. 이른바 교정봉과 상아봉 등의 여러 봉우리들이 사자봉 너머로부터 서쪽을 향해 겹겹이 솟아있다. 그 가운데에 봉우리 하나가 매달린 듯 치솟아 있다. 영락없이 곧추 세운 붓으로 허공에 글을 쓰는 모습이니, 탁필봉이라 일컫기에 조금도 손색이 없다. 이곳을 지나지 않으면 볼 수 없는 경관이었다. 탁필봉 아래에는 바위 언덕이 높이 펼쳐져 있다. 그 동쪽에 또 한 갈래의 바위 봉우리가 채정을 에돌아 북쪽으로 뻗어 있고, 서쪽으로는 교정봉과 상아봉 등의 여러 봉우리와 함께 골짜기를 둥글게 이루고 있다.

나는 바위 언덕에서 곧바로 남쪽을 향하여 그 밑바닥까지 가보려 했다. 하지만 또다시 어지러운 바위와 우거진 가시덤불로 인해 물러서고 말았다. 그래서 서쪽으로 상아봉과 사자봉 사이를 넘어갔다. 이 산등성이는 비스듬히 기운데다 깎아지른 듯하여 발을 내딛을 곳이 거의 없었다. 골짜기 안쪽을 빙 둘러보니, 참으로 별천지였다. 이것이 동쪽의 바깥 골짜기의 첫 번째 층이다.

다시 사성곡 너머의 고개를 따라 동쪽으로 나아가다가 2리만에 남쪽으로 돌아들었다. 곧바로 채정의 뒤편으로 헤치고 나아가자, 기반석이 나왔다. 커다란 바위가 골짜기 가운데에 덩그렇게 서 있는데, 위는 숫돌마냥 평평하고 네 옆이 깎여 있어 걸터앉아 쉴 만했다. 예전에는 이곳에서 누군가 은거한 적이 있었으리라는 생각이 들었다. 하지만 지금은 잡초로 뒤덮여 있다. 신선이 남긴 흔적은 아닐 것이다.

기반석 남서쪽은 조모봉이요, 북서쪽은 채정이다. 아마 채정은 위병봉의 뒤쪽에 위치해 있을 것이다. 기반석 바깥쪽의 봉우리 한 갈래가 조모봉 아래로부터 다시 에돌아 북쪽으로 향하다가 또다시 골짜기를 이루고 있다. 하지만 이 산은 들쑥날쑥 빙 둘러 서 있을 뿐, 안쪽의 두 갈래의 산줄기처럼 깎아지른 듯한 바위로 이루어지지는 않았다. 이것이 동쪽의 바깥 골짜기의 두 번째 층이다.

채정과 조모봉 사이로 봉우리 등성이가 건너뛰는 곳에 바위 하나가 남쪽을 향해 우뚝 서 있었다. 높이는 수십 길인데, 봉우리 마루부분에 매달려 있어 영락없이 석상처럼 보인다. 이곳을 어떤 이는 접인봉(接引峰)이라 일컫고 또 어떤 이는 석인봉(石人峰)이라 일컫기도 한다. 기반석에서 이 봉우리를 멀리 바라보노라니, 나도 모르게 정신이 황홀해졌다.

기반석에서 꼭대기로 올라갈 수 있을 듯하여, 가시덤불을 헤치고 곧바로 고개 밑까지 이르렀다. 그러나 벼랑과 바위가 깎아지른 듯하여 도저히 기어오를 수가 없었다. 그리하여 왔던 길로 되짚어 사자봉에 이르렀다가 향합봉을 지나서 영지봉에 올랐다. 천주봉과 구아봉이 북쪽 골짜기에 곧추서 있는 게 보였다. 전기봉이 그 북쪽의 봉우리와 더불어 또다시 둥글게 골짜기를 이루고 있다. 이것이 북쪽의 바깥 골짜기이다.

잠시 후 전기봉의 남서쪽에서 곧장 동쪽으로 봉우리 꼭대기에 올랐다. 남동쪽으로 멀리 조모봉의 동쪽을 바라보았다. 바위 하나가 외따로 서 있기는 접인봉과 마찬가지인데, 접인봉은 가려져 보이지 않았다. 남쪽으로 바라보니 첩귀봉(疊龜峰)과 쌍검봉(雙劍峰)이 모두 마치 벽처럼 빙 둘러 있는데, 한 치의 틈새도 보이지 않았다.

전기봉을 내려와 벼랑 사이의 잔도를 따라 서쪽으로 나왔다. 못 바깥을 좇아 남쪽으로 나아가 쌍오봉, 명성봉, 함귀봉의 뒤쪽으로 나왔다. 동쪽으로 이 세 봉우리를 바라보니, 봉우리들 뒷면에 딛고 올라갈 만한 흙이 드리워져 있었다. 오르기를 포기하고 다시 남쪽으로 나아가다가 동쪽으로 들어서자, 수렴동으로 가는 길이 나왔다. 첩귀봉과 쌍검봉을 넘자, 진의곡으로 내려가는 길이 나왔다. 다시 내버려두고서 남쪽으로 나아갔다. 동쪽으로 오르는 길이 보였다. 채정으로 가는 길임에 틀림없으리라 생각했다.

기운을 내어 2리를 올라 서쪽을 바라보았다. 첩귀봉과 쌍검봉이 [어느덧 발아래에 있었다. 비로소 벌써 수렴동 위로 빠져나왔음을 깨달았다. 아래로 골짜기 안을 굽어보았다. 삼면이 마치 결옥2)처럼 둥글게 에워싸고 있고, 오직 북쪽만이 첩귀봉과 쌍검봉을 마주보고 있다.] 골짜기 서쪽에 다른 곳으로 통하는 틈이 있으나 초목에 뒤덮여 있는지라, 내가 좇았던 길은 보이지 않았다. 이것은 남쪽의 바깥 골짜기의 첫 번째 층이다.

벼랑 가장자리를 따라 다시 올랐다. 잠시 후에 왼쪽을 버려두고 오른쪽으로 나아가는데, 남동쪽 등성이 위로 어지러이 솟아 있는 바위가 보였다. 두 개의 바위가 마치 두 개의 영지처럼 나란히 서 있다. 위쪽 받침은 평평하고 줄기는 작으며, 아래에는 꽃받침 같은 것이 붙어 있고 가운데에는 구멍이 뚫려 있었다. 이 바위 위로 여러 바위들이 갖가지 형태를 이루고 있었다. 바위들을 구경하느라 눈을 뗄 겨를이 없었다.

1리를 더 올라 꼭대기에 이르렀다. 다시 오른쪽을 버려두고 왼쪽으로 나아가 바위 틈새를 뚫고 올랐다. 남동쪽으로 돌아들어 나아가니, 그 꼭대기는 더욱 둥글고 넓었다. 그 북쪽에는 또 다른 꼭대기가 솟아 있고, 두 꼭대기 사이로 골짜기가 이루어져 있다. 골짜기는 남동쪽의, 등성이가 건너뛰는 곳에서 시작하여 북서쪽의 수렴동에서 가득 넘쳤다. 이리하여 산은 마침내 두 곳의 경계로 쪼개졌다.

등성이가 건너뛴 곳의 남동쪽을 지나자, 들보처럼 생긴 바위 하나가

두 꼭대기 사이에 가로 놓여 있다. 들보 모양의 바위가 끝나는 곳에는 무너져 갈라진 듯한 벼랑이 솟구쳐 있는데, 도저히 기어오를 길이 없었다. 산등성이에 걸터앉아 남쪽 골짜기를 두루 굽어보니, 무너지듯 곧장 떨어져 내리는지라 밑바닥이 보이지 않았다. 그저 동서로 마주보는 벼랑 사이에 비취빛 산기운이 걸려 있었다. 어디를 좇아 들어가야 할지 알 길이 없었다. 이것이 남쪽의 바깥 골짜기의 두 번째 층이다.

한참이 지나 길을 찾아 되돌아오려는 참에, 홀연 골짜기 북쪽 봉우리 꼭대기 위에 마치 층계를 깎아놓은 듯 골짜기에서 위로 치솟아 있는 바위가 보였다. 그래서 골짜기 남쪽의 바위 위를 유심히 살펴보았다. 아니나 다를까 층계가 있었다. 비로소 등성이가 아니라 골짜기를 따라 길이 나 있음을 알게 되었다. 아마 이 산골마을에 예전 사람들이 보금자리를 틀고 살면서, 험준한 벼랑에 돌층계를 파놓았을 것이다. 이제 길은 풀더미에 묻혀 버렸지만, 층계는 조금도 훼손되지 않았던 것이다.

돌층계를 따라 북쪽으로 골짜기를 내려오다가 다시 골짜기에서 돌층계를 따라 북쪽으로 올랐다. 1리를 가서 다시 동쪽으로 더욱 높이 올라 남동쪽 끝에 이르자, 마치 접인봉과 어깨를 나란히 하고 조모봉(朝帽峰)을 마주 보고 있는 듯하다. 다만 조모봉 동쪽에 외따로 서 있는 바위만은 가려져 보이지 않았다. 조모봉은 분명코 사면이 홀로 우뚝 치솟아 오를 수 없을 것이다. 그 안에 접인봉이 경계지어진 곳은 이미 등성이 위에 우뚝 솟아 있는데다가, 양 옆 모두 무너져내린 바위가 무더기져 섞여 있다. 그래서 내려가면 올라올 수 없을뿐더러 올라가면 내려올 수도 없었다. 그 북쪽 아래의 골짜기는 바로 기반석이 있는 골짜기이고, 그 남쪽 아래의 골짜기는 조모봉에서 남쪽으로 뻗어내린 줄기로 에워싸여 이루어져 있다. 어디를 따라 들어가야 할지 역시 알 길이 없었다. 이것이 남쪽의 바깥 골짜기의 세 번째 층이다.

[유독 서쪽으로는 바깥 골짜기가 없었다. 가장 높은 꼭대기의 북쪽은 동쪽에 위병봉과 성타봉으로 나뉘어져 있고, 서쪽에 앵구봉으로 나뉘어

져 있다. 그런데 기이한 점은 아래에서 올려다보면 높고 드넓게 기이한 경관이 보이는데, 위에서 굽어보면 오히려 깊숙이 꺼져 있어 전모를 다 보기 어렵다는 것이다.]

이때 날이 어느덧 저물었다. 꼭대기에서 4리를 내려왔다. 동쪽으로 쌍검봉과 첩귀봉 아래에 이르자, 수렴동으로 들어가는 길이 보였다. 하지만 날이 이미 칠흑같이 어두워 방향을 분간할 수 없는지라, 서둘러 고개를 넘어 사원으로 들어갔다.

---

1) 주회암(朱晦庵)은 남송의 대유학자 주희(朱熹)를 가리킨다.
2) 결옥(玦玉)은 고리 모양으로 한쪽이 트인 반원형의 패옥이다.

10월 22일

아침에 일어나 관심 스님을 위해 5언의 '오연시(五緣詩)' 및 '귀봉(龜峰)' 두 수와 7언의 '증별(贈別)' 한 수를 썼다. 아침 식사를 마친 후, 다시 진의대를 넘어 첩귀봉 아래까지 올랐다. 다시 일선천을 뚫고서 동쪽으로 나아가다가 다시 북쪽으로 사성곡을 지났다. 사성곡의 절벽에는 남동쪽으로 통하는 틈새가 있고, 안에는 커다란 바위가 겹겹이 걸쳐져 있다. 만약 돌층계를 쌓고 사다리를 매단다면, 누각을 이루어 북서쪽으로 빠져나갈 수 있을 것이다. 사성곡의 북서쪽은 마니동(摩尼洞)이며, 그 바로 아래로 주지 스님의 거처를 굽어보고 있다. 마니동은 관음봉과 정병봉, 사자봉 등의 여러 봉우리들과 높이가 엇비슷했다.

마침내 고개를 내려와 남서쪽으로 바깥 골짜기를 좇아 수렴동에 들어섰다. 이곳은 벼랑에 삼면이 둥글게 에워싸인 채 공중으로부터 빙 둘러 뻗어 있고, 북쪽으로 귀봉과 쌍검봉의 두 봉우리와 마주하고 있다. 벼랑의 동쪽에서 샘물이 흩날려 내렸다. 구슬이 나는 듯 눈이 휘몰아치는 듯하니, 이곳에서 가장 아름다운 경관을 이루고 있었다.

[아마 귀봉의 병풍처럼 이어진 산줄기의 기이함을 안탕산에서는 볼 수 없지만, 물의 경관은 안탕산만 못하리라. 이 골짜기는 오직 구슬이 나는 듯하고 눈이 휘몰아치는 듯한 경관이 깊은 골짜기에 있기에 더욱 기이했다. 다만 이곳의 동굴은 비록 샘과 마주하고는 있지만, 벼랑 끄트머리에 우묵하게 감추어져 있는 점이 아쉬웠다. 높이 솟구친 벼랑이 사방에 둘러싸고 있으니, 동굴이라 이름 붙여도 괜찮겠지만, 굳이 동굴 하나를 들어 내세울 필요는 없을 듯했다. 이때 마침 북풍이 샘물을 휘날려 공중에 뿌려댔다. 소리와 모습이 모두 예사롭지 않았다. 갑자기 하늘이 맑아져 찬란한 햇살과 아름다운 벼랑, 눈부신 물이 펼쳐지는지라] 이리저리 거닐며 떠날 수가 없었다.

한참만에야 절로 돌아와 식사를 했다. 관심 스님에게 작별을 고한 뒤 길을 떠났다. 벼랑의 잔도를 따라 서쪽으로 10리를 나왔다. 배전(排前)이 나왔다. 5리를 나아가 장원교(狀元橋) 북쪽의 분로정(分路亭)을 지났다. 이곳의 남쪽 길은 장원교에서 황원요(黃源窯)에 이르는 길이었다. 그 서쪽을 따라 15리를 나아가 유구(留口)에 이르렀다. 날이 저물 무렵 그곳 시내를 건넜다. 시내 서쪽은 바로 귀계현의 경계이다. 이 시내는 황원요에서 흘러내려와 이곳에 이르러 큰 시내로 흘러든다. 저잣거리가 시내 서쪽에 있었다. 이곳에서 하룻밤을 묵었다.

배전에서 유구까지 오는 길에 귀봉을 돌아다보니, 오직 조모봉만이 마치 양의 뿔처럼 하늘 높이 치솟아 있을 뿐이었다. 이것은 서쪽에서 바라보았을 때의 모습인데, 익양현의 동쪽에서 바라보았을 때의 모습과 조금도 다르지 않았다. 다만 이곳에서 몸을 돌려 바라보니, 바위 하나가 마치 사람처럼 우뚝 옆에 서 있어서 더욱 기이할 따름이었다.

10월 23일

아침에 일어나 큰 시내의 북쪽을 건넜다. 다시 서쪽으로 8리를 나아가 귀계현 현성에 이를 즈음, 문득 시내 남쪽에 다리 문 하나가 하늘 높이 걸려 있는 게 보였다. 성문이나 권량[1]이라면 이렇게 높이 걸쳐 있을 까닭이 없으리라 여겼다. 그래서 길가는 사람을 붙잡아 물어보고서야, 이것이 선인교(仙人橋)임을 알았다. 이 다리는 양쪽 산 사이에 바위가 걸쳐진 것으로, 벽돌을 쌓아 만든 것이 아니었다. 매우 기이한 느낌이 들어 건너가고 싶었으나, 다리가 없었다.

급히 걸음을 재촉하여 2리를 갔다. 귀계현의 동쪽 관문을 들어서서 2리만에 옥정두(玉井頭)에 이르렀다. 여관에서 정문 스님을 찾으니, 정문 스님은 아직 아침을 들지 않은 터였다. 서둘러 밥을 먹은 후 함께 남서문을 나섰다. 시내를 건너 남쪽으로 향하자, 건창부(建昌府)로 가는 길이 나왔다. 수레 한 대를 예약하여 내일 아침 일찍 출발하기로 약속했다. 동쪽을 향하여 선인교에 가볼 생각이었던 것이다.

여관 주인인 서룡산(舒龍山)이 이렇게 말했다. "이곳 남쪽 산들 가운데 경관이 빼어난 곳이 한두 군데가 아닙니다. 정남문에서 중방도(中坊渡)를 지나 1리를 가면 상산(象山)이 나오는데, 괘방산(掛榜山)이라고도 하지요. 육상산(陸象山)[2]의 유적인 앙지정(仰止亭)이 이곳에 있습니다. 상산의 남서쪽 2리에 오면봉(五面峰)이 있는데, 봉우리 위에는 사찰이 있고 아래에는 일선천(一線天)이 있지요. 이곳 역시 빼어난 경관 중에 으뜸입니다. 그 남쪽 1리에 서화산(西華山)이 있는데, 빙빙 돌아 위에 올라가면 도사들의 거처가 있습니다. 그 북쪽 2리에는 소은암(小隱巖)이 있는데, 예전에 타호암(打虎巖)이라 부르던 곳입니다. 소은암에서 나와 2리를 가면 선인교가 나옵니다. 이 다리는 골짜기 위 허공에 매달려 있습니다. 이것이 시내 남쪽의 여러 경관들의 대략입니다. 그런데 오면봉의 서쪽에는 남쪽에서 북쪽으로 흐르다가 큰 시내로 흘러드는 시내가 있는데, 이곳에는 건널 배가 없습니다. 그러니 반드시 북쪽에서 건넜다가 다시 중방도에서 건너야 합니다."

이때 나는 솟구치는 흥미를 억누를 수 없었다. 그래서 서룡산을 돌려 보내고서, 길모퉁이에서 가는 길을 물었다. 이리하여 남쪽으로 도사 장 (張)씨[3]의 묘를 지났다. 묘비는 원나라 황제의 명을 받아 조송설(趙松雪)[4]이 지어 썼다. 산을 깎아 암벽을 만들었는데, 그 가운데에 비석이 빙 둘러 있다. 다시 1리를 나아가 조그마한 다리 하나를 넘었다. 옆길을 따라 동쪽으로 시내를 향해 나아갔다. 시냇물은 오면봉 아래에 바짝 붙어 있었다. 이 시내는 강호산(江湖山)에서 발원했으며, 화교(花橋) 아래부터는 배를 띄울 수가 있다. 그 뒤 북서쪽으로 60리를 달려 나당(羅塘)에 이르렀다가, 다시 20리를 달려 이곳에 이른다.

시내에 들어서자 복건으로 통하는 샛길이 나왔다. 북쪽으로 돌아드는 배들은 모두 종이나 석탄 따위를 실어나르는 배들이었다. 마침 두 척의 배가 시냇가에 대어 있는데, 뱃사공이 보이지 않았다. 잠시 후 누군가 다가오기에 그에게 건너게 해 달라고 외치자, 곧바로 배를 저어 왔다. 시내를 지나 동쪽으로 1리를 나아가 오면봉 북서쪽을 따라 비좁은 어귀에 들어섰다. 그제야 비로소 이 산에 온통 바위 벼랑이 솟구쳐 있는데, 가운데가 도려내져 휜히 뚫린 채 나란히 솟아 있으며, 간격이 일정치 않으나 나란히 서 있는 모습은 똑같다는 것을 알게 되었다.

길을 따라 둥그런 바위 아래에 닿았다. 층계를 따라 올랐다. 높이 쌓은 평대가 눈에 뜨이는데, 손바닥 모양의 두 벼랑과 이어져 있었다. 평대에서 남쪽으로 내려가는 층계는 곧장 산골물 바닥까지 드리워져 있고, 서쪽 위로 오르는 층계는 산마루를 감아돌고 있다. 나는 남쪽으로 내려가면 일선천이고, 서쪽으로 올라가면 오면봉이리라 생각했다. 먼저 오면봉에 올라가기로 했다. 돌층계를 1리쯤 기어올라 꼭대기에 이르렀다. 남쪽으로는 서화산(西華山)을 굽어보고, 동쪽으로는 양쪽에 끼어있는 암벽을 굽어보며, 서쪽으로는 남계(南溪)를 굽어보고 북쪽으로는 성읍을 굽어보고 있다. 모두 퍽 가까운 거리에 있었다.

그런데 산속에 갑자기 비가 내렸다. 스님이 간식이나 들고 가라고 붙잡았으나, 비틀비틀 산을 내려왔다. 다시 방금 전에 올랐던 돌층계를 따라 남쪽으로 일선천에 이르렀다. 양쪽 벼랑이 나란히 우뚝 솟아 있다. 남쪽으로 쭉 나아가자, 봉우리 꼭대기 아래부터 쪼개져 곧추선 골짜기가 이루어져 있다. 길은 양쪽에 끼어있는 암벽에 이르러 홀연 동쪽으로 꺾였다. 떨어져 내린 바위 틈새를 뚫고 나가자, 가로 놓인 골짜기가 나왔다. 가로 놓인 골짜기에는 위아래가 벽처럼 곧추서 있고, 굽은 곳과 반듯한 곳이 선을 긋듯 나뉘어져 있었다. 골짜기의 동쪽에 이르러 다시 우묵한 평지로 나오니, 마치 더 이상 인간세상 같지가 않았다. 우묵한 평지에서 남쪽으로 나아가다가 양쪽 벼랑을 바라보았다. 봉긋 솟은 바위와 빙 둘러 있는 동굴이 곳곳에 있다. 우묵한 평지의 남쪽 끄트머리는 서화산에 닿아 있다. 이미 오면봉 위에서 경관을 굽어보았던 터라, 다시 오르지는 않았다.

이어 일선천을 돌아나왔다. 북쪽으로 고개 하나를 넘어 2리를 가다가 동쪽으로 꺾어 소은암(小隱巖)에 들어섰다. 소은암 역시 하나의 산을 이루고 있다. 동서로는 둥글게 돌아들고, 남쪽은 이어져 있으나 북쪽으로는 뚫려 있다. 위쪽은 봉긋 솟아 있으나 아래쪽은 이에 미치지 못하며, 갈라진 곳은 평평한 동굴을 이루고 있어 [쉴 수 있는 방을 들일 만 했다.] 소은암 뒤에는 송나라 사람인 홍구보(洪駒父)[5]가 써놓은 '선화(宣和)[6] 모년에 나는 서암(徐巖)에서 올라 2리만에 다시 사호암(射虎巖)에 이르렀다'라는 글이 씌어 있었다.

나는 서암이라는 이름을 기억하고 있었다. 전에 익양현에서 오던 배 안에서 서암이 우리 서씨 집안과 관계있는 곳임을 알게 되었던 것이다. 이곳에 이르러 까맣게 잊어버린 채 생각이 나지 않았는데, 암벽 사이의 글이 마치 나를 깨우쳐주는 듯했다. 그래서 서둘러 소은암을 나와서 서암을 물어보았다. 그러나 그곳을 아는 이가 아무도 없었다. 잠시 후 아미암(峨嵋巖)이라는 곳이 소은암 남동쪽 3리에 있다는 이야기를 들었다. 그곳이 서암의 다른 이름일지도 모른다는 생각이 얼핏 들어 서둘러 길을 나섰다.

그리하여 나당으로 가는 큰 길을 따라 갔다. 고개 하나를 넘어 북쪽으로 돌아들어 산에 들어섰다. 산속의 대나무와 나무들이 무성하고 바위가 높이 솟구쳐 있다. 하지만 스님들이 방을 들이고 울타리를 쌓는 바람에, 본래의 모습을 더 이상 찾아볼 수 없다. 이곳이 서암이 아님을 알았다. 막 내려가는 참에 비가 다시 세차게 퍼부었다. 마침 때가 정오를 넘었는지라 석굴에서 식사를 했다.

식사를 마치자 비가 개었다. 선인교로 가는 길을 묻자, 마침 그곳을 아는 이가 "여기에 오솔길이 있는데, 산을 따라 동쪽으로 가다가 우묵한 평지를 가로질러 북쪽으로 4리를 가면 이를 수 있을 것입니다"라고 말해주었다. 그의 말을 좇아 길을 걸었다. 길은 몹시 황량하고 외진지라, 금방 사라졌다가 다시 나타났다. 길이 갈라져 어디로 가야 할지 몰라 하마터면 길을 잃을 뻔했다. 한참만에야 산 하나를 넘자, 문득 둥글게 높이 걸려 있는 돌다리가 보였다. 몹시 가까웠다. 골짜기 아래로 달려 내려가자 다시 아득히 보이지 않았다. 아마 바라보기에는 가까울지라도 벼랑과 우묵한 평지를 사이에 두고 있어서, 눈 깜짝할 사이에 방향이 바뀌었기에 창졸간에 금방 발견하지 못했으리라.

잠시 후 곧바로 그 아래에 닿았다. 커다란 바위가 봉우리의 움푹 팬 곳에 높이 걸쳐져 있었다. 윗부분은 말린 듯이 둥글고, 중간부분은 뚫려 문을 이루고 있다. 양 끄트머리의 돌은 빙 두른 채 내려가 기둥을 이루고, 돌다리의 바닥은 마치 평대처럼 평평하여 돌을 쌓아 만든 듯하다. 돌다리의 동쪽은 벼랑을 따라 그 위로 올라갈 수 있다. 돌다리의 서쪽에는 바위 하나가 세 길 남짓 서로 떨어진 채 돌다리 곁에 웅크리고 있다. 마치 돌다리를 지키는 사람처럼 보인다. 나는 먼저 돌다리 아래로 내려가 꼭대기를 쳐다보았다. 높이 봉긋한 채 둥근 바위가 수십 길이 넘었다. 돌다리 위로 올라 걸어보니, 길고도 툭 트인데다 평탄하고 곧았다. 공중에 걸린 무지개와 칠석날 까치를 시켜 만든 오작교의 솜씨도 아마 여기에 미치지는 못하리라.

여기에서 서쪽으로 2리를 나아가 거의 상산에 다다를 즈음, 서암이라는 곳을 물었으나 끝내 알아내지 못했다. 나중에 한 늙은이를 만났는데, 그가 이렇게 말해주었다. "우리집 뒤편의 남쪽으로 들어가면 바로 거기요. 옛 이름은 서암이지만, 지금은 조진궁(朝眞宮)이라 하오. 귀곡자(鬼谷子)[7]가 수도했던 곳인데, 지금은 황폐해져 사라져 버렸소. 내일 아침이 되어야 찾아갈 수 있을 것이오. 오늘은 이미 날이 저물었으니, 잠시 지나면서 상산의 상황이나 물어보는 게 좋을 거요."

나는 내일 아침 출발할 예정이라면서, 정문 스님에게 억지로 남쪽의 산골짜기로 들어가자고 권했다. 처음에는 그래도 길이 있었다. 그러나 점점 들어갈수록 길은 사라지고, 양쪽 벼랑은 매우 깊었다. 풀숲과 가시덤불을 아랑곳하지 않고 곧장 골짜기 바닥으로 내려갔다. 양쪽 바위의 틈이 끝나는 곳은 발을 내디딜 틈이 없을 만큼 비좁았다. 그때 날이 차츰 어두워졌다. 가시덤불 속에서 헤매다가 간신히 골짜기를 빠져나왔다. 어느덧 길을 분간할 수가 없었다. 아마 이곳은 상산 동쪽의 세 번째 우묵한 평지이리라.

그 서쪽을 바라보자 우묵한 평지 한 곳이 또 있었다. 그곳에 들어서고자 하나 길을 찾지 못했다. 이때 소리 높여 외치는 사람들의 목소리가 들렸다. 한참만에야 길이 서쪽에 있음을 알고서 들어설 수 있었다. 골짜기 왼쪽에는 높은 벼랑이 구불구불 이어져 있었다. 들어서자마자 깊숙한 바위가 있고, 그 바깥에는 폭포가 드리워져 있었다. 두 분의 스님 모두 새로 이곳에 와 머물고 있는지라, 물어보아도 이곳이 서암인지 아닌지는 알지 못한 채 그저 조진궁이라 일컬을 뿐이었다. 이곳이 상산 동쪽의 두 번째 층이다.

어두컴컴한 속에서 골짜기를 빠져나왔다. 다시 서쪽으로 가다가 남쪽으로 상산을 찾아갔다. 그곳은 어둡기는 하여도 길은 따라갈 만했다. 앞에 두 개의 벼랑이 불쑥 솟아 있었다. 가운데의 우묵한 평지는 깊지는 않아도 험준했으며, 그 가운데에 패방[8]이 우뚝 솟아 있었다. 패방의 안쪽에는 앞뒤로 사당이 있다. 제사지내는 신위는 앞쪽 사당에 모셔져 있으나, 방은 이미 무너져 버렸다. 뒤쪽 사당은 아직 무너지지는 않았으나, 안은 텅 비어 있었다.

사당 안으로 들어가자, 벼랑 사이로 사람들의 말소리가 들려왔다. 급히 돌층계를 올라 찾아보니, 바위동굴 사이에 문이 달려 있었다. 어떤 사람이 불을 들고 나왔다. 그는 양(楊)씨 성의 사당지기였다. 그의 안내로 벼랑의 오른쪽을 따라 앙지정(仰止亭)에 올랐다. 앙지정은 벼랑가에 높이 매달려 있는지라, 훤히 뚫려 사방의 경관이 빙 둘러 비쳤다. 정자에서 높은 봉우리를 쳐다보고 그윽한 골짜기를 굽어보노라니, 머뭇거린 채 돌아갈 것을 잊었다. 양씨는 날이 어두워진지 이미 오래인데다 거리의 시각을 알리는 북소리도 이미 울린 터라, 나루터에 뱃사공이 없을까 걱정했다. 그래서 그는 어둠 속에 나를 부축하여 2리를 걸어 중방도 나루터까지 바래다주었다. 그는 부친의 연세가 이미 여든 여덟인데도 여전히 식사를 잘 드신다고 이야기했다. 효성이 지극하고 예를 아는 사람이라는 생각이 들었다.

시내 맞은편의 나룻배를 외쳐 불러 시내를 건넜다. 남쪽 관문에 들어갔다. 1리쯤을 나아가 서씨네 여관에 이르러 하룻밤을 묵었다. 이번 유람길에 벼랑의 암벽에서 서암이라는 이름을 발견한 덕에 어둠 속에서도 세 골짜기를 두루 다니면서 시내 남쪽의 여러 명승을 빠짐없이 구경했다. 선인교와 일선천의 두 기이한 경관은 평생 유람했던 곳 가운데에서 가장 아름다웠으니, 이 지방의 가장 빼어난 곳일 뿐만이 아니었다.

---

1) 권량(卷梁)은 관(冠)의 둥근 모양을 지탱하기 위해 사용하는 가로대를 의미한다. 여기에서는 이같은 모양의 건축물을 가리킨다.
2) 육상산(陸象山)은 송대의 저명한 이학가인 육구연(陸九淵, 1139~1193)이며, 자는 자정(子靜)이다. 고향에 돌아와 강학할 때 스스로 상산옹(象山翁)이라 자처했기에, 세상 사람들은 그를 상산선생이라 일컬었다.
3) 도사 장씨는 도교의 시조라고 일컬어지는 장릉(張陵)을 가리킨다. 후한말에 생겨난 오두미도(五斗米道)의 개조(開祖)로서, 장도릉(張道陵)이라고도 불린다.

4) 조송설(趙松雪)은 원대의 문인이자 서화가인 조맹부(趙孟頫, 1254~1322)이며, 자는 자앙(子昂), 호는 송설도인(松雪道人) 및 수정궁도인(水精宮道人) 등이다. 송 태조(太祖)의 11대 손이나, 송이 망한 후 원 세조(世祖)의 눈에 들어 한림학사승지(翰林學士承旨) 및 영록대부(榮祿大夫) 등을 역임했다. 그는 서법과 회화에 능했는데, 특히 그의 해서체는 일가를 이루어 '조체(趙體)'라 일컬어졌다.

5) 홍구보(洪駒父)는 북송의 문인인 홍추(洪芻)를 가리키며, 구보는 그의 자이다. 홍구보는 형인 홍붕(洪朋), 동생인 홍염(洪炎), 홍우(洪羽)와 더불어 사홍(四洪)이라 일컬어졌는데, 이들 4형제는 외숙인 황정견(黃庭堅)에게 시법을 배워 크게 이름을 떨쳤다. 『송사(宋史)·예문지(藝文志)』에 따르면, 그는 『향보(香譜)』『노포집(老圃集)』 등의 저서를 남기고 있으나, 지금은 모두 전해지지 않는다.

6) 선화(宣和)는 북송 휘종(徽宗)의 연호로 1100년부터 1125년까지를 가리킨다.

7) 귀곡자(鬼谷子)는 중국 전국시대의 종횡가(縱橫家)이며, 초(楚)나라 사람이다. 영천(潁川)·양성(陽城)의 귀곡(鬼谷)지방에 은거했다 하여 귀곡자라 일컫는다. 그의 제자로는 소진(蘇秦)과 장의(張儀)가 있으며, 저서로는 『귀곡자(鬼谷子)』가 있으나 위작으로 알려져 있다.

8) 패방(牌坊)은 대문 모양의 중국 특유의 건축물로서, 흔히 궁전이나 능묘, 불사 등의 앞에 장식이나 기념의 용도로 세운다. 기둥은 둘 내지 여섯 개이며, 지붕을 여러 층으로 얹어 화려하게 장식하기도 한다.

10월 24일

아침식사를 마친 후, 남서문 밖의 큰 시내를 건너 수레 끄는 이를 기다리다가 한참만에야 출발했다. 어느덧 오전이었다. 남쪽으로 10리를 달려 신전포(新田鋪)에 도착했다. 산세가 차츰 훤히 트였다. 이곳은 서화산의 남쪽에 위치해 있다. 고개를 돌려 바라보니, 많은 바위들이 불쑥 솟구친 채 쭉 이어져 산을 이루고 있다. 다만 높이가 다르고 쪼개져 갈라진 흔적이 더 이상 없을 따름이었다.

다시 10리를 나아가 연계포(聯桂鋪)에서 식사를 했다. 다시 20리를 나아가 마안산(馬鞍山)을 넘자, 횡석포(橫石鋪)가 나왔다. 이곳에서 다시 산골짜기로 들어섰다. 4리를 나아가 고개 하나를 넘어 신명지(申命地)에 묵기로 했다. 이곳은 남쪽으로 응천산(應天山)을 마주하고 있는데, 도사 장(張)씨의 상청궁(上淸宮)에 들어가는 시발점이다. '신명'이라 일컫는 것은 바로 '응천(應天)'[1]과 짝하여 말한 것이다.

이 날 밤, 오(烏)씨 성의 여관 주인이 나에게 이렇게 말했다. "이곳은 남쪽의 상청(上淸)에 가는 길이 25리이고, 서쪽의 선암(仙巖)으로 가는 길은 20리밖에 떨어져 있지 않습니다. 상청에 이르렀다가 선암까지 가는 길도 20리입니다. 그러니 여기에서 선암으로 갔다가 나중에 상청궁으로 가는 게 더 나을 것입니다." 나는 그의 말을 옳다 여겨 계획을 세웠다. 즉 내일 정문 스님은 수레를 타고 상청궁에 가서 나를 기다리고, 나는 가벼운 차림으로 하인 고씨와 함께 서쪽으로 샛길을 타고서 선암으로 향하기로 한 것이다.

여관 주인이 다시 이렇게 말했다. "선암 서쪽 15리에 마조암(馬祖巖, 안인현安仁縣 경계에 있다)이 있습니다. 그 바위가 아주 절경이니, 먼저 선암에 가셔도 다시 조금 돌면 되겠지만, 마조암에 갔다가 동쪽으로 돌아들어 선암과 용호암(龍虎巖)을 구경하고 상청궁을 마지막에 둘러보는 게 좋으실 것입니다." 나는 그의 말을 더욱 옳다 여겼다.

---

1) 신명(申命)은 '공손하게 거듭 몇 번이고 명령하다'를 의미하는 바, 『역(易)·손(巽)』에서 "손괘의 겹침은 공손하게 명령함이다(重巽以申命)"라고 했다. 응천(應天)은 천명에 순응함을 의미한다.

10월 25일

날이 밝자, 식사를 하고서 길을 나섰다. 가랑비가 그치지 않고 부슬부슬 내렸다. 정문 스님과 헤어졌다. 그는 남쪽으로 가고, 나는 서쪽으로 나아갔다. 4리를 가자 장원(章源)에 이르렀다. 4리를 나아가 조그마한 고개를 넘어 도원(桃源)에 당도했다. 다시 조그마한 고개 하나를 넘어 2리를 가서 석저(石底)에 다다랐다. 두 줄기의 물길을 건넜는데, 물길마다 다리가 있었다. 3리를 나아가 연당(連塘)에 이르렀다. 자그마한 고개를 넘어 2리만에 다리 하나를 건넜다. 2리를 더 나아가자, 철로판(鐵鏪坂)이 나왔다.

다시 3리를 가서 향로봉(香爐峰)을 지났다. 향로봉 봉우리는 세 겹으로 감돌아 있는데, 남쪽은 곧장 갈라져 내리고, 중간은 움푹 꺼져 있다. 봉우리 위에는 스님의 거처가 지어져 있다. 때마침 큰 비가 내리는지라 끝내 올라가지는 못했다. 향로봉 서쪽은 안인현(安仁縣) 동쪽 경계인데, 여기에서부터는 요주부(饒州府) 경내에 속한다. 3리를 나아가자, 간당원(簡堂源)이 나왔다. 1리를 지나자 비가 미친 듯이 쏟아지는 바람에 속옷까지 흠뻑 젖었다.

3리를 가서 신암(新巖)의 발치를 지났는데, 신암이 위에 있는지조차 알지 못했다. 신암 동쪽의 골짜기를 뚫고 지나 북쪽으로 들어섰다. 신암의 서쪽 벼랑 아래에 동굴이 가로 뻗어 있고, 그 위에서 폭포수가 나는 듯이 흩뿌리고 있다. 마음속으로 길을 잘못 들었음을 깨닫고서 석굴 사이에서 비를 피했다. 귤과 유자를 쪼개 점심을 때웠다. 얼마 있다가 하인 고씨더러 먼저 신암의 북쪽을 살펴보게 했는데, 아무 것도 보이지도, 들리지도 않는다고 했다. 다시 신암의 남쪽을 살펴보게 했더니, 남쪽 벼랑에 대나무 사이에 가려진 인가가 보인다고 했다. 그곳이 틀림없으리라 생각했다.

서둘러 빠져나와 그 위로 올라갔다. 신암은 비록 높고 툭 트인 채 산중턱까지 빙 둘러 이어져 있었지만, 바위는 거칠고 동굴이 곧은지라 굽이돌고 영롱한 정취는 없었다. 이때는 이곳이 신암이지 구암(舊巖)이 아님을 이미 알고 있었다. 신암의 스님이 식사를 준비했으나, 그의 뜻이 나그네가 가지 않을까 눈치를 보는 듯했다. 그래서 나는 급히 그곳을 나와 산을 달리듯 내려갔다.

다시 빗속을 이리저리 거닐면서 서쪽으로 1리를 간 다음, 북쪽으로 돌아들어 산골짜기에 들어섰다. 골짜기 어귀에는 커다란 돌들이 어지러이 쌓인 채 위아래로 뒤엉켜 솟아 있고, 높다란 나무와 오래된 넝쿨이 그 위를 뒤덮고 있었다. 아주 고아한 정취가 있었다. 골짜기에서 그 벼랑으로 들어갔다. 동서 양쪽에는 벼랑이 나란히 솟구쳐 있고, 북쪽으로는 이어지고 남쪽으로는 툭 트여 있다. 툭 트여 있는 곳은 골짜기 어귀요, 이어진 곳은 골짜기의 밑바닥이다.

마조암은 왼쪽 벼랑의 중턱, (곧 신암의 뒤쪽)에 있었다. 마조암의 가로로 갈라진 구멍은 크기가 신암만했다. 스님이 그 곳을 두 개의 방으로 나누었는데, 개집, 돼지우리, 소우리, 말우리 등으로 꽉 막혀 있었다. 내가 골짜기 바닥에서 마조암의 남쪽으로 올라갈 때, 그때 비는 아직 그치지 않았다. 그런데 마조암에서 내려올 때에는, 옥 같은 물방울이 마조암 밖에서 비껴 날고 옥 같은 물줄기의 주렴이 눈앞을 에워싸고 비쳤다. 겹겹의 바위와 층층의 동굴 위를 쳐다보았다. 울타리가 공중에 이어진듯 참으로 아름다웠다. 위에 오르자 악취로 인해 가까이 다가갈 수가 없었다. 온통 가축을 기르고 있었다. 사람이 거처하는 곳은 담을 마주한 초라한 집인데, 감옥인 양 어두컴컴했다.

이때 나는 옷이 흠뻑 젖어 있었다. 날도 어느덧 저물고 있었다. 그 남쪽 방에서는 마침 여럿이 모여 법술을 익히고 있는 터라 손님을 거절하고 받아들이지 않았다. 북쪽 방 역시 마찬가지였다. 누울 만한 곳을 찾고자 하여도 찾을 길이 없었다. 한참동안 이리저리 헤매다가 추워 죽을 것 같기에, 억지로 바위의 감실 사이를 찾아 누웠다. 어린 종에게 가져온 쌀과 취사도구로 밥을 지으라고 시켰다. 처음에는 땔나무가 없다고 거절하더니, 나중에 싸라기와 바꾸어 죽을 끓였다. 그러나 쌀은 한 톨도 보이지 않았다.

10월 26일

날이 밝자 다시 쌀로 밥을 짓는데, 여전히 싸라기로 바꾸어 지었다. 잠깐 밥술을 뜨고서 곧바로 출발했다. 골짜기 북쪽의 이어진 곳을 따라 내려왔다. 하인 고씨에게 먼저 골짜기 어귀로 빠져나가라 하고서, 나는 홀로 서쪽 벼랑으로 돌아 올랐다. 벼랑의 바위동굴 역시 마조암처럼 가로로 갈라져 있다. 마조암만큼 깊지 않지만, 오물로 가득차 있지는 않았다. 나는 동굴 가장자리를 따라 남쪽으로 쭉 나아갔다. 길이 뚝 끊기더니, 별안간 좌악 갈라져 있었다. 동굴 끄트머리까지 갔다.

[벼랑의 바위가 깎아지른 듯하여 굽어볼 수가 없는데] 홀연 동굴이 골짜기를 뚫고 나와 있다. 동굴 너머 서쪽에 길이 두 갈래로 나뉘어져 있다. 한 줄기는 벼랑을 따라 북쪽으로 뻗어 있고, 다른 줄기는 벼랑을 따라 남쪽으로 뻗어 있다. 양쪽 벼랑은 바짝 붙은 채 나란히 솟구쳐, 가운데에 한 가닥 선을 이루고 있다. 그 선 중간의 동쪽 벼랑 아래는 또다시 갈라져 바위동굴을 이루고 있다. 역시 마조암처럼 가로 놓여 있다. 그러나 맑고 깨끗하며 그윽한 정취는 마조암과는 하늘과 땅만큼 달랐다.

바위동굴 바깥의 벼랑과 맞은편 벼랑은 모두 아래로 백 길이나 떨어지고 위로 천 자나 솟구쳐 있다. 두 벼랑은 지척만큼밖에 떨어져 있지 않다. 게다가 그 안 또한 가로로 갈라진 채 마치 겹겹의 높은 누각처럼 깊다. 다만 맨 북쪽만은 툭 트여 있어서, 외부 세계와 통할 수 있으리라 여겨졌다. 툭 트인 곳은 하늘의 밝은 빛이 비치고 있으나, 지세는 더욱 험준하고 가팔랐다. 벼랑은 깎아지른 듯하고 암벽은 봉긋 솟아 있으니, 내려갈 수도 없고 올라갈 수도 없다. 참으로 그윽하고도 험준한 곳이 절로 이루어져 있으니, '별유천지(別有天地)'라는 곳이 바로 이런 곳이 아니겠는가!

다시 동굴 입구의, 길이 나뉘는 곳으로 돌아왔다. 동굴의 윗층을 쳐다보니, 하늘을 날 듯한 바위가 평평하게 뻗어 나와 있다. 올라갈 수 있을 법한데도 너무 높아서 기어오를 수가 없다. 동굴 남쪽의 길을 좇아 봉우리 옆으로 돌아들어 올라갔다. 높이 솟은 누각이 허공에 매달려 있듯 우뚝 서 있다. 도저히 기어오를 수가 없었다. 이곳 또한 별천지를 만들어내고 있다.

이때 하인 고씨가 골짜기 아래에서 나를 기다린 지 이미 오래였다. 그래서 벼랑 안을 관통한 동굴을 뚫고서 동쪽으로 벼랑 끝까지 나와,

골짜기 입구로 내려가는 길을 찾으려 했으나 찾을 수가 없었다. 왔던 길을 되짚어 벼랑을 따라 북쪽의 이어진 곳 아래에 이르렀다. 바로 그때, 내가 오래도록 나오지 않자, 하인 고씨가 큰 소리로 외쳐 부르면서 다가오고 있었다. 마침내 그와 함께 골짜기 어귀를 빠져나왔다.

남동쪽으로 4리를 나아가 남길령(南吉嶺)을 지났다. 남길령의 동쪽을 멀리 바라보니, 어지러이 흩어진 산들이 벽록색을 띠고 있다. 그 북쪽에 나란히 우뚝 솟아 있는 것이 배아석(排衙石)이며, 가장 높다. 그 남쪽에 비스듬히 튀어나온 것은 선암이며, 가장 빼어나다. 고개 아래를 가까이 굽어보니, 바위 하나가 평탄한 밭 사이에 뾰쪽하게 꽂혀 있다. 사면이 깎아낸 듯 솟구쳐 있는 이 바위는 갈석(碣石)이며, 가장 가파르다.

고개를 내려와 바라보니, 동쪽에서 흘러오는 큰 시내가 곧바로 고개 발치에 다가와 있다. [이 시내는 노계(瀘溪)에서 발원하여 상청진(上淸鎭)을 거쳐 흘러내린다.] 이에 시내의 북쪽에서 시내를 거슬러 남동쪽으로 4리를 나아가 갈석 아래에 이르렀다. 봉긋 솟은 갈석을 올려다 보았다. 비록 차츰 넓게 펼쳐지지만, 깎아지른 듯 더욱 가팔라졌다. 외로운 기둥 하나가 하늘을 받치고 있는 모습이다. 갈석 아래에는 갈석촌(碣石村)이 있다. 이곳은 안인현 남동쪽 경계이다.

시내를 건너 남쪽으로 가자, 역수(瀝水)가 나왔다. 이 역수 위에는 수십 가구의 주민이 살고 있다. 여기에서부터 다시 귀계현(貴溪縣)에 속한다. 다시 동쪽으로 5리를 나아가 곧바로 배아석의 서쪽에 이르렀다. 이곳은 어당촌(漁搪村)이다. 이 마을의 주민은 거친 종이를 만드는 것을 생업으로 삼고 있다. 이곳은 동쪽으로 큰 시내와 맞닿아 있다. 시내를 따라 남서쪽으로 1리를 나아가자, 채방도(蔡坊渡)가 나왔다. 발걸음을 멈추고서 이곳에서 하룻밤을 묵었다.

10월 27일

채방도에서 시내를 건너 동쪽으로 1리를 가니 용호관(龍虎觀)이다. 용호관 뒤로 1리를 나아가니 수렴동(水簾洞)이다. 남쪽으로 산을 나와 5리를 가니 난거도(蘭車渡)이다. 3리를 나아가니 남진궁(南鎭宮)이 나왔다. 북쪽으로 가다가 동쪽으로 꺾어 1리를 나아가 시내를 건너니 바로 상청가(上淸街)[1]인데, 거리가 매우 길었다. 동쪽으로 1리를 가매 진인부(眞人府)가 나왔다. 남쪽으로 시내를 건너 5리를 나아가 호서령(胡墅嶺)이라는 고개 하나를 넘었다. 남서쪽으로 7리를 가매 석강산(石崗山)이 나오는데, 이곳은 금곡현(金谿縣)의 동쪽 경계이다. 여기에서부터는 무주부(撫州府)의 경내이다. 다시 3리를 가니 순당(淳塘)이 나왔다. 다시 5리를 가자 공방(孔坊)이 나오는데, 마을 사람들은 모두 성이 강(江)씨이다. 이날은 이곳에서 묵었다.

---

1) 상청가(上淸街)는 귀계현 남서쪽 모퉁이에 있는 진(鎭)이다. 이곳에는 상청궁(上淸宮)과 천사부(天師府)가 있다. 상청궁은 역대의 장천사(張天師)가 포교활동을 했던 곳이자 도교의 교조인 태상로군(太上老君)을 제사지내는 곳이며, 천사부는 장천사가 거처하던 곳이다.

10월 28일

공방에서 3리를 가니 정타령(鄭陀嶺)이다. 7리를 가자, 연양포(連洋鋪)가 나왔다. 10리를 가니 갈방(葛坊)이고, 다시 10리를 가니 청전포(靑田鋪)이다. (석량수石梁水라는 물길이 있는데, 등부로 흘러간다.) 10리를 가자 모전(茅田)에 이르렀다. 무주부로 가는 길이다. 고개 하나를 내려가자 오리교(五里橋)가 나왔다. 물길은 여기에서 서쪽으로 흘러 허만(許灣)으로 향한다. 다리 남쪽에 암자가 있고 그 곁에 누각이 있다. 손님을 맞거나 배웅하는 곳이다.

남동쪽으로 나아가 금곡현의 현성에 들어섰다. 성의 길이는 2리이며, 동쪽에서 서쪽으로 뻗어 있다. 성의 북문은 무주부로 가는 길이다. 성 밖의 북동쪽은 황첨령(黃尖嶺)이다. 이곳은 금을 생산하는 곳으로서, 『지』에서 일컫는 바의 금굴산(金窟山, 성 동쪽 5리에 위치해 있다)이다. 황첨령의 서쪽은 인진령(茵陳嶺)이며, 서쪽으로 뻗어내린 산등성이는 곧 오리교 북쪽의, 물길이 갈라지는 곳의 산등성이이다. 금굴산 남동쪽의, 성 남쪽을 둥글게 에워싸고 있는 것은 주간산(朱干山), 즉 취운산(翠雲山)으로, 취운사(翠雲寺)가 이곳에 있다. 지금의 명칭은 주간산이다)이다. 금굴산과 인진령이 북·동·남 삼면에서 성을 둘러싸고 있는데, 이것이 이른바 '금수곡(錦繡谷)'이다. 오직 성의 남서쪽만이 약간 터져 있을 뿐인데, 조그마한 물길이 주간산을 따라 서쪽으로 흐른다. 이 물길은 허만교의 아래를 지나고서야 배를 띄울 수 있다. 주간산의 남쪽에 높이 치솟은 산봉우리가 있다. 이 역시 북동쪽에서 남쪽으로 에워싸고 있는데, 이것은 유양채(劉陽寨)와 모미령(牟瀰嶺)이다. 모미령의 동쪽은 노계(瀘溪)이고, 서쪽은 금곡현의 대당산(大塘山)인데, 『지』에서 일컫는 바의 매봉(梅峰)이 이것일지도 모르겠다. (남쪽으로 더 가면 칠보산七寶山이다.)

10월 29일

대당(大塘)에서 출발했다. 대당과 마주한 곳은 동쪽에 있는 모미정(牟瀰頂)의 큰 산이다. 남쪽으로 10리를 나아가니, 남악포(南岳鋪)이다. 다시 남서쪽으로 10리만에 가원(賈源)에 이르고, 5리를 더 가서 청강원(淸江源)에 이르렀다. 강을 따라 남서쪽으로 5리를 가니 후거포(後車鋪)이다. 이곳에서 식사를 했다. 다시 남쪽으로 10리를 나아가니, 계산령(界山嶺, 일명 한파채韓婆寨라고도 한다)이다. 고개에서 2리 내려와 노계(瀘溪)의 갈림길에 이르렀다. 다시 2리를 가니 대평두(大坪頭)이다. 여기에서부터 물길은 남쪽으로 흘러간다. 다시 4리를 나아가니 횡판포(橫坂鋪)이고, 5리를 나아가니 칠성교(七星橋)이다. 5리를 더 가니 담수교(潭樹橋)이고, 10리를 나아가니 오동애(梧桐隘)이다. 게양(揭陽)에는 나루가 없는지라, 건창부(建昌府) 동문에 이르러 하룻밤을 묵었다.

(11월 초하루의 기록은 결락되어 있다.)

11월 초이틀

건창부의 남문을 나왔다. 서쪽으로 2리를 나아가 마고산(麻姑山)[1] 발치에 이르렀다. 산에 올라 2리를 가자 반산정(半山亭)이 나왔다. 정자 옆으로 폭포가 누워 흐르고 있었다. 다시 1리 반을 나아가자 분설정(噴雪亭)에 이르렀다. 이곳에는 두 줄기 폭포가 있다. [마고산은 물의 경관이 빼어나지만, 봉우리가 이어진 산맥에서는 뒤쳐진다. 반산정 위에는 한 줄기 물이 가로누워 치달리는데, 마치 엎드려 누운 용이 꿈틀거리는 듯하다. 분설정에 올라서니, 높이 매달린 폭포가 봉우리 사이로 쏟아져 내린다. 한 줄기는 마치 한 필의 새하얀 비단이 드리워져 있는 듯하고, 또 다른 한 줄기는 백옥의 젓가락이 갈라져 쏟아져 내리는 듯하다. 갈라져 쏟아져 내리는 폭포수는 바위틈을 휘감아 돌며 구슬같은 물방울이 사방으로 튄다. 두 갈래만이 아니지만, 멀리서 보기에는 두 줄기로 보일 따름이다. 떨어져내린 폭포수는 하나로 합쳐진 뒤, 엎드려 누운 용처럼 비스듬히 골짜기를 쏟아져 내려간다. 다만 위에 매달려 쏟아지는 폭포는 200자에 지나지 않는지라, 안탕산(雁宕山)이나 여산(廬山)[2]과는 아름다움을 다툴 수 없다.]

다시 1리를 나아갔다. 폭포수가 연이어 다섯 계단을 흘러내렸다. 위쪽에 있는 두 곳의 못은 대단히 깊다. 못 곁의 낡은 정자는 새로이 단장을 했는데, ['오설정(五泄亭)'이라 부를 만했다. 다섯 계단의 폭포는 서로 보이지 않은 채 제각각 기이함을 다투고 있었다.] [폭포들은 나선형으로 빙글빙글 돌아 계속 이어지면서 사방으로 눈보라를 일으킨다. 이곳 정자는 폭포의 경관이 한 눈에 다 들어오긴 하지만, 폭포보다는 약간 뒤진다.]

다시 반 리를 가자, 용문협(龍門峽)이 나왔다. 위에 다리가 걸쳐져 있다. [벼랑이 양쪽에 서 있고, 샘물이 그 가운데의 골짜기에 쫓듯이 떨어져 내린다. 아래를 내려다볼 엄두가 나지 않았다. 걸쳐진 다리에서 굽어보니, 물살은 다시 완만하게 흐르다 웅장한 모습으로 바뀌었다. 용문을 따라 올라갔다. 시내는 완만해지고 산들이 빙 둘러 에워싸고 있다. 절로 신비한 별천지를 이루니, 몸이 높은 산 위에 있다는 느낌이 더 이상 들지 않았다.]

다시 반 리를 나아가자, 마고단(麻姑壇)과 선도관(仙都觀)이 나왔다. 왼쪽에는 금띠솔이 한 그루 있으나 이미 말라 죽었고, 오른쪽에는 통해정(通海井)이라는 우물이 있다. 서쪽으로 고개에 올라 10리를 나아가 멸죽령(篾竹嶺)을 넘었다. 단하동(丹霞洞)이 나왔다. 다시 1리를 올라가자, 왕선령(王仙嶺)이 나왔다. 이곳이 가장 높다. 서쪽으로 2리를 내려오니 장방(張坊)이다. 서쪽 왼쪽의 움푹 꺼진 곳에 화엄암(華嚴庵)이 있다. 이곳에서 하룻밤을 묵었다.

---

1) 마고산(麻姑山)은 건창부(지금의 남성현(南城縣)) 남서쪽에 위치하고 있으며, 여러 봉우리와 함께 수경(水景)으로 유명하다. 산꼭대기에 오래된 단이 있는데, 전해오는 이야기에 따르면 중국 고대의 여신선인 마고가 이곳에서 득도했다고 한다. 이밖에도 선도관(仙都觀), 회선정(會仙亭) 등의 명승이 많아 도교의 명산으로 손꼽힌다.
2) 안탕산(雁宕山)의 대룡추(大龍湫)와 여산(廬山)의 개선(開先)폭포 및 삼첩천(三疊泉)폭포를 가리킨다.

11월 초사흘

왕선령(王仙嶺)에서 동쪽으로 고개 하나를 내려오자, 단하동이 나왔다. 다시 멸죽령의 서쪽 움푹 꺼진 곳을 넘어 남쪽으로 올라 두 개의 산을 넘었다. 남동쪽으로 모두 5리를 나아가 비로봉(飛爐峰)에 이르렀다. 비로봉에는 한 자 평방의 조그마한 돌화로가 있는데, 군봉산(軍峰山) 남쪽에서 이곳으로 날아왔다고 한다. 비로봉의 남쪽은 군봉산이고, 북쪽은 마고산에 닿아 있으며, 동쪽으로는 우강(旰江)이 굽어보이고 서쪽으로는 부용봉(芙蓉峰)의 끝까지 둘러볼 수 있다. 대체로 오로봉(五老峰)의 서쪽, 양화봉(陽華峰)의 북서쪽에 위치하고 있다. (이하 결락됨)

11월 초나흘

건창부 동문을 나와 태평교(太平橋)를 지나 남쪽으로 나아갔다. 시내를 따라 5~6리 간 다음, 몸을 돌려 서쪽으로 1리를 나아가 종고봉(從姑峰)의 남쪽으로 나와 [천주봉(天柱峰)에 올랐다.] 산꼭대기를 바라보니 두 개의 바위가 마치 쌍으로 상투를 튼 듯 나란히 솟아 있다. [북쪽을] 향하여 비오봉(飛鰲峰)이라는 바위에 올랐다. 바위 앞에는 장춘각(長春閣)이라는 누각이 있다. 장춘각의 동쪽에 '오봉심처(鰲峰深處)'라 불리우는 집이 있는데, 나(羅)선생이 강학했던 곳이다. 그 뒤에는 '인공(印空)'이라는 두 글자가 거꾸로 씌어 있는 암석이 날듯이 툭 튀어나와 있고, 아래에는 옥랭천(玉冷泉)이라 불리우는 네모진 못이 있다.

옥랭천의 동쪽에서 천제정(天際亭)에 올랐다. 천제정의 뒤편에 바위를 뚫어 만든 층계를 타고 올라가자, 동굴이 있다. 동굴 입구는 국자처럼 비좁은지라 뱀처럼 엎드려 기어들어갔다. 동굴 안은 높고도 널찍했다. 이곳은 천주봉의 남쪽 모퉁이이다. 동굴을 나와 돌층계를 내려갔다가 벼랑을 따라 서쪽으로 올랐다. 천주봉과 오봉(鰲峰) 사이에 손바닥 모양의 높은 평대가 있다. 위로는 겹겹의 벼랑을 바라보고, 아래로는 절벽을 굽어보고 있다. 대나무는 바위 문을 스치고, 나무는 벼랑 틈새에 매달려 있다. 이곳은 운암대(雲巖臺)이다.

운암대 위에서 서쪽으로 봉우리 사이의 골짜기를 뚫고 지났다. 벼랑 사이에 나무를 얽어 만든 누각이 보였다. 이곳은 쌍옥루(雙玉樓)이다. 다시 서쪽으로 나아갔다. 바위 하나가 금방이라도 떨어져 내릴 듯하다. 골짜기 양쪽에 솟구친 벼랑은 위아래가 벌어져 있다. 마치 가운데가 쪼개져 갈라진 듯한데, 이곳은 일선천(一線天)이다. 이곳이 오봉의 북쪽 모퉁이이다.

일선천을 다 지나자, 골짜기는 북쪽으로 돌아들었다. 평평한 바위 조각이 두 개 나타났다. 네모진 것 하나와 둥근 것 하나가 골짜기 안에 가로로 놓여 있다. 이것은 가부석(跏趺石)이다. 이 두 개의 봉우리, 즉 천주봉의 서쪽과 오봉의 북쪽에 솟은 두 개의 봉우리는 높이가 오봉과 천주봉보다 덜하지만, 아름다움이 덧붙여져 기이한 경관을 이루고 있다. 이 가운데 동쪽의 봉우리 하나는 남쪽으로 오봉을 사이에 두고 일선천을 이루면서, 또한 서쪽 봉우리를 사이에 두고 가부석을 올려두고 있다. 서쪽 봉우리의 서쪽에는 또 하나의 바위가 가로로 걸린 채 높은 평대를 이루고 있다. 이 봉우리의 동서 양쪽의 돌은 모두 가부좌를 틀고 앉을 수 있다.

가부석에서 동쪽으로 일동석(一動石)을 밟고서 층계를 따라 동쪽 봉우리로 올라갔다. 그 꼭대기 남쪽으로 일선천에 다리 하나가 걸쳐져 있다. 이 다리를 건너 오봉의 산마루로 나온 뒤, 동쪽으로 돌층계를 기어올라 천주봉의 바깥을 타넘었다. 천주봉에서 북쪽으로 건창부의 부성을 굽어보니, 유리기와[1] 지붕이 햇살에 반짝였다. 서쪽으로 마교봉(麻嶠峰)을 바라보니, 비취빛 산봉우리가 하늘 높이 솟구쳐 있다. [이때 날이 맑아지니 상쾌하기 그지없었다.]

여기에서 북쪽의 천주봉 북쪽으로 내려왔다. 높다란 벼랑이 아래로 굽어보고, 그 사이에 끼어 있는 바위 위에 오래 묵은 매화 한 그루가 자라나 있다. 이 바위는 '병풍석(屏風石)'이다. 천주봉 북쪽으로 틈새 하나가 갈라져 있으며, 틈새 위에 기어올라 앉을 수 있는 평대가 걸려 있다. 이곳은 '적수애(滴水崖)'이다. 적수애 안에는 3길이나 곧추 올라가는 석굴

이 있다. 이 석굴은 남쪽 모퉁이의 깎아지른 듯한 벼랑의 동굴과 마주
보고 있다. 이곳은 천주봉의 북쪽 모퉁이이다.

이곳에서 동쪽으로 내려오자, 드높은 벼랑이 한 층 더 있다. 이곳은
독서대(讀書臺)라는 곳인데, 지금은 죽영암(竹影庵)이 지어져 있다. 그 남
쪽에서 바위를 기어오르자, 매화암(梅花巖)이 나왔다. 바위 틈새는 동쪽
으로 향하여 있고 누워 쉴 만했다. 이곳은 천주봉의 동쪽 모퉁이의 아
래층이다.

비오봉의 서쪽에 두모각(斗姆閣)이 있고, 두모각 옆에 섬굴석(蟾窟石)이
있다. 그 아래에는 움팬 채 움집이 지어져 있고, 위에는 평대가 툭 튀어
나와 있다. 책상다리를 하고 앉아 휘파람을 불 만도 했다. 이곳은 비오
봉 서쪽 모퉁이의 아래층이다. (이하 결락됨) 이날 건창부에서 하조어(夏調
御)와 구사장(丘士章)을 만났다.

---

1) 유리(琉璃)는 알루미늄과 나트륨의 규산화합물을 태워서 만든 유약의 일종이다. 유
   리기와는 이러한 유리 유약을 발라 구은 기와로서, 녹색이나 황금빛을 내기에 주로
   궁전이나 사원 등의 건축물에 많이 사용된다.

11월 초닷새

아침 식사를 마친 후 구사장 및 하조어와 헤어졌다. 2리를 나아가 큰
길로 나왔다. 남쪽으로 10리를 나아가 양원령(楊源嶺)이라는 고개를 넘었
다. 고개를 내려오자, 동쪽에 큰 시내가 남쪽에서 북쪽으로 흐르고 있
다. 시내를 건너 2리를 갔다. 동계산포(東界山鋪)라는 곳이 나왔다. 부성
에서 어느덧 20리나 떨어져 있었다.

여기에서 시내를 따라 동쪽으로 5리를 나아가자 대양(大洋)이 나오고,
3리를 나아가자 계하(界下)가 나왔다. 수많은 배들이 물고기 비늘처럼 시
내 가운데에 늘어서 있다. 상류에 있는 석전탄(石箭灘) 때문에 무거운 배
들이 오르내릴 수 없는지라, 모두들 이곳에 배를 대고서 화물을 바꾸어

싣느라 대기하고 있었던 것이다.

시내의 북쪽에는 익부(益府)[1]의 왕릉이 많이 있었다. 다시 2리를 올라가자 석전탄이 나왔다. 이곳은 돌들이 물길을 어지러이 막고 있는데다 물살이 매우 빨랐다. 석전탄의 서쪽에는 능소봉(凌霄峰)이 홀로 우뚝 솟아 있고, 여기에 불사가 지어져 있다. 양원령에서 나온 이후, 산세는 굽이굽이 휘감아 돌고, 능소봉만이 홀로 우뚝했다. 이곳을 지나자 산은 차츰 툭 트이면서 점점 낮아졌다.

다시 3리를 가자, 시내 남쪽에 산이 하나 보였다. 능소봉보다는 낮지만 날카롭기는 훨씬 더했다. 이곳은 팔선과퇴(八仙過腿)이다. 산위에는 바위가 우뚝 솟아 있고, 뭇산과 사뭇 달랐다. 하지만 나루가 없어 오를 수가 없었다. 다시 7리를 나아가자, 초석포(硝石鋪)가 나왔다. 이곳은 부성으로부터 벌써 40리나 떨어진 곳이다. 초석포의 저잣거리는 매우 길다. 남쪽과 동쪽의 두 줄기 시내는 여기에서 합쳐지는데, 남쪽에서 온 것은 신성현(新城縣)에서 흘러온 시내요, 동북쪽에서 온 것은 삼관(杉關)에서 흘러온 물길이다. 동쪽 시내는 오복(五福)에 이르기까지는 뱃길로 40리이요, 오복에서 삼관까지는 육로로 30리이다. 삼관은 강서성과 복건성의 경계이다. 남쪽 시내는 뱃길로 60리를 달려 신성현에 이른다.

육로로 신성현에 가는 길에 초석포에서 동쪽의 동계교(東溪橋)를 건너서 남쪽으로 나아가자, 철선암(鐵仙巖)이 나왔다. 이곳의 산은 온통 똑같은 빛깔의 바위로 뒤덮여 있다. 마치 종을 쌓아놓은 듯, 솥을 뒤집어엎은 듯하다. 북쪽의 산중턱은 베어낸 듯 가파른 벼랑을 이룬 채, 마치 병풍처럼 평탄한 들판 사이에 우뚝 서 있다. 벼랑의 틈새를 따라 기어올랐다. 양쪽 벼랑 사이에 고인 물은 시내를 이루고, 시내 바닥에 벼랑이 우뚝 꽂혀 있다. 벼랑에 뚫린 잔도를 타고 나아갔다. 한 줄기 물이 동쪽에서 흘러들었다. 이 시내에도 역시 똑같은 빛깔의 바위가 바닥에 꽂히듯 우뚝하다. 잔도는 발을 내딛을 수 없을 만큼 비좁다.

물길 위에 걸린 다리를 남쪽으로 건넌 뒤, 다리 하나를 돌아들었다.

서쪽의 큰 시내를 건너 산골짜기를 기어올랐다. 날 듯한 커다란 바위가 동쪽으로 뻗어 나와 있다. 법선(法宣)이라는 중이 이곳 바위에 의지하여 누각을 짓고 누각 바깥에 대나무를 심어놓았다. 그윽하면서도 툭 트여 있다. 이때 어느덧 뉘엿뉘엿 해가 지고 있었다. 이곳에서 하룻밤 신세를 지고자 했다. 그러나 중이 몹시 다급하게 손님을 내쫓는 기색이 목소리와 낯빛에 역력한지라 끝내 그곳을 나오고 말았다.

이어 골짜기의 다리를 건넜다. 서쪽으로 오르는 돌층계가 보였다. 돌층계를 타고 산꼭대기에 올랐다. 산꼭대기에서 잠시 이리저리 거닐면서 등성마루를 두 번 지났다. 온통 깊은 구덩이와 깎아지른 듯한 골짜기가 구불구불 가로세로로 얽혀 있고, 물이 고여 있거나 말라붙어 있다. 장마비가 내리면 깊이 잠기지 않는 곳이 없으리라는 생각이 들었다. 이때 해는 벌써 서산에 저물었다. 2리쯤 산을 내려와 서쪽으로 나아갔다. 초석포의 동계교 남쪽에서 하룻밤을 묵었다.

---

1) 명대에는 친왕(親王) 및 군왕(郡王)에게 일정 지역의 부(府)를 봉토로서 하사했는 바, 익부(益府)는 성화(成化) 23년(1487년)에 건창부의 남성현(南城縣)에 설치되었다. 명대에는 모두 27명이 익부의 군왕(郡王)으로 봉해졌다.

11월 초엿새

아침에 일어나니 각해사(覺海寺)의 경관이 아름답다는 이야기가 들려왔다. 날이 밝자 남쪽으로 2리를 내달려 남계(南溪)의 왼쪽에 이르렀다. 절은 오래되었으며, 절 앞은 철선암 서쪽의 두 번째 겹이었다. 초석포의 남쪽에는 산마다 온통 바위들이 쌓여 있다. 산은 남쪽으로 구불구불 뒤얽히다가 마치 무너진 담처럼 뚝 끊어졌다. 봉우리마다 모두 마찬가지인데, 철선암은 그 한 가운데에 있다. 서쪽은 두 곳이 툭 튀어나왔다가 남계의 왼편(즉 각해사의 앞)에서 끝이 난다. 동쪽은 두 곳이 툭 튀어나왔다가 지지암(止止巖)의 동쪽까지 뻗어 있다. 좀 더 동쪽에는 산이 남쪽으로 굽이돈다.

각해사에 들어서자, 그 앞쪽에 산이 보였다. 곧바로 절을 나왔다. 벼랑을 따라 벼랑의 서쪽에 올랐다. 남계가 북쪽으로 졸졸 흘러가고 있었다. 때마침 조그마한 배가 신성현에서 오고 있었다. 남쪽으로 가다가 벼랑이 끝나는 곳에 동쪽으로 뻗어내린 골짜기가 나타났다. 남북 양쪽의 벼랑이 동쪽으로 뻗어내린 골짜기와 마주 솟구쳐 있으니, 산등성이를 건너뛰는 곳은 도리어 서쪽의 시냇가 위에 있을 것이다.

이 골짜기는 깊숙이 움푹 꺼져 있었다. 이것을 보고서 나는 산속의 돌층계를 밟아 동쪽으로 산마루까지 곧바로 올라갔다. 산마루에는 동서 양쪽에 평대가 있다.

[서쪽에서 동쪽으로 나아갔지만, 길이 끝나버려 나아갈 수가 없었다. 아래를 굽어보니, 어지러운 골이 종횡으로 얽혀 있고, 골짜기는 나무가 가지를 낸 듯 굽이져 있다. 물이 모여 못을 이루고, 못물은 짝을 나누어 겹겹이 쏟아져 내렸다. 이곳이 이른바 금귀호(金龜湖)가 아닌가 싶었다. 또한 두 봉우리의 동쪽 아래에는 길이 없고, 다만 동쪽 골짜기에만 물도 있고 길도 있었다. 이곳이 철선암이 아닐까 생각했다.

이에 왔던 길을 되짚어 내려왔다. 시내 동쪽의 양쪽 벼랑이 마주친 골짜기에 이르러, 벼랑 아래의 동쪽을 따라 골짜기 속으로 들어갔다. 차츰 내려올수록 길은 더욱 질척거렸다. 마침내 동북쪽으로 3리만에 소항구(小港口)에 닿았다. 물길이 한공교(韓公橋)에서 흘러왔다. 물을 건너 산에 접어들어 북동쪽으로 3리를 가자, 대석암(大石巖)이 나왔다. 다시 5리를 나아가 한공교에 이르고, 3리를 나아가 쌍동조(雙同槽)에 다다랐다. 남쪽으로 2리를 가자 자운암(紫雲巖)에 이르고, 서쪽으로 1리만에 시내를 건너자 부자암(夫子巖)이 나왔다. 자운암을 되돌아 나와 1리만에 향석암(響石巖)에 이르렀다. 다시 고개를 넘어 1리만에 축수(竺岫)에 당도했다.]

11월 초이레

축수에서 다리를 건너 남동쪽으로 3리를 나아가 서갱령(舒坑嶺)에 이르렀다. 다시 3리를 나아가 면만(緬灣)에 이르고, 다시 6리를 나아가 진방(陳坊)에 이르렀다. 진방에는 북쪽에서 남쪽으로 흐르는 물이 있다. 아마 노계에서 동계로 흘러내리는 물길이리라. 다리를 넘어 동쪽으로 고개 하나를 오르내렸다가 올랐다. 이곳은 철만령(鐵灣嶺)이라 한다. 모두 3리를 나아가 고개를 내려가자, 전가만(錢家灣)에 이르렀다.

다시 동쪽 시내를 따라 2리를 나아가 황원교(黃源橋)에 이르렀다. 시내를 건너 남쪽으로 1리만에 황만령(黃灣嶺)을 넘었다. 남쪽으로 6리를 나아가자, 장행령(長行嶺)이 나왔다. 장행령을 넘으니 연가만(連家灣)이다. 이곳은 신성현 서북쪽 경계이다. 연가만에서 산등성이를 나오니 주가애(周家隘)인데, 이곳은 신성현에서 건창부로 들어가는 관도(官道)이다.

다시 서쪽으로 10리를 가자 백순포(百順鋪)가 나오고, 다시 3리를 나아가 분수령(分水嶺)에 올랐다. 이전에 백순포에서 서쪽으로 주가애로 가던 길에 서쪽으로 흐르는 조그마한 물줄기가 있기에 남계(南溪)로 흘러드는 물길이라 여겼었다. 이번에 분수령에 오르고 나서야 북쪽으로 동계에 흘러드는 물길임을 알게 되었다.

다시 5리를 나아가 사로령(沙路嶺)을 넘고, 5리를 더 나아가 다리 하나를 지났다. 다리 아래를 흐르는 물길은 고학파(高學坡)에서 흘러왔다. 5~6리를 가서 다리를 넘어 남쪽으로 향하매, 남쪽의 대계와 만났다. 다시 2리를 나아가자, 동쪽은 관음애(觀音崖)요, 서쪽은 선거원(仙居院)이다. 양쪽의 벼랑이 마치 문처럼 시내를 조여 막고 있다. 문 안쪽의 맑은 못은 몹시 깊다.

다시 3리를 나아가 신성현 북문으로 들어왔다가 서문을 나왔다. 석문은 그다지 웅장하지는 않지만, 저잣거리는 자못 흥성했다. 문을 나서 돌다리를 건넜다. 일봉산(日峰山)이 돌다리를 마주한 채 시내를 굽어보고 있다. 돌다리를 건너 남쪽으로 시내를 따라 나아가다가, 잠시 후 남서쪽으로 몸을 돌려 백석령(白石嶺)에 올랐다. 10리를 가서 문강교(文江橋)를 지나서야 대계와 다시 만났다. 시내 물길은 이곳에 이르러 이미 배를 띄울 수 없게 되었다.

이곳에서 마침 시내를 따라 남서쪽으로 죽산(竹山)을 지났다. 산세 또한 험준하고 특이했다. 산 위에 죽선원(竹仙院)이 있다. 다시 10리를 나아가 주사(周舍)에 이르렀다. 주사의 남쪽에서 길을 꺾어 동쪽으로 나아가자 담언수(潭偃水)가 나왔다. 자못 넓고 크다는 느낌이 들었다. 이곳은 문강(文江)의 상류이다. 15리를 나아가 석병강(石瓶崗)에 투숙하고자 했다. 이곳은 신성현으로부터 25리, 그리고 복산(福山)으로부터 15리 떨어져 있다.

(11월 초여드레는 결락됨)

11월 초아흐레

곤석(崑石) 스님께 드릴 시 12수를 쓰고 나니, 어느덧 오전이 되어버렸다. 즉시 초가 집채에서 왼쪽으로 벼랑을 따라 남쪽으로 내려갔다. 좁고 가파른 길이 깊은 풀숲에 가려져 숨었다 나타나곤 했다. 3리를 쭉 내려왔다. 시내 한 줄기가 소곡봉(簫曲峰) 뒤에서 남동쪽을 따라 흘러왔다. 이 물길은 바깥층의 커다란 산을 사이에 끼고서 이루어져 있다. 아마 이 산은 복건성과의 경계일 것이다. 이 산은 북동쪽으로 뻗어 소곡봉을 이루고, 북서쪽으로 뻗어 응감봉(應感峰), 회선봉(會仙峰)을 이루고 있다. 두 줄기의 시냇물이 이 산을 끼고서 서쪽으로 흘러가는데, 여전히 신성현에 속한다. 소곡봉의 남계(南溪) 위에는 몇 채의 인가가 있다. 주민들은 산 위에 생강·토란·차·대나무 등을 가꾸는 것을 생업으로 삼고 있으며, 마을 이름은 판포(坂鋪)이다.

판포에서 시내를 건너 남동쪽으로 고개를 올라 1리를 나아가 산허리를 돌아들었다. 다시 남쪽으로 2리를 간 뒤, 곧장 산꼭대기로 올랐다. 다시 2리를 가서 남쪽으로 내려갔다가 동쪽으로 응강암(應感巖)에 올랐다. 응감암은 서쪽을 향해 있다. 쭉 뻗은 커다란 골이 빙 둘러 동굴을 이루고 있다. 그 안에 집이 지어져 있는데, 아래에서 바라보니 마치 허공에 의지하여 절벽에 엮어놓은 듯하다. 바위 벼랑의 꼭대기는 동굴보다 1리나 더 높다.

벼랑의 동굴에 거처하는 스님에게 식사를 대접받은 후 곧장 벼랑의 옆을 따라 기어올랐다. 이곳보다 더 높은 봉우리는 없으리라 여겼는데, 나중에 다 오르고 나서야 회선봉이 뭇 봉우리보다 훨씬 높다는 사실을 깨달았다. 응감봉에는 두 봉우리가 이어져 솟아 있다. 동쪽의 봉우리는 큰 산에 이어져 있다. 그 이어진 곳의 산등성이는 넘기에 매우 가팔랐다. 산등성이 북쪽의 물길은 판포로 흘러나가고, 남쪽의 물길은 회선봉에서 북쪽을 향해 흘러간다. 응감봉과 회선봉의 서쪽에 흐르는 물길은 이곳 산등성이에서 멈춘다.

나는 응감봉 남쪽에서 3리를 내려갔다가 이 물줄기를 지나 다시 남쪽으로 올라갔다. 회선봉 북쪽은 큰 산의 등성이에 이어져 있다. 산등성이의 동쪽의 물길은 서쪽으로 회선봉의 남쪽으로 흘러나간다. 그 남쪽에 또 큰 산이 있다. 이 산은 동북쪽으로 응감봉 뒤쪽의 큰 산에 이어진다. 물길은 이 산을 끼고서 서쪽으로 흘러간다. 이 가운데의 우묵한 평지에 있는 마을은 구방(九坊)이다. 이 마을은 신성현의 오십일도(五十一都)이다.

회선봉과 마주한 산의 이름은 미양동(迷陽洞)이다. 이 산의 남쪽은 소무부(邵武府)의 건녕현(建寧縣)이다. 그 큰 산의 남동쪽은 태녕현(泰寧縣)이고, 남서쪽은 건창부의 광창현(廣昌縣)이다. 회선봉 남쪽의 큰 산은 바로 남쪽의 산줄기가 북쪽에서 뻗어내려오다 동쪽으로 돌아든 곳이다. 산등성이를 건너뛴 곳에서 회선봉까지는 [바라보기에는 매우 가깝다. 하지만 네 곳의 봉우리를 잇달아 넘으니 모두 험준하고 가팔랐다.] 산등성이 아래쪽은 어지러운 골이 종횡으로 얽혀 있다. 물이 고여 못을 이루고 있다. 이른바 금귀호(金龜湖)가 바로 이곳이 아닌가 싶었다.

[네 번을 오르내린 뒤 4리를 나아가 회선봉 꼭대기에 올라섰다. 동쪽에 이웃한 큰 산은 모두 회선봉 아래에 엎드려 있으며, 소곡봉과 응감봉은 더 말할 나위가 없었다. 회선봉에서 서쪽으로 남풍현(南豐縣)까지는 100리 길이요, 남동쪽 건녕현까지 역시 100리 길이다. 회선봉 곁으로 여러 채의 인가가 미양동 남쪽에 비스듬히 이웃하고 있다. 큰 산속에 쓸쓸하기 짝이 없다.]

11월 초열흘

회선봉에서 서쪽으로 내려와 10리만에 시내를 건넜다. 이 시내는 응감봉의 남서쪽에서 흘러내려온 물길이다. 다시 5리를 나아가자 관공요(官公坳)가 나오고, 5리를 더 가자 하포(下埔)가 나왔다. 응감계(應感溪)는 동쪽에서 서쪽으로 흐르고, 회선봉의 남계(南溪)는 남쪽에서 북쪽으로 흘렀다. 두 시내는 모두 하포에서 만나 북쪽으로 흘러간다. [하포에서 위로 올라가니 깎아지른 듯한 벼랑 사이에 폭포가 곳곳마다 보이는데, 역시 모두 하포에서 만난다.]

하포 남쪽에서 서쪽으로 나아갔다. 고개 하나를 넘어 5리를 가서, 황사(黃舍)에 이르렀다. 다시 남서쪽으로 고개 두 개를 넘고서 5리만에 장촌(章村)에 이르렀다. 비로소 산이 활짝 열리고 마을의 저잣거리가 보이기 시작했다. [남쪽에서 북쪽으로 흐르는 물줄기가 있는데, 건녕현 구가령(邱家嶺)에서 발원한다. 이 고개는 장촌에서 남쪽으로 15리 떨어져 있으며, 55리를 더 가야 건녕현에 이른다고 한다.]

서쪽으로 5리를 나아가 용전(容田)에 이르렀다. 다시 서쪽으로 3리를 가서 장강령(長江嶺)을 지났다. 3리를 더 가서 오석(烏石, 이곳에 권석교卷石橋가 있다)에 다다랐다. 다시 2리를 가자, 상평(上坪)이 나왔다. 시내를 따라 남서쪽으로 4리를 가자, 남서쪽에서 북동쪽으로 흐르는 큰 시내가 나타났다. 이 시내를 거슬러 올라갔다. 서쪽으로 3리를 가다가 나무다리를 지나고, 북쪽에서 흘러온 작은 시내를 거슬러 조그마한 돌다리를 건너 북쪽의 고개를 올랐다. 3리를 가자 차오요(茶塢坳)가 나오고, 서쪽으로 3리를 더 가자 하목령(何木嶺)이 나왔다. 고개를 넘어 남서쪽으로 2리를 나아가 매원(梅源)에서 하룻밤을 묵었다.

11월 11일

동녘이 언뜻 밝아왔다. 매원에서 자그마한 물길을 거슬러 서쪽으로 고개 하나를 넘었다. 길은 마땅히 골짜기(매원에서 황파黃婆까지는 30리 길이고, 황파에서 현성까지는 30리 길이다)를 넘어 서쪽으로 가야 하는데, 휴게소 가게 주인의 말을 좇아 끝내 북쪽에서 곧바로 고개에 올랐다. 3리를 나아가 고개의 북쪽을 넘자, 하늘이 차츰 밝아졌다.

길 가는 이에게 물어보고서야 길을 잘못 들어섰음을 깨달았다. 그래서 고개 측면의 길을 따라 남쪽으로 돌아들었다. 고개를 두 겹 넘어 모두 4리를 가자, 산간 마을이 나타났다. 마을 사람에게 물어보니 이렇게 대답했다. "이 고개가 바로 남풍현(南豐縣)의 경계입니다. 고개 북쪽의 물은 신성현으로 흘러가고, 고개 남쪽의 물은 영풍현(永豐縣)[1]으로 흘러가지요. 다만 자그마한 물길을 따라 남쪽으로 1리를 가면 큰길이 나올 겁니다."

그의 말을 좇아 나아갔다. 제상오(漈上塢)에 이르러서야 매원에서 오는 큰길과 합쳐졌다. 이곳은 평탄한 들판이 빙 둘러 있고, 사방의 산이 골을 에두르고 있다. 지대가 낮다는 생각이 들었다. 잠시 후 물길이 느닷없이 아래로 떨어져 층층이 흘러내리다가 마침내 폭포를 이루었다. 오설(五泄)과 마고(麻姑)의 이름은 요행히 혼자 있기에 유명해졌음을 깨달았다. 이곳의 이름은 제산조(漈山竈)이다. 매원으로부터 고작 5리밖에 떨어져 있지 않았으나, 나는 돌고 돌아 10리를 걸어왔던 것이다. 물길 위에 사는 사람들은 제상(淛上)이라 부르고, 물길 아래에 사는 사람들은 제하(淛下)라 일컬었다.

다시 5리를 가자, 하가교(夏家橋)가 나왔다. 5리를 더 가서 니고요(尼姑坳)에 이르렀다. 가는 길에 북쪽에서 흘러오는 두 줄기의 물이 합쳐졌다. 다시 5리를 가서 건창교(乾昌橋)에 이르자, 어느덧 뗏목을 띄울 수가 있었다. 다시 5리를 가자, 창랑교(滄浪橋)가 나왔다. 5리를 더 가서 황파교(黃婆橋)에 이르렀다. 북쪽에서 시내 한 줄기가 흘러왔다. 그 시내 위에 다리가 걸려 있다. 물길은 다리 남쪽에서 흘러나와 제상의 물길과 합쳐져서 함께 남쪽 산으로 흘러내려갔다.

나는 육로로 북쪽 고개에서 산에 들어섰다. 고개를 빙빙 돌아 올라갔다. 북쪽으로 5리를 가자 장석령(藏石嶺)에 이르렀다. 3리를 더 가서 다시 한 번 조그마한 시내를 건넜다. 이 시내 역시 북쪽에서 남쪽으로 흐르고 있다. 시내를 넘어 서쪽으로 2리를 가자, 사구포(思久鋪)가 나왔다. 사구포에는 조그마한 다리가 있고, 다리 아래로 실개천이 서쪽으로 흘렀다. 길 또한 실개천을 따라 나 있다. 5리를 나아가 서쪽으로 내피교(來陂橋)에 이르렀다. 제법 큰 시내 한 줄기가 북쪽에서 흘러와 합쳐진 뒤, 함께 다리 아래를 지난다. 제상의 큰 시내 역시 남쪽에서 흘러와 합쳐져 함께 북쪽으로 흘러간다.

다시 1리를 나아갔다. 시내 동쪽에 사산(獅山)이 있고, 서쪽에는 상산(象山)이 있다. 사산의 바위는 홀로 우뚝 솟아 있음에 반해, 상산은 반쯤 도끼에 잘린 듯 반쯤 떨어져나가 있다. 두 개의 산이 물길 어귀를 단단히 조이고 있는데, 그 가운데에 돌다리가 걸려 있다. 이것은 석가교(石家橋)이다. 시내는 다리 아래에서 모두 북쪽으로 흘러가고, 길은 다리 위에서 서쪽으로 부성을 향해 있다. 다리를 건너 1리를 나아가자, 남쪽에서 북쪽으로 흘러가는 조그마한 시내가 또 있고, 그 위에 돌다리가 걸쳐져 있다. 다시 3리를 걸어 애가령(艾家嶺)에 올랐다.

다시 10리를 나아가 남풍현에 이르러 현성의 동문에 들어섰다. 3리를 나아가 서문을 빠져나왔다. 우강(盱江)이 남서쪽에서 서문에 이르러 남문을 돌아 북쪽으로 꺾어지더니, 동문을 거쳐 북쪽으로 흘러내렸다. 우강이 제상에서 흘러온 물길과 현성 북쪽의 하류에서 만나리라 생각했다. 서문 밖은 시냇가 언덕에 맞닿아 있는데, 시내의 벼랑 위에 바위가 불쑥 솟아 있다. 그 사이에 길이 나 있고, 그 위에 불각이 지어져 있다. 벼랑이 강에 맞닿은 채 성곽을 띠처럼 두르고 있다. 그 아름다움이 제법 구경할 만했으나, 갈 길이 급한 지라 오를 겨를이 없었다.

다시 서쪽으로 5리를 나아갔다. 북쪽에서 흘러오는 시내 한 줄기가 있다. 시내의 다리를 건너자, 서쪽에서 흘러오는 시내 한 줄기가 또 있다. 그 시내를 거슬러 나아가는데, 시내 위에 여러 채의 인가가 보였다. 이곳은 삼강구(三江口)이다. 생각해보니, 두 줄기의 시내가 우강과 합쳐졌기에 그렇게 일컬어졌으리라.

---

1) 영풍(永豊)은 남풍(南豊)의 잘못일 것이다. 영풍은 이곳에서 매우 멀리 떨어져 있다.

11월 12일

동틀 무렵, 삼강구에서 서쪽으로 시내를 건넜다. 왼쪽 길을 따라 나아갔다. 길은 점차 좁아졌다. 6~7리를 가자 해가 떠오를 즈음 산 어귀에 들어섰다. 인가 한두 채가 길에서 제법 멀리 떨어져 있다. 이전에 누군가가 삼강구에서 10리를 더 들어가면 산 길목에 묵을 만한 곳이 있다고 말했었다. 그런데 이곳이 삼강구에서 너무 가까운 게 의아스러운데다, 주민이 너무 적은 것도 이상했다. 두 개의 산고개를 잇달아 넘어 3리를 가다가 다가오는 이를 만나 그에게 물었더니, "길을 잘못 들었소! 바른 길은 남쪽에 있으니, 애초에 삼강구에서 시내를 건넌 게 잘못이었소"라고 대답했다. 그리고는 나에게 좁은 길을 따라 돌아가라고 가리켜

주었다. 이 고개의 북서쪽은 오갱(吳坑)이고, 남동쪽은 동갱(東坑)이며, 삼강구에서 벌써 10리나 떨어져 있었다.

이에 남쪽에서 돌아들어 깊은 구덩이를 내려가다가 주민을 만났다. 다시 고개로 올라가는 길을 가리켜 주었다. 모두 5리를 걸어 후아(後阿)에 이르렀다. 후아의 서북쪽 좁은 길을 따라 2리를 곧추 올랐다. 조그마한 묘당 한 채가 갈림길에 서 있었다. 묘당의 서북쪽에서 산 중턱의 북쪽 산벼랑을 따라 평탄하게 갔다. 2리만에 산등성이를 지나는 곳에 이르자, 남북으로 모두 길이 나 있다. 서쪽으로 고개를 넘어가는 길이 유독 좁았다. 이 길을 따라 올랐다.

잠시 후 봉우리 한 곳에 오르자마자 산골짜기로 돌아 들어섰다. 이 골짜기 아래의 시내는 서쪽에서 동쪽으로 흐르다가, 동쪽 골짜기 어귀의 부서진 암벽 아래로 흘러내렸다. 골짜기 어귀에 봉우리 하나가 있다. 남서쪽 암벽의 반은 곧장 밑바닥까지 기울어져 있고, 뾰족한 바위는 마치 쇠를 깎아놓은 듯하다. 길은 그 맞은 편 벼랑에 있다.

골짜기의 북쪽을 따라 서쪽으로 들어섰다. [산등성이가 뛰어넘는 곳에서 고개 너머 이곳까지는] 모두 3리 길이다. 바위 하나가 남쪽 벼랑에 날듯이 불쑥 솟아 있다. 바위는 아래로 시내를 굽어보고 위로 하늘을 떠받치고 있다. 햇빛과 시내 그림자가 모두 어른어른 반짝거렸다. 시내 속에는 커다란 바위가 우뚝 서 있고, 그 서쪽의 양쪽 벼랑은 바짝 붙은 채 마치 문처럼 곧추 서 있다. 물은 벼랑 중간에서 암벽에 떨어져 내리고, [커다란 바위를 휘감아 돌아나간다. 아마 군봉산 동쪽 시내의 원류이리라.] 벼랑 아래 새로 놓인 다리 하나를 건너 북쪽으로 나아갔다. 다시 고개에 올라 반리를 나아가니, 산은 휘감아 돌고 물이 고여 있다. 갈림길을 찾아 암자로 들어섰다. 암자의 이름은 용당암(龍塘庵)이다. 그곳의 도인이 "서쪽에 용담이 있으나, 길에 가시덤불이 무성하여 들어갈 수가 없습니다"라고 말했다. 도인이 주는 찻물을 얻어 마시면서 약간의 간식을 먹었다.

암자에서 나와 왼쪽에서 자그마한 시내를 건너 다시 곧바로 고개를 올랐다. 2리를 나아가 다시 산 북쪽의 응달진 벼랑을 따라 가는데, 산꼭대기 위에서 산골물이 허공을 날아 여러 차례 떨어져 내렸다. 길이 산골물 위로 가로지르기를 [대여섯 차례], 산골물은 흘러내려 다시 시내를 이루었다. 다시 3리를 나아가자 벼랑 사이에 나무가 가로질러 있다. 2리를 더 가서 군봉산의 북쪽으로 돌아들었다. 올려다보니 봉우리의 꼭대기가 마치 하늘을 찌를 듯 솟구쳐 있다. 바위 틈새의 산골물이 봉우리 꼭대기에서 움푹 팬 곳에 매달려 쏟아져 내렸다. 이 물은 아마 북쪽 시내의 원류이리라.

시내를 건너 [200걸음] 나아가 다시 고개 하나를 넘었다. 북쪽에서 뻗어온 큰길과 합쳐졌다. 남쪽으로 드높은 군봉산 꼭대기로 기어올랐다. 겹겹의 봉우리로 가로막히는 일은 없었다. 군봉산 북동쪽 길 어귀에서 서쪽으로 1리를 올라 북쪽 고개의, 산등성이가 건너뛰는 곳에 이르렀다. 세 칸의 빈 집이 있었다. 그 안에는 끈으로 엮어 만든 침상과 흙 아궁이가 있었지만, 사는 사람은 없었다. 빈 집의 서쪽 아래는 의황현(宜黃縣)으로 가는 길이고, 동쪽은 방금 올라왔던 큰길이다.

이곳에서 남쪽으로 올라갔다. 층층으로 깎아 만든 돌층계가 차례차례 나타났다. 허공을 밟듯 오르는데, 길은 매우 잘 닦여 있다. 진현현(進賢縣)의 김(金)씨(김씨의 이름은 정벽廷璧이다) 성의 부모가 돈을 내어 만들었다고 한다. 이곳에서 오를수록 지형은 더욱 높아져, 바람의 기세가 차갑고 사나워졌다. 회선봉과는 사뭇 달랐다. [길이 나뉘는 곳에서 꼭대기까지는 죄다 오르막길로서, 굽이진 길이나 내리막길이 없다. 모두 4300걸음만에 군봉산 산마루에 당도했다.]

군봉산 꼭대기에 올라 내려다보니, 대여섯 곳의 날카롭게 우뚝 솟은 봉우리가 남서쪽에서 점점이 줄을 지어 뻗어 있다. 복건성에서 뻗어올라온 산줄기이다. 군봉산 꼭대기의 남쪽에 이르자, 착기봉(着棋峰)이 빙 둘러 뻗어 있다. 그 우뚝 솟아 험준함은 다른 봉우리가 따르지 못할 정도였다. [남풍현에서 나와 거반령(車盤嶺) 남쪽을 따라 오르는 길은 북쪽의 길만큼 트여 있지 않았다. 그러나 착기봉을 지나 돌이 깔린 잔도로 벼랑을 돌아서, 서쪽 골짜기 속을 넘어 돌층계를 오르고 바위 틈새를 기어오르는 길은 몹시도 기이하고 험했다. 나는 북쪽의 길에서 착기봉 쪽의 길을 멀리 바라보면서 직접 밟아볼 수 없음을 아쉬워했다.]

군봉산은 우뚝 솟은 북쪽이 최고봉을 이루고 있다. 그곳의 석실에는 부구선(浮丘仙), 왕선(王仙), 곽선(郭仙)의 세 선인[1]의 상이 나란히 늘어서 있다. 최고봉에서 북쪽으로 넘어가는 산줄기는 세 칸의 빈 집이 있던 곳이다. 그 북쪽에 또 하나의 봉우리가 솟아 있다. 쭉 뻗어내리면 왕선봉(王仙峰)이고, 동쪽으로 내려가면 마고산이다. 또한 북동쪽으로 뻗어내리면 운개산(雲蓋山)을 이루었다가 건창부로 이어진다. 착기봉의 골짜기 사이로 바라보니, 아래에 높다란 동굴이 있다. 대나무를 붙들고 바위를 안고서 내려갈 때만 해도 아직 오후였으나, 동굴에 이르자 해는 벌써 차츰 서산 너머로 지고 있었다. 이에 서둘러 기어올라 일몰을 구경했다.

---

1) 세 선인은 고대 전설 속의 선인으로, 부구선(浮丘仙)은 부구공(浮丘公)을, 왕선(王仙)은 왕자교(王子喬) 혹은 왕자진(王子晉)을 가리키며, 곽선(郭仙)은 아마 갈홍(葛洪)을 가리킬 것이다.

11월 13일

(결락된 부분이 있음) 수레바퀴처럼 둥근 붉은 해가 옥쟁반과 같은 하늘 위로 서서히 떠올랐다. 태양 아래를 바라보니, 흰빛의 구름기운이 하늘가에 펼쳐져 있고, 구름 위로 몇 점의 비취빛 봉우리 끝이 솟아 있다. 이곳이 곧 회선봉 등의 여러 봉우리들이다. 군봉산 꼭대기에서 북쪽으로 10리를 내려와 빈 집이 있는 갈림길에 이르렀다. 동쪽을 따르지 않고 서쪽을 따라 내려오다가 혼원관(混元觀)에 이르렀다. 이곳은 군봉산의 북쪽 아래의 도관이다. 이곳은 어느덧 무주부(撫州府)의 의황현(宜黃縣)에

속해 있다. [듣자 하니 군봉산 남쪽의 거반령에서 오는 길에도 도관이 있다고 한다.]

물길을 따라 북쪽으로 내려갔다. 두 개의 산이 문처럼 마주 솟아 있고, 물은 그 사이에서 쏟아져 내렸다. 바위가 불쑥 튀어나와 물이 날듯이 떨어지는 모습은 보이지 않았다. 다시 5리를 내려가서야 산골물 바닥에 이르렀다. 이곳은 군봉산 정북쪽의 물길이다. 잠시 후 산을 내려와서야 비로소 지세가 훤히 트였다. 저 너머에 산이 한 겹 가로로 늘어서 있다. 이것은 어아산(魚牙山)이다. 또 남서쪽에서 흘러오는 물길이 있다. 이것은 군봉산 서쪽 골의 물이며, 이곳에 이르러 북쪽 산골물과 합쳐졌다.

물길을 따라 북동쪽으로 5리를 나아가 가사석(袈裟石)을 지났다. 양쪽의 산골 어귀가 조여져 있는 사이로, 물이 쏟아져 나왔다. 백여 가구의 마을이 그 바깥에 모여 있다. 이곳은 허상(墟上)이다. 또 한 줄기의 물길이 역시 남서쪽에서 흘러와 합쳐졌다. 이것은 어아산의 물길이다. 이 물길은 큰 시내와 합쳐져 북쪽으로 흐르다가 서쪽으로 돌아 의황현으로 흘러가는데, 의황현의 원류라고 한다.

허상 동북쪽의 갈림길에서 자그마한 시내를 거슬러 10리만에 동원(東源)에 이르렀다. 동쪽으로 고개를 올라 3리만에 판령(板嶺)이라는 고개에 올랐다. 판령의 물길은 서쪽으로 의황현으로 흘러들고, 남동쪽으로는 남풍현으로 흘러들며, 북동쪽으로는 역시 의황현으로 흘러든다. 판령은 군봉산 북쪽에서 뻗어내려온 산등성이리라. 판령을 넘어 동쪽으로 1리를 나아가자 다시 평지가 나타났다. 산속 시내는 휘감아 돌고, 몇 채의 인가가 시내에 의지하여 있었다. 이곳은 장령(章嶺)이라고 한다.

산속 평지를 1리쯤 나아갔다. 물이 동쪽으로 골짜기 사이를 흘러나와 깊은 구덩이로 떨어져 내렸다. 이 물길을 따르는 길이 나 있다. 남풍현으로 가는 길이라는 생각이 들었다. 이 물은 남동쪽으로 흘러 필경 남풍현으로 빠져나갈 터이니, 장령의 좁은 틈의 평지는 남풍현에 속함이 분명하다. 물길 어귀의 깊이 패인 구덩이의 북쪽에 길이 있는데, 역시 차츰 북쪽 구덩이쪽으로 뻗어내린다. 하촌(下村)으로 가는 길이다. 차츰 북쪽으로 하촌에서 칠리갱(七里坑)으로 빠져나가는 시내가 있다. 이 시내는 풍림(楓林)에 이르러 의황현으로 흘러내리는데, 하촌의 북쪽 또한 의황현에 속한다. 이 물길 어귀에서 북쪽으로 나 있는 길로 나아갔다. 판령에서 동쪽으로 넘어가는 산등성이이다. 이 산등성이가 매우 평탄하기는 하지만, 비좁다는 사실을 지날 때에는 깨닫지 못했다.

산등성이를 내려와 북쪽으로 5리만에 하촌에 이르렀다. 다시 북쪽으로 2리를 가자 물이 산골짜기 속으로 흘러들었다. 양쪽 산이 바짝 죄어 매우 좁았다. 긴 물줄기는 골짜기 바닥에 기울어져 흘러가고, 길은 산허리를 휘감고 있다. 산세는 울퉁불퉁하고, 길 또한 이러한 산세를 따랐다. 이곳은 십팔배(十八排), 즉 칠리갱이라 한다. 잠시 후 움푹 팬 구덩이를 내려와 산골물을 건넜다. 다시 평탄한 우묵한 평지가 나오고, 비로소 거주하는 사람들이 보였다.

때는 어느덧 밝은 달이 흐르는 물에 비치고 있었다. 북쪽으로 2리를 더 가자, 물길이 골짜기를 뚫고서 흘러나왔다. 다시 1리만에 골짜기를 빠져나왔다. 이곳은 풍림의 내촌(內村)이다. 1리를 더 나아가자 산이 훤히 트이고 물길이 돌아들었다. 서쪽으로 조그마한 다리를 건넜다. 이곳은 풍림(진방陳坊이라고도 한다)이다. 이곳에서 하룻밤을 묵었다.

11월 14일

날이 밝자 식사를 하고서 길을 나섰다. 조그마한 다리에서 작은 시내를 따라 북쪽으로 올라갔다. 대체로 풍림의 큰 시내는 서쪽으로 의황으로 흘러내리고, 작은 시내는 북쪽으로 남원(南源)에서 갈라져 흘러온다. 시내를 거슬러 북쪽으로 5리를 나아가 남만요(南灣坳)에 들어서서 분수령에 올랐다. 분수령의 남쪽은 의황현이고, 북쪽은 남성현이며, 남서쪽 경계로 고개를 넘으면 남원이다.

5리를 걸어 팔각장(八角莊, 이곳은 홍(洪)씨의 산장이다)에 이르렀다. 동쪽으로 물이 흘러내리는데, 이 물길을 따르지 않고 북쪽으로 황사령(黃沙嶺)에 올랐다. 2리만에 고개를 넘어 건아제(巾兒濟)로 내려왔다. 물길 역시 동쪽으로 흘러내렸으나, 역시 이 물길을 따르지 않았다. 북쪽으로 자그마한 물줄기를 거슬러 3리만에 난채문(欄寨門)에 올라 고개 위를 평탄하게 걸어가니, 이가령(李家嶺)이 나왔다.

다시 1리를 나아가 내려가기 시작했다. 1리를 내려가자, 그곳에 자귀(磁龜)가 나타났다. 자귀는 규봉 나기(羅玘)[1]가 거처했던 곳으로서, 남성현 남서쪽 90리에 있다. 문정 이동양(李東陽)[2]의 기록에 따르면, 북쪽은 부용봉(芙蓉峰)에 가로막히고 서쪽으로는 연주봉(連珠峰)에 막혀 있으며, 남쪽으로는 군봉산을 바라보고 동쪽으로는 영봉(靈峰)이 구불구불 이어져 있다. 시내 다리 아래에 바위가 있으나, 거북을 썩 닮지는 않았다. 시내 또한 그리 크지 않은 채, 서쪽에서 동쪽으로 흐르고 있다. 시내를 끼고서 가옥들이 들어서 있는데, 매우 부유해 보였다. 모두 나(羅)씨들이다. 화원갱(花園坑)이 있다고 들었으나, 경관은 이미 사라져버려 볼 만한 것도 없었다.

드디어 북동쪽으로 고개를 넘어 내려갔다. 시내는 남동쪽에서 움푹 팬 구덩이로 흘러내리는지라, 시내를 따라 갈 수 없었다. 동쪽으로 3리를 내려가자, 산골짜기가 조금씩 열렸다. 다시 한 줄기 물길을 따라갔다. 운양교(雲陽橋)라는 다리가 걸쳐져 있고, 물길 또한 남동쪽으로 흘러내렸다. 다시 이 물길을 버리고 동쪽으로 고개 하나를 넘었다. 2리를 더 가자 승룡요(乘龍坳)가 나왔다. 물은 남쪽으로 흘러내렸다.

동쪽으로 2리를 더 올라가자, 아요령(鵝腰嶺)이 나왔다. 고개 위로 평탄한 길을 걸어 다시 2리를 나아갔다. 1리를 내려가 서원(鉏源)에 이르렀다. 이곳에서야 물길이 비로소 동쪽으로 흘렀다. 자귀에 막 이르렀을 때에는 이곳을 평지라고 여겼다. 그런데 이곳에 이르러 돌층계를 밟아 내려가 모두 10리만에 왜배(歪排)에 이른 뒤, 줄곧 동쪽을 따라 내려가고서야, 비로소 자귀가 뭇 산의 한 가운데이자 꼭대기에 있음을 알게 되었다.

왜배 위쪽에는 벼랑을 날아 골짜기로 떨어져내리는 물이 많았다. 하지만 주민들이 거친 종이를 만드느라 물을 더럽힌 바람에, 새하얀 비단을 휘날리고 구슬을 매단 듯한 아름다운 경관은 사라져버렸다. 서원에서 흘러오는 조그마한 물길은 이미 이러할지라도, 자귀 동쪽의, 남동쪽의 골에 쏟아지는 물길은 틀림없이 무지개를 드리우면서 날듯이 떨어지는 폭포의 기이함을 지니고 있을지 어떨지 모를 일이다. 그렇지만 이 물길을 따라갈 수 없으니, 참으로 애석했다.

왜배를 나오자 남쪽으로 산간 평지가 트이기 시작했다. 물길 역시 남쪽으로 흘러갔다. 다시 동쪽으로 황토령(黃土嶺)을 넘었다. 모두 3리만에 갈림길을 내려가 동쪽으로 평탄한 전답사이를 나아갔다. 5리를 나아가자 시내 한 줄기가 북서쪽에서 동쪽으로 흘러가고, 그 위에 다리가 걸쳐져 있다. 이곳은 유진관(遊眞觀)의 전교(前橋)이다. 다시 동쪽으로 5리를 나아가자 우강이 남동쪽에서 북쪽으로 흐르고 있다. 이때 겨우 오후인데도, 배를 구할 수 없었다. 하는 수 없이 시내 서쪽의 노동(路東)에서 하룻밤을 묵기로 했다. 이 시내의 동쪽은 신풍(新豊)의 커다란 저자이다.

---

1) 나기(羅玘)는 남성현 출신으로 성화(成化) 말년에 향시에 합격한 이후 남경 이부우시랑(吏部右侍郎)을 지냈으며, 규봉(圭峰)선생이라 일컬어졌다.
2) 이동양(李東陽, 1447~1516)은 명대의 문인으로 자는 빈지(賓之)이고 호는 서애(西涯)이며, 예부상서 겸 문연각 대학사로서 중임을 역임했다. 시호는 문정(文正)이다.

11월 15일

노동에서 배를 구할 수 없어서 육로로 갈 수밖에 없었다. 오른쪽은 강이요 왼쪽은 산인지라, 오로지 북쪽으로만 나아갔다. 6리를 나아가 대안교(大安橋)에 이르렀다. 다시 30리를 나아가자 종고산(從姑山)이 멀리 바라다보였다. 건창부 남문에 들어섰다.

11월 16일

동문의 큰 다리를 건너자, 곧바로 다리 끝에서 남쪽으로 내려갔다. 모래언덕을 따라 길 양쪽에 대숲이 빽빽이 우거지고, 높다란 소나무가 구름을 스치듯 솟아 있다. 강의 물줄기와 성벽은 오른편에 비치고, 우거진 나무와 빽빽한 대나무가 왼쪽에 두르고 있다. 이곳은 중주(中洲)라고 한다. 원래는 도관이 있었는데, 지금은 불사로 바뀌어 있다. 절 앞의 매우 오래된 장군석이 두 개 있다. 문공 유현(劉鉉)[1]이 장군석을 위해 기록을 남겼는데, 이는 정남운(程南雲)[2]이 건창부 출신으로 유현과 함께 한림원에 재직했기 때문이다. 이날 또다시 하조어(夏調御)의 거처에서 술에 취했다.

---

1) 유현(劉鉉)은 명대의 장주(長州) 출신으로서 소첨사(小詹事)를 역임했으며, 자는 종기(宗器)이고 시호는 문공(文恭)이다.
2) 정남운(程南雲)은 명대 건창부 출신으로서 서예가로 유명하며, 자는 청헌(淸軒)이고 호는 원재(遠齋)이다.

11월 17일

정문 스님은 두 명의 짐꾼과 함께 마원(麻源)의 큰길을 따라 먼저 의황(宜黃)으로 가고, 나는 전(錢)·진(陳)·유(劉) 등에게 편지를 썼다. 이날 밤 하조어의 서재에서 묵었다.

11월 18일

하조어 등 여러 사람과 작별했다. 15리를 나아가 정오에 마고단(麻姑壇)에 이르렀다. 다시 서쪽으로 2리만에 우묵한 평지가 끝이 났다. 남쪽의 산을 따라 올랐다. 다시 2리를 나아가 오로봉 남서쪽으로 돌아나왔다. 이곳은 오로요(五老坳)이다. 여기에서 북쪽 산을 따라 올라 다시 2리를 가자 멸죽령(篾竹嶺)이 나오고, 멸죽령을 넘어 2리를 가자 단하동(丹霞洞)이 나왔다. 다시 서쪽으로 1리를 올라가니 옥선령(王仙嶺)이 나오고, 옥선령을 넘어 다시 서쪽으로 1리를 가니 장촌(張村)이 나왔다. 모두 이전에 다녀보았던 길이다.

이곳에서 다시 서쪽으로 산 중턱을 따라 평탄한 길을 나아갔다. 4리만에 주군령(朱君嶺)을 넘은 뒤, 다시 산 중턱을 따라 나아갔다. 대나무와 나무들이 빽빽하게 우거져 산을 가득 메우고 골짜기를 울긋불긋 색칠했다. [붉은 잎과 빨간 꽃이 깊은 푸른 숲을 수놓고 있는데, 바로 혜산(鞋山)이라는 곳이다.] 5리를 나아가 석평(石坪)에 이르렀다. 산들이 골짜기를 빙 둘러 에워싸고 있었다. 물을 따라 골짜기 안으로 들어서니, 골짜기 안은 몹시 둥글고 가지런하다. 수많은 산들 위에 이처럼 아늑한 곳이 있다니, 은거할 만한 곳이라는 생각이 들었다. 하지만 아쉽게도 구름 장막은 길손들이 오가는 길에 밟혀 부서져 있다. 수십 가구의 주민들은 종이 만들기를 생업으로 삼고 있다.

석평에서 다시 고개를 올랐다. 고개는 험준하고도 멀었다. 모두 5리를 가서야 비로소 고갯마루에 올라섰다. 이곳은 부용봉에서 동쪽으로 넘어가는 산등성이다. 산등성이는 두 겹인데, 모두 마치 담처럼 비좁은 채 동서로 이어져 있다. 산등성이 남쪽은 남성현(南城縣)에 속하고, 아래에는 용담(龍潭)의 옛 사찰이 있다. [깊은 골짜기 속에 있는데다 길이 협소하여 내려갈 수 없었다.] 산등성이 북쪽은 임천현(臨川縣)에 속한다.

산등성이를 넘어 서쪽으로 나아가니, 곧 부용산(芙蓉山)이 나왔다. 부용산은 남쪽에서 북쪽으로 뭇 산 위에 높이 걸쳐져 있다. 부용산의 동쪽은 임천현과 남성현의 경계이며, 서쪽은 의황현에 속한다. 부용산의 북동쪽을 따라 다시 1리쯤 오르자, 산속에 동북쪽을 향하여 사이에 긴 좁은 곳이 있다. 이곳은 부용암(芙蓉庵)이다. 이곳에서는 예전에 세 분의 선인을 모셨는데, 지금은 스님이 서쪽의 암자를 불사로 삼고 있다. 이곳에서 하룻밤을 묵었다.

11월 19일

암자 옆 왼쪽을 따라 올랐다. 줄곧 좁은 길로 쭉 1리를 올라 봉우리 위로 나왔다. 다시 봉우리의 꼭대기를 평탄하게 걸어갔다. 북쪽의 최고 봉은 삼선석(三仙石)이다. 그 위에 올라 동쪽으로 황선봉(黃仙峰)을 바라보니 이미 비할 바가 아니다. 남쪽으로 군봉산을 바라보니 마침 이 산과 험준함을 겨루는 듯하다. 부용산의 남쪽에는 진봉산(陳峰山)이 있는데, 10리 안에 있다. 이 산은 부용산만큼 높지는 않으나 험하고 가파르기는 비슷하다. 아마 부용산에서 뻗어 나온 산줄기이리라.

삼선석에 기대어 한참동안 바라보다가 봉우리 북쪽의 좁은 길을 따라 1리쯤 내려왔다. 석평의 서쪽에서 오는 큰길과 합쳐졌다. 다시 5리를 내려오자, 홀연 길은 남북으로 나뉘어졌다. 처음에는 남쪽으로 가보고 싶었으나 이내 큰길이 북쪽에 있으니 북쪽으로 가야겠다는 생각이 들었다. 마침내 몸을 돌려 북쪽으로 나아가자, 높다란 대숲과 무성한 나무 숲이 나타나기 시작했다. 다시 서쪽으로 1리를 내려가니, 골에 민가와 전답이 보이기 시작했다. 이곳은 난니전(爛泥田)이라는 곳이다.

다시 고개를 넘어 서쪽으로 1리를 내려갔다. 다시 고개를 따라 2리를 올라 곧바로 봉우리 꼭대기에 올랐다. 이곳은 계촉첨(揭燭尖, 피서영避暑營이라고도 일컫는다)이라는 곳이다. 계촉첨에서 남서쪽으로 2리를 내려오자, 남갱(南坑)이 나왔다. 산골물은 남동쪽에서 흘러오고, 사방은 산으로 둘러싸여 있으며, 가운데에는 골이 트여 있다. 물길 어귀는 바짝 조여진 채 둥글게 굽이져 북쪽으로 흘러가고 있다. 이곳에는 반(潘)씨 성과 오(吳)씨 성의 두 집안이 물길 어귀에 터를 잡고 살고 있다. 오직 높다란 문 하나만이 물길을 등진 채 계촉첨을 향하여 웅장한 모습으로 우묵한 평지 속에서 빼어난 자태를 뽐내고 있다.

물길을 따라 그 뒤쪽으로 나왔다. 몇 굽이를 돌아 1리를 가자, 북쪽에서 흘러오는 물길이 있다. 두 물길이 합쳐져 남쪽으로 흘러가고, 길 역시 물길을 따라 나 있다. 1리를 가다가 서쪽으로 돌아들었다. 모두 8리를 나아가자 서쪽에 높은 봉우리가 바짝 다가서고, 남쪽에서 흘러온 물줄기와 합쳐져 북쪽으로 흘러간다. 그 위에 걸려 있는 다리를 건넜다. 이 다리는 항구교(港口橋)이다. 왼쪽 산기슭을 따라 북쪽으로 가다가 다시 서쪽으로 돌아들었다. 북쪽으로 시내를 건너 모두 5리를 가자, 우묵한 커다란 평지가 나왔다. 이곳은 상평(上坪)이다.

상평의 돌다리를 지나 물은 북쪽으로 쏟아져 흘러가고, 길은 서쪽으로 꺾여 산으로 올라갔다. 구불구불 올라 5리를 나아가 삼목령(杉木嶺)에 이르렀다. 삼목령을 넘어 2리를 내려가자, 우묵한 평지가 바짝 다가서 있다. 그 안에 오래된 집들이 있다. 한 가운데의 집은 군산(君山)이라 하는데, 모두가 황씨 성이다. 이곳에서 식사를 하고서 좁다란 길을 빠져나왔다. 5리만에 왜령(矮嶺)에 올랐다. 고개를 넘어 모두 5리만에 양방(楊坊)을 나와 남쪽으로 나아갔다. 이곳은 갱음(坑陰)으로, 의황현의 대촌락이다. 서쪽으로 7리를 가서 거상(車上)에서 하룻밤을 묵었다.

11월 20일

닭이 재차 울었다. 거상에서 밝은 달빛을 타고서 서쪽으로 나아가다가 큰 시내와 만났다. [허상(墟上)의 남쪽에서 북쪽으로 흐르는 시내로서, 군봉산에서 발원하여 갱음을 거쳐 이곳에 이르렀으리라 생각한다.] 잠시 후 시내는 곧바로 남쪽으로 흘러내리고, 길은 서쪽을 향해 산으로 들어갔다. 다시 5리를 가서 고개를 넘고서 다시 3리를 구불구불 기어올라 고개의 비좁은 곳에 이르자 그 사이에 집이 걸쳐 있다. 이곳은 황령(黃嶺)이라는 곳이다.

고개를 넘어 2리를 내려왔다. 큰 시내가 또다시 남쪽에서 흘러왔다.

시내를 건너자 비로소 날이 밝아오고 산이 훤히 트이기 시작했다. 시내를 따라 북서쪽으로 5리를 나아가니, 시내 어귀의 조그마한 산 위에 탑이 서 있다. 탑의 북서쪽이 바로 의황성(宜黃城)이다. 또 한 줄기의 큰 시내가 남서쪽으로 동벽순사(東壁巡司)에서 흘러나와 곧바로 의황성 동쪽에 흘러들었다. 기다란 나무다리가 놓여 있다. 물길은 북쪽으로 동쪽 시내와 합쳐지고, 그 위에 관홍교(貫虹橋)라는 커다란 돌다리가 놓여 있다. 다시 북쪽으로 나아가자 한 줄기 조그마한 시내가 의황성 북서쪽을 따라 동쪽으로 큰 시내로 흘러든다. 역시 그 위에는 풍락교(豐樂橋)라는 다리가 걸쳐져 있다.

이날 의황성 동문에 있는 관홍교의 여관에 이르러 정문 스님을 찾았다. 그러나 방금 막 나갔다기에 급히 그를 불러들여 정문 스님에게 식사를 하게 한 다음, 그와 함께 북쪽으로 풍락교를 지나 사자암(獅子巖)에 올랐다. 사자암은 두 층으로 휘감긴 채, 세 줄기의 시내가 합쳐지는 북쪽의 산간 평지에 우뚝 서 있다. 커다란 시내는 이곳에서 북쪽으로 내려가 무주부로 흘러들었다. 잠시 후 서쪽으로 의황성 북쪽을 거쳐 새로 지은 성의 북문에 이르렀다. 이어 북쪽으로 1리를 나아가 황비교(黃備橋)를 지나고, 다시 북서쪽으로 1리를 가서 북쪽으로 산에 들어섰다. 선암(仙巖)이 나타났다.

선암은 마치 비단병풍을 늘어놓은 듯 높이 치솟아 있다. 위는 큼지막하고 아래는 비좁은데, 선암의 서쪽 가장자리에 문득 벽이 뚫려 문을 이루고 있다. 바위문을 뚫고 들어가니 뭇 산이 안으로 닫혀 있는지라, 마치 별세계인 듯하다. 그리고 이 선암은 매우 얇은데, 남쪽으로 벽처럼 우뚝 서 있을 뿐만 아니라 북쪽으로는 둥글게 뒤덮고 있는지라 더욱 기이하다. 그 뚫려 있는 틈새가 마치 공주부(贛州府)의 통천암(通天巖)[1]과 흡사한지라, 경관 가운데 대단히 기묘하다고 할 수 있다.

3리를 나아가 의황성의 북문에 들어섰다. 아마 시내에 맞닿아 있는 성의 동쪽은 옛 성이고 서쪽 성은 새로 지어진 듯하다. 그 바깥에 덧붙여진 또 하나의 성벽은 여러 봉우리와 얽힌 채 봉우리의 지세를 따라 오르내렸다. 성을 지나 3리를 나아가 남문을 나서서, 동벽순사에서 흘러오는 시내를 따라 남서쪽으로 5리만에 사응산(四應山)의 동쪽 산기슭을 지났다. 다시 15리를 가자, 시내 위에 조그마한 봉우리가 우뚝 솟은 채 사나운 모습을 띠고 있다. 그 안에 담양민(譚襄敏)[2]의 묘가 있었다.

다시 2리를 나아가 옥천산(玉泉山) 아래를 지났다. 길 오른편에 늘어선 산의 모습이 마치 병풍을 펼쳐놓은 듯하다. 위로 쳐다보니 험하고 가파르며 벼랑 중간에 자그마한 집이 걸려 있다. 가보고 싶었으나, 아침에 일찍 길을 떠난 탓에 무릎이 갑자기 부어올라 아픈지라 도저히 올라갈 수가 없었다. 다시 큰 시내를 따라 남쪽으로 3리를 나아갔다. 시내 한 줄기가 서쪽에서 흘러와 큰 시내로 쏟아져 흘러들었다. 이 시내는 석공(石䂬)[3]의 하류이다. 비로소 큰 시내를 내버려두고 자그마한 시내를 거슬러 가다가 서쪽으로 돌아들어 3리를 나아갔다. 석공사(石䂬寺)가 나타났다.

절은 새로이 지어졌으며, 꽤 크고 잘 꾸며져 있었다. 절의 북쪽에는 깎아지른 듯한 벼랑이 시내 위에 솟구쳐 있다. 산꼭대기부터 반으로 평평하게 갈라져 내린다. 그 남쪽에는 우뚝 솟은 봉우리들이 여전히 많은데, 벼랑과 마주 솟구쳐 문을 이루고 있다. 석공사가 있는 고개는 바로 그 사이에 걸려 있고, 석공사는 고개의 동쪽 기슭에 기대어 있다. 고개를 쳐들어 바라보니 봉우리 꼭대기에 서 있는 거대한 바위만 보일 뿐, 그 안이 비어 있는지는 알 길이 없었다. 이 날 밤은 절 안에서 묵었다. 다리의 통증 때문에 석공사에는 오를 수 없었다.

---

1) 통천암(通天巖)은 강서성 공주시(贛州市)의 북서쪽 10킬로미터에 위치해 있다. 이곳은 망귀암(忘歸巖)·동심암(同心巖)·취미암(翠微巖) 등과 함께 대형의 석감(石龕)으로 널리 알려져 있으며, 풍광도 매우 수려하다.

2) 담양민(譚襄敏)은 담륜(譚綸, 1520~1577)을 가리키며, 자는 자리(子理)이고 의황 출신이며 시호는 양민(襄敏)이다. 그는 대주지부(臺州知府), 병부상서 등의 직임을 역임했으며, 척계광(戚繼光)과 함께 왜구를 크게 물리쳐 '담척(譚戚)'이라 일컬어졌다.

11월 21일

아침 식사를 마친 후 서둘러 석공사에 올랐다. 석공사가 있는 봉우리
는 동서로 가로 걸린 채, 마치 허공에 날듯이 걸려 있는 다리처럼 보였
다. 귀계현(貴溪縣)의 선교(仙橋)와 비교해보면, 높이와 크기 모두 배는 되
는데, 여기에서 서쪽으로 바라보니 그 끄트머리만 보일 따름이었다. 절
의 북쪽에서 골짜기 속으로 돌아들자, '만인연(萬人緣)'이 나왔다. (담양민
이 처음에 이 절을 얻었을 때, 절을 없애고 묘지로 만들고자 했으나 기이한 꿈을 꾸고
느낀 바 있어 그만두었다. 현재 담양민의 묘는 옥천산 북동쪽에 있다. 분묘와 여러 비
석들은 한때 모두 무너져버리고 후손들 역시 흥성하지 못했다. 절은 스님에게 팔린 후에
야 흥성해졌다. 스님은 이곳의 지세가 빼어나기에 만인의 묘지로 삼았으며, 쌓여진 바위
가 대단히 웅장했다. 묘지는 절의 북쪽에 있는데, 왼쪽은 벼랑이요, 오른쪽은 절이다.)

만인연에서 남쪽으로 오르다가 쳐다보니, [대나무 그림자가 나부끼듯
흔들거렸다.] 봉우리 하나가 가운데가 [뚫린] 채 멀리 높이 솟아 있다.
[바위를 통과하여 들어가] 남쪽으로 바라보았다. 봉우리들이 어지러이
우뚝 솟아 있고, [시냇물 소리와 산의 경치가 색다른 풍광을 자아내니,
더 이상 인간세상이 아닌 듯하다.] 이곳에서 다리 남쪽으로 나와, 날듯이
걸린 다리 위를 바라보았다. 바위 흔적이 가로로 겹겹이 무늬져 있고 그
사이에는 움푹 팬 집들이 줄지어 있다. 오를 수 있는 길이 없었다.

한참동안 이리저리 거니는데, [한 마리 학이 솟구쳐 날아가고 그 울
음소리가 성긴 대나무 사이로 들려왔다.] 차마 발걸음을 뗄 수 없었다.
이 다리의 남쪽에 두 층으로 쪼개진 바위가 안쪽에 있는데, 위아래가
떨어질락 말락 중간에 한 자 남짓의 틈이 나 있다. 틈새를 기어올라 윗
층에 이를 수는 있으나, 틈새 사이가 좁은지라 몸을 돌려 펼 수도, 구부

릴 수도 없고 손발로 붙잡아 기어오를 수도 없었다. 게다가 다리의 통증이 아직 낫지 않은 상태인지라 낙담한 채 절로 돌아왔다.

절의 스님에게 길을 묻자, 스님은 이렇게 대답했다. "다리 안의 갈라진 틈새를 따라 기어오르기는 매우 어렵습니다. 반드시 옷과 신발을 모두 벗어야 위층에 오를 수 있으며, 위에서 밧줄을 드리워야 가운데층으로 들어갈 수 있습니다." 스님이 이처럼 말씀하시나, 나는 사실 그의 말을 좇을 수가 없었다. 석공사에서 식사를 하고서 길을 나섰다.

5리를 가서 좁은 길을 따라 옥천산 아래에 이르렀다. 돌층계를 따라 곧바로 올라갔다. 험준하기 짝이 없는 이 산은 시내의 북서쪽에 병풍처럼 서 있었다. 산의 상반부는 둥글면서도 깎아지른 듯한 벼랑이다. 수원(守原) 스님이 벼랑을 깎아 돌층계를 층층이 쌓고, 우뚝 솟구친 봉우리 측면에 자그마한 집을 지어놓았다. 집의 삼면은 허공이고, 뒷면 또한 큰 산의 바위 벼랑과 한 길 남짓 떨어져 있으며, 아래로는 깊은 벼랑의 골짜기이다. 이때 집은 갓 지어진 터라 삼면은 반 정도 벽을 쌓았는데, 사람 모습은 눈에 띄지 않은 채 쓸쓸하기만 했다.

나는 막힘없이 툭 트인 삼면을 감상하다가, 반쯤 쌓인 벽에 기대어 뒤쪽 벼랑을 바라보았다. 한참 후에 어떤 사람이 흙을 운반해 오기에 그에게 물었더니, "스님께서 뒤쪽 벽이 온전하지 않다고 하시길래 이걸로 쌓아 막으려구요"라고 대답했다. 스님이 어디 계시냐고 묻자, "벌써 산 아래에서 돌층계를 올라오고 계실텐데요"라고 대답했다. 그래서 앉아 스님이 오기를 기다렸다가 그가 오기에 내 생각을 말해주었다. "북풍이 신상에 불어올까봐 염려하신다면, 어찌하여 나무로 불감(佛龕)을 만들어 신상을 그 안에 모시지 않습니까? 그리고 뒷벽을 텅 비워두어야 바로 산의 경치를 끌어들일 수 있지요 조물주가 이 봉우리를 걸쳐놓은 것이나 그대가 이 집을 얽어지은 것이 모두 이러한 의도가 아닙니까? 굳이 벽을 쌓아 막아버린다면, 이러한 원래의 의도를 잃어버리는 셈입니다." 스님은 나의 말이 옳다고 고개를 끄덕이더니, 나를 이끌어 이른

바 옥천(玉泉)이라는 곳을 보여주었다. 고요하고 깊은 웅덩이 하나가 집 옆의 바위 아궁이가에 있었다. 전해오는 이야기로는, 세 명의 선인이 석장[1]으로 두드리자 물이 솟아났는데, 선인이 석장을 지팡이로 사용했는지의 여부는 알 수가 없다고 한다.

옥천에서 3리를 내려와 담양민의 묘 앞으로 나왔다. 다시 시내를 따라 1리를 나아가다가 좁은 길을 좇아 산의 북쪽으로 갔다. 아마 옥천산의 동북쪽을 돌아 나오는 것이리라. 옥천산의 맨 북쪽에는 마두산(馬頭山)이 홀로 우뚝 솟은 채 길 왼편에 있다. 백사령(白沙嶺)을 지나자 서쪽으로 멀리 유난히 뾰족하게 솟은 봉우리가 보이기에 동쪽으로 돌아들었다. 이곳은 북화산(北華山)이다.

산꼭대기의 불사가 재난을 당한지라, 스님이 밥을 얻어 돌아왔다. 스님에게 밥을 달라고 하여 먹었다. 산을 2리 내려와 남문에 들어서서 북쪽으로 봉황산(鳳凰山)에 올랐다. 이 산은 의황현 현성의 동북쪽에 우뚝 솟아 있다. 산세를 따라 성벽이 지어져 있는데, 북쪽의 산세가 험준하고 깎아지른 듯하기에 성벽을 쌓을 필요는 없었다. 산을 내려와 북수관(北水關)으로 나와 여관에 이르렀다. 날은 벌써 어두컴컴했다.

---

1) 석장(錫杖)은 스님이나 도사가 짚고 다니는 지팡이로, 위에 여러 개의 쇠고리를 달아 소리가 나도록 만들어졌다.

11월 22일

북쪽 성 바깥을 따라 봉황산의 북쪽 산기슭을 나아갔다. 북문을 지나 2리만에 황비교(다리는 조계曹溪 위에 걸려 있다)를 건넜다. 북서쪽으로 10리를 가다가 시내를 거슬러 원구(元口)에 이르렀다. 다시 5리를 나아가 관장(官莊) 앞에 이르러, 남서쪽으로 시내를 건넜다. 10리를 더 가자, 진방(陳坊)이 나왔다. 북쪽으로 자그마한 나무다리를 넘자, 조산사(曹山寺)로 가는 길이 나왔다. 하인 고씨에게 짐꾼과 함께 먼저 서쪽으로 낙안현(樂安縣)의 유갱(流坑)에 가서 기다리라 하고서, 나는 정문 스님과 함께 간단한 옷가지와 침구를 가지고 다리를 건너 조그마한 시내를 따라 들어갔다.

5리를 나아가자 사자구(獅子口)가 나왔다. 회룡동(迴龍洞)에서 산의 비좁은 곳으로 들어가니 조산(曹山)이 나타났다. 산속의 둥글게 에워싼 봉우리의 가운데는 움푹 들어가 툭 트인 채 둘레에 평지를 이루었다. 지세는 숫돌처럼 둥글고 가지런하다. 산은 성벽처럼 둥글게 에워싸고 있고, 그 사이에 물이 흐르고 있다. 물은 회룡구(迴龍口)에서 남쪽의 진방으로 흘러내렸다가, 동쪽의 의황현으로 흘러내린다. 구불구불 휘감아 도는지라, 이곳 또한 이 일대에서는 단하산이나 마고산과 마찬가지의 별천지이다.

조산은 애초에 하(何)씨와 왕(王)씨의 성을 따서 하왕산(何王山)이라 일컬었는데, 나중에 '풀 초(草)'를 더하고 점을 덧붙여 하옥산(荷玉山)이라 불렀다. 당나라의 본적(本寂)[1] 선사가 조계(曹溪)에서 예배를 드리고 돌아온 후 비로소 이름을 조산(曹山)으로 바꾸었던 것이다. 송나라 때에는 '보적사(寶積寺)'라는 편액을 하사했으나 가정(嘉靖) 병술년[2]에 불타버리고, 절터와 전답은 모두 향신에게 넘어가버리고 말았다. 이곳에는 관심(觀心)이라는 유명한 스님이 이 절을 부흥시키고자 애쓰고 있다. 의황현 출신인 관심 스님은 이전에 풍성현에 거처한 적이 있다. 그는 유학과 불학의 깊은 의리에 정통하고 시와 문장의 오묘함을 겸비했다.

나는 도착하자마자 바로 그와 의기투합했다. 그는 밤참을 준비하고 등을 내건 채 한밤중까지 이야기를 나누고서도 잠자리에 들려 하지 않았다. 그는 "서로 늦게 만난 게 너무 한스럽습니다"라고 말했다. 이에 앞서 내가 정오에 도착했을 때, 그는 우리를 붙들어 식사를 대접하면서 내게 이렇게 말했다. "그대가 산수의 아름다운 풍광에 뜻을 두고 있음을 잘 알고 있습니다. 이곳에도 기이한 풍광이 있습니다만, 조산의 옛 유적은 그리 볼 만한 게 없습니다."

---

1) 본적(本寂, 840~901)은 만당의 저명한 선사로서 조동종(曹洞宗)을 열었던 종주의 한 사람이며, 흔히 '조산본적(曹山本寂)'이라 일컫는다. 19세에 불문에 들었던 그는 속명이 황숭정(黃崇精)이고 법명은 신장(身章)이며 호는 본적이다.
2) 가정(嘉靖) 병술(丙戌)년은 가정 5년인 1526년이다.

11월 23일

아침 일찍부터 빗소리가 들렸다. 식사를 한 후 관심 스님과 작별하여 조산을 나왔다. 보슬비가 계속 내렸다. 3리를 가서 진방의 나무다리에 이르고, 계속해서 서쪽으로 큰길을 따라갔다. 시내를 거슬러 2리를 나아가 붕풍교(鵬風橋)를 지났다. 시내는 남쪽으로 산에서 흘러내리고, 길은 서쪽으로 꺾여 조그마한 고개를 넘었다. 다시 3리를 나아가 다시 서쪽으로 시내의 상류를 넘었다. 접룡교(接龍橋)가 나왔다. 아마 이 시내는 조산 뒤편 고개의 북쪽 산골짜기에서 흘러나와 남쪽으로 돌아 붕풍교에 이른 물길이리라. 비교적 작은 규모인 이 물길은 의황현과 숭인현(崇仁縣)의 경계이다.

이 물길을 따라 접룡교를 넘어 서쪽으로 나아갔다. 숭인현의 남동쪽 경계가 나왔다. 여기에서 산으로 접어들어 모두 3리를 가서 대곽령(大霍嶺)을 넘으니, 곧바로 용골산(龍骨山) 아래에 바짝 다가서 있다. 다시 2리를 나아가 골령(骨嶺)을 넘었다. 물은 여전히 동쪽으로 쏟아지고 있다. 다시 3리를 나아가 복두령(幞頭嶺)을 넘어서야 비로소 물은 서쪽으로 흐르기 시작했다. 다시 4리를 나아가 순향(純鄕)에 이르자, 시내 한 줄기가 남쪽에서 북쪽으로 흐르고 있다. 시내의 다리를 건너자 순향촌(純鄕村)이 나타났다. 마을 주민이 꽤 많았다.

물길을 따라 서쪽으로 2리를 가다가, 북쪽으로 내려가니 숭인현으로 가는 길이 나왔다. 남쪽으로 자그마한 물줄기를 따라 1리를 나아가서 서쪽으로 건강령(乾崗嶺)에 올랐다. 고개가 자못 가팔랐다. 건강령을 넘어 내려와 줄곧 남서쪽으로 나아갔다. 10리를 나아가 요장교(廖莊橋)에 이르니, 시내가 남쪽에서 북쪽으로 흐르고 있다. 그 크기는 순향의 시내와 비슷하고 동북쪽으로 흐른다. 틀림없이 순향의 시내와 함께 숭인현으로 흘러내릴 것이다.

다시 서쪽으로 5리를 나아가 연수교(練樹橋)를 지났다. 연수교는 파계(巴溪)의 위에 걸쳐져 있다. 다시 서쪽으로 우묵하게 패인 곳을 지났는데, 이곳은 아마 남쪽에서 뻗어온 산줄기가 북쪽으로 상산(相山)을 지나는 곳이리라. 우묵하게 패인 곳의 동쪽의 물이 연수교로 흘러내린 물길이 소파계(小巴溪)이고, 서쪽의 물이 쌍계교(雙溪橋)로 흘러내린 물길이 대파계(大巴溪)이다. 이 두 물길은 모두 한호(罕滸)에서 만나 합쳐진다. 우묵하게 패인 곳의 북쪽에 솟구친 것은 상산인데, 주벽가(朱碧街)의 북쪽에 높이 솟구쳐 있다.

다시 서쪽으로 나아가자, 부용산(芙蓉山)이 나왔다. 부용산은 뾰족하고 가파른데 반해, 상산은 병풍처럼 늘어서 있다. 두 산 모두 숭인현 서남쪽에 자리잡은 큰 산이다. 연수교에서 다시 5리를 나아가 주벽가에 당도했다. 이곳은 숭인현 남쪽 100여리에 위치해 있으며, 남쪽으로 50리에 대화산(大華山)이 있고, 남서쪽으로 30리에 낙안현(樂安縣)이 있다.

11월 24일

날이 채 밝기 전에 주벽가에서 남서쪽으로 나아갔다. 밝은 달이 중천에 떠 있었다. 2리를 가자 쌍계교(雙溪橋)가 나왔다. 두 줄기의 조그마한 시내가 있었다. 한 줄기는 북동쪽에서 흘러오고, 다른 한 줄기는 북서쪽에서 흘러왔다. 두 줄기 시내는 이 다리의 북쪽에서 만난 다음, 다리를 지나 남동쪽으로 흘러간다. 길은 남서쪽을 따라 뻗어 있다. 1리를 더 가자 현단묘교(玄壇廟橋)가 나왔다. 이곳의 물길은 서쪽에서 동쪽으로 흐르는데, 부용산 남서쪽의 물길이다. 역시 동쪽의 쌍계(雙溪)와 만나 한호로 흘러내렸다가 파계(巴溪)로 흘러들 터이다.

시내를 건너 남쪽으로 1리를 나아가 뇌공령(雷公嶺)을 넘었다. 남쪽에서 북서쪽으로 흘러가는 시내가 있다. 고개를 넘어 곧바로 남동쪽으로 시내를 거슬러 1리를 나아가자 뇌공장(雷公場)이 나왔다. 다시 남쪽으로 3리를 나아가 심갱(深坑)에 이르렀다. 다시 남동쪽으로 2리를 가니 석뇌(石腦)가 나왔다. 그 위에 곤양교(崑陽橋)라는 다리가 있다. 다시 남쪽으로 3리를 가자 쌍담교(雙湛橋)가 나오고, 2리를 더 가니 조교(趙橋)가 나왔다. 다시 5리를 가자 횡강(橫崗)이 나왔다. 5리를 더 가서 조공령(趙公嶺)이라는 고개를 넘었다.

석뇌로부터 15리를 오는 동안 고개는 평탄하고도 멀었다. 이 고개는 동쪽의 화개산(華蓋山)에서 산등성이를 넘어 서쪽의 낙안현을 거쳐 북쪽의 진현현(進賢縣)으로 돌아드는데, 강서성(江西省)의 산줄기이리라. 고개 북쪽의 물길은 뇌공령을 감아 돌아 북서쪽으로 숭인현에 흘러내리고, 고개 남쪽의 물길은 대피(大陂)를 거쳐 영풍현과 길수현(吉水縣)으로 흘러내린다. 고개를 넘어서자 산의 비좁은 곳은 차츰 훤히 트였다. 그 안쪽 움푹한 곳의 평지는 백마삽(白麻揷)이라는 곳이다. 물은 비록 서쪽의 낙안현과 영풍현으로 흐르지만, 땅은 여전히 숭인현에 속해 있다. 그 너머의 산등성이는 숭인선관(崇仁仙觀)이라는 곳이며, 낙안현의 경계이다.

백마삽에서 왼편의 산을 따라 남동쪽으로 나아갔다. 3리만에 대평서(大坪墅)에 이르러 동쪽으로 돌아들어 산으로 들어섰다. 다시 2리를 나아가 동쪽으로 일천문(一天門)에 이르렀다. 산골물이 서쪽의 돌다리 아래로 쏟아져 내렸다. 여기에서부터 돌층계를 밟아 오르기 시작했다. 1리를 가서 예전의 일천문에 이르렀다. 두 줄기의 자그마한 시내가 흐르고 있다. 한 줄기는 남동쪽에서 흘러오고, 다른 한 줄기는 북동쪽에서 흘러오더니, 돌집 위에서 합쳐졌다. 여기에서부터는 온통 가파른 비탈에 층계가 매달려 있다.

다시 7리를 나아가 이천문(二天門)에 이르렀다. 두 번이나 산등성이의 비탈을 지났는데, 비탈은 죄다 담처럼 비좁았다. 이곳에서 북동쪽으로 세 봉우리의 북쪽을 에돌아 모두 7리만에 화개산의 꼭대기에 올랐다. 세 신선의 상을 배알했다. 화개산의 세 봉우리는 나란히 늘어서 있다. 가운데의 봉우리는 조금 낮은데, 서쪽의 봉우리는 착기봉(着棋峰)이고, 동쪽의 봉우리는 화개봉(華蓋峰)이다.

길은 서쪽 봉우리를 따라 올라갔다. 서쪽 봉우리의 남쪽은 너무나 가파르기에 북쪽의 길을 택했다. 화개봉 위에는 도사들의 방이 벌집처럼 허공에 걸린 채 빽빽이 도관을 에워싸고 있다. 곁에는 빈 땅이 없는지라, 마음 편히 바라볼 수조차 없었다. 진운(陳雲) 도사가 거처하는 방에서 식사를 하고서, 서둘러 착기봉에 올라 사방의 뛰어난 경관을 둘러보았다.

착기봉은 북쪽으로 바로 상산과 마주하고, 남서쪽으로는 중화산(中華山)이 지지 않겠다고 맞서려는 듯하다. 동쪽과 남쪽으로는 온통 가파른 산이 높이 치솟아 있다. 도사들도 이름을 알지 못하지만, 화개산에는 미치지 못한다. 이 산은 숭인현 남쪽 120리에 위치해 있고, 동쪽으로 의황현으로부터 120리 떨어져 있으며, 서쪽으로는 낙안현과 겨우 30리 떨어져 있으며, [남서쪽으로 100리를 가면 영풍현에 이르고,] 남동쪽으로 영도현(寧都縣)까지는 200여리쯤 된다.

내가 건창부에서 오는 길이라면 마땅히 자귀로 가는 길을 잡아야 곧바로 서쪽으로 이곳에 이를 수 있고, 의황현에서 오는 길이라면 석공으로 가는 길을 잡아 운봉사를 따라가야 역시 이곳에 이를 수 있다. 그런데 지금 나는 주벽가에서 오는 길인지라, 에둘러 북쪽으로 나아갔다가 서쪽으로 빙글 돌고 동쪽으로 돌아들어 산에 들어섰던 터였다. 택한 길이 비록 50리를 에돌아왔지만, 북쪽으로 조산의 동굴과 바위를 유람할 수 있었으니 억울한 생각은 들지 않았다.

산에서 15리를 내려와 삼천문(三天門)에 이르렀다. 돌다리를 건너 남쪽으로 가다가, 남서쪽으로 해 지는 쪽을 향하여 발걸음을 서둘렀다. 5리를 나아가 숭선관(崇仙觀)을 지나고, 3리를 더 가서 도령(韜嶺)을 넘었다. 이곳은 낙안현의 경계이다. 다시 남서쪽으로 3리를 나아가 시내의 다리를 건넜다. 4리를 더 가자, 시내는 서쪽으로 휘감아돌아 대피로 흘러나왔다. 시내 안에는 어지러이 흩어진 바위들이 평평하게 깔린 채 수없이 겹쳐져 있다. 물이 부서져 날아오르는 모습이, 마치 얼음꽃이 옥처럼 부서지는 듯하다. 이때 해가 이미 저물었다. 대피에서 하룻밤을 묵었다.

11월 25일

이 날은 동지이다. 아침에 유난히 추운지라, 해가 뜨고서야 길을 떠났다. 남서쪽으로 5리를 가자 약랍(藥臘)이 나오고, 다시 5리를 가자 증전(曾田)에 이르렀다. 증전에는 주민들이 매우 많았는데, 증(曾)씨 성의 주민이 가장 많았다. 증씨의 묘당에서는 종성공(宗聖公)[1]에게 제사를 지내고 있었다.

이곳에서 몸을 돌려 남쪽으로 나아가 시내를 건너 산에 들어섰다. 이 산은 중화산의 북서쪽 산기슭의 갈래이다. 중화산은 화개산의 남서쪽 30리에 위치해 있다. 약랍에서 오는 길은 약랍의 북쪽을 따라 서쪽으로 가다가, 이곳에 이르러 그 북서쪽으로 넘어 돌아가면 된다. 다시 3리를 나아가니 만두산(饅頭山)이 나왔다. 시냇가에 가로 놓인 바위가 물길을 굽어보고 있다. 정문 스님과 함께 그 바위 위에 다리를 뻗고 앉았는데, 시냇물이 그 아래로 뚫고 지나는 줄은 알지 못했다. 일어나 떠나려다가 시냇물을 뒤돌아보니, 마침 시냇물이 바위를 뚫고 흘러나오는 것이었다. 그제야 이곳이 골에 걸쳐진 바위임을 깨달았다.

내가 낙안으로 가는 길을 좇았던 것은 애초에 낙안의 『지』를 보다가 이 현성의 서쪽 40리에 천연의 돌다리가 있으며, 그 곁에 빙빙 감아 도는 바위가 있음을 알게 되었기에, 기꺼이 가고자 했던 것이다. 이곳에 이르러 길이 이미 남쪽으로 향한 채 서쪽으로 나아갈 수 없기에, 그 돌다리와는 인연이 없나보다고 여겼었다. 그런데 뜻밖에 이 바위를 보게 되었으니, 비록 시내는 작고 바위는 낮으나, 이미 '천연'의 흔적은 본 셈이었다. 게다가 이 바위의 북동쪽에도 길가에 매달린 듯 서 있는 바위가 또 있었다. 이 바위는 윗부분이 마치 곧추 세운 망치와 같고, 아랫부분은 식물의 줄기처럼 가늘었다. 이것이 아마도 돌다리 곁의 빙빙 감아도는 바위일 것이다.

다시 남쪽으로 1리를 가서 황한(黃漢)에 이르렀다. 다시 남쪽으로 조그마한 고개를 넘어 1리를 가자 간상(簡上)이 나왔다. 이곳은 중화산의 남서쪽 골짜기이다. 이곳에서부터 산구덩이를 감아 돌면서 차츰 올라갔다. 5리만에 하수령(荷樹嶺)에 올랐다. 위에 첨운정(瞻雲亭)이 있다. 아마 하수령의 북동쪽은 중화산이고, 남서쪽은 설화산(雪華山)이니, 이곳은 두 산의 산줄기가 지나는 등성이일 터이다.

고개를 넘어 2리를 내려와 산구덩이 바닥에 이르렀다. 자그마한 시내가 한 줄기는 북동쪽에서 흘러오고, 또 한 줄기는 북서쪽에서 흘러오더니, 한데 합쳐져 남쪽으로 흘러간다. 3리만에 원리교(源裏橋)를 나왔다. 다시 3리를 가자, 대계(大溪)가 동쪽에서 서쪽으로 흐르고 있다. 기다란 나무다리를 건너 시내 남쪽에 이르렀다. 이곳이 유갱이다. 이곳의 거리는 가로 세로로 뻗어 있으며, 만 가구가 사는 큰 마을이다. 동(董)씨가 대성을 이루고 있으며, 마을에 오계방(五桂坊)이 있었다.

대계의 물길은 동쪽으로 50리에 있는 낭령(郎嶺)에서 흘러왔다가, 다시 동쪽으로 대수령(大樹嶺)을 지나 영도현의 경계를 이룬다. 이어 태화산(太華山)과 중화산의 동남쪽 물길과 합쳐진 뒤, 이곳에 이르러 8리만에 오강(烏江)에 이르렀다가, 다시 황막(黃漠)의 물길과 합쳐져 남쪽으로 영풍현으로 흘러내려간다. 이날 정오 무렵에 유갱에 이르렀을 때에는 물이 말라 배가 없었다. 다시 서쪽으로 8리를 나아가, 오강계(烏江溪) 남쪽의 다원(茶園)에서 하룻밤을 묵었다.

1) 종성공(宗聖公)은 공자(孔子)의 제자인 증삼(曾參), 즉 증자(曾子)를 가리킨다. 원나라 문종(文宗)은 증삼을 성국(郕國)의 종성공에 봉했으며, 명나라 가정(嘉靖) 연간에 봉작(封爵)을 폐하고 종성으로만 일컬었다.

11월 26일

배가 오기만을 기다리면서 그저 여관에 머물러 있었다. 서둘러 밥을 지어 달라 하여 먹고서 곧바로 시내의 다리를 건너 북쪽의 회선봉(會仙峰)에 올랐다. 회선봉은 대계의 북쪽, 황막계의 서쪽에 위치해 있다. 두 줄기 시내는 서로 만나는 것으로 보아, 이 산봉우리는 그 하류에 우뚝 솟은 채, 설화산과 더불어 황막계가 대계로 흘러드는 어귀에 동서로 끼어 있으리라. 우뚝 치솟은 회선봉은 설화산보다 배나 높다. 봉우리 남쪽에는 수많은 바위들이 삐쭉삐쭉 솟아나 있는데, 이 일대에서는 가장 험준하고 높다. 봉우리 남서쪽은 툭 트여 있다. 시내는 영풍현의 경내로 쏟아져 내리고 있다.

시내 북쪽에서 동쪽의 좁은 길을 따라 서쪽으로 5리만에 회선봉에 이르렀다. 『지』에 따르면, 선녀봉(仙女峰)만이 낙안현 남쪽 60리에 있다고 했다. 지금 토박이들은 이 봉우리를 회선봉이라 오해하지만, 세 신선의 자취임에는 틀림이 없다. 이 회선봉은 홀로 우뚝 솟은지라 사방으로 보이지 않는 곳이 없었다. 노스님 동회아(董懷莪)께서 내게 이렇게 말씀하셨다. "북쪽으로 40리에 낙안현이 있고, 남서쪽으로 60리에 영풍현이 있다오. 정서쪽은 신감현(新淦縣)이고 정동쪽은 영도현(寧都縣)이지요. 그 북동쪽으로 가장 먼 곳이 태화산이고, 그 다음은 중화산이며, 그 다음은 설화산이지요. 이 세 산은 모두 북동쪽에 있소. 그리고 낙안현의 북쪽에 서화산(西華山)이 운무 사이로 우뚝 서 있는데, 이건 강서성에서 건너뛴 산줄기요. 유난히 뾰족하게 높이 솟구쳐 있지요. 아마 태화산 북서쪽에서 조공령으로 건너뛰어 치솟았을 게요."

회선봉을 따라 올라 북서쪽으로 1리를 더 나아갔다. 높고 뾰족한 바위 위에 붉은 진달래꽃이 화사하게 많이 피어나 있다. 그리 크지는 않아도 겨울철의 기이한 경관이다. 회선봉 남쪽의 돌층계를 따라 내려오는 길에, 산 중턱에 이르자, 바위샘이 하나 있다. 이 산이 험준하고 높아도 샘물이 없었기에, 산 아래의 시내 역시 대부분 말라 밑바닥이 드러나 있던 터였다. 산에서 5리를 내려와 시냇가에 이르렀다. 그 남쪽은 바로 우전(牛田)과 수남(水南)¹⁾이고, 그 북쪽은 오강(烏江)이며, 그 동쪽은 내가 어제 묵었던 다원이다.

낮에 여관으로 돌아왔으나, 배는 여전히 다니지 않았다. 하는 수 없이 이곳에서 하룻밤을 묵었다. [내가 상산현에서 오면서 거쳤던 현성 가운데 배가 다니지 않은 곳이 없었건만, 오직 금곡현(金谿縣)과 낙안현만은 배가 다니는 물길이 모두 40~50리 너머에 있었다.]

---

1) 우전(牛田)·수남(水南)은 현재의 낙안현 남서쪽 모퉁이에 위치하고 있으며, 우전은 은강(愚江)의 북쪽 언덕에, 수남은 은강의 남쪽 언덕에 자리잡고 있다.

11월 27일

[배는] 오강에서 출발하여 30리를 달렸다. 풍피(豊陂)에서 하룻밤을 묵었다.

11월 28일

10리를 나아가 장군촌(將軍村)에 이르렀다. 20리를 나아가 영풍현에 이르러 하룻밤을 묵었다.

11월 29일

영풍현 서남쪽 5리 되는 곳에서 배를 띄워 다시 35리를 달려 북교(北郊)에 이르렀다. (길수현吉水縣의 경계이다.) 25리를 달렸다. 이곳의 이름 역시 오강(烏江)[1]이다. 다시 10리를 나아가 하황(下黃)에 이르러 하룻밤을 묵었다.

---

1) 오강(烏江)은 지금의 길수현(吉水縣) 동쪽 경계로서 은강(恩江)의 북쪽 언덕에 위치해 있다. 유갱(流坑) 지역의 오강(烏江)과 이름이 같다.

11월 30일

아침 일찍 길을 떠났다. 20리를 나아가 봉황교(鳳凰橋)에 이르렀다. 시내 오른편 언덕위에 봉안석(鳳眼石)이 있고, 왼편에는 우도어사 웅개(熊槩)[1]가 살았던 곳이 있다. 다시 5리를 달려 관재석(官材石)에 이르렀다. 시내 왼편에 바위가 솟아 있는 산벼랑이 있다. 이곳은 선녀배가산(仙女排駕山)이라는 곳이다. 물길은 드디어 길수현 동문을 감아 돌았다가 남문과 서문, 북문을 돌아들어 공수(贛水)와 합쳐진다. 길수현 현성을 삼면으로 감아 도는 것은 은강(恩江, 영풍현에서 흘러온다)이며, 공수는 다만 북문을 지날 따름이다.

---

1) 웅개(熊槩)는 명대의 관리로서 풍성현(豐城縣) 출신이며, 자는 원절(元節), 호는 지산거사(芝山居士)이다. 영락(永樂) 연간에 벼슬길에 나아가 우도어사(右都御史)에까지 올랐다.

12월 초하루

어제 저녁부터 비가 부슬부슬 내리더니 한밤중에는 더욱 세차게 내렸다. 길수에 머무르고자 했던 생각을 접었다. 성에 들어가 장후(張侯)[1]의 후예를 찾아보았더니, 장군중(張君重)과 장백기(張伯起)라는 부자가 성 남문 안에 살고 있었다. 어제 저녁에 하인 고씨 편에 전해오기를, '우리 집안은 장후와 같은 종족이며, 한번 만나고 싶다'고 했다. 그래서 비를 무릅쓰고 그의 집을 방문했다.

장씨 집안은 대대로 과거를 치루었으나 합격한 이는 없었다. 그래서 나중에 후예라고 갖다 붙이고는 있지만, 사실 파(派)가 같지는 않았다. 장군중의 증조부는 장준(張峻)이다. 그 분은 가정 연간에 나의 고향인 상주부(常州府)에서 별가²)를 지낸 적도 있으며, 자신의 집에 그가 남긴 글이 있다고 한다. 일찍이 장후의 사당에 덧붙여 모셔져 이장사(二張祠)가 되었다고 하는데, 이는 유명했던 사람에게 일시적으로 빌붙는 말일 것이다. 내가 알기로 길안부(吉安府)에는 장후의 사당이 없으며, 나의 고향인 강음(江陰) 현성에 있는 사당도 가정 연간에 불타 없어진 지 오래이다. 대체 어디에서 생긴 이장사란 말인가? 그들은 또 내게 말하기를, 장후의 후손이 서원에 사는데, 길수 현성 남쪽 50~60리에 있으며, 또한 문화가 번창한 마을이라 했다. 문중의 족속은 많으나 글을 읽는 이가 없어 수재조차 한 명도 없다고 한다. 이에 나는 탄식해마지 않았다.

이때 큰 비가 세차게 쏟아지고 있었다. 그러나 뱃사공이 오랫동안 기다리고 있는지라 비를 무릅쓰고 배에 돌아가기로 했다. 아마 이곳에는 벌써 석달째 비가 내리지 않은 듯했다. 이때 배는 이미 북문 밖 공강 위로 옮겨와 있었다. 북문으로 들어와 남문의 장씨 집에 왔던 나는 북문으로 나갔다. 배에 오르니 어느덧 오전이 되었다. 남서쪽으로 공강을 거슬러 올라갔다.

천마산(天馬山) 서쪽을 끼고 10리를 갔다. 10리를 달려 소주두(小洲頭)를 지났다. 동쪽에 크고 작은 모래톱이 두 겹 있고, 서쪽에 기다란 산등성이가 구불구불 이어져 있다. 탑과 소주두가 강을 사이에 두고 마주 서 있었다. 이곳에 이르자 비가 그치고 해가 비쳤다. 다시 10리를 달려 나자산(螺子山)의 동쪽을 끼고 돌아 매림도(梅林渡)에 배를 댔다. 길안부로부터는 아직도 10리나 떨어져 있었다. 날이 저물자 가랑비가 다시 내리기 시작했다. 나자산은 길안부 물길 어귀의 첫 번째 산이다.

길수현 동쪽의 크고 높은 산은 동산(東山) 혹은 인산(仁山)이라고 한다. 태평산(太平山)은 동산의 안쪽에 있고, 현성 가까이에 용화사(龍華寺)라는 절이 붙어 있다. 용화사는 매우 오래되어 마침 수리하는 중이었다. 이 안에 추남고(鄒南皋)³⁾ 선생의 사당이 있다. 불전 앞 동쪽에 비석 하나가 서 있다. 한희재(韓熙載)⁴⁾가 글을 짓고 서현(徐鉉)⁵⁾이 여덟 줄로 글을 썼다. 대체로 태평산 서쪽 아래의 언덕이 남북으로 휘감아 돌면서 우묵한 평지를 이루었는데, 절은 그 한 가운데에 있다.

길수현 서쪽은 천마산으로서, 은강(恩江)과 공강의 사이에 긴 산등성이에 있다. 길수현 북쪽은 옥사산(玉笥山)으로서, 협산(峽山)의 경계이자 공강의 하류가 지나는 곳이다. 남쪽에는 손봉(巽峰)이 우뚝 치솟아 있는데, 추남고 선생께서 더 높이 쌓아올려 길수현의 문필봉(文筆峰)으로 삼았다. 건창부(建昌府)의 사람들은 군봉(軍峰)을 길수현의 문필봉이라고 말한다. 그러나 이 봉우리로 인해 생긴 오해이다. 두 봉우리의 높이는 차이가 현격하다.

1) 장후(張侯)는 길수(吉水) 출신인 장종련(張宗璉)을 가리킨다. 그는 영락(永樂) 연간에 벼슬에 올라 『영락대전(永樂大典)』의 편찬에 참여했으며, 형부주사(刑部主事)·좌중윤(左中允)·대리사승(大理寺丞) 등을 역임했다. 천계(天啓) 4년(1624년) 서하객은 어머니의 명을 받아 강음(江陰) 북쪽의 군산(君山)에 장종련의 묘당을 중수(重修)했다.
2) 별가(別駕)는 한나라 때부터 설치된 관직의 명칭으로서, 자사(刺史)를 보좌하는 관리이며, 흔히 통판(通判)이라고 부른다.
3) 추남고(鄒南皋)는 추원표(鄒元標)이며, 길수 출신으로 시호는 충개(忠介)이다. 아홉 살에 오경을 통달하고, 만력(萬曆) 연간에 벼슬에 들어서서 좌도어사(左都御史)·태자태보(太子太保) 등을 역임했다.
4) 한희재(韓熙載, 902~970)는 자는 숙언(叔言)이며, 남당(南唐)의 중신으로서 병부상서(兵部尚書)·중서시랑(中書侍郎) 등을 역임했다. 그는 특히 문장으로 널리 이름을 떨쳤다.
5) 서현(徐鉉, 917~992)은 자는 정신(鼎臣)이며, 남당의 중신으로서 이부상서(吏部尚書)를 역임했다. 열 살 때부터 능숙하게 글을 지어 한희재와 더불어 '한서(韓徐)'라 불리웠다.

12월 초이틀

날이 밝아서야 막 돛을 올리는데, 배 한 척이 갑자기 물을 따라 욕설을 퍼부으면서 다가왔다. 그 배는 우리 배의 뜸을 들추고 배를 밀쳐대고는 뱃사공을 두들겨 패서 묶었다. 이들은 이 일대의 무뢰한들로서, 관가의 은량을 호송해야 한다는 핑계로 배를 가져가겠노라 뱃사공을 을러댔다. 기세가 이리와 호랑이처럼 험악했다. 배에 타고 있던 30명이 뱃사공을 마치 어린 양을 덮치듯 하더니, 마침내 나의 짐을 자기들의 배로 옮겨 싣고 우리 배를 성으로 가게 했다.

그러나 그들이 배에 옮겨 실은 것들은 모두 덮개나 방울 꿰미일 뿐, 금은보화 따위는 보이지 않았다. 설사 정말로 은량을 호송한다 할지라도 중도에 이렇게 할 리는 없었다. 나는 그들에게 '이곳은 길안부에서 아주 가까운데, 어찌하여 함께 부성으로 가자고 하지 않고 배를 넘겨달라고만 하느냐'고 따졌다. 그들은 나의 말을 듣자 더욱 으르렁거리더니, 끝내 물길을 따라 우리 배를 끼고 갔다.

나는 배가 언덕에 가까워지는 틈을 타서 언덕으로 훌쩍 뛰어올라 급히 그곳의 왕(王)씨 성을 가진 이를 찾았다. 이 사람은 매림(梅林)의 보장[1]이었다. 우리가 소리치며 그들을 좇아가자, 그제야 우리 배를 놓아주었다. 나의 짐은 처음에 이미 옮겨졌다가 내가 뭍에 오르는 것을 보고는 되돌려 놓았지만, 뱃사공의 물건은 몽땅 쓸어가 버려 배안에는 아무 것도 남아 있지 않았다.

다시 10리를 나아가 식사를 마쳤다. [길안부에 당도했다.] 어느덧 백로주(白鷺洲)의 서쪽을 지나고 있었다. 뱃사공은 남쪽 관문에 배를 댈 요량이었다. 나는 오래도록 백로서원(白鷺書院)[2]의 빼어난 경관을 들어왔는지라, 배를 동쪽으로 되돌려 서원 아래에 대게 했다. 서원 안의 정토암(淨土庵)에 거처를 정했다. 이날 보슬비가 쉬지 않고 내렸다. 성안에 들어가 이리저리 구경하는데 저으기 고요했다. 성의 남문을 나오자, 강에 맞닿아 있는 큰 거리가 보였다. 거리는 쭉 서쪽으로 신강산(神岡山)에 닿아 있는데, 10리의 시가지는 소주(蘇州)에 비하더라도 전혀 뒤지지 않았다.

12월 초사흘

한밤중에 비가 세차게 내렸다. 아침 식사를 마치자, 곧바로 남쪽 관문 바깥을 거쳐 서쪽의 신강산으로 향했다. 이때 보슬비가 내리고 길은 진창인지라 발걸음을 떼어 나아갈 수 없었다. 반나절을 걷거니 서거니 하다 보니, 시장보아야 할 물건은 절반도 구하지 못한 채 숙소로 돌아왔다. 이날 서원에서 길안부의 장관이 관장하는 계고[1]가 열렸다. 내가 서원을 나왔을 때에는 여러 선비들이 모두 모여 있더니, 돌아왔을 때에는 각각 이미 흩어진 뒤였다. 부의 장관은 우리 집안의 복생(復生)이라는 사람인데, 이날 계고에 몸소 나오지 않아 여러 선비들이 몹시 실망했다.

1) 계고(季考)는 원래 송나라 태학(太學)에서 각 계절의 끝 무렵에 치르는 시험이다.

12월 초나흘

비가 내렸다. 성안에 들어가 구경하다가 성을 나와 백로주에 머물렀다.

12월 초닷새

성에 들어가 주정명(朱貞明)과 마계방(馬繼芳)을 찾아뵈었다. 오후에 누룩을 가져다가 술을 데웠다. 서문으로 나오니, 저잣거리가 매우 번성하다. 남문의 큰 거리에서 신강산에 오르고 싶어서, 다시 가기는 했으나 오르지는 못했다.

12월 초엿새

백로주에 누워 지냈다.

12월 초이레

백로주에 누워 있었다. 오후에 날씨가 맑게 개이자 성에 들어갔다. 동문으로 나와 대각암(大覺庵)에 이르니, 어느덧 매림에 와 있었다. 하지만 강을 마주한 채 갈 수 없는지라 나자산(螺子山)으로 되돌아왔다.

12월 초여드레

백로주 뒤쪽에서 매림으로 건너갔다. 5리 길이었다. 다시 북동쪽으로 10리를 가자 대주(大洲)가 나왔다. 이에 동쪽으로 10리를 나아가 산에 접어들어 주령(洲嶺)에 올랐다. 주령은 남산(南山)이 북쪽으로 넘어가는 산등성이인데, 서쪽으로 대주와 통해 있기에 주령이라 일컫는다고 한다. 고개에서 5리를 곧추 오르자, 천옥산(天獄山)이 나왔다. 산에서 남쪽으로 10리를 쭉 내려와, 남산 아래의 골짜기에 있는 계(季)씨 성의 도인집에 묵었다.

12월 초아흐레

동쪽으로 10리를 나아가 산 어귀를 나왔다. 오십도(五十都)라는 곳이 나왔다. 남동쪽으로 10리를 나아가 시방(施坊, 인가가 매우 많다)을 지났다. 산에 접어들어 5리를 나아가 숭화산(嵩華山) 서쪽 산기슭에 이르렀다. 이곳은 호부(虎浮)라는 곳이다. 소(蕭)씨 성을 지닌 이를 방문했다. 호부의 바깥에는 산이 한 겹 둘러싸고 있다. 이 산이 시방과의 경계를 이루고 있다. 북동쪽으로 산줄기가 숭화산에서 뻗어내리는데, 지금은 돌을 파내 석회로 만들고 있다. 서쪽에는 시방(施坊)을 향하여 동운암(洞雲庵)이 있다.

12월 초열흘

숭화산에 올랐는데, 오르내리는 길이 모두 10리였다.

12월 11일

동운암을 구경했다. 북쪽 산등성이에서 올 적에 남쪽 골짜기 길목의 대로로 들어섰다. 오고가는 길이 모두 6리였다.

12월 12일

소씨 집에서 아침을 먹고 오전에야 길을 떠났다. 숭화산을 따라 남쪽으로 5리를 가자 경방팽(鏡坊澎)이 나왔다. 이곳의 동쪽은 숭화산이 남쪽으로 뻗어 내린 갈래이고, 북쪽으로 돌아들어 높이 치솟은 것은 향로봉(香爐峰)이다. 향로봉의 갈래는 사부(査埠)에까지 이어지는데, 고작 10리길이다. 다시 남쪽으로 5리를 나아가 물이 나뉘는 고개에 올랐다. 고개를 넘어 동쪽으로 5리를 내려가자 대원(帶源)이 나왔다. 이곳은 장원 급제한 왕간(王艮)[1]이 뜻을 이룬 곳이다.

대원에서 물길을 따라 동쪽으로 5리만에 물길 어귀의 골짜기를 빠져

나왔다. 남쪽으로 산에 들어가 3리만에 연산(燕山)에 이르렀다. 그곳은 산이 낮고 고개는 작았다. 주민들은 소(蕭)씨 성이다. 모두들 산에 못을 쌓아 만들어 물을 저장했다. 물가에 물이 가득 차 있었다. 다시 자그마한 고개를 넘어 남쪽으로 3리를 나아가 나원교(羅源橋)를 지나자 다시 대계의 물길과 만났다. 대체로 대계의 물은 골짜기를 빠져나와 동쪽으로 나아가다가 산을 따라 남쪽으로 돌아들어 이곳에 이른다. 다리를 건너 남쪽으로 나아가서야 산이 비로소 툭 트였다. 5리를 더 가서 수북(水北)에서 하룻밤을 묵었다.

---

1) 왕간(王艮, ?~1402)은 길수현(吉水縣) 출신으로 자는 경지(敬止)이며, 명대 혜제(惠帝)의 건문(建文) 연간에 벼슬길에 올랐다. 그는 『태조실록(太祖實錄)』의 편찬에 참여했으며, 연왕(燕王)의 병사가 남경으로 진군하자 음독자살했다.

12월 13일

수북에서 다리를 건너 남쪽으로 쭉 5리를 나아가 노계교(瀘溪橋)를 넘었다. 이곳은 하랑(夏朗)으로, 장원 급제한 유대괴(劉大魁, 이름은 엄儼이다)가 뜻을 이룬 곳이다. 다시 남쪽으로 5리를 나아가 장(張)씨가 거주하는 서원(西園)에 이르렀다. 이날은 장씨의 집에서 지냈다. 오후에 회하(淮河)가 나파(羅坡)에서 왔다.

12월 14일

눈이 내렸다. 회하가 그의 아들과 함께 술을 가져 왔다. 이날 밤 장이무(張二巫)가 돌아왔다.

12월 15일

날은 맑게 개었으나 바람이 매우 차가왔다. 밤에 서산(西山)으로 갔다.

12월 16일

장씨의 사당에서 연회를 벌였다.

12월 17일

오교사(五教祠)에서 연회를 벌였다.

12월 18일

장기원(張其遠)의 집에서 식사를 했다. 오전에 출발하여 하랑(夏朗)의 서쪽과 서화산(西華山)의 동쪽의 오솔길로 북쪽으로 에돌아 5리만에 서쪽으로 돌아들었다. 서화산의 북쪽을 따라 서쪽으로 나아가 10리만에 부원(富源)에 이르렀다. 부원의 서쪽에는 세 개의 사자상이 물길 어귀를 가로막고 있다. 다시 서쪽으로 2리를 가니 용두(瀧頭)가 나왔다. 이곳은 장원 급제한 팽교(彭教)가 뜻을 이루었던 곳이다. 시내는 이곳에 이르러 꺾여 남쪽으로 산에 들어섰다.

다시 5리를 나아가니 소롱(瀟瀧)이 나왔다. 시내는 두 산 사이에 조여져 마치 벼랑을 치고 골짜기를 깨뜨리는 듯하다. 양쪽 언덕에는 삐죽삐죽한 바위들이 벽처럼 서 있는데, 시내 속에 툭 튀어나온 것은 '서석비하(瑞石飛霞)'이다. 골짜기 안에는 여덟 곳의 명승이 있다. 농계(瀧溪)를 좇아 3리를 나아가 백리현관(百里賢關)으로 나왔다. 이 명칭은 양구빈(楊救貧)[1] 이 "백리 안에 현인이 나오리라"고 말했던 데에서 비롯되었다고 한다.

다시 북서쪽으로 2리를 나아가자 두 번째 관문이 나왔다. 역시 벼랑의 바위가 우뚝 치솟아 시내 왼쪽에 걸려 있다. 다시 북서쪽으로 3리를 나아가 나담(羅潭)으로 나왔다. 이곳은 세 번째 관문이다. 이곳을 지나자 산이 비로소 트이기 시작하고 시내는 북쪽으로 흘러간다. 이곳은 사부(查埠)이다. 다시 북서쪽으로 5리를 나아간 다음 시내와 만났다. 시내를 건너 북쪽으로 나아가 나가부(羅家埠)에서 묵었다.

1) 양구빈(楊救貧)은 당나라 때의 유명한 풍수(風水) 대사로서 원명은 양균송(楊筠松)이다.

12월 19일

동틀 무렵에 길을 나섰다. 10리를 갔다가 서암산(西巖山)의 남쪽을 따라 나아갔다. 3리를 가니 치하(值夏)가 나오고, 서쪽으로 8리를 가서 맹당요(孟堂坳)를 넘었다. [공강(贛江)이 남쪽에서 흘러왔다. 이곳은 농양(瀧洋)이 공강으로 흘러드는 곳이다.] 다시 2리를 나아가 장가도(張家渡)에 이르러 거룻배를 타고서 물길을 따라 북쪽으로 내려갔다. 10리를 가자 강 왼편에 영화(永和)라는 저잣거리가 나타났다. 그 북쪽 벼랑에 청원(青原)으로 갈 수 있는 길이 있었다. 이에 전송하러 나온 장(張)씨(이름은 기원(其遠)이며 장후의 가까운 친족이다)에게 배를 따라 백로주에 가라고 했다. 나는 장이무 및 정문 스님과 함께 북쪽 벼랑을 올라 산의 북동쪽을 따라 나아갔다.

5리를 나아가 두 산 사이로 들어섰다. 1리를 더 가자, 시내가 골짜기를 굽이돌아 나오고 있었다. 시내를 건너 남쪽으로 돌아들었다. 바위산이 문을 마주하여 치솟아 있고, 맑은 산골물이 골을 감아 돌아 흐르고 있다. 청원사(青原寺)[1]가 서쪽으로 향하여 우뚝 솟아 있다. 주지인 본적(本寂) 스님이 자신의 방에서 식사를 대접했다. 방은 너무나도 그윽하고 조용했다. 이 절은 칠조[2]께서 전에 거처했던 옛 사찰이다. 후에 서원으로 전락했다가 본적 스님이 선종을 부흥시켜 원래의 모습으로 회복시키고, 여러 서원을 산 밖으로 모두 옮기게 했다. 절 안에 높은 누각을 세웠으나, 아직 완공되지는 않았다.

절 뒤편에는 칠조탑(七祖塔)이 있다. 탑 앞에는 매우 오래 묵은 황형수 한 그루가 있는데, 칠조께서 자신의 맹세를 이 나무 위에 새겨놓았다. 처음 산에 들어섰을 때에는 동서 양쪽의 산 사이의 골짜기에 지나지 않았다. 북쪽의 우묵한 평지에 이르러 남쪽으로 돌아들어서도 역시 그저 물과 바위가 맑고 기이하며 산골물과 골이 굽이져 있다는 느낌만 들 뿐이었다. 그런데 탑이 서 있는 뜨락에 올라 절의 터를 내려다보니, 가운데가 드넓게 트여 있고 가지런하며 사방의 산이 한데로 모아져 있음을 깨달았다.

우묵한 평지는 안팎 두 겹인데, 안쪽의 우묵한 평지는 넓고도 그윽하며, 바깥쪽의 우묵한 평지는 굽이지고 길다. 바깥쪽에는 서원을 옮겨 놓았고, 안쪽에는 불사가 모셔져 있으니, 마치 절로 이루어진 듯 더 이상 아름다울 수가 없었다. 나는 이제껏 이미 오래도록 그저 그런 줄로만 생각해왔는데, 본적 스님께서 병인년과 정묘년³⁾ 사이에 부흥의 내력이 시작되었노라고 말씀해주셨던 것이다. 아마 이 절은 오래도록 서원이었을 터인데, 추남고(鄒南皐)와 곽청라(郭靑螺) 두 노인이 서원과 사찰을 병존시키고자 본적 스님을 모셔와 그 일을 주관하도록 했다. 본적 스님이 사찰과 서원은 절대로 함께 두어서는 안된다고 극력 말씀드리고 주장을 굽히지 않아, 드디어 서원을 바깥으로 옮길 수 있게 되었다. 이후 사찰로의 회복은 파죽의 기세로 진행되었다.

절 앞에는 시내가 흐르고 있다. 절 남동쪽의 깊은 골 속에서 흘러나와 절 앞에 이르러 취병(翠屛) 아래에서 합쳐졌다. [취병은 물에 침식되어 삐죽삐죽 가파르고 겹겹이 솟구쳐 있으며, 오래 묵은 나무들이 그 위에 매달린 채 아래로 맑은 물에 비쳤다. 그 갖가지 경색이 아름답기 그지없었다.] 절의 왼쪽으로 물길을 따라 올라갔다. 양쪽의 산들이 매우 가파르고, 우묵한 평지는 굽이져 몹시 길었다. 구불구불 10리를 들어가 황점령(黃鮎嶺)에 이르렀다. 우묵한 평지의 밭은 모두 절의 스님들이 갈아 만들어놓은 것이다. 우묵한 평지의 어귀에는 청원사의 양쪽에 쌓인 모래더미가 있다. 빙 둘러 얽힌 채 몹시 비좁았다. 절이 있다는 것만 알았을 뿐, 절 뒤에 이렇게 우묵한 평지가 있을 줄은 전혀 알지 못했다.

　나는 취병에서 내려와 물길을 따라 산골을 기어올랐다. 그 사이를 이리저리 빙글빙글 돌아 쉬지 않고 나아가는데, 물방앗간과 채마밭 등 갖가지가 더 이상 인간세상 같지 않다. 한참이 지나 해가 점점 서쪽으로 기울었다. 산에 올라 고개를 넘어 오소정(五笑亭)을 거쳐 절로 들어왔다. 입선(立禪, 즉 본적 스님)과 작별하고서 산을 나왔다. 시내 다리를 건넌 다음, 바깥 너머 겹겹의 안산 남쪽을 따라 5리만에 산을 넘어 서쪽으로 갔다. 북서쪽으로 10리를 나아가 공강을 넘자, 모래섬을 뒤덮은 저물녘 안개에 강변 현성의 등불이 똑똑히 보이지 않았다. 다시 3리를 가서 장이무, 장기원과 함께 백로주에서 묵었다.

---

1) 청원사(青原寺)는 길안시(吉安市) 남동쪽 15킬로에 위치한 청원산 위에 세워져 있다. 이곳은 선종(禪宗) 칠조의 도량으로서, 원나라 말에 훼손되었다가 명나라 초에 다시 세워졌다.
2) 칠조(七祖)는 육조인 조계혜능대사(曹溪惠能大師)를 뒤이은 하택진회선사(荷澤津會禪師)를 가리킨다. 진회선사는 호북성 양양(襄陽) 출신으로 속성은 고(高)씨이며, 나이 40에 육조 혜능대사를 찾아가 큰 깨우침을 받은 이후 육조의 문하에서 수학했다.
3) 병인년과 정묘년 사이란 천계(天啓) 6년에서 7년, 즉 1626년~1627년 사이이다.

12월 20일

　장이무, 정문 스님과 함께 성을 지나 북서쪽으로 2리를 나아가 백연산(白燕山)에 들어섰다. 이 산은 본래 조그마한 언덕으로서 천화산(天華山)의 끝자락인데, 이 절의 스님이 절을 지을 때 마침 흰 제비가 날아와 빙빙 날아다녔다고 하여 백연이라 일컫게 되었다고 한다. 돌아올 적에 서문으로 들어와 북문에 이르러 황(黃)어사의 정원을 지났다. 하지만 문이 닫혀 있는지라 들어가지는 못했다. (황어사의 이름은 헌경憲卿이며, 환관 위충현魏忠賢[1]의 일에 연루되어 파면당했다.)

다시 북쪽으로 전(田)중승(전중승의 이름은 앙卬이다)의 정원에 들어갔다. 정원 밖에는 오래된 패방이 우뚝 서 있으매, 문양 주공(周公)[2]의 옛 처소이다. 그의 빛나는 업적을 여전히 이곳에서 다시 볼 수 있으니, 존경하고 앙모하는 이에 대한 그리움을 금할 길이 없었다. 해는 저물고 차가운 기운이 감돌았다. 패방 앞에서 오랫동안 그를 추모하다가, 이내 창부문(昌富門)을 나와 백로주로 돌아와 묵었다.

---

1) 위충현(魏忠賢, 1568~1627)은 본명이 이진충(李進忠)이며, 만력(萬曆) 연간에 환관으로 입궁했다. 그는 희종(熹宗)의 유모와 가까이 지내면서 희종의 총애를 받아 환관조직의 최고위직인 승필태감(乘筆太監)에 올랐으며, 1623년 실권을 장악하여 동림당(東林黨)을 철저히 탄압했다. 그러나 숭정(崇禎)은 즉위하자마자 그를 귀양보냈으며, 위충현은 자결했다.
2) 주공(周公), 즉 주침(周忱, 1381~1453)은 길수현(吉水縣) 출신의 명나라의 명신이며, 자는 순여(恂如)이다. 영락(永樂) 연간에 벼슬길에 올라 공부우시랑(工部右侍郎)·순무강남(巡撫江南) 및 공부상서(工部尚書) 등을 역임했으며, 그의 수많은 건의가 법령으로 제정되었다. 시호는 문양(文襄)이다.

12월 21일

장씨의 아들이 길안부 관아에서 서판[1]을 담당하고 있는데, 음식비를 관장하는 계문(啓文)이라는 관원이 술을 받아와 우리를 청했다. 드디어 장이무, 정문 스님과 함께 서쪽 성 밖에서 남쪽으로 철불교(鐵佛橋)를 넘어 8리만에 남쪽의 신강산 꼭대기에 올랐다. 이 산은 길안성 남쪽 15리에 위치해 있으며, 안복현(安福縣)과 영신현(永新縣)에서 흘러오는 강물이 모여 큰 강으로 흘러드는 곳이다.

산의 남쪽에는 예전에 유부군(劉府君)의 사당이 있었다. (유부군의 이름은 유축劉凝이다. 그는 진陳나라와 양梁나라 때 곡강후曲江侯의 신분으로 길안吉安군수를 지냈으며, 어진 이를 보호하고 간교한 이를 미워했다. 신기한 치적을 많이 남겨 죽어서 신선이 되었기에, 그의 사당을 받들어 신강神岡이라 일컬었다. 송宋나라는 그를 이혜왕 利惠王으로 봉했다.) 아래로는 안복현과 영신현에서 흘러오는 자그마한 강을 굽어보고 있었다.

사당의 왼편에서 신강산의 동쪽 기슭으로 돌아들었다. 북쪽으로 공강을 좇아 15리를 나아가 길안부 남쪽 성 밖의 나천역(螺川驛)에 당도했다. 다시 3리를 나아가 저물녘에 백로주에 들어섰다. 백로주의 모래톱 윗부분은 길안부 부성 남쪽 관문의 서쪽 끄트머리에서 시작되어 동쪽 관문을 거쳐 강 가운데로 뻗어 있는데, 윗부분은 낮게 엎드려 있고 끝부분은 높이 두두룩했다. 서원은 모래톱의 높은 곳에 세워져 있으며, 앞에는 쇠로 물소를 만들어 물의 기운을 내리누르고 있다.

서원에는 세 개의 패방이 잇달아 세워져 있다. 첫째는 명신방(名臣坊)이요, 둘째는 충절방(忠節坊)이요, 셋째는 이학방(理學坊)이다. 거리 안 양쪽에는 학관이 늘어서 있는데, 여러 생도들이 학업에 정진하고 있다. 아홉 곳의 현학과 길안부의 군학 등 모두 10곳이며, 각 곳마다 6개의 방이 있다. 이 안으로는 다리를 건너 들어가는데, 본채는 정학당(正學堂)이라 하고, 중루는 명덕당(明德堂)이라 한다. 뒤의 누각은 3층이다. 아래층에는 여러 현인들의 위패가 모셔져 있고, 가운데층에는 '천개자기(天開紫氣)'라 씌어 있으며, 위층에는 '운장(雲章)'이라 씌어져 있다.

누각은 감아 돌며 높이 솟아 있는데, 백록서원(白鹿書院)에 비해 훨씬 장관이다. 이 서원은 송나라 때에 창건되었는데, 명나라 세종 때에 이르러 군수인 왕□수(汪□受)가 처음으로 확장했으며, 희종 때에 환관 위충현에 의해 헐리고 말았다. 오직 누각만은 완전히 헐리지 않은지라, 숭정 초에 이르러 군수 임일□(林一□)이 예전의 모습으로 복구했다.

---

1) 서판(書辦)은 각급 관아에서 서적이나 문서, 편지 등을 관장하는 직책이다.

12월 23일

복생(復生)의 관서에서 홀로 술을 마시고 밥을 먹었다.

12월 24일

복생의 사위인 오기미(吳基美)가 연회를 베풀어 환대했다. (오기미는 바로 나의 생질이다.)

12월 25일

장후의 후손이 두 장의 초상을 관서로 보내왔다. 오전에 복생과 헤어졌다. 복생은 수레를 불러 영신현에 가는 배까지 바래다주었다. 도착하자마자 정문 스님을 찾았지만, 그는 이미 대각사(大覺寺)에 가버린 터였다. 그가 돌아왔을 때에는 이미 날이 저물었다. 나천역 앞에서 묵었다.

12월 26일

뱃사공이 찬거리를 사왔다. 아침 식사를 하고서 길을 떠났다. 10리를 나아가 신강산 아래에 이르자, 서쪽으로 조그마한 강으로 들어섰다. 바람 기운이 매우 순조로운 가운데, 다시 서쪽으로 25리를 달려 삼강구(三江口)에 이르렀다. 북서쪽에서 흘러오는 강은 안복강(安福江)이고, 남서쪽에서 흘러오는 다른 강은 영신강(永新江)이다. 배는 영신강을 거슬러 남서쪽으로 나아갔다. 이곳에 이르자 여울이 나타나기 시작했다. 다시 15리를 나아가 횡강도(橫江渡)에 배를 댔다. 이날 모두 50리를 갔다.

12월 27일

동틀 무렵에 배를 띄웠다. 20리를 달려 요선암(廖仙巖)에 이르렀다. 바위 벼랑이 강을 굽어보고 있었다. 이곳의 남쪽은 이미 태화현(泰和縣)의 경계이며, 북쪽은 여릉현(廬陵縣)의 경계이다. 여기에서부터 배는 시시로 북쪽으로 돌아 나아갔다. 아마 산골의 시내가 비록 서쪽에서 흘러나오지만, 남북으로 굽이져 흐르기 때문이리라. 10리를 달려 영양(永陽)에 이르렀다. 이곳은 여릉의 커다란 저잣거리로, 강의 북쪽에 위치하여 있다. [그러나 강의 남쪽 언덕은 아직 10리를 더 가야 태화현에 속하기 시작한다. 이는 뱃길이 북쪽으로 굽어져 있기 때문이다.]

다시 15리를 달려 북쪽으로 낭호(狼湖)를 지났다. 이곳은 호수가 아니라, 우묵한 평지의 산골마을이다. 주민은 윤(尹)씨로서, 백여 척의 배를 지니고 있으며, 모두 호양(湖襄) 사이에서 고기잡이를 생업으로 삼고 있었다. 다시 15리를 달려 지양도(止陽渡)에 배를 댔다. 강의 북쪽 언덕에 마을이 있다. 이날 모두 60리를 갔으니, 이틀 동안에 도합 100리를 달려 영신현까지의 중간 지점에 이른 셈이다.

이에 앞서 복생은 산골의 시내에 굽은 곳이 많기에, 두 필의 말과 짐꾼 두 사람을 고용하여 다릉의 경계까지 보내주고 싶어했다. 관청에 들어설 때부터 하늘을 쳐다보니 문득 눈이 내릴 기세인지라, 나는 배로 가고 싶었다. 그래서 복생은 배를 물색함과 아울러, 사내 두 사람을 구하여 배 젓는 것을 도우라 했다. 이곳에 이르러 북풍이 매섭게 휘몰아치자, 두 사내는 여러 차례 물속에 들어가 배를 잡아끌거나 매기도 했다. 나는 그들이 추우리라 자못 동정하여 번번이 술값을 주어 위로했다. 오후에 짙은 먹구름이 차츰 개면서 하늘 역시 밝아졌다. 이는 바람의 힘 덕분이리라.

12월 28일

동틀 무렵 밧줄로 배를 끌어 출발시켰다. 날이 몹시 차가왔다. 20리를 나아가 오성(敖城)에 이르러서야 남쪽으로 돌아들었다. 돛을 올려 5리를 달려 황패탄(黃壩灘)에 올랐다. 다시 북쪽으로 꺾어 두 산의 골짜기 사이로 들어섰다. 5리를 나아가자 침두석(枕頭石)이 나타났다. 서쪽으로 돌아 계속 돛을 달고 3리를 나아가 황우탄(黃牛灘)에 올랐다. 십팔탄(十八灘)[1]은 여기에서부터 시작된다. 황우탄 위에는 분사담(紛絲潭)이 있다. 못물은 짙푸르고, 양쪽 벼랑은 마치 문처럼 불쑥 튀어나와 조이고 있다. 이곳에 이르러서야 양쪽에 우뚝 치솟은 벼랑과 세차게 흐르는 여울 속의 바위가 나타나기 시작했다.

다시 7리를 나아가 두 곳의 여울에 올랐다. 이곳은 주원(周原)이다. 산속의 드넓은 골짜기가 조금씩 열리고, 마을이 산골짜기에 기대어 있다. 주민들은 모두 땔감팔이를 생업으로 삼고 있다. 다시 5리를 나아가자 화각탄(畵角灘)이 나왔다. 이곳은 십팔탄 가운데 가장 긴 곳이다. 다시 5리를 나아가자 평상(坪上)이 나왔다. 이곳은 여릉현과 영신현의 경계이다. 두 현의 경계가 나누어지는 곳은 평상의 동쪽에 있다. 우리가 탄 배는 평상의 서쪽에 정박했다.

---

1) 십팔탄(十八灘)은 공강(贛江)에 위치한 18곳의 험난한 여울을 가리킨다.

12월 29일

동틀 무렵 배를 띄웠다. 20리를 나아가자 교면(橋面)에 이르렀다. 이 위에 예전에는 시내 위에 남북으로 걸쳐진 다리가 있었으나, 지금은 이미 허물어져 사라진 채 바위들만이 시냇물 속에 어지러이 쌓여 있었다. 다시 5리를 나아가자 환고(還古)가 나타났다. 시내 남쪽을 바라보니, 큰 산이 가로로 놓여져 있고, 아래쪽에는 두 개의 봉우리가 땅에서 솟구쳐 우뚝 솟아 있다.

펙 기이하다는 생각이 들어 뱃사공에게 물어보았더니 이렇게 대답했다. "저 높은 산은 의산(義山)이라고 하는데, 토박이들은 상천량(上天梁)이라 일컫지요. 산이 높기는 해도 기이하지는 않습니다. 작은 봉우리는 매전동산(梅田洞山)이라 부르는데, 동굴이 산기슭에 있기 때문이지요." 나는 일찍부터 매전(梅田)의 빼어난 경관을 흠모해온 터였다. 그래서 서둘러 식사를 하고서 벼랑에 오르면서, 뱃사공에게 배를 저어 영신현에서 기다리라 했다.

나는 정문 스님과 함께 환고에서 남쪽으로 나아갔다. 5리를 가서 매전의 산 아래에 이르렀다. 봉우리에는 빽빽이 들어찬 바위들이 겹겹이 솟구쳐 있고, [바위 사이에는 한 줌의 진흙도 덮여 있지 않으니, 참으로 물속에서 꼿꼿이 솟아오른 연꽃인 듯했다.] 산기슭에는 용(龍)씨 성의 주민이 살고 있었다. 동쪽을 향하여 생긴 동굴이 세 곳, 서쪽을 향하여 생긴 동굴이 한 곳 있다. 오직 북동쪽 모퉁이의 산바위만 완정한 모습일 뿐, 남동쪽 동굴이 끝나는 지점과 북서쪽의 여러 면은 모두 석회를 만드느라 불타 있었다. 쇠에 깎이거나 불에 그을려서 영롱한 바탕의 10분의 7은 사라져 버렸다.

동쪽으로 나 있는 첫 번째 동굴은 둥그런 벼랑 아래에 있었다. 동굴 왼쪽에 툭 튀어나온 바위가 그 옆을 가로막고 있다. 동굴 문으로 들어서니 넓고도 높다. 10여길 들어가자 동굴 꼭대기는 허공 높이 솟구치고, 사방의 주위는 깎아지른 듯한 암벽이 드리워져 있다. 마치 만 길의 비단을 허공에 매단 듯, 비단을 당겨 휘장을 두른 듯 하늘 위에서 나부껴 내려온다. 그 위에 또다시 자그마한 동굴이 움팬 채 신기루 같은 누각을 짓고 있다.

그 가운데 산꼭대기로 곧바로 뚫린 구멍이 있었다. 이 구멍으로 하늘빛이 동굴 바닥까지 쏟아져 내리고, 햇빛이 비스듬히 윗부분을 비추었다. 쳐다보니 마치 신선들이 그 위에서 장난치며 노는 듯하다. 그러나 열 길 높이의 사다리가 없기에, 허공에 올라 그 사이에 몸을 두지 못함이 한스러웠다. 이곳에서 북쪽으로 들어갔다. 좌우 양쪽에 소라 모양으로 빙빙 올라가는 방과 꽃잎 모양으로 뚫린 문이 있었다. 누워 엎드린 짐승이나 드리워진 깃발 모양의 바위가 이루 헤아릴 수 없이 많다.

동굴에는 다섯 겹의 문이 드리워져 있는데, 세 번째 겹문에 가운데를 떠받치고 있는 기둥이 문을 둘로 나누고 있었다. 정문은 왼쪽에 있고 동굴 안의 빛이 곧바로 비추어들었으며, 곁문은 오른쪽에 있다. 캄캄한 어둠 속에서 다른 동굴로 들어가자 네 번째 겹문의 안에 이르러 합쳐졌다. 좀 더 들어가자 다섯 번째 겹문에 이르렀다. 어느덧 대략 반리 길을 들어왔지만, 동굴 문이 높고 곧은지라 빛은 여전히 멀리까지 비추어 들어왔다. 이곳에 이르러 길이 홀연 왼쪽으로 꺾어졌다. 다시 문 한 곳에 들어가자, 캄캄하여 아무 것도 보이지 않았다. 다만 텅빈 동굴 안에 울려퍼지는 소리가 밝은 곳보다 훨씬 넓고 먼 느낌이 들었을 따름이다.

밖으로 나와 횃불을 찾아 다시 동굴 안으로 들어오고자 발걸음을 되돌려 나왔다. 그런데 눈에 뜨이는 것이 들어올 때보다 훨씬 또렷하게 보였다. 드리워진 종유석과 줄지어선 석주 등의 갖가지 모습이 눈에 가득 차서 황홀한 광경에 눈이 쉴 틈이 없는지라, 나도 모르게 걸음을 멈추고서 앞으로 나아가지 못했다. 동굴 남쪽으로 열 걸음도 안되는 곳에 또 하나의 동굴이 있었다. 북쪽으로 쭉 들어가다가 마지막에 왼쪽으로 돌아들자, 어두워 아무 것도 분간할 수 없었다. 첫 번째 동굴에 비해 형태는 비슷하되 조금 작았지만, 동굴 안의 기이하고 아름다우며 웅장한 모양에 있어서는 첫 번째 동굴의 10분의 1~2에도 채 미치지 못했다.

동굴을 나와 동굴 오른쪽 암벽을 바라보았다. 문처럼 생긴 틈새가 그윽했다. 몸을 옆으로 뉘여 들어갔다. 그 문은 높이가 대여섯 자에, 너비는 한 자 다섯 치이다. 위아래와 좌우 양쪽은 마치 먹줄로 긋고 곱자로 잰 듯 네모반듯하고, 돌 문지방의 형상은 영락없이 도끼로 깎아놓은 듯하다. 이 안의 바위 빛깔은 바깥의 동굴과 사뭇 달랐다. 둥그런 구멍은 달과 같으며, 기울어진 틈새는 규옥과 같은데, 영롱하게 구불거리는지라 오직 뱀이 기어가듯, 원숭이가 거꾸로 매달리듯 하여야 들어갈 수 있었다. 한 줄기 바람이 둥그런 구멍에서 불어오더니, 갑자기 어두워져 아무 것도 보이지 않은지라 뱀처럼 기어 물러나왔다.

동굴을 나와 남쪽으로 채 열 걸음도 가지 않아 또다시 세 번째 동굴이 있었다. 커다란 두 개의 문이 하나는 동쪽을 향해, 다른 하나는 남쪽을 향하여 있다. (합장동合掌洞이라는 동굴이다.) 동굴 안 역시 드넓고 흰하다. 처음에는 곧장 북쪽으로 들어가다가 잠시 후 오른쪽으로 돌아들었다. 돌아드는 곳에 깎아놓은 옥처럼 새하얀 돌기둥이 있다. 위에서 드리워져 보개[1]를 이룬 이 기둥은 명주실로 두르고 구슬로 꿴 듯, 그 형태가 몹시 아름다우면서도 기이하다.

여기에서 동쪽으로 꺾어 나아가자 차츰 어두워지고 양쪽의 암벽 사이 또한 차츰 좁아졌다. 게다가 그 위는 매우 높은데다 또한 횃불이 없었기에 그 윗부분을 비춰보지 못하고, 그 아래로는 좁아지면서 또한 차츰 낮아져 몸조차 둘 수 없었기에 나오고 말았다. 이곳에서 남쪽으로 나아갔다. 허공에 높이 치솟은 바위들은 모두 도끼에 깎이거나 뜨거운 불길의 재앙을 당한 상태였다.

이어 산 아래에서 북쪽으로 돌아들었다. 가파르게 솟구친 빼어난 경관이 눈에 들어왔으나, 사방을 둘러보아도 길이 보이지 않았다. 계속해서 산의 북동쪽 용(龍)씨의 집을 지나 서쪽으로 꺾어들었다. 도중에서 만난 어떤 사람이 뒤쪽 동굴로 안내해주었다. 이 동굴은 산의 북쪽에 있다. 막 동굴 안에 들어서자, 역시 산꼭대기로 뚫려 있는 구멍이 있다. 그 안에서 남쪽으로 쭉 들어가니, 높고 드넓으며 환하다. 동굴의 한가운데에는 석주 하나가 안쪽으로 비스듬히 치켜들어 구불거리는 모습을 드러내고 있다. 이것은 석수(石樹)라고 한다. 그 아래에 석기반이 있으며, 이 위에는 아직 거두지 못한 듯 여러 개의 둥근 바둑알 같은 돌들이 놓여 있다. (흔히 이를 '바둑알 남은 것을 아직 거두지 못했다桃殘子未收'라고 말한다.)

그 뒤에는 또한 평평하거나 툭 튀어나온 바위가 많이 있다. 소의 심장처럼 생긴 것, 말의 허파처럼 생긴 것, 아래에서 위로 고개를 쳐들고 있는 것, 위에서 아래로 고드름처럼 흘러내린 것, 닿을 듯 닿지 않는 것 등등 갖가지이다. 그 안의 서쪽으로 돌아가면 앞의 동굴로 통하여 나갈 수가 있다고 한다. 하지만 캄캄한데도 등불이 없는데다 안내할 사람도 없어 잠시 후 동굴을 나오고 말았다.

이때 잇달아 네 곳의 동굴을 구경하고 나자, 해는 어느덧 서산에 지고 있었다. 횃불을 찾아들고 다시 들어가기에는 시간이 촉박했다. 게다가 동굴 밖에 겹겹이 치솟은 바위조각들이 마치 허공 속에 떠다니는 듯한 느낌이 들고, 더욱이 어두컴컴한 곳에 몸을 구부려 들어가 닫혀버린 틈새로 비집고 다닐만한 겨를도 없었다. 그래서 정문 스님과 함께 꽃잎처럼 생긴 바위에서 벼랑을 붙들고 바위 틈새를 밟고서 올라갔다. 아래로 허공에 매달린 바위들을 바라보니, 마치 칼로 깎아놓은 듯 매끄럽게 꿰매 놓은 듯하다. 정문 스님은 가슴이 울렁거려 나를 따를 수 없다 하고, 산 아래에 사는 주민들 역시 길이 없어 더 이상 오를 수 없다고 일제히 소리쳤다. 하지만 나는 그래도 구불구불 돌아 봉우리 꼭대기에 올랐다. 정문 스님과 각기 바위에 걸터앉은 채, 가지고 온 떡을 꺼내 먹었다. 이미 날이 저물어 밥 지을 만한 곳을 찾기에는 늦었다고 여겼기 때문이다.

잠시 후 산을 내려왔다. 산의 북서쪽 모퉁이가 불타고 깎인 참상은 남동쪽과 별반 다르지 않았다. 이에 서쪽으로 산골물을 지나 5리만에 서쪽 산으로 접어들었다. 물길 어귀를 따라 들어가 다시 2리만에 장군요(將軍坳)에 올랐다. 다시 2리를 나아가 서쪽 고개 모퉁이에 이른 뒤, 큰 길을 따라 남서쪽으로 나아갔다.

5리를 가자 큰 시내가 남쪽에서 흘러와 영신현 현성의 북동쪽을 감돌아 흐르고 있었다. 그 위에 배다리가 가로로 걸쳐 있다. 이 다리를 지나니, 곧 영신현의 동쪽 관문이었다. 이때 우리가 탔던 배는 환고에서 북쪽으로 돌아가다가 남쪽으로 꺾어 나아가는데, 멀리 에돌아가는 곳이 너무 많은데다 물길을 거슬러 오느라 아직도 당도하지 못한 터였다. 이에 현성 안에 들어가 노닐다가 날이 저물어 나왔다. 배가 어느덧 배다리 아래에 정박해 있었다.

영신현 동쪽 20리에 있는 높은 산은 의산(義山)이다. 이 산은 남쪽으로 가로놓여 태화현과 용천현(龍泉縣)의 경계를 이루고 있다. 영신현 서쪽 40리에 있는 높은 산은 화산(禾山)이며, 다릉주(茶陵州)의 경계이다. 남쪽으로 가장 높은 고개는 영배(嶺背)로서 정식 명칭은 칠희령(七姬嶺)인데, 현성에서 50리 떨어져 있으며 영녕현과 용천현으로 통하는 길이다. 영신현의 시내는 서쪽으로 마전(麻田)에서 흘러와 현성 아래에 이르러 현성의 남쪽을 감돌았다가 다시 동쪽으로 감아 돌고나서 북쪽으로 흘러간다. 마전은 현성으로부터 20리 떨어져 있다. 한 줄기 물길이 노강(路江)에서 동쪽으로 흘러오고, 또 한 줄기 물길이 영녕현에서 북쪽으로 흘러와 [마전에서 합쳐진다.]

---

1) 보개(寶蓋)는 불교나 도교, 혹은 제왕의 의식 등에 사용하는 일산(日傘)을 가리킨다.

12월 30일

영신현 현령인 민(閔, 급신及申)은 이웃 현에서 쌀을 사러 오는 것을 막는다는 명목으로 배다리를 폐쇄하더니, 설 전후에는 업무를 중지한다는 핑계로 제멋대로 열고 닫기를 허가하면서 끝내 오지 않았다. 오전에 뱃사공이 우리를 대신하여 수레를 구하러 나섰으나 끝내 구하지 못했다. 영녕현으로 갈 생각은 없었기에 곧장 노강으로 가기로 했다.

이에 짐꾼 두 사람과 뱃사공 한 사람에게 짐을 나누어지게 하고서, 동문으로 들어가 남문으로 빠져나왔다. 시내를 건너 서쪽으로 나아갔다. 7리를 가자 조그마한 시내가 남쪽으로 칠희령(七姬嶺)에서 흘러들었다. 다시 서쪽으로 3리를 나아갔다. 큰 시내가 남서쪽에서 벽을 무너뜨리고 흘러나오고, 길은 북서쪽에서 산을 따라 뻗어나왔다. 다시 3리를 나아가 서쪽으로 초서령(草墅嶺)에 올랐다. 3리를 가서 고개에 올라 내려오자 풍수(楓樹)가 나왔다. 이곳에서 다시 큰 시내와 만났다. 길은 풍수의 서북쪽에서 합구령(合口嶺)을 넘어가고, 8리만에 황장(黃楊)에 이르렀다.

이곳에서 시내를 거슬러 서쪽으로 나아가자, 산길이 비로소 훤히 열리기 시작했다. 다시 7리를 나아가 이전(李田, 노강으로부터 아직 20리 떨어져 있다)에 닿았다. 때는 겨우 오후였지만, 섣달그믐인지라 거처를 쉽게 정하지 못할까봐 일찌감치 묵을 곳을 찾았다. 그러나 받아주는 여관이 한 군데도 없었다. 내가 마침 길 어귀에서 배회하고 있을 때, 선비 차림의 사람이 지나가다 내게 물었다. "선생은 남경(南京) 사람이십니까? 저 역시 장차 남쪽으로 남경에 갈 터인데, 어찌 어진 분들이 내 지역에서 노숙하시도록 하겠습니까!" 그는 동행하던 친족에게 손을 모아 읍을 하더니, 그 사람의 집에 묵게 했다. 내가 그에게 성을 묻자, "유(劉)씨입니다"라고 대답하더니 "제 형님 역시 남경에 계신 터라 가볼 생각입니다"라고 덧붙였다. 아마 그가 말하는 사람은 예부 유견오(劉肩吾, 그의 이름은 원진元震이다)인 듯했다. 그제야 비로소 유견오가 영신현 출신이며, 이곳이 그의 고향임을 알았다.

나는 짐을 앞서 보내고 그와 함께 그의 친족인 유회소(劉懷素)의 집으로 갔다. 그의 집은 아주 넓고 잘 갖추어져 있었다. 그의 집은 은자가 거처하는 곳이지, 여관이 아니었다. 유견오가 거처하는 곳을 물으니 5리나 떨어져 있다고 했다. 전에 만난 적이 있었던 그와는 만날 겨를이 없었다. 이날은 고작 35리를 나아갔을 뿐이나, 술과 고기를 사와 우리를 따라 짐을 진 세 사람을 위로해주었다. 집주인은 자신이 담근 막걸리를 내와 나에게 맛보여 주었다. 나그네 길의 고초를 말끔히 잊었다. 다만 밤새도록 폭죽 소리 한 번 들리지 않으니, 산골마을의 적막함은 참으로 별천지였다. 저녁에 해넘이를 구경하다가 북쪽을 바라보았다. 높은 산이 매우 가까이에 있었다. 물어보니 바로 화산(禾山)이라고 한다.

정축년 정월 초하루

새벽에 일어났다. 날은 유난히 맑고 화창했다. 이곳을 물어보니, 서쪽으로 노강과 20리 떨어져 있고, 북쪽으로 화산에서 무공산(武功山)까지는 120리 길이라고 한다. 정문 스님에게 짐꾼 세 사람과 함께 먼저 짐을 가지고 노강으로 가게 했다. 나는 하인 고씨와 함께 침구를 들고서 북쪽으로 쭉 나아가 산으로 들어갔다. 이 산은 그리 높지 않았으나, 흙 색깔은 매우 붉었다.

5리를 올라가서 조그마한 시내 한 줄기를 넘어 다시 5리를 갔다. 산위에 유(劉)씨 성을 가진 이의 집이 있다. 북쪽으로 후당사(厚堂寺)에 이르러 자그마한 고개를 넘었다. 평탄한 들판이 보이기 시작하고, 논이 아득히 드넓게 펼쳐져 있다. 이에 물길을 따라 북동쪽으로 5리만에 북서쪽으로 돌아들었다가 시내를 거슬러 산으로 들어섰다. 이 시내는 화산 북동쪽의 물길인데, 물줄기가 매우 컸다. 나는 영신현 현성에서 서쪽으로 나아가는 길에 남쪽을 향해 시내에 흘러드는 큰 물길을 본 적이 없었다. 따라서 이 물길은 틀림없이 산 위의 유씨네 집의 동쪽에서 영신현 현성으로 흘러내리는 것이리라. 북쪽으로 청당령(靑堂嶺)을 지나 서쪽으로 내려가자 또다시 평탄한 들판의 산간 평지가 나왔다. 이곳은 십이도(十二都)이다.

서쪽으로 시내를 거슬러 용문갱(龍門坑)에 들어섰다. 시냇물이 양쪽 산의 골짜기에서 바위 벼랑에 부딪치면서 쏟아져 잇달아 서너 곳의 못으로 흘러내렸다. 맨 아래쪽의 못은 마치 눈썹먹처럼 짙푸르고, 그 위 양쪽 벼랑의 바위는 날듯이 튀어나와 서로 마주보고 있다. 그 안으로 들어서자 다시 평탄한 들판이 보였다. 이곳은 화산사(禾山寺)이다. 화산사는 남쪽으로 화산의 오로봉과 마주하고 있다. 절이 등지고 있는 곳은 화산 북쪽 줄기가 다시 불쑥 치솟은 산인데, 겹겹의 바위들이 절 뒤쪽 산 위에 높이 솟구쳐 있다. 대체로 화산은 절 서쪽에서 가장 높은 산이고, 오로봉은 그 남쪽에서 솟아난 봉우리 가운데 가장 우뚝 빼어난 봉우리이다. (내가 화산사의 대강을 추려본다면, "쌍동석雙童石이 뒤에 기대고 있고 오로봉五老峰이 앞에서 두 손을 맞잡고 있다"라고 할 수 있다.)

두 산(즉 화산과 오로봉) 사이의 움푹 팬 곳에 나한동(羅漢洞)이 있다. 그리 깊지는 않다고 들었는데, 절의 낙암(樂庵) 스님이 자신이 들 식사를 우리에게 내주면서 머물러 나한동과 오로봉을 유람하라고 하셨다. 나는 무공산에 가고 싶은 생각이 굴뚝같았다. 내일 종일토록 온 힘을 다해도 이르지 못할까봐 염려하여, 이 두 곳은 돌아오는 길에 들러보겠노라고 했다. 낙암 스님과 헤어져 북쪽으로 십리요(十里坳)에 올랐다.

이 고개는 오르는 길만 해도 모두 10리나 되도록 멀었다. 고개에 오를 적에 서쪽으로 절 뒤편의 산등성이를 바라보니, 두 겹의 바위가 나란히 솟구치고 봉우리는 마치 귀 기울여 속삭이는 듯하다. 고개를 넘어 북쪽으로 내려가니 산은 다시 우묵한 평지를 이루고, 물길은 동쪽 골짜기에서 산을 뚫고 흘러간다. 우묵한 평지에는 가옥들이 즐비하게 서 있다. 이곳은 철경(鐵徑)이라는 곳이다. 다시 그 북쪽에서 고개 하나를 넘어 내려왔다. 5리를 가자 평탄한 들판이 펼쳐졌다. 이곳은 엄당(嚴堂)이라는 곳이다. 이곳의 물길은 남쪽으로 고개 서쪽을 따라 철경으로 흘러내린다.

엄당에서 북쪽으로 5리를 나아가 계공요(鷄公坳)에 올랐다. 이곳은 쌍정(雙頂)이라고도 한다. 이 고개는 몹시 높다. 고개 남쪽의 물길은 남쪽의 철경에서 동쪽으로 흘러내리고, 고개 북쪽의 물길은 진산에서 북쪽 시내를 따라 남쪽 마을로 흘러나온다. 계공요의 북쪽은 안복현(安福縣)의 경계이다. 고개에서 5리를 내려와 진산(陳山)에 이르자, 어느덧 날이 저물었다. 이급천(李及泉) 어르신을 만나 그의 집에 묵었다. 노인의 연세는 만 70세이며, 참으로 깊은 산속의 고아한 은자이다.

정월 초이틀

아침 식사를 마친 후 북쪽을 향해 나아갔다. 진산 남쪽에서 흘러오는 물길이 동쪽을 따라 산을 헤치고 흘러가는데, 또 북쪽에서 흘러오는 물이 있다. 두 물길은 여기에 이르러 한데 합쳐져 동쪽으로 흘러가고, 길은 이 물길을 거슬러 북쪽으로 뻗어 올라간다. 진산의 동서 양쪽에는 모두 높은 산이 마주 솟구쳐 있고, 남북으로는 툭 트여 드넓게 움푹한 평지를 이루고 있다. 사방의 산은 허공 위로 치솟고 골 아래로 떨어져 내리는데, 위로는 태양을 덮어 가리고 아래로는 깎아지른 듯 가파르다. 더 이상 인간세상 같지가 않았다.

5리를 나아가 굽이져 돌아 고개 위에 이르렀다. 동쪽으로 돌아들어 다시 산을 따라 북쪽으로 고갯마루를 넘었다. 묘산요(廟山坳)라는 곳이 나왔는데, 상충령(常衝嶺)이라고도 한다. 그 서쪽에는 교가산(喬家山)이라는 봉우리가 있다. 바위가 늘어선 기세가 울쑥불쑥 솟구치고 꼭대기에는 병풍이 늘어서 있는 듯, 사람이 서 있는 듯한 바위가 있다. 여러 산 가운데에서 가장 빼어났다. 북쪽으로 3리를 내려갔다. 시내 왼쪽에 우뚝 솟은 바위 벼랑이 있다. 그 위에는 맑은 빛깔의 바위가 가로 겹치고 모로 꽂힌 채, 날개를 활짝 펴고 빙빙 도는 모습을 보이고 있다. 물길이 봉우리 발치에서 허공을 수십 길 아래로 떨어져 내리고 있었다. 다만 길은 시내 오른쪽을 따라 나아가는데, 벼랑가에 띠풀이 무더기져 뒤덮고 있는지라 아래를 굽어볼 수가 없었다. 오직 물줄기가 허공에 쏟아져 골짜기를 진동시키는 소리만 들릴 뿐이었다.

이곳에서 내려가자 비로소 산골짜기 속에 밭두둑이 골을 둘러싸고 있는 것이 보였다. 다시 2리를 나아가자 서너 가구의 주민이 보이기 시작했다. 이곳은 노자롱(盧子瀧)이다. 시내 한 줄기가 남서쪽 산골짜기에서 흘러나오다가, 남쪽의 상충(常衝)으로 흘러오는 물길과 합쳐져 북쪽으로 흘러간다. 노자롱 북쪽의 산등성이 한 곳이 마치 관문인 양 이 시내 앞을 가로막고 있다. 시내는 서쪽으로 꺾어져 산등성이를 빙 돌아 북쪽으로 흐르다가 마침내 북서쪽으로 흘러간다. 길은 비로소 산골물을 버리고 북쪽으로 산등성이를 넘었다.

다시 5리를 내려와 평탄한 들판에 이르자, 산이 훤히 트이면서 남북 양쪽의 경계를 이루고 있다. 이곳은 대상당전(臺上塘前)이다. 노자롱의 시내는 다시 서쪽에서 동쪽으로 돌아 [마침내 큰 시내를 이루더니, 동쪽으로 양계(洋溪) 및 평전(平田)에서 흘러온 시내와 합쳐졌다.] 이에 시내를 건너 북쪽으로 3리만에 묘산(妙山)에 이르렀다. 다시 산골짜기로 들어서서 [3리만에] 니파령(泥坡嶺)의 기슭에 이르렀다. 사내 한 명을 얻어 짐을 지게 했다. 5리를 나아가 북쪽으로 고개를 넘어 내려가자, 평탄한 들판을 끼고 있는 골이 나왔다. 이곳은 십팔도(十八都)이다.

다시 3리를 나아갔다. 서쪽에서 동쪽으로 흐르는 큰 시내가 있다. [이 시내는 전산동(錢山洞)에서 발원하여 북쪽으로 이곳에 이르는 물길이다. 이 물길 위에 평전교(平田橋)가 걸려 있다.] 평전교를 건너 북쪽으로 상공령(相公嶺)을 올랐다. 여기서부터는 저 멀리 쭉 올라가는 길인데, 온통 비취빛으로 어렴풋했다. 구름에 닿을 듯한 벼랑을 따라 5리를 나아갔다. 동쪽에서 오는 길[과 합쳐지고, 다시 10리를 쭉 올라가 고갯마루로 빙빙 돌면서 올라갔다. 태양은 불화로처럼 찌는 듯하여 목이 말랐지만 물을 구할 수가 없었다. 한참만에야 길 아래에서 졸졸 흐르는 물소리가 들려왔다. 우거진 수풀 속에서 샘물이 솟아나오는 구멍 하나를 발견했다. 두 손바닥으로 물을 움켜 마셨다. 산속의 움푹 꺼진 곳에 촌락]이 있었다. 이곳은 십구도(十九都)의 [문가방(門家坊)이다. 문가방의 서쪽에 매우 가파른 봉우리 하나가 있는데, 상공령에서 보았다가 오르고 싶었던 바로 그 봉우리이다. 이 봉우리는 북동쪽으로 향로봉과 마주 솟구쳐 있는데, 무공산 남쪽의 안산이다. 날은 아직 오후였다. 하지만 앞길이 험한지라 잠시 남은 힘을 비축하고자 발걸음을 멈추고 이곳에 묵기로 했다. 집주인은 왕(王)씨인데, 그의 어머니는 아흔 살이다.

정월 초사흘

아침 식사를 한 후, 길을 나섰다. 구름기운이 차츰 모여들었지만, 사방의 산은 조금도 가리지 않았다. 3리를 나아가 서쪽으로 돌아들어 다시 산을 따라 북쪽으로 향했다. 비로소 동쪽의 향로봉 산기슭에서 흘러오는 큰 시내가 보이기 시작했다. 이곳은 상길만(湘吉灣)이다.

다시 고개를 1리 내려가자 서너 가구가 나타났다. 고개를 1리 올라 잇달아 두 곳의 산등성이를 지났다. 하가방(何家坊)이 나왔다. 하가방 서쪽의 우묵한 평지를 따라 내려가는 길이 있다. 이것은 전산(錢山)으로 가는 길이다. 물길은 서쪽을 따라 동쪽으로 흘러내리는데, 이것은 향로봉의 큰 시내이다. 하가방 북쪽의 움푹 꺼진 곳을 따라 올라가는 길이 있다. 이것은 구룡(九龍)으로 가는 길이다. 무공산에 오르는 바른 길은 큰 시내를 거슬러 동쪽으로 양쪽 산골짜기 속으로 나아간다.

2리를 나아가 시내를 건너 남쪽 벼랑을 따라 갔다. 1리를 더 가자, 시내 북쪽에 띠풀로 지어진 암자 한 채가 있다. 이곳은 삼선행궁(三仙行宮)이다. 여기에서 높은 산등성이를 점점 올라 3리만에 향로봉에 이르렀다. [향로봉 벼랑의 움푹 꺼진 곳에는 때로 가느다란 물줄기가 걸려 있는데, 북쪽의 큰 시내로 흘러내린다. 봉우리 머리맡을 쳐다보니 구름 기운이 차츰 걷혀 맑아졌다. 급히 기어오르는 참에, 갑자기 부슬비가 흩뿌렸다.] 2리를 올라 집운암(集雲巖)에 이르자, 흩뿌리는 부슬비에 옷이 흠뻑 젖었다. 집운관(集雲觀)에 들어가 잠시 쉬었다.

집운관은 갈선옹(葛仙翁)[1]이 참된 성품을 양성하기 위해 수련하던 곳이다. 도사들이 새해를 맞아 정전 위에서 즐겁게 놀고 있었다. 정전에는 기둥이 하나 있을 뿐 건물은 아직 완공되지 않은 상태였다. 집운관의 터는 높다랗게 향로봉을 등지고 있고, 북쪽으로 무공산을 향해 있다. 앞에는 커다란 시내가 동쪽의 우묵한 평지에서 흘러나와 서쪽으로 상길만을 거쳐 흘러간다. 역시 신선들이 거할 만한 빼어난 곳이다.

이때 비가 잠시 그쳤다. 마침 산꼭대기까지 바래다주겠다는 도사를 구했다. 서쪽으로 구룡에 이르러 비를 무릅쓰고 반리를 나아갔다. 노수교(老水橋)를 건넌 다음, [다시 무공산 남쪽 기슭을 따라 나아가 드디어] 우심령(牛心嶺)에 올랐다. 5리를 나아가 기반석(棋盤石)을 지나자 (고개 위에 암자가 있었다.) 빗줄기가 차츰 굵어졌다. 도사는 받았던 길안내 삯을 되돌려 주더니 짐을 팽개친 채 가려고 했다.

기반석 위에 북쪽으로 쭉 올라가는 길이 있다. 5리를 나아가면 석주가 있는 풍동(風洞)을 지나고, 5리를 더 가면 산꼭대기에 닿는다. 이 길은 집운관에서 [산으로] 오르는 큰길이다. 오솔길은 깊은 골을 따라 동쪽으로 나아가는데, 이 길은 관음애(觀音崖)로 오르는 길이다. 나는 이 두 갈래 길의 경관을 모두 보고 싶었다. 그래서 산꼭대기에서 오솔길을 좇아 구룡으로 가려 했는데, 도사는 계속 집운관으로 내려가 하가방의 큰길로 가고자 했다. 그래서 나와 의견이 맞지 않아 도사는 가버렸다. 나는 오솔길을 따라 비를 무릅쓰고 동쪽으로 나아갔다.

여기에서부터 산의 갈래는 산꼭대기의 무너진 골을 따라 뻗어내린다. 툭 튀어나온 부분은 등성이를 이루고, 움푹 꺼진 곳은 골짜기를 이루고 있다. 길은 산허리를 따라 나 있었다. 등성이를 만나면 기어오르고, 골짜기를 만나면 허리 굽혀 내려갔다. 기반석에서 두 번째 골짜기를 지나자 봉우리 옆에 10여 길의 높이의 바위가 곧추 서 있다. 참으로 멋있다는 느낌이 들었다. 그 바위 안쪽의 골짜기 안에는 벼랑이 툭 튀어나오고 나무가 무성한 숲을 이루고 있다. 보고 있자니 참으로 기이했다. 길은 구불구불하고 비가 흩날리는데다, 풀더미가 가로막고 있는지라 발을 내디딜 곳이 없었다.

다시 길을 따라 동쪽으로 세 번째 골짜기를 지났다. 그 산등성이는 아래의 산골 바닥에서 남쪽으로 가로질러 곧바로 향로봉 동쪽에 닿는다. 이 산등성이부터 산골의 물길은 동서 양쪽으로 나뉘어 흐른다. 서쪽으로 흘러가는 것은 집운관에서 평전으로 흘러가는 물줄기이고, 동쪽으로 흘러가는 것은 관음애에서 강구로 흘러가는 물줄기이다. 두 물줄기 모두 안복현의 동북쪽의 시내이다.

여기에서 다시 두 곳의 골짜기를 지났다. 북쪽의 골짜기 안을 바라보니 수목이 울창하게 뒤덮고 바위벼랑이 우뚝 치솟아 있다. 때때로 벼랑 위에 하얀 휘장이 보였다. 얼핏 보기에 폭포가 드리워진 듯하다. 그런데 날아 움직이는 기세가 없는 것이 참으로 이상했다. 그래서 찬찬히 살펴보니 이미 얼어붙어 있었다. 그제야 이곳이 높고 추워서 아래쪽과는 다르다는 것을 알게 되었다. 내가 빗속에 그저 조심조심 발걸음을 떼며 걷느라 느끼지 못했을 따름이었다.

모두 5리만에 관음애에 이르렀다. 대체로 세 번째 산등성이의 등마루를 지나는 곳이 바로 그 한 가운데이다. 관음애는 백법암(白法庵)이라고도 한다. 이곳은 백운(白雲)법사가 지었으며, 그의 제자인 은지(隱之)가 확장했다. 무공산의 동남쪽 모퉁이에 위치해 있다. 이곳의 지형은 외지고 깊어서, 원래는 들소나 산짐승들이 서식했는지라 우선당(牛善堂)이라 일컬었다. 그러다가 백운 법사가 불사를 창건할 때, 흰 앵무새가 날아드는 기이한 일이 일어났기 때문에 백법불전(白法佛殿)이라 일컫게 되었다.

불전의 앞에는 넓은 못이 있다. 이 역시 높은 산에서는 보기 드문 일이다. 그 앞에는 뾰족한 봉우리가 안산을 이루고 있는데, 이곳은 기산(箕山)이다. 이 산은 향로봉 동쪽에 치솟은 또 다른 산이다. 그곳에는 암자는 있으나 벼랑이 없었다. 벼랑은 곧 앞쪽의 산골짜기 속에서 뻗어오른 바위인데, 정해진 이름은 없었다. 암자 앞뒤에는 대나무와 나무들이 대단히 무성하다. 그 앞에는 곧바로 강구(江口)로 내려가는 큰길이 있고, 그 뒤로는 산꼭대기로 오르는 동쪽 길이 있다.

이때 나는 옷과 신발이 온통 물에 젖었는지라 서둘러 갈아입고는 더이상 길을 나서지 않을 심산이었다. 그런데 식사를 마친 후 비가 갑자기 그치는 것이었다. 그래서 은지 스님과 작별하고서, 암자의 동쪽에서 암자 뒤쪽으로 올랐다. 곧장 2리를 가자, 홀연 남서쪽에서 먹구름이 몰려오는 것이 보이더니 향로봉과 기산을 눈 깜작할 사이에 몽땅 가려버렸다. 하인 고씨는 온 힘을 다해 엎어지면서 위로 기어올랐다. 1리를 더 나아가자, 어느덧 암자 뒤쪽의 꼭대기에 이르러 있었다. 그러나 짙은 안개가 자욱한지라, 굽어보아도 백운 법사가 지은 건물과 지나왔던 산등성이와 골짜기 등은 털끝만큼도 보이지 않고 아무 소리도 들리지 않았다. 다행스럽게도 하늘이 부옇기만 할 뿐, 비는 내리지 않았다.

다시 2리를 걸어 산꼭대기에 띠풀로 지어진 암자에 이르렀다. 암자에는 두 명의 도사가 있었다. 그 안에 짐을 내려놓았다. 삼석권전(三石卷殿)이 바로 그 위에 있는데, 코앞인데도 분간할 수가 없었다. 도사의 안내를 받아 삼석권전에 들어가 엎드려 예를 올린 후, 돌아와 암자에서 하룻밤을 묵었다. 이날 밤 바람소리가 여러 번 미친 듯 으르렁거렸다. 풍향이 북서풍으로 바뀌어 다행히 맑아지기만 바랐다. 이튿날 날이 밝자, 안개는 전날과 다름없이 자욱했다.

[무공산은 동서로 마치 병풍을 늘어놓은 듯 가로뉘어져 있다. 정남쪽은 향로봉이고, 향로봉의 서쪽은 문가방의 뾰족한 봉우리이며, 향로봉의 동쪽은 기봉(箕峰)이다. 이 세 봉우리는 모두 깎아지른 듯 가팔랐다. 향로봉은 홀로 우뚝 솟구쳐 있는데, 무공산의 남쪽에 늘어선 모양이 마치 무공산의 영성문(欞星門)[2]처럼 보인다.

그 꼭대기에는 길이 사방으로 나 있다. 정남쪽에서 오는 길은 풍동의 석주에서 기반석·집운관까지 내려와 상공령을 거쳐 평전·십팔도로 나오는 큰길로서, 내가 산에 들어서서 걸어왔던 길이다. 남동쪽에서 오는 길은 백운애에서 강구로 내려와 안복현에 이르는 길이다. 북동쪽에서 오는 길은 2리를 나아가 뇌타석(雷打石)을 나오고, 1리를 더 가면 평향현(萍郷縣)의 경계에 이르며, 아래로 산 어귀에 이르러 평향현으로 통하는 길이다. 북서쪽에서 오는 길은 구룡(九龍)에서 유현(攸縣)에 이르는 길이다. 남서쪽에서 오는 길은 구룡에서 전산으로 내려와 다릉주(茶陵州)에 닿는 길이다. 이것이 무공산의 사방 경계이다.]

1) 갈선옹(葛仙翁)은 갈현(葛玄, 164~244)으로 갈홍(葛洪)의 종조부이며, 오(吳)나라의 방사이다.
2) 영성문(欞星門)의 원명은 영성문(靈星門)으로 공묘(孔廟)의 바깥문을 가리킨다. 이후에는 영성문의 모양이 격자창과 흡사하다는 점으로 인해 영성문(欞星門)으로 일컬어졌으며, 공묘뿐만 아니라 도관(道觀) 앞에 세워진 큰 문 역시 영성문으로 일컫게 되었다.

정월 초나흘

하늘에 희뿌연 기운이 아직 가시지 않았다는 말을 듣고서 한참동안 죽은 듯이 누워 있었다. 아침을 먹은 후에야 일어나니, 안개기운은 흩어졌다 모여들었다 했다. 이에 바른 길을 따라 내려가 풍동(風洞)의 석주를 구경하고 싶었다.

곧바로 3리를 내려갔다. 양쪽 옆의 산 모두 등마루에 띠풀이 우거져 있는 게 차츰 보였다. 기이하다 할 만한 벼랑의 암혈은 없었다. 멀리 보이는 향로봉 꼭대기 역시 보일락말락, 절반가량은 여전히 짙은 안개에 휩싸여 있다. 풍동의 석주가 아직 2~3리 아래에 있는지라, 금방 찾아내기는 어려우리라는 생각이 드는데다, 도사의 말이 꾸며낸 것이 아닐까 의심스러웠다. 찾아보았더니 역시나 기이한 것은 없었다.

[비가 내리지 않는 틈을 타] 산꼭대기로 되돌아왔다. 띠풀로 지어진 암자에서 다시 식사를 하고서, [우선 구룡(九龍)으로 가기로 했다.] 이에 산등성이를 따라 서쪽으로 나아갔다. 안개가 처음에는 자욱하더니 얼마 후 차츰 개었다. 아래로 3리를 약간 내려가 등성이 한 곳을 넘었다. 홀연 안개 그림자 사이로 멀리 무공산의 가운데 봉우리의 북쪽에, 우뚝

솟은 벼랑과 험준한 바위기둥이 보였다. 위로는 층층이 하늘을 찌르고 아래로는 땅속 깊이 꽂혀 있다. 이곳은 천장애(千丈崖)라는 곳이다. 백 개의 벼랑이 빽빽하게 빙 둘러 에워싸고 있는데, 높낮이가 일정치 않은 채 울쑥불쑥 솟아 서로 어울려 돋보였다.

허물어지듯 북쪽으로 내려갔다. 곳곳의 벼랑이 문처럼, 궐문처럼, 만 장처럼, 누각처럼 골 밑바닥으로 내리꽂혀 있다. 온통 빽빽한 나무와 무성한 잡풀이 그 아래에 깔려 있다. 때때로 안개기운이 덮어 가렸지만, 내 몸이 그 옆을 스치면 다시 흩어졌다. 먼저 덮어 가린 것은 여인이 일부러 옷소매로 얼굴을 가려 피하는 듯하고, 나중에 흩어진 것은 어여쁘게 미소를 띠며 맞아들이는 듯하다.

대체로 무공산은 동·서·중앙에 모두 세 개의 봉우리가 솟아 있다. 가장 높은 가운데 봉우리는 오로지 바위로만 이루어져 있다. 남쪽은 불쑥 튀어나와 있을 따름이지만, 북쪽은 허공에 매달린 듯 치솟은 벼랑이 빙 둘러 있는지라, 기이함의 극치를 보여주고 있었다. 만약 이 길로 가지 않고 바른 길로 갔다면, 또한 설사 이 길로 가더라도 안개가 걷히지 않았다면, 아마 무공산에는 기이하고 아름다운 경관이 없다고 말하지 않았을까!

모두 3리만에 가운데 고개의 서쪽을 넘어 산등성이 두 곳을 잇달아 넘었다. 골짜기는 비좁아 한 자 반밖에 되지 않았다. 이곳에 이르자, 남북으로 온통 바위벼랑이었다. 북쪽의 바위벼랑은 더욱 험준하고 가파른 데다 바닥이 보이지 않을 정도로 깊으며, 빙 두르고 불쑥 튀어나오는 등 기이한 경관이 많았다. [산등성이 위쪽은 두 개의 벼랑이 마치 문처럼 겹으로 가려져 있고, 아래쪽은 깊은 골까지 미끄러져 내렸다.] 여기에서 길을 타고 내려오면 북쪽 벼랑의 여러 빼어난 경관을 두루 볼 수 있을 것만 같았다. 하지만 애석하게도 산이 높고 길이 끊긴지라, 도저히 가볼 수 없었다.

다시 서쪽으로 내려갔다가 올라왔다. 서쪽 봉우리가 나왔다. 서쪽 봉우리는 동쪽 봉우리와 별반 다를 게 없었으나, 가운데 봉우리만큼 바위가 뽀족하고 험준하지는 않았다. 다시 5리를 나아가 야저와(野猪窪)를 지났다. 서쪽 봉우리가 끝나는 곳에 바위벼랑이 툭 튀어나와 있다. 그 아래에 4,5명이 들어갈 만한 공간이 있다. 이곳은 이선동(二仙洞)이다. 그 위에 금계동(金鷄洞)이 더 있다고 들었으나, 들어가 보지는 못했다. [이선동에서 산은 두 갈래로 나뉘어지고, 길은 그 가운데로 나 있었다.]

다시 조금 서쪽으로 4리를 내려가서 구룡사(九龍寺)를 닿았다. 이 절은 무공산의 서쪽 자락에 자리하고 있다. 높은 산이 이곳에 이르러 갑자기 툭 트이더니 우묵한 평지를 에워싸고 있고, 그 가운데에 평탄한 골이 나 있다. 물길은 띠처럼 서쪽으로 골짜기의 다리로 흘러나와 벼랑에서 떨어져 내린다. 이 절은 신종(神宗) 때에 영주(寧州) 선사께서 창건하셨는데, 백운 법사가 창건한 관음애와 더불어 무공산의 동서 양쪽에 나란히 지어졌다.

그러나 관음애가 훤히 트인 채 아래를 굽어보고 있다면, 구룡사는 그 윽하고 깊으면서도 널찍했다. 관음애의 형세는 구룡사만큼 단정하고 은밀하지는 못하다. 만약 지세로 따진다면, 구룡사는 비록 꼭대기에서 조금 아래에 있지만, 그 높이는 오히려 관음애보다 훨씬 높다. 절의 스님들은 동서 양쪽의 집에 나뉘어 거처하고 있다. 이전에 남창왕(南昌王)이 특별히 이 산에 들어와 이곳을 찾은 적이 있었다. 지금도 그 규모는 여전히 잘 정돈되어 있었다. 서쪽 승방의 스님이 우리에게 머물러 묵어가라고 붙잡았다. 그렇지만 나는 안개가 벌써 차츰 개이는 것을 보고 마지못해 작별했다.

절을 나와 서쪽으로 계구교(溪口橋)를 넘었다. 시내는 남쪽을 따라 흘러내렸다. 다시 서쪽으로 고개를 넘어 조그마한 시내를 건넜다. [두 시내는 합쳐져 남쪽으로 골짜기 안으로 떨어져 내렸다.] 시내는 동쪽에서 쏟아져 내리고, 길은 서쪽에서 떨어져 내린 뒤, 모두 남쪽으로 쭉 내려간다. 5리를 나아가자 자죽림(紫竹林)이 나왔다. 스님의 거처는 물살이 급하고 기다란 대나무가 자란 곳에 자리하고 있다. 그윽하면서도 시원스러움을 함께 갖추었는지라, 이곳 또한 불사의 오묘한 경지를 드러내고 있다.

산 위에서 이곳을 바라볼 적에는 짙은 안개 속에 묻혀 있더니, 내려올수록 안개가 차츰 걷혔다. 암벽을 뚫고 날듯이 흐르는 물은 골짜기의 깎아지른 듯한 벼랑에 매달려 기세 좋게 떨어져 내렸다. 다시 10리를 나아가 노대(盧臺)에 이르렀다. 시내의 오른쪽과 왼쪽을 이리저리 따라가느라 길이 일정하지 않았다. 가는 길은 온통 우레와 같은 물소리와 눈꽃처럼 튀어 오르는 물방울로 가득 차 있다. 다만 산골 벼랑이 높이 솟구쳐 있고 대나무와 나무들이 빽빽이 가리고 있는지라, 높은 곳에서 떨어져 내리는 물길의 기세를 아래로 엿볼 수 없었다. 산골물을 건너는 곳에 이르자, 물은 다시 평탄하게 흘러간다.

골짜기를 빠져나와 노대에 이르렀다. 비로소 평탄한 벌판이 펼쳐진 골이 나왔다. 물길들이 어지러이 전답 사이에 뒤섞여 용솟음쳐 흐르는지라, 행장과 신발이 모두 젖어버렸다. 며칠 전 상공령을 지날 때 목을 축일 물을 한 방울도 구할 수 없었던 일이 떠올랐다. 그런데 이곳의 지형은 그곳보다 높은데도, 바위산 사이로 시내가 돌아 흘러 풍성한 못을 이루고 있다.

대체로 무공산의 동쪽 자락의 산은 한 등성이에서 여러 갈래로 나누어져 있다. 반면 무공산의 서쪽 자락의 산은 뭇 봉우리에 우뚝 솟은 바위가 벼랑에 모여 있다. 흙과 바위의 형세가 다르기에 건조하고 습함의 나뉨 또한 다르다. 시내 양쪽에 네댓 채의 인가가 모두 빙 둘러 담을 쌓은 채 나란히 서 있다. 하룻밤 묵어가고 싶었으나, 새해의 손님을 청해 연회를 베푼다는 이유로 거절했다.

길가에서 배회하고 있을 때, 한 떼의 사람들이 동쪽 마을에서 서쪽의 집으로 건너가고 있었다. 바로 연회에 초대받은 손님들이었다. 그 가운데의 한 소년이 내가 묵을 곳이 없음을 눈치 채고서 직접 여러 집으로

다니면서 묵을 곳을 알아보았다. 그러더니 나를 이끌고서 이미 연회를
치른 동쪽 마을의 집(당屬씨 성의 집이었다)으로 데려갔다. 덕분에 묵을 곳
을 구했다. 이날 30리길을 걸었다.

정월 초닷새

아침 식사를 마쳤으나, 안개는 여전히 산꼭대기를 뒤덮고 있다. 이에
남동쪽으로 고개 한 곳을 넘어 5리를 내려가 평탄한 들판에 이르렀다.
이곳은 대피(大陂)이다. 이곳에 거주하는 몇 가구는 세상과 떨어져 절로
하나의 골을 이루었다. 자그마한 시내 한 줄기가 북동쪽에서 흘러왔다.
하가방의 물길이다. 노대의 시내가 북쪽에서 흘러오고 또 북서쪽에서
사반두(沙盤頭)의 시내가 흘러오더니, 한데 모여 진전구(陳錢口)로 흘러나
간다. [두 산은 문처럼 우뚝 서 있고, 길 역시 시내를 따라 나 있다.]
진전구를 나서자마자 십팔도(十八都)의 평전(平田)이 나타났다. 동쪽으
로 넓은 벌판을 향해 있다. 대피에서 흘러온 물은 북쪽에서 진전구로
흘러나오고, 상피(上陂)에서 흘러온 물은 서쪽에서 차강(車江)에 이른다.
이 두 줄기 물길은 합쳐져 동쪽의 전산을 거쳐 평전으로 흘러간다. 길
은 차강에서 서계(西溪)를 따라 5리만에 상피에 이르러 다시 산에 접어
들었다. 어느덧 시내 남쪽을 건너 문루령(門樓嶺)을 올랐다. 5리를 나아
가 고개를 넘어 다시 시내와 만났다.
우묵한 평지를 지나 다시 2리를 나아갔다. 봉우리 하나가 시내 한 가
운데에 서 있다. 봉우리 남북 양쪽에는 각각 한 줄기 시내가 흐르고 있
다. 이 시내가 봉우리를 감돌아 합쳐졌다. 이곳은 월계(月溪)의 상류이다.
길은 봉우리 남쪽의 시내를 따라 접어들었다. 봉우리 남쪽에 석란충(石
蘭衝)이 꽤 우뚝 솟아 있다. 다시 3리를 나아가 축고령(祝高嶺)에 올랐다.
고개 북쪽의 물길은 안복현으로 흘러내리고, 고개 남쪽의 물길은 영신
현으로 흘러내린다.

다시 고개 위의 평탄할 길을 3리 나아갔다. 고개를 내려와 남동쪽으로 2리만에 석동(石洞)의 북쪽을 지나 남서쪽의 자그마한 산을 올랐다. 산의 바위는 색깔이 매끈매끈하나 형태는 험준하다. 바위 틈새로 내려다보니 사방을 빙글 에워싼 석굴이 있다. 바위 틈새와 마주하여 문이 있고, 그 안에는 사원이 있으며, 뒤에는 깊숙한 동굴이 있다. 이 동굴은 석성동(石城洞)이다. [동굴 밖에는 바위 벼랑이 사방으로 이어져 있다. 벼랑에는 동쪽을 향해 틈새가 벌어져 있는데, 암자가 틈새에 기대어 있었다. 암자는 북쪽을 향하여 있고, 석성동은 그 왼쪽에 있다. 암자의 문은 북동쪽을 향하여 있는데] 스님이 달아버린 바람에 들어갈 수 없었다. 바위 위에서 엎드려 외쳐 부르자, 한참만에야 들어갈 수 있었다. 스님에게 밥을 지어달라고 부탁했다. 나는 동굴에 들어갔다가 나와 석문사(石門寺)에 가볼 작정이었다.

[돌층계를 따라 내려가니 의흥(宜興)의 장공동(張公洞)의 입구와 매우 흡사한데, 장공동보다 더 컸다. 동굴 안이 봉긋 솟아있기는 장공동과 마찬가지이지만, 깊고 넓기는 장공동보다 배나 되었다. 동굴의 한 가운데에 가로 누운 바위 언덕이 동굴을 안팎의 두 층으로 나누었는데, 바깥층에는 큰 바위가 마치 평평한 대처럼 문 입구에 늘어서 있다. 평평한 대의 가운데에는 두 개의 석순이 치솟아 있다. 그 좌우에 늘어선 것 가운데, 북쪽 벼랑에 석주가 우뚝 서 있다. 이 석주는 석순보다 두 배나 크고 색깔이 매우 질박하면서도 품위가 있는데, 동굴의 바위 밑바닥에서 높이 치솟아 위로 동굴 꼭대기에 닿아 있다. 그 곁에 틈새가 있는지라, 석주를 감싸고 돌 수 있다. 석주의 뿌리부분이 툭 튀어나온 곳에 빙 둘러 받쳐 든 모습의 바위가 있다. 마치 석주를 쟁반 속에 심어놓은 듯하다. 석주 옆에 갈래진 작은 동굴이 있다. 구불구불 북쪽으로 더 들어가자, 큰 석주가 또 있다. 아래는 마치 겹겹의 연꽃이 빙 둘러 기둥을 이루고 있는 듯하고, 위는 마치 화려한 깃발이 덮개를 받쳐 든 채 꼭대기에 이어져 있는 듯하다. 이 옆에도 틈새가 있는지라 석주를 따라 돌

수 있다. 석주의 왼쪽에 또 다른 동굴 구멍이 둘러싸고 있는데, 이 갈래진 동굴은 더욱 봉긋했다.]

동굴을 나와 식사를 마쳤다. 동굴을 바라보니 몹시 기이한 느낌이 들었다. 횃불을 구하여도 찾지 못했으나, 다시 한 번 하인 고씨와 함께 들어가 찬찬히 살펴보았다. 동굴을 나오자, 어느덧 날이 저물어 있었다. 암자 안에서 묵었다.

석성동의 원래 이름은 석랑(石廊)이었는데, 남피(南陂) 출신인 유원경(劉元卿)[1]이 동굴 어귀의 석굴 속에 불사를 짓고서 서림(書林)으로 이름을 고쳤다. 지금은 다시 석성동으로 이름을 바꾸었는데, 동굴 바깥의 바위 벼랑이 마치 성의 담처럼 사방을 두르고 있기 때문이다.

---

1) 유원경(劉元卿, 1544~1621)은 강서성 안복현 출신으로, 자는 조보(調父)이며 예부주사(禮部主事)를 역임했다. 저서로는 양명학자의 언행을 수록한 『제유학안(諸儒學案)』이 있다.

정월 초엿새

아침에 일어나자 안개가 여전히 짙게 뒤덮고 있었다. 아침 식사를 마친 후 보림(寶林) 스님과 작별했다. 암자를 나오자, 비가 갑자기 후드득 떨어졌다. 하는 수 없이 암자로 되돌아와 한참 동안 앉아 있다가, 비가 그치자 길을 떠났다. 동굴 문에서 남쪽으로 고개 하나를 넘어 5리를 나아갔다. [이곳의 서쪽은 서운산(西雲山)이고, 동쪽은 불자령(佛子嶺)의 서쪽 자락이다.]

멀리 동쪽을 바라보니, 산 가운데가 마치 문처럼 갈라져 있다. 길을 남쪽으로 잡아서는 가까이 구경할 만 곳이 한 군데도 없으리라는 생각이 들었다. 다시 2리를 걸어 나무숲가에 이르렀다. 문득 다리를 건너자, 길이 동쪽으로 돌아들었다. 다시 1리를 나아가 단산(斷山)으로 통하는 길로 접어들었다. 이곳은 동쪽으로 양계(洋溪)로 가는 큰길이다.

[대체로 축고령에서 남쪽으로, 산은 동서 양쪽의 두 갈래로 나뉜다. 한 가운데로는 드넓은 벌판이 열려 있으며, 남쪽으로는 곧장 탕도(湯渡)에 이른다. 단산의 동쪽으로부터 산은 다시 남북 양쪽의 두 갈래로 나뉜다. 한 가운데로는 드넓은 벌판이 열려 있으며, 동쪽으로 양계에 닿는다. 무공산의 남쪽과 석문산(石門山)의 북쪽이 서로 마주보고 있고, 그 가운데에 또 축고령에서 아파(兒坡)에 이르는 고개가 가로 놓여져 있다. 이 고개가 남북 양쪽을 나누어 두 곳의 드넓은 벌판을 이루고 있다. 북쪽 벌판의 물길은 서쪽의 상피(上陂)에서 흘러와 진전구의 물길과 합쳐진 다음 전산과 평전을 거쳐 양계(洋溪)에서 합쳐진다. 남쪽 벌판의 물길은 서쪽의 단산에서 흘러와 노구(路口)에 이르러서야 동쪽으로 흘러내려 석문(石門) 동쪽 기슭의 노자롱(盧子壟)의 물길과 합쳐진 다음 당전(塘前)을 거쳐 양계에서 합쳐진다. 이 두 줄기 시내가 합류한 물길을 양차계(洋岔溪)라 일컫는다. 이곳에서부터 비로소 배를 띄워 안복현(安福縣)으로 들어갈 수 있다.]

처음에 단산을 바라볼 때에는 매우 좁고 가파른 듯이 보였다. 그러나 산에 접어들고 보니 평범하여 기이한 점이 없었다. 이곳은 착료요(錯了坳)라는 곳인데, 이곳의 남쪽이 바로 노구에서 서쪽으로 흘러내리는 물이 빠져나오는 곳이다. 착료요에서 들어가 남동쪽으로 쭉 3리를 가자 오구(午口)가 나왔다. 남쪽의 고개를 올랐다. 산골짜기에 바위들이 빽빽이 치솟아 있는데, 색깔이 검고 석질은 영석[1]처럼 뛰어나다. 다시 2리를 나아가자, 조그마한 봉우리 하나가 끄트머리가 둥근 채 우뚝 솟아 있다. 토박이들은 이곳을 천자지(天子地)라 일컬었다. 이에 동쪽으로 고개 하나를 넘어 모두 5리만에 동갱(銅坑)에 이르렀다.

이때 자욱한 안개가 다시 하늘을 뿌옇게 뒤덮었다. 동갱의 위쪽은 바로 노구에서 남쪽으로 뻗어나가는 길에 처음으로 솟아오른 산등성이이다. 이곳에서 남쪽을 향하여 짙은 안개 속에 5리를 걸었다. 홀연 물이 끓는 듯한 시냇물 소리가 들려왔다. 얼마 후 깎아지른 듯한 벼랑의 가파른 절벽 위를 따라 나아가서야 비로소 산골짜기 속으로 돌아들어와 있음을 깨달았다. 안개 속에 아래로 굽어보니, 병풍 모양의 험준한 바위가 시커멓고 비좁게 시내 위에 솟아 있으나, 자세히 살필 수 없었다.

잠시 후 대나무의 모습이 눈앞에 나타나고 개 짖는 소리가 문밖으로 전해져 나왔다. 마침내 석문사에 당도했다. 석문사에 들어가 밥을 지었다. 석문사의 기이한 경관에 대해 물었더니, 산꼭대기에서 5리나 멀리 떨어진 곳에 있다고 했다. 이때 희뿌연 안개가 자욱하여 사방을 둘러보아도 아무 것도 보이지 않았다. 나는 안개가 금방 개이지는 않으리라 여겨, 식사를 한 후 곧바로 떠날 작정이었다. 그런데 마침 점을 치는 대나무가 책상에 있는 것이 보이기에, 고승께 점을 쳐달라고 부탁드렸다. 7번 제비를 뽑았는데, 점괘가 이렇게 나왔다. "은사를 입어 천하를 두루 다니건만, 황제의 성지는 끊임없이 죄와 허물을 들추어내네. 이 가운데에서 선행의 보답을 잘 구할 것이니, 다른 것을 구할 마음일랑 먹지 말라." 나는 "고승께서 제 뜻을 아시고 저를 붙잡으시니, 틀림없이 날이 맑게 개일 것입니다"라고 말했다. 그리하여 절에 머물기로 했다.

잠시 후 비가 억수같이 쏟아졌다. 진흙에 범벅이 된 채 절로 들어서는 일행이 보였다. 옷과 신발이 비에 흠뻑 젖어 있었다. 이들은 노구의 유(劉)씨 일족인데, 날을 잡아 이곳에 오는 길이었다. 이 암자는 그들의 도움을 받아 지어진 것이었다. 처음에 나를 보았을 때에는 서먹하여 어울리지 못했으나, 얼마 후 함께 불을 쪼이면서 이야기를 나누던 중에 의기투합하게 되었다. 스승의 이름은 유중각(劉仲珏)이고 호는 이옥(二玉)이며, 제자의 이름은 유고심(劉古心)이고 자는 약해(若孩)였다. 저녁에 이옥은 자신의 침상을 양보했으나, 나는 약해를 끌어 한 침상에서 잤다. (약해의 나이 겨우 스무 살로, 결혼한 지 보름도 채 되지 않았는데도 산에 들어와 스승을 좇아 공부하니, 참으로 칭찬할 만했다.)

---

1) 영석(英石)은 광동성 영덕현(英德縣)에서 생산되는 특산의 바위로서, 주름지고 여위

며 구멍이 숭숭 뚫린 것을 최상의 것으로 친다. 주로 원림(園林)에서 가산(假山)을 장식하거나 분재를 제작할 때 흔히 사용된다.

정월 초이레

날이 밝았다. 날이 맑게 갰다는 소리에, 나는 여러 사람이 일부러 나를 놀리느라 하는 말로 여겼다. 일어나보니, 과연 날이 활짝 개어 있었다. 서둘러 식사를 한 후, 안개로 마르지 않고 축축할까 염려하여 해가 높이 떠오르고 나서야 출발했다. 청향(青香) 스님은 불 피울 도구를 들고, 유이옥은 주전자를 손에 들고 함께 나섰다.

산을 내려오니, 어느덧 오후였다. 내가 떠나려 하자, 이옥이 입을 열었다. "여기에서 남쪽으로 고개를 넘어 아래로 백사(白沙)까지는 5리 길인데, 15리를 더 가서 양상(梁上)에 이르러야 숙박할 만한 곳이 있을 것입니다. 날이 이처럼 늦었으니, 도저히 그곳까지는 갈 수 없습니다." 이렇게 말하면서 기어코 나를 자신의 집에 데려가고자 했다. 나는 그를 따라 왔던 길을 되짚어 내려갔다.

동갱에 못 미쳐 북쪽을 향하여 모두 10리를 나아가 그의 집에 당도했다. 그의 집은 마침 노구의 묘당 뒤쪽에서 산등성이를 넘어가는 곳의 중간에 있었다. 문에 들어서자, 날은 이미 어두컴컴했는데, 술을 가져오게 하여 거나하게 마셨다. 1경이 넘어서야 잠자리에 들었다. (그의 부친은 호가 무우舞雩이며, 네 명의 형제가 있다.)

정월 초여드레

이옥의 부자가 가축을 잡아 술상을 차렸다. 기어이 내게 하루만 더 묵었다가 그의 동생 숙선(叔璿)이 돌아가는 길에, (이때 그는 전산錢山의 처갓집에 가는 길이었다.) 나를 말에 태워 배웅해주겠노라고 했다. 나는 어렵사리 그들에게 떠나아겠노라 간청하여 정오에야 길을 나섰다.

남서쪽으로 석문산 북쪽 기슭을 향하여 나아갔다. 이곳은 며칠 전 천자지에 들어서서 거쳤던 곳이다. 5리를 나아가자, 조그마한 물길이 동갱의 북쪽 기슭에서 북서쪽으로 산골짜기에 쏟아져 내렸다. 홀연 구불구불 이어진 바위들이 어지러이 널려 있다. 산골물 위에 바위 하나가 가로 누워 있고, 물은 바위 아래를 뚫고서 졸졸 흐르고 있다. 바위는 물길 위에 가로로 걸쳐있지 않고, 마치 구름조각처럼 영롱하게 반듯하게 누워 있다. 다만 물길은 가늘고 다리는 낮게 엎드려 있는지라, 마치 원림 속의 경물인 양 어여쁘면서도 그다지 크지 않다.

이곳을 지나자 바위가 산머리에 엇갈린 채 서 있었다. 빛깔은 거무스레하고, 형태는 우뚝 솟아 있다. 이곳은 천자지의 옆에 위치하고 있는데, 며칠 전 산에 들어갈 때 지났던 우뚝 솟은 바위와 똑같은 산줄기이다. 다시 5리를 나아가 산등성이를 넘었다. 커다란 산골물이 나났다. 이곳은 동갱의 하류로서, 바로 남촌(南村)이다. 산골물 북쪽에 우뚝 치솟은 봉우리가 있다. 이곳은 동선암(洞仙巖)이다. 산골을 넘어 남쪽으로 서쪽 산기슭을 따라 나아갔다. 그 서쪽은 축고령에서 남쪽으로 뻗어내린 드넓은 벌판이다. 남촌의 남쪽은 곧 영신현의 경계이다.

다시 5리를 나아가 드디어 큰길과 합쳐졌다. 다시 5리를 가자 한 줄기 [커다란] 산골물이 동쪽으로 뇌방요(牢芳坳)에서 흘러왔다. [뇌방요는 화산 꼭대기의 서쪽에 있으며, 북쪽으로 석문산에서 뻗어내린 봉우리와 이어져 있다.] 산골물을 건너 남쪽으로 나아갔다. 이곳은 양상(梁上)이다. 다시 남쪽으로 5리를 나아가 동쪽에서 흘러오는 산골물 두 줄기를 잇달아 넘어 청당서(靑塘墅)를 지났다. 다시 2리를 나아가자, 날이 저물었다. 서당(西塘)의 왕(王)씨 집에 묵었다.

정월 초아흐레

아침 식사를 마친 후 남쪽으로 길을 떠났다. 서쪽의, 북쪽에서 흘러오는 산골물을 넘었다. [곧 앞서 동쪽에서 흘러온 산골물이 남쪽으로 돌아 흐른 것이다.] 모두 6~7리를 걸어 탕가도(湯家渡)에 이르러서야 비로소 커다란 시내와 만났다. [이 시내는 축고령 남쪽에서 발원하여, 내가 남쪽으로 내려갈 때 거쳤던 여러 산골물과 합쳐졌다가 서쪽 산기슭을 휘감아 돈다. 이곳에 이르러 동쪽으로 돌아들어서야 배를 띄울 수 있었다.]

시내를 건너 남쪽으로 나아갔다. 5리만에 교상(橋上)이 나왔다. [이곳에는 원양관(元陽觀)과 원양동(元陽洞)이 있다. 동굴 밖에는 세 개의 문이 늘어서 있다. 원양동 안은 깊숙이 들어갈 수 있다. 그러나 나는 이러한 사정을 알지 못했는지라 그냥 지나치고 말았다.] 방금 전에 말한 시내는 다시 북쪽에서 남쪽으로 흘렀다. 계속해서 시내를 건너 동쪽으로 나아가다가 동쪽을 향해 산을 넘었다. 4리를 가자, 태화(太和)가 나왔다. 다시 4리를 나아가 고개 하나를 넘었다. 어느덧 고석요(高石坳)의 남쪽을 감돌아 있었다. 자그마한 고개의 서쪽은 동각평(東閣坪)이고, 동쪽은 갱두충(坑頭衝)이다. 구덩이에서 남쪽으로 2리를 내려왔다. 커다란 시내가 서쪽의 중방(中坊)에서 동쪽으로 흐르고 있다. 길은 이 물길을 따라 동쪽으로 산골짜기로 뻗어 들어간다.

다시 2리를 가자 용산(龍山)이 나왔다. 시내 위에 여러 가구가 있다. 시내를 따라 동쪽으로 갔다. 벼랑의 바위가 나는 듯이 불쑥 튀어나와 있다. 마치 웅크린 사자와 포효하는 호랑이가 높은 데에서 시내를 굽어보는 듯하다. 길은 벼랑의 바위 아래로 나 있다. 여울 속의 바위에 부딪쳐 솟구친 물보라가 깎아지른 듯한 벼랑으로 튕겨올라 물방울을 날렸다. 더할 나위없는 장관이었다.

3리를 나아가자 산골짜기가 차츰 훤히 트였다. 골짜기를 빠져나온 시내와 길은 남북으로 넓어졌다. 다시 2리를 가자, 시내는 남쪽으로 돌아들었다. 큰길이 산등성이를 넘어 동쪽으로 뻗어있다. 이 길은 이전(李田) 에서 현성으로 들어가는 길이다. 시내를 따라 남쪽으로 내려가는 길은 노강으로 가는 길이다.

이곳에서 북쪽을 바라보니, 훤히 트여 거칠 게 없고, 오직 북쪽에 높 이 치솟은 화산이 보일 뿐이다. 이전에 바라본 화산과 별반 다를 게 없 었다. 그제야 뇌방령의 동쪽에서 나누어진 갈래가 우뚝 솟아 화산이 되 었음을 알게 되었다. 뇌방령에서 남쪽의 고석요까지 늘어서 있는 것은 화산이 서쪽으로 둥글게 휘감은 갈래로서, 화산과는 다른 산이다. [화산 의 남서쪽에 남쪽으로 흘러내리는 시내가 있는데, 이곳에 이르러 용산 의 커다란 시내와 합쳐져 남쪽으로 흘러간다. 길 역시 시내를 따라 뻗 어 있다.]

5리를 나아가 용전(龍田)에 이르렀다. 시내는 동쪽으로 방향을 틀어 흘 러간다. 시내 위에는 주택과 가게들이 다른 곳보다 꽤 많았다. 시내를 건너 시내의 남쪽 언덕을 따라 동쪽을 향해 나아갔다. 3리를 나아가자 시내는 북동쪽으로 둥글게 휘어지고, 길은 남동쪽으로 꺾였다. 다시 3 리를 가자, 북쪽에서 흘러오는 시내가 길과 다시 만났다. 이곳이 노강(路 江)이다.

이에 앞서 정문 스님과 하동계(賀東溪)의 집에 머물러 있기로 약속했 었다. 노강에 이르러 물어보니, 그곳은 이미 지나온 1리 바깥이라고 했 다. 그래서 다시 길을 되돌아 하동계의 집에 이르렀다. 정문은 초하룻날 먼저 노강에 당도하여 유심천(劉心川)의 처소에 머물고 있었다. 이에 다 시 노강으로 되돌아갔다. 이 1리 남짓의 길을 세 번이나 왕복하고서야 정문 스님과 만났다.

정월 초열흘

날이 밝기도 전에 노강에서 두 명의 수레꾼과 두 명의 짐꾼을 불러

서쪽으로 길을 떠났다. 서쪽에서 흘러오는 조그마한 물길을 따라 갔다. 처음에는 산길이 움푹하게 뚫려 있다는 느낌이 들었다. 남쪽에 석니요(石泥坳)라는 높은 봉우리가 있다. 이곳은 영녕현(永寧縣)의 경계를 이루는 산이다. 북쪽에 용봉산(龍鳳山)이라는 높은 봉우리가 있다. 이곳은 어제 지났던 용산(龍山)의 시내 남쪽의 봉우리이다. 오늘 또다시 그 남쪽으로 나온 셈이다.

모두 10리를 나아가 문축(文竺)에 이르렀다. 주택가와 가게가 자못 번성했다. 남쪽에서 흘러오는 물길과 서쪽에서 흘러오는 물길이 마을 남쪽에서 합쳐져 동쪽을 향해 노강으로 흘러내렸다. 길은 다시 서쪽 시내를 거슬러 올랐다. 3리를 가자 암벽구(巖壁口)에 들어섰다. 남북 양쪽 산 사이는 매우 비좁은데, 문처럼 생긴 그 사이로 물이 흘러나왔다. 2리를 가자 길은 차츰 넓어졌다. 다시 5리만에 교두(橋頭)에 이르렀는데, 이름 과는 달리 다리가 없다. 이곳에 시장과 영신현의 공관이 있다. [두 갈래 길로 나뉘는데] 한 갈래는 쭉 서쪽을 향하여 다릉(茶陵)으로 뻗어 있고, 다른 한 갈래는 시내를 건너 남서쪽을 향해 늑자수하(芀子樹下)로 뻗어 있다.

이곳 교두에서 [남서쪽 길을] 따라 나아갔다. 시냇물이 차츰 작아졌 다. 7리만에 당석(塘石)을 지났다. 길이 차츰 비탈지기 시작했다. 3리를 나아가 등성이를 넘었다. 이곳은 계두령(界頭嶺)으로서, 호광(湖廣)과 강서(江西)의 경계가 나누어지는 곳이다. 높은 산이 애자롱(崖子壟)에서 뻗어오 다가 계두령 동쪽에서 치솟는다. 이곳은 오가산(午家山)이다. 오가산이 동쪽으로 뻗어나간 줄기는 영녕현과 영신현을 나누는 남북의 경계이다. 또한 북쪽으로 꺾어진 줄기는 월령(月嶺)에 이르러 낮아진다. 이곳은 당 사(唐舍)로서, 다릉현과 영신현의 경계이다.

산등성이를 내려가자 물길은 서쪽으로 흘러갔다. 황우선묘(黃雩仙廟)가 그 남쪽에 있다는 말을 듣고서, 수레꾼에게 길을 에돌아 피당(皮唐)에서 남쪽을 향해 피남(皮南)으로 들어가라고 명했다. 그곳은 계두령에서 5리 떨어져 있다. 이곳에서 산에 접어들어 다시 5리를 나아갔다. [남쪽으로 시내 한 줄기를 넘으니, 바로 황우계(黃雩溪)의 하류이다.] 마침내 선궁령(仙宮嶺)에 올랐다가 5리를 나아가 고개를 넘어 내려갔다. 멀리 남쪽으로 하늘가에 높이 치솟은 산이 보였다. 이곳은 석우봉(石牛峰)이라는 곳인데, 계산(界山)이라고도 일컫는다. 이 산은 영녕현과 다릉현의 경계이며, 북쪽으로 선궁령(仙宮嶺)과 마주하여 우묵한 평지를 이루고 있다.

우묵한 평지 안의 봉우리 하나가 서쪽에서 뻗어오다가 이곳에 이르러 우뚝 솟구쳐 올랐다. 봉우리 아래에 묘당이 있었다. 이곳이 황우선묘이다. 묘당에 이르자, 묘당 남쪽에 콸콸 솟구치는 산골물이 보이는데, 상류는 보이지 않았다. 다가가 살펴보니, 우뚝 솟구친 봉우리 아래에 매우 작은 구멍이 있다. 그 구멍에서 물결이 어지러이 흘러나와 넘실넘실 흐르는 기세를 이루고 있다. 황우선이란 곳은 가뭄이 들었을 때 기우제를 지내는 곳이다. 한 지역의 대지를 촉촉하게 적시고 그 백성을 구제하는 데에 매우 영험이 있다.

도사에게 밥을 얻어먹고서 다시 왔던 길을 되짚어 선궁령에 올랐다. 5리를 나아가 고개 북쪽을 넘어 내려갔다. 다시 북쪽으로 10리를 나아가자, 당사와 계두에서 오는 길과 만났다. 고개 너머는 광전(光前)이다. 이곳에 또 서쪽에서 동쪽으로 흘러오는 시내가 있다. 시내의 발원지는 애자롱이다. [애자롱은 황우선묘 서북쪽의 첩첩 산중에 있다.] 시내를 건너 다시 북쪽으로 3리를 나아가 숭강(崇崗, 지명이다)을 지났다. 다시 2리를 가자 시내 한 줄기가 흘러나와 동쪽으로 흘러간다. 이 시내는 지수(芝水)이며, 그 위에 돌다리가 걸쳐져 있다.

돌다리를 건너자 늑자수하가 나왔다. 비로소 남동쪽에서 북서쪽으로 쏟아져 흐르는 커다란 시내에 자그마한 배들이 즐비하게 늘어서 있는 모습이 보였다. 계령의 서쪽 고개로부터 조그마한 시내 한 줄기가 첫 번째 겹이고, 황우선묘의 시내가 두 번째 겹이며, 애자롱의 시내가 세 번째 겹이고, 지수의 다리를 흐르는 시내가 네 번째 겹이다. 이 가운데

황우선묘의 시내가 가장 크다. 이 물길들은 모두 동쪽에서 서쪽으로 돌아들어 소관주(小關洲) 아래에서 합쳐지며, 서쪽으로 늑자수하에 이르러 배를 띄울 수 있고, 고롱(高隴)에 이르러 더욱 커진다고 한다. '늑자(芳子)'는 나무의 이름이다. 이 나무는 예전에는 있었으나 지금은 없다.

원문

十月十七日 鷄鳴起飯, 再鳴而行. 五里, 蔣蓮鋪, 月色皎甚. 轉而南行, 山勢復簇, 始有村居. 又五里, 白石灣, 曉日甫升. 又五里, 白石鋪. 仍轉西行, 又七里, 草萍[1]公館, [爲常山·玉山兩縣界], 昔有驛, 今已革矣. 又西三里, 卽南龍北度之脊也. 其脈南自江山縣二十七都之小箪嶺, 西轉江西永豊東界, 迤邐至此. 南北俱圓峙一峰, 而度處伏而不高, 亦束而不闊. 脊西卽有一澗南流, 下流已入鄱陽矣. 洞西累石爲門, 南北俱屬於山, 是爲東西分界. 又十里爲古城鋪, 轉而南行, 漸出山矣. 又五里, 爲金鷄洞嶺. 仍轉而西, 又五里, 山塘鋪, 山遂大豁. 又十里, 東津橋, 石梁高跨溪上. 其水自北南流, 其山高聳若負扆, 然在玉山縣北三十里外. 蓋自草萍北度, 卽西峙此山, (一名大嶺, 一名三淸山.) 山之陰卽爲饒之德興, 東北卽爲徽之婺源, 東卽爲衢之開化·常山, 蓋浙·直·豫章[2]三面之水, 俱於此分焉. 余昔從塌埠出裘里, 乃取道其東南谷中者也. 渡橋西五里, 由玉山東門入, 里許, 出西門. 城中荒落殊甚, 而西, 城外市肆聚焉, 以下水之埠在也. 東津橋之水, 繞城南而西, 至此勝舟. 時已下午, 水涸無長舟可附, 得小舟至府, 遂倩[3]之行. 二十里而暮, 舟人乘月鼓棹夜行. 三十里, 過沙溪. 又五十里, 泊於廣信之南門, 甫三鼓也. 沙溪市肆甚盛, 小舟次[4]河下者百餘艇, 夾岸水舂之聲不絶, 然聞其地多盜, 月中見有揭而涉溪者, 不能無戒心. (廣信西二十里有石橋瀨溪, 下流又有九股松, 一本九分, 參霄競秀, 俱不及登.)

1) 초평(草萍)은 건륭본에 '초평(草坪)'으로 되어 있다.
2) 절(浙)은 절강성을, 직(直)은 남직예성을, 예장(豫章)은 강서성을 가리킨다. 예장은 원래 군의 명칭으로 지금의 남창(南昌)시를 관할했는데, 그 관할지역이 지금의 강서성에 해당하기에 강서성의 별칭으로 사용되고 있다.
3) 청(倩)은 '고용하다, 부리다'의 의미로서, 여기에서는 '고용한 뱃사공'을 가리킨다.
4) 차(次)는 '머물다, 유숙하다'를 의미한다.

十八日 早起, 仍覓其舟, 至鉛山之河口. 余初擬由廣信北游靈山, 且聞其地北山寺叢林甚盛, 欲往一觀. 因驟發臁瘡, 行動俱妨, 以其爲河口舟, 遂倩之行, 兩過廣信俱不及停也. 郡城橫帶溪北, 雉堞[1]不甚雄峻, 而城外居市遙控, 亦山城之大聚落也. 城東有靈溪, 則靈山之水所洩; 城西有永豐溪, 則永豐之流所注. 西南下三十里, 有峰圓亘, 色赭崖盤, 名曰仙來山. 初過其下, 猶臥未起, 及過二十里潭, 至馬鞍山之下, 回望見之, 已不及登矣. 自仙來至雷打石, 二十里之內, 石山界溪左右, 俱如覆釜伏牛, 或斷或續, [不特形絶崆峒, 幷無波皺文, 至纖土寸莖, 亦不能受.] 至山斷沙迴處, 霜痕楓色, 映村廬而出, 石隙若經一番點綴者. 又二十里, 過旁羅, 南望鵝峰, 峭削天際, 此昔余假道分水關而趨幔亭之處, 轉盼已二十年矣. 人壽幾何, 江山如昨, 能不令人有秉燭之思耶! 又二十里抵鉛山河口, 日已下舂, 因流平風逆也. 河口有水自東南分水關發源, 經鉛山縣, 至此入大溪, 市肆甚衆, 在大溪之左, 蓋兩溪合而始勝重舟也.

1) 치(雉)는 성곽의 척도의 단위로서 높이 열 자에, 길이 서른 자를 가리킨다. 첩(堞)은 성곽 위에 나지막하게 쌓은 담을 가리킨다.

十九日 晨餐後, 覓貴溪舡. 甚隘, 待附舟者, 久而後行. 是早密雲四布, 時有零雨. 三十里, 西至叫巖. 瀨溪石崖盤突, 下揷深潭, 澄碧如靛, 上開橫竇,

迴亘峰腰, [穿穴內徹, 如行廊閣道, 窓檻戶牖都辨]. 崖上懸書'漁翁隱次'四
大字, 崖右卽有石磴吸波,[1] 急呼舟子停舟而上. 列石縱橫, 穿一隙而繞其
後, 見一徑成蹊, 遂溯源入壑. 其後衆峰環亘, 積翠交加, 心知已誤, 更欲窮
源. 壑轉峰迴, 居人多截塢爲池種魚. 繞麓一山家, 廬雲巢翠, 怳有幽趣. 亟
投而問之, 則其地已屬興安. 其前對之山圓亘而起者, 曰團鷄石嶺, 是爲鉛
山之西界. 團鷄之西卽叫巖寺也. 叫巖前臨大溪, 漁隱崖突於左, 又一崖對
突於右. 右崖之前, 一圓峰兀立溪中, 正如揚子之金、焦、潯陽之小孤, 而
此更圓整, 所稱印山也. 寺後巖石中虛, 兩旁迴突, 庋以一軒, 卽爲叫巖. 巖
爲寺蔽, 景之佳曠, 在漁隱不在此也. 叫巖西十里爲弋陽界, 又有山方峙溪
右, 若列屛而整, 上有梵宇, 不知其名, 以棹急不及登, 蓋亦奇境也. 又三十
里, 日已下舂, 西南漸霽, 遙望一峰孤揷天際, 詢之知爲龜巖, 在弋陽南十五
里. 余心艶之, 而舟已覓貴溪者, 不能中止. 又十里至弋陽東關, 遂以行李託
靜聞隨舟去, 余與顧僕留東關外逆旅, 爲明日龜巖之行. 夜半風吼雨作.

---

1) 석등흡파(石磴吸波)는 '돌층계가 수면 위에 맞닿아 위로 쭉 뻗어오름'을 의미한다.

二十日 早起, 雨不止. 平明持蓋[1]行, 入弋陽東門. 其城南臨溪上, 溪至此
稍遜而南, 瀕城乃復濬支流爲濠, 下流復與溪合. 雨中過縣前, 又西至西南
門, 遇一龜巖人舒姓者欲歸, 遂隨之出城. 過濠梁, 三里, 渡大溪. 溪南有塔,
乃弋陽之水口也. 自是俱從山崗行, 陀石高下, 俱成塊而無紋, 纖土不受也.
時雨愈甚, 淋漓[2]雨中, 望龜峰杳不可睹. 忽睹路口一峰, 具體而小, 疑卽夜
來揷天誘余者, 詢之知爲羊角嶠, 其去龜峰尙五里也. 比至, 遙望一峰中剖
如門. 已而, 門之南忽岐出片石如圭, 卽天柱峰也. 及抵其處, 路忽南去. 轉
而東入, 先過一堰, 堰南匯水一池, 卽放生池也. 池水兩浸崖足. 循崖左鑿
石成棧, [卽展旗峰也.] 上危壁而下澄潭, 潭盡, 竹樹扶疏,[3] 掩映一壑, 兩崖
飛瀑交注, 如玉龍亂舞, 皆雨師山靈合而競幻者也. 旣入, 忽見南崖最高處,
一竅通明, 若耳之附顱, 疑爲白雲所凝, 最近而知其爲石隙. 及抵方丈, 則

庭中人立而起者不一, 爲雲氣氤氳,[4] 隱現不定. 時雨勢彌甚, 衣履沾透, 貫心上人急解衣代更, 爇火就炙, 心知衆峰之奇, 不能拔雲驅霧矣. 是日竟日夜雨, 爲作'五緣詩'. 晚臥於振衣臺下之靜室中.

---

1) 개(蓋)는 비를 피하기 위해 풀로 엮어 만든 가리개로서, 일종의 도롱이라 할 수 있다.
2) 림리(淋漓)는 '줄줄 흐르는 모양'을 가리킨다.
3) 부소(扶疏)는 '나뭇가지와 잎이 무성하게 얽혀 있는 모양'을 가리킨다.
4) 인온(氤氳)은 '구름이나 안개 따위가 자욱함'을 의미한다.

二十一日 早起, 寒甚, 雨氣漸收, 衆峰俱出, 惟寺東南絶頂尙有雲氣. 與貫心晨餐畢, 卽出方丈中庭, 指點諸勝. 蓋正南而獨高者爲寨頂, 頂又有石如鸚觜, 又名鸚觜峰, 今又名爲老人峰. [上特出一圓頂, 從下望之, 如老僧南向, 裂裟宛然, 名爲'老人'者以此 上振衣臺平視, 則其峰漸分爲二; 由雙劍下窺, 則頂若一葉綴起]. 其北下之脊, 一起而爲羅漢, 再起而爲鸚哥, 三起而爲淨甁, [爲北下最高脊], 四起而爲觀音, [亦峭]. 此爲中支, 北與展旗爲對者也, [楠木殿因之. 從南頂而西, 最峭削者爲龜峰、雙劍峰. 龜峰三石攢起, 兀立峰頭, 與雙劍幷列, 而高頂有疊石, 如龜三疊, 爲一山之主名. [峰下裂隙分南北者爲一線天, 東西者爲摩尼洞, 其後卽爲四聲谷. 從其側一呼, 則聲傳宛轉凡四, 蓋以峰東水簾谷石崖迴環其上故也. 峰東最高者卽寨頂, 西之最近者爲含龜峰, 其下卽寨頂、含龜分脊處, 而龜峰、雙劍峭插於上, 爲含龜所掩, 故其隙或顯或合; 合則幷成一障, 時亦陡露空明, 昨遂疑爲白雲耳]. 雙劍亦與龜峰幷立, 龜峰三剖其下而上合, 雙劍兩岐其頂而本連. 其南有大書'壁立萬仞'者, 指寨頂而言也. 款已剝落, 云是朱晦庵. 此[二峰]爲西南過脊之中, 東北與香盒峰爲對者也, [而舊寺之向因之]. 從西而北, 聯屛障於左者, 一爲含龜峰, 其下卽爲振衣臺, [平石中懸屛下, 乃道登摩尼、一線天者也]. 二爲明星峰, [北接雙鶩, 南聯含龜, 在正西峰爲最高]. 其上有竅若星. 三爲雙鶩峰, [峰北下插澄潭, 卽入谷所經放生池南崖也]. 此[三峰]環峙於谷西, 而寨頂之脈西北盡於此. 從南頂而東, 最迴環者爲城垛峰、圍屏峰, 此爲東南層繞之後, 西北與雙鰲峰爲對者也. 從東而北, 列磷峋於右者, 覆者爲轎頂峰, 尖者爲象牙峰, 踞者爲獅子峰. 此聯翩[1]於谷東, 而寨頂之脈東北轉於此, 又從北而騈立爲案焉. 平而突者爲香盒峰也. 幻而起者靈芝峰也, [卽方丈靜室所向]. 斜而張者展旗峰也, [東昂西下, 南北壁立, 南挿澄潭, 卽入谷之鑿棧於下者]. 此[三峰]排拱於谷北, 而寨頂之脈西南盡於此. 此俱谷之內者也.

若谷之外, 展旗之北爲天柱峰, [卽昨遙望開岐如圭者, 旁]又爲狗兒峰. 獅子之南爲卓筆峰. 圍屏峰之南, 深壑中有棋盤石. 寨頂之南又有朝帽峰. [峰獨高, 孤立寨頂後, 余從弋陽東舟中遙見者卽此, 近爲諸峰所掩. 又寨頂、朝帽間, 則爲]接引峰. 寨頂之西有畫筆峰, [蓋寨頂北下者, 旣爲羅漢諸峰, 其南迴西繞, 列成屏嶂, 反出龜峰之後者, 此是也. 嚴上有泉, 是名]水簾洞. 此俱谷之外者也. 其谷四面峰攢, 獨成洞窟. 惟西向一峽, 兩崖壁立, 水從中出, 路亦從之. 其南從龜峰之下, 西從獅子峰之側, 北從香盒、天柱之間, 皆逾峰躋隙而後得度, 眞霄壤間一靈勝矣. 其中觀音峰一枝, 自寨頂北墜, 分爲二谷 : 西則方丈靜室所託, 最後爲振衣臺、摩尼洞之路; 東則榛莽深翳.

余曳杖披棘而入, 直抵圍屏峰、城垛峰之下, 仰視‘餓虎赶羊’諸石, 何酷肖也. 使芟夷深莽, 疊級置梯, 必有靈關[2]再辟, 奧勝莫殫者. 惜石亂棘深, 無能再入. 出, 循獅子峰之北, 逾嶺南轉, 所謂轎頂、象牙諸峰, 從其外西向視之, 又俱夾疊而起. 中懸一峰, 恍若卓筆, 有咄咄[3]書空之狀, 名之曰卓筆峰, 不虛也, 不經此不見也. 峰之下俱石崗高亘. 其東又有石峰一支, 自寨頂環而北, 西與轎頂、象牙諸峰, 又環成一谷. 余從石崗直南披其底, 復以石亂棘深而出. 因西逾象牙、獅子之間, 其脊欹削, 幾無容足, 迴瞰內谷, 眞別有天地矣. 此東外谷之第一層也.

復循外嶺東行, 南轉二里, 直披寨頂之後, 是爲棋盤石. 一大石穹立谷中, 上平如砥, 鐫其四旁, 可踞可憩. 想其地昔有考槃,[4] 今成關莽, 未必神仙之遺也. 其西南爲朝帽峰, 西北爲寨頂, 蓋卽圍屛峰之後也. 其外峰一支, 自朝帽峰下復環而北, 又成一谷, 但其山俱參差環立, 不復如內二支俱石骨削成者矣. 此東外谷之第二層也.

寨頂、朝帽之間, 峰脊度處, 一石南向而立, 高數十丈, 孤懸峰頭, 儼若翁仲,[5] 或稱爲接引峰, 或稱爲石人峰. 從棋盤石望之, 不覺神飛, 疑從此可躋絶頂, 遂披棘直窮嶺下, 則懸崖削石, 無可攀躋也. 仍從舊路至獅峰, 過香盒峰, 登靈芝峰, 望天柱、狗兒二峰, 直立北谷中. 蓋展旗與其北一峰又環成一谷, 此北外谷也.

旣而從展旗之西南, 直東上其巓. 東南眺朝帽峰之東, 又分立一石, 亦如接引, 而接引則隱不可見; 南眺疊龜、雙劍, 俱若一壁回環, 無復寸隙也. 下峰, 從夾棧西出, 循潭外南行, 出雙鰲、明星、含龜之後, 東視三峰, 其背俱垂土可上. 舍而更南, 東入卽水簾之徑, 逾疊龜、雙劍, 卽下振衣谷中之道也. 更舍而南, 見有道東上, 知爲寨頂無疑矣. 賈勇[6]而登, 二里, 西視疊龜、雙劍[已在足下, 始知已出水簾上. 下視谷中, 三面迴環如玦, 惟北面正對龜峰、雙劍], 其西有隙可通, 然掩映不見所從. 此南外谷之第一層也.

循崖端再上, 已而舍左從右, 則見東南崗上, 亂石涌起, 有若雙芝騈立, 盤大莖小, 下復幷蒂, 中有穿孔, 其上飛舞成形, 應接不暇. 又上一里, 旣登一頂, 復舍右從左, 穿石隙而上, 轉而東南行, 其頂更穹然也. 其北復另起一頂, 兩頂夾而成峽, 東南始於過脊, 西北溢於水簾, 山遂剖爲兩界, 而過脊之度其東南者, 一石如梁, 橫兩頂之間, 梁盡而轟崖削起, 決無登理. 踞脊上回瞰南谷, 崩隤直下, 不見其底, 但見東西對崖, 懸嵐倒翠, 不知從何而入. 此南外谷之第二層也.

久之, 覓路欲返, 忽見峽北之頂, 有石如鑿級自峽中直上者, 因詳視峽南石上, 亦復有級如之, 始知其路不從脊而從峽也. 蓋其寨爲昔人盤踞之處, 故梯險鑿空, 今路爲草沒, 而石蹟未泯.[7] 遂循級北下峽中, 復自峽攀級北上, 一里, 復東登再高處, 極其東南, 則恍與接引比肩, 朝帽覿面矣. 惟朝帽東離立之石, 自隱不見, 而朝帽則四面孤懸, 必無可登. 而接引之界於其中者, 已立懸脊之上, 兩旁俱轟石錯塊, 不特下不能上, 卽上亦不能下. 其北下之谷, 卽棋盤, 其南下之谷, 卽朝帽南來之脈所環而成者, 亦不知其從何而入. 此南外谷之第三層也.

[獨西無外谷. 乃絶頂之北, 東分爲圍屏、城堞, 西分爲鸚口; 然其異, 下仰則穹然見奇, 上瞰反宵絶難盡也]. 時日色已暮, 從絶頂四里下山. 東向入至雙劍、疊龜之下, 見有路可入水簾洞, 第昏黑莫辨, 亟逾嶺入方丈焉.

---

1) 련편(聯翩)은 '끊이지 않고 이어진 모양'을 가리킨다.
2) 령관(靈關)은 도교의 용어로서 선계(仙界)의 관문을 의미한다.
3) 돌돌(咄咄)은 '괴이쩍어 놀라거나 의외의 일에 놀라 내는 소리'를 가리킨다.
4) 고반(考槃)은 고반(考盤) 혹은 고반(考槃)이라고 하며, '은거하여 산수를 거닐며 즐기다'를 의미한다.
5) 옹중(翁仲)은 진시황 시절의 역사(力士)로서 원명은 완옹중(阮翁仲)이다. 키가 한 길 세 자나 되는 거구의 그는 진시황의 명을 받아 흉노를 정벌하는 데에 큰 공을 세웠다. 그가 죽은 후 진시황은 동상을 만들어 함양궁(咸陽宮) 사마문(司馬門)밖에 세웠는데, 그의 동상을 본 흉노족은 두려워 감히 침범하지 못했다. 이후로 동상이나 석상(石像)을 옹중이라 일컫는다.
6) 고용(賈勇)은 『좌전・성공(成公) 2년』 "제나라 고고는 진나라 진지에 쳐들어가 커다란 돌을 적병에게 던져 그들을 사로잡아 자신의 병거에 태우고 수레에 뽕나무 뿌리를 잡아맨 채 제나라의 보루를 돌아다니면서 '용기를 떨치고 싶은 자는 나의 용기의 나머지를 사가라!'고 외쳤다."(齊高固入晉師, 桀石以投人, 禽之而乘其車, 繫桑本焉, 以徇齊壘, 曰 : '欲勇者賈余餘勇!')에서 비롯되었다. 두예(杜預)는 '고(賈)'는 '팔다'를 의미한다고 풀이했는 바, '고용'은 '용기나 기운을 북돋다'의 의미를 지니게 되었다.
7) 륵(泐)은 '돌이 갈라지거나 부서지다'를 의미한다.

二十二日 晨起, 爲貫心書'五緣詩' 及 '龜峰'五言二首、'贈別'七言一首. 晨餐後, 復逾振衣臺, 上至疊龜峰之下, 再穿一線而東, 復北過四聲谷. 蓋四聲谷之壁, 有一隙東南向, 內皆大石疊架, 若累級懸梯, 便成樓閣, 可通西北. 而出其西北爲摩尼洞, 正下臨方丈, 平揖[1]觀音、淨瓶、獅子諸峰. 遂下嶺, 西南循外谷入水簾洞. 其處三面環崖, 迥亘自天, 而北與龜、劍二峰爲對, 泉從崖東飄墜, 飛珠卷雪, 爲此中絶勝. [蓋龜峰巒嶂之奇, 雁宕所無, 但詘水觀耳. 此谷獨飛珠卷雪, 在深谷尤異. 但其洞雖與泉對, 而窪伏崖末爲恨. 顧其危崖四合, 已可名洞, 不必以一窟標擧也. 時朔風舞泉, 遊漾乘空, 聲影俱異. 霽色忽開, 日采麗崖光水], 徘徊不能去. 久之, 再飯於寺, 別<u>貫心行</u>. 仍從崖棧西出, 十里, <u>排前</u>. 五里, 過<u>狀元橋</u>北之<u>分路亭</u>, 其南路乃由橋而至<u>黃源窯</u>者, 從其西行十五里至<u>留口</u>, 暮涉其溪. 溪西卽爲<u>貴溪</u>界, 其溪自<u>黃源</u>來, 至此入大溪, 而市肆俱在溪西, 乃投宿焉. 自<u>排前</u>至<u>留口</u>, 迴望<u>龜峰</u>, 只見<u>朝帽峰</u>儼若一羊角揷天, 此西向之望也, 與<u>弋陽</u>東面之望, 不殊纖毫, 第此處轉見一石人亭亭在旁, 更爲異耳.

---

1) 평읍(平揖)은 원래 '지위가 동등하여 두 손을 맞잡고 인사할 뿐 절을 하지는 않음'을 의미하는 바, 흔히 '평등하다, 엇비슷하다'는 의미로 사용된다.

二十三日 晨起, 渡大溪之北, 復西向行, 八里, 將至<u>貴溪</u>城, 忽見溪南一橋門架空, 以爲城門與卷梁皆無此高跨之理. 執途人而問之, 知爲<u>仙人橋</u>, 乃石架兩山間, 非磚砌所成也. 大異之, 卽欲渡, 無梁. 亟趨二里, 入<u>貴溪</u>東關, 二里至<u>玉井頭</u>, 覓<u>靜聞</u>於逆旅, 猶未晨餐也. 亟索飯, 同出西南門, 渡溪而南卽<u>建昌</u>道矣. 爲定車一輛, 期明晨早發, 卽東向欲赴<u>仙橋</u>. 逆旅主人<u>舒龍山</u>曰: "此中南山之勝非一. 由正南門而過<u>中坊</u>渡一里, 卽爲<u>象山</u>, 又名<u>掛榜山</u>, 乃<u>陸象山</u>之遺迹也, <u>仰止亭</u>在焉. 其西南二里爲<u>五面峰</u>, 上有佛宇, 峰下有<u>一線天</u>, 亦此中之最勝也. 其南一里爲<u>西華山</u>, 則環亘而上, 俱仙廬之所託矣. 其北二里爲<u>小隱巖</u>, 卽舊名<u>打虎巖</u>者也. 出<u>小隱</u>二里爲<u>仙橋</u>, 乃懸空架壑而成者. 此溪南諸勝之槪也. 然<u>五面峰</u>之西, 卽有溪自南而北入大溪, 此中無渡舟, 必仍北渡而再渡<u>中坊</u>." 予時已勃勃,[1] 興不可轉, 遂令<u>龍山</u>歸而問道於路隅. 於是南經<u>張眞人</u>墓. 碑乃元時敕<u>趙松雪</u>撰而書者, 刳山爲壁, 環碑於中. 又一里, 越一小橋, 由旁岐東向溪, 溪流直逼<u>五面峰</u>下. 蓋此溪發源於<u>江湖山</u>, 自<u>花橋</u>而下, 卽通舟楫, 六十里, 西北至<u>羅塘</u>, 又二十里至此. 入溪爲通<u>閩</u>間道, 其所北轉皆紙炭之類也. 適有兩舟艤[2]溪畔, 而無舟人; 旋[3]有一人至, 呼之渡, 輒爲刺舟用力划船. 過溪而東一里, 由峰西北入其隘中, 始知其山皆石崖盤峙,[4] 中剖而開, 幷夾而起, 遠近不一, 離立同形. 隨路抵穹巖之下, 拾級而上, 得一臺, 綴兩崖如掌. 其南下之級, 直垂澗底; 其西上之級, 直繞山巔. 余意南下者爲<u>一線天</u>, 西上者爲<u>五面峰</u>也. 先躋峰, 攀磴里許而至絶頂, 則南瞰<u>西華</u>, 東瞰夾壁, 西瞰南溪, 北瞰城邑, 皆在指顧.[5] 然山雨忽來, 僧人留點, 跟蹌[6]下山. 復從前磴南下<u>一線天</u>, 則兩崖幷夾而上, 直南卽從峰頂下剖者, 是爲直峽. 路至夾中忽轉而東, 穿墜石之隙, 復得橫峽. 俱上下壁立, 曲直線分, 抵東而復出一塢, 若非復人世矣. 由塢而南望兩崖, 穹巖盤竇, 往往而是. 最南抵<u>西華</u>, 以已從<u>五面峰</u>瞰視, 遂不復登.

仍轉出<u>一線天</u>, 北逾一嶺, 二里, 轉而東, 入<u>小隱巖</u>. 巖亦一山, 東西環轉, 南連北豁, 皆上穹下遜, 裂成平竅, [可廬而憩.] 巖後有<u>宋</u>人<u>洪駒父</u>書云: "<u>宣和</u>某年由<u>徐巖</u>而上, 二里, 復得<u>射虎巖</u>." 余憶<u>徐巖</u>之名, 前由<u>弋陽</u>舟中已知其爲<u>余</u>家物, 而至此忽忘不及覺, 壁間書若爲提撕提醒者, 亟出巖詢之, 無一能知其處. 已而再聞有稱峨嵋, 在<u>小隱</u>東南三里者, 余意其爲<u>徐巖</u>之更名也, 亟從之. 遂由<u>羅塘</u>之大道, 過一嶺, 始北轉入山, 竹樹深蒨,[7] 巖石高穹; 但爲釋人[8]架屋疊墙, 無復本來面目, 且知其非<u>徐巖</u>也. 甫欲下, 雨復大至, 時已過午, 遂飯巖中. 旣飯, 雨止. 問<u>仙橋</u>之道, 適有一知者曰: "此有間道. 循山而東, 穿塢北去, 四里可至." 從之. 路甚荒僻, 或隱或現, 或岐而東西無定, 幾成迷津. 久之逾一山, 忽見碧然[9]高駕者, 甚近也. 及下谷而趨, 復茫不可得, 蓋望之雖近, 而隔崖分塢, 轉盼[10]易向, 猝不易遇矣. 旣而直抵其下, 蓋一石高跨峰凹, 上環如卷, 中闢成門, 兩端石盤下柱, 梁面平整如臺, 正如砌造而成. 梁之東, 可循崖而登其上; 梁之西, 有一石相去三丈餘, 轟踞其旁, 若人之坐守者然. 余先至橋下, 仰視其頂, 高穹圓整不啻數十丈; 及登步其上, 修廣平直, 駕虹役鵲之巧, 恐不迨此也. 從其西二里, 將抵<u>象山</u>, 問所云<u>徐巖</u>, 終不可得. 後遇一老翁曰: "余舍後南入卽是. 舊名<u>徐巖</u>, 今爲<u>朝眞宮</u>, 乃<u>鬼谷</u>修道處, 今荒沒矣. 非明晨不可覓, 今已暮, 姑過而問<u>象山</u>可也." 余以明晨將發, 遂强<u>靜聞</u>南望一山峽而入. 始猶有路, 漸入漸減, 兩崖甚深. 不顧莽刺, 直窮其底, 則石夾盡處, 隘不容足. 時漸昏黑,躑躅荊刺中, 出谷已不辨路矣, 蓋此乃象山東之第三塢也. 望其西又有一塢, 入之不得路; 時聞人聲高呼, 旣久, 知路在西, 乃得入. 則谷左高崖盤亘, 一入卽有深巖, 外垂飛瀑. 二僧俱新至託宿, 問之, 亦不知其爲徐巖與否, 當卽所稱朝眞宮矣. 此乃象山東之第二層也. 從暗中出, 復西而南尋象山, 其地雖暗而路可循, 兩崖前突, 中塢不深而峻, 當其中有坊峙焉. 其內有堂兩重, 祠位在前而室圮, 後則未圮而中空. 穿而入, 聞崖間人語聲, 亟躡級尋之, 有戶依巖竇間, 一人持火出, 乃守祠楊姓者, 引余從崖右登仰止亭. 亭高懸崖際, 嵌空環映, 仰高峰而俯幽壑, 令人徙倚[11]忘返. 楊姓者以昏黑旣久, 街鼓[12]已動, 恐舟渡無人, 暗中扶卽陪伴余二里, 送至中坊渡頭. 爲余言, 其父年已八十有八, 尙健噉[13]而善飯, 蓋孝而有禮者云. 呼隔溪渡舟, 渡入南關, 里餘, 抵舒肆而宿. 是遊也, 從壁間而得徐巖之名, 從昏黑而遍三谷之蹟, 溪南諸勝一覽無餘, 而仙橋、一線二奇, 又可以冠生平者, 不獨爲此中之最也.

---

1) 발발(勃㪍)은 '흥성한 모양, 연기가 피어오르는 모양'을 가리킨다.

2) 의(艤)는 '출항 차비를 하여 배를 대다'를 의미한다.

3) 선(旋)은 '잠시, 조금'을 의미한다.

4) 반치(盤峙)는 반치(磐峙)라고도 하며, '우뚝 솟구치다'를 의미한다.

5) 지고(指顧)는 '손가락으로 가리키며 이리저리 돌아보다'를 의미하며, 여기에서는 '퍽 가까운 거리'를 의미한다.

6) 랑창(踉蹌)은 '비틀비틀 걷는 모양'을 가리킨다.

7) 심천(深蒨)은 초목이 무성하게 우거진 모양을 가리킨다.

8) 석인(釋人)은 석가모니의 제자라는 뜻으로, 스님이나 불교도를 가리킨다.

9) 공(珙)은 공(拱)과 같으며, 공연(珙然)은 둥글게 에워싼 모양을 가리킨다.

10) 전반(轉盼)은 눈 깜짝할 사이의 짧은 시간을 의미한다.

11) 사의(徙倚)는 '머뭇거리다, 배회하다'를 의미한다. 『초사(楚辭)·원유(遠遊)』에 "이리저리 거닐며 아득히 그리워하네, 슬프고 낙심하여 멍하되 영원히 간직하리(步徙倚而遙思兮, 怊惝怳而永懷)"라는 글귀가 있다.

12) 가고(街鼓)는 경성(京城)의 길거리에 설치하여 야경을 알리는 북을 가리킨다. 당대에 시작되었으며, 송대 이후로는 경고(更鼓)라 일컬었다.

13) 담(噉)은 '씹다, 먹다'를 의미하며, 일부 판본에는 같은 의미의 '담(啖)'으로 되어 있다.

二十四日 晨餐後, 仍渡西南門大溪候車夫, 久之發, 已上午矣. 南十里, 新田鋪. 其處山勢漸開, 正在西華山之南, 回望諸嚴突兀, 俱幷成一山, 只有高下, 無復剖裂之痕矣. 又十里, 飯於聯桂鋪. 又二十里, 過馬鞍山爲橫石鋪, 於是復入山谷. 又四里, 逾一嶺, 下宿於申命地. 其地南對應天山, 爲張眞人上淸宮入山始境, 其曰'申命'者, 正對'應天'而言也. 是夜, 逆旅主人烏姓爲余言:"此南去上淸二十五里, 而西去仙嚴祇二十里, 若旣至上淸而去仙嚴, 亦二十里. 不若卽由此向仙嚴而後上淸." 余善之, 遂定計, 明日分靜聞同車一輛待我於上淸, 余以輕囊同顧僕西從間道向仙嚴. 主人復言 : "仙嚴之西十五里有馬祖嚴. (在安仁界.) 其嚴甚勝, 但先趨仙嚴亦復稍迂, 不若竟赴馬祖, 轉而東, 由仙嚴、龍虎以盡上淸爲最便." 余益善之.

二十五日 平明, 飯而發. 雨絲絲下, 不爲止. 遂別靜聞, 彼驅而南, 余趨而西. 四里, 至章源. 四里, 過一小嶺, 至桃源. 又過一小嶺, 二里至石底. 過水二重, 俱有橋, 三里, 至連塘. 過一小嶺, 二里, 過一橋, 又二里, 鐵鑪坂. 又三里, 過香鑪峰. 其峰迴亘三疊, 南面直剖而下, 中有一凹, 結佛鑪於上. 時雨大作, 竟不及登. 香鑪峰西卽爲安仁東界, 於是又涉饒州境矣. 三里, 簡堂源. 過一里, 雨狂甚, 衣內外淋漓. 三里, 過新嚴脚, 而不知嚴之在上也. 從其東峽穿而北入, 見其西崖下俱有橫亘之嚴, 飛瀑交灑於上, 心知已誤, 因避雨嚴間, 剖橘柚爲午餐. 已而令顧僕先探其北, 不見影響. 復還探其南, 見南崖有戶掩竹間, 以爲是無誤矣. 亟出而趨其上, 嚴雖高敞, 盤亘山半, 然石粗簇直, 無宛轉玲瓏之致. 時已知其爲新嚴, 非舊嚴也, 且嚴僧雖具餐, 觀其意惟恐客之不去, 余遂亟出, 趨下山. 又躑躅雨中, 西一里, 轉而北入山峽. 峽口巨石磊落, 高下盤峙, 深樹古藤, 籠罩其上, 甚有雅致. 由峽而入, 其崖東西幷峙, 北連南豁, 豁處卽峽口, 而連處其底也. 馬祖嚴在左崖之半, [卽新嚴背]. 其橫裂一竅亦大約如新嚴, 而僧分兩房, 其狗竇猪欄, 牛宮馬棧, 塡塞更滿. 余由峽底登嚴南上, 時雨未已, 由嚴下行, 玉溜交舞於外, 玉簾環映於前, 仰視重嚴疊竇之上, 欄栅連空, 以爲妙極. 及登之, 則穢臭不可嚮邇,1) 皆其畜牸之所, 而容身之地, 面墻環堵,2) 黑暗如獄矣. 時余衣甚濕, 日且就昏, 其南房方聚衆作法, 拒客不納, 北房亦尤而效之, 求一臥不可得. 彷徨旣久, 寒冽殊甚, 强索臥石龕之間. 令僮以所賚3)米具就炊, 始辭無薪, 旣以細米易而成粥, 竟不見粒米也.

---

1) 향이(嚮邇)는 '가까이 다가가다'를 의미한다.
2) 환도(環堵)는 흙담에 둘러싸인 초라한 집을 의미한다.
3) 재(賚)는 '가져오다'를 의미한다.

二十六日 平明起, 再以米炊, 彼仍以細米易, 姑餐而卽行. 仍從北連處下, 令顧僕先出峽門之口, 余獨轉上西崖. 其巖亦橫裂如馬祖, 而無其深, 然亦無其塡塞諸穢趣也. 從巖畔直趨而南, 路斷處輒爲開鑿, 旣竭巖端, [崖壁峻立, 不可下瞰], 忽有洞透峽而出. 旣越洞西, 遂分兩道, 一道循崖而北, 一道循崖而南, 兩崖幷夾, 遂成一線. 線中東崖之下, 復裂爲巖, 亦橫如馬祖, 而淸淨幽渺, 忽有霄壤之異. 巖外之崖, 與對崖俱下墜百仞, 上揷千尺, 俱不合如咫, 而中亦橫裂, 邃若重樓. 惟極北則豁然, 以爲可通外境, 而豁處天光旣辟, 地險彌懸, 削崖穹壁, 莫可下上, 洵自然之幽阻, 非所稱別有天地者耶? 復還至洞門分道處, 仰其上層, 飛石平出, 可以上登而又高無可攀. 從其南道轉峰側而上, 則飛閣高懸, 莫可攀躋, 另辟一境矣. 時顧僕候余峽下已久, 乃穿透腹之洞, 仍東出崖端, 欲覓道下峽口, 不可得; 循舊沿崖抵北連處下, 則顧僕見余久不出, 復疾呼而至矣. 遂與同出峽口, 東南四里, 過南吉嶺. 遙望東面亂山橫翠, 駢聳其北者, 爲排衙石, 最高; 斜突其南者, 爲仙巖, 最秀; 而近瞰嶺下, 一石尖揷平疇, 四面削起者, 爲碻石, 最峭. 下嶺, 卽見大溪自東而來, 直逼嶺脚, [其溪發源瀘溪, 由上淸而下]. 乃從溪北溯溪, 東南四里, 至碻石下. 則其石仰望穹然, 雖漸展而闊, 然削立愈甚, 有孤柱撑天之狀. 其下有碻石村, 是爲安仁東南界; 渡溪南爲瀝水, 山溪上居民數十家, 於是復屬貴溪矣. 又東五里, 直抵排衙石之西, 是爲漁搪. 漁塘居民以造粗紙爲業, 其地東臨大溪. 循溪西南行一里, 爲蔡坊渡, 遂止宿焉.

二十七日 蔡坊渡溪東一里, 龍虎觀. 觀後一里, 水簾洞. 南出山五里, 蘭車渡. 三里, 南鎮宮. 北行東轉一里, 渡溪卽上清街, 其街甚長. 東一里, 眞人府. 南渡溪五里, 越一嶺, 曰胡墅. 西南七里, 曰石崗山, 金谿縣東界也, 是入撫州境. 又三里曰淳塘, 又五里曰孔坊, 俱江姓, 宿.

二十八日 由孔坊三里, 鄭陀嶺. 七里, 連洋鋪. 十里, 葛坊. 十里, 靑田鋪. (有石梁水, 出鄧埠.) 十里, 茅田, 卽往撫州道. 下一嶺爲五里橋, 水始西向許灣, 橋南有庵, 旁有閣, 爲迎送之所. 東南入金谿城. 城徑二里, 由東出西, 其北門爲撫州道. 城外東北爲黃尖嶺, 卽出金處, 『志』所稱金窟山. (在城東五里.) 其西爲茵陳嶺, 有崗西走, 卽五里北分水之崗矣. 金窟山之東南, 環繞城南者, 曰朱干山. (卽翠雲山, 翠雲寺在焉. 今名朱干.) 自金窟、茵陳, 北東南三面環城, 所云'錦綉谷'也. 惟西南少缺, 小水沿朱干西去, 而下許灣始勝舟云. 朱干之南有山高聳, 亦自東北繞而南, 爲劉陽寨、牟瀰嶺, 其東爲瀘溪, 西爲金谿之大塘山, 疑卽『志』所稱梅峰也. (又南爲七寶山.)

二十九日 發自大塘. 對大塘者, 東爲牟瀰頂大山也. 南十里爲南岳鋪, 又西南十里爲賈源, 又五里爲淸江源. 沿江西南, 五里爲後車鋪, 飯. 又南十里爲界山嶺. (一名韓婆寨.) 下嶺二里, 爲瀘溪分道. 又二里爲大坪頭, 水始南流. 又四里爲橫坂鋪. 五里, 七星橋. 又五里, 潭樹橋. 十里, 梧桐隘. 揭陽無渡, 到建昌東門宿.

十一月初一日 缺

十一月初二日 出建昌南門, 西行二里至麻姑山足. 上山二里, 半山亭, 有臥瀑. 又一里半, 噴雪亭, 雙瀑. [麻姑以水勝, 而詘於峰巒. 半山亭之上, 有水橫騫, 如臥龍蜿蜒. 上至噴雪, 則懸瀑落峰間, 一若匹練下垂, 一若玉箸分瀉. 分瀉者, 交縈石隙, 珠絡縱橫, 亦不止於兩. 但遠眺則成兩瀑耳. 旣墜,仍合爲一, 復如臥龍斜騫出峽去. 但上之懸隧止二百尺, 不能與雁宕、匡廬爭勝]. 又一里, 連泄五級, 上有二潭甚深, 舊亭新蓋, [可名'五泄'. 五泄各不相見, 各自爭奇]. [螺轉環連, 雪英四出; 此可一目而盡, 爲少遜耳]. 又半里, 龍門峽, 上有橋. [兩崖夾立, 泉搗中礐, 不敢下視; 架橋俯瞰於上, 又變容與[1]爲雄壯觀. 龍門而上, 溪平山繞, 自成洞天,[2] 不復知身在高山上也]. 又半里, 麻姑壇、仙都觀. 左有大夫松, 已死; 右有通海井. 西上嶺十里, 逾篋竹嶺, 爲丹霞洞. 又上一里, 爲王仙嶺, 最高. 西下二里, 張坊. 西左坳中爲華嚴庵, 宿.

---

1) 용여(容與)는 조용하고 한가로운 모습을 가리키는 바, 여기에서는 폭포수가 느릿느릿 흘러가는 모양을 가리킨다.
2) 동천(洞天)은 도교에서 신선의 거처를 일컫는 말로서, '굴속에 별천지가 있다'는 의미에서 흔히 풍광이 빼어난 곳을 가리킨다.

初三日 王仙嶺東下一嶺爲丹霞洞. 又逾篋竹嶺西坳中, 南上越兩山, 東南共五里爲飛爐峰, 有小石爐方尺, 自軍峰山南飛至. 其地南爲軍峰, 北接麻姑, 東瞰盱江, 西極芙蓉, 蓋在五老峰之西, 陽華峰之西北矣. (以下有缺)

初四日 出建昌東門, 過太平橋南行, 循溪五六里, 折而西一里, 出從姑之南, [上天柱峰], 見山頂兩石幷起如雙髻者. [北]向登其巖, 曰飛鼇峰. 巖前曰長春閣. 閣之東有堂曰'鼇峰深處', 爲羅先生講學之所. 其後飛突而出, 倒書曰'印空'. 下有方池, 名曰玉冷泉. 從東上天際亭, 亭後鑿石懸梯而上, 有洞. 洞口隘如斗,[1] 蛇伏乃入, 其中高穹而寬. 此天柱之南隅也. 出洞, 仍下石級, 沿崖從西登. 天柱、鼇峰之間, 有臺一掌, 上眺層崖, 下臨絶壁, 竹拂石門, 樹懸崖隙, 爲雲巖臺. 從其上西穿峰峽, 架木崖間, 曰雙玉樓. 再西, 一石欲隧未墜, 兩峽幷起, 上下離立, 若中剖而分者, 曰一線天. 此鼇峰之北隅也.

一線旣盡, 峽轉而北, 有平石二片, 一方一圓, 橫庋峽內, 曰跏趺石. 此二峰者, 從天柱之西, 鰲峰之北, 又起二峰, 高殺於鰲峰、天柱, 而附麗成奇者也. 其東一峰, 卽南與鰲峰夾成一線, 又與西峰夾庋跰跌者. 西峰之西, 又有片石橫架成臺, 其東西俱可跰跌云. 從跰跌石東[2]踐一動石, 梯東峰而上, 其頂南架梁於一線, 遂出鰲峰之巓, 東鑿級以躋, 遂凌天柱之表. 於是北瞰郡城, 琉璃映日; 西瞻麻嶠, 翡翠揷天. [時天霽, 明爽殊甚]. 從此北下天柱之北, 穹崖下臨, 片石夾立, 上有古梅一株, 曰'屛風石'. 天柱北裂一隙, 上有懸臺可躋而坐, 曰'滴水崖'. 內有石竇, 直上三丈, 正與南隅懸崖之洞相對. 此天柱之北隅也. 從此東下, 又得穹崖一層, 曰讀書臺, 今爲竹影庵. 從其南攀石而登, 曰梅花巖, 石隙東向, 可臥可憩. 此天柱東隅之下層也. 飛鰲之西有斗姆閣, 其側有蟾窟石,[3] 下嵌爲窩, 上突爲臺, 亦可跌可嘯. 此飛鰲西隅之下層也. (以下有缺) 是日, 建昌遇夏調御、丘士章.

---

1) 두(斗)는 '술을 푸는 데 쓰는 자루 달린 도구'를 가리킨다.
2) 가부석동(跰跌石東)의 '동(東)'은 건륭본과 사고본에 '북(北)'이라 씌어 있다.
3) 섬굴석(蟾窟石)은 건륭본과 사고본에 '섬여(蟾蜍)'라 씌어 있다.

初五日 晨餐後, 別丘、夏. 二里, 仍出大路. 南十里, 登一嶺, 曰楊源嶺. 下嶺, 東則大溪自南而北, 渡溪二里, 曰東界山鋪, 去府已二十里. 於是循溪東行, 五里, 曰大洋, 三里, 曰界下. 衆舟鱗次溪中, 以上流有石箭灘, 重舟不能上下, 俱泊此以待交兌者也. 其北多益府王墓. 再上二里, 卽石箭灘, 亂石塡塞, 溪流甚急. 其西爲凌霄峰, 亭亭獨上, 有佛宇焉. 自楊源來, 山勢迥合, 而凌霄獨高, 過此山漸開, 亦漸伏矣. 又三里, 溪南一山遜於凌霄, 而尖峭過之, 曰八仙過腿. 上有石耸起, 頗異衆山, 以無渡不及登. 又七里爲硝石鋪, 去府已四十里矣. 市肆甚長, 南、東兩溪至此合流, 南來者爲新城之溪, 東北者爲杉關之水. 東溪舟抵五福尙四十里, 至杉關尙陸行三十里, 則江、閩分界.[1] 南溪則六十里而舟抵新城. 新城之陸路, 自硝石東渡東溪橋而南, 爲鐵仙巖. 其處山俱純石, 如鐘推釜覆, 北半俱斬峭爲崖, 屛立平疇間. 由崖隙而上, 兩崖之間潴水成溪, 崖揷溪底. 鑿棧以入, 又一水自東注, 亦純石揷底, 隘不容足. 架梁南渡, 又轉一橋, 西渡大溪, 遂躡山峽而上, 則飛巖高穹東向而出, 髡徒[2]法宣依巖結閣, 種竹於外, 亦幽亦敞. 時日已欲墜, 擬假榻[3]於中, 而髡奴逐客甚急, 形於聲色, 遂出. 仍渡峽橋, 見有石級西上, 遂躡之登. 盤旋山頂, 兩度過脊, 皆深坑斷峽, 迴縱亙橫, 或水或涸, 想霖雨時靡非深浸也. 時日已落崦嵫, 下山二里, 仍西, 宿硝石東溪橋之南.

1) '江, 閩分界'는 원래 '江, 楚閩分界'로 되어 있으나 건륭본에 의거하여 고쳤다.
2) 곤(髡)은 '머리를 깎다'를 의미하며, 곤도(髡徒) 혹은 이 아래에 나오는 곤노(髡奴)는 스님을 낮추어 부르는 말이다.
3) 가탑(假榻)은 '잠시 잠자리를 빌어 묵다'를 의미한다.

初六日 早起, 聞有言覺海寺之勝者. 平明, 南趨二里, 則南溪之左也. 寺亦古, 其前卽鐵仙以西之第二重也. 蓋硝石之南, 其山皆塊石堆簇, 南則交互盤錯, 斬若截堵, 峰峰皆然, 以鐵仙爲中; 而西則兩突而盡於南溪之左; (卽覺海寺前) 東則兩突而至於止[止]巖之東, 再東則山轉而南矣. 入覺海, 見山在其前, 卽出而循崖以登崖之西, 下瞰南溪涓涓北流, 時有小舟自新城來. 旣南行, 崖盡, 有峽東下, 蓋南北兩崖對峙其來峽, 其度脊處反在西瀨溪之上. 余見其峽深沉, 遂躡山級, 東向直登其巓. 其巓有東西兩臺. [自西而東, 路盡莫前. 下瞰亂壑縱橫, 峽形屈曲枝分, 匯水成潭, 分曹疊瀉, 疑卽所云金龜湖也. 而二峰東下無路, 但見東峽有水有徑, 疑卽鐵仙. 仍從舊路下, 至溪東兩崖對峽處, 卽從崖下東入峽中. 漸下漸濕, 遂東北三里至小港口. 水自韓公橋來, 渡之入山. 東北三里, 大石巖. 五里, 韓公橋. 三里, 雙同槽. 南二里, 紫雲巖. 西一里, 渡溪爲夫子巖. 返出紫雲, 一里至響石巖, 又登嶺一里至竺岫].

初七日 竺岫渡橋, 東南三里, 舒坑嶺. 又三里, 緪灣. 又六里, 陳坊. 陳坊有溪自北南流, 蓋自瀘溪而下東溪者也. 越橋而東上一嶺, 嶺下而復上, 曰鐵灣嶺. 共三里, 下嶺爲錢家灣. 又隨東溪二里至黃源橋. 渡溪而南一里, 過黃灣嶺. 南六里, 長行嶺. 下嶺爲連家灣, 是爲新城西北界. 連家灣出崗爲周家隘, 卽新城入郡官道. 又西十里, 百順鋪. 又三里上分水嶺. 先是自百順西至周家隘, 有小水西流, 余以爲入南溪者; 及登分水, 而後知猶北入東溪者也. 又五里, 過沙路嶺. 又五里過一橋, 其水自高學坡來, 五六里越橋而南, 卽與南大溪遇. 又二里, 東爲觀音崖, 西爲仙居院, 兩崖束溪如門, 門以內澄潭甚深. 又三里, 入新城北門, 出西門. 石門不甚壯, 而闤闠[1]頗盛. 出門渡石梁, 則日峰山當梁瞰溪. 越橋卽南隨溪行. 已折西南, 登白石嶺. 十里, 過文江橋, 始復與大溪遇, 溪流至此已不勝舟矣. 於是多隨溪, 西南過竹山, 山亦峭特自異, 上有竹仙院. 又十里, 周舍. 周舍之南, 路折而東, 有潭偃水, 頗覺汪洋, 卽文江之上流也. 十五里, 宿於石瓶崗, 去城二十五里, 去福山十五里.

初九日 寫十二詩付崑石上人, 已上午矣. 卽從草塘[1]左循崖南下, 路甚微削, 伏深草中, 或隱或現. 直下三里, 則溪自簫曲之後直從東南, 與外層巨山夾而成者. 蓋此山卽閩界, 其東北度而爲簫曲, 西北度而爲應感峰、會仙峰, 兩腋溪流夾而西去, 猶屬新城也. 簫曲南溪之上, 有居民數家, 蓺[2]山種姜芋茶竹爲業, 地名坂鋪.[3] 由此溪渡, 東南上嶺一里, 則平轉山腰. 又南二里, 復直上山頂. 又二里, 南下而東上, 至應感巖. 其巖西向, 巨壑嚵峭,[4] 環成一窩, 置室於中, 自下望之, 眞憑虛綴壁也. 石崖之頂, 尙高一里, 崖僧留飯後, 卽從崖側踊蹬而登, 以爲諸峰莫高於此; 旣登而後知會仙之更高於衆也. 應感二峰連起, 東屬於大山, 其屬處過脊甚峭. 北流之水出於坂鋪, 南流之水卽從會仙峰北向而去, 自應感、會仙西流之水止此. 余蓋從應感南下三里, 過此一水復南上, 則會仙北屬大山之脊也. 脊東之水西出會仙之南, 其南又有大山, 東北而屬於應感後之大山, 夾此水西去, 其中塢落爲

九坊, 乃新城之五十一都也. 對會仙之山名迷陽洞, 南卽爲邵武之建寧, 其大山東南爲泰寧, 其西南爲建昌之廣昌, 則會仙南之大山, 乃南龍北來東轉之處也. 自過夼至會仙, [望之甚近, 而連逾四峰皆峭刻]. 其下亂壑縱橫, 匯水成潭, 疑所云金龜湖卽此水也. [四下四上, 又四里而登會仙絶頂, 則東界大山俱出其下, 無論簫曲, 應感矣. 自會仙西至南豐百里, 東南抵建寧縣亦百里. 其側有數家斜界迷陽洞南, 爲大山寥絶處].

---

1) 초당(草塘)은 건륭본 및 사고본에는 초당(草堂)이라 되어 있다.
2) 예(蓺)는 '심다'를 의미한다.
3) 판포(坂鋪)는 건륭본 및 사고본에는 반포(板鋪)라고 되어 있다.
4) 촉초(蠋峭)는 계본(季本)에 굉초(轟峭)로 되어 있으나 건륭본에 의거하여 바로잡았다.

初十日 由會仙峰西下, 十里過溪, 卽應感西南來溪也. 又五里爲官公坳. 又五里, 下埠. 應感溪自東而西, 會仙南溪自南而北, 俱會於下埠而北去. [自下埠而上, 懸崖瀑布, 隨處而是, 亦俱會於下埠]. 路由下埠南而西, 逾一嶺, 五里爲黃舍. 又西南逾二嶺, 五里至章村, 山始大開, 始有聚落闌閩. [有水自南而北, 源自建寧縣邱家嶺, 去章村南十五里, 又五十五里始抵建寧云]. 西五里至容田, 又西三里過長江嶺. 又三里, 烏石. (有卷石橋.) 又二里, 上坪. 隨溪西南四里, 有大溪自西南向東北, 復溯之. 西三里, 過木橋, 溯北來小溪, 渡小石橋, 北上嶺. 三里, 爲茶塢坳. 又西三里, 爲何木嶺. 越嶺, 西南二里, 宿梅源.

十一日 東方乍白, 自梅源溯小流西上一嶺. 路應度谷(梅源至黃婆三十里, 黃婆至縣三十里.) 而西, 因歇店主人言, 竟從北直上嶺. 三里, 逾嶺北, 天漸明, 問之途人, 始知其誤. 乃從嶺側徑道轉而南, 越嶺兩重, 共四里得一村塢, 詢之, 曰: "此嶺卽南豐界也. 嶺北水下新城, 嶺南下永豐, 但隨小水南行一里, 可得大道." 從之, 至深上塢始與梅源大道合. 其處平疇一環, 四山繞塹, 以爲下土矣. 已而流忽下隊, 搗級而下, 最下遂成一瀑, 乃知五泄、麻姑之名, 以倖而獨著也. 是名濛山竈, 去梅源始五里, 余迂作十里行矣. 水上人家爲'濛上', 水下人家爲'濛下'. 又五里, 夏家橋, 又五里, 尼姑坳, 途中有兩小水自北來合. 又五里, 乾昌橋, 已勝筏. 又五里, 滄浪橋. 又五里, 黃婆橋. 有一溪自北來, 橋梁北溪上, 水自橋南出, 與濛上之水合, 共下南山去; 而陸路由北嶺入山, 迂回嶺上. 北行五里, 曰藏石嶺. 又三里, 又過一小溪, 亦自北而南. 越而西, 二里, 爲思久鋪. 鋪有小橋, 橋下細流始西向行, 路復隨之. 五里, 西至來陂橋. 又一溪頗大, 自北來會, 同過橋下; 而濛上大溪亦自南來會, 遂同注而北. 又一里, 溪之東有獅山, 西有象山, 獅山石獨突兀, 而象山半爲斧斤所鑿. 二山緊束水口, 架石梁其中, 曰石家橋, 溪自橋下俱北去, 路自橋上西向府. 渡橋一里, 又有小溪自南而北, 亦有石梁跨其上. 又三里, 上艾家嶺. 又十里至南豐, 入城東門. 三里, 出西門, 則盱江自西南抵西門, 繞南門而北轉, 經東門而北下, 想與濛上之水會於城北之下流也. 西門外瀕溪岸, 則石突溪崖, 鑿道其間, 架佛閣於上. 瀕江帶城, 甚可眺望, 以行急不及登. 又西五里, 一溪自北來, 渡其橋; 又一溪自西來, 卽溯之行. 有數家在溪上, 曰三江口, 想卽二溪與盱江合, 故名也.

十二日 東方甫白, 從三江西渡溪, 循左路行, 路漸微. 六七里, 日出, 入山口, 居舍一二家, 去路頗遙. 先是, 有言三江再進十里, 有山口可宿者, 余既訝其近, 又疑其居者之寡. 連逾二嶺, 三里, 遇來人詢之, 曰: "錯矣! 正道在南, 從三江渡溪已誤也." 指余南循小路轉. 蓋其嶺西北爲吳坑, 東南爲東坑, 去三江已十里矣. 乃從南轉下一坑, 得居民, 復指上嶺, 共五里, 至後阿. 從其西北小路直上二里, 則一小廟當路岐. 從廟西北平循山半陰崖而行, 又二里而至一山過脊處, 南北俱有路, 而西向登嶺一路獨仄, 遂躡之行. 既登一峰, 卽轉入山峽. 其峽有溪在下, 自西而東, 東口破壁而下; 縮口一峰, 西南半壁, 直傾至底, 石骨如削鐵; 路在其對崖. 循峽陰西入, [自過脊登嶺至此, 共三里. 一石飛突南崖, 瞰溪撐日, 日光溪影, 俱爲浮動. 溪中大石矗立, 其西兩崖逼竪如門, 水從崖中墜壁而下, [瀠迴大石而出, 蓋軍峰東溪源也]. 崖下新架一橋. 渡而北, 又登嶺半里, 山迴水聚, 得岐路入一庵, 名龍塘庵. 有道人曰: "西有龍潭, 路棘不可入." 得茗, 食點數枚. 出庵, 從左渡小溪, 遂復直上嶺. 二里, 復循山北陰崖而行, 屢有飛澗從山巓墜下, 路橫越澗上[流者五、六次], 下復成溪. 又三里, 得橫木棧崖. 又二里, 直轉軍峰之北, 仰望峰頂猶刺天也, 有石澗自峰頂懸凹而下, 蓋北溪之源矣.

渡溪[二百步], 復上一嶺, 始與北來大路合, 遂高南向峰頂而上, 無重峰之隔矣. 自東北路口西上一里, 至北嶺度脊處, 有空屋三間, 中有繩床土竈而無人居, 其西下[爲]宜黃之道, 東卽所從來大道也. 自此南上, 鑿蹬疊級, 次第間出, 蹈空而上, 道甚修廣, 則進賢金父母所助而成者. (金名廷璧), 自此愈上愈高, 風氣寒厲, 與會仙異矣. [自分道處至絕頂, 悉直上無曲墜, 共四千三百步, 抵軍峰巓]. 登頂下望, 五六尖峰自西南片片成隊而來, 乃閩中來脈也. 至絕頂之南, 圓亘爲着棋峰, 亭亭峭削, 非他峰所及. [蓋自南豐來, 從車盤嶺南面上, 不及北道之闊; 然經着棋峰棧石轉崖, 度西峽中, 蹋蹬攀隙, 路甚奇險. 余從北道望見之, 恨不親歷]. 北起爲絕頂, 則石屋中浮丘、王、郭三仙像共列焉. 其北度之脈, 則空室處. 其北又起一峰, 直走而爲王仙峰, 東下而爲麻姑, 東北下而爲雲蓋, 以結建昌者也. 自着棋峰夾中望, 下有洞穹然, 攀箐掛石而下, 日尚下午, 至洞已漸落虞淵,[1] 亟仍攀躋而上, 觀落日焉.

---

1) 우연(虞淵)은 신화 속의 '해가 지는 곳'을 의미한다.

十三日. (缺)白赤丸如輪, 平升玉盤之上, 遙望日下, 白氣平鋪天末, 上有翠尖數點, 則會仙諸峰也. 仍從頂北下, 十里, 至空屋岐路處, 遂不從東而從西下, 里許而得混元觀, 則軍峰之北下觀也. 其地已屬撫之宜黃. [聞山南車盤來道, 亦有下觀云]. 循水北下, 兩山排闥, 水瀉其中, 無甚懸突飛洄之態. 又下五里, 始至澗底, 此軍峰直北之水也. 旣下山, 境始開. 又山一層橫列於外, 則魚牙山也. 又有一水, 自西南來, 此軍峰西壑之水, 至此與北澗會. 循水東北又五里, 過袈裟石. 縮兩澗之口, 水出其間, 百家之聚在其外, 曰墟上. 又有一水, 亦自西南來會, 則魚牙山之水也, 與大溪合而北, 西轉下宜黃, 爲宜黃之源云. 自墟上東北岐路, 溯一小溪, 十里至東源. 東向上嶺, 三里而登其上, 曰板嶺. 其水西流入宜, 東南流入豐, 東北流亦入宜, 蓋軍峰北下之脊也. 越嶺而東, 一里, 復得坪焉. 山溪縈洄, 數家倚之, 曰章嶺. 竟塢一里, 水東出峽間, 下墜深坑, 有路隨之, 想走南豐道也. 其水東南去, 必出南豐, 則章嶺一隙, 其爲南豐屬明矣. 水口墜坑處, 北有一徑亦漸下北坑, 則走下村道矣. 亦漸有溪北自下村出七里坑, 達楓林而下宜黃, 則下村以北又俱宜黃之屬. 是水口北行一徑, 卽板嶺東度之脊也, 但其脊甚平而狹, 過時不覺耳. 下脊, 北五里, 至下村. 又北二里, 水入山夾中, 兩山逼束甚隘, 而長水傾底, 路縈山半, 山有凹凸, 路亦隨之, 名曰十八排, 卽七里坑也. 已而下坑渡澗, 復得平塢, 始有人居, 已明月在中流矣. 又北二里, 水復破峽而出. 又一里, 出峽, 是爲楓林內村. 又一里, 山開水轉, 而西度小橋, 是爲楓林, (一名陳坊.) 乃宿.

十四日 平明飯, 行, 卽從小橋循小溪北上. 蓋楓林大溪西下宜黃, 而小溪則北自南源分水而來者也. 溯北上五里, 入南灣塢, 上分水嶺, 南爲宜黃, 北爲南城, 西南境逾嶺爲南源. 五里, 至八角莊, (爲洪氏山莊.) 有水東下, 舍之. 北上黃沙嶺, 二里逾嶺, 下巾兒滦, 水亦東下, 又舍之. 北溯一小水, 三里, 上欄寨門, 平行嶺上, 爲李家嶺. 又一里, 始下, 下一里, 則磁龜在焉. 磁龜者, 羅圭峰玘[1]之所居也, 在南城西南九十里, 据李文正東陽記, 北阻芙蓉, 西阨連珠峰, 南望軍峰, 東則靈峰迤邐, 有石在溪橋之下, 而不甚肖; 其溪亦不甚大; 自西而東, 夾溪而宅, 甚富, 皆羅氏也. 問有花園坑, 景亦沒, 無可觀. 遂東北逾嶺而下, 溪自東南下坑中, 路不能從也. 東下三里, 山峽少開. 又循一水, 有橋跨之, 曰雲陽橋, 水亦東南下, 又舍之. 東逾一嶺, 又二里, 曰乘龍坳, 水亦南下. 復東上二里, 曰鵝腰嶺. 平行嶺上又二里, 而下一里, 曰鈕源, 其水始東行. 始至磁龜, 以爲平地, 至此歷級而降, 共十里而至歪排, 皆循東下, 始知磁龜猶在衆山之心, 衆山之頂也. 歪排以上多墜峽奔崖之流, 但爲居民造粗紙, 濯水如滓, 失飛練懸殊之勝. 然鈕源小水已如此, 不知磁龜以東諸東南注壑者, 其必有垂虹界瀑之奇, 恨路不能從何. 出歪排, 其南山塢始開, 水亦南去. 又東逾黃土嶺, 共三里, 則下岐東行平疇中. 五里, 一溪自西北東去, 有橋架其上, 曰遊眞觀前橋. 又東五里, 則盱江自東南而北. 是時日才下午, 不得舟, 宿於溪西之路東, 其溪之東卽新豐大市也.

---

1) 기(玘)는 계초본(季抄本)에는 '비(玭)'로 되어 있다.

十五日 路東不得舟, 遂仍從陸. 右江左山, 於是純北行矣. 六里, 爲大安橋. 又三十里, 則從姑在望, 入郡南門矣.

十六日 過東門大橋, 卽從橋端南下. 隨沙岸, 叢竹夾道, 喬松拂雲, 江流雉堞右映, 深樹密篁左護, 是曰中洲. 有道觀, 今改爲佛宇. 前二石將軍古甚, 劉文恭鉉爲之記, 因程南雲盱[1]人, 與劉同在翰苑故也. 是日再[2]醉於夏調御處.

---

1) 우강이 건창부를 가로지르기에, 건창부를 우(盱)라 약칭한다.
2) 재(再)는 계초본에 '재(在)'라 씌어 있다.

十七日 靜聞隨二擔從麻源大路先往宜黃, 余作錢、陳、劉諸書. 是晚榻於調御齋中.

十八日 別調御諸君. 十五里, 午至麻姑壇. 又西二里, 塢窮. 循南山上, 又二里轉出五老西南, 是爲五老坳. 於是循北山上, 又二里爲篋竹嶺, 越嶺二里爲丹霞洞, 又西上一里爲王仙嶺, 越嶺又西一里爲張村, 皆前所歷之道也. 於是又西平行山半, 四里, 逾朱君嶺, 復沿山半行. 深竹密樹, 彌山繪谷,

[紅葉朱英, 綴映沉綠中, 曰鞋山]. 五里, 石坪. 山環一谷, 隨水峽而入, 中甚圓整, 萬山之上, 得此一龕, 亦隱居之所, 惜爲行道踏破雲幃耳. 居民數十家, 以造紙爲業. 自石坪復登嶺, 嶺峻而長, 共五里, 始達嶺頭, 卽芙蓉東過之脊也. 脊二重, 俱狹若堵墻, 東西連屬. 脊南爲南城屬, 下有龍潭古刹[在深坑中, 道小不及下]. 脊北爲臨川屬. 度脊而西卽芙蓉山, 自南而北高亘於衆山之上. 其山之東則臨川、南城之界. 西則宜黃屬矣. 循山之東北又上里許, 山開一箝東北向, 是爲芙蓉庵, 昔祠三仙, 其今僧西庵葺爲佛宇, 遂宿其中.

十九日 從庵側左登, 皆小徑, 直躋一里, 出峰上. 又平行峰頂, 北最高處爲三仙石. 登其上, 東眺黃仙峰, 已不能比肩; 南眺軍峰, 直欲競峻; 芙蓉之南, 有陳峰山, 在十里內, 高殺於芙蓉, 而削峭形似. 蓋芙蓉之來脈也. 凭眺久之, 從峰北小徑西下里許, 與石坪西來之大道合. 又下五里, 忽路分南北. 始欲從南, 旣念大路在北, 宜從北行, 遂轉而北, 始有高篁叢木. 又西下一里, 始有墾居腔壟, 名曰爛泥田. 復逾嶺西下一里, 更循嶺而登二里, 直躡峰頭, 名曰揭燭尖. (又名避暑營.) 從尖西南下二里, 是爲南坑. 有澗自東南來, 四山環繞, 中開一墾, 水口緊束, 灣環北去. 有潘、吳二姓縮水口而居, 獨一高門背水朝尖, 雄撮一塢之勝. 隨水出其後, 數轉而出, 一里, 有水自北而來, 二水合而南, 路隨之. 一里, 轉而西, 共八里, 西逼高峰, 有水自南來會, 合而北去, 有橋跨之, 曰港口橋. 循左麓而北, 又轉西行, 北渡溪, 共五里, 得大塢, 曰上坪. 過上坪石梁, 水注而北, 路西折登山, 迤邐而上, 五里至杉木嶺. 逾嶺下二里, 山塢緊逼, 有故家宅, 其中曰君山, 皆黃氏也. 飯而出隘, 五嶺[1]上矮嶺. 逾嶺共五里, 出楊坊, 南行爲坑陰, 乃宜邑鉅聚. 西行七里, 宿車上.

---

1) 오령(五嶺)은 오리(五里)의 착오인 듯하다.

二十日 鷄再鳴, 自車上載月西行, 即與大溪遇. [想即墟上之溪, 自南而北者, 發源軍峰, 經坑陰至此]. 已而溪直南下, 路西入山. 又五里, 登嶺. 又三里, 逶迤至嶺隘, 有屋跨其間, 曰黃嶺. 下嶺二里, 大溪復自南來. 渡溪, 天始明, 山始大開. 隨溪西北行五里, 有塔立溪口小山上, 塔之西北即宜黃城也. 又有一大溪西南自東壁巡司來, 直抵城東, 有長木橋之; 水逾北與東溪合, 有大石橋架其上, 曰貫虹; 再北, 則一小溪循城西北而東入大溪, 亦有橋跨其上, 曰豐樂. 是日抵宜黃東門貫虹橋之旅肆, 覓得靜聞, 始出, 亟呼飯飯靜聞, 與之北過豐樂橋, 上獅子巖. 巖迴盤兩層, 兀立三溪會合之北衝, 大溪由此北下撫州者也. 已而西經城北, 至新城北門. 北一里, 過黃備橋. 又西北一里, 北入山, 得仙巖. 巖高峙若列錦屏, 上穹下逼, 其西垂忽透壁爲門, 穿石而入, 則衆山內閟, 若另一世界. 而是巖甚薄, 不特南面壁立, 而北面穹覆更奇, 其穿透之隙, 正如虔[1]之通天巖, 亦景之最奇者也. 三里, 仍入城之北門. 蓋是城東瀨溪爲舊城, 而西城新闢, 一城附其外, 繚繞諸峰, 因之高下. 經城三里, 出南門. 循東壁南來之溪西南行, 五里, 過四應山之東麓. 又十五里, 有小峰兀立溪上, 作猙獰[2]之狀, 其內有譚襄敏墓焉. 又二里, 過玉泉山下, 山屏立路右若負扆, 仰瞻峭拔, 有小廬架崖半. 欲從之, 時膝以早行, 忽腫痛不能升. 又隨大溪南行三里, 有小溪自西來注, 即石蛩之下流也, 始舍大溪溯小溪, 折而西入三里而得石蛩寺. 寺新創, 頗宏整. 寺北有矗崖臨溪上, 半自山頂平剖而下, 其南突兀之峰猶多, 與之對峙爲門, 而石蛩之嶺正中懸其間, 而寺倚其東麓. 仰望之, 只見峰頂立石轟然, 不知其中空也. 是晚宿寺中, 以足痛不及登蛩.

---

1) 건(虔)은 건륭본에는 '처(處)'로 씌어 있으며, 원본에는 '도(度)'로 씌어 있으나, 여기에서는 사고본에 따라 고쳤다. 강서성의 공주시(贛州市)를 예전에는 건주(虔州)라 했다.

2) 쟁(猙)은 원래 '표범과 비슷하며 뿔이 하나이고 꼬리가 다섯인 상상속의 짐승'을 가리킨다. 쟁녕(猙獰)은 '사나움, 포악함'을 의미한다.

二十一日 晨餐後, 亟登蚕. 是峰東西橫跨, 若飛梁天半, 較貴溪之仙橋, 高與大俱倍之, 而從此西眺, 只得其端. 從寺北轉入峽中, 是爲'萬人緣'. (譚襄敏初得此寺, 欲廢而墓, 感奇夢而止. 今譚墓在玉泉山東北, 宅基諸坊一時俱倒, 後嗣亦不振. 寺始爲僧贖而興復焉. 僧以其地勝, 故以爲萬人巨冢, 甃石甚壯. 地在寺北, 左則崖, 右則寺也.) 由萬人緣南向而登, 仰見[竹影浮颺], 一峰中[穿]高逈. [透石入], 南瞰亂峰兀突, [溪聲山色, 另作光響, 非復人世]. 於是出橋南, 還眺飛梁之上, 石痕橫疊, 有綴廬嵌室, 無路可登. 徘徊久之, [一山鶴衝飛而去, 響傳疏竹間], 令人不能去. 蓋是橋之南, 其內石原裂兩層, 自下而上, 不離不合, 隙俱尺許. 由隙攀躋而上, 可達其上層, 而隙夾逼仄, 轉身不能伸曲, 手足無可攀躡, 且以足痛未痊, 悵悵還寺. 問道寺僧, 僧云: "從橋內裂隙而登躡甚難. 必去衣脫履, 止可及其上層, 而從上垂綆, 始可引入中層." 僧言如此, 余實不能從也, 乃於石蚕飯而行. 五里, 由小路抵玉泉山下, 遂歷級直登. 其山甚峻, 屏立溪之西北, 上半俱穹崖削壁, 僧守原疊級鑿崖, 架廬峰側一懸峰上. 三面凭空, 後復離大山石崖者丈許, 下隔深崖峽. 時廬新構, 三面俱半壁, 而寂不見人. 余方賞其虛圓無碍, 凭半壁而看後崖. 久之, 一人運土至, 詢之, 曰:"僧以後壁未全, 將甃而塞之也." 問僧何在, 曰:"業從山下躋級登矣!" 因坐候其至, 爲之畫曰:"汝慮北風吹神像, 何不以木爲龕坐, 護置室中, 而空其後壁, 正可透引山色. 造物之懸設此峰, 與爾之縮架此屋, 皆此意也. 必甃而塞之, 失此初心矣." 僧頷之, 引余觀所謂玉泉者. 有停泓一穴, 在廬側石竈之畔, 云三仙卓錫而出者, 而不知仙之不杖錫也. 下玉泉, 三里, 出襄敏墓前. 又隨溪一里, 由小路從山北行, 蓋繞出玉泉山之東北也. 最北又有馬頭山, 突兀獨甚, 在路左. 過白沙嶺, 望西峰尖亘特甚, 折而東之, 是爲北華山. 山頂佛宇被災, 有僧募飯至, 索而食之. 下山二里, 入南門, 北登鳳凰山. 其山兀立城之東北, 城卽因之, 北而峭削, 不煩雉堞也. 下山, 出北水關, 抵逆旅, 已昏黑矣.

二十二日 由北城外歷鳳凰山北麓, 經北門, 二里, 過黃備橋. (橋架曹溪之上.)

西北行十里, 溯溪至元口. 又五里至官莊前, 西南渡溪, 又十里至陳坊. 北渡小木橋, 爲曹山寺道. 遂令顧仆同擔夫西至樂安之流坑, 余與靜聞携被襆, 渡橋沿小溪入. 五里, 爲獅子口. 由迴龍洞而入山隘, 卽也. 其內環峰凹闢, 平疇一圍, 地圓整如砥, 山環繞如城, 水流其間. 自迴龍口而南下陳坊, 又東下宜黃, 交鎖曲折, 亦此中一洞天, 爲丹霞、麻姑之類也. 初以何王二氏名何王山, 後加'草'、加'點', 名荷玉山. 唐本寂禪師禮曹溪回, 始易名曹山. 宋賜額寶積寺, 毁於嘉靖丙戌, 基田俱屬縉紳. 兹有名僧曰觀心, 將興復焉. 觀心, 宜黃人, 向駐錫[1]豐城, 通儒釋之淵微, 兼詩文之玄著. 余一至, 卽有針芥之合,[2] 設供籌燈, 談至丙夜,[3] 猶不肯就寝, 曰 : "恨相見之晚也." 先是, 余午至, 留飯後卽謂余曰 : "知君志在煙霞, 此中尚有異境, 曹山舊蹟, 不足觀也."

---

1) 스님은 길을 나설 때 석장을 지니고 다니기에, 스님이 머물러 거하는 것을 주석(駐錫)이라 일컬었다.
2) 침개지합(針芥之合)이란 자석이 바늘(針)을 끌어당기고 호박(琥珀)이 티끌(芥)을 주워 올리듯, 성격이 서로 잘 맞음을 비유한다.
3) 옛날에는 하룻밤을 다섯 시간으로 나누었는데, 일경(一更)을 갑야(甲夜), 이경(二更)을 을야(乙夜), 삼경(三更)을 병야(丙夜)라 했다. 병야는 곧 밤 12시를 전후한 한밤중이다.

二十三日 早聞雨聲. 飯而別觀心, 出曹山, 而雨絲絲下. 三里至陳坊木橋, 仍西從大道. 溯溪二里, 過鵬風橋. 溪南自山來, 路西折, 逾小嶺. 又三里, 復西渡溪之上流, 曰接龍橋. 蓋溪自曹山後嶺北山峽而來, 南下而轉至鵬風橋者. 此流尚細, 而宜黃、崇仁之界, 因逾接龍橋而西, 卽爲崇之東南境. 從此入山共三里, 逾大霍嶺, 直逼龍骨山下. 又二里, 逾骨嶺, 水猶東注. 又三里, 下蟆頭嶺, 水始西流. 又四里至純鄉, 則一溪自南而北矣. 渡溪橋, 是爲純鄉村, 有居民頗衆. 隨水西二里, 北下爲崇仁道. 南循小水一里, 西登乾崗嶺, 嶺頗峻. 逾嶺而下, 純西南行矣. 十里, 至廖莊橋, 有溪自南而北, 其大與純鄉之溪幷, 東北流, 當與純溪同下崇仁者也. 又西五里, 過練樹橋,橋跨巴溪之上. 又西過坳上, 蓋南來之脈北過相山者也. 其東水下練樹橋, 爲小巴溪, 西水下雙溪橋, 爲大巴溪, 俱合於窐湋, 北卽峙爲相山, 高峙朱碧街之北. 再西卽爲芙蓉山. 芙蓉尖峭而相山屛列, 俱崇仁西南之巨擘也. 自練樹橋又五里而至朱碧街. 其地在崇仁南百餘里, 南五十里爲大華山, 西南三十里爲樂安縣.

二十四日 昧爽, 從朱碧西南行, 月正中天. 二里爲雙溪橋. 二小溪, 一自東北, 一自西北, 俱會於橋北, 透橋東南去. 路從西南, 又一里爲玄壇廟橋. 其水自西而東, 乃芙蓉西南之流, 當亦東會雙溪而下窐湋入巴溪者也. 過溪南一里, 越雷公嶺, 有溪自南而西北去. 下嶺卽東南溯溪, 一里爲雷公場, 又南三里爲深坑. 又東南二里爲石腦, 上有橋曰崑陽橋. 又南三里曰雙湛橋, 又二里曰趙橋, 又五里曰橫崗, 又五里越一嶺, 曰趙公嶺. 自石腦來十五里, 其嶺坦而長, 蓋東自華蓋山度脊, 而西經樂安, 而北轉進賢, 爲江西省城之脈者也. 嶺北水繞雷公而西北下崇仁, 嶺南水由大陂而下永豐、吉水者也. 下嶺, 山隘漸闢, 其內塢曰白麻揷, 水雖西流樂安、永豐, 而地猶屬崇仁; 其外崗曰崇仁仙觀, 則樂安之界也. 由白麻揷循左山東南行, 三里至大坪墅, 轉而東向入山. 又二里, 東至一天門, 有澗西注石橋下, 從此遂躡級上登. 一里至舊一天門, 有二小溪, 一自東南, 一自東北, 合於石屋之上. 從此俱峻坂懸級. 又七里至二天門, 逐兩度過脊之坂, 俱狹若堵墻. 於是東北繞三峰之陰, 共七里而登華蓋之頂, 謁三仙焉. 蓋華蓋三峰幷列, 而中峰稍遜, 西爲着棋, 東爲華蓋. 路由西峰而登, 其陽南甚削, 故取道於陰. 華蓋之上, 諸道房如峰窩駕空, 簇繞仙殿, 旁無餘地, 無可眺舒. 飯於道士陳雲所房, 亟登着棋, 四眺形勝. 其北正與相山對, 而西南則中華山欲與頡頏, 東與南俱有崇嶂, 而道士不能名, 然皆不能與華蓋抗也. 其山在崇仁南百二十里, 東去宜黃亦百二十里, 西去樂安止三十里, [西南一百里至永豐], 東南至寧都則二百餘里焉. 余自建昌, 宜取道磁龜, 則直西而至; 自宜黃, 宜取道石碧從雲封寺, 亦直西而至; 今由朱碧, 則迂而北, 環而西, 轉而東向入山, 然取道雖迂五十里, 而得北遊曹山洞石, 亦不爲恨也. 下山十五里, 至三天門, 渡石橋而南, 遂西南向落日趨. 五里過崇仙觀. 又三里越韜嶺, 是爲樂安界. 又西南三里, 渡一溪橋. 又四里, 溪西轉出大陂, 溪中亂石平鋪, 千橫萬疊, 水碎飛活轉, 如冰花玉屑. 時日已暮, 遂宿大陂.

二十五日 是日爲冬至, 早寒殊甚, 日出始行. 西南五里爲藥臘. 又五里爲曾田. 其處村居甚盛, 而曾氏爲最, 家廟祀宗聖公. 從此轉而南, 渡溪入山, 乃中華山之西北麓支山也. 中華在華蓋西南三十里, 從藥臘來, 循其陰西行, 至是乃越而轉其西北. 又三里爲饅頭山, 見溪邊橫石臨流, 因與靜聞箕踞其上, 不知溪流之卽穿其下也. 及起而行, 回顧溪流正透石而出, 始知其爲架壑之石也. 余之從樂安道, 初覽其『志』, 知其城西四十里有天生石梁, 其側有石轉運, 故欣然欲往; 至是路已南, 不及西向, 以爲與石橋無緣; 而不意復得此石, 雖溪小石低, 已見'天生'一斑. 且其東北亦有石懸竪道旁, 上如卓錐, 下細若莖, 恐亦石橋轉運之類矣. 又南一里爲黃漢.[1] 又南逾一小嶺, 一里是爲簡上, 爲中華之西南谷矣. 從此婉轉山坑, 漸次而登, 五里, 上荷樹嶺, 上有瞻雲亭. 蓋嶺之東北爲中華, 嶺之西南爲雪華, 此其過脈之脊云. 逾嶺南下二里, 至坑底, 有小溪, 一自東北, 一自西北, 會而南. 三里, 出源裏橋. 又三里則大溪自東而西, 渡長木橋至溪南, 是爲流坑. 其處闤闠縱橫, 是爲萬家之市, 而董氏爲巨姓, 有五桂坊焉. 大溪之水東五十里自郎嶺而來, 又東過大樹嶺, 爲寧都界, 合太華、中華東南之水至此, 西八里至烏江, 又合黃漢之水南下永豐焉. 是日午至流坑, 水涸無舟, 又西八里, 宿於烏江溪南之茶園.

---

1) 황한(黃漢)은 바로 이날의 일기 뒷부분과 26일의 일기를 살펴볼 때, 황막(黃漠)의 오기라 여겨진다.

二十六日 因候舟停逆旅. 急索飯, 卽渡溪橋北上會仙峰. 其峰在大溪之北,黃漠溪之西, 蓋兩溪交會, 而是山獨峙其下流, 與雪華山東西夾黃漠溪入大溪之口者也. 峰高聳突兀, 倍於雪華, 而陽多石骨嶙峋, 於此中獨爲峻拔. 其西南則豁然, 溪流放注永豐之境也. 由溪北從東小徑西上, 五里而至會仙峰. 按『志』止有仙女峰, 在樂安南六十里, 而今土人訛爲會仙云; 然其爲三仙之跡, 則無異矣. 是峰孤懸, 四眺無所不見. 老僧董懷莪爲余言: "北四十里爲樂安, 西南六十里爲永豐, 直西爲新淦, 直東爲寧都. 其東北最遠者爲太華山, 其次爲中華, 又次爲雪華, 三華俱在東北. 而樂安之北有西華, 兀立雲霧之間, 爲江省過脈, 尖拔特甚, 蓋從太華西北渡趙公嶺而特起者也." 由會仙而上, 更西北一里, 其石巑岏,[1) 上多鵑花紅艷, [但]不甚高, 亦冬時一異也. 由會仙南面石磴而下, 至山半, 甫有石泉一泓, 由其山峭拔無水泉, 故山下之溪亦多涸轍耳. 下山五里, 至溪旁, 其南卽爲牛田, 水南, 其北爲烏江, 其東爲茶園, 余所停屐處也. 午返, 舟猶不行, 遂止宿焉. [余自常山來, 所經縣治無不通舟, 惟金谿, 樂安, 通舟之流, 俱在四, 五十里外].

---

1) 찬완(巑岏)은 '산이 높고 뾰족한 모양'을 가리킨다.

二十七日 [舟發]烏江, 三十里, 豐陂宿.

二十八日 十里, 將軍. 二十里, 永豐宿.

二十九日 自永豐西南五里放舟, 又三十五里北郊. (吉水界.) 二十五里, 亦名烏江. 又十里, 下黃宿.

三十日 早行. 二十里, 鳳凰橋. 溪右崖上有鳳眼石, 溪左爲熊右御史綮所居. 又五里抵官材石, 溪左一山崖石嶙峋, 曰仙女排駕. 遂繞吉水東門, 轉南門, 西門, 北門, 而與贛水合. 蓋三面繞吉水者爲恩江, (由永豐來.) 贛水止徑北門.

十二月初一日 先晚雨絲絲下, 中夜愈甚, 遂無意留吉水. 入城問張侯後裔, 有張君重、伯起父子居南門內, 隔晚託顧僕言, '與張同宗, 欲一晤', 因冒雨造其家云. 蓋張乃世科而無登第者, 故後附於侯族, 而實非同派. 君重之曾祖名峻, 嘉靖間云亦別駕吾常,[1] 有遺墨在家云, 曾附祀張侯之廟, 爲二張祠. 此一時附託之言. 按張侯無在郡[2]之祠, 其在吾邑[3]者, 嘉靖時被毀已久, 何從而二之? 更爲余言 : 侯之後人居西園, 在城西五六十里, 亦文昌鄉也; 族雖衆, 無讀書者, 卽子衿[4]亦無一人. 余因慨然! 時雨滂沱, 以舟人待已久, 遂冒雨下舟, 蓋此中已三月無雨矣. 時舟已移北門贛江上. 由北門入至南門之張氏, 仍出北門. 下舟, 已上午, 遂西南溯贛江行. 十里, 挾天馬山之西. 十里, 過小洲頭, 東有大、小洲二重, 西則長岡逶迤, 有塔與小洲夾江相對. 至是雨止日出. 又十里, 轉挾螺子山之東, 而泊於梅林渡, 去吉郡尙十里. 旣暮, 零雨復至. 螺子, 吉郡水口之第一山也.

吉水東大而高者, 曰東山, 卽仁山也. 太平山在其內, 又近而附城, 曰龍華寺. 寺甚古, 今方修葺, 有鄒南皐先生祠. 佛殿前東一碑, 爲韓熙載撰, 徐鉉八行書. 蓋卽太平西下之壟, 南北迴環, 瑣成一塢, 而寺在中央. 吉水西爲天馬山, 在恩、贛二江夾脊中. 北爲玉笥山, 卽峽山之界, 贛江下流所經也. 南爲巽峰, 尖峭特立, 乃南皐先生堆加而峻者, 爲本縣之文筆峰. 建昌人言軍峰爲吉水文筆, 因此峰而誤也, 大小逈絶矣.

---

1) 상(常)은 서하객의 고향인 강음현(江陰縣)이 속한 상주부(常州府)를 가리킨다.
2) 여기의 군(郡)과 아래의 길군(吉郡)은 모두 길수현(吉水縣)이 속한 길안부(吉安府)를 가리킨다.
3) 오읍(吾邑)은 서하객의 고향인 강음현(江陰縣)을 가리킨다.
4) 금(衿)은 원래 옷깃을 가리키며, 『시경(詩經)·정풍(鄭風)』에 "푸르고 푸른 그대의 옷깃(靑靑子衿)"이란 구절이 있다. 자금(子衿)은 '공부하는 이들이 입는 푸른 옷깃의 옷'을 의미하는 바, 자금 혹은 청금(靑衿)이라는 말로 독서인을 가리켰으며, 명청대에는 수재(秀才)를 가리키기도 했다.

初二日 明甫剛剛掛帆, 忽有順水舟叱咤而至, 掀篷逼舟, 痛毆舟人而縛之, 蓋此間棍徒託言解官銀, 而以拿舟嚇詐舟人也. 勢如狼虎, 舟中三十人, 視舟子如搏羊, 竟欲以余囊過其舟, 以余舟下省. 然彼所移入舟者, 俱鋪蓋鈴串之物, 而竟不見銀扛, 卽果解銀, 亦無中道之理. 余諭其此間去吉郡甚近, 何不同至郡, 以舟畀汝. 其人聞言, 咆哮愈甚, 竟欲順流挾舟去. 余乘其近涯, 一躍登岸, 亟覓地方王姓者, 梅林保長也. 呼而追之, 始得放舟. 余行李初已被移, 見余登陸, 乃仍畀還; 而舟子所有, 悉爲抄洗, 一舟蕩然矣. 又十里, 飯畢, [抵吉安郡]. 已過白鷺洲之西, 而舟人欲泊南關; 余久聞白鷺書院之勝, 仍返舟東泊其下, 覓寓於書院中淨土庵. 是日雨絲絲不止, 余入遊城中, 頗寥寂, 出南門, 見有大街瀕江, 直西屬神岡山, 十里闤闠, 不減金閶[1]也.

---

1) 예전에 소주성(蘇州城) 서쪽의 창문(閶門) 밖에 금창정(金閶亭)이 있었기 때문에 소주를 금창이라 일컫기도 한다.

初三日 中夜雨滂沱. 晨餐後, 卽由南關外西向神岡. 時雨細路洊, 擧步不前, 半日且行且止, 市物未得其半, 因還至其寓. 是日書院中爲郡侯季考, 余出時諸士畢集, 及返而各已散矣. 郡侯卽家復生, 是日季考不親至, 諸生頗失望.

初四日 雨. 入遊城中, 出止白鷺洲.

初五日 入城拜朱貞明, 馬繼芳. 下午, 取藥煮酒, 由西門出, 街市甚盛. 已由南門大街欲上神岡, 復行不及也.

初六日 臥白鷺洲.

初七日 臥白鷺洲. 下午霽, 入城. 由東門出, 至大覺庵, 已在梅林, 對江不及, 返螺子.

강서 유람일기(江右遊日記) **157**

初八日 由鷺洲後渡梅林, 五里. 又東北十里, 大洲. 乃東十里入山, 登洲嶺, 乃南山北度之脊, 因西通大洲, 故云. 從嶺直上五里, 天獄山. 下直南十里, 宿南山下坑中季道人家.

初九日 東十里, 出山口, 曰五十都. 東南十里, 過施坊. (人家甚盛.) 入山五里, 直抵嵩華山西麓, 曰虎浮, 拜蕭氏. 其外包山一重, 卽與施坊爲界者也. 東北從嵩華過脈, 今鑿而燒灰, 西面有洞雲庵向施坊焉.

初十日 登嵩華山, 上下俱十里.

十一日 遊洞雲. 由北脊來時, 由南峽口大路入, 往返俱六里.

十二日 晨餐於蕭處, 上午始行. 循嵩華而南五里, 鏡坊澎. 東爲嵩華南走之支, 北轉而高峙者, 名香爐峰, 其支蓋於查埠止十里也. 又南五里登分水嶺, 逾嶺東下五里爲帶源, 大魁[1]王艮所發處也. 由帶源隨水東行五里, 出水口之峽, 南入山. 三里爲燕山, 其處山低嶺小, 居民蕭氏, 俱築山爲塘以蓄水, 水邊盛放. 復逾小嶺而南, 三里, 過羅源橋, 復與帶溪水遇, 蓋其水出峽東行, 循山南轉至此. 度橋而南, 山始大開, 又五里宿於水北.

---

1) 대괴(大魁)는 과거 가운데의 전시(殿試)에서 일등한 사람, 즉 장원을 의미한다.

十三日 由水北度橋, 直南五里, 渡瀘溪橋, 是爲夏朗, 卽劉大魁[名儼]發迹處也. 又南五里, 爲西園張氏, 是日在其家. 下午, 淮河自羅坡來.

十四日 雨雪. 淮河同乃郎携酒來. 是晚二巫歸.

十五日 霽, 風寒甚. 晚往西山.

十六日 張氏公祠宴.

十七日 五教祠宴.

十八日 飯於其遠處. 上午起身, 由夏朗之西、西華山之東小徑北迂, 五里西轉, 循西華之北西行, 十里, 富源. 其西有三獅鎖水口. 又西二里, 爲瀧頭, 彭大魁敎發迹處也, 溪至此折而南入山. 又五里爲瀟瀧, 溪束兩山間, 如衝崖破峽, 兩岸石骨壁立, 有突出溪中者, 爲'瑞石飛霞', 峽中有八景焉. 由瀧溪三里, 出百里賢關, 謂楊救貧云"百里有賢人出也." 又西北二里爲第二關, 亦有崖石危亘溪左. 又西北三里, 出羅潭, 爲第三關. 過是山始開, 其溪北去, 是爲查埠. 又西北五里後與溪遇, 渡而北, 宿於羅家埠.

十九日 昧爽行. 十里, 復循西巖山之南而行. 三里, 爲値夏. 西八里, 逾孟堂坳, [則贛江南來, 爲瀧洋入處]. 又二里, 張家渡, 乃趁小舟順流北下. 十里, 有市在江左, 曰永和, 其北涯有道, 可徑往青原. 乃令張氏送者一人, (名其遠, 張侯之近支.) 隨舟竟往白鷺; 而余同張二巫及靜聞, 登北涯隨山東北行. 五里, 入兩山之間. 又一里, 有溪轉峽而出. 渡溪南轉, 石山當戶, 淸澗抱壑, 青原寺西向而峙. 主僧本寂留飯於其寮, 亦甚幽靜. 蓋寺爲七祖舊刹, 而後淪於書院, 本寂以立禪恢復, 盡遷諸書院於山外, 而中構傑閣, 猶未畢工也. 寺後爲七祖塔, 前有黃荆樹甚古, 乃七祖誓而爲記者. 初入山, 不過東西兩山之夾耳; 至北塢轉入而南, 亦但覺水石淸異, 澗壑瀠迴; 及登塔院, 下瞰寺基, 更覺中洋[1]開整, 四山湊合. 其塢內外兩重, 內塢寬而密, 外塢曲而長, 外以移書院, 內以供佛宇, 若天造地設者. 余以爲從來已久, 而本寂一晤, 輒言其興復之由, 始自丙寅、丁卯之間. 蓋是寺久爲書院, 而[鄒]南皐、[郭]青螺二老欲兩存之, 迎本寂主其事. 本寂力言, 禪刹與書院必不兩立, 持說甚堅, 始得遷書院於外, 而寺田之復遂如破竹矣. 寺前有溪, 由寺東南深壑中來, 至寺前匯於翠屏之下. [翠屏爲水所蝕, 山骨嶙峋, 層疊聳出, 老樹懸綴其上, 下映淸流, 景色萬狀. 寺左循流而上, 山夾甚峻, 而塢曲甚長, 曲折而入十里, 抵黃鮎嶺. 塢中之田, 皆寺僧所耕而有者. 入口爲寺之龍虎 ²⁾兩砂, 迴鎖隘甚, 但知有寺, 不復知寺後復有此塢也. 余自翠屛下循流攀澗, 宛轉其間, 進進不已, 覺水春菜圃, 種種不復人間. 久之, 日漸西, 乃登山逾嶺, 仍由五笑亭入寺. 別立禪(卽本寂)出山, 渡溪橋, 循外重案山之南五里, 越而西, 遂西北行十里, 渡贛江, 已暮烟橫渚, 不辨江城燈火矣. 又三里, 同二張宿於白鷺洲.

1) 양(洋)은 '드넓다'를 의미한다. 호남성과 강서성 일대에서는 산간에 펼쳐진 드넓은 평지를 양(洋)이라 일컫는다.
2) 용호(龍虎)는 풍수가의 용어로서, 좌우 양쪽에 쌓인 흙더미를 가리킨다.

二十日 同張二巫、靜聞過城西北二里, 入白燕山. 山本小壟, 乃天華之餘支, 寺僧建竪, 適恰逢有白燕來翔, 故以爲名. 還由西門入, 至北門, 過黃御史園, 門局不入. (黃名憲卿, 魏璫¹⁾事廢.) 又北入田中丞²⁾園. (田名仰.) 園外舊坊巍然, 卽文襄周公之所居也. 魯靈光³⁾尙復見此, 令人有山斗⁴⁾之想. 日暮寒烟, 憑弔久之, 乃出昌富門, 入白鷺宿.

1) 당(璫)은 원래 한나라 환관이 모자 위에 황금으로 만든 장식물인데, 후에 환관을 지칭하는 말로 사용되었다.
2) 중승(中丞)은 한나라에서 어사대부(御史大夫) 아래 두었던 관직이며, 명청대에는 순무(巡撫)를 가리키는 호칭으로 사용되었다.
3) 노령광(魯靈光)은 노전령광(魯殿靈光)이라고도 하며, 원래 한나라 때에 지어진 유명한 궁전의 명칭이다. 훗날 이 명칭으로 빛나는 업적을 남긴 사람이나 사물을 비유한다.
4) 산두(山斗)는 태산북두(泰山北斗)로서, 존경하고 앙모하는 사람을 비유한다.

二十一日 張氏子有書辦於郡, 上房者曰啓文, 沽酒邀酌. 遂與二巫、靜聞由西城外南過鐵佛橋, 八里, 南登神岡山頂. 其山在吉安城南十五里, 安福、永新之江所由入大江處. 山之南舊有劉府君廟, (劉名竺, 陳、梁時以曲江侯爲吉安郡守, 保良疾奸, 綽有神政, 沒而爲神, 故尊其廟曰神岡, 宋封爲利惠王.) 下臨安、永小江. 遂由廟左轉神岡東麓, 北隨贛江十五里, 至吉安南城之螺川驛. 又三里, 暮, 入白鷺.

白鷺洲, 首自南關之西, 尾徑東關, 橫亘江中, 首伏而尾高. 書院創於高處, 前鑄大鐵犀以壓水, 連建三坊, 一曰名臣, 二曰忠節, 三曰理學. 坊內兩旁排列號館, 爲諸生肄業之所. 九縣與郡學共十所, 每所樓六楹. 其內由橋門而進, 正堂曰正學堂, 中樓曰明德堂; 後閣三層, 下列諸賢神位, 中曰'天開紫氣', 上曰'雲章'. 閣樓迴環, 而閣傑聳, 較之白鹿, 迥然大觀也. 是院創於宋, 至世廟時, 郡守汪口受始擴而大之. 熹廟時, 爲魏璫所毀, 惟樓閣未盡撤. 至崇禎初, 郡守林一口仍鼎復舊觀焉.

二十三日 在復生署中自宴.

二十四日 復生婿設宴. (基美卽余甥.)

二十五日 張侯後裔以二像入署. 上午, 別復生, 以輿車送入永新舟, 卽往覓靜聞, 已往大覺寺. 及至已暮, 遂泊螺川驛前.

二十六日 舟人市菜, 晨餐始行. 十里, 至神岡山下, 乃西入小江. 風色頗順, 又西二十五里, 三江口. 一江自西北來者, 爲安福江; 一江自西南來者, 爲永新. 舟溯永新江西南行, 至是始有灘. 又十五里, 泊於橫江渡. 是日行五十里.

二十七日 昧爽發舟. 二十里, 廖仙巖. 有石崖瞰江, 南面已爲泰和界, 其北俱盧陵境也. 自是舟時轉北向行, 蓋山溪雖自西來, 而屈曲南北也. 十里, 永陽, 盧陵大市也, 在江之北; [然江之南岸, 猶十里而始屬泰和, 以舟曲而北耳. 又十五里, 北過狼湖, 乃山塢村居, 非湖也. 居民尹姓, 有舡百艘, 俱捕魚湖襄間爲業. 又十五里, 泊於止陽渡, 有村在江之北岸. 是日行六十里,兩日共行百里, <u>永新</u>之中也. 先是<u>復生</u>以山溪多曲, 欲以二騎、二擔夫送至<u>茶陵</u>界; 余自入署, 見天輒釀雪, 意欲從舟, <u>復生</u>乃索舟, 幷以二夫爲操舟助. 至是朔風勁甚, 二夫縴荷屢從水中, 余甚憫其寒, 輒犒以酒資. 下午, 濃雲漸開, 日色亦朗, 風之力也.

二十八日 昧爽, 牽而行, 寒甚. 二十里, <u>敖城</u>, 始轉而南. 掛篷五里, 上<u>黃壩</u>灘. 復北折, 逶入兩山峽間. 五里, <u>枕頭石</u>. 轉而西, 仍掛帆行, 三里, 上<u>黃牛</u>灘, 十八灘從此始矣. 灘之上爲<u>紛絲潭</u>, 潭水深碧, 兩崖突束如門, 至此始有夾峙之崖, 激湍之石. 又七里, 上二灘, 爲<u>周原</u>, 山中洋壑少開, 村落倚之, 皆以貨薪爲業者也. 又五里爲<u>畫角灘</u>, 十八灘中之最長者. 又五里, 爲<u>坪上</u>, 則<u>廬陵</u>、<u>永新</u>之界也. 兩縣分界在<u>坪上</u>之東, 舟泊於<u>坪上</u>之西.

二十九日 昧爽行. 二十里, <u>橋面</u>, 上舊有橋跨溪南北, 今已圮, 惟亂石堆截溪流. 又五里爲<u>還古</u>. 望溪南大山橫亘, 下有二小峰拔地兀立, 心覺其奇. 問之, 舟人曰: "高山名<u>義山</u>, 土人所謂<u>上天梁</u>也, 雖大而無奇; 小峰曰<u>梅田洞</u>, 洞卽在山之麓." 余夙慕<u>梅田</u>之勝, 亟索飯登涯, 令舟子隨舟候於<u>永新</u>. 余同<u>靜聞</u>由<u>還古</u>南行五里, 至<u>梅田</u>山下, 則峰皆叢石聳疊, [無纖土蒙翳其間, 眞亭亭出水蓮也]. 山麓有<u>龍</u>姓者居之. 東向者三洞, 北向者一洞, 惟東北一角山石完好, 而東南洞盡處與西北諸面, 俱爲燒灰者. 鐵削火淬, 玲瓏之質, 十去其七矣.

東向第一洞在穹崖下, 洞左一突石障其側. 由洞門入, 穹然而高, 十數丈後, 洞頂忽盤空而起, 四圍俱削壁下垂, 如懸帛萬丈, 牽綃迴幄, 從天而下者. 其上復噓竇嵌空, 結蜃成閣, 中有一竅直透山頂, 天光直落洞底, 日影斜射上層, 仰而望之, 若有仙靈游戲其上者, 恨無十丈梯, 凌空置身其間也. 由此北入, 左右俱有旋螺之室, 透瓣之門, 伏獸垂幢, 不可枚擧. 而正洞垂門五重, 第三重有柱中擎, 剖門爲二: 正門在左, 直透洞光; 旁門在右, 暗中由別竇入, 至第四門之內而合. 再入至第五門, 約已半里, 而洞門穹直, 光猶遙射. 至此路忽轉左, 再入一門, 黑暗一無所睹, 但覺空洞之聲, 比明處更宏遠耳. 欲出索炬再入, 既還步, 所睹比入時更顯, 垂乳列柱, 種種滿前, 應接不暇, 不自覺其足之不前也. 洞之南不十步, 又得一洞, 亦直北而入, 最後亦轉而左, 卽昏黑不可辨, 較之第一洞, 正具體而微, 然洞中瑰異宏麗之狀, 十不及一二也. 既出, 見洞之右壁, 一隙岈然若門. 側身而入, 其門高五六尺, 而闊僅尺五, 上下二旁, 方正如從繩挈矩, 而檻桔之形, 宛然斲削而成者. 其內石色亦與外洞殊異, 圓竇如月, 側隙如圭, 玲瓏曲折, 止可蛇遊猿倒而入. 有風蓬蓬然從圓竇出, 而忽昏黑一無所見, 乃蛇退而返. 出洞而南不十步, 再得第三洞, 則穹然兩門, 一東向, 一南向, (名合掌洞.) 中亦穹然明朗. 初直北入, 既而轉右. 轉處有石柱潔白如削玉, 上垂而爲寶蓋, 綃圍珠絡, 形甚瑰異. 從此東折漸昏黑, 兩旁壁亦漸狹, 而其上甚高, 亦以無火故, 不能燭其上層, 而下則狹者復漸低, 不能容身而出. 自是而南, 凌空飛雲之石, 俱受大斧烈焰之剝膚矣.

仍從山下轉而北, 見其聳峭之勝, 而四顧俱無徑路. 仍過東北龍氏居, 折而西, 遇一人引入後洞. 是洞在山之北, 甫入洞, 亦有一洞竅上透山頂, 其內直南入, 亦高穹明敞. 當洞之中, 一石柱斜騫於內, 作曲折之狀, 曰石樹. 其下有石棋盤, 上有數圓子如未收者. (俗謂'棋殘子未收'). 後更有平突如牛心、如馬肺者, 有下昂首而上、上垂乳而下者, 欲接而又不接者. 其內西轉, 云可通前洞而出, 以黑暗無燈, 且無導者, 姑出洞外.

時連遊四洞, 日已下春, 既不及覓炬再入, 而洞外石片嶙峋, 又覺空中浮動, 益無暇俯幽抉閟矣. 遂與靜聞由石瓣中攀崖躡隙而上, 下瞰諸懸石, 若削若綴, 靜聞心動不能從, 而山下居人亦群呼無路不可登; 余猶宛轉峰頭, 與靜聞各踞一石, 出所携胡餠啖之, 度已日暮, 不及覓炊所也. 既而下山, 則山之西北隅, 其焚削之慘, 與東南無異矣. 乃西過一澗, 五里, 入西山. 循水口而入, 又二里, 登將軍坳, 又二里下至西嶺角, 遂從大道西南行. 五里, 則大溪自南而來, 繞永新城東北而去, 有浮橋橫架其上, 過橋卽永新之東關矣. 時余舟自還古轉而北去, 乃折而南, 迂曲甚多, 且溯流逆上, 尚不能至, 乃入游城中, 抵暮乃出, 舟已泊浮橋下矣.

永新東二十里高山, 曰義山, 横亘而南, 爲泰和、龍泉界. 西四十里高山, 曰禾山, 爲茶陵州界. 南嶺最高者, 曰嶺背, 名七姬嶺, 去城五十里, 乃通永寧、龍泉道也. 永新之溪, 西自麻田來, 至城下, 繞城之南, 轉繞其東而北去. 麻田去城二十里, 一水自路江東向來, 一水自永寧北向來, [合於麻田].

三十日 永新令閔(及申)以遏糴閉浮橋, 且以封印,[1] 謾許開關而竟不至. 上午, 舟人代爲覓轎不得, 遂無志永寧, 而謀逕趨路江. 乃以二夫、一舟人分擔行李, 入東門, 出南門, 溯溪而西. 七里, 有小溪南自七姬嶺來入. 又西三里, 大溪自西南破壁而出, 路自西北沿山而入. 又三里, 西上草墅嶺. 三里, 越嶺而下, 爲楓樹, 復與大溪遇. 路由楓樹西北越合口嶺, 八里至黃楊. 溯溪而西, 山徑始大開, 又七里, 李田. (去路江尙二十里.) 日纔下午, 以除夕恐居停不便, 卽早覓託宿處, 而旅店俱不能容. 予方彷徨路口, 有儒服者過而問曰: "君且南都人耶? 余亦將南往留都,[2] 豈可使賢者露處於我土地!" 揖其族人, 主口其家. 余問其姓, 曰"劉." 且曰: "吾兄亦在南都, 故吾欲往." 蓋指肩吾劉禮爲也, (名元震.) 始知劉爲永新人, 而茲其里閈[3]云. 余以行李前往, 遂同赴其族劉懷素家. 其居甚寬整, 乃村居之隱者, 而非旅肆也. 問肩吾所居, 相去尙五里, 遂不及與前所遇者晤. 是日止行三十五里, 因市酒肉犒所從三夫, 而主人以村醪飮余, 竟忘逆旅之苦. 但徹夜不聞一炮爆竹聲, 山鄉之寥寂, 眞別一天地也. 晚看落日, 北望高山甚近, 問之, 卽禾山也.

---

1) 봉인(封印)은 예전에 관서에서 설 전후에 업무를 중지하는 것을 가리킨다.
2) 류도(留都)는 남경(南京)을 가리킨다. 명나라 초에는 남경을 수도로 정했으나, 성조 (成祖)가 북경으로 수도를 옮긴 후 옛 수도인 남경을 류도라 일컬었다.
3) 리한(里閈)은 마을이나 고향을 의미한다.

丁丑正月初一日 曉起, 晴麗殊甚. 問其地, 西去路江二十里, 北由禾山趨武功百二十里, 遂令靜聞同三夫先以行李往路江, 余同顧僕挈被直北入山.

其山不甚高, 而土色甚赤. 升陟五里, 越一小溪又五里, 爲山上劉家. 北抵厚堂寺, 越一小嶺, 始見平疇, 水田漠漠. 乃隨流東北行五里, 西北轉, 溯溪入山. 此溪乃禾山東北之水, 其流甚大, 余自永城西行, 未見有大水南向入溪者, 當由山上劉家之東入永城下流者也. 北過青堂嶺西下, 復得平疇一塢, 是爲十二都. 西溯溪入龍門坑, 溪水從兩山峽中破石崖下擣, 連泄三、四潭. 最下一潭深碧如黛, 其上兩崖石皆飛突相向. 入其內, 復得平疇, 是爲禾山寺. 寺南對禾山之五老峰, 而寺所倚者, 乃禾山北支復起之山也, 有雙重石高峙寺後山上. 蓋禾山乃寺西主山, 而五老其南起之峰, 最爲聳拔. (余撮其大槩云:"雙童後倚, 五老前揖.") 二山(卽禾山、五老)夾凹中有羅漢洞, 聞不甚深, 寺僧樂庵以積香[1]出供, 且留爲羅漢、五老之游. 余急於武功, 恐明日窮日力不能至, 請留爲歸途探歷, 遂別樂庵, 北登十里坳. 其嶺開陟共十里而遙, 登嶺時, 西望寺後山巓, 雙重駢立, 峰若側耳耦語[2]然. 越嶺北下, 山復成塢, 水由東峽破山去, 塢中居室鱗比, 是名鐵徑. 復從其北越一嶺而下, 五里, 再得平疇, 是名嚴堂, 其水南從嶺西下鐵徑者也. 由嚴堂北五里, 上鷄公坳, 又名雙頂. 其嶺甚高, 嶺南之水南自鐵徑東去, 嶺北之水則自陳山從北溪出南鄉, 鷄公之北卽爲安福界. 下嶺五里至陳山, 日已暮, 得李翁及泉留宿焉. 翁方七十, 眞深山高隱也.

---

1) 적향(積香)은 스님이 드시는 밥을 의미하며, 향적(香積)이라고도 한다.
2) 우어(耦語)는 서로 마주하여 속삭이는 것을 가리킨다.

初二日 晨餐後, 北向行. 其南來之水, 從東向破山去, 又有北來之水, 至此同入而東, 路遂溯流北上. 蓋陳山東西俱崇山夾峙, 而南北開洋成塢, 四面之山俱搏空潰壑, 上則虧蔽天日, 下則奔墜峭削, 非復人世所有矣. 五里, 宛轉至嶺上. 轉而東, 復循山北度嶺脊, 名廟山坳, 又名常衝嶺. 其西有峰名喬家山, 石勢嵯峨, 頂有若屛列、若人立者, 諸山之中, 此其翹楚[1]云. 北下三里, 有石崖兀突溪左, 上有純石橫竪, 作劈翅迴翔之狀, 水從峰根墜空而下者數十丈. 但路從右行, 崖畔叢茅蒙茸, 不能下窺, 徒聞搗空振谷之響而已. 下此始見山峽中田塍環壑, 又二里始得居民三四家, 是曰盧子瀧. 一溪自西南山峽中來, 與南來常衝之溪合而北去, 瀧北一崗橫障溪前, 若爲當關. 溪轉而西, 環崗而北, 遂西北去. 路始舍澗, 北過一崗. 又五里, 下至平疇, 山始大開, 成南北兩界, 是曰臺上塘前, 而盧子瀧之溪, 復自西轉而東, [遂成大溪, 東由洋溪與平田之溪合]. 乃渡溪北行, 三里至妙山, 復入山峽, [三里]至泥坡嶺麓, 得一夫肩行李. 五里, 北越嶺而下, 又得平疇一壑, 是曰十八都. 又三里, 有大溪亦自西而東, [乃源從錢山洞北至此者, 平田橋跨之]. 度平田橋北上相公嶺, 從此迢遙直上, 俱望翠微. 循雲崖五里, 有路從東來[合, 又直上十里, 盤陟嶺頭, 日炙如釜, 渴不得水. 久之, 聞路下淙淙聲, 覓莽間一竇出泉, 掬飲之. 山坳得居落, 爲十九都[門家坊. 坊西一峰甚峻, 卽相公嶺所望而欲登者, 正東北與香爐峰對峙, 爲武功南案]. 日猶下午, 恐前路崎嶇, 姑留餘力而止宿焉. 主人王姓, 其母年九十矣.

---

1) 교초(翹楚)는 『시경·주남(周南)』의 「漢廣」에 나오는 "우거진 나무 속에 가시나무 베어 내네(翹翹錯薪, 言刈其楚)"라는 구절에서 비롯되었는 바, 후에 걸출한 인재 혹은 두드러진 사물을 비유하게 되었다.

初三日 晨餐後行, 雲氣漸合, 而四山無翳. 三里, 轉而西, 復循山向北, 始東見大溪自香爐峰麓來, 是爲湘吉灣. 又下嶺一里, 得三四家. 又登嶺一里, 連過二脊, 是爲何家坊. 有路從西塢下者, 乃錢山之道, 水遂西下而東, 則香爐峰之大溪也; 有路從北塢上者, 乃九龍之道; 而正道則溯大溪東從夾中行. 二里, 渡溪循南崖行, 又一里, 茅庵一龕在溪北, 是爲三仙行宮. 從此漸陟崇崗, 三里, 直造香爐峰. [其崖坳時有細流懸掛, 北下大溪去. 仰見峰頭雲影漸朗, 亟上躋, 忽零雨飄揚]. 二里至集雲巖, 零雨沾衣, 乃入集雲觀少憩焉. 觀爲葛仙翁棲眞[1]之所, 道流以新歲方群嬉正殿上, 殿止一楹, 建猶未完也. 其址高倚香爐, 北向武功, 前則大溪由東塢來, 西向經湘吉灣而去, 亦一玄都[2]也. 時雨少止, 得一道流欲送至山頂, 遂西至九龍, 乃冒雨行半里, 渡老水橋, [復循武功南麓行, 遂]上牛心嶺. 五里, 過棋盤石, (有庵在嶺上.) 雨漸大, 道流還所畀迓資, 棄行囊去. 蓋棋盤有路直北而上, 五里, 經石柱風洞, 又五里, 徑達山頂, 此集雲[登山]大道也; 由小徑循深塹而東, 乃觀音崖之道. 余欲兼收之, 竟從山頂小徑趨九龍, 而道流欲仍下集雲, 從何家坊大路, 故不合而去. 余遂從小徑冒雨東行.

從此山支悉從山頂隨塹而下, 凸者爲崗, 凹者爲峽, 路循其腰, 遇崗則躋而上, 遇峽則俯而下. 由棋盤經第二峽, 有石高十餘丈竪峰側, 殊覺娉婷. 其內峽中突崖叢樹, 望之甚異, 而曲霏草塞, 無可着足. 又循路東過三峽, 其崗下由澗底橫度而南, 直接香爐之東. 於是澗中之水遂分東西行, 西卽由集雲而出平田, 東卽由觀音崖而下江口, 皆安福東北之溪也. 於是又過兩峽. 北望峽內俱樹木蒙茸, 石崖突兀, 時見崖上白幌如拖瀑布, 怪無飛動之勢, 細玩之, 俱僵凍成冰也. 然後知其地高寒, 已異下方, 余蹀躞[3]雨中不覺耳. 共五里, 抵觀音崖, 蓋第三岡過脊處正其中也. 觀音崖者, 一名白法庵, 爲白雲法師所建, 而其徒隱之擴而大之, 蓋在武功之東南隅. 其地幽僻深窈, 初爲山牛野獸之窩, 名牛善堂; 白雲鼎建禪爐, 有白鸚之異, 故名白法佛殿. 前有廣池一方, 亦高山所難者. 其前有尖峰爲案, 曰箕山, 乃香爐之東又起一尖也. 其地有庵而無崖, 崖卽前山峽中亘石, 無定名也. 庵前後竹樹甚盛, 其前有大路直下江口, 其後卽登山頂之東路也. 時余衣履沾透, 亟換之, 已不作行計. 飯後雨悉止, 遂別隱之, 向庵東躋其後. 直上二里, 忽見西南雲氣濃勃奔馳而來, 香爐、箕山倏忽被掩益厲, 顧僕竭蹶上躋. 又一里, 已達庵後絕頂, 而濃霧彌漫, 下瞰白雲及過脊諸崗峽, 纖毫無可影響, 幸霾而不雨. 又二里, 抵山頂茅庵中, 有道者二人, 止行囊於中. 三石卷殿卽在其上, 咫尺不辨. 道者引入叩禮, 遂返宿茅庵. 是夜風聲屢吼, 以爲已轉西北, 可幸晴, 及明而彌漫如故. [武功山東西橫若屏列. 正南爲香爐峰, 香爐西卽門家坊尖峰, 東卽箕峰. 三峰俱峭削. 而香爐高懸獨聳, 幷列武功南, 若櫺門然. 其頂有路四達: 由正南者, 自風洞石柱, 下至棋盤、集雲, 經相公嶺出平田、十八都爲大道, 余所從入山者也; 由東南者, 自觀音崖下至<u>江口</u>, 達<u>安福</u>; 由東北者, 二里出<u>雷打石</u>, 又一里卽爲<u>萍鄉</u>界, 下至山口達<u>萍鄉</u>; 由西北者, 自<u>九龍</u>抵<u>攸縣</u>; 由西南者, 自<u>九龍</u>下<u>錢山</u>, 抵<u>茶陵州</u>, 爲四境云.]

---

1) 서진(棲眞)은 도가에서 진성(眞性)을 길러 본원(本元)으로 되돌아감을 의미한다.
2) 현도(玄都)는 도가에서 신선이 거처하는 곳을 의미한다.
3) 섭접(躞蹀)은 '잔걸음으로 걷는 모양을 가리킨다.

初四日 聞夙靁未開, 僵臥久之. 晨餐後方起, 霧影倏開倏合. 因從正道下, 欲覓<u>風洞石柱</u>. 直下者三里, 漸見兩旁山俱茅脊, 無崖岫之奇, 遠見<u>香爐峰</u>頂亦時出時沒, 而半山猶濃霧如故. 意<u>風洞石柱</u>尙在二三里下, 恐一時難覓, 且疑道流裝點之言, 卽覓得亦無奇, 遂[乘未雨], 仍返山頂, 再飯茅庵, [先往<u>九龍</u>]. 乃從山脊西行, 初猶彌漫, 已而漸開. 三里稍下, 度一脊, 忽霧影中望見中峰之北, 矗崖嶄柱, 上刺層霄, 下挿九地, 所謂<u>千丈崖</u>. 百崖叢岫迴環, 高下不一, 凹凸掩映. 隤北而下, 如門如闕, 如幛如樓, 直墜塹底, 皆密樹蒙茸, 平鋪其下. 然霧猶時[時]籠罩, 及身至其側, 霧復倏開, 若先之籠, 故爲掩袖之避, 而後之開, 又巧爲獻笑之迎者. 蓋<u>武功</u>屛列, 東、西、中共起三峰, 而中峰最高, 純石, 南面猶突兀而已, 北則極懸崖迴崿之奇. 使不由此而由正道, 卽由此而霧不收, 不幾謂<u>武功</u>無奇勝哉! 共三里, 過中嶺之西, 連度二脊, 其狹僅尺五. 至是南北俱石崖, 而北尤嶄削無底, 環突多奇, [脊上雙崖重剖如門, 下隤至重塹]. 由此通道而下, 可盡北崖諸勝, 而惜乎山高路絶, 無能至者. 又西復下而上, 是爲西峰. 其山與東峰無異, 不若中峰之石骨稜嶒矣. 又五里, 過<u>野猪窪</u>. 西峰盡處, 得石崖突出, 下容四五人, 曰<u>二仙洞</u>. 聞其上尙有<u>金鷄洞</u>, 未之入也. [於是山分兩支, 路行其中]. 又西稍下四里, 至<u>九龍寺</u>. 寺當<u>武功</u>之西垂, 崇山至此忽開塢成圍, 中有平塹, 水帶西出峽橋, 墜崖而下, 乃神廟時<u>寧州</u>禪師所開, 與<u>白雲</u>之開<u>觀音崖</u>, 東西幷建寺. 然<u>觀音崖</u>開爽下臨, <u>九龍</u>幽奧中敞, 形勢固不若<u>九龍</u>之端密也. 若以地勢論, <u>九龍</u>雖稍下於頂, 其高反在<u>觀音崖</u>之上多矣. 寺中僧分東西兩寮, 昔年南昌王特進山至此, 今其規模尚整. 西寮僧留宿, 余見霧已漸開, 强別之. 出寺, 西越溪口橋, 溪從南下. 復西越一嶺, 又過一小溪, [二溪合而南墜谷中]. 溪墜於東, 路墜於西, 俱垂南直下. 五里爲紫竹林, 僧寮倚危湍修竹間, 幽爽兼得, 亦精藍[1]之妙境也. 從山上望此, 猶在重霧[中], 漸下漸開, 而破壁飛流, 有倒峽懸崖湍之勢. 又十里而至盧臺, 或從溪右, 或從溪左, 循度不一, 靡不在轟雷倒雪中. 但潤崖危聳, 竹樹翳密, 懸墜不能下窺, 及至渡潤, 又復平流處矣. 出峽至盧臺, 始有平疇一壑, 亂流交涌畦間, 行履沾濡. 思先日過相公嶺, 求滴水不得; 此處地高於彼, 而石山縈繞, 遂成沃澤. 蓋武功之東垂, 其山乃一脊排支分派; 武功之西垂, 其山乃衆峰聳石攢崖, 土石之勢旣殊, 故燥潤之分亦異也. 夾溪四五家, 俱環堵離立, 欲投託宿, 各以新歲宴客辭. 方徘徊路旁, 有人一群從東村過西家, 正所宴客也. 中一少年見余無宿處, 親從各家爲覓所棲, 乃引至東村宴過者, (唐姓家.) 得留止焉. 是日行三十里.

---

1) 정람(精藍)은 정람(淨藍)이라고도 하며, 가람(伽藍), 즉 불교사원을 통칭한다.

初五日 晨餐後, 霧猶翳山頂. 乃東南越一嶺, 五里下至平疇, 是爲大陂. 居民數家, 自成一壑. 一小溪自東北來, 乃何家坊之流也. 盧臺之溪自北來, 又有沙盤頭之溪自西北來, 同會而出陳錢口. [兩山如門, 路亦隨之]. 出口即十八都平田, 東向大洋也. 大陂之水自北而[出]陳錢, 上陂之水自西而至車江, 二水合而東經錢山下平田者也. 路由車江循西溪, 五里至上陂, 復入山. 已渡溪南, 復上門樓嶺, 五里越嶺, 復與溪會. 過平塢又二里, 有一峰當溪之中, 其南北各有一溪, 縈峰前而合, 是爲月溪上流. 路從峰之南溪而入, 其南有石蘭衝, 頗突兀. 又三里登祝高嶺, 嶺北之水下安福, 嶺南之水下永新. 又平行嶺上二里, 下嶺東南行二里, 過石洞北, 乃西南登一小山, 山石色潤而形巉. 由石隙下瞰, 一窟四環, 有門當隙中, 內有精藍, 後有深洞, 洞名石城. [洞外石崖四亘, 崖有隙東向, 庵卽倚之. 庵北向, 洞在其左, 門東北向], 而門爲僧閉無可入. 從石上俯而呼, 久之, 乃得入, 因命僧炊飯, 而余入洞, 欲出爲<u>石門寺</u>之行也. [循級而下, 頗似<u>陽羨</u>1)<u>張公</u>洞門, 而大過之. 洞中高穹與<u>張公</u>幷, 而深廣倍之. 其中一岡橫間, 內外分兩重, 外重有巨石分列門口如臺. 當臺之中, 兩石笋聳立而起. 其左右列者, 北崖有石柱矗立, 大倍於笋, 而色甚古穆, 從石底高擎, 上屬洞頂. 旁有隙, 可環柱轉. 柱根涌起處, 有石環捧, 若植之盤中者. 其旁有支洞. 曲而北再進, 又有一大柱, 下若蓮花, 圍疊成柱; 上如寶幢, 擎蓋屬頂; 旁亦有隙可循轉. 柱之左另環一竅, 支洞益穹]. 及出, 飯後, 見洞甚奇, 索炬不能, 復與顧僕再入細搜. 出已暮矣, 遂宿庵中. <u>石城洞</u>初名<u>石廊</u>; <u>南陂劉元卿</u>開建精藍於洞口石窟中, 改名<u>書林</u>; 今又名<u>石城</u>, 以洞外石崖四亘若城垣也.

---

1) 양선(陽羨)은 진(秦)나라 때에 설치된 옛 현의 명칭으로 지금 강소성 의홍현(宜興縣) 남쪽이다. 여기에서는 명나라 때의 의홍현을 가리킨다.

初六日 晨起, 霧仍密翳. 晨餐畢, 別僧 出, 而雨忽至; 仍返庵中, 坐久之, 雨止乃行. 由洞門南越一嶺, 五里, [其處西爲<u>西雲山</u>, 東爲<u>佛子嶺</u>之西垂]. 望見東面一山中剖若門, 意路且南向, 無由一近觀. 又二里至樹林, 忽渡橋, 路轉而東. 又一里, 正取道<u>斷山</u>間, 乃卽東向<u>洋溪</u>大道也. [蓋自祝高嶺而南, 山分東西二界, 中開大洋, 直南抵<u>湯渡</u>. 其自<u>斷山</u>之東, 山又分南北二界, 中開大洋, 東抵<u>洋溪</u>. 而<u>武功</u>南面與<u>石門山</u>之北, 彼此相對, 中又橫架祝高至<u>兒坡</u>一層, 遂分南北二大洋. 北洋西自<u>上陂合陳錢口</u>之水, 由<u>錢山</u>, <u>平田</u>會於<u>洋溪</u>; 南洋西自<u>斷山</u>至<u>路口</u>, 水始東下, 合<u>石門</u>東麓<u>盧子壟</u>之水, 由塘前而會於<u>洋溪</u>. 二溪合流曰<u>洋岔</u>, 始勝舟而入<u>安福</u>]. 初望<u>斷山</u>甚逼削, 及入之, 平平無奇, 是名<u>錯了坳</u>, 其南卽<u>路口</u>西下之水所出. 由坳入卽東南行, 三里爲<u>午口</u>. 南上嶺, 山峽片石森立, 色黑質秀如英石. 又二里, 一小峰尖圓特立, 土人號爲<u>天子地</u>, 乃東逾一嶺, 共五里, 爲<u>銅坑</u>. 濃霧復霾, 坑之上, 卽<u>路口</u>南來初起之脊也. 由此南向黑霧中五里, 忽間溪聲如沸, 已循危崖峭壁上行, 始覺轉入山峽中也. 霧中下瞰, 峭石屛立溪上, 沉黑逼仄, 然不能詳也. 已而竹影當前, 犬聲出戶, 遂得<u>石門</u>[寺]. 乃入而炊, 問<u>石門</u>之奇, 尙在山頂五里而遙. 時霧霾甚, 四顧一無所見, 念未卽開霧, 余欲餐後卽行. 見籤[1]板在案, 因訣之大士.[2] 得七籤, 其由云: "赦恩天下遍行周, 赦旨源源出罪尤, 好向此中求善果, 莫將心境別謀求." 余曰: "大士知我且留我, 晴必矣." 遂留寺中. 已而雨大作, 見一行衝泥而入寺者, 衣履淋璃, 蓋卽<u>路口</u>之<u>劉</u>, 以是日赴館於此, 此庵乃其所護持開創者. 初見余, 甚落落,[3] 旣而同向火, 語次大合. 師名<u>劉仲珏</u>, 號<u>二玉</u>; 弟名<u>劉古心</u>, 字<u>若孩</u>. 迨暮, <u>二玉</u>以榻讓余, 余乃拉<u>若孩</u>同榻焉. (<u>若孩</u>年甫冠, 且婚未半月, 輒入山從師, 亦可嘉也.)

初七日 平明, 聞言天色大霽者, 余猶疑諸人故以此嘲余, 及起果然. 亟索飯, 恐霧濕未晞, 候日高乃行. 僧<u>靑香</u>携火具, 而<u>劉二玉</u>挈壺以行. 迨下山, 日色已過下午矣. 予欲行, <u>二玉</u>曰: "從此南逾嶺, 下<u>白沙</u>五里, 又十五里而至<u>梁上</u>, 始有就宿處. 日色如此, 萬萬不能及." 必欲拉余至其家. 余從之, 遂由舊路下, 未及<u>銅坑</u>卽北向去, 共十里而抵其家, 正在<u>路口</u>廟背過脊之中. 入門已昏黑, 呼酒痛飮, 更余乃就寢. (其父號<u>舞雩</u>, 其兄弟四人.)

初八日 <u>二玉</u>父子割牲設醴, 必欲再留一日, 俟其弟<u>叔璿</u>歸, (時往<u>錢山岳</u>家.) 以騎送余. 余苦求別, 迨午乃行. 西南向<u>石門</u>北麓行, 卽向所入<u>天子地</u>處也. 五里, 有小流自<u>銅坑</u>北麓西北注山峽間, 忽有亂石蜿蜒. 得一石橫臥澗上, 流淙淙透其下, 匪直跨流之石, 抑其石玲瓏若雲片偃臥, 但流微梁伏, 若園亭中物, 巧而不鉅耳. 過此, 石錯立山頭, 俱黝然其色, 岈然其形, 其地在<u>天子地</u>之旁, 與向入山所經片岅之石, 連峰共脈也. 又五里, 逾崗而得大澗, 卽<u>銅坑</u>下流, 是爲<u>南村</u>. 有一峰兀立澗北, 是爲<u>洞仙巖</u>. 逾澗南循西麓行, 其西爲<u>竺高</u>南下之大洋, 南村之南卽爲<u>永新</u>界. 又五里遂與大路合. 又五里, 一[大]澗東自<u>牢芳</u>坳來, [坳在<u>禾山</u>絶頂西, 北與<u>石門</u>南來之峰連列者.] 渡之而南, 卽爲<u>梁上</u>. 復南五里, 連逾東來二澗, 過<u>青塘</u>墅. 又二里暮, 宿於<u>西塘</u>之王姓家.

初九日 晨餐後, 南行. 西逾一北來之澗, [卽前東來之澗轉而南者]. 共六七里, 至<u>湯家渡</u>, 始與大溪遇. [此溪發源於<u>祝高</u>南, 合南下所經諸澗, 盤旋西山麓, 至此東轉始勝舟]. 渡溪南行, 又五里爲<u>橋上</u>. [其處有<u>元陽觀</u>、<u>元陽洞</u>, 洞外列三門, 內可深入, 以不知竟去]. 前溪復自北而南, 仍渡溪東, 乃東向逾山, 四里爲<u>太和</u>, 又四里逾一嶺, 已轉行<u>高石</u>坳之南矣. 小嶺西爲<u>東閣坪</u>, 東爲<u>坑頭衝</u>, 由坑南下二里, 則大溪西自<u>中坊</u>東來. 路隨之東入山峽, 又二里爲<u>龍山</u>, 數家倚溪上. 循溪東去, 崖石飛突, 如蹲獅奮虎, 高瞰溪上. 路出其下, 灘石涌激, 上危崖而飛沫, 殊爲壯觀. 三里, 山峽漸開, 溪路出峽, 南北廓然. 又二里, 溪轉而南, 有大路逾崗而東者, 由<u>李田</u>入邑之路也; 隨溪南下者, <u>路江</u>道也. 於是北望豁然無碍, 見<u>禾山</u>高穹其北, 與<u>李田</u>之望<u>禾山</u>無異也. 始知<u>牢芳</u>嶺之東, 又分一支起爲<u>禾山</u>; 從<u>牢芳</u>排列南至<u>高石</u>坳者, <u>禾山</u>西環之支, 非卽一山也. [<u>禾山</u>西南有溪南下, 至此與<u>龍山</u>大溪合而南去, 路亦隨之]. 五里至<u>龍田</u>, 溪轉東行, 溪上居肆較多他處. 渡溪, 循溪南岸東向行. 三里, 溪環東北, 路折東南, 又三里, 溪自北來, 復與路遇, 是爲<u>路江</u>. 先是與<u>靜聞</u>約, 居停於<u>賀東溪</u>家, 至<u>路江</u>問之, 則前一里外所過者是; 乃復抵<u>賀</u>, 則初一日<u>靜聞</u>先至<u>路江</u>, 遂止於<u>劉心川</u>處; 於是復轉<u>路江</u>. 此里餘之間, 凡三往返而與<u>靜聞</u>遇.

初十日 昧爽, 由<u>路江</u>以二輿夫、二擔夫西行. 循西來小水, 初覺山徑凹豁.

南有高峰曰石泥坳, 永寧之界山也; 北有高峰曰龍鳳山, 卽昨所過龍山溪南之峰也, 今又出其陽矣. 共十里爲文竺, 居廛頗盛, 一水自南來, 一水自西下, 合於村南而東下路江者也. 路又溯西溪而上, 三里入巖壁口, 南北兩山甚隘, 水出其間若門. 二里漸擴, 又五里爲橋頭, 無橋而有市, 永新之公館在焉. [分兩道:]一路直西向茶陵, 一路渡溪西南向芳子樹下. 於是[從西南道], 溪流漸微, 七里, 過塘石, 漸上陂陀. 三里, 登一崗, 是爲界頭嶺, 湖廣、江西分界處也. 蓋崇山南自崖子壟, 東峙爲午家山. 東行者分永寧、永新之南北界, 北轉者至月嶺下伏爲唐舍, 爲茶陵、永新界. 下崗, 水卽西流, 聞黃雱仙在其南, 遂命輿人迂道由皮唐南入皮南, 去界頭五里矣. 於是入山, 又五里, [南越一溪, 卽黃雱下流也]. 遂南登仙宮嶺, 五里, 逾嶺而下. 望南山高揷天際者, 亦謂之界山, 卽所稱石牛峰, 乃永寧、茶陵界也, 北與仙宮夾而成塢. 塢中一峰自西而來, 至此卓立, 下有廟宇, 卽黃雱也. 至廟, 見廟南有澗奔涌, 而不見上流. 往察之, 則卓峰之下, 一竅甚庳, 亂波由竅中流出, 遂成滔滔之勢. 所稱黃雱者, 謂雱祝之所潤, 濟一方甚涯也. 索飯於道士, 復由舊路登仙宮嶺. 五里, 逾嶺北下, 又北十里, 與唐舍、界頭之道合. 下嶺是爲光前, 又有溪自西而東者, 發源崖子壟, [在黃雱西北重山中]. 渡溪又北行三里, 過崇崗(地名). 又二里, 復得一溪亦東向去, 是名芝水, 有石梁跨其上. 渡梁卽爲芳子樹下, 始見大溪自東南注西北, 而小舟鱗次其下矣. 自界嶺之西嶺下, 一小溪爲第一重, 黃雱之溪爲第二重, 崖子壟溪爲第三重, 芝水橋之溪爲第四重. 惟黃雱之水最大, 俱從東轉西, 合於小關洲之下, 西至芳子樹下而勝舟, 至高隴而更大云. '芳子', 樹名, 昔有之, 今無矣.

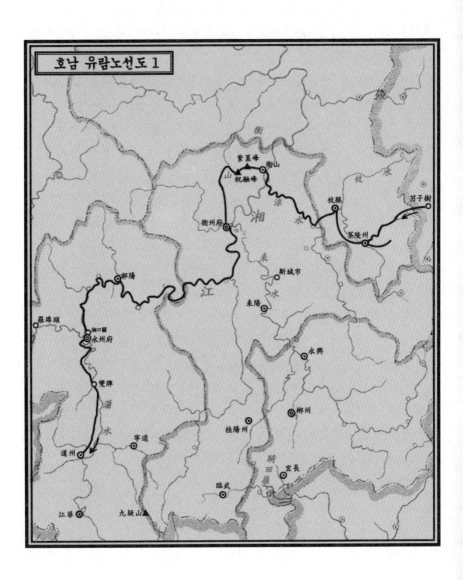

호남 유람노선도 1

紫蓋峰　衡山
山　祝融峰
攸水
衡州府　湘　淥水　攸縣　芳子樹
　　　　　　　　　　茶陵州
耒　新城市
水
江　耒陽
祁陽
羅埠頭
洵口關　永州府
　　　　　　　永興
雙牌　瀟
　　　　水
　　　　　　　　桂陽州　郴州
道州　寧遠
　　　　　　　　　騎田嶺　宜章
　　　　　　臨武
江華　九疑山

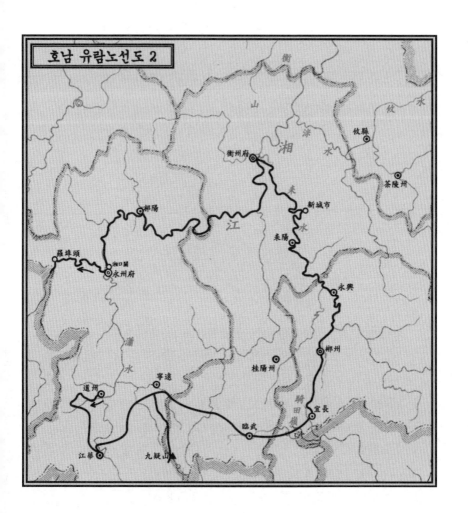

호남 유람노선도 2

호남 유람일기(楚遊日記)

해제

    초(楚)는 호광포정사(湖廣布政司)가 관할하는 옛 초나라 지역을 가리키는 바, 지금의 호남성에 해당한다. 「호남성 유람일기」는 숭정(崇禎) 10년(1637년)에 서하객이 강서성을 유람한 이후 곧바로 이어서 호남성을 유람한 기록이다. 서유객은 1637년 정월 11일 늑자수(竻子樹)에서 서쪽으로 나아가 형산(衡山)을 거쳐 형주부(衡州府)와 영주부(永州府)에 이른 다음, 호남성을 한바퀴 빙 둘러 다시 형주부로 돌아왔다가, 다시 상강(湘江)을 타고서 윤사월 7일에 광서(廣西)로 들어갔다. 이 여정을 거치는 동안 그는 도둑을 만나 약탈을 당하여 모든 것을 빼앗겼음에도 굳센 의지로 여행을 계속했는 바, 이 일기에는 당시의 염량세태와 함께 서하객은 물론 여행길에 함께 나선 정문 스님의 인품 또한 잘 드러나 있다. 특히 이 일기에는 원결(元結)과 유종원(柳宗元) 등의 문인들의 유적과 함께, 호남의 사원과 원림, 시가지에 대한 설명이 매우 꼼꼼하게 적혀 있다.

이번 유람의 주요 여정은 다음과 같다. 능자수(芳子樹) → 소강구(小江口) → 사강(沙江) → 운루사(雲樓寺) → 동강구(東江口) → 영암(靈巖) → 사강포(沙江鋪) → 자운산(紫雲山) → 운양산(雲陽山) → 상청담(上清潭) → 진인동(秦人洞) → 마엽동(麻葉洞) → 황석포(黃石鋪) → 유현(攸縣) → 양자평(楊子坪) → 뇌가부(雷家埠) → 형산현(衡山縣) → 상봉사(上封寺) → 방광사(方廣寺) → 천태사(天台寺) → 횡구(橫口) → 형주부(衡州府) → 석고산(石鼓山) → 신당참(新塘站) → 형주부(衡州府) → 기양현(祁陽縣) → 오계(浯溪) → 상구관(湘口關) → 영주부(永州府) → 쌍패(雙牌) → 청구(青口) → 도주현(道州縣) → 영상(營上) → 강화현(江華縣) → 강도(江渡) → 엄구영(掩口營) → 태평영(太平營) → 삼분석(三分石) → 노정(路亭) → 하관(下觀) → 계두포(界頭鋪) → 임무현(臨武縣) → 봉집포(鳳集鋪) → 의장현(宜章縣) → 고운산(高雲山) → 양전(良田) → 침주현(郴州縣) → 백록동(白鹿洞) → 침구(郴口) → 영흥현(永興縣) → 뇌양현(耒陽縣) → 신성시(新城市) → 형주부(衡州府) → 기양현(祁陽縣) → 상구(湘口) → 병서협(兵書峽) → 나부두(羅埠頭) → 묘두(廟頭)

역문

정축년[1] 정월 11일

오늘은 입춘이다. 날씨가 맑게 갰다. 서둘러 밥을 먹었다. 정문(靜聞) 스님에게 짐을 가지고 물길을 따라 형주(衡州)에 이르렀다가 17일에 형주의 초교탑(草橋塔) 아래에서 만나기로 약속했다. 하인 고(顧)씨에게는 가벼운 차림으로 나를 따라오라 했다. 육로로 다릉주(茶陵州)와 유현(攸縣)

의 산을 돌아볼 작정이었다.

문을 나서자, 비가 부슬부슬 내리기 시작했다. 시내를 건너 남쪽의 물가로 나아가 물길을 따라 서쪽으로 향했다. 잠시 후 시내에서 북서쪽으로 꺾어 돌아 산등성이를 넘어 모두 3리를 나아가자, 다시 시내와 마주쳤다. 이곳은 고롱(高隴)이다. 고롱에서 계속해서 시내를 건너 북쪽으로 가다가 다시 두 곳의 산등성이를 넘어 5리만에 반룡암(盤龍庵)에 이르렀다.

조그마한 시내가 용두산(龍頭山)에서 흘러온다. 이 시내를 건너 서쪽으로 나아가면, 무강(巫江)이 나온다. 이 길은 다릉주로 가는 큰길이다. 산세에 기대어 물길을 따라 남쪽으로 돌아들면, 소강구(小江口)가 나온다. 이 길은 운루산(雲嶁山)으로 가는 길이다. 반룡암 앞에서 길은 두 갈래로 나누어져 있다. [소강구는 반룡(蟠龍)과 무강의 두 시내가 북쪽의 용두(龍頭)에서 여기까지 흘러온 뒤, 남쪽의 황우(黃雩)선묘에서 발원한 커다란 시내로 흘러드는 곳이다.]

운루산은 다릉주 동쪽 50리의 사강(沙江)의 위쪽에 위치해 있으며, 깊고도 험준하다. 신종(神宗) 초에 고주(孤舟) 대사가 사찰을 창건했으며, 수많은 승려들이 모여들었다. 이제 고주대사가 돌아가시고 2년 전에 호랑이가 절 곁에서 스님 한 분을 물어가는 바람에 이곳의 승려들은 모두 뿔뿔이 흩어졌다. 표범과 호랑이가 대낮에도 돌아다니는지라, 산속의 밭은 모두 황폐해지고 사찰도 텅 빈 채 들어가는 이가 없어지고 말았다. 사람들에게 길을 물어볼 때마다 모두들 나에게 들어가지 말라고 타일렀다. [게다가 안개비가 부슬부슬 뿌옇게 내리니, 아무도 길안내를 해주려 하지 않았다.]

나는 조금도 개의치 않은 채 반룡암의 좁은 길을 따라갔다. [남쪽으로 자그마한 시내를 좇아 2리를 나아가 다시 큰 시내와 만났다.] 남쪽으로 자그마한 시내를 건너 산으로 들어가자, 비는 더욱 세차게 내렸다. 양쪽 산의 좁은 산길을 따라 남서쪽으로 2리를 나아갔다. 북쪽에서 흘러오던 커다란 시내가 곧바로 산 아래로 바짝 붙어 흘렀다. [산골짜기를 굽이돌자, 양쪽 바위벼랑이 깎여 자갈밭을 이루고 있었다.]

시내를 따라 2리를 가자, 사강(沙江)이 나왔다. 이곳은 운루산의 물이 커다란 시내로 흘러드는 곳이다. 길에서 우산을 쓴 채로 멀리 나가려던 사람을 만났다. 나를 만난 그는 문득 "이 길은 여러 사람이 함께 가지 않으면 들어갈 수가 없소. 내가 집에 돌아가 선생을 위해 앞장서 드려야겠소"라고 말했다. 나는 그의 뜻에 고마워하면서 그의 집으로 따라갔다. 그는 나를 위해 세 사람을 찾아 각기 칼과 몽둥이를 들고 횃불을 든 채 비를 무릅쓰고 산으로 들어갔다.

처음에는 시내 어귀를 따라 동쪽으로 [1리를] 들어갔다. 서쪽 골짜기에서 틈새를 뚫고 흘러나오는 [조그마한 시내 한 줄기가] 보였다. 바위벼랑이 층층이 뻗어있는지라, 바깥은 마치 문처럼 죄여 있었다. 길을 안내하던 이가 "이곳은 호랑이 굴이오. 이제껏 숯을 굽고 땔감을 하는 사람들도 감히 들어가지 못했소"라고 말했다. 이때 빗줄기는 갈수록 굵어졌다. 이윽고 커다란 시내를 거슬러 들어가 굽이굽이 2리를 나아갔다. [시내 바닥의 바위는 평대처럼 우뚝 솟아 있고, 그 가운데로 길이 갈라져 물은 바위 사이로 떨어져 내렸다. 참으로 멋진 경관이다.]

여기에서 산에 올라 산굽이를 돌아 내려가자 평탄한 골이 나왔다. 화상원(和尙園)이라는 곳이다. [사방에 겹겹의 봉우리가 둥글게 에워싸고 있다. 평탄한 들판이 끝나고] 약 1리쯤 나아가 다시 조그마한 산을 넘은 다음, 앞에서 말한 시내의 상류를 따라 골짜기 속을 구불구불 돌아들어 1리만에 운루사(雲嶁寺)에 이르렀다. 산은 깊어 그윽하고 안개 자욱하여 어둑어둑한 채, 인적 없이 적막하기 그지없다. 불전 위 여래불의 몸에는 차가운 기운만이 감돌고, 부엌 속 아궁이에도 연기 내음이 사라져 있다.

한참동안 이리저리 다니는데, 비가 마치 어서 가라 재촉하듯 더욱 드세게 내리쳤다. 길을 안내하던 이들과 함께 나왔다. 시내 어귀로 나오자, 길잡이가 배 한 척을 보고서 급히 불러 세워 올라탔다. 시내 흐름을 타고서 상앗대를 나는 듯이 저으니, 배는 무척 빨리 달렸다. 나의 옷과 신발이 축축이 젖은 지라 차가운 기운이 살갗에 스며들었다. 그러나 옷을 불에 말릴 겨를도 없고, 양쪽 벼랑의 바위를 구경할 틈도 없었다. 산골짜기를 굽이굽이 감돌았다. 오후에 배를 타고 약 40리를 달렸다. 어느덧 날이 저물었다. 뱃사공이 어둠속에서 30리를 달려 동강구(東江口)에 배를 댔다.

---

1) 정축(丁丑)은 1637년이다.

정월 12일

이른 새벽에 추위가 심했다. 뱃사공이 배를 강어귀에서 영수(酃水)로 끌어 당겼다가, 다릉성(茶陵城)을 따라 동쪽 성곽을 지나 남쪽 관문에 배를 댔다. 관문에 들어서서 다릉주(茶陵州)의 관아 앞에 이르렀다. 대서문(大西門)을 빠져나가 자운산(紫雲山)과 운양산(雲陽山)의 명승을 둘러볼 작정이었다. 그런데 영암(靈巖)이 남쪽 관문 밖 15리에 있다는 말을 들었다.

이에 저잣거리에서 밥을 먹은 다음, 남문으로 나와 영수를 건넜다. 이때 이슬비가 바람에 나부끼고, 북풍은 몹시도 차가왔다. 남동쪽으로 나아가다가 비탈길을 5리 오르내렸다. 평탄한 들판이 나왔다. 이곳은 구강(歐江)이라는 곳이다. 남동쪽에서 흘러오는 시내를 거슬러 나아갔다. 안개 속에 멀리 그 동쪽 산 위에 바위가 우뚝 서 있는 게 보였다. 기이한 느낌이 들었다.

다시 5리를 나아가 산굽이쪽 시냇가에 이르렀다. 이곳은 시내 속에 모래자갈이 무더기져 있는 비탈이라 하여 사피(沙陂)라 일컫는다. [시내는 동쪽 40리의 백장담(百丈潭)에서 발원한다.] 비탈 위의, 산의 가장 높은 곳은 회선채(會仙寨)이며, 그 안의 큼지막한 벼랑에 갈라져 있는 동굴은 학당암(學堂巖)이다. 더 동쪽으로는 산골짜기가 빙 두른 채 이어져 있다. 그 가운데에 석량암(石梁巖)이 있는데, 사피 위에 있다고 하나 나는 알지 못했다.

다시 동쪽으로 1리를 나아가 북쪽의 골짜기 속으로 들어섰다. 1리를 가자 벽천암(碧泉巖)과 대사암(對獅巖)이 보이는데, 모두 남쪽을 향해 있다. 다시 동쪽으로 고개를 넘어 내려가서 북쪽으로 돌아들었다. 이곳에 영암이 있다. 영암은 동쪽을 향해 있기에 지주(知州)인 증(曾)씨(이름은 재한才漢)는 월도암(月到巖)이라고도 일컫는다.

회선암에서 동쪽으로 나아가면, 산은 그다지 높지 않은 채, 바위벼랑이 빙 둘러 이어져 있다. 빙 두른 벼랑이 쌓여 골을 이루고 있는데, 빙 두른 삼면이 마치 한쪽이 이지러진 고리모양의 패옥처럼 생긴 것, 양쪽이 마주한 채 겹쳐져 문처럼 생긴 것, 높이 치솟아 벼랑을 이룬 것, 가운데가 비어서 동굴처럼 생긴 것 등 갖가지 모습을 띠고 있다. 다만 바위의 바탕은 거칠고 빛깔이 붉어, 반짝반짝 환히 빛나고 윤이 나는 경관은 없다. 그 대신 돌다리가 가로로 걸쳐져 있는데, 돌다리 아래가 크고 넓다. 이곳은 여덟 경관 가운데에 마땅히 으뜸으로 꼽아야 할 것이다.

영암은 동쪽을 향해 있는 동굴이다. 앞쪽에 이어져 있는 벼랑은 남북으로 빙 둘러 있다. 깊이는 수십 길이고, 높이는 몇 길 남짓이다. 가운데에 여래불상이 놓여 있고, 바깥에는 문이 늘어져 있지만, 꼭대기까지 닿지는 않는다. 동굴의 형태는 물론 동굴에 가려져 있지 않다. 이곳은 당나라의 진광문(陳光問)이 공부했던 곳이다. 진광문은 엄당(嚴塘, 동굴의 북쪽 20리에 있다)에 거처했으며, 그의 후손이 아직도 동굴에서 공부하고 있다.

관음현상(觀音現象)은 복사봉(伏獅峰)의 동쪽에 있는데, 빙글빙글 감아돈 벼랑 위에 바위의 흔적으로 만들어진 상이다. 자황색을 띠고 있다.

대사암(對獅巖)은 소영암(小靈巖)이라고도 하며, 영암의 남쪽 고개 너머에 있다. 남쪽으로 사봉(獅峰)과 마주한 채, 위아래 두 층으로 나뉘어 있다. 윗부분은 크고 높이 둥글게 솟아 있으며, 아랫부분은 작고 쌍을 이루어 솟아 있다.

벽천암(碧泉巖)은 대사암의 서쪽에 있고, 남쪽을 향해 있다. 동굴의 깊이는 3길이고, 높이는 1길 남짓이다. 안에는 한 줄기 샘물이 동굴 벽의 중간부분의 벼랑에서 떨어져 내리고, 아래에는 바위판이 이어져 있다. 샘물이 몹시도 맑고 차가운데, 작은 동굴 가운데의 이름난 샘이라 할 만하다.

복호암(伏虎巖)은 청천암(淸泉巖)의 뒤편에 있다.

석량암(石梁巖)은 사피와 회선채의 동쪽 골짜기에 있다. 이 골짜기에는 갈라진 벼랑이 어지러이 뻗은 채, 한데 늘어서서 움푹한 평지를 이루고 있다. 움푹한 평지는 두 번을 돌아들면서 동서로 가로 뻗어 있다. 이 동굴 아래에는 구멍이 뚫려 있는데, 가운데가 마치 다리처럼 봉긋하다. 다리 아래에서 바라보니, 별천지인 듯하다. 다리를 뚫고 들어가자, 다리 위에 또 다시 벼랑이 한 겹 펼쳐져 있다. 동쪽의 비탈을 따라 기어올라 곧바로 다리 중간에 이르러 걸음을 멈추었다. 기어오르기가 마치 층층의 누각을 밟아 오르는 듯하다.

회선채는 아래로 사계(沙溪)를 굽어보고 있고, 위로는 둥그런 꼭대기까지 뻗어 있다. 마치 맷돌이 첩첩이 겹쳐진 듯한 모양으로 뭇 산들 위에 홀로 우뚝 솟아 있다. 나홍산(羅洪山, 이름은 기륜其綸이며, 경주부瓊州府 사리[1]를 역임했다)이 아래에 사원을 지었으며, 지금은 육공(六空) 스님(그의 법호는 함건涵虔이다)이 거처하고 있다.

학당암은 회선채의 북쪽에 있으며, 높은 벼랑 사이에 갈라져 있는 구멍이다. 선인이 학문을 가르치던 곳이라고 한다.

이것이 영암의 여덟 경관이다. 내가 영암에 이르렀을 때, 비바람은 걷히지 않았다. 먼저 벽천암과 대사암을 지난 다음 영암에 들어섰다. 효하(曉霞)가 날 위해 식사를 마련해 두었는데, 때는 어느덧 오후였다. 마침 스님이 한 분 오시기에 누구인지 물었더니, 바로 앞에서 언급했던 육공 스님이셨다. 이때 효하는 마침 여러 가지 세속적인 일들(새끼를 꼬거나 돼지를 먹이는 일 등)을 하고 있었다. 식사를 마치고 육공 스님에게 길 안내를 부탁드렸다. 돌아오는 길에 사봉(獅峰)에 이르러 관음현상을 보고, 사피에 이르러 석량암에 들어가 구경하고서 육공이 거처하는 암자에 들어갔다. 황혼녘에 회선채에 올라 학당암을 돌아보았는데, 여덟 경관 가운데 복호암만 가보지 못했다. 이날도 계속해서 가랑비가 뿌옇게 내렸으나, 끝내 유람을 가로막지는 못했다. 이는 육공 스님이 도와주신 덕택이었다. 밤에 육공 스님의 처소에서 묵었다.

---

1) 사리(司理)는 성내의 거리를 관장하는 관직의 명칭이다.

정월 13일

아침 식사를 했다. 추위가 심하고 구름이 여전히 뒤덮고 있었다. 육공 스님과 헤어져 왔던 길을 되짚어 북서쪽으로 나아갔다. 3리를 나아가 구강(歐江)에 이르러, 북쪽의 산에 들어섰다. 이 길은 다릉성에서 어제 왔던 길이고, 남쪽으로 사피강을 따라 서쪽으로 가는 길은 다릉성에 이르는 또 다른 길이다. 구강을 건너자 시내는 배를 띄울 만했다. 북서쪽으로 두 개의 조그마한 고개를 넘은 다음, 계속해서 다릉성의 남쪽 관문 밖을 건넜다. 다릉성을 따라 강을 거슬러가다가 대서문을 지나 [자운산과 운양산의 빼어난 경관을 찾아 나섰다.]

서쪽으로 3리를 나아가 다리를 건넜다. 산언덕이 툭 트이면서 북동쪽에서 흘러오는 커다란 강이 보이기 시작했다. 여기에서 황토요(黃土坳)를 넘어 다시 3리를 나아가 신교(新橋)를 건넜다. 안개 속에 운양산이 반쯤 모습을 드러내기 시작했다. 다시 3리를 나아가 자운산 기슭에 이르렀다. 이곳은 사강포(沙江鋪)이다. 커다란 강은 이곳에 이르러 산 아래에 바짝 다가서 흘렀다.

사강포에서 서쪽으로 나아가자, 유현(攸縣)과 안인현(安仁縣)으로 통하는 큰길이 나왔다. 남쪽으로 산에 오르니, 이곳은 자운선(紫雲仙)이다. 1리를 올라 산 중턱에 이르자 진무전(眞武殿)이 보이고, 위에는 관음암(觀音庵)이 있다. 모두 북동쪽으로 흘러오는 물을 굽어보고 있다. 관음암의 송암(松巖) 스님은 연세가 많으신 분이다. 내가 운양산으로 가는 길을 묻자, 송암 스님은 이렇게 말씀하셨다. "운양산은 자운산의 서쪽 10리에 있지요. 운양산 꼭대기에 노군암(老君巖)이 있고, 그 동쪽 봉우리의 옆구리에 운양선(雲陽仙)이 있는데, 꼭대기로부터 3리 떨어져 있지요. 적송단(赤松壇)도 운양선의 산기슭에 있는데, 운양선에서 3리 떨어져 있구요. 대체로 자운산은 운양산이 끝나는 지점에 있고, 적송단은 운양산의 정동쪽 산기슭에 있지요. 자운산 아래에서 북쪽으로 강언덕 서쪽을 따라 3리를 나아가면 홍산묘(洪山廟)가 나오는데, 이곳이 꼭대기로 오르는 북쪽 길이라오. 자운산 아래에서 남쪽으로 산기슭을 따라 서쪽으로 4리를 가면 적송단이 나오는데, 이곳은 꼭대기로 오르는 동쪽 길이지요. 홍산묘와 적송단 모두 산의 꼭대기에서 10리밖에 안되니 가까운 편이지요. 이두 갈래 길 가운데에 나한동(羅漢洞)이 있는데, 자운산의 서쪽에 있다오. 관음암 옆의 좁은 길로 1리쯤 가로질러 가면 그 동굴 암자에 이를 수 있지요. 암자에서 꼭대기에 오르는 데에도 역시 올라갈 수 있는 샛길이 있으니, 자운산을 내려올 필요는 없답니다." 나는 송암 스님의 말씀에 따르기로 했다.

그리하여 진무전 옆에서 북서쪽으로 두 곳의 조그마한 움푹 꺼진 곳을 넘었다. 북서쪽에서 산골물 한 줄기가 흘러왔다. 이 물길은 자운산과 청련암(靑蓮庵), 즉 나한선(羅漢仙) 뒤쪽의 산골짜기에서 이루어진 것이다. [물길은 북쪽으로 커다란 강에 합쳐지는데, 자운산이 분계선이다.] 산골물을 넘자 청련암이 나왔다. 청련암은 동쪽을 향해 불쑥 튀어나와 있는데, 지세가 그윽하고 암자는 깨끗했다. 스님의 법호는 육간(六澗)이며, 온화하고 친근하신 분이다. 그는 굳이 나에게 밥을 먹고 가라고 붙잡았다.

나는 서둘러 고개를 올라 암자 뒤쪽을 따라 서쪽으로 기어올랐다. 이때 자욱한 안개가 산을 절반이나 뒤덮고 있었으나, 나는 전혀 개의치 않고 곧장 위로 3리를 기어올랐다. 두 겹의 봉우리 등성이를 기어올랐다. 발길 닿는 곳마다 안개가 사방으로 흩어졌다. 다시 2리를 오르자, 봉우리 등성이 위 나무마다 얼음조각이 가득 매달려 있다. 차가운 기운에 얼어붙은 것이다. 얼음조각이 큰 것은 주먹만 하고 작은 것은 달걀만 한데, 가지에 붙어 있다가 바람에 떨어져 땅바닥 가득 쌓여 있었다.

이때 내가 있던 봉우리는 안개 기운이 모두 사라져 산의 남쪽과 동쪽이 똑똑히 보였지만, 북쪽과 서쪽은 여전히 뿌연 안개에 반쯤 가려 있었다. [영강(酃江)은 남동쪽에서 흘러오고 황우강(黃雩江)은 북서쪽에서 흘러오는데, 매우 멀리 빙빙 굽이돌았다.] 이제야 운양산의 봉우리가 모두 남서쪽에서 북동쪽으로 내달리면서 겹겹으로 늘어서 있음을 알게 되었다. 즉 운양산은 그 북쪽이 첫 번째 겹이요, 청련암의 뒤쪽, 즉 내가 기어올라온 곳이 두 번째 겹이요, 운양선은 세 번째 겹이다. 운양산 위에 있는 노군암은 꼭대기이며, 이른바 일흔 한 곳의 봉우리의 주봉이다. 운봉(雲峰)은 남쪽에 있는데, 내가 오른 봉우리는 북쪽에 있다. 이 두 봉우리는 가로로 늘어서 있는데, 산줄기는 운양선의 아래를 따라 움푹 꺼진 곳을 지나 치솟아 오른다. 이 산줄기는 내가 오른 두 번째 겹의 꼭대기가 되었다가 동쪽으로 뻗어 내린 다음, 청련암에서 동쪽으로 나아가 다릉주(茶陵州) 성으로 맺혀진다.

나는 어느덧 두 번째 겹의 꼭대기에 올랐으나, 길은 이미 끊겨 있었다. 남서쪽으로 바라보니, 운봉의 꼭대기가 우묵한 평지를 사이에 두고 솟아 있다. 꼭대기는 여전히 새벽 안개에 뿌옇게 가려 있다. 굽어보니, 등성이를 넘어가는 곳이 봉우리 아래 1리 남짓에 있다. 그 산등성이 너머에는 대나무와 나무들로 울창한 골이 있고, 두 곳의 젖가슴과 같은 봉우리가 빙 두른 채 서로 가려 돋보인다. 마치 신선이 사는 곳 같으니, 이곳이 운양선임에 틀림없다.

비록 길은 없지만 서둘러 곧장 떨어지듯 내려가 등성이를 넘어 올라갔다. 2리만에 조그맣게 움푹 꺼진 곳을 넘어 운양선에 들어섰다. 그 암자는 북쪽을 향해 있다. 꼭대기에 오르는 길은 왼쪽을 따라 나 있다. 5리를 오르면 노군암에 이른다. 산에서 내려오는 길은 오른쪽을 따라 나 있다. 3리를 나아가면 적송단에 이른다.

운양선 뒤에는 커다란 바위가 쌓인 채 날듯이 허공에 걸려 있다. 바위에는 구멍이 뚫려 있고, 대나무와 나무들이 바위에 매달려 있으니, 경치가 대단히 아름답다. 바위 사이에는 흐르지 않는 깊은 못이 맑고 푸르러 몹시 이채롭다. 이곳은 오뢰지(五雷池)라는 곳으로서, 기우제를 지내면 매우 영험하다고 한다. 층층의 바위가 위로 불쑥 튀어나와 있는지라 기어오를 길이 없다. 그 위에는 짙은 안개가 자욱이 덮여 있다.

대체로 두 번째 겹의 꼭대기에는 바람을 맞아 나무가 춤을 추고, 얼음조각이 나뭇가지를 따라 쌓여 있을 따름이다. 암자가 있는 산봉우리의 골짜기를 빙 둘러 대나무와 나무들이 무성하게 우거져 있는데, 안개가 얼어붙은 얼음이 나무마다 가득 영롱하게 빛나니 마치 꽃과 골짜기를 옥구슬로 장식한 듯하고, 불어오는 북풍에 마치 보요[1]와 옥노리개처럼 흔들리면서 내는 소리는 악기에 장단 맞추듯 한다. 어쩌다 얼음조각이 흔들려 땅바닥에 떨어질 때면 마치 옥으로 만든 산이 무너지듯 하여, 두세 자의 높이로 쌓인 얼음조각이 길을 온통 가로막아버렸다. 듣자하니 암자 위로 오르기는 더욱 어렵다고 한다.

때는 오후가 지났다. 적송단이 아래에 있다고 한다. 암자의 스님이 [호남 지역의] 발음을 사용했기에 '적송'을 '바위동굴(石洞)'로 오해했다. 나는 본래 운양선 꼭대기의 오른쪽에 오른 다음, 꼭대기에서 북쪽으로 산을 내려올 작정이었다. 그런데 바위동굴의 기묘한 경관을 놓칠까 염려스러운데다가, 또 누군가 잠시 지나면서 날씨가 맑아질 거라고 말했다. 그래서 암자의 경연(鏡然) 스님에게 밥을 달라 하여 먹고는 동쪽으로 산을 내려왔다. 길가에는 산골물이 돌 틈새로 쏟아져 흘러가는데, 스님이 손가락으로 '장자방(張子房)[2]이 연단하던 못', '약을 찧었던 통', '선인의 손가락 자국' 등의 여러 명승을 가리켜주었다. 이들 경관은 적송자[3]로부터 장자방에 이르기까지 억지로 가져다붙인 것이었다.

아래로 쭉 3리를 내려와 적송단에 이르러서야, 이곳이 적송이지 바위 동굴이 아님을 알게 되었다. 암자에서 하룻밤을 묵었다. 암자의 불전은 아주 오래되었는데, 가운데에는 적송자(赤松子)가, 왼쪽에는 황석공(黃石公)[4]이, 오른쪽에는 장자방이 각각 모셔져 있었다. 불전 앞에는 오래된 소나무 한 그루가 있을 뿐, 달리 멋진 경관은 없었다. 갈민(葛民) 스님 역시 나그네를 친근하게 대해 주었다.

---

1) 보요(步搖)는 옛날 여인들의 머리장식으로, 걸어갈 때에 흔들리기에 보요라 일컫는다.
2) 장자방(張子房)은 곧 장량(張良, ?~B.C. 185?)이며, 자방은 그의 자이다. 한(韓)나라의 귀족 출신인 장량은 한나라가 진나라에 망하자 진시황을 암살하려다 실패하여 하비(下邳)에 숨어지내던 중 한 노인으로부터 태공망(太公望)의 병법을 배웠다. 이후 유방(劉邦)을 도와 한(漢)나라의 개국공신이 되어 유후(留侯)에 봉해졌다.
3) 적송자(赤松子)는 도교에서 떠받드는, 신화속의 선인이다.
4) 황석공(黃石公)은 진나라 말기의 인물로서, 한나라의 개국공신인 장량에게 태공망의 병법을 전해주었다고 알려져 있다.

정월 14일

아침 일찍 일어났다. 날은 몹시 차갑고, 짙은 안개가 또다시 자욱했다. 이에 앞서 어제 저녁에 적송단에 이르러 황석공과 장자방의 신위께 묵묵히 기도를 올렸다. 반나절만이라도 날을 맑게 해주어 꼭대기에 올라 빼어난 경관을 보게 해달라고 간구했던 것이다. 지금도 꼭대기가 짙은 안개에 휩싸여 있고 보슬비가 사방으로 흩뿌리는 것을 보고 있자니, 더 이상 꼭대기에 오를 가망이 없었다.

식사를 한 후 갈민 스님과 작별하고 산을 내려왔다. 산기슭을 따라 북쪽으로 나아가 두 줄기 조그마한 산골물을 넘어 4리만에 자운산 산기늪을 지났다. 강이 북동쪽에서 흘러와 이곳에서 골짜기로 흘러들고, 길역시 강을 따라 뻗어 있다. 운양산의 북쪽 기슭을 에돌아 나와 다시 2리를 가자 홍산묘가 나왔다. 비바람이 함께 휘몰아치는지라, 홍산묘에서 가던 걸음을 멈추었다. 땔나무를 사서 불을 피워 옷을 말리고, 종일토록 장작불을 쬐었다.

홍산묘의 뒤쪽에는 남쪽의 꼭대기로 올라가는 큰길이 있다. 이때 홍산묘 아래쪽 강가에는 여러 척의 배가 멈추어 서 있었다. 모두 강바닥에 돌이 너무 많이 깔려 있는지라 강물을 따라 내려갈 수 없었기 때문이다. 여러 차례 나를 불러 내일 배로 떠나자고 했지만, 나는 운양산 꼭대기에 오르고 싶은 마음을 포기할 수 없었다.

정월 15일

아침에 일어나니 정박해 있던 배가 떠나려 하면서 나를 불러 어서 배에 오르라고 했다. 나는 사방의 산 위에 안개가 걷힌 것을 보고서, 밥을 먹고 산에 오르기로 마음먹었다. 길은 홍산묘 뒤쪽에서 남쪽으로 올랐다. 3리를 가자, 높은 봉우리가 북쪽에 솟구쳐 있었다. [길은 두 갈래로 나누어졌다.] 한 갈래는 봉우리의 남쪽을 따라, 다른 한 갈래는 봉우리의 남서쪽을 따라 뻗어 있다. 나는 애초에 남동쪽으로 나아갈 생각이었는데, 혹시 이 길이 전에 내가 나한동에 오를 때 지났던 골짜기 속의 그길이 아닌가 싶었다. 그러나 실은 운양선으로 가는 길이지 노군암으로 가는 길이 아니었다.

그래서 다시 몸을 돌려 남서쪽으로 뻗어 있는 길을 따라갔다. 1리를 채 가지 못하여 높은 봉우리의 서쪽 골짜기를 나아갔다. 하인 고씨는 남쪽의 골짜기 꼭대기에 날듯이 걸쳐져 있는 돌다리를 보았으나, 나는 미처 보지 못했다. 서쪽으로 고개 측면을 올랐다. 큰 강이 고개 서쪽을 돌아 흐르고, 큰길이 북서쪽으로 뻗어 내리는 것이 보였다. 고갯마루를 쳐다보면서 남쪽으로 기어올랐다. 그때 고갯마루에는 잎사귀 모양의 얼음조각이 어지러이 덮여 있었다. 비록 길이 없고 설사 길을 잘못 들어섰을지라도, 돌다리의 빼어난 경관을 구경할 수만 있다면 한스럽지 않으리라 여겼다.

그런데 고개 위에 올라 아무리 찾아보아도 날듯이 걸쳐져 있는 돌다리는 보이지 않았다. 보이는 것이라곤 고개의 등성이뿐이다. 등성이는 남동쪽의 높은 꼭대기로 이어져 있다. 그곳이 운양산의 꼭대기로 오르는 길임에 틀림없었다. 그리하여 남동쪽의 등성이를 넘어 고개를 쳐들고서 위로 쭉 올라가 1리를 더 갔다. 등성이 하나를 더 넘은 뒤, 아래로 등성이 남쪽을 굽어보았다. 운양선이 어느덧 아래쪽에 있다. 대체로 이고개는 동서로 가로놓여 있는데, 서쪽은 운양산의 가장 높은 꼭대기가 끝나는 곳이고, 동쪽은 이전에 올랐던 운양산 동쪽의 두 번째 겹의 고개와 이어져 있다. 여기에 이르자, 비로소 길이 나타났다.

다시 남쪽을 향하여 꼭대기에 올랐다. 그 위에는 얼음과 눈이 층층이 쌓여 있는지라, 마치 옥을 입힌 나무 사이를 걷는 듯했다. 다시 1리를 나아가 잇달아 두 봉우리를 넘어서야 최고봉에 오르기 시작했다. 이때 막 돋은 해는 햇살을 감추고 있었지만, 짙게 드리운 뿌연 기운은 물러간지라, 멀리 가까이의 여러 봉우리가 참모습을 똑똑히 드러내고 있다. 다만 북서쪽 멀리 있는 봉우리만은 여전히 안개 흔적에 가려져 있다.

이에 봉우리 등성이를 따라 남쪽으로 내려와 1리만에 두 곳의 봉우리를 넘었다. 봉우리의 움푹 꺼진 곳 사이에 열 십(十)자로 뻗은 좁은 길이 있다. 남쪽의 산꼭대기에 오르니, 동쪽은 산허리에서 위로 쭉 뻗어 오르고, 서쪽은 산허리에서 가로뉘어 뻗어 내린다. 그러나 봉우리 북쪽의 꼭대기는 비록 높기는 하여도, 온통 흙만 있을 뿐 바위가 없다. 등성이 남쪽의 봉우리는 꽤 낮은 반면, 동쪽에는 바위벼랑이 높이 치솟고 깎아 세운 듯한 봉우리가 나란히 솟구쳐 있다.

이에 하인 고씨와 함께 짐을 움푹 꺼진 곳에 놓아둔 채, 남쪽 고개의 동쪽을 따라 벼랑 틈새를 기어올라 석순에 걸터앉았다. 아래로 움푹한 평지 안을 굽어보니, 띠집 한 칸이 보였다. 노군암의 정실인 노주암(老主庵)이리라. 나는 혼자 곰곰이 생각에 잠겼다. 띠집은 곧장 내려가면 1리만에 닿을 성 싶은데, 내려갔다가 다시 올라오기에는 가야 할 길이 멀다. 더구나 바위벼랑의 꼭대기에 걸터앉아 위아래를 살펴보니, 특별히 빼어난 경관도 없어보인다. 그렇다면 차라리 등성이를 넘어 서쪽 길을 따라 내려가다가, 괜찮다면 진인동(秦人洞)을 유람하고, 그렇지 않으면 곧바로 북쪽으로 강변에 가서 배를 찾아 물길을 따라 가는 편이 나으리라.

마침내 서쪽 길을 따라 나아갔다. 산의 북쪽은 얼음과 눈으로 막혀 있고 띠풀과 가시덤불이 뒤엉켜 있어, 걸음을 내딛기가 점점 어려워졌다. 2리를 가자, 길이 끊기고 말았다. 사방을 둘러보니, 온통 띠풀과 가시나무에 얼음이 달라붙어 위로 고개를 쳐들 수도, 아래로 발을 내딛을 수도 없는데다, 띠풀 속에 시시로 드러누운 바위가 있어 혹 호랑이 굴이 아닐까 덜컥 의심이 들기도 했다. 산속 사방에서 일어나는 자욱한 안개 때문에 아무 것도 보이지 않는지라, 더 이상 내려가기가 어려우리라 생각했다.

그리하여 다시 산등성마루를 바라보며 올라갔다. 얼음이 미끄럽고 풀은 발목에 감기는지라 기어오르다가도 미끄러져 내리기를 거듭했다. 고개가 험준하고 풀이 무성하게 덮여 있으면 호랑이 아가리에서 벗어날 수 있겠다 싶어, 더욱 용기백배하여 곧장 올라갔다. 2리를 나아가 다시 꼭대기에 올라 북쪽을 바라보니, 앞쪽으로 서쪽 아래의 등성이가 다시 두 봉우리 너머에 있다.

이곳의 고개 동쪽에는 띠풀과 가시덤불이 모조리 불에 타버렸는데, 고개 서쪽에는 오히려 띠풀과 가시덤불이 산을 뒤덮고 있다. 고갯마루의 길의 흔적을 경계로 하여 마치 지경을 나누어놓은 듯하다. 이때 고개 서쪽은 시커먼 안개로 가득 차 있다. 반면 고개 동쪽은 햇살이 밝게 비추고, 안개가 솟아오르다가도 문득 바람에 쫓겨 서쪽으로 몰려간다.

이 또한 고개를 경계로 삼는 듯하다.

다시 남쪽으로 1리를 나아가 두 봉우리를 더 내려갔다. 고개에 홀연 바위들이 어지러이 빽빽이 서 있는데, 조각조각 마치 칼날이 모인 듯, 창이 비껴 세워진 듯하다. 안개는 서쪽의 바위무더기의 뾰족한 곳에 서려 있고, 바람은 동쪽의 바위무더기의 팔뚝부분에 휘몰아쳤다. 바위무더기에서 미끄러져 쭉 내려오다가 간신히 바위벼랑을 붙들고 걸터앉으니, 더욱 뿌듯한 느낌이 들었다. 가만히 생각해보니, 방금 전에 길이 있다가도 없어지고, 안개가 걷혔다가도 다시 자욱해지며, 내려가려는데도 빙 돌아 올라갔었지. 이 모든 게 산신령께서 이처럼 기이한 경관을 다 보여주시지 않았기에, 일부러 떠도는 나의 발걸음을 굽이굽이 돌게 하려는 것이리라.

바위 봉우리를 내려와 움푹 꺼진 곳에서 다시 십자 형태의 길을 만났다. 이곳에서 다시 서쪽을 향하여 고개를 내려갔다. 가는 길 내내 짙은 안개 속을 뚫고 걸었다. 처음 2리를 걷는 동안에는 얼음이 뿌옇게 덮였어도 풀 속에 길이 나 있었다. 그런데 2리를 더 걷는 동안, 길이 희미해지면서 돌과 나무에 뒤덮이더니, 다시 2리를 걷는 사이에 바위가 허공에 매달린 듯 서 있고 나무가 빽빽해지더니 길이 끊기고 말았다. 아마 방금 전에 고개를 넘어 서쪽으로 뻗은 길은 다릉 사람들이 동쪽에서 넘어와 산을 태워 숯을 만들면서 여기까지 왔다가 돌아가곤 했던 길이리라.

이곳을 지나자, 벼랑은 막히고 나무는 더욱 울창해졌다. 위에서는 아래로 내려갈 수 없고, 아래에서는 위로 올라갈 수도 없었다. 가만히 생각해보니, 내려가는 길은 이미 너무 멀고, 3,4리만 더 내려가면 틀림없이 산기슭에 닿을 터인데, 무엇하러 왔던 길을 되짚어 올라갈 필요가 있으랴! 그리하여 하인 고씨와 함께 바위에 매달린 채 벼랑으로 뛰어내리고, 넝쿨에 매달렸다가 나뭇가지를 거꾸로 타면서 허공을 미끄러져 여러 층을 내려왔다. 물소리가 저 멀리서 차츰 들려오는데, 인간세상과의 거리가 얼마나 먼지 도무지 알 수가 없었다.

잠시 후 안개가 홀연 비켜서더니, 층층의 봉우리와 골짜기가 모습을 드러내고, 나무의 빛깔이 짙어졌다. 안개가 한층 더 걷히자, 골짜기 어귀의 두 겹 너머가 보이는데, 평탄한 산간의 평지가 눈에 들어왔다. 이에 풀숲을 가늠하면서 층계를 밟아 내려갔다. 등애(鄧艾)[1]의 군대는 음평(陰平)을 내려갈 때 골짜기에서 떨어지고 벼랑을 구르면서 온갖 기술을 동원했지만, 우리는 모두 맨손으로 몸에 두를 천이나 담요도 없었다.

얼마 후 문득 낭떠러지 한 곳을 내려오자, 말라붙은 산골물이 별안간 나타났다. 바위를 밟으면서 앞으로 나아갔다. 방금 전에는 나뭇가지를 붙잡고 기어오르다 떨어질 때 나무의 도움을 받았는데, 이제는 나무가 옷을 찌르고 신발에 거치적거렸다. 산골물을 만나자 나무숲이 훤히 트였다. 잠시 후 산골에는 풀이 다시 자라나 있다. 풀이 산골을 뒤덮고 있는지라, 쓰러진 풀 아래로 어디가 바위이고 어디가 물인지 분별할 수 없어서 발을 내딛기가 힘들었다. 혹 풀이 사라지면 바위가 나타나고, 또한 가시에 찔리거나 갈고리같은 까끄라기에 걸리니, 옷을 찌르고 신발에 거치적거리기는 전과 마찬가지였다.

이렇게 3리만에 폭포가 걸려 있는 벼랑을 내려왔다. 풀숲 사이로 희미하게 길이 보이는데, 문득 보였다가 문득 사라지곤 했다. 다시 1리를 나아가자 산골물이 벼랑 사이로 골짜기를 뚫고 흘러나왔다. 양쪽의 벼랑이 마주하여 솟구쳐 있는데, 북쪽의 벼랑이 훨씬 험준하고 가파르다. 이제야 길이 보이기 시작했다. 남쪽 벼랑을 따라 고개를 넘어 나왔다.

다시 1리를 가자 북쪽에서 뻗어오는 큰길이 나오고, 마을이 보이기 시작했다. 이곳이 어디인지 물어보니, 요리(窯里)라고 한다. 아마 운양산의 서쪽 우묵한 평지이리라. 이곳은 동북쪽으로 꺾어들어 홍산묘까지는 5리길이고, 남쪽으로 동령(東嶺)까지는 10리길이다. 동령에서 남쪽으로 다시 5리를 가자 진인동이 나왔다. 이때 안개 기운이 차츰 걷혔다. 남쪽으로 산골짜기를 따라 나아가다가, 조그마한 고개를 넘어 5리를 가서 조핵령(棗核嶺)에 올랐다. [이 두 고개는 모두 운양산이 서쪽으로 뻗어 내

린 자락으로, 북쪽으로 돌아들어 골짜기를 이루고 있다.]

1리를 내려가 산골물을 건넜다. [이 산골물은 남쪽의 용두령(龍頭嶺) 아래에서 상청령(上淸洞)으로 흘러나온다.] 서쪽 기슭을 옆에 끼고서 산 골물을 거슬러 남쪽으로 반리 올라가자 낙사담(絡絲潭)이 나타났다. 이 못은 깊고도 푸르러 바닥이 보이지 않으며, 양쪽 벼랑에는 바위가 겹겹 이 쌓여 있다. 반리를 더 나아가 산골물을 또 넘어 동쪽 기슭을 옆에 낀 채 산에 올랐다. 이곳의 동쪽은 운양산의 남쪽 봉우리이고, 서쪽은 대령 (大嶺) 동쪽의 험준한 산이다. [대령(大嶺)은 운양산만큼 높으며, 용두령은 대령이 건너뛴 등성이다. 대령은 남동쪽의 서령(西嶺)에서 끝나고, 북 동쪽으로는 마엽동(麻葉洞)에 이른다. 북서쪽에는 오봉루봉(五鳳樓峰)이 우 뚝 솟구쳐 있고, 남서쪽에는 고상충(古爽沖)이 있다.] 대령의 북동쪽에서 흘러오는 시내는 홍벽산(洪碧山)에서 발원한 물길이며, 용두령에서 북쪽으 로 흘러내리는 시내는 대령과 운양산의 등성이에서 발원하는 물길이다. 이 두 물길은 합쳐져 북쪽의 파칠(把七, 포구의 이름이다)로 흘러나온다. 용두 령의 물길은 남북으로 나뉘는데, 남쪽으로 흘러내리는 물은 동령오(東嶺塢) 를 거쳐 진인동에서 흘러온 물과 합쳐져 대라부(大羅埠)로 흘러나온다.

모두 2리를 나아가 고개를 넘자, 평탄한 들판이 나왔다. 이곳이 동령 오이다. 동령오 안에는 논이 평평하게 펼쳐져 있고, 마을의 가옥들이 오 밀조밀 들어차 있다. 대오령의 동쪽은 운양산이고, 서쪽은 대령이며, 북 쪽은 용두령의 등성이이고, 남쪽은 동령에 빙 둘러싸여 있다. 나는 처음 에 이곳을 낮은 평지라고 생각했었는데, 동령을 내려간 후에야 이곳이 여전히 뭇 산 위에 있음을 알았다. 산간 평지를 따라 동쪽으로 1리를 더 가서, 신암(新庵)에서 하룻밤을 묵었다.

---

1) 등애(鄧艾, ?~264)는 위(魏)나라의 명장으로 자는 사재(士載)이다. 촉(蜀)나라를 정벌 하고자 성도(成都)를 공격할 때, 험준하기 짝이 없는 음평(陰平)의 소로에 길을 뚫어 공격했다. 『삼국연의(三國演義)』 117회에 이 장면이 잘 그려져 있다.

정월 16일

동령오 안에 거주하는 단(段)씨 성의 주민의 안내를 받아, 나는 남쪽으로 1리를 나아갔다. 동령에 오른 뒤, 고개 위에서 서쪽으로 나아갔다. 고갯마루에는 소용돌이치는 물길이 만들어낸 못이 많이 있다. 마치 고개를 쳐들고 있는 솥의 모양을 띠고 있다. 솥바닥 부분에는 동굴 구멍이 곧장 아래로 뚫려 우물을 이루고 있다. 깊은 것, 얕은 것, 바닥이 보이지 않은 것 등 갖가지이다. 이것이 구십구정(九十九井)이다. 이제야 산 아래에는 온통 바위뼈 투성이이고, 산 위에는 구멍이 하나 뚫려 있는데, 물이 떨어지는 곳마다 우물을 이루고 있음을 알게 되었다. 구멍이 곧은 경우에는 움푹 패어 바닥이 보이지 않고, 구멍이 굽은 경우에는 깊고 얕기가 상황에 따라 달랐다. 우물은 비록 말라붙어 물이 없지만, 온 산 곳곳마다 이러한지라 기이하기 그지없다.

다시 서쪽으로 1리를 나아갔다. 남서쪽의 골짜기 속을 바라보니, 사방이 산에 둘러싸인 채 소용돌이친 물이 커다란 웅덩이를 만들어낸다. 역시 고개를 치켜든 솥처럼 보인다. 솥바닥 부분에는 산골물이 있고, 산골물의 동서 양쪽은 죄다 진인동(秦人洞)이다. 무성한 잡초더미 속에서 2리를 쭉 내려와 커다란 웅덩이가 있는 곳에 이르렀다. 웅덩이의 산골물이 진인동의 서쪽 동굴에서 흘러나와 동쪽 동굴로 들어가는데, 산골물이 웅덩이의 가운데에 가로로 경계를 이루고 있다. 웅덩이의 길이는 동서로 반리이다. 가운데로 흘러온 물은 먼저 구멍 한 곳으로 파고들었다가 얼마 후 구멍을 뚫고 동쪽으로 흘러나온 뒤, 곧바로 바위 골짜기 속에서 흘러간다.

이 골짜기는 남북 모두 바위벼랑이 벽처럼 우뚝 솟아 있으며, 골짜기 사이에 가로누운 고랑을 이루고 있다. 물은 고랑 속에서 동쪽 동굴에 이르러 남쪽을 향해 동굴 어귀로 부딪치며 흘러든다. 동굴에는 두 개의 문이 북쪽을 향해 있다. 물은 먼저 작은 문으로 나뉘어 들어갔다가 골짜기를 뚫고서 아래로 쏟아졌다. 이렇기에 사람은 물을 따라 들어갈 수 없다. 약간 동쪽에서 남쪽의 큰 문에 흘러든 물은 많은 돌 사이로 천천히 흐른다. 물살은 비교적 완만하지만, 단지 동굴 안에 모인 물이 못을 이룬 채 동굴의 양쪽 벼랑을 깊이 잠기게 하는지라 곁으로 들어갈 만한 틈새가 전혀 없다.

벼랑을 따라 걷자니 길이 끊겨 있고, 물을 건너자니 바닥이 깊었다. 못가의 자갈돌을 찾을 수 있는 뗏목이 없음이 아쉬웠다. 오직 작은 문의 물은 골짜기로 흘러들었다가 옆으로 커다란 동굴로 흐르는데, 그 물길은 저고리와 바지를 걷어 올리고서 들어갈 수가 있었다. 그 동굴의 구멍은 구불구불 돌면서 뚫려 있고, 구멍 안은 마치 집의 창문이 따로 열려 있는 듯하다. 우당탕탕 쏟아져 들어오는 물살을 되살펴보노라니, 이 또한 대단히 기이했다.

서쪽 동굴의 동굴문은 동쪽으로 높이 솟구쳐 있는데, 동쪽 동굴문의 높고 험준함에 비한다면 조금 덜한 편이다. 물은 동굴 뒤쪽에서 동쪽을 향해 흘러나오는데, 물 역시 꽤 얕은지라 바지를 걷어올리고서 들어갈 수 있었다. 동굴 속으로 대여섯 길을 들어갔다. 위쪽에는 빙 두른 꼭대기가 움패어 있고, 사방에는 날듯한 바위들이 시렁처럼 겹쳐진 채 걸쳐져 있다. 두 길 높이의 사다리만 있다면 그 위로 오를 수 있을 것만 같다. 그 아래로 좀 더 들어가자, 흐르는 물이 또 못을 이루고 있다. 못의 깊이는 동쪽 동굴과 마찬가지인지라 들어갈 수 없었다.

이날 길잡이는 먼저 동쪽 동굴에 이르렀다가 물이 깊어 들어가기 어렵다고 되돌아 나왔으며, 서쪽 동굴에 대해서는 잘 알지 못했다. 5리를 되돌아 나왔다. 길잡이의 집에서 식사를 하니, 날은 어느덧 정오가 되어 있었다. 그 길잡이보다 나이가 더 든 사람이 우리가 갔던 동굴의 물이 깊음을 물어 알고 나서 "틀렸소 이곳은 물이 들어오는 동굴이지, 물이 흘러나가는 동굴이 아니오"라고 말했다. 나이든 이가 다시 나를 안내하여 비로소 서쪽 동굴에 당도했다. 운이 좋게도 두 동굴의 멋진 경관을 모두 구경할 수 있게 되었으니, 길을 왕복하는 번거로움이야 어찌 두려워하겠는가!

서쪽 동굴을 나와서 동쪽 동굴을 지나 1리만에 고개를 넘었다. 동쪽으로 바라보니, 동쪽 동굴의 물이 흘러나오는 곳이 보였다. 다시 1리를 가서 남쪽의 산간 평지 아래에 이르렀다. 그 물이 동쪽을 향해 산기슭에서 솟구쳐 흘러나온다. 마치 황우강(黃雩江)이 바위 아래에서 용솟음쳐 나오는 모습과 같다. 토박이들이 둥글게 바위를 쌓아 보를 만들고, 물길을 막아 커다란 못을 만들어, 산속의 전답에 물을 댔다. 못의 동쪽에서 물은 남쪽으로 흘러 골짜기로 흘러가고, 길은 북쪽으로 고개를 넘어간다. 2리만에 동령 위에 이르렀다. 이곳은 다룽주에서 동령오로 들어가는 큰길이다. 고개를 오른 뒤, 왔던 길을 되짚어 1리만에 길잡이의 집에서 하룻밤을 묵었다.

정월 17일

아침을 먹은 후 신암(新庵)에서 북쪽의 용두령을 내려갔다. 5리만에 왔던 길을 따라 낙사담 아래에 이르렀다. 이전에 내가 『지』를 살펴보니 "진인동은 동굴이 세 개인데, 위쪽 동굴만은 들어갈 수 없다"라고 적혀 있었다. 그런데 나는 안내를 잘못 받아 두 개의 동굴은 구경했으나 위쪽 동굴이라는 곳은 찾을 길이 없었다. 토박이는 이렇게 말했다. "낙사담 북쪽에 상청담(上清潭)이 있는데, 그 문이 몹시 좁고 물이 안에서 흘러나오는지라 사람이 들어갈 수가 없습니다. 하지만 들어가면 기이하고 멋진 경관이 있답니다. 이 동굴은 마엽동과 더불어 신룡이 숨어 있는 곳이라, 들어가기도 어렵거니와 감히 들어가지도 못하지요." 나는 이 말을 듣고서 더욱 기뻐했다.

낙사담을 지나서 산골물을 건너지 않은 채 서쪽 산기슭을 끼고 내려갔다. [대체로 산골물을 건너면 동쪽 기슭으로 운양산의 서쪽이고, 내가 지나온 조핵령으로 가는 길이다. 산골물을 건너지 않으면 서쪽 기슭으로 대령과 홍벽산의 동쪽이고, 파칠포(把七鋪)로 가는 길이다. 북쪽으로] 반리를 나아가다가 나무꾼을 만났다. 그의 안내를 받아 상청담에 이르렀다. 그 동굴은 길 아래, 산골물 위에 있는데, 문은 동쪽을 향하여 마치 손바닥을 합친 듯이 끼어 있다. 동굴에서 흘러나오는 물은 두 갈래인데, 동굴 뒤쪽에서 흘러나오는 물은 고인 채 흐르지 않고, 동굴 왼쪽, [즉 동굴 남쪽의 곁구멍]에서 흘러나오는 물은 몹시 급하게 흘러나온다.

동굴 왼쪽의 급류를 넘자마자, 물속으로 들어가야만 했다. 그런데 안내하던 나무꾼은 횃불만 받쳐 들고 있을 뿐 앞장서려 하지 않았다. 나는 옷을 벗고 물속에 몸을 담근 채 뱀처럼 기어 나아갔다. 바위 틈새는 낮고 비좁은데다 물에 대부분 잠겨 있는지라, 반드시 몸을 물속에 담근 채 손에 횃불을 들어 수면 위로 평평히 내뻗어야만 들어갈 수 있었다. 서쪽으로 두 길쯤 들어가자 틈새의 높이는 한 길 남짓 벌어지고, 남북으로 가로는 세 길 남짓 벌어졌으나, 어디에도 들어가는 통로가 없었다. 오직 쭉 서쪽으로 난 구멍이 하나 있을 뿐이었다. 이 구멍은 너비가 한 자 반이고 높이는 두 자인데, 물에 잠긴 부분이 한 자 반이니, 수면 위에 남겨진 틈새는 다섯 치밖에 되지 않았다.

가만히 생각해보니, 물속을 기어간다 하더라도 틀림없이 입과 코가 모두 물에 젖을 것이다. 게다가 횃불을 비추어 살펴보니, 틈새의 꼭대기에 딱 붙어 들어간다 하더라도, 횃불은 반쯤 물에 잠겨야 할 터이다. 이때 하인 고씨는 동굴 밖에서 옷을 지키고 있는데, 만약 헤엄쳐 들어간다면 누가 횃불을 건네준단 말인가? 몸은 물속으로 지날 수 있다지만, 횃불이 어떻게 물속을 지날 수 있겠는가? 더구나 진인동의 물은 무릎까지 잠기고 옷을 적셔본 적이 있었어도 따뜻하여 그리 춥다는 느낌이 들지는 않았는데, 이 동굴은 물이 차갑기가 산골물과 다름이 없다. 게다가 동굴이 바람의 입구인지라 바람이 더욱 매서웠다. 바람과 물이 번갈아 죄어드는데다, 횃불까지 문제가 되니, 포기하고 나올 수밖에 없었다. 동굴을 나와 옷을 걸쳐 입었는데도 온몸이 덜덜 떨렸다. 동굴문 곁에 불을 피웠다. 한참 후에 다시 서쪽 기슭을 따라 물길을 좇아 북쪽으로 나아갔다. 어느덧 조핵령의 서쪽에 와 있었다.

상청담을 떠나 3리만에 마엽동에 이르렀다. 마엽동은 마엽만(麻葉灣)에 있다. 그 서쪽은 대령이고, 남쪽은 홍벽산이며, 동쪽은 운양산과 조핵령의 갈래이고, 북쪽은 조핵령의 서쪽 자락이다. 대령은 동쪽으로 꺾여 뻗어나가다 산골물 하류에서 죄어들어 마치 문처럼 양쪽에 솟구쳐 있다. 이 문을 마주하여 서 있는 봉우리에는 바위들이 불쑥 솟아 있다. 이곳은 장군령(將軍嶺)이다. 산골물은 장군령의 서쪽에 부딪치며 흐른다. 조핵령의 갈래는 서쪽으로 이곳에 이르러 끝난다. 산골물 서쪽에는 바위벼랑이 남쪽을 향하여 마치 날개를 펼치듯 둥글게 에워싼 채로 동쪽의 산골물 속을 굽어보고 있다. 대령의 갈래줄기 역시 이곳에 이르러 끝난다.

빙글빙글 감도는 벼랑 아래에 역시 틈새가 열려 있지만, 얕아서 들어가지는 못했다. 벼랑 앞에 조그마한 시내가 서쪽에서 동쪽으로 흘러오더니, 벼랑 앞을 지나 커다란 산골물로 흘러든다. 조그마한 시내를 따라 벼랑의 서쪽 옆구리의 어지러운 바위 사이에 이르렀다. 물은 벼랑 아래에서 그치고, 동굴이 위에 열려 있다. 이곳이 마엽동이다. 동굴 입구는 남쪽을 향해 있으며, 크기는 말(斗)만하다. 바위 틈새 속으로 여러 층을 꺾어 돌아 내려갔다.

처음에 횃불을 구하면서 안내를 부탁했을 때, 모두들 횃불만 제공할 뿐 안내하겠다고 나서는 이가 없었다. "이 안에는 신룡이 살고 있소" 혹은 "이 안에는 요괴가 살고 있으니, 법술을 지닌 이가 아니고서는 굴복시킬 수가 없소"라고 말했다. 마침내 많은 돈을 주겠다고 하여 가까스로 한 사람을 구했다. 내가 옷을 벗고 들어가려하자, 내가 도사가 아니라 선비임을 알게 된 그는 되돌아나오면서 깜짝 놀란 표정으로 이렇게 말했다. "나는 도사인 줄 알고 따라 들어가려했는데, 만약 책 읽는 선비라면 내가 어찌 따라 죽을 수 있겠소?"

이에 나는 앞마을로 다가가 짐을 그 집에 맡겼다. 하인 고씨와 함께 각자 횃불묶음을 들고서 들어갔다. 이때 마을 사람들 가운데 동굴 입구까지 따라온 사람이 수십 명이었다. 나무꾼은 낫을 허리에 차고, 밭 갈던 이는 호미를 어깨에 메고, 밥 짓던 아낙네는 부엌일을 멈추고, 베 짜던 이는 베틀북을 내던지고서, 소를 치던 아이들과 짐을 진 행인들이 끊이지 않고 왔으나, 모두들 감히 따라 들어오지는 않았다.

우리 두 사람은 발을 먼저 들여놓은 다음 돌층계를 밟아 구멍을 돌아 들어갔다. 서로 횃불을 건네주면서 내려가다가 여러 차례 돌아들어 동굴 바닥에 이르렀다. 동굴은 약간 넓어 몸을 옆으로 뉘어 고개를 쳐들 수 있을 정도였다. 횃불을 치켜들고 앞으로 나아가기 시작했다. 동굴의 동서 양쪽의 갈라진 틈새에는 들어갈 만한 곳이 전혀 없다. 북쪽으로 쭉 나아가자 구멍이 있는데, 낮기는 겨우 한 자 정도에 너비 역시 마찬가지이다. 그 구멍 아래는 몹시 건조하면서도 평탄했다.

이에 먼저 횃불을 들이민 다음 뱀처럼 기어 나아갔다. 등은 위에 닿고 허리는 바닥에 붙인 채, 아랫도리를 치켜들고서 이 안쪽 동굴의 [첫 번째] 관문을 지났다. 구멍 안의 갈라진 틈새가 높고 동서로 가로뻗어 있으나, 역시 들어갈 곳이 없다. 다시 두 번째 관문을 지나는데, 그 비좁기와 낮기는 앞의 첫 번째와 똑같으며, 나아가는 방법 역시 마찬가지이다. 들어가자 안쪽 층 역시 가로로 갈라져 있다. 남서쪽으로 갈라진 곳은 그다지 깊지 않았다. 북동쪽으로 벌어진 곳은 바위의 움푹 꺼진 곳을 오르자 홀연 다시 세로로 갈라졌다. 그 위는 봉긋하고 아래는 좁은데, 높아서 꼭대기가 보이지 않았다. 여기에 이르자 바위는 다양한 형태로 바뀌고, 표면의 무늬도 갑자기 변했다. 바위조각의 구멍마다 신령스러웠다.

그 북서쪽의 골짜기는 들어갈수록 죄어들었다. 양쪽 사이의 틈은 횃불조차 넣을 수 없었다. 몸을 돌려 남동쪽의 골짜기를 따라 움푹 꺼진 곳에 내려갔다. 그 밑바닥에는 모래자갈이 평평히 깔려 있다. 마치 산골물 바닥처럼 정결하고 매끄러웠다. 다만 건조하여 물기가 없기에 옷자락을 걷어 올릴 필요가 없을 뿐만 아니라 옷이 물에 젖거나 몸을 더럽힐 일이 없었다. 남동쪽의 골짜기가 끝나는 곳에는 바위들이 어지럽게 걸쳐져 있는지라, 바위 틈새로 기어 올라갈 수 있다. 그 위의 한 줄기 바위 틈새는 곧바로 동굴 꼭대기로 뚫려 있다. 틈새로 내리비치는 빛이 마치 빛나는 별과 초승달처럼 보이는데, 그저 바라볼 수만 있을 뿐 딸 수는 없다.

층층이 쌓인 바위 아래로는 골짜기 바닥이 남쪽으로 통해 있고, 뒤덮인 바위들이 낮게 내리누르고 있는데, 높이는 겨우 한 자 남짓이다. 이곳은 틀림없이 이전에 동굴 밖으로 통했거나 산골물이 흘러들어온 곳이리라. 다만 예전에 어떻게 물이 솟구쳐 흘렀으며, 지금은 왜 말라붙은 동굴이 되었는지는 알 길이 없다. 참으로 불가사의하다.

층층이 쌓인 바위 아래에서 북쪽으로 산골물 바닥을 따라 들어갔다. 비좁은 통로는 바깥의 두 관문처럼 몹시 낮아졌다. 약간 그 서쪽으로부터 바위 틈새를 기어올라 북쪽으로 돌아들어 동쪽으로 나아갔다. 말안장과 같은 지형을 건너 뾰족뾰족한 산길을 걷는 듯하다. 양쪽 벽의 바위의 질감과 색깔은 옥처럼 반짝이는데, 금방이라도 물이 뚝뚝 떨어질 것만 같았다. 위에 드리워진 기둥은 연꽃이 거꾸로 매달린 듯하다. 그무늬는 마치 새긴 듯하고 모습은 곧 춤추며 날아오를 것만 같았다.

동쪽으로 돌층계를 내려오다가 다시 산골 바닥에 닿았다. 어느덧 좁은 관문 안에 돌아들어서 있었다. 여기에서 조그마한 골목이 펼쳐져 있는데, 너비는 두 길, 높이는 한 길 반 정도이다. 위에 덮인 바위는 마치 베로 만든 천막처럼 평평하고, 골짝 바닥은 한길처럼 평탄하다. 북쪽으로 반리를 달려가자 아래에 바위 하나가 침대 모양으로 툭 튀어나와 있는데, 모서리 부분이 반듯하다. 그 위에는 연꽃 모양의 돌이 드리워져 있다. 이 돌들이 이어져 휘장을 이루고, 엉겨서 보개를 이룬 채, 사방에 장막을 드리우고 있다. 크기는 침대만 하고 가운데는 둥글게 뚫려 있으며, 위는 봉긋이 꼭대기를 이루고 있다. 그 뒤편의 서쪽 벽에는 옥기둥이 둥글게 솟아 있다. 옥기둥은 크기가 제각각이고 모양도 각기 다르지만, 색깔은 모두 맑고 밝으며 무늬도 새긴 듯하다. 이곳이 동굴 골목 중의 첫 번째 기이한 경관이다.

다시 쭉 북쪽으로 반리를 나아가자, 동굴이 위아래 두 층으로 나누어졌다. 골짜기 바닥은 북동쪽으로 뻗어 있는데, 동굴을 오르려면 북서쪽으로 올라가야 한다. 이때 가져온 햇불은 이미 10분의 7을 써버린지라 돌아가는 길을 밝혀줄 햇불이 없을까봐 걱정스러웠다. 이에 왔던 길을 되짚어 여러 번 굽이돌아 두 곳의 비좁은 관문을 뚫고서 빛이 새어드는 곳에 이르렀다. 이때 햇불은 마침 다 타버렸다.

동굴 구멍을 뚫고 나오니, 세상에 다시 태어난 듯한 기분이 들었다. 동굴 밖에서 지켜보던 사람들은 수십 명으로 불어나 있었다. 그들은 우리들을 보더니 손을 이마에 대어 예를 갖추면서 기이하다고들 말하고, 우리를 법술을 지닌 도인으로 여겼다. 그러면서 "오래도록 지켜보면서 틀림없이 괴물의 밥이 되었으리라 여겼소. 그래서 들어가고 싶어도 감히 들어가지 못하고, 자리를 떠나고 싶어도 떠나지 못했다오. 지금 아무 탈 없이 평안하시니, 신령이 굴복하지 않았다면, 어찌 이럴 수 있겠소!"라고 말했다.

나는 각각에게 고마움을 표시하고서 "나는 나의 평상심을 지키고 내가 좋아하는 멋진 경관을 위해 찾아다니는 것뿐입니다. 그런데 여러분께 오래도록 서 있게 폐를 끼쳤으니, 어떻게 인사를 드려야 할지 모르겠군요!"라고 말했다. 하지만 그 동굴은 오직 입구만 꽤 좁을 뿐, 동굴 안은 깨끗하고 건조하여 내가 보아온 동굴과 비할 바가 아니었다. 토박이들이 왜 들어가기를 꺼리는지 이유를 알 수 없었다.

이어 앞마을에서 짐을 챙겨들고서 장군령을 좇아 나왔다. 산골물을 따라 북쪽으로 10여리 나아가자, 큰길이 나왔다. 이곳은 동쪽으로 파칠포에 이르기까지 7리가 남아 있고, 서쪽으로 환마(還麻)까지는 3리밖에 남아 있지 않았다. 나는 애초에 파칠포에서 배를 타고 서쪽으로 갈 작정이었다. 그런데 이곳에 이르러보니, 오히려 물길을 거슬러 거꾸로 올라가야 할 처지가 되고 말았다. 이는 내가 바라던 바가 아니었다. 더구나 파칠포에 일시나마 배가 없을까 염려스럽고 날이 이미 개인지라, 육로로 서쪽을 향해 환마로 나아갔다.

이때 해는 어느덧 서산에 져 있었다. 아직 식사를 하지 않은 터라, 시장에서 술을 시켜 마셨다. 다시 서쪽으로 10리를 나아가 황석포(黃石鋪)에서 묵었다. 이곳은 다릉주에서 서쪽으로 40리 떨어져 있다. 이날 밤 하늘은 씻은 듯이 푸르고, 달은 밝고 서리 차가웠다. 여행길에 보는 특이한 경치였으나, 걷느라 너무 피곤하여 눕자마자 곧 잠이 들고 말았다.

황석포의 남쪽은 대령이 북쪽으로 우뚝 치솟은 봉우리이다. 이곳의 바위는 겹겹이 늘어선 채 허공에 솟구쳐 있는데, 남서쪽 봉우리가 특히 심하다. 이곳은 오봉루봉(五鳳樓峰)이라 한다. [이 봉우리에서 채 10리가 안되는 가까운 곳에 안인현(安仁縣)으로 가는 길이 있다.] 나는 일찍 잠자리에 든 탓에 물어볼 틈이 없었다. 이튿날 여정에 올라서야 이 사실을 알게 되었으나, 때는 이미 늦어버렸다.

[황석포 북서쪽 30리에 고서산(高暑山)이 있고 또 소서산(小暑山)이 있는데, 모두 유현(攸縣)의 동쪽에 있다. 아마 사공산(司空山)이 아닐까 싶다. 두 산의 서쪽에 높은 봉우리가 차츰 낮아져 엎드려 있다. 다릉강(茶陵江)이 북쪽으로 굽이져 고서산 남쪽 산기슭을 거쳐 서쪽으로 흘러가고, 유수(攸水)는 고서산의 북쪽에 있다. 이 산이 다릉강과 유수를 나누고 있다고 한다.]

정월 18일

아침을 먹은 후 황석포에서 서쪽으로 나아갔다. 서리꽃이 땅에 가득한데, 아침해가 막 맑은 하늘에 떠올랐다. 10리를 가자 아당포(丫塘鋪)에 이르고, 다시 10리를 가자 주기포(珠璣鋪)에 이르렀다. 이곳은 유현(攸縣)의 경계이다. 다시 북서쪽으로 10리를 나아가 반죽포(斑竹鋪)에 이르고, 북서쪽으로 10리를 더 가서 장춘포(長春鋪)에 닿았다. 다시 10리를 나아가 북쪽으로 큰 강을 건너자, 바로 유현의 남쪽 관문이 나왔다. 현성은 강의 북쪽 언덕가에 있고, 동서 양쪽의 문은 남문과 나란히 강 옆에 늘어서 있다. 다릉강은 북쪽으로 굽이졌다가 서쪽으로 돌아들고, 유수는 안복현(安福縣) 봉후산(封侯山)에서 서쪽으로 흐르다가 남쪽으로 꺾인다. 두 물길 모두 고서산을 끼고 흘러내려와 현성 동쪽에서 합쳐진 다음, 현성 남쪽에서 서쪽으로 흘러간다. 이날 가는 길 내내 날이 참으로 맑았는데, 장춘포에 이르자 먹구름이 다시 몰려들었다. 유현 현성에 닿으니, 겨우 정오가 지났다. 배를 기다려도 오지 않았다. 학문전(學門前, 남문이기도 하다)에서 하룻밤을 묵었다.

정월 19일

아침을 먹은 후에도 뿌연 기운이 흩어지지 않았다. 유현 서문에서 북쪽으로 돌아들어 북서쪽으로 산비탈을 올랐다. 10리를 가자 수간교(水澗橋)가 나왔다. 한 줄기 자그마한 물길이 북쪽에서 남쪽으로 흘러왔다. 다리를 건너 서쪽으로 나아가다가 잇달아 두 곳의 고개를 올랐다. 서쪽의 고개는 황산(黃山)이라고 한다. 고개에서 내려와 모두 5리만에 황산교(黃山橋)에 이르자, 북쪽에서 남쪽으로 흘러오는 물길이 있다. 이 물길은 수간교의 물길보다 더 컸다. 평평한 벌판이 널찍하게 펼쳐져 있었다.
서쪽으로 평탄한 들판을 3리 나아가 우두산(牛頭山)에 올랐다. 다시 산

위에서 2리를 나아가자 장강충(長崗冲)이 나오고, 고개를 내려가자 청강교(淸江橋)가 나왔다. 다리 동쪽의 붉은 벼랑은 빙 둘러 펼쳐진 새의 날개인 듯하다. 북쪽에서 흘러오는 산골물은 황산교 아래를 흐르는 물길만큼이나 컸다. 다리 서쪽에는 드넓은 벌판이 펼쳐져 있다. 넓기는 황산교만 한데, 사방이 온통 산인지라 끝없이 넓은 황산교의 벌판만은 못하다. 드넓은 벌판에 가득 펼쳐진 전답에 마을이 마주하고 있다. 이곳은 막전(漠田)이라는 곳이다.

다시 5리를 나아가 서쪽으로 산골짜기에 들어서니, 어느덧 형산현(衡山縣) 경계에 이르러 있다. 경계 북쪽의 뭇 산들은 모두 석탄을 생산하고 있다. 유현 사람들은 석탄을 사용하고 땔나무를 사용하지 않는다. 그래서 마을 사람들이 다투어 석탄을 시장에 내다 파는지라, 사람들의 발걸음이 길에 끊이지 않았다. 산에 들어가 자그마한 시내를 따라 서쪽으로 올라가자, 길이 두 줄기로 갈라졌다. 북서쪽 길은 산으로 들어가 형산현으로 가는 샛길이고, 남서쪽 길은 태평사(太平寺)로 가서 기다렸다가 배를 타는 길이다.

이곳 갈림길에서 남서쪽 길을 따라 5리를 가서 하엽당(荷葉塘)에 이르렀다. 반아령(盼兒嶺)을 넘어 5리를 가자 용왕교(龍王橋)에 이르렀다. 용왕교 아래의 물은 북쪽으로 소원령(小源嶺)에서 흘러와 남쪽으로 향해 흘러간다. 이곳의 주민은 성이 소(蕭)씨이며, 족벌 또한 번성했다. 북쪽으로 20리 밖을 바라보니, 소원령 위에 높은 산이 병풍처럼 늘어서 있다. 이 산은 대령산(大嶺山)으로서, 북쪽으로 상담현(湘潭縣)에 이르는 길이다.

용왕교를 건너 남서쪽으로 3리만에 장령(長嶺)에 올랐다가, 다시 서쪽으로 산간 평지로 내려와 3리만에 섭공요(葉公坳)에 올랐다. 다시 4리를 걸어 태평사령(太平寺嶺)을 내려왔다. 큰 강이 그 아래에 있다. 강 너머는 망주(芒洲)이다. 이곳은 유현의 동쪽으로부터 45리길이다. 이날 장령에 올랐을 때는 해가 조금 비치더니, 한밤중에 빗소리가 후드득거리다가 날이 밝을 무렵에 그쳤다.

정월 20일

어젯밤에는 태평사 곁의 강가에서 배를 기다리다가 배 안에서 잠이 들고 말았다. 한밤중에 동서 양쪽의 산을 보니, 불빛이 번쩍거렸다. 마치 백 척의 누각에 등불이 걸려 있는 듯했다. 불빛이 하늘을 비추는 듯하니, 달이 뜨고 해가 지는 줄로 여겼다. 잠시 후에야 한밤중에 산불이 났음을 알았다. 잠자리에 누워 있노라니 빗방울이 후드득 떨어지는 소리가 들리더니, 날 밝을 즈음에 그쳤다.

오전에 배를 구해타고서 물길을 따라 북서쪽의 산골짜기를 향하여 나아갔다. 25리를 가자 대아탄(大鵝灘)이 나왔다. 15리를 달려 하부(下埠)를 지나 회향탄(回鄕灘)을 내려가는데, 몹시 험준했다. 이곳을 지나자 산이 열리기 시작한다. 강은 서쪽으로 뻗어 있다. 25리를 나아가 북쪽으로 횡도탄(橫道灘)으로 내려갔다. 15리를 더 달려 해질녘에 양자평(楊子坪)의 민가에서 묵었다.

정월 21일

사경 무렵, 달이 밝다. 뱃사공이 어서 배를 타라고 재촉했다. 20리를 달려 뇌가부(雷家埠)에 이르러 상강(湘江)으로 저어갔다. 닭울음 소리가 들려왔다. 다시 북동쪽으로 물길을 따라 15리를 달려 형산현에 이르렀다. 상강의 물길은 형산현 동쪽 성 아래에 있다. 남문으로 들어가 현성 앞을 지나 서문으로 빠져나왔다.

3리를 나아가 동목령(桐木嶺)을 넘어서자, 길가에 서 있는 커다란 소나무가 보이기 시작했다. 다시 2리를 가서 석피교(石陂橋)에 이르자, 길 양쪽에 소나무가 늘어서 있었다. 다시 5리를 가서 구룡천(九龍泉)을 지나자, 두건석(頭巾石)이 나타났다. 다시 5리를 나아가 사고교(師姑橋)에 이르자, 산이 훤히 열리더니 북쪽에 치솟아 있는 축융봉(祝融峰)이 보이기 시작했다. 그런데 길 양쪽의 소나무는 사고교에 이르자 보이지 않았다. 사고교 아래의 물은 남동쪽으로 흘러간다. 다시 5리를 나아가 산에 접어들자, 소나무가 다시 보이기 시작했다. 다시 5리를 가니, 길 북쪽에 '자포모송(子抱母松)'이 있었다. (큰 것은 두 아름이고, 작은 것은 두 갈래로 나누어져 있다.)

다시 2리를 나아가 불자요(佛子坳)를 넘고, 2리를 더 가서 부두령(俯頭嶺)에 올랐다. 1리를 더 가서 악시(岳市)에 이르렀다. 사마교(司馬橋)를 건너 악묘(岳廟)에 들어가 배알하고 나와서 악묘 앞에서 식사를 했다. 물어보니 수렴동(水簾洞)은 산의 북동쪽 모퉁이에 있으며, 산을 오르는 길에 있지 않았다.

이때가 고작 오후인지라 꼭대기에 오를 시간은 충분했다. 그러나 먹구름이 하늘을 뒤덮지는 않았지만, 내일 날씨가 흐릴지 맑을지 예측할 수가 없었다. 한참동안 머뭇거리다가 기왕 오를 바에야 어찌 길을 에둘러 갈 필요가 있으랴 싶어, 동쪽으로 악시를 나와 곧바로 길가 정자의 북쪽에서 산을 따라 갈림길로 돌아들었다.

처음에는 길이 무척 널찍했다. 상담(湘潭)에서 형산으로 들어오는 길이었다. 북동쪽으로 3리를 나아가자 형산(衡山) 동쪽의 높은 봉우리에서 자그마한 시내가 흘러왔다. 나무꾼을 만나 그의 안내로 좁은 길로 들어섰다. 3리를 나아가 산골짜기에 올라 멀리 바라보니, 한 줄기 폭포가 바위 벼랑 아래에 펼쳐져 있다. 2리만에 그곳에 이르렀다.

폭포수가 벼랑 사이로 쏟아져 내리니 '수렴(水簾)'이라고는 할 만해도, '동(洞)'이라고는 할 수 없었다. 벼랑 북쪽의 바위 위에 '주릉대력동천(朱陵大瀝洞天)'이니 '수렴동(水簾洞)', '고산유수(高山流水)' 등의 여러 글자가 커다랗게 적혀 있다. 모두 송나라 혹은 원나라 사람이 쓴 것인데, 그들의 낙관은 알아볼 수가 없었다.

안내하던 나무꾼의 이야기에 따르면, 수렴동 동쪽에 구진동(九眞洞)이 있는데, 역시 산골짜기에서 흘러 쏟아지는 폭포라고 한다. 산을 내려와 다시 북동쪽으로 2리를 나아가 산에 올랐다. 골짜기를 따라가다가 비좁은 곳을 넘자, 가운데 봉우리를 물이 휘감아 돌고 있었다. 안내하던 나무꾼은 이곳을 구진동이라 여겼다.

이때 화전민이 다가와 이렇게 말했다. "여기는 수녕궁(壽寧宮)의 옛터로 구진동의 하류라오. 말씀하시는 구진동은 산으로 에워싸인 우묵한 평지이니, 이곳과 별반 다르지는 않지만, 그곳은 자개봉(紫蓋峰) 아래에 있소. 산을 넘어 북쪽으로 가시면 동굴이 있는데, 역시 우묵한 평지이고, [상담현 경계에 한층 가깝지요." 해가 금방 지려 하기에 산을 나와 10리를 갔다.] 스님의 암자가 어느덧 가까워져 있었다. 묘당으로 돌아와 묵었다.

정월 22일

[온 힘을 다해 빠른 걸음으로 산에 올랐다. 악묘에서 서쪽으로 장군교를 넘으니, 악묘의 동서 모두 산골짜기이다. 북쪽으로 산에 들어서서 1리를 나아가자 자운동이 나왔지만, 동굴은 보이지 않은 채, 산 앞에 산등성이 하나가 문인 양 둥글게 에워싸고 있을 따름이다. 여기에서 고개를 올라 1리를 갔다. 큰 바위 뒤로 산등성마루를 넘어 1리쯤 가니, 길 남쪽에 철불사鐵佛寺가 있다. 절 뒤로 층계를 기어올라 1리를 가는 길 내내, 길 양쪽에 가느다란 대나무가 우거져 있다. 고개에 오르니 단하사丹霞寺가 나타났다.

다시 절 곁을 따라 북쪽으로 올라가 낙사담을 거쳐 북쪽으로 고개 하나를 내려갔다. 다시 낙사담 상류의 산골물을 따라 1리를 나아가자, 보선당(寶善堂)이 나왔다. 그곳에는 산골물이 동서 양쪽의 골에서 흘러오고, 보선당 앞에는 칼로 쪼갠 듯한 커다란 바위가 있다. 서쪽의 산골물이 이 바위를 에워싸고 흘러내려 옥판교(玉板橋)로 나왔다가, 동쪽의 산골물과 합쳐져 남쪽으로 흘러간다. 보선당은 양쪽 산골물의 경계에 있으며, 악묘에서 5리 떨어져 있다. 보선당 뒤로 다시 1리를 기어올랐다. 다시 서쪽 산골물의 고개를 따라 동쪽으로 2리를 평평하게 나아가자, 반운암(半雲庵)이 나타났다.

반운암 뒤로 산골물을 건너 서쪽으로 나아갔다. 돌층계를 따라 쭉 2리를 올라 봉우리 하나에 오르니, 다암(茶庵)이 있다. 다시 쭉 3리를 올라 봉우리 하나를 넘자, 반산암(半山庵)이 나왔다. 길이 몹시 험준했다. 반산암, 단하사의 옆에서 북쪽으로 올라갔다. 대나무와 나무들이 엇섞여 비추니, 푸른 비취빛이 옷에 뚝뚝 방울져 떨어지는 듯하다. 대나무 사이로 졸졸 흐르는 샘물 소리가 들려왔다. 반운암에서 산골물을 넘은 뒤로는 물을 만나지 못해, 산은 높은데 물이 없다고 여겼다. 그런데 이곳에 이르러 물소리를 들으니 유난히 상쾌했다.

이때 꼭대기에 오르고 싶은 마음에 여러 군데의 절들을 지나오면서도 한 곳도 들어가지 않았다. 단하사에서 3리를 오르자 상남사(湘南寺)가 있고, 다시 2리를 나아가자 남천문(南天門)이 나왔다.] 동쪽으로 평탄한 길을 2리 나아가자, 길이 갈라졌다. 남쪽으로 1리를 가니, 비래선(飛來船)과 강경대(講經臺)가 나왔다. 왔던 길로 돌아들어 다시 동쪽으로 반리를 내려가다가 북쪽으로 등성이를 넘은 다음, 북서쪽으로 3리를 올라가자 상봉사(上封寺)가 나왔다. 상봉사의 동쪽에는 호포천(虎跑泉)이 있고, 서쪽에는 탁석천(卓錫泉)이 있다.

정월 23일

상봉사에 머물러 있었다.

정월 24일

상봉사에 머물러 있었다.

정월 25일

상봉사에 머물러 있었다.

정월 26일

날씨가 맑았다. 관음애(觀音崖)에 이르러 다시 축융회선교(祝融會仙橋)에 올랐다가 불어애(不語崖)에서 서쪽으로 내려왔다. 8리를 가자 길이 갈라졌다. (남쪽은 모평茅坪이다.) 북쪽으로 2리를 가서 구룡평(九龍坪)에 이르러 길 어귀로 돌아들었다. 남쪽으로 1리를 나아가 모평에 이르렀다. 남동쪽으로 산허리를 따라 4리를 나아가 어지러이 흐르는 산골물을 건너 대평(大坪)의 갈림길에 이르렀다. (남동쪽 길은 남천문南天門으로 오르는 길이다.) 남서쪽의 좁은 길로 쭉 4리를 올라가자 노룡지(老龍池)가 나왔다. 물이 고인 못은 고개의 움푹 꺼진 곳에 있는데, 못물은 그다지 맑지 않다. 스님의 암자는 대부분 고개 너머에 있다.

서남쪽으로 나아가 측도봉(側刀峰)의 서쪽, 뇌조봉(雷祖峰)의 동쪽의 갈림길에 이르렀다. 동쪽으로 2리를 가서 측도봉에 올랐다. 꼭대기 위의 평탄한 길을 2리 나아가 산꼭대기에서 내려오는데, 넘어오는 등성이가 몹시 좁았다. 적제봉(赤帝峰)에서 북쪽으로 1리를 나아가 그 동쪽으로 에돌아 나오니 길이 나뉘어졌다. 이에 남쪽으로 움푹 꺼진 곳에서 동쪽으로 나아가 1리만에 천주봉(天柱峰) 동쪽으로 돌아나와 남쪽으로 내려갔다. 5리를 걸어 사자산(獅子山)을 지난 다음 큰길과 만났다. 갈림길에서 서쪽으로 복엄사(福嚴寺, 불전은 이미 허물어지고, 불정佛鼎 스님이 새로 지으려던 참이다)로 들어섰다. 명도산방(明道山房)에서 묵었다.

정월 27일

아침에 빗소리가 들렸다. 식사를 마친 후 길을 나설 무렵 잠시 그쳤다. 절의 서쪽에서 천주봉 남쪽을 따라 1리를 나아가다 다시 서쪽으로 2리를 올라 남쪽으로 갈라진 등성이를 넘었다. 이어 북쪽으로 돌아들어 천주봉 서쪽을 따라 1리만에 서쪽에서 뻗어온 등성이에 올랐다가, 등성이 위에서 남서쪽으로 나아갔다. 이곳부터는 화개봉의 동쪽을 따라 걸었다. 1리만에 화개봉 남쪽으로 돌아들어 서쪽으로 3리를 나아갔다가, 화개봉 서쪽을 따라 북쪽으로 내려갔다.

사나운 비바람이 휘몰아치는지라, 이곳부터는 우산을 받쳐 들고 나아갔다. 북쪽으로 자그마한 평지를 지나 다시 고개를 올라 모두 1리를 간 다음, 서쪽으로 돌아들어 고개등성이 위로 나아갔다. 잇달아 세 곳의 등성이를 넘었다. 고개 북쪽과 남쪽을 번갈아 따라가면서 모두 3리를 나아가 다시 고개에 올랐다. 이곳에서 쭉 2리를 올라가 관음봉에 이르렀다. 관음봉(觀音峰) 북쪽에서 나무숲 속을 3리 나아가자 비가 그치기 시작했다. 그러나 희뿌연 기운이 몹시 자욱했다.

다시 남서쪽으로 1리를 내려와 관음암(觀音庵)에 이르러서야 길을 잃지는 않았음을 알았다. 다시 1리를 내려오니 나한대(羅漢臺)가 나왔다. [북쪽의 산간 평지에서 뻗어온 길이 있다. 이 길은 남구(南溝)에서 오는 길이다.] 여기에서 다시 남쪽으로 2리를 올라 연거푸 등성이 두 곳을 넘었다. 빽빽한 나무숲은 끝이 나고 봉우리마다 온통 띠풀이 가득하다. 높은 꼭대기를 넘어 남쪽으로 1리를 내려오자 나무가 울창한 언덕이 나타났다. 이곳은 운무당(雲霧堂)이다. 운무당 안에는 나이든 스님이 계시는데, 법호는 동창(東窗)이다. 그는 연세가 아흔 여덟인데도, 길손에게 몸을 일으켜 예를 갖추었다.

이때 안개가 약간 걷혔다. 남쪽으로 1리 반을 더 내려가자, 동쪽에서 뻗어오는 큰길이 나왔다. 서쪽으로 몸을 돌려 1리 반쯤 내려가 산골물에 이르러 다리를 건넜다. 이어 서쪽으로 나아가자, 방광사(方廣寺, 이 절의 정전은 숭정崇禎 초에 화재를 입었는지라, 삼존불상이 빗속에 그대로 놓여 있었다)가 나왔다. 대령의 남쪽에는 석름봉(石廩峰)에서 갈라진 갈래가 서쪽으로 뻗어내려 [연화봉(蓮花峰) 등의 여러 봉우리를 이루고 있다.] 대령의 북쪽에는 운무정(雲霧頂)에서 갈라진 갈래가 서쪽으로 뻗어내려 [천실봉(泉室峰)과 천태봉(天台峰) 등의 여러 봉우리를 이루고 있다.] 이 사이를 끼고서 우묵한 평지가 이루어져 있다. 방광사(양나라 천감天監[1] 연간에 창건되었다)는 이 안에 있다. 우묵한 평지의 물길 어귀는 서쪽으로 가면서 봉우리들에 둘러싸인 채 매우 좁아졌다. 이 또한 빼어난 경관이었다. (절에 남아 있던 송대의 주회암朱晦庵[2]과 장남헌張南軒[3] 등의 여러 유적은 모두 화재로 사라져 버렸다.) 절의 서쪽에는 세납지(洗衲池)가 있으며, 산골물 곁에 보의석(補衣石)이 있다.

수구교(水口橋)를 건너 북쪽으로 산에 올라 북서쪽으로 1리 반을 올라간 다음, 다시 평탄한 길을 1리 반쯤 나아가 천태사(天台寺)에 이르렀다. 천태사에는 전찬(全撰) 스님이 계셨는데, 그는 유명하신 스님이다. 마침 전찬 스님은 출타하신지라 그의 제자인 중립(中立) 스님이 연한 차를 선물로 주었다.

[대체로 천실봉이 다시 서쪽으로 높이 솟구쳐 튀어나온 것이 천태봉이다. 천태봉의 서쪽 자락의 한 갈래는 남쪽으로 빙글 돌아, 마치 큰 꼬리를 흔들 듯이 뻗어내리는데, 남쪽으로 뻗어 내린 갈래와 동쪽에서 거의 이어져 있다. 천태봉 남쪽의 물길은 골짜기를 이루고 있다. 마치 한쪽이 이지러진 패옥처럼 안쪽으로 산간 평지를 둥글게 감싼 채 높은 들판 위를 흐르고 있다. 천태사는 방광사와 더불어 위아래 두 곳의 기이한 경관이라 일컬을 만하다.] 방광사로 되돌아와 경선(慶禪) 스님과 영선(寧禪) 스님의 방에서 묵었다.

이에 앞서 나는 남구(南溝)에서 나한대로 가려다가 방광사에 도착했으며, 고룡지(古龍池)에 오를 생각에 동쪽으로 측도봉에 올랐다가 잘못하여 천주봉 동쪽으로 나왔었다. 엄복사에 묵었을 때, 불정(佛鼎) 스님은 마침 나무를 가져올 길을 내고 있던 터인지라, 나한대로 가는 길을 다시 열어주었었다. 나는 이 길을 따라 서쪽으로 나아갈 수 있었다. 덕분에 천주봉, 화개봉(華蓋峰), 관음봉, 운무당 등으로부터 커다랗게 움푹 꺼진 곳에 이르기까지 형산에서 뻗어내린 산줄기의 등성이 모두를 하나도 빠짐없이 구경할 수 있었다. 참으로 마음속에 바라던 일이었다. 남구에서 나한대로 가는 길 역시 에둘러가는 길이니, 곧바로 천태산에 오르느니만 못하지만, 이렇게 하여 형산의 빼어난 경관을 빠짐없이 구경할 수 있었다.

---

1) 천감(天監)은 양(梁)나라 무제(武帝)의 연호로서, 502년부터 519년까지를 가리킨다.
2) 주회암(朱晦庵)은 송나라의 대유학자 주희(朱熹, 1130~1200)를 가리키며, 자는 원회(元晦) 혹은 중회(仲晦)이고 호는 회암이며 자양(紫陽)이라 부르기도 한다.
3) 장남헌(張南軒)은 송나라의 대학자인 장식(張栻, 1133~1180)을 가리키며, 자는 경부(敬夫) 혹은 흠부(欽夫)이며 호는 남헌이다. 주희와 빈번하게 교류하면서 의리(義理)를 궁구했던 그는 『남헌역설(南軒易說)』『계사논어설(癸巳論語說)』『계사맹자설(癸巳孟子說)』 등의 저서를 남겼다.

정월 28일

아침에 일어나니 비바람이 그치지 않았다. 영선과 경선 두 스님이 나를 극구 붙잡았으나, 나는 기어이 그들과 작별했다. 경선 스님은 보납대(補衲臺)까지 바래다주고 헤어졌다. 드디어 산골물을 따라 서쪽으로 나아갔다. 남북 양쪽의 산은 모두 띠풀만 자랐을 뿐인 민둥산이었다. 5리를 가서야 바위와 나무들이 시내를 휘감고 벼랑 그림자와 시냇물 소리가 위아래에서 서로 비추었다.

2리를 더 나아가자 [시내 맞은편의 앞산에 남동쪽에서 뻗어 내려온 골짜기가 있다. 그 골짜기의 물은 방광사에서 흘러온 물과 합쳐져 서쪽으로 흘러간다.] 북쪽을 향하여 벼랑을 올랐다. 벼랑 아래에는 바위와 나무가 더욱 **빽빽**하고, 산골물이 깊은 골에 흐르고 있다. 그 깊은 골 속에 검은색, 흰색, 노란색의 세 용담(龍潭)이 있다. 양쪽 벼랑은 깎아지른 듯 험준했다. 길을 꺾어 오르자, [물소리만 들릴 뿐 보이지는 않았다.]

잠시 후 산허리를 평탄하게 걸어 모두 3리를 나아가 아공취(鵝公嘴)를 건너 용담사(龍潭寺)에 이르렀다. 절은 천태봉의 서쪽 봉우리 아래에 있으며, 남쪽에는 쌍계봉(雙髻峰)이 있다. 대체로 천태봉과 쌍계봉을 끼고서 서쪽으로 흘러내려온 물이 용담을 이루고 있다. 용담의 북쪽 위에 절이 있다. 절의 서쪽에는 사자봉이 있는데, 깎아지른 듯 가파르게 우뚝 솟아 있다. 천태봉 서쪽의 봉우리는 이곳에 이르러 끝났다. 그 남쪽은 시내 너머로 쌍계봉의 서쪽 봉우리이다. 연화봉 서쪽의 봉우리 역시 이곳에 이르러 끝났다.

구룡평을 지나 산허리의 평평한 길을 5리쯤 나아가, 사자봉 남쪽에서 서쪽으로 에돌았다. 산을 내려온 지 5리만에 마적교(馬跡橋)에 이르렀다. 형산 서쪽의 산은 이곳에서 끝났다. [마적교는 동쪽의 용담까지 10리이고, 서쪽의 상향현(湘鄕縣) 경계까지는 40리이며, 북서쪽의 백고(白高)까지는 30리이고, 남쪽의 형양현 경계인 맹공요(孟公坳)까지는 5리이다.] 마적교에서 남쪽으로 산골물 한 줄기를 건넜다. [이 산골물은 바로 방광사와 구룡평에서 백고로 흘러가는 물길이다.]

남동쪽으로 4리를 나아가 전심(田心)에 이르렀다. 다시 조그마한 다리를 넘어 1리를 간 다음 나지막이 움푹 꺼진 곳에 올랐는데, 이곳이 현의 경계가 나뉘는 계두(界頭)임을 미처 알지 못했다. 움푹 꺼진 곳을 지나 다시 5리를 나아가자, 북동쪽 산속의 깎아지른 듯한 낭떠러지에서 흘러내리는 물이 나왔다. 그 높이가 수십 길이다. 이곳은 소향수당(小響水塘)이다. 아마도 형산에서 흘러오는 물길의 여파이리라.

다시 2리를 나아가자, 북쪽 산의 깎아지른 듯한 낭떠러지에서 물이 흘러내렸다. 이곳은 대향수당(大響水塘)이다. [물길의 폭은 앞의 낭떠러지의 것보다 넓다. 하지만 두 층으로 나누어진 물길이 에돌아 골짜기 사이로 떨어져 내리는데다가, 처음에는 위층만 보이고 나중에 아래층이 보이는지라, 곧바로 아래로 날듯이 쏟아져 내리는 앞의 낭떠러지의 물줄기만 못하다는 느낌이 들었다.] 대향수당의 앞쪽은 영수교(寧水橋)이다. 물이 어디에서 흘러오는지 물어보고서야, 이 물이 남쪽의 당부(唐夫)의 사하에서 형주의 초교(草橋)로 흘러가는 물길임을 알게 되었다.

대체로 마적교 남쪽 5리의, 형양현(衡陽縣)과 형산현의 경계가 나뉘는 맹공요로부터, 북쪽으로 흘러내리는 물은 백고에서 일운강(一殞江)으로 흘러내리고, 남쪽으로 흘러내리는 물은 사하에서 초교로 흘러내린다. 맹공요는 두 현의 분계선일 뿐만 아니라, 실은 형산의 서쪽에서 건너뛴 산줄기이기도 하다. 다만 맹공요가 대단히 평평하고 그 서쪽에서 뻗어 온 산이 그다지 높지 않기에 느끼지 못할 따름이다. 그제야 형산에서 뻗어오는 산줄기가 남쪽에서 뻗어오는 것이 아님을 깨달았다. 이곳 맹공요에서 동쪽으로 치솟은 곳이 쌍계봉이고, 더 동쪽이 연화봉 뒤쪽 산이며, 좀 더 동쪽에 치솟은 곳이 석름봉이다. 석름봉에서 남북 두 갈래로 나뉘기 시작하는데, 남쪽은 구루봉(岣嶁峰)과 백석봉(白石峰) 등의 봉우리들이고, 북쪽은 운무당의 봉우리와 관음봉, 그리고 그 뒤에 치솟아 있는 천주봉이다. 만약 형산의 서쪽 길을 타지 않았더라면, 틀림없이 구루봉과 백석봉을 형산의 산줄기라 여겼을 것이다.

영수교에서 식사를 한 후 남쪽으로 나아갔다. 5리만에 국청정(國淸亭)을 지나서 조그마한 고개 하나를 넘으니 목가동(穆家洞)이다. 목가동은 빙 둘러싸인 채 둥글면서도 가지런하다. [물은] 남동쪽에서 북동쪽으로 감돌아 흘러가는데, [석름봉의 남서쪽 골짜기의 물길이다.] 산 역시 감돌아 굽이돌며, 동쪽으로 형산의 서쪽에 붙어 있었다.

동굴을 지나 2리만에 남쪽의 고개 하나를 넘었다. 1리를 나아가자, 도주하동(陶朱下洞)이 나타났다. 이 동굴은 매우 좁으며, 물은 쭉 서쪽으로 흘러간다. 길은 다시 남쪽으로 향하여 골짜기에 접어들었다. 2리만에 다시 고개 하나를 넘자, 도주중동(陶朱中洞)이 나왔다. 이곳의 물 역시 서쪽으로 흘러간다. 다시 남쪽으로 2리를 나아가 고개 하나를 넘었다. 움푹 꺼진 곳이 매우 좁은데, 이곳은 도주삼동(陶朱三洞)이다. 이 동굴은 앞의 두 동굴보다 훨씬 크지만, 목가동처럼 빙 둘러싸여 있지는 않았다.

2리만에 또 하나의 고개를 넘자, 계강(界江)이 나왔다. 이곳의 물길은 남동쪽에서 북서쪽으로 흘러간다. 계강의 서쪽은 대해령(大海嶺)이다. 물 길을 거슬러 남쪽으로 1리를 나아가 움푹 꺼진 곳에 오르자, 매우 평평하다. 이곳은 형산의 산줄기이다. 이곳에서 다시 서쪽으로 넘어서면 대해령이다. 움푹 꺼진 곳의 북쪽의 물길은 북서쪽으로 당부로 흘러내려가고, 그 남쪽의 물길은 남동쪽으로 횡구(橫口)로 흘러내려간다.

움푹 꺼진 곳을 넘어 1리만에 방당(傍塘)에 이르렀다. 곧바로 물길을 따라 남동쪽으로 나아갔다. 5리를 가자 흑산(黑山)이 나오고, 다시 5리를 가자 수구(水口)가 나왔다. 이곳에는 두 산이 바짝 붙어 있고, 두 산의 암벽 사이로 물이 우당탕탕 들이친다. 길은 그 위로 넘어간다. 1리를 나아가서야 물길은 골짜기를 흘러나오기 시작하고, 길 역시 평탄해졌다. 1리를 더 가니 횡구이다. 방당과 흑산의 물은 남쪽으로 흘러내리고, 구루(岣嶁)의 물은 남서쪽으로 흘러오다가 이곳에서 합쳐진다. 이곳에서 북쪽을 바라보니 구루봉과 백석봉 등의 여러 봉우리가 매우 가깝다. 이곳은 남쪽으로 형주(衡州)와 50리 떨어져 있다. 걸음을 멈추고 여관에서 묵었다. 이날 모두 60리를 걸었다.

정월 29일

이른 아침부터 비가 주룩주룩 내렸다. 진창길을 힘겹게 걸어갔다. 시내 남쪽을 따라 나아가다가 조그마한 고개를 넘으니 상리평(上梨坪)이다. 다시 조그마한 고개를 넘어 5리만에 하리평(下梨坪)에 이르렀다. 이곳에서 다시 시내와 만났다. 시내를 따라 남동쪽으로 10리를 내려가니 양매탄(楊

梅灘)이 나왔다. 시내 위에 돌다리가 남북으로 걸쳐져 있다. 시내는 다리 아래로 동쪽으로 흘러가며, 길은 다리를 넘어 남동쪽으로 나아간다.

5리를 가서 배충(排衝)에 들어섰다. 다시 배충에서 5리만에 남쪽의 청산요(靑山坳)를 넘었다. 담벽령(譚碧嶺)에서 뻗어온 산등성이가 남동쪽으로 청산(靑山)에 이르러 두 갈래로 갈라져 모두 북서쪽으로 굽이돈다. 배충은 바로 문처럼 늘어선 이 두 등성이 사이에 펼쳐진 긴 산간 평지가 빙빙 감돌아 밭을 이루고 있는 곳이다. 길은 평지를 따라 들어가며, 평지는 청산에 이르러 끝난다.

청산요를 넘어 남쪽으로 나아갔다. 비탈이 울퉁불퉁한데다 진창이 미끄러운지라, 거의 서 있을 수가 없을 지경이었다. 옷솜까지 흠뻑 젖고 몹시 피곤했지만, 그리 추운 줄은 몰랐다. 10리를 나아가 망일요(望日坳)를 내려가니 황사만(黃沙灣)이 나왔다. 증강(蒸江)이 남서쪽에서 산을 따라 흘러오고, 길은 강줄기를 따라 남동쪽으로 뻗어내린다. 다시 5리를 나아가 초교에 이르니, 곧 형주부(衡州府)이다.

정문 스님을 찾아나섰다. 해질녘에 녹죽암(綠竹庵) 천매전(天母殿)의 서광(瑞光) 법사의 거처에서 그를 만났다. 급히 서광 법사에게 달려가 불에 쬐어 옷을 말렸는데, 형산 고태평(古太坪)의 융지(融止) 스님이 이미 그곳에 와 계셨다. 일전에 나는 고태평을 지나 고룡지에 올랐다가 산중턱에서 융지 스님의 정실로 가서 길을 물었는데, 융지 스님과 그의 사형인 응암(應庵) 스님(두 눈을 실명하셨다)이 한사코 나를 붙들었지만 나는 급히 작별하고 떠난 일이 있었다. 여기에 와서 두 스님이 이미 정문 스님과 만난지라, 정문 스님은 나의 행적을 알고 있었다. 융지 스님은 응암 스님을 부축하여 남쪽을 향해 계림(桂林) 칠성암(七星巖)으로 돌아갈 작정인지라 이곳을 지나게 되었다. 다시 이 분들과 만나게 된 것도 인연이리라.

녹죽암은 형주성(衡州省) 북문 밖의 화엄암(華嚴巖)과 송라암(松蘿巖) 등의 여러 암자 사이에 있다. 여덟 곳의 암자가 연이어져 있는데, 모두 그

옥하고 조용하다. 불경을 읽는 소리가 들려오니, 번부(藩府)에서 향을 사르고 수도하는 곳이다. 계왕(桂王)은 황실의 종실로서 분봉을 받아 선을 행하기를 즐거워했기에 불교의 일에 열심이라고 한다.

정월 30일

성 밖의 하가(河街)를 구경했는데, 길이 몹시 질퍽거렸다. 해질녘에 천모전(天母殿)으로 돌아와 묵었다.

2월 초하루

녹죽암에서 아침을 먹었다. 성의 저잣거리가 진창이니, 산에 가는 것이 나으리라 여겼다. 그리하여 남동쪽으로 조그마한 고개를 넘어 상강(湘江)가에 이르렀다. 1리만에 강을 거슬러 증수가 상강으로 흘러드는 곳에 이르렀다. (강 너머는 석고石鼓의 합강정合江亭이다.) 강을 건너 동쪽의 언덕에 올라 남동쪽으로 나아갔다. 길은 비탈지고 울퉁불퉁했다. 4리만에 파칠암(把膝庵)을 지나고, 2리를 더 나아가 파칠령(把膝嶺)을 넘었다.

파칠령 남쪽의 평탄한 벌판은 드넓었다. 뇌수(耒水)를 바라보니, 남동쪽에서 흘러와 곧바로 호동사(湖東寺) 문에 이르러 북쪽으로 돌아들어 흘러간다. 호동사는 파칠령에서 남동쪽으로 3리 떨어진 평탄한 벌판 속에 위치해 있으며, 절의 문은 뇌수를 마주하고 있다. 이 절은 만력(萬曆)[1] 말기에 무회(無懷) 선사께서 창건했다. 후에 감산(憨山)[2] 대사도 이곳으로 와 함께 머물렀으며, 그의 정실도 이곳에 있다. 내가 절에 당도했을 때, 마침 계부(桂府)[3]에서 시주밥을 제공한지라 두 명의 내관에게 억지로 이끌려 시주밥을 먹으러 갔다.

서쪽으로 5리를 나아가 목자령(木子嶺)과 석자령(石子嶺)이라는 두 곳의 조그마한 고개를 넘었다. 이어 정가도(丁家渡)에서 강을 건너니, 어느덧 형주성 남문 밖에 와 있었다. 벼랑을 기어올라 회안봉(回雁峰)에 올랐다. 회안봉은 그다지 높지 않다. 봉우리는 동쪽으로 상수를 내려다보고, 북쪽으로 형주성을 굽어보는데, 모두가 발아래 있다. 안봉사(雁峰寺)가 봉우리 위를 뒤덮어 남은 틈이 없었지만, 대부분이 금방이라도 무너질 것만 같았다. 또다시 스님의 천수관음전(千手觀音殿)에서 식사를 했다.

그리고서 북쪽의 거리로 내려갔다. 진창이 정강이에까지 차올랐다. 1리만에 남문으로 들어가 사패방(四牌坊)을 지났다. 성안의 저자는 성 동쪽의 하시(河市)⁴)만큼이나 번창했다. 다시 1리를 나아가 계부왕성(桂府王城)의 동쪽을 지나고, 1리를 더 나아가 관아의 서쪽에 이르렀다. 다시 1리만에 북문을 나와, 북쪽의 석고산(石鼓山)에 올랐다.

석고산은 임증역(臨蒸驛)의 뒤, 무후묘(武侯廟)의 동쪽에 있으며, 상강이 남쪽에, 그리고 증강이 북쪽에 있다. 이 물길 사이로 산줄기가 뻗어오다가 동쪽으로 불쑥 솟은 봉우리가 바로 석고산이다. 봉우리 앞에 우비정(禹碑亭)이 있는데, 우(禹)임금의 「칠십이자비(七十二字碑)」가 이 안에 있다. 이 비에 새겨진 글자는 이를 본떠 쓴 망일정(望日亭)의 비에 비해 약간 오래되었지만, 너무 흐릿하여 알아보기 어렵고 글자의 형태와 해석된 문장 역시 사뭇 다른 부분이 있었다.

우비정 뒤쪽은 숭업당(崇業堂)이고, 좀 더 올라가자 선성전(宣聖殿)이 가운데에 우뚝 서 있다. 선성전 뒤에는 높은 누각이 매우 시원스럽게 서 있는데, 아래쪽은 회란당(迴瀾堂)이고, 위쪽은 대관루(大觀樓)라고 한다. 대관루에서 서쪽으로 산등성이 너머를 굽어보았다. 평평히 형양성(衡陽城)이 내려다보이고, 회안봉과는 남북으로 서로 마주하고 있다. 증강과 상수가 대관루의 좌우를 끼고 흐르는데, 가까이로는 창문턱 아래로 흘러나온다. 두 강이 동쪽에서 합류하는 곳은 대관루의 뒤에 있는지라, 전체 모습을 살펴볼 수는 없었다.

그러나 삼면으로 기대어 눈에 들어오는 것은, 가까이로는 수많은 인가가 모여 있는 시가지와 세 줄기의 강물을 오고가는 배들이다. (상강은 남쪽에서, 증강은 서쪽에서, 뇌강은 남동쪽에서 흘러온다.) 멀리로는 높은 산의 구름과 고개에 가득찬 나무가 겹겹이 비추어 어울려 있고, 서원의 웅장함은 [길안부(吉安府)]의 백로(白鷺)서원의 장관에 미치지 못하나, 명사와 현인들이 기꺼이 인재를 가르치던 곳(한문공韓文公,[5] 주회암朱晦庵, 장남헌張南軒이 제자들을 가르쳤던 곳이다)이며, 등왕각(滕王閣)과 황학루(黃鶴樓)[6]의 빼어난 경관을 아울러 지니고 있으니, 백로서원이 비길 수 있는 바가 아니다.

대관루의 뒤쪽은 칠현사(七賢祠)이고, 칠현사 뒤쪽은 생생각(生生閣)이다. 생생각은 동쪽을 향해 있다. 생생각에서 아래로 굽어보니, 두 줄기 강(즉 증강과 상강)이 앞에서 합류하고, 뇌수가 2리 밖에서 북쪽으로 흘러들고 있으며, 대관루와는 동서로 각기 방향을 달리하고 있다. 대체로 대관루는 산꼭대기에 자리잡아 남쪽, 북쪽, 서쪽 삼면의 기이한 경관을 거두어들이고 있는 반면, 이 생생각은 동쪽으로 두 물길이 함께 흐르는 빼어난 경관을 죄다 보여주고 있다.

더 동쪽으로 가니 합강정(合江亭)이 있다. 정자의 터는 비교적 낮아, 더욱 가까이에서 강줄기를 굽어보고 있다. 정자 남쪽의 바위벼랑가에 5자 높이의 틈새가 있는데, 마치 손바닥을 합친 듯하고 동쪽을 향해 있다. 어깨를 뉘여 들어가자 두 사람 정도가 들어설 만하다. 이곳은 주릉동(朱陵洞)의 후문이다. '육척고(六尺鼓)'라는 곳을 찾아보았으나, 끝내 찾지 못했다. 정자 아래 물가에 두 개의 바위가 마치 곤추선 비석처럼 서 있는데, 이것이 설마 세상이 어려운 일을 당하면 저절로 소리를 낸다는 그 돌일까?

대관루에 올라서서 지는 해를 바라보았다. 먹구름이 해를 머금듯 가리는 걸 보니, 또다시 비가 올 조짐이었다. 대관루를 내려와 진창길을 걸어 어둠을 무릅쓰고 청초교(靑草橋)를 지났다. 북동쪽으로 2리를 나아가 녹죽암에 들어섰다. 저녁밥을 먹고 나자 태풍이 성난 듯 불어오더니, 날이 밝고서야 바람은 겨우 잠잠해졌다. 그러나 비가 다시 사납게 내리쳤다.

형주성의 동쪽은 상강에 닿아 있으며, 네 곳의 문으로 통해 있다. 북쪽과 서쪽, 남쪽의 삼면은 세 발 달린 솥처럼 솟아 있고 북쪽은 증수에 끼어 있다. 성은 매우 좁은데, 대체로 남부가 넓게 트인 반면, 북부는 깎아낸 듯 좁은 편이다. 북쪽 성 밖에 청초교(이 다리는 한교韓橋라고도 하는데, 한유韓愈가 이곳을 지나고서 지어진 이름이다. 그러나 문헌상으로는 아무 증거가 없으며, 요즘 사람들은 그저 초교라고 부를 따름이다)가 증수 위에 걸쳐져 있고, 석고산이 북쪽 성과 청초교 사이에 경계를 이루고 있다. 성의 남쪽에는 회안봉이 상강의 위에 솟구쳐 있고, 성의 북쪽에는 석고산이 그 아래에 솟아 있다. 소수(瀟水)와 상강이 회안봉의 동쪽을 따라 성의 남쪽에서 성의 북쪽으로 흐르는데, 여기에서 증수와 합쳐져 비로소 동쪽에서 남서쪽으로 돌아들었다가 다시 뇌수와 합쳐진다.

증수는 상강의 서쪽 언덕에서 상강으로 흘러든다. 이 물길은 소양현(邵陽縣) 야강산(耶薑山)에서 발원하여 북동쪽으로 흘러 형양의 북쪽 경계를 지난다. 이어 당부와 형산 서쪽의 세 동굴에서 흘러나오는 물과 만나 동쪽으로 흐르다가 망일요(望日坳)에 이르러 황사만을 이루고, 청초교로 흘러나와 석고산 동쪽에서 상강과 합쳐진다. 일명 초강(草江)이라고도 하고(청초교를 지나기 때문이다.) 사강(沙江)이라고도 한다. (황사만을 거치기 때문이다.) 증수라고 일컫는 것은 물기가 증발하듯 올라가기 때문이다. 배는 청초교에서 들어가 100리를 나아가면 수복(水福)에 닿고, 다시 80리를 나아가면 장락(長樂)에 이른다.

뇌수는 상강의 동쪽 언덕에서 상강으로 흘러든다. 침주(郴州)의 뇌산(耒山)에서 발원하여 북서쪽으로 흘러 영흥현(永興縣)과 뇌양현(耒陽縣)의 경계를 지난다. 또한 침강(郴江)은 침주의 황잠산(黃岑山)에서 발원하고, 백표수(白豹水)는 영흥현의 백표산(白豹山)에서 발원하며, 자흥수(資興水)는 고무천(鈷鉧泉)에서 발원하는데, 모두 뇌수와 합쳐진다. 뇌수는 서쪽으로 흘러 호동사에 닿고, 뇌구(耒口)에 이르러 회안탑(回雁塔)의 남쪽에서 상강과 합쳐진다. 침주와 의장현(宜章縣)으로 가는 배들은 모두 이 물길을 타고 들어가는데, 고개를 넘어 무수(武水)로 흘러내리다가 광동(廣東)의 정강(湞江)으로 흘러들어간다.

내안탑산(來雁塔山)은 형주(衡州) 하류의 두 번째 겹의 물길 어귀에 있는 산이다. 석고산이 형주성 북동쪽에서 우뚝 솟아 강쪽으로 드리운 것이 첫 번째 겹이라면, 안탑산(雁塔山)이 증수의 동쪽, 뇌수의 북쪽에서 우뚝 솟은 것은 두 번째 겹이다. 뻗어 내리는 산줄기는 구루봉에서 대해령으로 감아돌아 청산요를 지난다. 이어 망일요로 내려와 남동쪽으로 뻗어 내린 것이 도화충(桃花沖)이고, (즉 녹죽암, 화엄암華嚴庵 등 여러 암자가 지세의 높낮이에 따라 붙어 있다.) 더 남쪽으로 강에 가까운 것이 안탑산이다. 안탑산은 석고산과 함께 증강의 좌우에 마주 솟아 있다.

형주성의 산줄기는 남쪽의 회안봉으로부터 시작하여 북쪽의 석고산에서 끝난다. 대체로 소양현과 상녕현(常寧縣) 사이로 구불구불 이어져오는데, 남동쪽은 상강을 경계로 삼고 북서쪽은 증수를 경계로 삼는다. 형산과 구루봉 등의 산봉우리는 이 산줄기 아래쪽에 빙 둘러 있는 줄기이지, 같은 가지에 한데 꿰어진 것은 아니다. 서령기(徐靈期)의 말에 따르면, 형산 주위의 800리에서 회안봉은 머리이고 악록산(岳麓山)[7]은 다리라고 했다. 회안봉이 72곳 봉우리 가운데의 으뜸이라는 말인데, 이는 아마 맹공요를 가보지 않아서 형산이 쌍계봉에서 시작됨을 몰랐기에 한 말일 것이다. 악록산과 같이 광활하고도 기세높은 여러 봉우리들은 형산 산줄기의 갈래가 참으로 멀리 뻗은 것이다.

---

1) 만력(萬曆)은 명나라 신종(神宗)의 연호로서, 1573년부터 1619년까지를 가리킨다.
2) 감산(憨山, 1546~1623)은 명나라 말의 4대 고승 가운데의 한 사람으로서, 이름은 덕청(德淸), 자는 징인(澄印)이다. 그는 선(禪)과 화엄(華嚴)의 융합을 제창하고, 선정무별(禪淨無別) 및 삼교귀일설(三敎歸一說)을 창도했다.
3) 계(桂)는 계단왕(桂端王) 주상영(朱常瀛)으로서, 명나라 신종의 7번째 서자인 바, 계번(桂藩)이나 계왕(桂王) 등으로도 일컫고 있다. 1601년에 왕에 봉해졌으며, 1627년에 형주부에 임직했다. 1643년 장헌충(張獻忠)이 이끄는 농민기의군이 형주를 공략할 때 그는 영주(永州)를 거쳐 광서(廣西)로 들어와 창오(蒼梧)에 기거하다 이듬해 사망했다. 계부(桂府)는 형주부를 가리킨다.

4) 하시(河市)는 하천을 따라 형성된 저자 구역으로서, 흔히 예인들이 모여들어 공연을 펼치기도 했다.
5) 한문공(韓文公)은 당나라의 문학가이자 정치가인 한유(韓愈, 768~824)를 가리키며, 자는 퇴지(退之), 사후의 시호는 문공(文公)이다. 흔히 한창려(韓昌黎)라 일컬었다.
6) 등왕각(滕王閣)은 강서성 남창(南昌)에 위치해 있으며, 당 태종(太宗)의 아우인 '등왕' 이원영(李元嬰)이 영휘(永徽) 4년(653년)에 지었다. 등왕각은 당시의 사대부들이 손님을 맞고 배웅하며 손님을 청해 연회를 베풀었던 곳으로서, 특히 왕발(王勃)의 「등왕 각서(滕王閣序)」라는 명문으로 인해 더욱 유명해졌다. 황학루(黃鶴樓)는 호북성 무창(武昌)에 위치해 있으며, 오(吳)나라 황무(黃武) 2년(223년)에 지어지기 시작했다고 한다. 황학루에서 바라보이는 절경은 여러 문인들이 다투어 시제(詩題)로 삼았는데, 특히 최호(崔顥)의 칠언율시 「황학루」가 널리 알려져 있다. 이 두 누각은 호남의 악양루(岳陽樓)와 함께 3대 명루로 손꼽히고 있다.
7) 악록산(岳麓山)은 형산의 72곳 봉우리 가운데의 하나로서, 영록봉(靈麓峰)이라고도 한다. 해발 297미터인 이 산 위에는 명승고적이 많고 풍경 또한 그림처럼 아름다우며, 이 산에 올라서면 장사시(長沙市)와 상강이 한눈에 굽어다 보인다. 악록서원은 이 산의 동쪽 기슭에 위치하여 있다.

2월 초이틀

아침에 일어나 성에 들어가서 성의 남쪽에 있는 화약산(花藥山)을 유람하고자 했다. 그러나 비가 그치지 않아 천모암(天母庵)으로 돌아오고 말았다. 이 암자는 높은 대나무숲 속에 있으며, 커다란 소나무 한 그루가 문을 마주하여 서 있다. 암자 밖에는 층층의 산등성이가 빙 둘러 있고 대나무와 나무들이 울창한데, 이 모두가 창문턱 아래 가까이에 있다. 암자 앞의 못이 푸른빛으로 물들어 있는지라, 올려다보니 비취빛 산색이요 굽어보니 화초의 흔적이 드리워져 있다. 암자 뒤의 비탈(원명은 도화충桃花沖이다)은 붉은 휘장을 두른 듯, 복숭아꽃이 화사함을 토하고 있다. 비바람 속에 봄빛이 문득 머물러 있으나, 진흙 범벅의 발로는 돌아볼 수 없기에 구름이 걷혀 날이 개이기를 바라지 않을 수 없었다. 오후에 비가 더욱 퍼붓듯이 쏟아졌다. 화롯가에 둘러앉아 차를 마시며, 종일 꼼짝하지 않은 채 앉아 지냈다.

2월 초사흘

날이 몹시 차가웠다. 땅은 질퍽거리고 날씨마저 흐린데다, 하인 고씨까지 앓아누웠다. 암자 안에서 화로를 끼고 앉아 「상봉사모문(上封寺募文)」을 지었다. 한밤중에 바람소리가 다시 일더니, 날이 밝도록 비가 그치지 않았다.

2월 초나흘

비가 내렸다. 암자 안에서 난로를 끼고 앉아, 완초(完初) 스님을 위해 「백석산정사인(白石山精舍引)」을 지었다.

2월 초닷새

날이 몹시도 차가운데, 하늘은 또 한바탕 비를 뿌릴 기세이다. 하인 고씨에게 하가(성 동쪽의, 상강과 맞닿아 있는 거리로서, 가게가 모여 있는 곳이다.)에 가서 영주(永州)로 가는 배를 알아보도록 시켰다. 나는 화로를 끼고 앉아 「상봉소(上封疏)」와 「정사인(精舍引)」을 쓰고, 「서회시(書懷詩)」를 지어 서광 스님에게 드렸다.

2월 초엿새

비가 그쳤으나, 길이 몹시 질퍽거렸다. 성에 들어가 고향 사람 김상보(金祥甫)를 방문하고, 그 김에 하가로 나갔다가 날이 저물어서야 되돌아왔다. 비가 다시 추적추적 내리기 시작했다. (김상보는 강음江陰 사람 김두원金斗垣의 아들로, 계부가 분봉을 받자 그를 따라 이곳까지 왔다. 그의 아우는 형계荊溪의 단지[1]를 파는 가게를 동화문東華門 관아의 담 아래에 열었다.)

2월 초이레

오전에 구름이 걷히더니 맑아졌다. 정문 스님은 하인 고씨와 함께 다시 하가로 나아가 영주(永州)로 가는 배를 예약하기로 했다. 나는 먼저 암자의 동쪽을 따라 계화원(桂花園, 이 정원은 계부桂府가 새로 지은 경계당慶桂堂에 속한 땅으로, 계피나무를 구경하는 곳이다)으로 들어갔다. [정원의 앞쪽에는 세 그루의 단계1)가 늘어서 있다. 모두 줄기가 하늘 높이 치솟고 무성하여 하늘을 가렸다. 정원의 북쪽에는 다섯 그루의 보주차2) 나무가 있는데, 계피나무만큼 크고 높지는 않아도, 무성하기 짝이 없다.]

그 동쪽은 도화원(桃花源)이다. [서쪽의 화엄암과 천모암의 두 암자에서 뻗어 내려온 높은 산등성이가 남북 양쪽에 온통 높이 치솟아 있다. 그 가운데에 못이 층층이 포개져 있고, 못 양옆은 등성이에 기대어 평지로 나뉘어져 있다. 평지 사이에는 온통 불사와 여러 번왕3) 및 벼슬아치들의 정자들이 올망졸망 나와 있었다.] 도화원의 위가 바로 도화충(桃花冲)이며, 고개가 움푹 꺼진 곳이다. 그곳 남쪽의 가장 높은 곳에 새로 지은 두 곳의 정자가 있다. 하나는 정운정(停雲亭) 혹은 망강정(望江亭)이고, 다른 하나는 망호정(望湖亭)으로, 무우암(無憂庵) 뒤편의 대나무 숲 사이에 있다.

이때 망호정에 올라 오래도록 바라보다가 녹죽암으로 돌아와 식사를 했다. 다시 완초 스님과 함께 다시 정운정에 올라가 그 북쪽을 따라 도화충의 움푹 꺼진 곳을 넘었다. 그 동쪽 등성이 사이에 못이 이루어져 있다. 그 못을 넘어 올라가자, 내안탑(來雁塔)이 나왔다. 내안탑 앞에는 쌍련당(雙練堂)이 있는데, 서쪽으로 석고산과 마주보고 있다. 증강과 상강이 만나는 곳을 멀리 바라보니, 이 또한 매우 아름다웠다.

탑의 남쪽은 아래로 상강을 내려다보고 있다. 여기에 기대어 멀리 바라볼 만한 커다란 누각이 있으나, 애석하게도 이미 기울어 무너진 상태이다. 누각의 동쪽은 뇌강이 북쪽으로 흘러드는 어귀이다. 이때 햇빛이 몹시 맑은지라 산에 걸친 구름과 강변의 나무가 제 모습을 남김없이 드러내고 있다. 이에 완초 스님을 재촉하여 탑지기 스님을 찾아 탑문을 열고서 탑에 올라 5층까지 올라갔다. 사방으로 여러 봉우리들을 바라보니, 북쪽의 형산이 가장 높고, 그 다음은 서쪽의 우모산이며, 그 다음은 북서쪽의 대해령이다. 그 나머지는 모두 오르락내리락하는 산등성이로 그다지 험준한 곳은 없으며, 동쪽과 남쪽 두 방향은 거칠 것이 없이 툭 트여 있다.

[상강은 회안봉에서 북쪽으로 성의 동쪽에 흘러들었다가 석고산에 이르러 증강과 합쳐진 다음, 동쪽으로 돌아들어 탑 아래를 지나 동쪽의 뇌수와 합쳐져 북쪽으로 흘러간다. 세 줄기의 물길이 굽이져 흐르니, 장강(長江)처럼 끝없이 뻗어있지는 않아도 빙 에둘러 흐르는 모양이 발걸음을 붙잡기에 충분하다.] 한참동안 바라보다가 정문 스님이 배를 찾아 놓고 이미 돌아왔을까봐 암자로 돌아왔다. 그에게 물어보니, 배는 이틀 뒤에야 떠난다고 했다. 이 날은 햇빛 속의 산수의 경관을 제법 본 셈이었다. 그런데 암자에 들어오자, 또다시 비가 내리기 시작했다.

문헌기록에 따르면, 우모산은 형주부성의 서쪽 100리에 있으며, 회안봉과 형주성에서 뻗어 내려온 산줄기이다. 그런데 지금 40~50리 너머에 있는 듯이 보이는 저 산 어찌 우모산이 아니고 이산(伊山)이랴? 아마 이산은 그렇게 험준하지 않을 것이다. (『지』에는 "이산은 형주부성의 서쪽 35리에 있으며 환이(桓伊)[4]가 글을 읽었던 곳이다"라고 씌어 있다. 그리고 우모산은 순(舜)임금이 천하를 순시하실 때에 다녀가셨던 곳으로서, 운부산(雲阜山)이라고도 한다. 나는 오래도록 내리는 비에 지쳤는지라, 우모산을 바라보면서 곡수[5] 생각이 간절했다.)

1) 단계(丹桂)는 계피나무의 일종이다.
2) 보주차(寶珠茶)는 산차(山茶)의 일종인 꽃의 이름으로, 보주산차(寶珠山茶)라고도 한다.
3) 번왕(藩王)은 봉건왕조에서 각지에 분봉한 여러 왕을 가리킨다.
4) 환이(桓伊)는 동진(東晉) 시기의 인물로 자는 숙하(叔夏)이며, 회남태수 및 예주자사를 역임했다. 383년 전진(前秦)의 왕 부견(符堅)이 87만의 군대를 동원하여 동진을 칠 때, 사현(謝玄), 사염(謝琰)과 함께 8만명의 군사로 맞서 싸워 물리쳤다
5) 곡수(曲水)는 음력 3월 3일에 귀신을 쫓는 행사로서, 물을 끌어 굽이지게 도랑을 만들고 여기에 잔을 띄워 마시는 놀이이다.

2월 초여드레

아침에 일어나니 비가 그쳤다. 정오에 이르자 햇빛이 났다. 성에 들어가 계부(桂府) 앞을 지났다. 계부는 성안에 있고, 부성의 중턱까지 둥글게 뻗어 있는데, 붉은빛 담과 푸른빛 기와가 유난히도 신선하고 아름답다. 앞의 패방에는 '협보친황(夾輔親潢)'이라 씌어 있고, 정문은 '단례문(端禮門)'이라 한다. 계부 앞에 두 개의 돌사자가 우뚝 서 있는데, 색깔이 새하얗다. 원석은 100리 밖의 뇌하(未河)에서 가져왔다고 한다. 이곳에는 원래 이런 돌이 없었는데, 계부를 지을 때 문득 한 길 반의 높이에 한결같이 밝고 새하얀 두 개의 석순을 캐냈다는 이야기를 듣고서, 이를 가져다 사자로 만들었다고 한다.

이어 남문을 나서 1리를 나아갔다. 회안봉의 기슭을 따라 서쪽으로 1리만에 화약산에 들어섰다. 화약산은 그다지 높지 않은데, 회안봉이 서쪽으로 돌아들어 빙 돌아 부성으로 뻗어 내린 산이다. 여러 봉우리들이 마치 새가 날개를 활짝 펼친 듯이 사방으로 에둘러 산간의 평지를 이루고 있고, 그 안에 절이 있다. 만약 둘러싸인 성의 안에 있었더라면, 이 절의 툭 트인 시원스러운 모습은 이 일대의 으뜸일 것이다.

성 북쪽의 도화충에는 마치 뭇 별이 이어지듯 온통 정실로 가득 차 있다. 이에 반해, 성 남쪽의 화약산에는 절 하나만이 외로이 우뚝 솟아 있다. 절의 이름은 보은광효선사(報恩光孝禪寺)이다. 절 뒤에는 산꼭대기로 오르는 층계가 매달려 있는데, 꼭대기는 자운궁(紫雲宮)이라는 도관이

다. 이곳은 지세가 높고 우뚝 솟아 있어 사방으로 멀리 바라볼 수 있다.

절로 돌아와 무석현(無錫縣)의 각공(覺空) 스님(홍도興道 사람이다)을 우연히 만났다. 그는 나보다 뒤에 떠나왔는데, 이곳에는 나보다 먼저 와 있었다. 그리하여 주지 스님의 방에서 잠시 쉬면서 송나라 휘종(徽宗)의 아우가 황제에게 올린 표문을 구경했다. 그 아우의 법명은 경준(瓊俊)인데, 그는 황족의 신분을 버리고 자연을 벗삼아 떠돌아다녔다. 당시 이곳 지부인 노경괴(盧景魁)의 아들이 술자리를 절로 옮겨와 마시다가, 경준에게 모욕을 당했다. 노경괴는 경준을 옥에 가두었는데, 경준은 남몰래 이 표문을 쓴 뒤 옥졸인 왕우(王祐)를 시켜 상주하도록 했다. 휘종이 이 일로 인하여 노경괴를 참수하고 왕우에게 벼슬을 주었다. 경준의 표문과 휘종의 서찰이 이러한 사연을 담고 있었다.

이 절의 스님들은 이 일을 종문의 대사로 여기고 있었다. 그런데 표문에서는 형주(衡州)를 형주(刑州)로 칭했는데, 황제의 서찰에는 노경괴를 참수하라 하면서 형(刑)을 형(衡)으로 바꾸었으며, 아울러 왕우를 형수(衡守)로 임명한다고 되어 있었다. 그 이야기가 무척 비속하다는 점에서 미루어 보면 아마 절에서 날조한 것이지, 당시의 실제 일은 아닌 듯하다.

절을 나와 성 서쪽을 좇아 대서문(大西門)과 소서문(小西門)을 지났다. 성 밖은 온통 커다란 연못이 빙 둘러 있고, 길거리는 쭉 이어져 있었다. 모두 7리를 걸어 북동쪽으로 초교를 지나고 나서, 다시 2리를 나아가 녹죽암에 들어섰다. 어느덧 어둑어둑해질 무렵이었다. 이날 비가 이미 개었는데, 한밤중이 되자 빗소리가 다시 후드득 들려왔다. 날이 밝을 무렵에도 그치지 않았다.

2월 초아흐레

비가 그치지 않았다. 정문 스님과 하인 고씨를 재촉하여 짐을 배안으로 옮기게 하고, 나는 암자에서 기다리고 있었다. 정오 무렵, 비를 무릅

쓴 채 서광 스님과 작별하여 초교를 건넜다. 성의 동쪽을 따라 첨악문(瞻嶽門), 소상문(瀟湘門), 시부문(柴埠門)의 세 문을 지나 배에 올라탔다. 배가 함께 배를 타고 갈 손님을 기다리는지라, 다시 성으로 들어가 생선과 고기, 죽순, 쌀 등의 여러 물건들을 샀다. (큰 물고기는 매년 2~3월이 되면 물길을 따라 형산현衡山縣에 이르러 알을 낳는다. 이곳 토박이들은 성의 동쪽 강언덕에서 베자루로 물고기가 토해낸 타액을 둘러싸서 치어로 기른 다음, 납작배에 실어 각 성에 가서 파는데, 모두 이곳의 산물이다.)

정오가 지나 성을 나와 배 있는 곳에 와보니, 배는 승객을 내려주느라 다른 곳으로 옮겨가버렸다. 하인 고씨와 함께 물건을 지니고서 빗속을 기다시피 하여 강을 따라 올라갔다. 철루(鐵樓)와 회안봉 아래를 지나면서 정박해 있는 배를 빠짐없이 찾아보았으나 끝내 찾아내지 못했다. 이에 작은 배를 구해 물길을 따라 다시 찾아내려가다가 철루 밖에서 겨우 찾아냈다. 정문 스님은 원래 배에서 지켜보고 있었을 터인데, 배가 움직여도 저지하지 않았고, 배가 정박하고 나서도 밖의 동정을 살피지 않았다. 우리가 작은 배를 저어 외쳐 부르면서 지나가도 혼잡한 여러 배들 속에서 끝내 아무 응답도 하지 않은 바람에, 우리를 왔다 갔다 하도록 만들었던 것이다. 이날 비가 그치지 않았다. 배 역시 정박한 채 길을 떠나지 않았다.

2월 초열흘

밤새 내리던 비가 동틀 녘까지 이어졌다. 상강 유역을 갓 돌아다니는 터이니, 이러한 일을 직접 겪어도 그리 나쁘지 않다고 생각했다. 오전에 비가 차츰 그쳤다. 해질녘이 되자, 손님이 도착하고 비도 그쳤다. 그제야 배는 밧줄을 풀고 출발했다. 5리를 나아가 수부묘(水府廟) 아래에 정박했다.

2월 11일

5경이 되자 다시 빗소리가 들려오더니, 날이 밝자 차츰 그쳤다. 25리를 달려 남쪽으로 구란탄(鈎欄灘)에 올랐다. 이곳은 형주부성 남쪽의 첫 번째 여울이다. 강물이 깊어지고 수면은 좁아졌으나, 물살은 그리 사납지 않았다. 서쪽으로 돌아 다시 5리만에 동양도(東陽渡)에 이르렀다. 그 북쪽은 유리창(琉璃廠)인데, 계부의 각종 그릇을 구워 만드는 가마가 있는 곳이다. 다시 서쪽으로 20리를 달려 나아가니, 차강(車江, 혹은 차강(汊江이라고도 한다)이다. 차강의 북쪽으로 수리 밖이 곧 운모산(雲母山)이다.

이에 남동쪽으로 꺾어 10리를 나아가자, 운집담(雲集潭)이 나왔다. 동쪽 강언덕에 조그마한 산이 있다. 잠시 후 다시 남쪽으로 돌아 10리를 달리자, 신당참(新塘站)이 나타났다.(예전에는 역참이 있었는데, 지금은 없어졌다.) 다시 6리를 달려 신당참 상류의 맞은 편 물가에 배를 댔다. 함께 배를 타고 있는 사람 가운데에 형주부의 애행가(艾行可)와 석요정(石瑤庭)이라는 이가 있다. 애씨는 계부의 예생(禮生)[1]이고, 본래 소주부(蘇州府) 사람인 석(石)씨는 이곳에 거주한 지 벌써 3대나 되었다.

이때 해는 아직 지지 않았다. 이곳에는 곡물을 실은 두 척의 배만 있었다. 그래서 그 배의 곁에 배를 댔다. 얼마 후 물길을 함께 올라오던 대여섯 척의 배 역시 뒤따라 배를 댔다. 배를 댄 물가 위에는 본래 마을이 없다. 석씨와 앞배에 타고 있던 휘주부 사람은 모두 강호를 떠돌아다니는 데에 이골이 난 사람들인데다, 애씨 또한 이곳 사람인지라, 배가 가고 멈추는 것은 내가 상관할 바가 아니라 여기고서, 정박하는 대로 따랐다.

해가 저물자 달빛이 자못 밝았다. 생각해보니 입춘 이후 달을 보지 못했다. 배에 오르기 전날 밤에도 상강에는 밤새 비가 내렸는데, 오늘밤은 상강의 물가에 밝은 달이 뜬 것이다. 이틀밤 사이에 각각의 멋진 풍광을 마음대로 감상할 수 있으니 뛸 듯이 기뻤다. 그런데 잠시 후 홀연 언덕 위 물가에서 슬피 우는 울음소리가 들려왔다. 어린 아이 같기도 하고 아낙네 같기도 한데, 두 시간여를 울고서도 그치지 않았다. 배들은 정적에 휩싸인 채, 아무도 묻는 이가 없었다.

울음소리를 들으며 나는 잠을 이룰 수가 없어서 베개머리에서 연민의 정을 담은 시 한 수를 지었다. "외로운 배 위의 퉁소소리는 적벽의 일을 슬퍼하고, 처량한 비파소리는 푸른 적삼의 양 옷소매를 적시네."[2]라는 시구를 짓고, "험난한 여울에 돌아가는 기러기 놀라니 초경이요, 달빛 아래 두견새 슬피 우니 삼경이로다"라는 시구도 지었다. 그러나 나는 다만 사기꾼의 술수가 아닐까 염려했다. 불쌍히 여겨 그를 받아들여줄 때 곧바로 뒤따라와 을러대며 사기치는 도적놈들이 뜻밖에도 있었던 것이다.

2경에 이르러 정문 스님이 도저히 참을 수 없었는지 소변을 보러 강언덕에 올랐다. (정문 스님은 계율을 엄격히 지켜 가래를 뱉거나 소변을 볼 때, 반드시 물가에 올라가서 하지, 물속에다 하지 않았다.) 올라간 김에 그는 우는 사람을 불러서 물어보니 어린아이였다. 나이는 열네댓 살로 아직 머리카락도 따지 않은 아이였다. 아이는 자신이 내시 왕(王)씨의 문하에 있으며 나이는 겨우 열두 살인데, 왕씨가 자주 술주정을 하면서 몽둥이로 두들겨 패는지라 도망치고 싶다고 속였다. 정문 스님이 그더러 돌아가라 타이르고 좋은 말로 위로했으나, 그는 끝내 물가에 누워버렸다.

정문 스님이 배에 오른 지 얼마 지나지 않아 한 떼의 도적들이 고함을 지르며 배로 달려들었다. 횃불과 창검이 어지러이 떨어져 내렸다. 나는 그때 깨어있던 터라 급히 잠자리 아래의 노잣돈이 든 상자를 꺼냈다. 애씨의 객실을 넘어 고물에서 물속으로 뛰어들려고 했는데, 고물은 마침 도적들이 칼을 휘두르면서 고물의 문을 부수고 있는지라 나갈 수 없었다. 그래서 뜸의 틈새를 있는 힘껏 벌려 상자를 강물에 내던지고서는, 다시 잠자리로 돌아와 옷을 찾아 몸에 걸쳤다. 정문 스님과 하인 고씨, 그리고 애씨와 석씨, 그리고 이들의 하인은 발가벗은 채, 혹은 요를 두른 채 한 군데에 내몰려 있었다.

앞쪽의 도적들은 가운데의 선창을 따라 나아오고, 뒤쪽의 도적들은 뒷문을 깨부수고 쳐들어왔다. 앞뒤로 칼과 창으로 어지러이 찔러대니, 맨몸으로 당하지 않는 이가 없었다. 틀림없이 도적에게 붙들릴 것이라고 여긴 나는, 지니고 있던 비단 옷이 불편하겠기에 죄다 버렸다. 모두들 무릎을 꿇은 채 살려달라고 빌었지만, 도적들의 살육은 그치지 않았다. 그래서 모두들 한꺼번에 뛰쳐 일어나, 뜸을 젖히고 물속으로 뛰어들었다. 나는 맨 마지막에 물에 뛰어들었는데, 발이 대나무 밧줄에 휘감기는 바람에 뜸과 함께 뒤집혀 빠지고 말았다. 머리가 먼저 강바닥에 닿는 바람에 귀와 코에 물이 밀려들자, 급히 솟구쳐 올랐다.

다행히 물이 얕아 겨우 허리밖에 차지 않았다. 물길을 거슬러 강 한 가운데로 나아가다가, 도적을 피해 오던 이웃 배를 만나 그 안으로 뛰어들었다. 그때 물에 젖어 몹시 추워하자, 그 배의 손님이 뱃사공의 담요로 나를 덮어 주었다. 그 배에 누운 채 강물을 거슬러 3, 4리 올라가 향로산(香爐山)에 배를 대니, 어느덧 강 맞은편에 와 있었다. 몸을 돌려 강도당한 배를 바라보니, 불길이 시뻘겋게 타오르고 있었다. 도적들은 일제히 지른 고함을 신호로 떠나갔다.

잠시 후 함께 정박했던 여러 배들이 배를 옮겨 대려고 다가왔다. 누군가 남경(南京)의 재상이 온 몸에 네 군데나 상처를 입었다고 했다. 나는 그 말을 듣고서 말도 안되는 허망한 소리라고 남몰래 비웃었다. 다행히 나는 맨몸으로 창과 칼이 난무하는 가운데에서 상처 한 곳 입지 않았으니, 이는 참으로 천행이었다. 정문 스님과 하인 고씨의 소재를 알지 못했으나, 그래도 물속으로 뛰어들어 호랑이 밥만 되지 않았다면 돈 주머니야 문제될 게 없었다. 다만 장종련(張宗璉)[3]이 지은 『남정속기』 한 질은 그의 친필 기록으로, 그의 집에 200여 년간 소장되어 있던 것을 손에 넣은 것인데, 이런 액운을 당했으니 가슴 아픈 일이 아닐 수 없었다!

이때 뱃사공의 부자 역시 찔려 상처를 입은 채, 이웃 배에서 슬피 울고 있었다. 석요정과 애씨의 하인, 그리고 하인 고씨는 다른 배에 있었다. 모두들 도적에게 찔린 채 맨몸으로 내가 타고 있는 배로 건너와, 나와 함께 이불을 덮고 누웠다. 그제야 네 군데나 찔렸다는 이가 바로 나의 하인 고씨임을 알게 되었다. 원래 탔던 배의 휘주 사람 다섯 명은 모두 벌목공인데, 그들 가운데 두 사람은 이웃 배에 타고 있었으나, 나머지 세 사람은 어디 있는지 알 수 없었다. 나의 객실에 타고 있던 정문 스님이 여전히 보이지 않고, 뒤쪽 객실에 타고 있던 애행가와 증(曾)씨 성의 그의 벗 역시 보이지 않았다.

나는 그때 빽빽한 사람들 속에 누워 있었는데, 하인 고씨가 몹시 심하게 신음했다. 나는 짐보따리야 비록 깡그리 불타버리고 강탈당해버렸지만, 강에 던진 상자의 노잣돈은 혹 강바닥에서 찾을 수도 있으리라 생각했다. 다만 날이 밝으면 누군가 발견하고서 가져가버릴까 염려스러워 동이 트는 대로 찾으러 가야 할 텐데, 몸에 실오라기 하나 걸치지 않았으니 어떻게 언덕에 오른단 말인가? 이날 밤 처음에는 달이 유난히 밝더니만, 도적떼가 왔을 무렵에는 먹구름이 사방에 깔렸다. 동틀 무렵, 비가 또 보슬보슬 내리기 시작했다.

---

1) 예생(禮生)은 제사를 지낼 때 의례를 도와 진행을 담당하는 집사이다.
2) 이 시구의 내용은 소식(蘇軾)의 「적벽부(赤壁賦)」와 백거이(白居易)의 「비파행(琵琶行)」에서 빌려온 것이다. 즉 「적벽부」에서는 "손님 중에 퉁소 부는 이 있어 노래에 따라 가락을 맞추니, 퉁소소리 울리매 원망인 듯, 그리움인 듯, 우는 듯, 호소하는 듯(客有吹洞簫者, 倚歌而和之, 其聲嗚嗚然, 如怨如慕, 如泣如訴)"이라 했고, 「비파행」에서는 "슬프기 그지없어 앞의 곡과 다르니, 듣는 모든 이 소리 죽여 흐느끼네. 그 중 눈물 가장 많이 흘린 이 누구이런가, 강주사마의 푸른 적삼이 흠뻑 적어 있구나(凄凄不是向前聲, 滿座重聞皆掩泣. 座中泣下誰最多, 江州司馬靑衫濕)"라 했는 바, 서하객 자신의 서글픈 심정을 위의 두 시의 내용을 빌어 투사한 것이다.
3) 장종련(張宗璉)은 명나라 사람으로 길수(吉水) 출신이며, 자는 중기(重器)이다. 영락(永樂) 연간에 벼슬에 나아가 남경대리승(南京大理丞)을 역임했다.

2월 12일

이웃 배의 대(戴)씨 성의 손님이 나를 몹시 불쌍히 여겨 그의 속옷과 홑겹 바지를 내게 나누어주었다. 나는 몸에 지닌 것이 아무 것도 없는지라, 상투 속에 남아 있는 은 귀이개 하나를 더듬어 보았다. (나는 평소 비녀로 상투를 틀지 않는다. 이번 여행길에 소주에 갔을 때, 20년 전 복건福建에서 전당강錢塘江가로 돌아올 적에 허리에 차고 있던 돈을 이미 몽땅 써버렸는데, 상투 속에서 비녀를 꺼내 그 반을 잘라 식대를 치르고 나머지 반으로 수레를 빌려 소경사昭慶寺 김심월金心月의 거처로 돌아왔던 일을 떠올렸다. 그래서 이번 여행길에는 귀이개로 바꾸었는데, 머리카락을 틀어 묶는 데에 쓰기도 하고 불시의 필요에 대비할 셈이었다. 이번에 강물에 빠졌으나 다행히 귀이개가 있어 머리카락이 흐트러지지는 않았다. 그러나 애행가는 머리카락을 흐트러뜨린 채 갔으니 구제할 수 없는 지경에 이르렀다. 비록 보잘 것 없는 물건일지라도, 목숨을 보전시킬 수도 있도다!) 귀이개로 보답하고서 총총히 그의 성명을 묻고 헤어졌다.

이때 하인 고씨는 벌거벗은 몸을 가릴 게 없었다. 나는 대씨가 준 바지를 그에게 주고, 나는 속옷을 입었는데, 그 속옷은 허리까지만 내려왔다. 이웃 배의 뱃사공이 해진 옷을 내게 주었다. 나는 그것으로 앞을 가린 채 물가에 올랐다. 물가는 여전히 상강의 북동쪽 언덕에 있는지라, 언덕을 따라 북쪽으로 나아갔다. 이때 물가에 함께 오른 이는 나와 하인 고씨, 석요정, 그리고 애행가의 하인, 두 명의 휘주 사람이었다. 여섯 명의 일행은 모두 죄수의 몰골이었다. 새벽녘의 찬바람이 뼈 속 깊이 파고들고, 자갈이 발바닥을 찢었다. 앞으로 나아갈 수도, 그렇다고 멈추어 설 수도 없었다.

4리를 나아가자 날이 차츰 밝아왔다. 불에 탄 채 노략질당한 배가 강 너머에 있었다. 여러 척의 배들이 오르내리고 있었으나, 우리의 행색을 보더니 아무도 건네주려는 이가 없었다. 아무리 거듭거듭 애걸하고 소리쳐도 도무지 믿어주는 이가 없었다. 애씨의 하인이 강 너머로 그의 주인을 외쳐 부르고, 나도 강 너머로 정문 스님의 이름을 외쳐 불렀으며, 휘주 사람 역시 그의 벗을 외쳐 불렀다. 모두들 각각 소리쳐 불렀으나, 대꾸하는 이가 아무도 없었다.

　잠시 후 누군가 나를 부르는 소리가 들렸다. 정문 스님임을 알고서 나도 모르게 기쁨에 넘쳐 말했다. "우리 세 사람 모두가 살아 있었구나." 정문 스님을 어서 만나고 싶었다. 강 너머의 토박이들이 배를 몰고 와서 우리를 건네주었다. 불타버린 배에 이르자, 정문이 멀리 보이는지라 더욱 기뻤다. 여기에서 물속에 뛰어들어 걸어가면서 먼저 대나무 상자를 내던졌던 곳을 찾아보았다. 이것을 본 정문 스님이 왜 그러는지 까닭을 묻더니, 멀리서 내게 이렇게 말했다. "상자는 여기 있는데, 상자 속의 돈은 벌써 다 없어졌습니다. 당신이 손으로 베껴 쓴 「우비(禹碑)」와 「형주통지(衡州統志)」는 그래도 물에 젖지 않았어요."

　언덕에 올라 정문을 만났다. 그는 타버린 배안의 옷과 이불, 대나무 책상자 등의 몇 가지를 건져내 모래 언덕 곁에서 지키고 있었다. 그는 내가 추위에 떠는 것을 불쌍히 여겨 급히 자기가 입고 있던 옷을 벗어 내게 주고, 또 바지와 양말을 구해 주었다. 옷가지들은 모두 불에 탔거나 물에 젖어 있는지라, 타고 남은 불에 쬐어 말렸다. 이때 휘주부의 손님 5명은 모두 살아 있었고, 애씨네 4명 가운데 두 친구와 하인 한 명도 비록 상처를 입기는 했지만 살아 있었다. 다만 애행가는 끝내 종적이 묘연했다. 그의 친구들과 하인이 토박이들에게 간청하여 배에 나누어 타고 강물을 따라 이곳저곳 뒤지고 다니는 동안, 우리는 모래위에서 옷을 말리면서 그의 소식을 기다렸다.

　이때 몹시 배가 고팠으나, 취사도구가 모조리 불에 타거나 물에 빠진 채 남은 것이 없었다. 정문 스님이 물에 들어가 조그마한 솥 하나를 건져오더니, 또다시 물에 들어가 물에 젖은 쌀을 건져내왔다. (처음에 몇 되의 마른 쌀을 꺼냈으나, 모두 애씨 하인이 가져가버렸다.) 정문 스님은 죽을 끓여 재난을 당한 사람들에게 나눠 먹인 다음, 자기도 먹었다. 오후가 되었는데도 애행가의 소식이 도통 없자, 휘주 사람들은 먼저 배를 타고 형주부로 돌아갔고, 나도 석요정, 증씨, 애씨의 하인과 함께 토박이의 배를 구해 형주부로 돌아갔다. 나는 그래도 애행가가 먼저 성으로 돌아갔으리라는 터무니없는 생각을 해보았다.

토박이의 배는 꽤 큰데다 배를 모는 이가 한 사람뿐인지라, 비록 물 흐름을 타고 가는데도 20여리를 채 가지 못해 차강에 이르자, 날은 벌써 어두워지고 있었다. 20리를 달려 동양도(東陽渡)에 이르렀다. 어느덧 밤이 깊었다. 이때 달빛이 한결 밝았다. 달빛을 타고 30리를 달려 철루문(鐵樓門)에 이르니, 벌써 오경이었다. 애행가의 하인이 먼저 돌아가 그의 소식을 물어보았으나, 그의 흔적은 끝내 묘연했다.

이에 앞서, 정문은 우리가 맨몸으로 물에 뛰어드는 것을 보았지만, 불경과 책상자가 뜸 옆에 있다는 생각이 나서 배에 머물러 있었다. 그가 필사적으로 애걸하자, 도적들은 불경을 내버려두었다. 도적들은 나의 대나무 상자를 깨부술 때, 상자 안에 온통 책뿐인 것을 보고 배 밑바닥에 쏟아버렸다. 정문 스님은 다시 도적들에게 애걸하여 그것을 주워 모아 깨진 상자에 넣었다. 도적들 역시 이를 가로막지 않았다. (상자 안에는 『대명일통지大明一統志』 등의 여러 책과 문담지文湛持, 황석재黃石齋, 전목재錢牧齋가 내게 준 여러 친필 서신, 그리고 내가 쓴 일기, 내가 쓴 유람기 원고 등이 있었는데, 오직 유우공劉愚公에게 보내는 글만 사라지고 없었다.)

이어 도적들은 나의 가죽 상자를 열더니, 안에 비단 옷감이 들어 있는 것을 보자 곧장 보따리에 싸서 가져가버렸다. 이 상자 안에는 미공(眉公)이 여강(麗江)의 목공(木公)에게 여러 일을 설명한 원고, 그리고 그가 홍변(弘辨)과 안인(安仁)에게 보내는 편지, 창오도(蒼悟道)의 고동서(顧東曙) 등의 집에 보내는 편지 등 수십 통, 그리고 장종련이 지은 『남정속기(南程續記)』가 있었다. 『남정속기』는 선덕(宣德)[1] 초에 장종련이 광동에 특사로 갔을 때 지은 글이다. 그의 가족이 200여 년 동안 귀하게 간직했던 것을 달라고 간청하여 얻어다가, 곁에 장정산(莊定山)[2]과 진백사(陳白沙)[3]

의 글로 그것을 싸서 서신들 사이에 놓아두었던 것이다. 정문 스님은 알지도 못할 뿐더러 구할 겨를도 없었을 것이다. 도적떼가 이 모두를 가져가 어디에 팽개쳐버렸는지 알 수가 없으니, 참으로 애석한 일이다.

또한 나의 가죽 상자도 가져가 버렸는데, 이 안에는 나의 집안에서 간직해 온 「청산첩」 여섯 권과 철침, 주석 화병, 진용경(陳用卿)[4]의 도자기 등 모두 귀중한 물건들이 들어 있었다. 도적들은 가죽 상자를 손에 넣자, 열어보지도 않은 채 급히 보따리에 싸서 가져가버렸다. 도적들은 나의 대나무 기물을 깨부수고 과일을 버무린 간식을 배 바닥에 내던졌으며, 조능시(曹能始)[5]의 『명승지(名勝志)』 3권, 『운남지(雲南志)』 4권 및 『유기(游記)』 합각본 10권 모두 불태워 버렸다. 애행가의 배 안에 있던 여러 물건 역시 대부분 불에 타버렸다. 오직 석요정의 대나무 책상만은 도적들이 끝내 열어보지 못했다.

도적들은 떠나면서 배의 뒤쪽 선실에 불을 질렀다. 그때 정문 스님은 마침 그 옆에 있다가 도적들이 떠나자마자 불을 껐는데, 내가 묵던 선실에도 불이 붙자 정문 스님은 다시 강에 뛰어들어 물을 퍼서 불을 껐다. 도적들은 물소리를 듣고서 사람이 있다고 여겼다. 정문을 발견한 그들은 그를 두 차례 찌른 뒤 떠났다. 불은 이미 걷잡을 수 없이 타올랐다. 그때 여러 배들은 모두 멀리 도피했으나, 곡물선 배 두 척은 그대로 있었다. 정문 스님이 이 배를 향해 소리치자, 그들은 도리어 멀리 옮겨가버렸다.

이에 정문 스님은 강물로 뛰어들어 떨어진 뜸을 뗏목 삼아, 서둘러 불경과 책 상자 및 타고 남은 나의 갖가지 물건을 모아 싣고서 곡물선이 있는 곳으로 건너갔다. 그리고는 다시 불길을 무릅쓰고 배에 들어가, 애행가의 옷과 이불, 책, 쌀, 그리고 석요정의 대나무 책상자를 집어 뜸 위에 싣고서 다시 곡물선으로 건너갔다. 세 번째 배로 갔을 때 배는 이미 가라앉아 있었다. 정문 스님은 강물 바닥에서 젖은 옷 서너 가지를 건져 곡물선으로 건너왔다. 곡물선은 어둠을 틈타 비단옷 등의 물품을 감춘 채, 고작 베옷과 베 이불만을 남겨놓았다. 정문 스님은 이에 물건들을 모래밭 위로 다시 옮겼다. 곡물선 역시 떠나버렸다.

이 물건들을 지키다가 우리가 강을 건너왔을 때, 석씨와 애행가의 하인이 구해놓은 물건을 보고서 모두 자기 것이라 우기면서 가져갔다. 정문 스님이 석씨에게 "모두 당신 물건이오?"라고 묻자, 석씨는 정문을 욕하면서 이렇게 말했다. "여러 사람들은 당신이 물가에 올라 도적을 끌어들였다고 의심하고 있소 (우는 아이에게 물었던 일을 가리키는 것이다.) 당신은 정말 나쁜 사람이로구만, 내 상자를 훔치려 하다니." 그는 정문 스님이 그를 위해 창칼을 무릅쓰고, 추위와 불길, 물을 두려워하지 않은 채, 이 상자를 지키고 주인이 찾아가기를 기다렸음을 알지 못한 채, 남의 은덕을 고마워하기는커녕 도리어 욕을 해댔다. 도적들조차 스님을 불쌍히 여긴 터에, 이 자는 도적들보다 더 악독했다. 이처럼 양심 없는 사람이 있다니!

---

1) 선덕(宣德)은 명나라 선종(宣宗)의 연호로서, 1426년부터 1435년까지이다.
2) 장정산(莊定山)은 장창(莊昶)을 가리키며, 자는 공양(孔暘)이고 호는 정산(定山)이다. 그는 응천부(應天府) 강포(江浦) 출신으로 남경이부랑중(南京吏部郎中)을 역임했다. 그는 도학에 밝아 아래의 진헌장(陳獻章)과 교류했으며, 시 창작에도 뛰어나 『장정산집(莊定山集)』을 남기고 있다.
3) 진백사(陳白沙)는 진헌장(陳獻章, 1428~1500)을 가리키며, 광동 신회(新會) 백사리(白沙里) 출신이기에 흔히 백사선생이라 일컫는다. 그는 영남의 뛰어난 사상가, 교육가로서 영남의 학술사상사에 크게 공헌했는바, 그의 심학(心學)이론은 '도는 천지의 근본(道爲天地之本)'이라는 사상을 기초로 하고 있다.
4) 진용경(陳用卿)은 명나라 만력(萬曆) 연간(1573~1620)에 강소성 의흥(宜興)의 특산인 자사(紫砂) 도자기 제작에 뛰어난 장인의 한 사람이다. 그는 진중미(陳仲美)와 심군용(沈君用), 진문경(陳文卿) 등과 함께 일컬어졌으며, 이들이 제작한 도자기는 강남 지역의 관료 및 사대부들이 다투어 사 모았다고 한다.
5) 조능시(曹能始)는 조학전(曹學佺, 1574~1647)을 가리키며, 자는 능시이고 호는 석창(石倉)이다. 만력 연간에 벼슬길에 나아가 호부낭중(戶部郎中)을 역임했으며, 남명(南明) 왕조에서는 예부상서(禮部尙書)를 역임했다. 저서로는 『금릉집(金陵集)』 등이 있다.

2월 13일

동틀 무렵 물가에 올랐으나, 어디로 가야할지 막막했다. 김상보는 타향 객지에서 알게 된 사이이지만, 그에게 가면 혹 억지로라도 머무르게 해주지 않을까 싶었다. 철루문이 열리기를 기다렸다가, 성문에 들어갔다. 급히 김상보의 거처로 달려가 도적떼를 만난 일의 전말을 이야기하자, 김상보는 슬퍼하고 분개했다. 나는 처음에 계부에서 수십 량의 은자를 빌릴 터이니, 김상보에게 담보를 서달라고 부탁했다. 김상보가 고향에 돌아올 때 우리 집에 들러 받아다가 갚을 작정이었다. 이렇게 된다면 우리들은 계속해서 서부 지역을 여행하는 바람을 이룰 수 있으리라 여겼다.

김상보는 계부에 빌려줄 만한 은자가 없다고 말하고, 내가 만약 고향으로 돌아간다면 따로 의복과 행장을 마련해주겠노라며 내 의견을 물었다. 내가 만약 재난을 당해 느닷없이 집에 돌아간다면, (문장이 빠져 있다) 자금을 마련하여 다시 오려 해도 처자식이 틀림없이 가도록 놓아줄 리 없을 거라는 생각이 들었다. 그래서 나의 여행을 계속하려는 뜻을 바꾸고 싶지 않아 한사코 김상보에게 우리를 도와 달라 간청했다. 그러자 김상보는 한번 해보마고 대답했다.

2월 14일과 15일

이틀 내내 김상보의 숙소에 있었다.

2월 16일

김상보가 우리의 일을 내사[1]에게 알리자, 22일에야 모여 도울 방안을 의논하기로 약속했다. 처음에 김상보가 자기는 돈을 빌려줄 수 없으니 여러 내사에게 함께 도와줄 것을 두루 요청하겠다고 했을 때, 나는 자못 난감했다. 정문 스님의 말에 따르면, 그는 오랫동안 늘상 다니는 절에 부처의 은덕에 대한 감사의 뜻으로 스님에게 밭을 시주하고 싶어 했다. 이제 여러 사람의 도움을 받아 나에게 서부 지역의 여비를 빌려준다 하니, 내가 돌아가 도움받은 액수만큼 그를 위해 절에 밭을 사서 시주하고, 구제해준 사람들의 이름을 비석에 새긴다면, 두 사람 모두에게 매우 잘된 일이 아니겠냐고 했다. 나는 어쩔 수 없이 그의 말에 따르기로 했다.

---

1) 내사(內司)는 왕부(王府)의 속관(屬官)을 가리킨다.

2월 17일과 18일

이틀 내내 김상보의 숙소에 있었다. 이때 나의 머리끝에서 발끝까지 입고 지닌 것은 모두 김상보의 물건이었다. 하지만 하인 고씨는 여전히 쑥대머리에 맨발로 몸을 가릴 옷조차 없는 채, 그저 요행을 바라며 김상보의 거처에서 지내고 있었다. 형주성으로 돌아온 이래 맑게 갠 날이 하루도 없이, 비가 내리거나 흐렸다. 진창이 너무 심해 한 걸음도 떼기 어려웠다.

2월 19일

유명우(劉明宇)를 만나러 갔다가 종일토록 그의 누대에 앉아 있었다. 유명우는 형주부 출신의 상서 유요회(劉堯誨)의 양자이다. 그는 어렸을 적에 힘이 장사이고 강개한 성격에 의로운 일을 좋아한지라 상서께서 아끼고 신임했다. 올해 나이 어느덧 쉰여섯 살인데, 계율에 따라 소찬을 먹되 술을 금하지는 않았다.

내가 재난을 당했다는 이야기를 전해들은 그는, 김상보의 거처로 나를 찾아와 나를 위해 도적을 잡아주겠노라고 했다. 나는 그의 호의에 감사드리면서 이미 잃어버린 물건이야 설사 되찾는다 해도 서부를 여행할 여비가 되지는 못할 터이지만, 장종련의 『남정속기』한 질은 그의 집안이 200여 년간 소장해온 물건이며, 미공 등이 여강(麗江)에 보낸 편지들은 그들에게는 쓸모없으나 내게는 다시 구하기 어려운 물건이라 아깝기 짝이 없다고 말했다. 유명우는 신위 앞에서 맹세하여 "돈은 되찾지 못하더라도 공을 위해 책과 편지들은 반드시 찾아드리겠습니다"라고 말했다. 나는 어쩔 수 없이 잠시 그의 말에 따르기로 했다.

2월 20일

날이 맑게 갰다. 시부문 밖으로 나왔다가 철루문으로 성에 들어왔다. 길을 가던 중에 보주차꽃을 꺾는 것을 보았는데, 꽃이 크고 꽃잎은 빽빽하며 햇빛을 받아 붉게 반짝였다. 또 겹겹의 꽃잎이 빨간 복사꽃을 꺾는 것을 보았는데, 미처 피지 못한 꽃봉오리가 대단히 컸다. 이 꽃들은 모두 도화충에서 나온 것들이다. 그것을 구경하러 가볼 작정이었다.

그런데 그제 오후 갑자기 일곱 개의 성문이 모두 일찌감치 닫혀버렸다. 아마 동안현(東安縣)에서 큰 도적떼가 현성을 공격한데다 기양현(祁陽縣)에서도 도적들이 죽이고 약탈했기 때문이리라. 나는 성 밖에 묶여버릴까 염려하여 곧바로 성으로 되돌아왔다. 내일 정문 스님과 함께 놀러 가기로 약속했다.

2월 21일

먹구름이 또다시 하늘을 가득 덮었다. 정오 무렵에 비가 다시 부슬부슬 내리는지라 끝내 놀러 나가지 못했다. 이날 남문에서 일곱 명의 도적을 붙잡고 자백한 무리가 백 명에 이르렀다. 유명우는 나를 위해 포도청에 우리가 당한 일을 자세히 알렸다. 오후에 유명우가 고사리 순을 나에게 대접했는데, 전에 천모전에서 맛보았던 해바라기요리와 더불어 야채 요리 가운데 으뜸가는 두 가지이다. 나는 왕유(王維)의 "소나무 아래에서 깨끗한 소채를 먹나니 이슬 머금은 아욱을 꺾네"[1]라는 시구와 소식(蘇軾)의 "고사리 순 갓 돋으매 어린 아이 주먹만 하네"[2]라는 시구를 떠올렸다.

일찍이 이 두 요리는 박사[3]와 함께 세 가지 별미라 여겨왔는데, 나의 고향에는 전혀 없는 것들이다. 형주성에 이르러 일찍이 천모전에서 아욱 요리를 맛보았고, 여기에서는 고사리 요리를 맛보는데, 그 맛이 유난히 좋다. 대체로 해바라기 요리가 바삭바삭하면서 부드럽다면, 고사리 요리는 매끈하면서도 부드러워, 각기 특이한 맛이 있었다. 이날 오후 갑자기 바람이 일어 추위가 심해졌다. 한밤중에 바람이 미친 듯이 불고 비가 그치지 않았다.

---

1) 왕유(王維, 701~761)는 당나라의 대표적인 시인으로, 자는 마힐(摩詰)이고 흔히 관직명을 따라 왕우승(王右丞)이라 일컫기도 한다. 그의 시에는 불교적 선취(禪趣)가 담겨 있으므로, 시선(詩仙) 이백(李白)과 시성(詩聖) 두보(杜甫)에 견주어 그를 시불(詩佛)이라 한다. 여기에 인용된 시구는 「적우망천장작(積雨輞川莊作)」에 나온다.
2) 소식(蘇軾, 1037~1101)은 북송때의 정치가이자 문인으로, 자는 자첨(子瞻)이고 호는 동파거사(東坡居士)이다. 여기에 인용된 시구는 구양수(歐陽修)의 「만소춘순시(漫沼春筍詩)」 가운데 "죽순 갓 나오매 어린 송아지 뿔만 하고, 고사리 순 갓 돋으매 어린 아이 주먹만 하네(竹筍才生黃犢角, 蕨芽初長小兒拳)"라는 시구에서 비롯되었다.
3) 박사(薄絲)는 저박(苴蒪) 혹은 양하(蘘荷)라고도 한다. 다년생 식물로서 잎사귀는 갓 돋은 사탕수수처럼 생기고 뿌리는 생강의 싹과 같은데, 꽃술과 연한 잎사귀를 먹을 수 있다.

2월 22일

아침에 일어나자 바람은 자고 비도 개었다. 오전에 정문 스님과 함께 첨악문(瞻岳門)을 나서 초교를 넘어 녹죽원을 지났다. 복사꽃이 어지러이 날리고, 버들빛은 여전했다. 나도 모르게 떠나고 머묾의 감정이 솟구쳤다. 서광 스님을 만나러 들어갔으나 만나지 못하고, 그의 제자와 함께 계화원(桂花園)에 들어섰다. 보주차꽃이 만발하여 있다. 꽃은 쟁반 크기만 하고 진한 검붉은 빛깔의 꽃잎이 빽빽하다. 나무 위 짙푸르게 우거진 가지와 잎사귀 위에 수만 송이가 떠 있으니 참으로 장관이다.

동산을 한참동안 이리저리 거닐다보니, 이 내 몸이 환난 중에 처해 있음을 잊었다. 시내 건너편 평지 안을 바라보니, 복사꽃과 푸른 대나무가 서로 잘 어우러져 비친다. 그 사이로 시내를 내려다보는 누각이 있고, 산꼭대기에는 새로 지은 정자가 있다. 누각은 이전에 놀러왔을 적에 들어가보지 않았고, 정자는 그때만 해도 아직 다 꾸며지지 않았었다. 급히 층계를 따라 들어가니, 향긋한 꽃들이 만발해 있다. 별안간에 벌어진 엄청난 변화에 감탄을 금할 수가 없었다.

산에 올라 꼭대기의 정자에 걸터앉았다. 남쪽으로 상강의 흘러가는 모습을 굽어보고 서쪽으로 지는 해를 바라보니, 서글픔이 밀려왔다. 이에 초교를 되돌아지나 다시 석고산에 올랐다가 합강정에서 동쪽으로 내려와 강가에 이르러 이수석(二竪石)을 구경했다. 이것은 두 개의 돌기둥이다. 곁은 바위로 지탱하고 위에는 대련이 새겨져 있다. (한 연에는 "강물을 내려다보며 임공의 낚시1)를 드리우네"이고, 다른 연은 "흐르는 물을 바라보며 어린아이의 동요2)를 길게 읊조린다"라고 쐬어 있다.) 산의 이름이 석고(石鼓)이지만, 북 모양의 바위는 아니다. 두 차례 이곳을 지났을 적에는, 모두 해질녘이었다. 풍광은 다름이 없는데, 인생사는 오히려 어그러짐이 많으니, 어찌 정감이 일지 않을 수 있으랴!

---

1) 임공(任公)은 중국의 고대전설에 나오는, 물고기를 잘 잡은 사람이다.『장자(莊子)』「외물(外物)」편에 임공이 큰 낚시와 검은 줄로 오십 마리의 소를 미끼로 회계산에 앉아 낚싯대를 동해에 드리워 물고기를 낚는 이야기가 나온다.
2) 어린아이의 동요(孺子歌)는 창랑가(滄浪歌)를 가리키는 바,『맹자』「이루(離婁)」편에

"'창랑의 물이 맑으면 나의 갓끈을 씻을 것이요, 창랑의 물이 흐리면 나의 발을 씻으리로다'라는 어린아이의 동요가 있다(有孺子歌日 : '滄浪之水淸兮, 可以濯我纓; 滄浪之水濁兮, 可以濯我足.')"라고 씌어 있다.

2월 23일

하늘이 파랗게 맑았다. 남쪽 교외로 나가고 싶어, 먼저 철루문을 나섰다. 애행가의 집에 들러 안채로 올라가 그의 어머니를 뵈었다. 애행가의 주검은 찾은 지 벌써 이틀이 되었다. 횡액을 당한 곳에서 하류로 10리 떨어진 운집담에서 찾았다고 한다. 그의 어머니께서 "어제 내가 몸소 그곳에 가서 주검을 어루만지며 소리를 질렀더니, 별안간 눈 안에서 피가 솟구쳐 내 몸에 튀었소"라고 말했다. 오호라, 죽은 자도 이러할진대, 살아 있는 이가 어찌 슬픔을 참을 수 있으리오!

그의 상처 입은 곳을 물으니, "얼굴에 두 군데 상처가 있었소"라고 말했다. 사실 파도의 신이 도적을 도와 그를 해쳤다느니, 그의 지체가 네 토막으로 갈라졌다느니 하는 소리는 모두 와전된 것이었다. 이때 그의 관은 성 남쪽의 홍감(洪鑒)의 산방 곁에 멈추어 있었다. 홍감은 그의 벗이자 친척이다. 필보(畢甫)가 마침 풍수가를 데려와 장례를 거행하려 한다기에, 그들과 함께 갔다.

회안봉 서쪽 기슭을 따라 남쪽으로 산등성이의 평지를 넘어 4리만에 그곳에 이르렀다. 그곳은 어지러운 산등성이가 빙글 감아도는 곳이다. 그 사이에 문을 닫아걸고 수도하는 집이 있기는 도화충과 마찬가지였으나, 도화충만큼 승방들이 줄지어 있지는 않았다. 도화충보다 훨씬 아늑하고 호젓했다. 홍감의 집은 앞쪽에 푸른 대나무 숲이 있고, 뒤쪽에 산등성이가 둥글게 치솟아 있다. 그의 집안에는 세 칸의 방이 있다. 가운데 칸은 불상을 모시고, 왼쪽 칸은 책을 읽는 곳이며, 오른쪽 칸은 불을 지펴 밥을 짓는 곳이다. 앞뒤에 모두 쉴 수 있는 조그마한 집이 있으며, 마당 안에 화분들이 어지러이 늘어서 있다. 아담하고 깨끗한 거처였다.

애행가의 관은 고개 곁에 멈추어 있었다. 나는 급히 정문 스님과 함께 가시덤불을 헤치고 관 앞에 나아가 절을 했다. 내가 "우리 모두 먼 길을 여행하다 횡액을 당했는데, 한 사람은 살아 죽은 이를 대하니 그 슬픔을 어찌 감당하리오"라는 애도 시구를 읊자, 홍감과 필보 두 사람 모두 눈물을 훔쳤다. 회안봉 남쪽으로 되돌아오자, 상강 위쪽에 처마끝이 깃을 펼친 듯 솟아오른 건물이 있다. 이곳은 수부전(水府殿)이다.

이에 앞서 애행가의 아우가 내게 이야기하기를, 처음에 형의 시신을 찾지 못해 이곳의 점괘에 따라 운집담에서 찾았다고 한다. 그의 이야기를 듣노라니 가슴이 저려왔다. 이곳에 이르러 나도 수부전에 들어가 신상에 절을 했다. 그리고서 형주부로 갈 것인지, 광서(廣西)로 갈 것인지 두 길을 놓고 신령에게 점괘를 구했다. 광서로 가는 길이 크게 길하다고 했다. (그때 나는 광서를 거쳐 운남雲南으로 가고자 했는데, 강도를 만나 비용을 마련할 길이 없자, 누군가 형주로 가서 규지奎之 숙부에게 여비를 구하라고 권했다. 이때 규지 숙부는 형주별가를 지내고 있었는데, 여기에서 형주까지는 보름이나 걸리는데다, 당시 일이 어찌 될지 모르는지라 신령께 결정해달라고 했던 것이다.) 나는 두 곳에서 돈을 빌리려 한 사실을 신령께 물었더니, 두 곳(김상보와 유명우를 가리킨다.) 모두 안된다는 점괘가 나왔다. 나는 신령의 법력에 더욱 탄복했다. 이 수부전 역시 계부에서 새로 지은 곳으로, 전 안의 신은 대단히 영험했다. 이에 길을 묻는 자들은 모두 점괘를 기록하여 간직했다.

다시 북쪽으로 회안봉에 올랐다. 천수관음각 동쪽의 자그마한 집에서 식사를 했다. 누각 서쪽의 작은 길을 따라 내려왔다가, 다시 서쪽의 화약사에 들어가 주지 스님의 방에서 각공 스님과 함께 또다시 식사했다. 날이 어두워질 무렵 남문으로 들어왔다. 이날은 바람이 따사롭고 햇빛도 화창했다. 봄 들어 가장 좋은 날이었다.

2월 24일

김상보의 거처에 있는데, 각공 스님이 찾아오셨다. 오후에 홀로 시부문을 나서서 찐 연유를 사서 철루문으로 들어왔다. 이날 밤 2경 무렵에 멀리 성 위에서 외쳐대는 소리가 들렸다. 이튿날 아침에야 알게 되었는데, 도적들이 서쪽 성벽을 뚫고서 거의 담을 넘어올 뻔했다고 한다. 다행히 순찰을 돌던 사람이 발견하고서 여러 사람에게 도와달라고 고함을 지른 바람에 도망갔다고 한다.

2월 25일

소서문을 나와 서쪽 성의 파헤쳐진 곳을 구경했다. 대체로 형주부의 성벽은 아주 나지막한데, 서쪽 성벽이 훨씬 심하게 부숴져 있었다. 동쪽 성은 하가의 점포와 집들이 성벽 가까이에 기둥을 걸쳐 세워져 있다. 그래서 그것을 기어올라 들어올 수 있는지라, 굳이 파헤칠 필요가 없다. 이에 나는 서화문(西華門)을 에돌아 계부의 담 후문을 따라 김상보의 거처로 되돌아왔다.

(후재문 밖의 점포에 세 덩어리의 흰 돌이 있기에 그것을 사고 싶었다. 그 가운데의 한 덩어리에는 세 개의 봉우리가 마치 손가락처럼 깎아지른 듯 뾰족이 치솟아 있는데, 두 자의 길이에 새하얀 빛깔이 아름다웠다. 다른 한 덩어리는 한 자 길이의 사각형인데, 가운데에 물을 담을 수 있는 도랑과 못, 전답이 있지만, 약간 사람의 손으로 다듬은 흔적이 있는지라 처음 것보다는 못했다. 그 나머지 덩어리 역시 봉유석인지라 더 못했다.)

이때 형주부의 어떤 사람이 신농씨에 관한 소문을 퍼뜨렸다. 신농(神農)씨와 황제(黃帝)가 인간세상에 강림했다는 것이다. 백성들은 순순히 소문을 믿었다. 처음에는 법륜사(法輪寺)가 소문의 진원지였으나, 나중에는 집집마다 전해져 믿었다. 신농씨와 황제가 이날 세상에 내려와 백성들의 선악을 시찰한다 하니, 백성들 모두가 종이를 사서 불살라 제사를 드리는 바람에, 종이값이 일시에 뛰어오르고 다 팔려 시장에 동이 나버렸다. 우매한 백성들이 쉽게 미혹됨이 이와 같았다.

2월 26일

김상보는 애초에 나를 위해 여비를 마련해주겠노라 했다. 그러나 이런저런 이유로 미루는 바람에 이루어지지 못했다. 이날 문득 제비를 뽑았는데, 백여 은량을 얻게 되었다. 나는 그의 거처에 있다가 이 사실을 알게 되었다. 김상보는 더 이상 미루기 어려운 지라 20 은량을 빌려주기로 하고, 나는 20무 전답의 소작료를 저당으로 잡혀 계약했다.

2월 27일, 28일과 29일

내내 김상보의 거처에서 은량을 기다리며 외출하지 않았다.

3월 초하루

계왕(桂王)이 조정에 나갔다가, 유(劉)승봉 및 왕(王)승봉의 조카에게 도화충에 시주밥을 차려 스님들에게 보시하라고 명했다. 정문 스님이 가서 시주밥을 먹다가 왕승봉의 조카를 만났다. 그를 통해 전에 김상보가 내사에게 우리를 돕자는 뜻을 전했는데, 내사가 반대하지는 않았음을 알았다고 한다. 이 구제가 나의 본의가 아니었고, 이제 김상보에게 빌린 돈도 있는 데다 유명우에게 조금만 더 빌리면 서부로 여행할 수 있을 듯했다. 정문 스님은 왕씨의 뜻이 이러한 것으로 보아, 전혀 희망이 없지는 않다고 여겼다.

이에 나는 정문 스님과 상의하여, 나는 먼저 도주(道州)로 갔다가 구의산(九疑山)을 구경하고, 정문 스님은 이곳에서 도와주기를 기다리다가 내가 되돌아온 뒤 그와 함께 가기로 했다. 이렇게 한다면, 그는 기다리다가 도움을 받을 수 있고 나는 구경하러 다닐 수 있으니, 두 사람 모두의 바람대로 되는 것이다.

3월 초이틀

김상보를 채근하여 은량을 빌린 다음, 김상보의 거처에 은량을 봉해 놓고 약간의 돈만 몸에 지녔다. 유명우가 나에게 돈을 빌려주기로 승낙하여 오늘 건네주기로 약속했으나, 또다시 받지 못했다. 그에게 작별 인사를 하러 가서 기다리다가 배에 오를 시간에 늦고 말았다.

3월 초사흘

아침 일찍 시부문을 나서 배에 올라탔다. 유명우가 먼저 돈 이천 문과 비단을 정문 스님에게 건네주고 나서, 떡과 과일을 싸들고서 남쪽 관문 밖까지 나를 뒤쫓아 왔다. 그때 내가 탄 배는 아직 시부에 정박한 채 출발하기 전이었다. 유명우는 물길을 따라 나를 찾으러 되돌아왔다. 유명우는 나와 만나 다시 만나기를 기약하고서 헤어졌다. 이날 비바람이 또다시 일었다. 뱃사공이 출발을 늦춘 채, 밤에 남문부(南門埠)로 옮겨 정박했다.

3월 초나흘

날이 밝자 배가 출발했다. 바람은 잠시 멈추었는데, 어제부터 내리던 비는 부슬부슬 쉬지 않고 내렸다. 오후에 차강을 지나 운집담에 이르렀다. 이곳은 전날 횡액을 당했던 곳에서 멀지 않으며, 애행가의 주검이 가라앉았던 곳이기도 하다. 비바람이 차가와지더니, 풍광이 순식간에 달라졌다. 『초사』의 문장으로 그의 혼을 위로하려 했으나, 슬픔에 겨워 말이 나오지 않았다. 이날 밤 운집담의 서쪽 언덕에 배를 댔다. 종일 모두 60여리를 나아갔다.

3월 초닷새

우레소리와 함께 큰 비가 쏟아졌다. 날이 밝자 배가 출발했다. 바람은 항해하기에 자못 순조로왔다. 10리를 달려 지난번에 강도를 당했던 무서운 길을 지났다. 가라앉은 배가 지금도 있었다. 4리를 달려 향로산을 지났다. 그 위쪽에 제법 높은 모래톱이 있다. 다시 25리를 나아가 정오에 계양하(桂陽河) 어귀를 지났다. 계양하는 남쪽 언덕에서 상강으로 흘러든다. [용수(舂水)는 도주의 용릉산(舂陵山)에서 발원하고, 규수(巋水)는 영원현(寧遠縣)의 구의산(九疑山)에서 발원한다. 이 두 물길은 계양주(桂陽州)의 서쪽 경계를 거쳐 이곳에 이르러 합류한 다음, 상강으로 흘러든다. 이곳은 상녕현(常寧縣)의 경계이다. 계양하(桂陽河) 어귀에서 계양하로 접어들어 계양주까지는 아직도 300리 길이다.] 다시 7리를 나아가자, 북쪽 강언덕에 송북(松北)이라는 촌락이 있다. 다시 4리를 달려 와주협(瓦洲夾)에 배를 댔다. 모두 50리를 나아갔다.

3월 초엿새

동틀 무렵 출발했다. 비는 그치고 바람은 잦아들었다. 20리를 달려 백방역(白坊驛)을 지나자, 강의 서쪽 언덕에 촌락이 있다. 여기에 이르니, 어느덧 이미 상녕현의 경계에 들어서 있었다. 다시 남서쪽으로 30리를 달려 상녕수(常寧水)의 어귀에 닿았다. 상녕수가 동쪽 언덕을 따라 상강으로 흘러든다. 이곳은 계양하의 어귀와 마찬가지이지만, 계양하보다는 작았다. 상녕현 현성은 여전히 강의 남동쪽에 있다. 다시 서쪽으로 15리를 달려 양선부(粮船埠)에 배를 댔다. 동쪽 언덕에 몇 가구가 있으나 촌락을 이루지는 못했다. 이날 모두 65리를 나아갔다.

3월 초이레

남서쪽으로 15리를 달리니 하주역(河洲驛)이다. 햇빛이 언뜻언뜻 비치고 산등성이는 툭 트인 채 낮게 엎드려 있다. 형양현에서부터 상강 양쪽 언덕은 비록 산등성이가 비탈지고 구불구불 이어지지만, 운모산 외에는 높고 가파른 산은 없었다. 이곳에 이르니, 상강의 동쪽 언덕은 상녕현의 경계이고, 상강의 서쪽 언덕은 영주부의 기양현(祁陽縣)의 경계인데, 양쪽 모두 평평한 언덕이 넓게 뻗어 있고, 산등성이와 언덕이 멀리 겹쳐져 있었다. 다시 30리를 달려 대포(大鋪)를 지났다. 이곳부터 양쪽 언덕은 모두 기양현에 속한다. 구주탄(九州灘)에 올라 다시 30리를 달려 귀양역(歸陽驛)에 배를 댔다.

3월 초여드레

식사를 한 후, 나는 갑자기 병이 났다. 신음이 그치지 않았다. 60리를 달려 백수역(白水驛)에 이르렀다. 처음에는 뭍에 올라 대우완(戴宇完)을 방문하여 횡액을 만났을 때 옷을 벗어 얼지 않도록 도와준 은혜에 감사드리려고 했다. 하지만 몸이 이 지경에 이른지라, 끝내 뭍에 오르지 못했다.

이날 밤 뱃사공은 순풍을 타고서 해질녘에 다시 15리를 달려 석패리(石壩里)에 배를 댔다. 이곳은 아마 백수(白水)의 상류일 것이다. 이날 모두 75리를 나아갔다. (『지』에 따르면, 백수산(白水山)은 기양현 남동쪽 200여리에 있고, 산 아래 흰 비단같은 샘이 있다고 한다. (문장이 빠져 있다.) 기양현에서 90여리 떨어져 있고, 현성의 북동쪽에 있다고 한다. 이 기록이 옳은가, 아니면 그른가?)

3월 초아흐레

동틀 무렵 뱃사공이 배를 띄웠다. 나의 병세는 여전히 심했다. 50여 리를 달려 오후에 기양현에 이르러 정박했으나, 나는 뭍에 오르지 못했다. 어제 저녁 백수역에 곧 이를 즈음, 힘껏 병든 몸을 일으켜 서쪽 하늘을 바라보았다. 가로 누운 산이 마치 병풍이 늘어선 듯했다. 이곳에 이르러 배가 물길을 거슬러 서쪽으로 나아갔다가 다시 북쪽으로 돌아들자, 배는 어느덧 이 산의 남쪽으로 나와 있다. 이 산은 아마 기산(祁山)일 것이다.

기산은 상강의 북쪽에 있고, 현성은 상강의 남서쪽, 기수의 남쪽에 있다. 산과 현성의 거리는 15리이다. 그 상류 지역은 상강이 남쪽에서 흘러와 현성의 동쪽을 따라 산의 남쪽에 이르러 굽이도는데, 현성은 실제로 산의 남쪽, 상강의 서쪽에 있다. 현성 동쪽의, 강을 내려다보고 있는 저자는 꽤 번성하여 남북으로 쭉 이어져 있고, 서쪽으로 현성에 뻗어들어가기까지 1리이다. 현성의 북쪽에는 기수가 서쪽의 소양현(邵陽縣)에서 흘러와 동쪽의 상강에 흘러들었다가 함께 굽이져 남동쪽으로 흘러간다.

3월 초열흘

나는 오계(浯溪)의 빼어난 경관을 구경하고 싶은지라 뭍에 오르지 않을 수 없었다. 병세도 약간 차도가 있고 뱃사공이 손님을 기다리느라 출발하지 않기에 힘을 내어 아픈 몸을 일으켰다. 강변의 저자를 따라 남쪽으로 5리를 나아가다가 강을 건너 동쪽으로 가니, 어느덧 오계의 아래쪽에 와 있었다. 사자복(獅子袱)은 현성 남쪽으로 강에서 2리 떨어진 곳에 있다. 내가 지나온 곳이라고 하는데, 이곳을 물어보아도 찾을 수가 없었다. 어찌 모래가 쌓여 물길이 바뀐다고 해서, 바위에도 상전벽해의 변화가 일어날 수 있단 말인가?

오계는 동쪽에서 서쪽으로 상강에 흘러드는데, 그 물길은 매우 가늘고 작았다. 시내 북쪽에 세 곳의 벼랑이 나란히 치솟은 채 서쪽으로 상강을 내려다보고 있다. 가운데의 벼랑이 가장 높은데, 안진경(顔眞卿)[1]이 쓴 「중흥송(中興頌)」이 벼랑 암벽에 높이 새겨져 있고, 그 옆에는 거울과 같은 바위가 끼워져 있다. 이 바위는 길이가 두 자, 너비는 한 자 반이며, 표면은 옻칠을 한듯 새까맣다. 이 바위에 물을 뿜어주자 가까이로는 벼랑 가의 정자와 바위가, 멀리는 강 너머의 마을과 나무들이 똑똑히 그 사이에 비쳤다. 어디에서 왔으며 언제부터 놓여져 있었는지 알 길이 없다. 이 어찌 원결(元結)[2]이 남긴 유적이겠으며, 안진경의 글과 아름다움을 다투리오!

송나라의 진연(陳衍)은 이렇게 말했다. "원결이 처음 이름을 지은 의도에 따르면, 물을 따라 오계, 산을 따라 어산(峿山), 집을 지어 오정(㾓亭)이라 했다. 세 개의 '오(吾)'의 명칭은 내가 직접 취한 것이다. 글자를 만들면서 각각 '수(水)'·'산(山)'·'엄(广)'의 부수를 따른 것은 내가 붙인 것이다. 이 세 가지의 명목은 모두 나 자신에게서 비롯되었으니, 나의 전유물이다."

벼랑 앞의 정자는 아래로 상강을 내려다보고 있다. 벼랑 꼭대기에는 바위가 가파르고 촘촘히 서 [있는데] 마치 연꽃 무더기의 꽃받침인 듯했다. 그 북쪽에도 정자가 있는데, 최근 복마대제상(伏魔大帝像)[3]을 설치해 놓았다. 벼랑의 동쪽 기슭은 원안사(元顔祠)이다. 이곳은 텅 비어 있는데다 좁았다. 원안사 앞에는 세 칸짜리 집이 있는데, 유람객들이 묵어가는 곳이다. 아무도 지키는 이가 없었다.

오계를 넘어 동쪽으로 나아가자, 북쪽을 향해 서 있는 절이 나왔다. 이 절은 중궁사(中宮寺)로서, 곧 원결의 별장인 만랑택(漫郎宅)의 옛터인데, 심하게 무너져 있는지라 옛 일에 대한 추모의 정을 억누를 길이 없었다. 이때 나는 병든 몸인지라 걸어다니기가 두려워 벼랑가의 바위 위에 누위 한참동안 배를 기다렸다. 안타깝게도 마애비를 탁본하는 가설물은 아직 치워지지 않았는데, 탁본할 사람이 없으니, 슬프고도 처량하도다!

정오가 되니 그제야 배가 이르렀다. 다시 20리를 달려 식부랑당(媳婦娘塘)을 지나는데, 강의 북쪽 언덕에 바위가 보였다. 어여쁜 여인이 바위 끄트머리에 서서 고개를 쳐들고서 서쪽을 물끄러미 바라보는 듯한 모습이었다. 이 바위 아래에는 죽어(竹魚)라는 물고기가 있는데, 작지만 아주 통통하여 8~9월이 되면 무게가 한두 근이나 된다. 다른 곳에는 없는 물고기이다. 그때 나는 선창 안에 병들어 누워 있는지라 식부석(媳婦石)을 눈으로 바라볼 뿐, 스쳐지나가고 말았다. 10리를 더 달려 적수애(滴水崖)에 배를 대고서야 그 사실을 알게 되었다.

고개를 들어 동쪽으로 멀리 바라보았다. 어느덧 강 너머에는 구름이 여러 겹이었다. 적수애는 강의 남쪽 언덕에 있었다. 높다란 바위가 허공에 뻗어 있고, 강물은 고요히 흐르고 있다. 마을은 황폐하여 거의 아무 것도 없다. 뱃사공이 무엇 때문에 이곳에 배를 댔는지 모르겠다. 이날 모두 35리를 나아갔다.

---

1) 안진경(顔眞卿, 709~785)은 당(唐)나라의 정치가이자 서예가로서, 자는 청신(淸臣)이다. 현종(玄宗) 때인 755년 안녹산(安祿山)이 난을 일으키자 평원태수(平原太守)로서 의병을 일으켜 싸웠으며, 이때의 공적으로 후에 노군개국공(魯郡開國公)에 봉해졌기에 안로공(顔魯公)이라 일컬어진다. 그는 초서(草書)에 뛰어난 장욱(張旭)으로부터 필법을 배웠으며, 해서(楷書)·행서(行書)·초서(草書) 등의 각 서체에 여러 가지 서풍(書風)을 창시했으며, 우세남(虞世南)·구양순(歐陽詢)·저수량(褚遂良) 등과 함께 '당 사대가(唐四大家)'로 불린다.
2) 원결(元結, 719~772)은 당(唐)나라 시인으로, 자는 차산(次山)이다. 만년에 도주자사(道州刺史)를 지냈기에 오계 일대에는 그의 유적이 많으며, 그가 살던 차서(次墅)를 만랑택(漫郎宅)이라 일컬었다.
3) 복마대제(伏魔大帝)는 촉한(蜀漢)의 무장인 관우(關羽)를 신격화(神格化)한 것으로, 관제(關帝) 혹은 관성제군(關聖帝君)이라고도 한다. 도교에서는 명계(冥界)의 가장 유력한 신으로 떠받들며, 민중 사이에서는 재산을 모아주는 무재신(武財神)이라 하여 절대적인 신앙의 대상이 되고 있다.

3월 11일

날이 밝자 출발했다. 25리를 달려 황양포(黃楊鋪)를 지났다. 이곳에는 순검사[1]가 있다. 다시 40리를 달려 칠리탄(七里灘)에 배를 댔다. 이날 모두 65리를 나아갔다. 형주부에서 배를 탄 이래로 연일 반나절은 비가 내리다가 반나절은 맑았다. 하늘에 밝은 해가 걸린 적이 없으니, 나의 병든 몸의 상태와 같았다.

---

1) 순검사(巡檢司)는 명·청대에 각 주현에 설치하여 무인이 담당했던 관직으로서, 성으로부터 멀리 떨어진 관문이나 교통요지에 두어 민정을 시찰하도록 했다.

3월 12일

날이 밝자 배를 띄웠다. 20리를 달려 냉수탄(冷水灘)을 지났다. 마을은 강의 서쪽 언덕에 있고, 배는 동쪽 언덕을 따라 나아갔다. 이날 날이 맑고 햇빛이 화사하다. 최근 며칠간 이런 날이 없었다. 배에 탄 승객들이 모두 동쪽 언덕에서 배를 내려 나룻배로 강의 서쪽 언덕으로 건너가 생선과 고기 등의 물건을 샀다.

이때 나의 몸 역시 조금씩 나아진지라, 고물에 일어나 앉아 강 너머를 바라보았다. 마을은 모두 바위벼랑 위에 있다. 강에 맞닿은 바위들은 겹겹이 우뚝 치솟아 있고, 아래로 강물바닥으로 쭉 내리꽂혀 있다. 저잣거리의 터는 흙이 아니라 바위로 이루어져 있고, 사람들은 벼랑의 층계진 틈새를 따라 한 층 한 층 오르고 있다. 참으로 산수에 둘러싸인 특이한 곳이다. 물가 언덕에 사는 이의 이야기에 따르면, 2월에 떠돌이 도적들이 사람들을 죽이고 약탈하는 참극이 있었다고 한다. 모골이 송연했다.

한참이 지나자 물건을 사러 갔던 이들이 강을 건너 배로 돌아왔다. 그런데도 뱃사공은 정박한 채 식사를 기다렸다. 때는 어느덧 오전이었다. 갑자기 남풍이 거세게 불어대자, 배는 끝내 앞으로 나아가지 못한 채 오후까지 정박해 있다. 나는 또 병이 도졌다. 날이 어두워질 무렵에 바람이 다소 잦아들었다. 배가 출발했다. 5리를 달리자, 날이 저물었다. 다시 달빛을 타고 5리를 달려 구하(區河)에 배를 댔다.

이날 밤 또다시 땀이 많이 나더니 오한과 신열은 금방 사라졌으나, 가슴과 배 사이가 시종 편치 않았다. 한밤중에 바람이 북풍으로 바뀌어 매섭게 휘몰아쳤다. 얼마 지나지 않아 비까지 더욱 세차게 내렸다. 이날 모두 30리를 나아갔다.

3월 13일

날이 밝아 바람이 조금 잦아들자, 배가 출발했다. 40리를 달리니 상구관(湘口關)이었다. 민가는 강의 동쪽 언덕에 있다. 상강은 남서쪽에서 흘러오고, 소강(瀟江)은 남동쪽에서 흘러오다가 이 앞에서 만나 함께 북쪽으로 흘러간다. 내가 탄 배는 소강으로 들어서서 10리를 더 달려 영주부(永州府) 서문의 배다리에 이르렀다. 마침 정오가 되었으나, 비는 여전히 완전히 그치지는 않았다.

배에 탄 승객들은 모두들 물가 언덕으로 올라갔다. 나 역시 뭍에 올라 여러 명승을 두루 구경하고 싶었지만, 병든 몸을 감당할 수 없어 배 안에 머물러 있었다. 잠시 후 배 한 척이 뒤쪽에서 오기에 그 배로 옮겨 탔다. 내일 도주(道州)로 가기 때문이었다. 오후에 배는 배다리를 지나 소서문에 정박했다. 강 너머로 강의 서쪽 언덕을 바라보니, 바위가 매우 빽빽하고 기이하다. 그 사이로 시내 한 줄기가 서쪽에서 흘러들고, 그 위에 돌다리가 걸쳐져 있다. 기이한 느낌이 들었다.

급히 죽을 달라하여 먹고는 성을 따라 북쪽으로 나아가다가 서쪽으로 배다리를 넘었다. 배다리 서쪽 언덕에 기이한 모양의 바위들이 숨을 내쉬고 들이마시는 순간마다 환상적인 변화를 만들어내고 있었다. 토박이를 붙들어 우계교(愚溪橋)가 어디 있는지 묻자, 배다리 남쪽 물가에 걸쳐진 돌다리가 바로 그것이라고 했다. 고무담(鈷鉧潭)은 쭉 서쪽으로 반 리쯤에 있는데, 길옆에 움패어 있는 시내가 바로 그것이다. 그제야 고무담이 바로 우계의 상류임을 알았다. 고무담으로 가는 길은 서쪽을 따라가고, 우계교로 가는 길은 남쪽을 따라간다.

이에 큰 길을 따라 서쪽으로 쭉 나아갔다. 길 왼쪽의 민가 틈새로 때때로 산속 시내가 바위틈을 흐르는 게 보였다. 반리를 나아가 유자사(柳子祠)를 지났다. [유자사는 남쪽을 향한 채 시내를 내려다보고 있다.] 다시 서쪽으로 다암(茶庵)에 이를 즈음, 남쪽에서 흘러온 시내가 바위에 이르러 동쪽으로 돌아들었다. 돌아드는 곳에는 바위들이 특히 빽빽하고 특이하다. 그러나 그저 시내의 물굽이일 뿐, 못이라고 할 만한 점은 없다. 바위위에 '고무담'이라는 세 글자가 씌어 있는데, 몹시 오래되었다. 그 옆에 시가 적혀 있으나, 이미 갈라지고 희미한지라 읽을 수가 없었다.

시내의 상류를 따라 이른바 소구(小丘), 소석담(小石潭) 등을 찾았으나, 아는 사람이 전혀 없었다. 조사에 따르면, 이 물길은 영주부 남쪽의 100리에 있는 아산(鴉山)에서 발원하며, '염수(冉水)'와 '염수(染水)'의 두 가지 이름을 지니고 있다. (하나는 성에서 따온 이름이고, 다른 하나는 색깔에서 따온 이름이다.) 그런데 유종원(柳宗元)[1]이 이것을 '우계(愚溪)'로 바꾸어놓았다. 문헌에 따라 소구를 찾는다면, 그것은 마땅히 지금의 다암 자리이다. (다암은 고무담 서쪽의 수십 걸음 되는 거리에 있는 언덕들 위에 있다. 원회元會 스님이 창건했으며, 이 일대에서는 참배자가 많은 큰 절이다.)

서산(西山)을 찾아보았으나, 역시 아는 이가 없었다. 나중에 「지산비(芝山碑)」를 읽어보니, 지산(芝山)이 곧 서산이라 했으나 이 역시 착오이다. 서산은 북쪽 멀리 있으며, 틀림없이 유자사(柳子祠) 뒤편의 둥근 봉우리의 꼭대기, 즉 지금의 호주암(護珠庵)이 있는 그 산일 것이다. 또한 호주암과 다암 사이에 유자애(柳子崖)가 있고, 그 위에 예전에 새겨놓은 시편들이 많다고 들었는데, 그 산이 바로 서산임에 틀림없다. 나는 두 암자

사이로 길을 찾아 북서쪽으로 산에 올랐다. 그러나 유자애는 이미 황폐해졌으며 끝내 길을 찾지 못하고 말았다.

이에 남서쪽으로 다암 앞을 에돌아서 다시 동쪽으로 돌아들었다. 고무담을 지나 유자사 앞의 석보(石步)에 이르러, 시내를 건넜다. 남쪽으로 산등성이 한 곳을 넘어서 드디어 동쪽으로 돌아 우계교 위로 나오니, 다리의 양 끄트머리가 소강 위에 걸쳐 있다. 모두 이전에 바라보았던 기이한 바위다. 그리하여 석굴을 더듬어 나아가 꽃받침처럼 생긴 바위에 걸터앉았다가 구름 같은 바위더미를 뚫고 연밥 같은 바위 사이를 돌아다녔다. 위에서 굽어보니 기이하더니, 아래에서 뚫고 지나니 더욱 변화무상하다. 다만 행인들이 이곳을 화장실로 이용했으니, 신기하고 환상적인 이곳을 더럽힘이 이보다 더 심할 수 없었다. 사회풍기를 단속하는 이들이 어떻게 하여야 엄하게 금지시킬 수 있을까? [우계교 안에 원통암(圓通庵)이라는 암자가 있었다. 이 암자는 북쪽의 시내를 굽어보고, 대나무와 나무들이 우거져 경관이 빼어났다.]

이때 배는 강 너머 성벽 아래에 있었다. 막 배다리를 따라 돌아가려는 참에, 둥그런 얼굴에 수염이 긴 스님 한 분이 내가 한참동안 서성거리는 모습을 보더니 문득 다가와 물었다. 내가 그에게 법호를 되묻자, 그는 "완석(頑石)이오"라고 대답했다. 어느 산에 계시는가 묻자, "형산의 구룡평(九龍坪)이오"라고 대답하더니, "소승은 우계 남쪽의 원통암에 거하고 있소. 오늘은 이미 날이 저물었으니 잠시 암자에 머무르지 않겠소?"라고 말했다. 나는 뱃사공이 오래도록 기다리고 있으리라는 생각이 들어, 그에게 감사드리고 작별을 고한 후 되돌아왔다.

---

1) 유종원(柳宗元, 773~819)은 당(唐)나라의 시인으로서, 자는 자후(子厚)이다. 당송팔대가(唐宋八大家)의 한 사람이며, 한유(韓愈)와 함께 한류(韓柳)라 함께 일컬어졌다. 그는 영주의 원외사마(員外司馬)로 폄적되어 영주에서 10년을 지냈는지라, 이 일대에 그와 관련된 유적과 전설이 많이 남아 있다. 유자애(柳子崖)와 유자사(柳子祠)가 바로 그것이다.

3월 14일

나는 일찌감치 아침 식사를 하고서 배다리 서쪽을 지났다. 노인 한 분을 만나 머리 숙여 이곳에서 가장 빼어난 경관을 여쭈어보았다. 그는 "강을 거슬러 남쪽으로 2리를 가면 강가에 조양암(朝陽巖)이 있지요. 강을 따라 북쪽으로 나아가다가 산등성이로 돌아들어 2리를 가면 지산암(芝山巖)이 있구요. 이 두 군데 외에는 없소이다"라고 대답했다. 나는 그의 말대로 우선 북쪽으로 지산(芝山)에 갔다.

강의 서쪽 언덕을 따라 반리를 나아가 유(劉) 시어[1](이름은 유흥수劉興秀라고 피휘했으며, 우리 고향 상주부의 사리[2]이다)의 산방에 이르렀다. 그 곁에서 북쪽으로 산에 들어가 고개 하나를 넘어 서쪽을 바라보니, 정자가 있다. 하지만 그곳에는 오르지 않았다. 길을 따라 북쪽으로 산등성이를 넘어 그 위로 올라가자 산의 북서쪽이 보였다. 상수는 그 북쪽으로 조금 멀리 있고, 그 서쪽에서 흘러오는 또 한 줄기의 물은 산의 남동쪽에 바짝 붙어 흐른다. 그 동쪽에 있는 소수는 멀리서 가까이로 산을 따라 흘러온다.

소강의 동쪽 언덕에는 탑이 강을 굽어보고 있었다. 이 탑은 산과의 사이에 소강을 끼고 있는데, 이곳은 영주부(永州府)의 물길 어귀이다. 대체로 이 고개의 북쪽은 서산이 북쪽으로 뻗어나간 산줄기이며, 더 북쪽으로 소강과 상강이 만나는 지점에서 끝난다. 여기에 이르는 동안 세 번이나 오르내렸는데, 틀림없이 이 고개는 『지』에서 밀하는 만석산(萬石山)일 터이다. 그러나 이곳 사람들의 「기」에 의하면 혹 도가충(陶家冲, 토박이들의 명칭이다)이라고도 하고, 혹 지산(그 모습을 본떠 붙인 명칭인 듯하다)이라고 일컫기도 한다.

누군가 벼랑과 정자에 글을 새겨놓았는데, 그 글의 「서」에 이 산은 유종원이 말하는 서산이며, 후에 영지가 생산되었기에 이름을 지산으로 바꾸었다고 한다. 하지만 나는 꼭 그렇지는 않으리라 생각했다. 고개를 넘어 북쪽으로 나아가다가 고개 위에서 동쪽으로 돌아들어 앞쪽을 바라보았다. 나무 빛깔이 어우러져 비치고 바위벼랑이 가파르게 치솟아 있다. 기이한 풍광이 펼쳐져 있으리라 짐작했다.

서둘러 벼랑의 발치로 내려가 올려다보았다. 벼랑의 꼭대기가 곧 산꼭대기이고, 벼랑의 발치가 곧 산허리이다. 벼랑 아래에는 산에 의지한 채 암자가 있고, 그 북쪽으로 에돌아 오르는 길이 보였다. 이에 암자에 들르지 않고 먼저 길을 헤쳐 찾았다. 멀리 바라보니 꼭대기의 벼랑은 하늘로 우뚝 치솟아 참으로 기이하다. 양쪽의 바위들은 어지러이 빙 둘러 모인 채 울쑥불쑥, 오르락내리락, 마치 연꽃 꽃받침과 영지의 갓처럼 가운데는 비고 바깥은 촘촘하다. 어느 곳이나 다 이러했다.

바위 틈 사이의 좁은 길을 따라 벼랑 꼭대기에 이르러 바위문을 뚫고 들어갔다. 남쪽을 향한 집이 있다. 그러나 문이 닫혀 있어 들어가지 못한 채, 그 남쪽을 빙 돌아 서쪽에 이르러 다시 바위 골짜기를 뚫고 들어갔다. 그 곁에 동서 양쪽에 두 개의 문이 있다. 그 집은 단지 한 칸인데, 산꼭대기의 수많은 바위 속에 있다. 계속하여 그 서쪽 골짜기에서 아래로 벼랑 발치에 이르렀다. 오는 길 내내 대나무와 나무들이 무성하고, 백목련꽃이 눈처럼 떨어져 있는지라 땅 가득 향기가 아직도 남아 있다.

벼랑 아래의 암자 안에 들어갔다. 암자안에는 매우 장엄한 모습의 관음상이 있다. 북쪽에는 쉴 수 있는 조그마한 누각이 있고, 남쪽에는 스님이 암자 옆에 조그마한 절을 지어놓았다. 문은 그 왼쪽에 있는데, 처음에는 알 길이 없었다. 물어보고서야 알게 되었지만, 여전히 들어갈 수가 없었다. [스님이] 문득 안에서 문을 열고서 두 손을 맞잡아 인사를 건네고 맞아들이기에 그를 따라 들어갔다. 조그마한 정원 곁의 동굴에서 가로로 갈라진 틈새를 뚫고 올라갔다. 벼랑의 큼지막한 바위 끄트머리에 정자가 꾸며져 있고, 사방의 창문이 툭 트여 밝다. 꽃과 대나무가 서로 어우러져 비추니, 참으로 호젓하면서 그윽하다. 스님의 법호는 각공(覺空)이다. 스님은 굳이 붙잡아 차를 대접하려 했으나, 나는 더 이상 지체할 수 없어 절을 나왔다.

계속하여 왔던 길을 되짚어 남쪽의 배다리에 이르렀다. [서쪽으로 쭉 40리 되는 곳에 석문산(石門山)이라는 절이 있는데, 경관이 대단히 빼어나다는 이야기를 들었다. 하지만 조양암에 오르고 싶은 마음이 굴뚝같아 가볼 틈이 없었다.] 하인 고씨에게 다리 동쪽에서 배를 타고 소수를 거슬러 남쪽으로 올라가라 하고서, 나는 다리 서쪽에서 계속 우계교를 지나 소수 서쪽 벼랑을 거슬러 남쪽으로 나아갔다. 1리를 가자 큰 길이 남서쪽으로 꺾어졌다. [이 길은 도주로 가는 길이다.] 갈림길에서 남동쪽으로 1리를 나아가자, 노한 듯 솟구친 산 위로 우뚝 솟은 바위가 마치 강물과 다투듯이 치달리고 있다.

산 위로 올라가 몸을 굽힌 채 동쪽으로 바위문에 들어갔다. 그 안에는 날듯한 바위가 허공에 뜬 채로 소수를 굽어보고 있다. 이곳이 바로 조양암이다. 조양암은 앞뒤로 훤히 트여 있다. 위에는 겹겹의 벼랑이 뒤덮고, 아래로는 깎아지른 듯한 골을 내려다보고 있다. 가운데는 쉬거나 기댈 수 있는데, 하얀 돛단배가 멀리 가까이에서 이 앞을 제멋대로 지나치고 있다. 아쉽게도 막 오래도록 서 있으려 하는 참에, 뱃사공이 어느덧 이 아래에 배를 띄워놓고서 연거푸 어서 내려오라 재촉했다. 그렇지만 나는 모르는 척 했다.

벼랑 북쪽에 곧바로 강변으로 내려가는 돌층계가 있기에 서둘러 그 길을 따라 내려갔다. 돌층계의 서쪽은 깎아지른 듯한 벼랑에 기대어 있고, 동쪽은 맑은 강에 바짝 붙어 있다. 층계가 끝나는 곳에 느닷없이 휑뎅그렁한 동굴이 나타났다. 높이는 두 길이고 너비 역시 엇비슷하며, 동쪽으로 강을 굽어보고 있다. 시냇물이 동굴 안에서 마치 옥을 내뿜듯 솟아나오니, 아마 물동굴이리라.

동굴의 입구에서 약간 들어가 곧바로 남쪽으로 돌아들었다. 가지런하고 툭 트여 깨끗한데, 큰 강이 동굴 문을 가로막고 있다. 샘물은 이 안에서만 흐르는지라, 쉴 수도 있고 씻을 수도 있다. 이곳은 위의 조양암과 함께 위아래에서 기이함을 마음껏 드러내고, 물과 바위가 어우러져 있는지라 운치를 더했다. 동굴 속으로 5,6 길을 더 들어가자, 물이 흘러 모여 동굴에 가득 차 있다. 동굴은 서쪽으로 돌아들자 컴컴해졌다. 옷을 걷어 올리고 들어갈 수 있겠다 싶었으나, 횃불이 없는데다 뱃사공이 멀리서 쉬지 않고 불러대는 바람에 동굴을 빠져나왔다.

[동굴 북쪽에 또 바위가 있었다. 기이한 구름이 꼭대기를 뒤덮고] 아래로 검푸른 연못에 꽂히듯 솟구쳐 있다. 토박이들이 마치 잔도처럼 나무말뚝을 가로지르고 판자를 걸쳐놓았다. 그러나 대충 난간을 설치하고 책상을 마련해놓으면 앉아서 물과 바위의 경관을 둘러볼 만하겠지만, 기와를 얹고 편액을 갖추어놓는다면 고아한 정취를 해치고 말 것이다. 한참동안 이리저리 거닐다가 돌층계를 따라 바위를 빠져나온 후, 꼭대기로 올라갔다. 그 위에는 불사와 누각이 있다. 바위 틈새에는 새겨놓은 시나 글이 많았는데, 대부분이 송나라와 당나라의 명인의 작품이었다. 뱃사공이 쉬지 않고 재촉하는 바람에, 서두르느라 읽어볼 틈이 없었다.

배를 타고 강을 거슬러가다가 차츰 동쪽으로 꺾어 7리만에 향로산(香爐山)에 이르렀다. 향로산은 상투만큼 작은 크기로 서쪽 언덕에 홀로 우뚝 솟아 있다. 강 속에서 솟아나와 뾰족뾰족한 바위가 한데 모여 이루어진 것이다. 산 위로는 아름드리나무가 쭉 뻗어 있고, 아래로는 물이 뚫린 구멍으로 새어들고 있었다. 가장 기이한 점은 산이 강 한 가운데에 있지 않은데도 삼면에 둘러 모래가 쌓여 있다는 것이다. 산의 발치에 이르니, 쌓인 모래둑이 터져 못을 이루고 있다. 북쪽과 서쪽, 남쪽은 모두 도랑이 경계를 나눈 듯한데, 모래는 바깥으로 밀려나 있고, 물이 그 안쪽을 휘감아돌고 있다. 동쪽은 큰 강이 내달리듯 콸콸 흘러가고 있다. 하류의 모래야 물을 따라 오를 수 없겠지만, 상류의 모래는 어찌 물길을 좇아 내려오지 않을까? 설마 밤낮으로 쌓인 모래를 치우는 이가 있단 말인가? 도무지 모래가 쌓이는 이유를 알 수 없다.

오후에 금우탄(金牛灘)을 지나자, 그 위에 금우령(金牛嶺)이 있다. 하나의 봉우리가 뾰족하게 솟구쳐 있고, 세 개의 봉우리는 따로 비스듬히 가로로 솟아 있다. 강물은 곧장 봉우리의 옆구리로 달려들었다. 이곳에 이르러 배는 남쪽으로 돌아들기 시작하여, 돛에 부는 바람의 힘을 받을 수 있었다. 이날 밤 묘하(廟下)에서 묵었다. 배는 모두 50리를 달렸지만, 육로로 친다면 겨우 20리길이었다.

이전에 나는 영주부 남쪽 25리에 담암(澹巖)이라는 멋진 곳이 있다는 이야기를 듣고 한번 꼭 가보고 싶었다. 뜻밖에 배로 50리를 가는 동안에 물어보았더니, 아직 앞쪽에 있다고 했다. 헤아려보매 내일 아침쯤이면 담암을 지날 터인데, 뱃사공은 우악스레 기다려주려 하지 않았다. 내가 육로는 가깝고 수로는 머니, 배를 먼저 떠나보내고 나는 육로로 담암에 오르는 게 낫겠다고 하자, 뱃사공이 고개를 끄덕였다.

---

1) 시어(侍御)는 군왕을 모시는 관직의 명칭이다.
2) 사리(司李)는 주(州)에 설치된 관직으로서 사리(司理)라고도 하며, 주로 형법을 관장했다.

3월 15일

오경에 빗소리가 뚝뚝 들리더니, 날이 밝을 무렵 우레와 함께 큰 비가 쏟아졌다. 험악한 날씨에 개의치 않은 채, 우리는 서둘러 밥을 지어 먹었다. 5리를 달려 담암 북쪽에 이르자, 나는 온 힘을 다해 병든 몸을 이끌고 강가 언덕에 올랐다. 뱃사공과는 쌍패(雙牌)에서 만나기로 약속했다. 쌍패는 영주부 남쪽 50리에 있는 역참이다. 영주부 남쪽 25리에는 암배(巖背)가 있는데, 육로는 이곳에 이르러 강과 만난다. 육로는 암배에서 남쪽으로 산에 들어서서 다시 25리를 가면 쌍패에 이른다. 수로는 암배에서 동쪽으로 우회하여 강을 거슬러 60리를 가면 쌍패에 이른다. 배로 가면 하루 종일 가더라도 이곳밖에 갈 수 없을 뿐이니, 내 비록 병든 몸이지만 어렵지 않게 따라 잡을 수 있으리라 생각했다.

암배는 북동쪽으로 강을 굽어보고 있다. 나는 그곳의 남쪽 2리 되는 곳에서 서쪽을 향해 산으로 들어섰다. 산의 바위들이 무수히 솟구쳐 올라, 마치 사람을 나꿔채려는 듯했다. 잠시 후 바라보니 두 곳의 봉우리가 앞으로 툭 튀어나와 있고, 그 가운데에는 은자의 거처가 훤히 트여 있다. 서쪽 봉우리에 우뚝 솟은 봉우리가 특히 기이한데, 빼어난 경관이 이곳에 있음을 알 수 있다.

산에 올라보니 반쯤 무너진 관사가 있었다. 먼저 서쪽 봉우리의 남쪽을 바라보았다. 동굴문이 활짝 열려 있다. 이곳에 이르러 길은 동굴 곁으로 뻗어나간다. 벼랑 위에는 또 바위벼랑이 한데 모여 춤추듯이 둥글게 둘러싼 채 동쪽을 향해 있으며, 벼랑 아래에는 가운데가 텅 빈 채 수백 명이 들어갈 만한 석굴을 이루고 있다. 동굴의 아래는 평평하고 위는 둥글게 솟아 있어 밝고 아늑하며 쾌적한지라, 좁고 기울거나 어두운 결점은 없다.

그 북쪽의 동굴 바닥 역시 위에서 드리워진 바위가 둥글게 에워싸고 있고, 뒤덮힌 바위 모서리가 안팎을 나누고 있다. 커다란 바위가 어지러이 쌓인 사이로 길이 나 있고, 바위 위에는 대부분 송나라와 원나라 사람들의 글이 새겨져 있었다. 황정견(黃庭堅)[1]은 이 석굴을 가장 좋아하여 이 석굴을 이 일대의 으뜸으로 여겼는데, 이는 그윽하면서도 닫혀있지 않고 시원스러우면서도 드러나 있지 않기 때문이지 않았겠는가?

석굴 동쪽으로 벼랑 겨드랑이의 동굴을 뚫고 위로 올라갔다. 촘촘한 바위더미 사이를 뚫고 오르는 문이 있다. 여기에서 동쪽으로 관사 뒤쪽의 굽어진 골짜기를 굽어보노라니, 문득 선경과 세속의 경계인 듯했다. 석굴 남서쪽에 또 하나의 동굴 문이 열려 있었다. 그 문을 넘어 오른쪽으로 나오자, 암벽이 드높이 솟아 있고 스님의 조그마한 집이 기대어 서 있다. 서쪽으로 산 아래 평평한 들판을 바라보니, 또 다른 경지를 이루고 있다. 그 안에 뽕나무와 마가 가득 심어져 있었다.

진현강(進賢江)이라는 물길은 남서쪽 용동(龍洞)에서 발원한다. [이 용동은 영주부 부성 서남쪽 70리에 있다. 진현강은] 동쪽으로 산기슭에 바짝 붙어 흐르다가 북쪽의 소수로 흘러들어간다. 진현강 옆으로 물동굴이 있는데, 이곳에서 2리 떨어져 있다. 횃불을 들고 깊이 들어갈 수 있다. 옛 사람들의 이야기로는 이 동굴의 물과 뭍의 경관이 모두 빼어나다고 했지만, 한 군데에 함께 있지는 않았다.

조사한 바에 의하면, 담암이라는 이름은 예전에 담(澹)씨 성의 사람이 거처했기에 붙여진 이름이라고 한다. 그런데 또한 옛 전적에 따르면, 정실(正實)이라는 진(秦)나라 사람이 이곳에 은둔했는데, 진시황(秦始皇)이 세 번이나 불렀음에도 가지 않은 채 이곳에서 신선이 되었다고 한다. 만약 그렇다면, 어찌하여 이름을 주암(周岩)이라 하지 않았을까?

나는 스님의 조그마한 집에서 석굴의 남쪽을 따라 동쪽으로 나아갔다. 방금 전에 보았던, 동굴 문이 활짝 열린 곳을 지났다. 이 문은 높기는 했지만, 안은 비좁아 넓지 않은데다, 그 속으로 뒤쪽 석굴로 통하여 오를 수도 없다. 이에 비를 무릅쓰고 동쪽으로 나가 강을 내려다보니, 소강이 멀리 몇 리 밖에서 동쪽으로부터 흘러오고 있다. 대체로 담산(澹山)의 남쪽을 따라 높은 산들이 뻗어 있는데, 산줄기에서 갈라져 동쪽으로 치달리는 갈래가 있는지라, 강줄기는 동쪽으로 굽어져 산갈래를 피하고 있었다.

이에 강줄기를 내버려둔 채 남쪽으로 나아갔다. 서쪽의 서령(西嶺)을 좇아 7리만에 목배포(木排鋪)에 이르렀다. 저잣거리에서 술을 사는데 비가 잠시 그쳤다. 다시 남쪽으로 조그마한 고개를 하나 넘어 3리를 가자 양강(陽江)이 나왔다. 양강은 배를 띄울 수 있는 정도는 아니었다. 이 강은 남서쪽의 대엽강(大葉江)과 소엽강(小葉江)에서 이곳까지는 [20여 리이며], 동쪽으로 소강에 흘러든다. 양강의 북쪽에는 서령이라는 곳이 오른쪽에 가로누워 있으며, 양강의 남쪽에는 조조산(曹祖山)과 장가충(張家沖) 등의 여러 봉우리가 앞에 나란히 늘어서 있다.

다시 남쪽으로 7리를 나아가 장가충의 동쪽 기슭에 이르렀다. 이곳은 진피포(陳皮鋪)이다. 다시 남쪽으로 3리를 나아가 자그마한 고개를 넘어 서쪽을 바라보니, 산이 층층이 떨어져 내리고 때때로 뾰족뾰족한 바위가 모습을 드러냈다. 참으로 기이하기 짝이 없다. 잠시 후 빼어난 경관이 한 군데에 모여 있고, 수많은 동굴이 갖가지 변화를 빚어낸다. 서둘러 초목을 헤치고 서쪽으로 나아가자, 바위조각이 층층이 쌓여 있다. 바위조각은 온통 마치 닭의 발바닥과 용의 발톱이 땅에 내려와 웅크리고 있는 듯하고, 수세미 주머니의 그물모양의 섬유질이 밖을 칭칭 감은 채 중간은 텅 비어있는 듯하다. 그러나 바위 위쪽은 넝쿨에 휘감겨 있는지라 기어오를 수가 없었으며, 아래쪽은 가시나무와 대나무에 가로막혀 있는지라 헤치고 들어갈 수가 없었다.

이에 남쪽을 따라가다가 곁을 보니, 바위 틈새의 흙을 뒤집어 풀을 뽑는 사람이 있었다. 다가가보니, 그는 오로지 바위뿐인 곳에 이를 때마다 그곳의 풀은 뽑지 않았다. 길가의 어떤 사람이 내가 길을 헤치면서 한참동안 오르는 모습을 보더니, 삿갓을 쓰고 괭이를 비스듬히 기댄 채 아래에 앉아 내가 다가오기를 기다리고 있었다. 내가 가까이 내려가 이 산의 이름을 물었더니, "이곳은 화상령(和尙嶺)인데, 온통 바위산이라오. 이곳 서쪽의 큰 산은 칠십이뢰산(七十二雷山)이오"라고 대답했다. 그리고서 내 앞쪽을 가리키면서 길모퉁이에 암자가 있는데, 그곳의 바위가 훨씬 빼어나다고 말했다.

그의 말을 좇아 가보니, 큰길이 암벽 아래로 쭉 뻗어 있는데, 바위가 병풍처럼 우뚝 솟아 있었다. 위에는 훤히 뚫린 수많은 구멍들이 마치 춤을 추듯 하고, 아래에는 맑은 샘물이 바위를 뚫고 흘러나왔다. 벼랑 남쪽에 암자가 있기에 그때 스님에게 여쭈었더니 "출수애(出水崖)라오"라고 대답했다. 다른 멋진 경관이 있는지 여쭈었더니 "더 이상은 없소"라고 대답했다. 그런데 고개를 들어보니, 벼랑 뒤쪽에 바위들이 무더기 지어 늘어서 있고, 벼랑 곁에 실 같은 길이 있다. 그곳은 아까 풀을 뽑던 바로 그곳이다.

힘을 내어 그 길을 따라 올라갔다. 그 위의 바위들은 온통 [엎드린 용이나 날아오르는 봉황과 같으며, 수면 위로 드러난 푸른 연꽃들의 무더기진 꽃받침과 갈라진 꽃잎처럼 보였다. 몸을 돌려 출수애 뒤쪽에 이르렀다. 연하고 억센 갖가지 화초들이 무성하게 뒤덮고 있으니, 아름답기 짝이 없다. 이곳은 서쪽으로 칠십이뢰산과 이어지고, 남쪽으로 수많은 고개가 늘어서 있다. 오직 북동쪽만은 아래로 관도를 굽어보지만, 다시 출수애가 그 동쪽을 가로막고 있다. 북쪽으로는 화상령이 병풍처럼 솟아 있다. 사방 너머는 마치 채색비단을 엇섞은 듯하고, 가운데의 괴이한 모양의 바위는 층층이 빛나는지라, 그 화사한 아름다움에 눈이 부셨다.

이에 내가 여러 골짜기를 뚫고 나아갔다. 동북쪽의 병풍같은 바위벼랑의 꼭대기에 높은 바위가 있다. 마치 하늘문이 열려 있는 듯했으나, 선뜻 가까이 다가가지는 못했다. 그 바위의 남서쪽은 곧 출수애의 안쪽 골이다. 바위 틈새에 맑은 못이 있고, 그 삼면에는 깎아지른 듯한 벼랑이 아래가 움푹한 채 바닥이 보이지 않는다. 만약 못가에 쌓인 모래와 넝쿨을 가지런히 정리하여 바위와 물을 잇닿게 한다면, 무릉도원(武陵桃園)의 어부는 틀림없이 이쪽으로 옮겨와 노를 저으리라. 나에게 이곳저곳을 돌아다니면서 살 만하면서 경관이 빼어난 곳을 꼽으라고 한다면, 이곳이 으뜸이다. 구의산(九疑山)의 우계촌(尤溪村) 어귀는 약간 뒤쳐질 것이다.]

[한참동안 이곳저곳을 찾아다니다가] 내려왔다. 암자 곁에서 남쪽으로 2리를 나아가자, 시내가 남서쪽의 산 움푹한 곳에서 흘러나온다. 크기는 양계(陽溪)와 비슷하다. 시내를 지나 1리만에 남동쪽으로 돌아들어 산부리를 나오자, 소강과 다시 만났다. 여기에서 남서쪽으로 강을 거슬러 3리를 나아가자, 쌍패가 나왔다. 마침 배가 오기에 배에 올라탔다. 어느덧 해가 저물고 있었다. 쌍패의 마을 역시 그다지 크지 않았다. 그 남서쪽은 툭 트여 있는지라 먼 곳까지 갈 수 있을 것만 같은데, 배는 도리어 남쪽의 산여울 속으로 들어섰다.

대체로 소수는 남쪽으로 청구(靑口)에서 타수(沱水)와 합류한 후, 곧바로 산골짜기 속으로 흘러든다. 산골짜기 어귀는 바로 농구(瀧口)이다. 북쪽으로 70리를 달리는 내내 산이 이어지고 골짜기가 나란히 늘어서 하늘의 해를 가린다. [물은 곧바로 가운데 아래로 쏟아져 내리니] 급류의 의미로서 '농(瀧)'인 것이다. 여울 가운데에 마담역(麻潭驛)이 있다. (영릉현零陵縣에 속한다.) 마담역 남쪽 40리는 도주현(道州縣)에 속하고, 마담역 북쪽 30리는 영릉현에 속한다. 기록에 의하면, 이 급류가 바로 단하옹(丹霞翁)이 살았던 곳이다.

『지』에 따르면, 단하옹의 거처는 영주부 남쪽 100리 영릉롱(零陵瀧) 아래에 있다. 당나라 영태(永泰)[2] 연간에 농수현(瀧水縣) 현령인 당절(唐節)이 관직을 그만두고 이곳에 거주하면서 스스로 단하옹이라 일컬었다고 한다. 원결이 도주에서 이곳을 지나다가, 그를 위해 명문(銘文)을 지어 새겼다. 하지만 이곳 급류의 북쪽이 영릉현에 속하는지라, 영릉롱이라 일컬었다. 그렇다면 농수현이라는 곳은 이곳인가 아닌가? 또 『지』에 따르면, 영주부 남쪽 60리에 뇌석진(雷石鎭)이 있는데, 농수현 어귀에 있으며 당나라 때에 설치되었다고 한다. 그렇다면 당나라 때에 현으로 설치된 농수현(瀧水縣)이 이곳이 아니라면 어디란 말인가?

이때 바람이 항해하기에 매우 순조로운지라, 어두워질 무렵 순풍을 타고 배를 몰아 여울에 올랐다. 소용돌이치는 물결이 우레처럼 요란한 소리를 냈다. 5리를 달려 급류에 들어선 뒤, 다시 5리를 달려 횡구(橫口)에 배를 댔다. 이곳은 강의 동쪽 언덕이고, 관도는 서쪽 언덕에 있다. 이곳에 뇌석진 사람들의 자그마한 별장이 있다.

[영주부에서 쌍패까지는 육로로 50리길이요, 수로로는 배나 되는 길이다. 쌍패에서 도주까지는 수로와 육로 모두 급류를 따라 나아가는 방법 외에는 다른 길이 없다. 따라서 급류를 타고 가는 70리길은 순풍이냐 역풍이냐의 차이만 있을 뿐, 수로와 육로의 원근의 차이는 없다. 급류에서 나와 도주까지 이르는 길은 육로는 쭉 뻗어 있는 반면, 수로는 굽어져 있다.]

1) 황정견(黃庭堅, 1045~1105)은 북송대의 저명한 시인이자 서예가로서, 자는 노직(魯直)이고 스스로 산곡도인(山谷道人)이라 일컬었다.
2) 영태(永泰)는 당나라 대종(代宗)의 연호로, 765년부터 766년까지를 가리킨다.

3월 16일

날이 밝자 출발하여 20리만에 마담역에 이르렀다. 이곳은 여전히 영릉현에 속하지만, 남쪽은 도주와의 경계이다. 급류에 들어선 이래 양쪽의 산세는 바짝 조여들고, 여울은 길게 늘어져 있다. 북풍이 부는지라 항해하기에 아주 순조로웠다. 비취 같은 물결이 솟구치고, 뱃전에 부딪쳐 옥구슬이 튀었다. 굽이굽이 물결을 타고 배는 둥실 떠갔다. 험난한 줄을 느끼지 못한 채, 나는 전에 썼던 시구를 읊조렸다. "배는 북인 양 비취 같은 봉우리를 짜내고, 산은 굴대인 듯 비단 같은 시내를 감아내네."(「영양계寧洋溪를 내려가면서」라는 시이다.) 이 시구는 마치 이곳을 위해 지어놓은 듯하다. 이곳에는 진달래꽃이 만발하여 물가와 언덕 옆을 꾸미고 있다. 온 산과 들을 뒤덮은 경관은 아니지만, 푸른빛과 붉은빛이 어우러져 더욱 각별한 느낌을 주었다.

20리를 달려 오루포(吳壘鋪)에 닿았다. 이곳의 남서쪽 산은 약간 물러나 있는데, 배는 오히려 동쪽으로 돌아들었다. 다시 5리를 달려 남쪽으로 돌아들자, 그 북동쪽 언덕에 네모지게 쌓인 바위가 산허리를 휘감고 있다. 동쪽은 낮고 서쪽은 솟구친 채, 마치 벽돌을 쌓아 만든 듯하다. 혹시 보루의 유적이 아닐까 하는 생각이 들었다.

다시 10리를 달리자, 산세가 더욱 좁아졌다. 이곳은 농구이다. 다시 5리를 달려 장군탄(將軍灘)에 배를 댔다. 이곳 여울에는 봉우리가 급류 어귀에 우뚝 솟아 있는데, 마치 관문을 지키고 있는 듯하다. 물길을 거슬러 급류를 나서자, 잘라낸 듯 확연히 다른 세상이 펼쳐져 있다. 이날 밤 달이 날이 밝을 때까지 밝으니, 입춘 이래로 없었던 일이다.

3월 17일

날이 밝자 출발했다. 멀리 굽이도는 물길을 따라 5리만에 청구에 이르렀다. 동쪽의 산골짜기에서 물이 흘러나왔다. 이 물은 영원현(寧遠縣)에서 흘러오는 물길로서, 가장 큰 물길인 소수(瀟水)이다. 남쪽의 너른 들판 속에서 흘러오는 물이 있다. 이 물은 도주에서 흘러오는 물길로서, 두 번째로 큰 물길인 타수(沱水)이다. [물길은 조금 약하다.] 이에 소수를 제쳐두고서 남쪽으로 타수를 거슬러 올라갔다.

다시 5리를 달리니 이강구(泥江口)이다. 『지』에 따르면, 삼강구(三江口)가 있는데, 소수와 타수, 영수(營水)가 합쳐지는 곳이라고 한다. 그런데 뱃사공에 물어보아도 아는 이가 아무도 없으니 혹시 청구가 아닐까? 그러나 영수가 합쳐지는 곳은 상류에 있을 뿐이다. [이강구의 물은 서쪽으로 영양(營陽)으로 통하는데, 배를 타고 나평(羅坪)까지는 사흘 거리이다. 이 물길이 바로 영수이다.]

다시 30리를 달려 도주의 동문에 이르러 성 남쪽을 에돌아 남문에 배를 댔다. 오후에 성에 들어갔다. 남문으로 들어가 큰 절(보은사報恩寺라는 절이다)을 지나 도주 관아 앞을 거쳐 서문에 닿았다. 남쪽 성에 올라가 휘휘 둘러보고서야, 도주성이 남쪽으로는 강물을 내려다보고, 동문과 남문, 서문의 세 문은 모두 강에 맞닿아 있고 오직 북문만이 안에 있음을 알게 되었다.

대체로 타수는 강화현(江華縣)에서 흘러오고, 엄수(掩水)와 오수(遨水)는 영명현(永明縣)에서 흘러온다. 이 두 물길은 도주성 남서쪽 15리 밖에서 합쳐져 북동쪽으로 흐른다. 이어 도주성 남서쪽 모퉁이에 이르러 남문을 에돌아 동문에 이르렀다가 다시 남동쪽으로 흘러간다. 이 물길은 마치 활처럼 굽어져 있는데, 성은 활의 등 위에 위치해 있다. 서문에는 염계수(濂溪水)가 흐르는데, 서쪽의 월암(月巖)에서 흘러오고, 익운교(翼雲橋)가 그 위에 걸쳐져 있다. 동문에도 북쪽에서 쏟아져 들어오는 물이 있는데, 이 물길은 더욱 가늘다.

저물녘에 남문을 나와 배 안에서 묵었다. 밤에 다시 비가 내렸다. 도주성 성밖 부근에는 네 곳의 절경이 있다. 즉 동쪽에는 향석(響石, 바로 오여석五如石이다)이 있고, 서쪽에는 염계(濂溪)가 있으며, 북쪽에는 구정(九井)이 있고, 남쪽에는 일목(一木)이 있다. (남문 밖에 커다란 나무 한 그루가 강바닥에 누워 있다.)

3월 18일

날이 화창했다. 아침 식사를 하고서 언덕에 올랐다. 남문 밖에서 성을 따라 반리를 나아가 동문을 지났다. 다시 동쪽으로 반리를 가자, 조그마한 다리가 있다. 효천(洨泉)이 강으로 흘러드는 곳이다. 다리 곁 강가에 우뚝 솟은 바위가 있다. [영주부의 우계교의 것과 모양이 흡사하지만, 우계교의 것보다 훨씬 구멍이 많이 뚫려 있고 가파르다.] 갈라지고 가운데가 텅 비어 있는지라, 그 틈새는 꽃잎이 나뉘듯 사방으로 쉽게 들어갈 수 있으며, 그 구멍은 표주박을 뚫듯 쉽게 통과할 수 있다. 이것이 이른바 오여석(五如石)이다. 그 가운데에 바위 하나가 있다. 이 바위를 두드리면 울리는 소리가 그윽하고 맑다. 이것은 향석(響石)이다.

조사에 따르면, 원결이 도주의 경관을 노래한 시에서 바위는 오여석과 와준석(窊樽石)을, 샘은 혜천(㴬泉)과 만천(漫泉) 등 일곱 곳을 들었다. 이 모두 도주의 동쪽에 있다. 샘은 효천(洨泉) 한 곳을 들러보고서 그 나머지를 대략 짐작할 수 있었으며, 바위는 오여석은 찾았으나 와준석은 찾을 길이 없었다. 거듭 주변 사람에게 물어보았는데, 한 선비가 "보은대사(報恩大寺)에 있습니다"라고 대답했다. 그러나 원결의 시의 서언에 따르면, 와준석은 도주성 동쪽의 좌호(左湖) 안에 있는 바위산 꼭대기에 있다. 바위가 우묵하여 술단지로 쓸 만하며, 그 위에 정자를 지을 수 있다고 했다. 어찌 절 속으로 옮겨질 수 있겠는가? 그렇지 않다면 절이 옛

날의 좌호란 말인가? 그 선비에게 묻자, "절에 들어가보면 저절로 알게 될 것입니다"라고 대답했다.

이에 성의 동문으로 들어가 남문 안을 거쳐 서쪽의 보은사를 지났다. 절에 들어가 와준석에 대해 물어보려다가, 햇빛이 너무나 아름다운지라 잠시 미루었다가 돌아오는 길에 들러서 물어보기로 했다. 그리고서 서둘러 서문을 나와 남쪽으로 꺾어 익운교를 지났다. 둘로 나뉜 갈림길이 나왔다. 서쪽 길을 따라 25리를 가면 염계사(濂溪祠)가 나오고, 다시 10리를 가면 월암이 나온다. 남쪽 길을 따라 가면 십리포(十里鋪)가 나오고, 다시 60리를 가면 영명현(永明縣)이 나온다. 십리포 옆에는 화암(華巖)이 있고, 화암에서 샛길로 내려가면 염계사로 나올 수가 있다.

나는 양쪽 길을 모두 가고 싶었으나, 남쪽 길을 따라 나아가기로 했다. 큰길 양쪽에는 높다란 소나무가 심어져 있다. 마치 남악(南岳)인 형산에 오르는 길과 흡사한데, 이 길이 훨씬 빽빽이 이어져 있다. 어떤 소나무는 아래로부터 줄기가 나누어져 대여섯 가지를 뻗어올리고 있다. 무성하게 뻗어오른 줄기들이 아름다움을 다투고 있는데, 이것은 이곳에서만 볼 수 있을 뿐, 다른 곳에서 볼 수 없는 경관이다. 도주에서 영명현까지 길 양쪽에 심어진 소나무가 70리나 이어져 있으니, 소나무를 심은 관리의 공로 또한 팥배나무[1]뿐만이 아니리라.

도주의 남서쪽 산등성이와 산비탈은 오르락내리락 평탄치 않은데, 길은 이를 따라 나 있다. 사방을 둘러보니 높은 산은 훤히 트인 채 멀리 놓여 있다. 오직 북서쪽의 산 하나만이 매우 높으면서도 비교적 가깝다. 월암이 뒤쪽으로 기대고 있는 큰 산이다. 십리포의 동쪽에 이르러 좁은 길을 따라 북쪽으로 반리를 나아가니 화암이 나왔다.

동굴 문은 북쪽을 향해 있고, 동굴 아래에서 자그마한 물길이 흘러나왔다. 동굴을 따라 들어가니 물소리만 들릴 뿐, 물은 보이지 않았다. 동쪽으로 돌아들어 세 길쯤 들어가서 다시 남쪽으로 내려왔다. 봉긋한 채 깊고 어두워 더 이상 빛이 보이지 않았다. 이때 동굴 북쪽에 스님이 기거하는 자그마한 집이 있었으나, 갈 길이 급한지라 들어가 횃불을 찾을 틈이 없었다. 듣자하니 그 안은 횃불 하나면 다 구경할 수 있다 하니, 횃불을 구할 필요도 없었다.

그리하여 스님의 처소 오른편을 따라 북쪽으로 좁은 길을 나아갔다. 이곳의 산은 작지만 가파른데, 혹 외로이 치솟아 있는가 하면, 두세 곳이 꿰어진 구슬이나 나란히 솟은 죽순처럼 이어져 있다. 온통 뾰족뾰족한 바위가 겹겹이 우뚝 솟아 있고, 초목은 바람에 이리저리 흔들렸다. 구불구불한 길을 오르내리니, 마치 어지러운 구름과 겹겹의 파도 속에 잠긴 양 아득하여 방향을 분간할 수 없다. 그러나 표지로 삼을 만한 큰 산이 없다. 다만 북서쪽에 높은 봉우리만이 때때로 산 사이의 틈새로 슬며시 한쪽을 드러냈다. 그곳을 가야할 곳으로 정했다.

5리를 나아가 산속 지름길을 가로질렀다. 4~5리만에 조그마한 돌다리를 건너 다시 고개를 넘자, 서쪽으로 뻗어있는 큰길이 나왔다. 이 길을 따라 2리를 나아가 다시 북쪽으로 좁은 길에 들어섰다. 바위산의 산부리를 따라 4리만에 드넓은 들판으로 돌아 나오자, 도주 서쪽에서 뻗어오는 큰 길이 나왔다. 다시 1리를 가자, 염계사가 그곳에 있다. 염계사는 북쪽을 향해 있으며, 왼쪽은 용산(龍山)이고 오른쪽은 치산(豸山)이다. 이들 산의 이름은 모두 뒷산의 모습을 본뜬 것인데, 염계사 뒤의 작은 산에서 갈라져 나와 그 앞에 빙 둘러 불쑥 솟아 있다.

용산은 방금 전에 산부리를 돌아나왔던 그 산이고, 치산은 월암으로 가는 길에 염계를 건너면서 지났던 바로 그곳이다. 염계사는 산속에 둘러싸인 채 강을 굽어보고 있지는 않으며, 그 앞은 넓게 툭 트여 있어 만 마리 말이 달릴 수 있다. 이곳은 주돈이(周敦頤)[2]가 태어난 곳이지만, 지금은 한두 사람의 후손만이 그 안을 지키고 있을 뿐 다른 사람은 없었다.

밥을 지어먹을 만한 곳이 없어서 그대로 서쪽으로 나아갔다. 1리만에 치산을 지나 그 북쪽을 따라 다시 1리를 나아가 염계를 건넜다. [염계는 월암에서 흘러오다가 이곳에 이르러 치산의 동쪽에 의해 가로막힌다.

이어 북쪽으로 달리다가 다시 동쪽으로 도주성 서쪽에 이르러 타수에 흘러든다.] 염계 북쪽에서 물길을 거슬러 서쪽으로 5리를 나아가 달촌(達村)에 이르렀다. 이곳은 홍(洪)씨가 모여 사는 집성촌이다. 이에 누워 쉬면서 밥 나오기를 기다렸다. 이 가게에는 술이 없는지라 다른 곳으로 사러 다녀오는 바람에, 오후에야 비로소 길을 떠났다.

그리하여 남서쪽으로 나아가 산에 들어섰다. 길옆에 우선 표창처럼 둥글면서도 날카로운 봉우리가 있다. 이 봉우리를 따라 봉우리들이 어지러이 차츰 많아졌다. 곧추선 망치 같기도 하고 나란히 치켜든 손가락 같기도 하며, 늘어선 병풍 같기도 한 봉우리들이 큰 산의 동쪽에 빙 둘러 서로 어우러진 채 비추고 있다. 줄을 지어 늘어선 채 넝쿨처럼 끌어당기는 봉우리들은 모두 뾰족뾰족한 바위산이다. 다시 5리를 나아가 남쪽으로 어지러이 솟은 산허리로 돌아들어갔다.

다시 3리를 나아가 서쪽으로 고개 하나를 넘자, 정서쪽으로 산이 하나 보였다. 마치 흰 구름 한 줄기가 산허리에 가로로 떠 있는 듯한데, 바로 월암이 윗층이 뚫려 훤히 비어 있는 곳이다. 대체로 정서쪽은 높은 산이 병풍처럼 치솟아, 마치 하늘에 맞닿은 듯하여 도저히 오를 수 없다. 동쪽으로 세 번째 층에 내려와 흰 구름이 걸려 있는 곳에 이르면, 가운데는 텅 비고 위는 활모양이며, 아래에는 겹겹의 돌문이 열려 있는데, 중간 부분이 비췻빛으로 도려내진 채 그 빛이 앞쪽 산을 비춘다. 그래서 멀리서 바라보면, 마치 흰구름이 움직이지 않고 멈추어 선 듯한 것이다.

다시 2리를 나아가 곧바로 [월암] 아래에 이르렀다. 그 동쪽 기슭을 따라 층계를 올라 먼저 아래쪽 석굴로 들어갔다. 그 석굴은 동쪽을 향해 있는데, 가운데는 텅 비고 위쪽은 마치 다리처럼 높고 둥글게 이어져 있다. 아래에서 바라보니 마치 호랑이의 쩍 벌린 아가리 같고 눈빛과 이빨 모양이 영락없어 무섭기 그지없다. 다시 석굴 위에서 여러 기이한 경관을 두루 둘러보았다. 이날 밤은 월암에서 묵었다.

1) 팥배나무(甘棠)는 흔히 관리의 선정을 칭송하는 의미로 사용된다. 『사기·연소공세가(燕召公世家)』에 따르면, 주(周)나라의 소공(召公)의 선정에 감격한 백성들이 소공이 세상을 떠난 후에도 그의 덕을 기리기 위해 그가 정무를 보았던 팥배나무를 소중히 여겼다. 백성들이 그를 사모하여 불렀던 「감당(甘棠)」이라는 노래가 『시경』에 전해지고 있다.
2) 주돈이(周敦頤, 1017~1073)는 송대 이학의 토대를 마련한 저명한 사상가로서, 자는 무숙(茂叔)이고 시호는 원(元)이다. 그는 말년에 여산(廬山) 기슭에 염계서당(濂溪書堂)을 세워 후학을 양성했기에 염계선생이라 불리며, 시호로 인해 주원공(周元公)이라 일컬어지기도 했다.

3월 19일

월암에서 길을 떠나 2리를 나아갔다. 어제 바라보기에 흰 구름이 걸려 있는 듯하던 바위를 지났다. 갈림길에서 남동쪽으로 나아가 조그마한 바위산 산허리를 가로질러 바위더미 사이를 이리저리 굽이돌았다. 8리만에 산을 나와 큰 시내를 건너 동쪽으로 나아가자, 홍가택(洪家宅)이 나왔다. 홍씨들이 모여사는 집성촌이다. 다시 남동쪽으로 조그마한 흙산에 들어서서 남쪽의 산등성이를 나아가 3리만에 내려오고 1리만에 산을 나오자, 거대하고 평평한 바위가 있었다. 동쪽으로 1리만에 다시 남쪽으로 산비탈을 걸었다. 다시 2리만에 남쪽의 고개(고개의 이름은 은계령銀鷄嶺이다)에 올랐다.

고개를 넘어 내려가자 두세 가구가 있는 마을이 있다. 그 동쪽에서 다시 3리를 가자 무전(武田)이 나왔다. (월암에서 무전까지는 20리이다.) 그 안의 마을이 제법 컸다. 다시 동쪽으로 반리를 가자, 영명현으로 통하는 큰길이 나왔다. 큰길을 가로질러 남쪽으로 작고 완만한 시내를 따라 1리만에 다리를 넘은 뒤 동쪽으로 1리를 더 갔다. 앞쪽에 세차게 흘러가는 큰 시내가 놓여 있다. 이 두 물길은 영명현에서 흘러온 엄수와 오수이며, 두 물길과 만나는 이곳은 육도(六渡)이다.

강을 건너 다시 남동쪽으로 울퉁불퉁한 비탈길을 오르내리면서 3리를 나아가니 소서동(小暑洞)이다. 다시 동쪽으로 산등성이를 넘어 3리를 가자 널따란 돌판길이 나왔다. 남쪽으로 돌판길을 따라 10리를 더 나아가 판료(板寮)에서 걸음을 멈추었다. 이곳은 상도(上都)의 북동쪽이다. 주위 사람에게 양자택(楊子宅)과 남룡(南龍)이 어디인지 물었더니, 모두 이미 지나쳤다고 한다.

3월 20일

판료 동남쪽의 좁은 길을 따라 1리만에 강화현(江華縣)으로 통하는 큰 길로 나왔다. 남쪽으로 큰길을 따라 나아가니, 어느덧 화소포(火燒鋪)이다. 화소포는 도주의 남쪽 30리 너머에 있고, 강화의 북쪽 40리가 채 안 되는 곳에 있다. 다시 5리를 나아가니 영상(營上)이다. 이곳은 강화현과 도주의 중간으로서, 영병을 설치하여 지키고 있다. 그 뒤쪽에는 조그맣되 뾰족한 봉우리가 기대어 있다. 동쪽으로 몇 리밖에 봉우리가 우뚝 치솟아 있다. 이곳은 양류당(楊柳塘)이다. 이곳부터 봉우리들이 병풍처럼 쭉 남쪽으로 뻗어내리니, 구의산은 틀림없이 그 동쪽에 있을 터이다. 남서쪽 몇 리 밖에 둥그스레 우뚝 솟은 봉우리가 있다. 이곳은 사류(斜溜)이다. 그 남쪽에 또 한 봉우리가 솟아있다. 이곳은 대불령(大佛嶺)인데, 석랑(石浪) 뒤편의 구름에 싸인 산이다.

영상에서 남쪽으로 나아가자, 양 옆에 조그마한 봉우리들이 많이 솟구쳐 있었다. 다시 5리를 나아가니 고교포(高橋鋪)이다. 다시 3리를 가자 서쪽에서 동쪽으로 시내가 흐르고 있다. 뾰족뾰족한 바위가 겹겹이 이어진 채 산골물 안에 가로누워 있다. 흐르는 물이 바위에 부딪치는 모습이, 마치 포원(包園)의 바위골짜기와 같다. 시내 위에는 돌다리가 걸쳐져 있다. 이것이 분명 고교(高橋)라는 다리이리라.

다시 남쪽으로 7리를 나아가자, 수당포(水塘鋪)가 나왔다. 고교에서 오는 도중에, 많은 아낙네들이 대숲에서 죽순을 따고 있었다. 나는 돈 한 푼을 주고 한 묶음을 사서 수당포의 민가로 가져와 삶았다. 하인 고씨와 함께 각자 두 그릇씩 먹었는데, 그 맛이 신선하여 참 맛있었다. 남은 절반을 통에 넣어 이곳을 떠났다.

수당포의 서쪽은 쭉 사류와 바짝 붙어 있었다. 다시 남쪽으로 나아가자, 사류와 대불령 사이에 조그마한 봉우리가 동쪽으로 솟아 있는데, 마치 비단모자처럼 보인다. 다시 5리를 나아가니 가우포(加佑鋪)인데, 강화현에서 10리 떨어져 있다. 가우포에서 남쪽으로 쭉 내려와 길을 따라가면 낭석사(浪石寺)로 갈 수 있다. 남동쪽으로 돌아들어 고개 위에서 모두 6~7리만에 강화현 현성 서쪽에 이르렀다. 고교포에서 남쪽으로 강화현 현성까지는 말로는 30리 길이라지만, 실제로는 25리 길이었다.

성 아래를 따라 남문에 이르러 저자에서 밥을 먹었다. 다시 남동쪽으로 1리를 가니 마괴암(疏拐巖, 회룡암回龍庵이라고도 한다)이 나왔다. 회룡암에서 강언덕을 따라 남쪽으로 반리를 가자, 물이 두 갈래로 나뉘어 흘러왔다. 한 줄기는 산골짜기에서 흘러나오는데, 물길이 제법 큰 타수이다. 다른 한 줄기는 남쪽에서 흘러나오며 작은 배를 띄울 수 있을 정도인데, 상무보(上武堡)에서 발원한다. 대체로 서쪽의 경계는 대불령, 반전(班田), 효운산(曉雲山) 등의 여러 산들이 겹겹이 이어져 남쪽으로 뻗어내려가고, 동쪽의 경계는 동령(東嶺), 고마운(苦馬雲) 등의 여러 봉우리들이 빙빙 돌아 남쪽으로 이어진다. 유독 남서쪽으로는 산간 평지가 멀리 트여 있다. 이곳이 바로 상무보라는 곳이다. 그 남서쪽은 곧 광서성의 부천현(富川縣)과 하현(賀縣)의 경계이다.

[크고 작은 두 강줄기는 마괴암의 남쪽에서 합쳐진다. 큰 강은 동쪽의 금전소(錦田所)에서 발원하는데, 물길을 거슬러 200여리를 배로 사나흘 달리면 이를 수 있다. 반면 작은 강은 남쪽의 상무보에서 발원하는데, 배로 물길을 거슬러 겨우 백마영(白馬營)까지 50리길을 나아갈 수 있다. 그러나 강의 어귀에 들어서면 돌을 쌓아 네모진 방죽을 만들어서 물길 한 가운데 두어 강의 배를 가로막았으니, 올라갈 수도, 내려갈 수도 없다. 방죽 안에는 따로 작은 배를 띄워 놓았으며, 밖에는 판자를 가

로놓은 다리가 있다.

백마영 동쪽의 큰 산은 오망산(吳望山)이다. 산 위에 대단히 기이한 진동(秦洞)이 있지만, 아쉽게도 가보지는 못했다. 또한 백마영에서 남쪽으로 나아가면 상무보에 이르는데, 상무보의 동쪽에는 동랭산(冬冷山)이라는 큰 산이 있다. 이 두 산에서 흘러나오는 물이 합쳐져 백마영으로 나오고, 작은 강의 상류가 된다고 한다. 이에] 남쪽의 작은 강의 언덕을 따라 다시 서쪽으로 3리를 나아갔다. 낭석사가 나왔다. 작은 강 속의 바위에 부딪친 물결이 물이 끓어오르듯 솟구쳐 올랐다. 절의 이름은 여기에서 비롯되었다. 절에는 성불했다는 장(蔣)씨 성의 사람의 육신이 지금도 여전히 있다. 이것이 이른바 '일도도(一刀屠)'라는 것이다. (낭석사에는 '일도도'의 육신이 있는데, 그 얼굴과 살은 마치 살아있는 듯하다. 비문에 쓰여 있기로, 장씨는 낭석사의 서쪽 마을 사람이다. 송나라 초 본시 짐승을 잡는 백정이었는데, 고기를 팔 때 무게를 재지 않고 한 칼에 베어내도 조금의 오차도 없었다. 후에 처자를 버리고 도를 깨우치러 대불령의 동굴 속으로 들어가 옥기둥 아래에 앉아 수도했다. 한참이 지나 그의 어머니가 동굴에 들어가 찾자, 그는 어머니에게 절을 하고 마침내 동굴에서 나와 절에서 앉은 채로 세상을 떴다. 후에 한 도둑이 강화현의 창고를 털고자 이 절을 지나다가 점을 쳐서 결정하고자 했는데, 불길하다는 점괘가 나왔다. 이에 아랑곳하지 않고 도적은 창고를 털어 돌아왔지만, 그의 배를 가르고 심장을 꺼내 가버렸다. 이 역시 '일도도'의 응보인 셈이었다. 그의 몸은 이미 옻칠을 했으나, 얼굴에는 여전히 살이 붙어 있고, 머리에는 향건이 씌워져 있으며, 몸에는 붉은 겹옷이 걸쳐진 채 유학자의 복장을 하고 있다. 이는 그의 후손 중에 글공부하는 선비가 있기 때문이다.) 이날 낭석사에서 묵었는데, 절의 스님은 매우 거칠고 고약했다.

3월 21일

낭석사에서 식사를 했다. 연화동(蓮花洞)에 가려 했다. 그러나 주지 스님이 마침 제자들을 모아 밭을 가는 바람에, 길가는 이를 기다릴 수밖에 없었다. 한참만에야 한 사람을 만나, 절의 서쪽에서 큰길을 따라 나아갔다. (남쪽으로 산 끝자락에 이르면 상무보가 있으며, 하현과의 경계이다. 서쪽으로 대불요大佛坳를 넘으면 부천현에 이르는 길이다.) [대불요는 강화현에서 서쪽으로 10리 떨어져 있다. 듣자하니 대불요를 넘어 서쪽으로 20리를 가면 숭백崇柏으로, 영명현과의 경계이다. 서쪽으로 25리를 더 가면 비파소枇杷所를 지나는데, 그곳은 영명현 남동쪽 30리에 있으며, 광서성 부천현과의 경계이다. 남서쪽으로 30리를 더 가면 부천현 현성이라고 한다.] 7리를 나아가 곧바로 대불령 아래에 이르렀다.

이에 앞서 길 왼쪽에 동굴이 하나 있는데, 마치 창문이 움팬 채 드리워진 듯했다. 나는 이것이 바로 연화암(蓮花巖)이 아닐까 생각했으나, 연화암은 오히려 길 오른쪽 큰 고개의 산기슭에 있었다. 이에 북쪽의 갈림길에서 좁은 길로 접어들어, 반리를 채 가지 못해 동굴 아래에 이르렀다. 길안내를 하던 이가 마른 대나무 한 단을 주워 모아 여섯 개의 커다란 횃불로 묶어 어깨에 걸머지고 나왔다. 길 왼쪽 동굴로부터 길을 헤치면서 돌아들어갔다.

낭석사로 돌아와 식사를 하니, 어느덧 정오가 넘었다. 이에 왔던 길을 되짚어 마괴령 서쪽의 강이 합쳐지는 어귀에 이르렀다. 강둑 밖에 나무판자를 걸쳐 만든 다리가 있었다. 다리를 건너 남쪽으로 향했다. 남동쪽으로 2리만에 중원관(重元觀)에 이르렀다. 절에서 남쪽으로 나아가 1리만에 사자암동(獅子巖洞)에 들어갔다. 동굴에서 나와 4리를 가서 조그마한 강의 다리를 건넌 뒤, 마괴암을 거쳐 북쪽으로 고개에 올라 쭉 북쪽으로 나아갔다. 어느덧 강화현의 동문 밖을 지나 있었다. 다시 북쪽으로 고개 하나를 넘어 6리만에 타수를 건넜다. 북쪽으로 나아가 강도(江渡)에서 하룻밤을 묵었다.

3월 22일

동틀 무렵, 강도에서 동쪽의 산을 따라 북동쪽으로 나아갔다. 10리를 가자, 납수영(蠟樹營)이 나왔다. 여기에서 차츰 산을 따라 동쪽으로 돌아 들어 5리만에 오두원(鰲頭源) 북쪽 기슭을 지났다. 2리를 걸어 계패(界牌)에 이르고, 다시 3리를 걸어 석원(石源)을 지났으며, 다시 5리를 걸어 마강원(馬崗源)을 지났다. 북서쪽에서 불쑥 솟아오른 오두원에서부터 북동쪽의 마강원에 이르기까지, 내내 산의 북쪽을 따라 동쪽으로 나아가는데, 산의 남쪽은 온통 요족(瑤族)들의 거주지이다. 마강원의 북쪽에는 여전히 타수가 동쪽으로 굽이져 흘러오는 것이 보이는데, 마강원의 남쪽에는 시내가 남쪽에서 북쪽으로 흐르기 시작하는 것이 보였다.

다시 동쪽으로 7리를 나아가 호판석(虎版石)을 넘었다. 계패에서 오면서 조그마한 고개를 잇달아 지났는데, 호판석이 가장 높았다. 고개를 넘어 다시 3리를 가자 분촌(分村)이 나왔다. 이곳에서 식사를 했다. (마을 남쪽에 큰 산이 있고, 그 안에 분령이 있다. '분分'이라고 한 것이 어찌 요족과 한족이 경계를 나누어서이겠는가?) 동쪽으로 3리를 나아가 큰 시내를 건넜다. 이 시내는 남쪽의 구채원(韮彩源)에서 흘러오는 것이다. 시내 동쪽에 또 남쪽으로 가로누운 산이 있다. 서쪽에서 뻗어온 산과 흡사하다.

다시 그 북쪽 기슭을 따라 7리를 나아가 사면교(四眼橋)에 이르자, 훨씬 큰 시내가 있다. 이 시내는 고촌(顧村)에서 흘러온 것으로, 분촌의 물과 함께 모두 요족의 주거 지역에서 발원했다. 꽤 긴 나무다리를 건너, 여기에서 동쪽의 고개에 올랐다. 이전에는 다만 남쪽에만 높은 산이 있을 뿐, 북쪽에는 온통 산줄기에서 갈라져 나온 등성이가 가닥가닥 뻗어 내렸다. 그런데 이곳에 이르니, 북쪽에도 가로 늘어선 산이 있다. 길은 동쪽으로 두 산 사이로 뻗어 있다. 산등성이와 움푹 꺼진 곳을 올라 10리만에 맹교(孟橋) 서쪽의 팽가촌(彭家村)에 이르렀다. 이곳에서 묵었다. 이날 모두 50리를 걸었다. 산길이 황량하고 외졌다. 누군가 60리길은 되리라고 했다.

3월 23일

오경에 큰 비가 내렸다. 영주에서 오면서 보니, 산의 밭들이 지독히 가물었다. 마침 씨를 뿌릴 때였다. 이곳에 이르니 백성들의 원망하는 소리가 심했는데, 단비가 내린 셈이다. 비는 날이 밝도록 그치지 않았다. 나는 죽은 듯이 누운 채 비가 그치기를 기다렸다. 아침을 먹은 후 출발했다. 우산을 쓰고 짚신을 신었으나, 고달프다는 생각은 들지 않았다.

동쪽으로 1리를 가자, 맹교가 바라보였다. 갈림길에서 남쪽으로 나아갔다. 대체로 이곳에 이르니 남쪽으로 늘어선 산이 어느덧 끝이 났다. 산을 따라 남쪽으로 돌아들었다. 5리를 나아가 당촌요(唐村坳)에 이르렀다. 당촌요 북쪽에 동쪽을 향하여 조그마한 동굴이 있다. 동굴 바깥에는 바위가 겹겹이 이어져 있다. 허리를 굽히고 안으로 들어가자, 아래에는 졸졸 흐르는 물이 남쪽의 구멍에서 솟아나와 북쪽으로 흘러간다. 이에 우산을 접고 오랫동안 앉아 있었다.

고개를 넘어 남쪽으로 나아갔다. 두 산 사이에 흙더미가 가로누워 있는데, 가운데가 갈라져 문을 이루고 있는지라 다니기에 편했다. 이곳은 도주와 영원현(寧遠縣)의 경계이리라. 이곳에서 잇달아 두세 곳의 고개를 넘었다. 고개는 그다지 높지 않았다. 대체로 이곳에 이르러 앞쪽의 남쪽에 늘어선 산은 서쪽으로 돌아들어 늘어서 있는데, 이 고개들은 그 산이 동쪽으로 뻗어내린 갈래이다. 그 동쪽에는 또한 마치 곧추선 망치와 늘어선 창처럼 생긴 봉우리들이 한데 모여 떼 지어 있다. 남쪽에서 북쪽으로 뻗어내린 채 서쪽의 산과 더불어 문을 늘어놓은 듯하다. 다만 서쪽의 경계에는 높이 솟구친 산이 병풍처럼 늘어서 있는 반면, 동쪽의 경계에는 언덕들이 어지러이 늘어서 있으니, 그 차이가 확연하다. 남쪽으로 쭉 두 경계가 끝나는 지점을 바라보니, 가운데에 봉우리 하나가 마치 문의 표지인 양 우뚝 서 있다. 바라보고 있노라니 마음은 끌리지만, 그 아래에 길이 있을 것 같지 않았다.

당촌요를 지나 5리만에 대양(大洋)에 이르렀다. (도주에서 오는 길 역시 이곳으로 나온다.) 이곳은 산세가 홀연 훤히 트이고, 가운데에 마을이 많았다. 다시 남쪽으로 2리를 나아가 동쪽으로 다리를 건너자, 조그마한 시내가 매우 급하게 흘러간다. 다리를 넘자 커다란 시내가 넘실거리고 있다. 이 시내는 남쪽으로 구의산에서 흘러나와 북쪽으로 청구로 흘러가는데, 바로 소수의 상류이다. 북쪽으로 조그마한 시내가 소강으로 흘러드는 어귀를 바라보니, 수많은 배들이 그 곁에 정박해 있었다. (작은 배들은 강을 거슬러 올라 노관魯觀에 이른다. 노관은 구의산에서 4~5리 떨어진 곳으로, 소강과 모강母江이 만나는 곳이다.)

커다란 시내를 건너 거두(車頭)에 이르렀다. 다시 남동쪽으로 고개를 넘어 6리만에 홍동(紅洞)에 닿았다. 그곳에서 쌀을 사서 밥을 지어먹는데, 가랑비가 그치지 않았다. 다시 남동쪽으로 6리를 나아가 동쪽 경계의 어지러운 봉우리 아래에 바짝 다가가 조그마한 봉우리를 지나기 시작했다. 가파른 바위가 높고 험한데, 동쪽의 갈라진 구멍에서 마치 구름이 뭉게뭉게 피어오르는 듯하다. 기어올라 그 사이에 앉아 있노라니, 한참 만에 비가 그쳤다.

남쪽으로 좁은 길을 따라 나아갔다. 4리만에 대개(大蓋)라는 마을을 지났다. 다시 남쪽으로 2리를 나아가 엄구영(掩口營)에 이르렀다. 이곳에서 비로소 영원현의 남쪽에서 오는 길과 합쳐졌다. [북쪽으로 영원현과는 30리 떨어져 있다.] 엄구영의 남쪽에는 동쪽에 줄지어선 봉우리와 서쪽에 가로놓인 높은 산이 이곳에 이르러 합쳐져 문을 이루고 있다. 방금 전에 문의 표지처럼 보이던 곳은 어느덧 동쪽 봉우리의 제일봉이 되어 있다. 서쪽의 높은 산은 동쪽으로 드리워져 우뚝한 봉우리로 치솟아 있는데, 북쪽으로 바라보면 병풍이 꽂혀 있는 듯하고, 바짝 다가서면 손가락을 모아놓은 듯하며, 남쪽으로 돌아들면 담장이 늘어선 듯하여, 마치 동쪽의 봉우리와 나뉜 채 깃발과 북을 세워 기묘함을 다투는 듯하다.

2리를 나아가 봉우리와 산이 합쳐져 이룬 문 아래로 나왔다. 물 역시 그 안을 따라 남쪽으로 흘러나온다. 그 아래에는 평평한 들판이 드넓게 트여 있고, 동서로 깊은 골을 이루고 있다. 이곳에서 길은 서쪽 봉우리의 남쪽에서 서쪽으로 돌아들어 나아갔다. 다시 3리를 나아가 노정(路亭)에 이르렀다. 노정이란 곳은 왕(王)씨가 세웠으며 응풍정(應豊亭)이라고 한다. 이곳의 옛 이름은 주가동(周家峒)인데, 이곳에 왕씨가 거주했던 것이다. 명문세가인 왕씨는 이 정자를 지어 행인들이 쉬어가도록 했으며, 그의 집안사람이 향시에 합격했기에 '노정'을 이름으로 삼았던 것이다. 이날은 35리만을 나아갔다. 시간이 아직 이르긴 했으나, 비로 옷이 흠뻑 젖었기에 가던 길을 멈춘 채 땔감에 불을 지펴 옷을 말렸다.

3월 24일

비는 그쳤으나 구름이 자욱하게 깔려 있었다. 날이 밝자 노정에서 서쪽으로 5리를 나아가자, 태평영(太平營)이 나왔다. 이곳에는 구의(九疑) 순검사가 있다. 여기에서 북서쪽으로 산에 들어서니 봉우리들이 어지러이 둘러싸고 있다. 대체로 엄구영 동쪽의 봉우리들은 마치 관청이 늘어서고 창이 줄지어 서 있는 듯하다. 반면 이곳의 여러 봉우리들은 마치 대오를 이루어 빙 둘러싼 듯하고, 온통 바위 봉우리들이 늘어서 있다.

[산의 가운데에 빙 두른 채 동굴이 이루어져 있다. 틈새로 들어가니 따로 성벽을 쌓아놓은 듯하다. 산은 그다지 높지 않으나] 그윽하고 구불구불하여 참으로 별천지를 이루고 있다. 도중에 구불구불한 동굴, 곧 추선 봉우리, 영롱한 바위, 눈을 내뿜는 듯하고 놀란 파도인 듯 불어난 봄물, 운무에 싸이고 비에 젖은 신록이 이어졌다. 이렇게 10리를 가다 성전(聖殿)에 이르렀다.

성전은 순임금의 능묘이다. 처음에 나는 갈림길에서 그것을 보았다. 그런데 담이 무너진 한두 칸의 집인데다 길이 황량한지라 성전이 아니라고 생각하여 그곳의 동쪽에서 고개를 넘어 북쪽으로 향했다. 2리를 가서 밭가는 이를 만나 물어보니, 이미 성전을 지나쳐 사암(斜巖)에 이르러 있었다. 그래서 서쪽으로 산에 올랐는데, 봉긋한 석굴이 동쪽을 향해 입을 높이 벌리고 있었다. 기세가 대단히 웅장했다.

동굴 입구에는 바위 봉우리가 가운데에 치솟아, 동굴 문을 둘로 가르고 있다. 동굴 문 위에 날듯이 떨어지는 샘물은 마치 물로 만든 발(簾)인 듯하다. 석굴의 오른쪽에는 늘어진 바위가 제멋대로이고, 석굴 바닥에는 샘물이 허공에서 쏟아져 내리는데, 늘어진 바위 끝에서 수직으로 떨어지기도 하고, 바위 구멍에서 비스듬히 뿜어져 나오기도 한다. 여러 틈새가 마구 엇섞여 있는데다, 물 역시 한 곳에서 제멋대로 뿜어져 나오니, 더욱 기이하다. 그 아래로 또 하나의 석굴이 열려 있다. 깊이 패고 웅장했으나 멀리 들어가지는 못했다. 석굴 뒤의 위층에도 석굴이 하나 열려 있다. 둥글고도 높으며 밝으니, 마치 누각인 듯하다.

동굴문의 바로 맞은편에는 봉우리가 높이 치솟아 있다. [두 개의 폭포가 그 앞쪽에 발을 드리우듯 흘러내리는데, 바깥 석굴에서 가장 멋진 곳이다.] 그 아래에 못이 있고 그 안에 물이 고여 있는데, 흘러나오는 곳은 보이지 않는데도 물이 넘치지 않는다. 못의 왼쪽에 또 하나의 문이 열려 있다. 이곳은 석굴 뒤의 아래층이다. 문의 안쪽으로 돌층계를 따라 내려가면, 깊이 들어가는 길이 있다.

나는 바깥 석굴에 이르러 밥을 지어 먹었다. 동굴 속으로 깊이 들어갈 작정이었다. 그러자 명종(明宗) 스님이 이렇게 말했다. "이곳의 빼어난 경관은 가까이로는 서자암(書字巖), 비룡암(飛龍巖)이 있고, 멀리로는 삼분석(三分石)이 있습니다. 삼분석은 오늘 가지 못하니, 두 바위를 먼저 구경하고 돌아온 다음에 남은 시간에 동굴에 들어가시지요. 촛불을 밝혀 구경하면, 깊은 밤일지라도 괜찮을 겁니다." 나는 그의 말대로 하기로 했다.

그런데 『지』에 따라 자허동(紫虛洞)이란 곳을 찾으려 했는데, 이 동굴에 비문이 있었다. 비문에는 자하동(紫霞洞) 혹은 흔히 사암이라고도 한다고 씌어 있었다. 사암은 당나라의 설백고(薛伯高)[1]가 명명한 것으로, 이곳이 자허암임에 틀림없었다. 벽허동(碧虛洞), 옥관암(玉琯巖), 고사암(高士巖), 천호(天湖) 등의 빼어난 경관에 대해 물었으나, 명종 스님은 이들은 모두 없다고 말했다. 이에 명종 스님을 길잡이로 삼아 먼저 두 곳의 바위를 찾아보기로 했다.

사암을 나와 북쪽으로 나아가다가 마제석(馬蹄石)으로 내려갔다. 그 북쪽 양편의 바위는 높고도 험준하며 겹겹의 구름속에 비취빛으로 솟아올라 있고, 그 안에는 어지러운 봉우리들이 빙 둘러 산굴을 이루고 있다. 대체로 성전(聖殿)의 뒤쪽에 치솟은 것이 바로 소소봉(簫韶峰)이고, 소소봉의 서쪽에 솟아 있는 것은 사암이다. 이 사이를 경계짓는 고개가 산에 있다. 고개 북쪽의 물은 북서쪽으로 흐르다가 영원현 현성을 거쳐 소강으로 흘러드니, 곧 순원수(舜源水)이다. 고개 남쪽의 물은 북서쪽으로 흐르다가 거두를 거쳐 흘러내려 순원수와 만난 다음 청구로 흘러나오니, 곧 소수이다.

소소봉과 사암의 남북에는 온통 어지러운 봉우리들이 산굴을 에워싸고 있는데, 오직 이 두 봉우리 사이만은 산굴이 아니라 골짜기를 이루고 있다. 대체로 그 가운데에는 등성이에서 건너뛴 고개가 있고, 북쪽은 영원현 현성의 산줄기이다. 마제석 남쪽에는 산굴이 넓고도 가지런했다. 이곳의 이름을 묻자 구의동(九疑洞)이라고 했다. 나는 성전과 순임금의 능묘(舜陵)가 모두 고개 북쪽에 있는 게 의아했는데, 이제 산굴이 고개 남쪽에 있는 것을 보자 더욱 의아했다.

잠시 후 영복사(永福寺) 옛터를 지났다. 주춧돌은 여전히 웅장한데, 터는 이미 쟁기로 갈아 밭이 되어 있다. 다시 남쪽으로 시내 한 줄기를 지났다. 이곳은 소수의 상류이다. 서쪽으로 돌아들어 3리만에 서자암에 들어섰다. 서자암은 그다지 깊지 않았다. 뒤쪽에 늘어선 바위는 구불구불한 기세가 넘친다. 마치 용과 봉황이 날아오르는 듯하다. 서자암 밖에는 예서체의 '옥관암(玉琯巖)'이라는 세 글자가 새겨져 있다. 이것은 송나라 사람 이정조(李挺祖)의 필적이다.

서자암 오른쪽에는 '구의산'[2](창오산蒼梧山이라고도 한다)이라는 글자[3]가 크게 새겨져 있는데, 이는 송나라 가정(嘉定) 6년[4]에 도주의 군사를 주관했던 보전(莆田) 사람 방신유(方信孺)[5]의 필적이다. 그 옆에는 또한 예서체로 한나라 채옹(蔡邕)[6]의 「구의산명(九疑山銘)」이 새겨져 있는데, 송나라 순우(淳祐) 6년[7]에 군수인 동천(潼川) 사람 이습지(李襲之)가 도주 출신인 이정조에게 부탁하여 쓴 것이다. 아마 이습지는 기왕에 채옹의 사묘를 새로 지은 바에 옆에 글을 새겨 넣어 옛 전적을 보존하고자 했으리라.

후세 사람들이 벼랑에 거대한 글씨가 있는지라, '서자'로써 이름을 붙이는 바람에 끝내 그 실제 이름은 사라지고 말았다. 그제야 서자암이 바로 옥관암(玉琯巖)이며, 이곳이 구의산의 중턱임을 알았다. 아울러 소소봉의 남쪽이 순임금의 능묘이며, 옥관봉(玉琯峰) 북쪽이 옛 순사(舜祠)임도 알게 되었다. 후대 사람들이 순사를 순임금의 능묘에 합쳤던 것이다. 이는 구의 순검사가 태평영(太平營)으로 옮겨간 것과 같다. 세상사의 변화는 이처럼 크다.

(토박이들의 이야기에 따르면, 영복사는 예전에 대단히 흥성하여 절에 천여 명의 스님이 상주했으며, 사원 전답도 천 무나 되었다고 한다. 이것은 영복사가 바로 순임금의 능묘라는 이야기이다. 영복사를 소릉(小陵)이라 일컬은 것 역시 옥관암과 순사의 거리가 가까워서, 황실에서 보내 살펴본 끝에 순사가 옥관암에 의해 방해를 받는다고 여겨, 순사를 순임금의 능묘에 합칠 것을 상소하여 청했다. 현재 순임금의 능묘의 왼쪽 비는 영복사에서 옮겨온 것이다. 후에 옥관암의 옛 사당이 부서진 후, 절에서 충분히 제사드릴 수 있으리라 여겼으나, 얼마 지나지 않아 절은 끝내 황폐하여 쇠락하고 말았다. 이것은 옛 유적을 훼손시킨 일의 교훈으로 삼을 수 있을 것이다.)

나는 옥관암에 한참동안 앉아 있다가 토박이에게 길안내를 청하여 삼분석(三分石)에 가기로 했다. 토박이는 "삼분석은 여기에서 굉장히 멀고, 온통 요족(瑤族)들이 살고 있으니, 요족을 찾아 안내자로 삼아야 합니다. 그리고 중도에 묵을 곳이 없으니 반드시 불을 가져가야만 노숙할 수 있습니다"라고 말했다. 잠시 후 많은 돈을 들여 한 사람을 구했다. 그는 평지의 요족인 유(劉)씨 성을 가진 이였다. 그와 내일 날이 맑으면 떠나기로 약속했다. 만약 날씨가 좋지 않으면, 잠시 사암 안에서 기다리기로 했다.

이에 옥관암에서 돌아오는 길에 마제석의 동쪽을 지나 비룡암(飛龍巖)에 들어갔다. 비룡암은 산허리을 따라 푹 꺼져 내려앉았는데, 안쪽은 그래도 제법 넓다. [마치 사암 바깥층의 남쪽 석굴처럼] 돌비탈이 가운데에 걸려 있으나 구불구불한 주름은 없다. 비룡암 밖에는 '비룡암'이라는 세 글자가 새겨져 있고, 비룡암 안에는 '선루암(仙樓巖)'이라는 세 글자가 새겨져 있다. 모두 송나라 사람의 필체였다.

동굴을 나와 다시 마제석을 넘어 3리만에 사암으로 되돌아왔다. 명종 스님은 횃불 7개를 꺼내와 하인 고씨와 나누어 들더니, 횃불에 불을 붙여 앞장서 나아갔다. 처음에는 석굴 왼편의 아래층에서 틈새를 뚫고 층계를 밟아 내려갔다. 물이 석굴 왼쪽에서 날듯이 흘러나왔다. 쏟아져 내리는 물이 사람과 층계를 다투는 듯했다. 층계가 끝나고 길이 없어지자 물 역시 사라졌다.

동쪽으로 들어가자, 동굴은 홀연 평평하고 넓어졌다. 잠시 후 돌밭이 비늘처럼 줄지어 있고, 그 속에 물이 가득 차 있다. 하는 수없이 돌밭 두둑 위로 나아가는데, 그 아래는 푹 꺼져 깊은 골을 이루고 있다. 돌밭의 오른쪽 위에 바위 못이 있다. 못의 물을 건너가자, 양매동(楊梅洞)으로 가는 길이 나왔다. 그 길을 내버려둔 채, 계속해서 동쪽으로 동굴 바닥으로 내려갔다. 얼마 후 시내 한 줄기를 건넜다. 이 물은 서쪽에서 동쪽으로 흐르다가 동굴 안으로 흘러온다.

시내를 가로지른 후 동굴의 오른쪽을 따라 나아갔다. 길은 다시 평탄하고 넓어졌다. 동굴은 더욱 넓고 훤히 트여 있다. 한 가운데에 큰 기둥이 동굴 꼭대기 가까이까지 곧게 서 있다. 마치 사람이 단정히 손을 맞잡은 듯한지라 '석선생'이라 일컫는다. 그 동쪽 곁에 또 하나의 조그마한 바위가 우뚝 서 있다. 이 바위의 이름은 '석학생'이다. 이곳은 교학당(敎學堂)이다. 동쪽에 허공에 매달려 있는 바위가 또 있는데, 기둥 하나가 꼭대기에서 드리워져 내리다가 허공 중간에서 멈추었다. 그 끝은 오히려 둥글게 말린 채 커다랗다. 동쪽에는 돌연꽃, 높이 치솟은 기둥도 있었으나, 그다지 웅장하지는 않았다.

이곳에서 난니하(爛泥河)를 지났다. 이 물은 방금 전에 건넜던 시내의 하류이다. 이곳의 강바닥은 진창인지라 무릎까지 깊이 빠졌다. 조금만 늦추면 발이 깊이 빠져 빼낼 수가 없었다. 이곳에서 동굴 왼쪽을 따라 나아갔다. 왼쪽 벼랑의 암벽조각이 툭 불거진 채 아래로 드리워져 있다. 위로 날아올라 덮개 모양이 된 것, 아래로 갈무리되어 평평한 대 모양이 된 것, 가운데가 움푹 꺼져 침상이나 감실 모양이 된 것 등등, 갖가지마다 명칭이 있다. 그러나 비속한지라 기록하기에는 적합하지 않다.

남쪽으로 바라보니, 한 가운데에 네모진 기둥이 동굴바닥에서 병풍처럼 우뚝 솟아 있다. 마치 커다란 대나무 조각처럼 보인다. 그 동쪽에 있는 기둥 역시 동굴바닥에서 위로 우뚝 선 채 네모진 기둥과 나란히 서 있는데, 훨씬 더 높고 컸다. 그 끄트머리에는 바위 하나가 돌연꽃 위에 앉아 있다. 이것은 관음좌(觀音座)이다. 여기에서 서쪽으로 내려가자, 북쪽으로 관음좌 뒤로 돌아갈 수 있었다. 방금 지나온 난니하의 물 역시 관음좌 아래를 에돌아 서쪽으로 흘러오다가, 이곳에 이르러 남쪽으로 꺾어져 흘러갔다. 동굴 역시 남쪽으로 구부러지면서 더욱 넓어지고 커졌다. 유람객들은 이곳에 이르러 문득 걸음을 멈추었다. 물이 깊어 건너기 어려웠기 때문이다.

나는 명종 스님을 강권하여 물을 건넜다. 물이 깊어 무릎까지 차올랐지만, [난니하만큼 진창은 아니었다.] 물을 건너 남쪽으로 나아가자, 물은 동쪽에서 흐르고, 길은 물을 따라 서쪽으로 뻗어있다. 사방을 둘러보니, 석주가 높거니 낮거니 들쑥날쑥하고 양의 기름처럼 흰빛을 띠고 있다. 이곳은 설동(雪洞)이다. 그 색깔로 인해 붙여진 이름이다. 또 앞쪽에 풍동이 있다. 동굴이 구부러지면서 바람이 많기 때문에 붙여진 이름이다.

얼마 후 남쪽으로 내려가 강을 건넜다. 명종 스님이 지금까지 길안내를 한 일이 매년 백 차례 이상인데, 여기까지 들어와 본 적은 한 번도 없다고 한다. 그래서 방금 전에 관음좌에 이르자, 문득 횃불의 대나무조각을 뽑아 길에 꽂아 표지로 삼았던 것이다. 돌아가는 길을 쉽게 찾기 위함이었다. 그때 나는 짚신이 이미 망가져 버려 한 발은 맨발로 다니고 있었다. [애초에 하인 고씨에게 한 켤레를 갖고 다니게 하여 짚신이 망가진 때를 대비했는데, 강물을 건널 때 물이 깊은지라 자기 마음대로 관음좌 아래에 놓아두었다.]

더 이상 나아갈 수가 없어 되돌아오고 말았다. 대략 들어간 길이 벌써 3리 남짓이었다. [듣자하니 이곳의 물은 땅속으로 스며들었다가 광동(廣東)의 연주(連州)로 솟아나온다고 하는데, 아마도 억측이리라. 대체로 이 물은 소수로 흘러들지만, 나아가는 곳이 사방으로 통해 있는지라, 이 동굴에는 밑바닥이 없다고 하는 것이다.]

교학당을 되돌아지나 두 줄기의 시내를 건너 돌밭에 올랐다가 마침내 북쪽으로 양매동에 들어섰다. 방금 전에 돌밭을 따라 바위 못을 건넜다. 못 양쪽 벼랑의 바위 골짜기는 마치 문처럼 보이고, 그 안에 물이 가득 차 있었다. 못을 건널 때 물이 무릎까지 차올랐지만, 그 아래의 바위 바닥은 온통 평평하고 가지런하며 사방에 흙은 한 치도 없었다.

골짜기의 문을 들어서자 큰 바위가 비좁은 곳에 가로누워 있다. 비좁은 곳을 뚫고 들어가자 다시 평평한 동굴이 나왔다. 넓고 평탄했다. 그 북쪽에는 날듯한 바위가 평평히 깔려 있는데, 마치 누각처럼 보인다. 바위 위에 있는 틈새로 내려다보니, 바위는 마치 판자처럼 얇다. 그 아래에는 또 드넓은 동굴이 있고, 물이 아래층에서 세차게 쏟아져 들어왔다. 이 물은 바로 방금 전에 지나온 난니하 등의 물줄기의 상류이다.

동굴 안에서 만들어진 바위들은 탄환처럼 둥글고, 오목한 면에는 고슴도치의 가시 모양의 무늬가 있다. '양매(楊梅)'라는 이름은 바로 여기에서 비롯되었다. 그러나 바위의 색깔은 황백색이다. 전해오는 이야기로 동굴 속 물밑에서 보면 연보라색이라고 하지만, 이는 억지로 가져다 붙인 말이다.

[이 동굴에 흘러들어온 물은 바로 석굴 바깥에 있는 사방의 산웅덩이의 물이 땅속으로 흘러든 것이다. 이 산간 평지의 동쪽은 소소봉이고 서쪽은 사암이며, 남쪽은 성전의 서쪽 고개이고 북쪽은 마제석이다. 이곳은 모두 외곽은 높고 안은 낮아 솥의 밑바닥과 같은지라, 사방의 물이 죄다 스며든다. 다만 스며드는 틈새가 보이지 않을 따름이다.]

동굴을 나오자, 어느덧 어둑어둑 날이 저물고 있었다. 나뭇가지를 태워 옷을 말리고 죽을 끓여 먹은 뒤, 석굴 안에 누웠다. 밤새도록 폭포소리, 빗소리가 엇섞여 분간할 수가 없었다. 아침에 일어나 살펴보니, 흐린 날씨 속에 비가 부슬부슬 내리고 있었다.

이 석굴의 폭포는 벼랑에 걸린 채 골짜기로 쏟아져 내리는 다른 곳과는 달리, 모두 엎어진 바위 아래에서 구멍을 뚫고 흘러내렸다. 그 모습이 마치 술잔이 새는 듯하다. 북쪽 석굴 위의 동굴 앞에 매달려 있는 두 줄기 폭포는 모두 방금 이야기한 대로이고 가장 크다. 오른쪽 석굴의 웅덩이진 동굴 위에 매달려 있는 한 줄기 폭포는 여러 개의 구멍이 나 있으며 왼쪽의 폭포에 비해 작다. 하지만 안에 매달린 바위의 끝에서 흘러나오는 것이 한 줄기, 그리고 바위 밑바닥의 구멍에서 흘러나와 비스듬히 분출하는 것이 두 줄기가 있다. 이 또한 대단히 기이했다.

---

1) 설백고(薛伯高)는 당나라 헌종(憲宗) 때 도주자사를 지낸 적이 있다.
2) 구의산은 창오산(蒼梧山)이라고도 하는데, 이곳에는 순원봉(舜源峰)·아황봉(娥皇峰)·여영봉(女英峰)·기림봉(杞林峰)·석성봉(石城峰)·석루봉(石樓峰)·주명봉(朱明峰)·소소봉(簫韶峰)·계림봉(桂林峰) 등의 아홉 봉우리가 있다. 아홉 봉우리는 대개 해발 700 내지 800미터이며, 최고봉인 순원봉은 1600미터 이상이다.아홉 봉우리가 서로 흡사한지라 유람객들이 헷갈린다고 하여 구의라는 이름이 붙었다.
3) '구의산'이라는 글자는 높이가 1.8미터, 너비는 1.9미터이며, 필치가 고아하고 힘차다.
4) 가정(嘉靖)은 명나라 세종(世宗)의 연호이며, 가정 6년은 1526년이다.
5) 방신유(方信孺)는 남송의 정치가이자 문인으로서, 자는 부약(孚若)이다.

6) 채옹(蔡邕, 132~192)은 후한의 학자이자 서예가로서, 자는 백개(伯喈)이며, 그의 관
직이 좌중랑(左中郎)이었으므로 채중랑이라 부른다. 그는 문장이 뛰어나고 박학하여
천문학·음악 등 여러 분야에 통달했으며 비백체(飛白體)를 창시했다..
7) 순우(淳祐)는 남송 이종(理宗)의 연호이며, 순우 6년은 1246년이다.

3월 25일

사암 안에 조용히 앉아 있었다. 날이 몹시 추웠다. 심심하면 폭포를
구경하고, 추우면 나뭇가지로 불을 지폈으며, 배고프면 죽을 끓여 먹었
다. 이렇게 하루 종일을 지냈다.

3월 26일

비가 여전히 그치지 않았다. 오후에 우산을 받쳐 들고 성전으로 가서
왔던 길을 되짚어 북쪽의 고개를 넘었다. 다시 잠시 동쪽으로 가다가
소소봉 북쪽으로 돌아나왔다. 소소봉은 남쪽에서 북쪽으로 사암 앞에
병풍처럼 우뚝 치솟아 있다. 봉우리 위는 두 갈래로 나뉘어 있는데, 북
쪽 끄트머리가 바로 순임금의 능묘이다.

능묘 앞에는 여러 봉우리가 둥글게 에워싸고 있다. 한 가운데의 봉우
리의 위는 세 갈래로 갈라져 있다. 약간 왼쪽의 봉우리 꼭대기에 바위
하나가 우뚝 솟아 있다. 능묘 안의 스님은 위쪽의 갈라진 것을 가리켜
아황봉(娥皇峰)이라 하고, 홀로 우뚝 솟은 바위를 여영봉(女英峰)[1]이라 하
는데, 꼭 그렇지는 않으리라. 대체로 이곳에는 순임금의 옛 사당과 지금
의 전당이 있고, 봉우리들은 한둘이 아니고 아홉 개만이 아니다. 아홉
봉우리의 명칭에 대해 토박이들조차도 분명하게 가릴 수 있는 이가 없
었다.

능묘에는 길 양쪽에 커다란 나무가 마치 쌍궐[2]처럼 서 있다. 그 크기
는 네 사람이 팔을 둘러 싸안아야할 정도이다. 능묘의 스님은 그 나무

를 '주수(珠樹)'라고 불렀지만, 어떤 글자인지는 알지 못했다. 맺힌 열매
는 손가락만한 크기이며 껍질을 까야 먹을 수 있다. 이미 말라죽었다가
되살아나 꽃을 피웠다고 하지만, 꼭 그렇지는 않을 것이다. 그 옆의 양
쪽에는 매우 커다란 사라나무들이 자라나 있다. 이 가운데에는 네 사람
이 둘러 안아야할 정도로 큰 나무가 있으며, 여덟 자에서 열 자 위에 가
지가 갈라져 높이 솟구쳐 있다.

두 그루의 주수를 따라 들어가자, 세 칸짜리 집이 있다. 더 위로 올라
가자, 한 칸짜리 집이 있다. 위쪽 집의 편액에는 '무간유화(舞干遺化)'[3]라
고 씌어 있으며, 순임금의 위패를 모시고 있었다. 아래쪽 세 칸짜리 집
의 편액에는 '우제침전(虞帝寢殿)'이라 씌어 있고 대여섯 개의 위패가 늘
어져 있다. 모두 세종(世宗)과 신종(神宗)[4] 사이에 만들어진 것이니 옛 유
적은 아니다. 두 곳의 집 모두 낡고 협소한지라 순임금의 지위에 걸맞
지 않았다. 순임금을 장사지낸 곳이 어디인지 물었더니, 순임금은 원래
하후(何侯)와 함께 신선이 되어 날아갔기에 매장된 곳이 없다고 한다.

그래서 그의 비문들을 두루 살펴보니 시와 제사 지낼 때의 축원뿐이
다. 오직 자계현(慈谿縣) 출신인 안경(顏鯨, 가정 연간에 도를 배웠다)이 쓴 비
문은 비록 이미 끊겨 있지만, 이곳이 고대의 삼묘(三苗)[5] 지역으로서, 순
임금이 남방을 순찰할 때 창오산에 이르렀으며, 이곳에 오신 까닭은 곧
'전쟁을 버리고 문교와 덕을 펴시고 방패와 깃을 들고 춤을 추었던 마
음'이라고 밝히고 있다.

이 이야기대로라면, 이곳은 중앙의 권력이 미치는 범위의 밖에 있는
데다 순임금이 고령의 나이이니, 이렇게 멀리 순유해서는 마땅히 안 될
터이었다. 그럼에도 불구하고 순임금이 이곳까지 온 것은 이곳 사람들
이 대성군(大聖君)의 공평무사한 마음을 알고 있지 못하기 때문이었다.
아마 중국의 제후들은 모두들 중원의 조정으로 와서 순임금을 알현했
지만, 남방의 오랑캐는 황폐하고 먼 곳인지라 순임금이 수고를 마다하
지 않고 직접 찾아와 감화시켰던 것이다. 이 견해는 그럴 듯하여 취할

만했다.

(중계中溪 이원양李元陽[6]은 『산해경』을 인용하여, 순임금이 자하동에서 연단하여 한 낮에 승천했다고 했다. 『삼동록』에서는 순임금이 왕위를 선양한 후 이곳에서 연단했다 고 했다. 후에 유가는 이러한 일이 있기를 원하지 않았기에 순임금이 창오의 산야에서 죽었다고 했지만, 도가는 그가 구의산 중봉에 있었다고 말한다. 무릇 성인에게는 애초 에 유·불·도 삼교의 명목이 없었으니, 성스러워 신의 경지에 이르면 하늘에 오르고 땅속에 들어가는 일쯤이야 식은 죽 먹기이다. 유학을 고집하는 이들이 만날 때마다 죽 었던 장소를 꼬치꼬치 따지는데, 이 또한 너무 완고한 게 아닌가? 후에 영원현의 현령 을 지냈던 그의 조카 이항안李恒顔이 뒤에 발문을 썼는데, 순임금이 구의산에서 죽어 승천했다는 채옹蔡邕의 말이 적힌 『예문지』를 인용했다. 『서경』에는 "순행하시다가 돌 아가셨다"고 기록되어 있는데, 한유는 "척陟은 승升이며, 승천을 의미한다"고 풀이했다. 『영릉군충零陵郡忠』에 실려 있는 도가의 서적에는, 순임금이 천하를 다스리는 일에 싫 증이 나서 구의산에서 수도하고, 훗날 마침내 신선이 되었다고 말하고 있다. 영원현의 야사인 『하후기何侯記』에 따르면, 부원군負元君이 구의산에 살면서 단약을 수련하여 성 공했는데, 순임금이 순행하던 중 그의 집에 머물렀다. 순임금이 승천한 후 부원군 역시 7월 7일에 승천했다. 이곳은 순정호舜鼎湖이지 능묘가 아니다. 또한 창오산은 구의산의 남쪽 200리에 있으니, 창오에서 붕어하시고 구의산에 장사했다는 것 역시 의심할 여지 가 없다고 했다. 당나라 원결元結의 견해는 꼭 그렇지만은 않은데, 갖가지 다양한 견해 는 잠시 접어두기로 하자.)

능묘 정전 앞 섬돌가에 거대한 비석 하나가 노천에 서 있었다. 나는 틀림없이 오래된 비석이리라 여겨 비를 무릅쓰고 가서 살펴보았다. 이 산이 예전에 요족에게 점거당하자 권력자가 이들을 토벌하고서 달랬다 는 내용이 적혀 있다. 비석의 오른쪽은 관아인데, 역시 매우 낡아 금방 이라도 무너질 것만 같다. 그 안에 이미 잘게 부수어진 비석 하나가 있 는데, 누군가 목재로 그 사방 테두리를 둘러놓았다.

서둘러 읽어보니 도주 구의산의 「영복선사기永福禪寺記」였다. 이것은 순희淳熙 7년[7] 경자년에 도주의 사법참군인 장락현長樂縣 출신의 정순경(鄭舜卿)이 지은 것을, 호주(湖州)·오주(梧州)의 군주사인 하내현(河內縣) 출신의 상자곽(向子廓)이 쓴 것이다. 글은 한나라의 예서체인 팔분체이며 필체가 대단히 힘이 넘쳤다. 성전의 오래된 이 비석은 영복사에서 옮겨 온 것이지만, 능묘와는 아무 관계가 없다. 다만 호사가 비석에 쓰인 자획의 정교함을 애석히 여겨 이곳으로 옮겨와 보존하고 있을 따름이다. 하지만 이 관아가 금방이라도 무너질 듯하니, 영복사와 똑같은 운명에 처해지고 마는 건 아닐까?

(정순경이 지은 비문에 이런 말이 있다. "내가 작년 가을에 산 넘고 고개 넘어 우제사虞帝祠를 배알했을 적에 하후의 단정, 정안기鄭安期의 쇠로 만든 절구를 찾아보았다. 석루石樓에 이르러 성무정成武丁[8]의 유적을 방문했으며, 아황봉에 이르러서는 장정례張正禮의 유적과, 그리고 악록화蕚綠華[9]가 기묘한 발상을 했던 옛 자취를 찾아보았으나, 흔적조차 남아 있지 않다. 후에 영복사 제운각霽雲閣에서 이틀을 머물렀는데, 계림봉桂林峰과 만세봉萬歲峰 등의 여러 봉우리들이 사방으로 눈앞에 가까이 있다. 주지인 의초意超 스님이 바야흐로 공사를 크게 벌이는 참인지라, 나는 그가 짓는 건물을 철당徹堂이라 이름지었다.")

관아 뒤에는 세 칸짜리 집이 있다. 가운데 방에는 부처님의 상을 모시고, 양쪽 방에는 스님이 한 분씩 거처하고 있다. 황량하기 그지없다. 이에 비를 무릅쓰고 사암으로 돌아와 발을 씻고 옷을 말렸다. 저녁을 먹고 잠자리에 들었다.

---

1) 아황(娥皇)과 여영(女英)은 요(堯)임금의 딸로, 두 사람 모두 순(舜)에게 시집을 갔다. 순이 요임금으로부터 제위를 물려받자, 아황은 후(后)로, 여영은 비(妃)로 책봉되었다. 전해오는 이야기에 따르면, 순임금이 남방을 순시하다가 구의산 기슭에서 세상을 떠나 장사를 지낸 뒤, 비보를 들은 두 사람이 길을 재촉했으나 미치지 못하자, 끝내 그들은 호수에 몸을 던져 죽었다고 한다.
2) 쌍궐(雙闕)은 망루(望樓)가 있는 대궐의 좌우의 문을 가리킨다.
3) 무간(舞干)은 묘당에서 춤을 출 때 사용하는 방패이다. 『서경(書經)』의 「대우모(大禹謨)」에는 "임금이 문교와 덕을 크게 펴시고 방패와 깃을 들고서 두 섬돌 사이에서 춤추시니, 칠십일 만에 묘족들이 감복했다(帝乃誕敷文德, 舞干羽于兩階, 七旬, 有苗格.)"고 씌어 있다. 이후 문교의 덕으로 감화함을 의미하게 되었다.

4) 전해오는 이야기에 따르면, 구의산에 살고 있던 하씨 성의 사람이 아홉 살 때 전염병에 걸려 거의 죽게 되었을 때, 마침 남방을 순찰하던 순임금이 약을 지어 먹여 목숨을 구하게 되었다. 이후 의사가 된 그는 90년간 구의산 일대의 사람들은 물론 짐승까지도 치료해주었는데, 한 푼의 돈도 받지 않았다. 그의 선행이 널리 알려지자, 순임금은 그를 '우관(虞官)'이라 일컫고, 백성들은 '선의(仙醫)'라 일컬었으며, 훗날 '하후(何侯)'로 봉해졌다고 한다.

5) 삼묘(三苗)는 요순 시대에 남방에 있었던 부족 국가로서, 지금의 장강과 회수(淮水), 형주(荊州) 일대이다.

6) 이원양(李元陽, 1497년~1580)은 운남성 대리(大理) 출신의 백족(白族)으로서, 자는 인보(仁甫)이며 호는 중계(中溪)이다. 가정 5년(1526년)에 벼슬길에 나아가 강음현령(江陰縣令), 형주지부(荊州知府) 등을 역임했으며, 장거정(張居正)과 빈번하게 교류했다. 저서로는 『심성도설(心性圖說)』, 『중계만고(中溪漫稿)』 등이 있으며, 『사기제평(史記題評)』, 『십삼경주소(十三經注疏)』, 『두씨통전(杜氏通典)』 등 모두 764권을 교주했다.

7) 순희(淳熙)는 남송의 효종(孝宗)의 연호이며, 순희 7년은 1180년이다.

8) 성무정(成武丁)은 양(梁)나라 오균(吳均)의 『속제해기(續齊諧記)』에 따르면, 천상의 선인이 인간의 몸을 지니고 계양(桂陽) 땅에 살았던 인물로서, 전설속의 직녀와 견우 이야기와 관련이 있다.

9) 악록화(萼綠華)는 전설 속의 여신선의 이름으로, 구의산에서 득도한 나욱(羅郁)이라고 한다.

3월 27일

어느덧 비는 그치고, 먹구름도 조금 걷혔다. 서둘러 밥을 먹고 마제석 고개를 넘어 3리를 나아가 옥관암 남쪽에 이르렀다. 만나기로 약속했던 유씨 성의 요족 사람을 찾아 삼분석으로 떠날 요량이었다. 그런데 그 사람은 운무가 다 걷히지 않아 멀리 떠날 수 없으리라 여겨, 벌써 다른 곳으로 가버린 터였다. 그리하여 다시 내일 만나기로 했다.

그 사람은 비록 없었지만, 그 사람과 함께 사는 이가 산속 사정에 아주 밝았다. 아쉽게도 그는 종기가 나서 길안내를 할 수 없다면서 나에게 이렇게 말했다. 옥관암은 하후의 옛 거처이자 예전에 순임금의 사당이 있었던 곳이고, 그 남동쪽 산 위는 연단관(煉丹觀)의 옛 터라고 한다.

『지』에 따르면, 연단관은 순의 능묘 북쪽의 소소봉과 기림祁林 사이에 있고 그 중간에 돌절구가 있는데, 소나무가 절구를 뚫고 자라고 가지는 마치 용처럼 구불구불하다고 한다. 내가 두루 물어보았으나 그곳을 아는 이가 없었는데, 정순경이 찾고 싶다고 말했던 정안기의 쇠절구가 설마 이곳에 있단 말인가? 그러나 송나라 때에는 이미 찾을 길이 없었을 것이다. 『지』에서는 또 『태평광기太平廣記』를 인용하여 말하기를, 노묘전 魯妙典은 구의산의 여자 도사로, 녹림麓林도사가 그녀에게 『대동황정경太洞黃庭經』을 전수했는데, 그녀는 입산한 지 10년 후의 어느 날 한낮에 승천하니, 산속에 아는 이가 없었다. 구의동의 서쪽에 노관魯觀이라는 곳이 있는데, 역시 남은 자취는 없었다. 정순 경의 비문에 씌어 있는 옥묘玉妙가 설마 바로 이 사람일까? 정순경의 「영복비」에는 또 한 "석루에 이르러 성무정의 유적을 방문하다"라고 씌어 있지만, 석루 역시 찾을 길이 없다. 비룡동은 선루암仙樓巖이라고도 하는데, 설마 석루를 이르는 것일까? 그렇지 않다면 어찌하여 이렇게 새겨져 있단 말인가?)

이곳에서 동쪽으로 50리를 나아가면, 세 개의 바위가 하늘을 찌를 듯이 솟구쳐 있고, 세 군데로 나누어 흐르는 물이 있다. 흔히 이것을 순공석(舜公石)이라고 부르는데, 곧 삼분석이다. [길은 이미 사라지고 없다.] 이곳에서 남쪽으로 30리를 나아가면, 상투 모양의 벼랑이 홀로 서 있는데, 산꼭대기로 빙글빙글 돌며 우뚝 솟아 있다. 이것은 흔히 순파석(舜婆石)이라 부른다. [이곳은 길이 있어 가볼 수가 있다.] (그 아래에 포강浦江이 있고, 고개를 넘으면 마강麻江이다. 마강구麻江口에서 대나무 배를 타고 노저어 가면 금전錦田에 이를 수 있다.) 그 사람은 방금 따온 찻잎을 선물로 주었다.

이에 사암으로 되돌아오는 도중에 영복사 옛 터를 지나다가, 그 남쪽의 시내가 매우 세차게 흐르는 것이 보였다. 비록 서쪽을 향해 소강으로 흘러내려가고, 동·북·남쪽은 내가 거쳐 왔던 곳이었지만, 흘러나오는 곳을 아직 보지 못했기에 물길을 거슬러 찾아가보기로 했다. 영복사 옛터의 왼쪽에는 바위벼랑이 거꾸로 매달려 있고, 물이 아래에서 솟아나왔다. 벼랑과 물 사이의 거리는 3자인데, 그 아래는 매우 깊어 들어갈 수 없었다.

마제석을 지나자, 고개 북쪽의 물이 북쪽으로 흐르는 것이 보였다. 어제 성전의 서쪽 고개를 지날 때 고개 남쪽의 물이 남쪽으로 흘러내리는 것을 보았던 것이 떠올랐다. 이 물이 한데 모여 동쪽으로 흘러가는

게 아닐까 하는 생각이 들었다. 그래서 동쪽으로 발걸음을 빨리하여 소소봉 북쪽 기슭으로 가서 그 물이 다시 서쪽으로 흘러드는 것을 보았다. 그제야 비로소 이 우묵한 평지 사방의 물은 죄다 흘러나오는 곳이 없으며, 양매동의 아래 동굴의 물길인 난니하는 바로 이 여러 물길이 땅속에 스며들었던 것임을 알게 되었다.

두 고개 사이로 가운데에는 솥바닥처럼 움푹 패여 산담(山潭)이라 일컬어지는 곳이 있고, 뽕나무가 자라나 있는 산간 평지 속에 바위 구멍이 있다. 경작하던 요족(獠族)들이 큰 바위로 그 구멍을 막았으나, 물은 끝내 고이지 않았다. 뽕나무 동산에는 수천 그루의 뽕나무가 자라나 있다. 누에치는 이들이 와서 따가도 천연으로 자란 것이라 막는 이가 없었다.

이날도 여전히 사암에서 폭포를 구경하면서 땔나무로 불을 피웠다. 구름 기운이 차츰 걷히자, 정신이 개운해졌다. 그리하여 내가 이 동굴과 인연이 있어 한 번 걸음을 멈춘 지 여러 날이 되었다는 생각이 들었다. 이곳에 오면서 구경했던 여러 동굴에 대해 평가하지 않을 수 없으니, 순서에 따라 영주부 남쪽의 동굴 이름을 적어보겠다. (첫째는 도주의 월암이요, 둘째는 구의산의 자하동이요, 셋째는 강화현의 연화동이요, 넷째는 강화현의 사암이요, 다섯째는 영주부의 조양암이요, 여섯째는 영주부의 담암이요, 일곱째는 강화현의 대불령 옆의 석굴이요, 여덟째는 구의산의 옥관암이요, 아홉째는 도주의 화암이요, 열째는 도주의 월암 남쪽 고개의 물동굴이요, 열한번째는 구의산의 비룡암이요, 열두번째는 강화현의 마괴암이다. 이밖에도 가보기는 했으나 기록할 만큼 빼어나지 못하거나, 빼어남에도 가보지 못한 곳이 있을 터이지만, 여기에 모두 기록하지는 못했다.)

3월 28일

오경에 밥을 먹고 날이 밝기를 기다렸다. 이어 옥관암 남쪽을 지나 길을 안내할 사람을 찾았다. 그 사람은 막 일어나 밥을 짓고 있던 참이었다. 잠시 후 그는 어깨에 불 피울 도구를 매고서 앞장서 걸어갔다. 곧 바로 동쪽을 따라 양자령(楊子嶺)에 올라 2리만에 고개에 올라서자 고개 위에 바위가 있다. 바위는 사람이 우뚝 서 있듯이, 짐승이 웅크리고 용이 누워 있듯이, 바위 위를 빙빙 휘감은 채 불쑥 튀어나와 있다. 고개 위를 따라 남동쪽을 향해 움푹 꺼진 곳(지명은 모와茅窩이다)으로 나아갔다. 3리를 가는 동안 온통 기이한 바위투성이였다.

우묵한 곳으로 깊이 내려가자, 움팬 채 깎아지른 듯한 바위벼랑이 있다. 천 길 높이의 푸른 옥과 같은 폭포가 사방으로 엇섞여 흐르면서 석굴로 쏟아져 들었다가, 거대한 바위를 타고 쏟아져 내렸다. 그 깊이를 헤아릴 수 없었다. 이곳은 우묵한 곳 가운데의 아홉 개의 산이 거북과 같다하여 구귀진암(九龜進巖)이라 일컫는다. 물은 석굴을 향하여 나아간다. 이 석굴은 서쪽을 향해 있는데, 영복사 옆으로 벼랑을 뚫고 흘러나가는 물이 바로 이 물이 아닌가 싶었다.

다시 남동쪽으로 2리를 나아가 고개 하나를 넘으니, 반룡동(蟠龍峒)의 어귀가 나왔다. (산굴은 동쪽으로 들어가자 꽤 깊은데, 안에 사는 이들은 고산高山에 사는 요족猺族이다.) 다시 고개에 올라 1리를 가자 청수담(淸水潭)이 나왔다. 고개 옆에는 못이 있는데, 못물이 매우 맑다. [못의 동쪽에서 고개를 내려가면, 구채원(韭菜原)으로 가는 길이 나온다.] 다시 남동쪽으로 2리를 가서 우두강(牛頭江)을 건넜다.

우두강은 동쪽의 자금원(紫金原)에서 흘러나온다. 강의 양쪽 벼랑길은 가파르고 험준한지라 기어오르내리기가 몹시 힘들었다. 때때로 출몰하는 떠돌이 도적들이 반드시 이 길을 지나야 하기에, 원주민들이 커다란 나뭇가지를 베어 벼랑길을 가로막아 놓았다. 위와 아래가 온통 나뭇가지인지라 엎드린 채로 가지 사이를 뚫기도 하고, 혹은 가랑이를 벌려 나무등성이를 타넘기도 했다.

강을 건너 곧바로 남동쪽의 반변산(半邊山)에 이르렀다. 반변산 북동쪽의 높은 산은 자금원이고(산 너머는 남산현藍山縣의 현성이다), 반변산 남서쪽의 높은 산은 공료원(空寮原)이며, 좀 더 남쪽은 향로산(香爐山)이다. (공료원 산위에는 한 폭의 하얀 돌무늬가 위로는 산마루에서, 아래로는 산기슭까지 나 있다. 마치 흰 비단이 매달려 있는 듯하다. 원주민들은 이것을 '백면주白綿紬'라고 일컫는다. 향로산은 옥관암 남쪽 30리에 있고, 삼분석 북서쪽 20리에 있다. 높이는 삼분석에 버금가는데, 산의 꼭대기에는 2,3무 넓이의 맑은 못이 있다. 그 안에 두 갈래의 석순이 수면 밖으로 세 길 남짓의 높이로 우뚝 나와 있다. 이곳이 바로 『지』에서 말한 천호天湖가 아닐까 하는 생각이 들었다. 다만 『지』에서는 구의산 기슭에 있다고 했는데, 산꼭대기에 있다는 점이 다를 뿐이며, 산기슭에는 못이 없다.)

[반변]산에서 위로 5리를 나아갔다가 조금 아래로 내려왔다. 구시와 (狗矢窩)가 나타났다. 이곳에서 다시 위로 올라가 여러 차례 산등성이를 넘었다. 길은 흙담처럼 비좁다. 여러 차례 산꼭대기에 오르는데, 내리막 길은 적고 오르막길이 많았다. 이렇게 남동쪽으로 5리만에 오두산(鰲頭山)으로 빠져나왔다. 이전에 자욱했던 안개가 걷히지 않은지라, 반변산과 오두산 등의 여러 산은 가까이에서 바라보아도 보이지 않다가도, 몸이 산에 이르자 문득 모습을 드러냈다.

오두산에 이르러 남쪽으로 삼분석을 바라보았으나, 어디 있는지 도무지 알 길이 없었다. 순식간에 짙은 구름이 갑자기 걷히자, 눈 깜짝할 사이에 높은 봉우리 꼭대기에 삼분석의 그림자가 언뜻 비쳤다. [강산현(江山縣)의 강랑산(江郎山)과 흡사했다. 하나는 절강(浙江)의 발원지이고, 다른 하나는 소강의 발원지이다. 다만 강랑산은 산 중턱에 우뚝 솟아 있는 반면, 삼분석은 수많은 봉우리의 가장 높은 꼭대기에 매달려 있는 점이 다를 뿐이었다.]

반변산과 오두산은 북동쪽으로 자금원과 마주하며, 그 사이로 우두강이 흐른다. 남서쪽으로는 공료원 및 [향로산]과 마주하며, 그 사이로 소원강(瀟源江)이 흐른다. (이것은 삼분석에서 발원한 물이다.) 내가 서 있는 이곳은 두 물길 가운데의 산등성이이다. 두 물길은 옥관암 남동쪽에서 합쳐져 서쪽의 노관으로 흐르다가, 포강과 합쳐진 뒤에야 작은 배를 띄울 만해져 큰 바다로 흘러간다.

오두산 동쪽에서 고개 허리를 따라 가다가 2리만에 내려가기 시작했다. 3리를 내려가 난니하에 이르러서야 물을 구해 밥을 지어 먹었다. 어느덧 오후였다. (난니하에서 동쪽으로 나아가 고개를 넘으면, 고개 곁의 좁은 길이 나오는데, 이곳은 냉수요冷水坳이며, 도적들의 집결지이다. 고개를 넘어 3리를 가면 고량원高梁原이 나오는데, 이곳은 남산현, 녕원현寧遠縣의 서쪽 경계이며, 역시 도적들의 집결지이다. 이 고개는 남산현과 영원현이 나뉘는 경계로서, 삼분석의 동쪽에 위치하고 있으며, 물길 역시 이 고개를 따라 흐른다.)

[삼분석으로 가던 나는 난니하로 내려갔다.] 이곳에서 고량원과 길이 갈라졌다. 몸을 돌려 남서쪽으로 나아가다 다시 고개 하나를 올랐다. 산에 피어난 꽃들이 울긋불긋 아름다움을 다투고 있다. (오두산에 닿은 뒤부터 쪽빛의 진달래꽃이 보이기 시작하더니, 이곳에 이르자 또 두 종류의 보랏빛 꽃이 있다. 하나는 크고 꽃이 동백꽃 같으며, 다른 하나는 작고 꽃이 진달래꽃 같다. 화사한 빛깔이 매우 사랑스러웠다. 또 마른 나무 사이로 누르스름한 빛깔의 버섯이 있는데, 두께와 크기가 쟁반만 했다. 나는 이것을 따서 소매에 넣었다가 밤에 삼분석에 이르러 가느다란 대나무에 꿰어 구워 먹었다. 향이 마치 표고버섯과 같았다.)

산의 나무들이 하늘 높이 우뚝 솟아 있다. (이곳의 산의 나무들은 대단히 크다. 가장 귀하기로는 독목이라는 나무가 있고, 그 다음으로 녹나무가 있다. 또 수목이라는 나무가 있는데, 잎은 측백나무처럼 납작하며 잣나무의 종류이다. 커다란 나무는 네댓 사람이 둘러 안아야 할 정도에 높이는 수십 길이다. 소원수瀟源水 곁의 나루터에 녹나무 한 그루가 넘어진 채 가로누워 있다. 높이는 사람의 눈썹에 닿고 길이는 서른 걸음을 넘는다. 듣자하니 이십 년 전에 벌목하라는 명령이 내려졌다는데, 이 녹나무가 설마 그때 남겨진 것일까?)

모두 5리를 오르내려 소원수에 이르렀다. 그 물은 남동쪽의 삼분석에서 흘러와 이곳에 이르러 서쪽으로 흘러갔다가, 향로산의 북동쪽을 거쳐 노관으로 흘러간다. 이에 남쪽으로 물길을 건너 곧바로 삼분령(三分嶺) 기슭으로 올랐다. 삼분령은 가파르고 험준하여 발을 내딛을 수조차 없는데다, 비좁은 길조차 가느다란 대나무숲 속으로 깊이 파묻혀 있다. 그래서 고개를 숙이고 대나무를 뚫고 올라가는데, 두 손으로 대나무를 잡아당기면서 발걸음을 옮겼다. 이때 대나무숲은 아침 안개가 자욱하고 물방울이 뚝뚝 떨어지는지라 머리를 쳐들고 오를 수도 없거니와 평평히 아래로 나아갈 수도 없었다. 오로지 대나무를 허공에 늘어진 밧줄로 삼으니 대단히 도움이 되었다. 이렇게 8리를 나아가자 비로소 차츰 평탄해지기 시작했다.

다시 남쪽으로 나아가 고개 위에서 2리를 갔다. 이때 아침 안개는 여전히 자욱했다. 꼭대기를 바라보아도 아무 것도 분간할 수 없는 터에 어둠이 차츰 짙어졌다. 소나무에 기대어 자란 대나무를 뽑아내니 손바닥만한 빈터가 생겼다. 산이 높아 물이 없고, 불이 있어도 밥을 짓기가 어려웠다. 길잡이에게 큰 나무를 베어 쌓은 다음 불을 붙이도록 했다. 가는 대나무로 깔개를 만들고 불을 장막으로 삼아 밤을 지샐 작정이었다.

날이 저물자 포효하듯 바람이 거세게 불어댔다. 바람에 말려 올라간 불티가 허공 중에 춤을 추고 불꽃이 이리저리 흔들거리다가 느닷없이 수 길 높이로 솟구쳐 올랐다. 처음에는 기이한 경관이라 여겼다. 잠시 후 안개가 바람을 따라 피어올랐다. 문득 고개를 들자 밝은 별이 보이더니, 안개는 가는 비로 변했다. 우산을 받쳐 들어도 소용이 없고 이불을 둘러도 차츰 젖어들었다. 다행히 불기운이 맹렬한지라 견딜 만했다. 오경에 비가 거세게 내리자, 흠뻑 젖을 수밖에 없었다.

3월 29일

하늘이 차츰 밝아오고, 비 역시 점점 그쳤다. 삼분[석]을 쳐다보니 잠간 동안 모습을 드러냈다. 배고픔을 참은 채 축축한 대나무숲을 뚫고 남쪽으로 나아갔다. 다시 산을 2리 내려와서야 여전히 봉우리 하나 너머에 있음을 알았다. 움푹 꺼진 곳의 조그마한 등성이를 넘어 다시 남쪽으로 3리를 오르자, 벼랑을 빙 둘러 커다란 바위가 나타나기 시작했다. [어제 오르내렸던 곳은 온통 가파른 흙일 뿐, 바위덩어리는 없었다.] 길잡이가 길을 잘못 들어섰던 것이다.

그 남쪽으로 나와 다시 1리를 가서, 동쪽으로 우뚝 솟은 꼭대기를 바라보았다. 어루만질 수 있을 것만 같은데, 안개에 휩싸인 채 참모습은 보이지 않았다. 길은 다하고 돌층계도 끊겼다. 갑자기 산비가 거세게 쏟아졌다. 머리끝에서 발끝까지 흠뻑 젖은 채 되돌아섰다. 커다란 바위벼랑을 지나자 그 옆으로 실처럼 가느다란 길이 깊은 대나무숲에 덮여 있었다. 그러나 빗줄기가 거센지라 오르지 못했다. 올라간들 아무 것도 보이지 않았을 것이다.

마침내 왔던 길을 되짚어 내려오다가 어젯밤 불을 지펴 지샜던 곳에 이르렀다. 정북쪽의 왔던 길을 따라 내려가 시냇물로 밥을 지어먹어야겠다고 생각했다. 그런데 불이 비에 꺼지고 불씨만 남은 지라 급히 타고 남은 마른 땔감을 찾아다가 불을 살렸다. 그것을 들고서 산을 내려갔으나, 길을 잘못 들어 서쪽으로 가는 바람에 끝내 길을 찾지 못했다. 한참이 지나 조그마한 산골물이 보였다. 이곳에서 밥을 지어먹으니, 어느덧 정오였다.

우거진 풀숲과 대나무숲 속에서 이리저리 헤매다가 한참만에야 산골물에 이르렀다. 다섯 줄기의 산골물이 종횡으로 얽혀 흐르다가 한 군데로 모였다. 대체로 삼분석의 서·남·북쪽의 삼면에서 흘러온 물인데, 이전에 건넜던, 동쪽에서 흘러오는 시내는 이 가운데 가장 북쪽에 있다. 이에 다섯 줄기 가운데 한 줄기는 내버려두고 세 줄기를 건넜으나, 가장 북쪽의 줄기는 남겨둔 채 건너지 않았다.

그 남쪽 벼랑의 여울을 따라 동쪽으로 1리를 나아가 이곳에 올 적에 건넜던 곳에 이르러서야 비로소 물을 건너 북쪽으로 나아갔다. 왔던 길을 따라 난니하에 이르렀다가 오두산에 닿은 후에 잠시 앉아 쉬었다. 난꽃의 향기가 코를 찔렀다. 둘러보니 앉은 곳 모퉁이에 꽃이 피어 있기에, 꺾어서 지니고 갔다. 반변산에 이르렀다가 우두하(牛頭河)로 내려가니, 날이 저물어 어두워졌다. 다행히 이미 험준한 곳은 지났는지라, 길잡이에게 샛길을 따라 구채원으로 어서 가자고 했다.

이곳에는 고산의 요족이 살고 있다. 그런데 이곳에서 남쪽으로 가는 동안 집 한 채도 보이지 않더니, 고량원에 닿은 후에야 요족의 민가가 보였다. 처음에 올라갈 때에는 여전히 흙산이었는데, 산속에 들어서서 동쪽으로 내려가자 깊은 골에서 졸졸 흐르는 물소리만 들려올 뿐이었다. 어둠 속에 가파른 층계를 더듬거리며 내려온 다음, 다시 1리만에 두 개의 외나무다리를 지났다. 희미하게 가물거리는 불빛이 보였다. 급히 달려가니 그 불빛이 밭두렁 옆으로 숨어버리는 바람에 말을 붙여보지도 못했다.

잠시 후 띠풀 집이 한두 채 보이기에 소리쳐 불렀다. 어떤 사람이 횃불을 들고 나와 자기 집에 묵어가라고 맞아주었다. 그에게 밭두렁 사이의 불에 대해서 묻자, 개구리(乖)를 잡는 사람들이라고 대답했다. 아마 요족은 개구리(蛙)를 괴(乖)라 부르는 모양이었다. 그의 성을 물어보니 등(鄧)씨이고 나이는 스무 살이었다. 이야기를 들어보니 산속 일에 매우 밝았다. 나는 깊은 밤에 우리를 맞아 묵게 해준 그에게 깊이 감사드렸다. 요족에게 아직 옛 사람의 후덕함이 남아 있음을 깨달았다. 서둘러 나뭇가지를 살라 옷을 말리고 죽을 쑤어 먹은 후, 잠자리에 들었다.

3월 30일

지난 밤 잠을 제대로 이루지 못했다. 날이 밝자, 하인을 깨워 밥을 짓게 했다. 아침을 먹은 후 길을 나아가자, 구채원이라는 곳이 보이기 시작했다. 그곳은 높은 산의 바닥에 있는지라 역시 솥 같았다. 다만 어젯밤에 오면서 들었던 졸졸 흐르던 물이 동굴로 흘러드는 것인지 아니면 골짜기에서 나오는 것인지 알 수가 없었다. 웅덩이 안에는 맑은 못이 하나 있는데, 대단히 깊고 푸르렀다. 용담이라고 했다.

서쪽으로 산 하나를 넘어 2리만에 청수담을 지났다. 다시 1리 반을 걸어 반룡계(蟠龍溪) 어귀를 지나고, 다시 1리 반만에 고개 하나를 넘어 구귀진암(九龜進巖)을 지났다. 마침내 고개에 올라 모와(茅窩)를 지나서 양자령(楊子嶺)을 내려와 5리만에 길잡이의 집에 당도했다. 다시 3리를 나아가 사동으로 되돌아와 밥을 먹었다. 동굴 안에서 잠시 쉬다가, 꺾어 가져온 난꽃(구두화[1])로 모두 일곱 가지인데, 잎사귀가 길게 솟아나지 못하여 건란[2]만은 못했다)을 동굴 안 문 맞은편의 조그만 봉우리 사이의 바위 평대 위에 꽂아 부처님께 불공을 드렸다.

오후에 길을 나서 북쪽으로 성전의 서쪽 고개를 지난 다음, 서쪽으로 아황봉과 여영봉의 사이로 빠져 나왔다. 잠시 후 북동쪽으로 돌아들어 10리만에 태평영을 지났다. 다시 북쪽으로 5리를 가서 노정에서 묵었다. [이날 저녁 처음으로 지는 해를 볼 수 있었다.]

구의동의 남동쪽은 옥관암이다. 사방으로 겹겹이 둘러싸인 가운데에 작은 바위봉우리가 솟아 있다. 옥관암은 서쪽을 향한 채 그 아래에 있다. 그 서쪽에 괘산(卦山)이 있는데, 정면으로 동굴 문을 마주하고 있다. (괘산의 형태는 건초 같기도 하고 선비들의 두건 같기도 한데, 역시 뭇 산 가운데 우뚝 솟아 있다.) 동굴 안은 평탄하고 넓으며 남북으로 통해 있다. 이곳은 순임금의 예전 사당의 터이며, 이른바 하후가 승천한 곳이다. 여기에서 남쪽으로 30리에 향로산이 있고, 남동쪽으로 50여리에 삼분석이 있으며, 서쪽으로 30리에 순모석(舜母石)이 있고, 서쪽으로 10리를 더 가면 계두분구(界頭分九)인데, 강화현의 동쪽 경계이다.

삼분석에 대해, 모두들 그 아래의 물길 한 줄기는 광동으로 흘러가고, 또 한 줄기는 광서로 흘러가며, 나머지 한 줄기는 구의산으로 흘러가 소수가 되어 호광(湖廣)으로 흘러간다고 한다. 삼분석 아래에 이르러서야 바위가 세 갈래로 나뉘어 있음을 알았다. 그 아래의 물길 가운데, 북동쪽의 것은 소원강이다. 이 강은, 북쪽과 서쪽의 여러 물길(즉 다섯 줄기 산골물이 만난 것이다)이 합쳐져 드넓은 벌판으로 나아가는데, 소수의 발원지이다. 정동쪽의 것은 고량원에서부터 백전강(白田江)이 되는데, [동쪽으로 15리를 흘러] 임강소(臨江所)를 거쳐 [다시 동쪽으로 20리를 흘러] 남산현 현성에 이르는데, 규수(嬀水)의 발원지이다. 남동쪽의 것은 [고량원 남동쪽 15리의] 큰 다리에서 금전(錦田)으로 흘러내려 서쪽으로 강화현에 이르는데, 타수의 발원지이다. 이 물길이 광동과 광서로 흘러가지 않는 것은 남쪽에 있는 금전의 물길이 가로로 흘러 [호광성과 광서성의] 경계를 이루고 있기 때문이다. 금전의 동쪽에는 광동의 연주(連州)와 경계를 이루는 석어령(石魚嶺)이 있는지라 그 물은 처음에는 남동쪽으로 흐르다가 [광동으로 흘러든다.] 광서의 경우, 상무보의 남쪽이 하현(賀縣)과의 경계이다.

고량원은 영원현의 남쪽 경계이자 남산현(藍山縣)의 서쪽 경계이다. 지역은 남산현에 속하는데, 고산의 요족이 거주하는 곳이자 도적들이 모여드는 곳이기도 하다. 2월에 영주부에서 달아나 동안현(東安縣)의 포도관을 살해하고, 냉수만(冷水灣)과 박야교(博野橋) 등의 여러 곳에서 살상과 약탈을 일삼았던 자들이 모두 이들이다. 드나드는 곳은 우두강을 거쳐 반드시 구채원과 반룡동에서 묵었다가 구의동을 거쳐야만 한다. 그 무리는 대략 70~80명으로 20~30필의 말을 가지고 있으며, 예리한 무기와 장비들을 매우 잘 갖추고 있다. 이들 중에는 장발을 한 자가 여러 명, 스님이 두세 명(냉수요冷水坳 고개 위에 있는 절의 스님이다), 또 목공일을 하는 외지인도 있다고 한다. 구채원에 사는 이들은 모두 이들과 관련된 사정을 말해줄 수 있었다. 나를 위해 안내를 맡았던 이 역시 그러했다.

---

1) 구두화(九頭花)는 목부용(木芙蓉)의 별칭으로, 학명은 Cottonrose이다.
2) 건란(建蘭, 학명은 Cymbidium Ensifolium)은 중국의 복건성(福建省)이 원산지로, 한여름에 꽃을 피우는 귀한 난이다. 옛부터 잎에 무늬가 있는 품종을 귀하게 여겼으며, 암수에 따라 남성적인 웅란(雄蘭)과 여성적인 자란(雌蘭)으로 구분한다.

4월 초하루

오경에 비가 억수같이 내렸다. 날이 밝자 비를 무릅쓰고 길을 나섰다.
노정에서 북동쪽으로 갈라져 소소계(蕭韶溪) 서쪽 언덕을 좇아 나아갔다.
3리를 나아가 서쪽으로 엄구영(掩口營) 동쪽의 양쪽 산골짜기를 바라보
니, 그 아래에는 어느덧 평탄한 들판이 뻗어있었다. 여기에서부터 동쪽
의 산들이 차츰 훤히 트였다. 시내는 동쪽으로 굽어지고, 길 역시 시내
를 따라 나 있다.

다시 5리를 갔다. 시내 양옆의 바위들은 마치 힘을 겨루듯이 구불구
불 얽혀 있고, 물은 바위 사이를 뚫고 세차게 흐르고 있다. 마치 문처럼
생긴 좁은 곳 위에는 나무를 걸쳐 건너가도록 해놓았다. 다리를 건너
시내 남쪽 언덕을 따라 나아가 2리만에 하관(下觀)에 이르렀다. 이곳은
거대한 집들이 즐비하게 늘어서 있는 커다란 마을이다. (마을에 거주하는
이의 대다수는 이李씨이다.) 노정에서 이곳까지 명목상으로는 5리라지만, 실
제로는 더 먼 10리였다. 비가 많이 내려 진창인지라 가는 길 내내 밭두
렁의 오솔길을 걸었다.

하관에 이르러 저자에서 술을 사서 나아갔다. 하관의 서쪽에는 시내
한 줄기가 남쪽으로부터 하관을 에돌아 동쪽으로 흘러가고, 돌다리가
그 하류를 틀어막고 있다. 시냇물은 다리 아래를 흘러 나와 동쪽의 소
소수(蕭韶水)와 합쳐진다. 그 서쪽의 시내 한 줄기가 또 응룡교(應龍橋)에
서 흘러와 합쳐진다. 세 줄기의 물이 합쳐지니, 배를 띄울 수 있다. [북
쪽으로 20리를 달리면 영원현에 이를 수 있다.]

하관을 지나 비로소 소소수와 헤어졌다. 길은 남동쪽으로 굽이돌아
향했다. 남쪽을 바라보니, 하관의 뒤쪽에 수많은 봉우리들이 비취빛을
띤 채 우뚝 솟구쳐 있다. [대나무 장대마냥 하늘 높이 솟구쳐 있는데],
이 가운데 가장 높고 뾰족한 봉우리는 오첨산(吳尖山)이다. 그 산 아래에
사암처럼 깊고 그윽한 석굴이 있다. 산 안에는 우촌동(尤村洞)이 있고, 바

끝에는 동각담(東角潭)이 있다. 모두 이곳의 절경이다. 산봉우리는 모두 춤추는 이들의 방패와 깃털과 같고, 바위들은 죄다 이들을 따라 춤을 추는 들짐승과도 같다. 구의산을 구경하고서 이곳을 들리지 않는다면, 거의 산의 참모습을 보지 못했다고 하리라. [유감스럽게도 나는 이 산 속에 발을 들여놓아, 기이하고 그윽한 경관을 구경하지는 못했다.]

남동쪽으로 2리를 가자, 남쪽으로 우촌동에서 흘러오는 큰 시내가 있다. 그 위에 다리와 정자가 가로로 걸쳐져 있다. 이곳은 응룡교(應龍橋)이며, 통제[교](通濟橋)라고도 한다. 다리를 지나 남쪽으로 어지러운 봉우리 속(즉 오첨산이 동쪽으로 뻗어내려온 말미의 줄기이다)으로 들어섰다. 2리만에 지보평요(地寶坪坳)에 올랐다. 여기에서부터 사방이 온통 기이한 봉우리로 휘감겨 있다. 옥과 같은 방을 지나고 비단 휘장을 헤치며 지나는 듯했다. 틈새를 돌아서면 다시 산굴이 모여 있고, 구멍을 빠져나오면 다시 기이한 경관이 나타났다. 사자와 코끼리, 용, 뱀 등의 모양의 바위들이 길 양쪽에 솟구쳐 사람과 길을 다투는 듯하니, 황홀한 꿈속에 삼신산을 따라 걷는 듯했다. 다시는 인간세상에서 만날 수 있을 것 같지가 않았다.

모두 6리를 나아가 산구동(山口峒)에서 식사를 했다. 산구동에서 남쪽으로 고개 하나를 넘어 모두 3리를 가자, 길 양쪽에 두 개의 봉우리가 기기묘묘함을 다투고 있다. 봉우리 아래에 자그마한 시내가 남쪽으로 흐르고, 그 위에 다리와 정자가 세워져 있다. 기이한 풍경에 빠져 오래도록 쉬다가 유생의 갓을 쓴 이를 만났다. 그는 자신의 집이 우촌동 안에 있으니 그의 거처로 함께 가자고 붙들었는데, 자신이 오첨산 주인이라고 했다. 나는 훗날을 기약하면서 그의 성명을 물었더니, 왕선봉(王璇峰)이라 대답했다.

골짜기를 지나 남쪽으로 가자, 비로소 흙에 덮인 산이 나타나기 시작했다. 다시 5리를 나아가 고개 하나를 넘어 대길서(大吉墅)에 이르렀다. 바위봉우리가 또다시 길 양쪽에 우뚝 솟아 있다. 길 동쪽의 봉우리는 움푹 팬 채 듯 영롱하다. [거꾸로 매달려 비스듬히 갈라져 있으니, 신기

루라 할지라도 이 절묘한 경관에는 비유할 수 없으리라.] 이 경관에 마음이 이끌린 나는 서둘러 가시덤불을 헤치면서 들어갔다. 곳곳마다 구멍과 틈새가 뚫려 있다. 나는 허공 속을 빙 둘러 위로 올라가기도 하고, 봉우리 옆구리를 뚫고 굽어 돌기도 했다. 그렇지만 끝까지 가보지는 못했다. 띠풀을 베어내고 층계를 기어올라 그윽하고 오묘한 정취를 모두 구경하지 못함이 아쉬울 따름이었다.

그 서쪽 봉우리 역시 마찬가지로 깎아지른 듯 가팔랐다. 봉우리 사이로 나 있는 길은 비좁은 곳을 뚫고 남쪽으로 나아가자, 비로소 훤히 트이면서 하늘이 열리고 땅이 넓어졌다. 이곳은 노원하(露園下)이다. 여기에서부터 바위봉우리들은 자취를 감춘 채, 서쪽은 온통 높고 험준한 산과 고개이고, 동쪽은 죄다 구불구불 휘감아도는 등성이와 비탈이다.

남쪽으로 2리를 나아가 큰길로 나섰다. 우당포(藕塘鋪)와 계두포(界頭鋪)의 사이였다. 다시 남쪽으로 5리를 가서 계두포에서 하룻밤을 묵었다. 이곳은 영원현과 남산현의 경계이다. 그 서쪽의 큰 산은 만운산(滿雲山)이다. 틀림없이 자금원의 뒤쪽일 것이다. 이 산의 갈래는 북동쪽으로 뻗어나가는데, 현의 경계는 이를 따라 그어져 있다. 여기에서 더 남쪽에 있는 것은 천주산(天柱山)이다. 이곳은 바로『지』에서 기묘한 석주와 석굴이 있다고 말한 곳이다. 나는 다행히도 산구동 일대의 기이한 봉우리를 직접 가보고, 또 가까이에서 오첨산과 우촌동의 여러 봉우리를 구경했다. 그동안 그리워했던 석주산(石柱山)이 바로 2리도 안되는 곳에 있으니, 가슴이 뛰지 않을 수 없었다.

다만 나의 발이 짚신에 쓸려 닳은지라 베신으로 바꿔 신었는데도 여전히 힘들었다. 게다가 이곳에 줄곧 비가 많이 내려 밭두렁의 물이 길로 넘쳐흐른지라 베신을 신어도 불편했다. 영주에서 이곳까지 가뭄으로 고생하지 않는 곳이 없고 가까이로 노정과 하관에서조차도 백성들의 슬피우는 소리가 들려왔다. 그런데 산구동 이남은 물이 밭두렁에 넘치고 골을 적시니, 어찌 구름 가득하다는 '만운(滿雲)'의 징험이 아니랴!

4월 초이틀

나는 석주산을 유람하고 싶었다. 날이 밝자 비가 다시 줄기차게 내리는데다, 발이 아파 신발을 신을 수조차 없어서, 여관에서 잠시 쉬기로 했다. 오전에 비가 그치자 남동쪽으로 나아갔다. 길을 가던 중에 석주산 석굴의 빼어난 경관에 대해 물어보았으나, 만나는 사람들 모두가 지나는 행인인지라 어디에 있는지 아는 사람이 없었다.

잠시 후 비가 그쳤지만, 길은 미끄러웠다. 사방을 둘러보아도 토박이가 보이지 않아 길에서 서성거리면서 누군가를 만나기를 바랐다. 한참 후에야 나뭇꾼을 만나고 또 농부를 만나 석주와 천주를 물어보았다. 그러나 모두 없다고 대답했다. 모두 5리를 걸어 고개 하나를 지나자 산세가 훤히 트였다. 이곳은 총관묘(總管廟)이다. 급히 총관묘로 들어가 길을 물었으나, 끝내 알지 못했다.

다시 남동쪽으로 나아갔다. 멀리 정동쪽에 날카롭게 우뚝 솟아 있는 것이 보이는데, 그것이 나무인지 바위인지 분명하지 않았다. 다시 5리를 나아가 안가교(顔家橋)에 이르러서야 그것이 바위봉우리이지 나무가 아님을 깨달았다. 안가교 아래에는 조그마한 물길이 북동쪽으로 흘러가고 있었다. 다리를 넘어 다시 남동쪽으로 자그마한 고개를 넘은 다음, 샛길을 따라 동쪽으로 꺾어 임무(臨武)로 가는 길로 향했다. (남산현은 큰길을 따라 남쪽으로 15리를 가면 현성에 이른다.)

모두 4리를 나아가 보림사(寶林寺)를 지났다. 절 앞의 「호룡교비(護龍橋碑)」를 읽고서야, 비로소 보림산 줄기가 북주산(北柱山)에서 뻗어내리며, 방금 전에 나무처럼 보였던 그 봉우리는 바로 절의 북쪽이자 현성의 북쪽에 있음을 알게 되었다. 보림사는 현성에서 15리 떨어져 있고, 이 봉우리는 절 뒤로 20리에 있다. 『지』에서 말하는 석주산은 바로 「호룡교비」에서 일컫는 북주산임에 틀림없다.

다시 동쪽으로 호룡교(護龍橋)를 지났다. 다리 아래의 물은 남쪽으로

사납게 흘러가고 있었다. 이 물길은 안가교 아래에서 굽이져 흘러온 것
이다. 시내를 따라 동쪽으로 나아가다가 이곳에서 북쪽의 석주산을 바
라보았다. 석주산의 봉우리는 [푸른 옥비녀처럼] 아리땁고 가파르다. 그
곁의 바위벼랑 역시 높다랗게 솟구쳐 기이함을 드러내고 있다. 그러나
우촌동과 산구동의 봉우리에 비한다면, 작을 뿐만 아니라 그 일부만을
갖추고 있을 따름이다.

다시 2리를 나아가 하만전(下灣田)에 이르자, 길 모퉁이에 커다란 나무
가 우뚝 서 있다. 위쪽은 가지가 갈라져 치솟아 있고, 아래쪽은 빙빙 감
돌면서 쌓여 툭 튀어나와 있다. 둘레는 예닐곱 명이 감싸 안아야 할 정
도이고, 소용돌이 모양으로 뒤엉킨 마디는 온통 세수대야처럼 물을 받
을 수 있다. 나무 가운데의 정령이라 할 만하다.

다시 동쪽으로 나아갔다. 길은 드러누운 바위 사이로 뻗어나가고, 시
내는 남쪽으로 꺾여져 남산현으로 가는 길로 흘러간다. 이에 동쪽으로
산등성이 언덕으로 들어서서 2리를 가자, 남서쪽에서 북동쪽으로 가로
지르는 길이 나왔다. 남산현에서 계양주(桂陽州)로 통하는 길이라 여겨졌
다. 다시 동쪽으로 백제령(白帝嶺)을 따라 나아갔다.

대체로 계두포(界頭鋪)의 산줄기는 만운산에서 북동쪽으로 굽이돌았다
가, 동쪽으로 솟구쳐 올라 백제령을 이루고 있다. 그래서 계두포 이남의
물길은 모두 남쪽의 남산현을 돌아든다. 반면 산이 계두포에서 서쪽으
로 치솟은 높은 봉우리는 곧 구의산의 동쪽 모퉁이이고, 병풍처럼 솟아
남쪽으로 에둘렀다가 동쪽으로 높이 솟구친 고개가 바로 백제령이다.
다시 북쪽에 늘어선 움푹한 곳은 산간 평지를 이룬 채 가운데가 빙 둘
러 평탄한데, 그 서쪽이 바로 남산현 현성이다.

길은 백제산(白帝山) 남쪽을 따라 뻗어 있었다. 갈라져 나온 고개를 여
러 차례 넘어서 5리만에 길은 남쪽으로 돌아들었다가, 다시 5리를 가자
뇌가령(雷家嶺)이 나왔다. 이곳은 백제산의 남동쪽 끄트머리이다. 뇌가령
에서 식사를 했다. 때는 아직 오후가 되지 않았으나, 길에 사람의 그림

자 하나 보이지 않고 행인들도 모두 뇌가령에 묵었다. 나도 그들과 함께 이곳에 머물기로 했다. 걸음을 멈추자, 날이 매우 맑아졌다. 이날 고작 30리밖에 가지 못했다. 발이 찢어지고 아침에 비가 온데다가, 앞길에 묵을 곳이 없었기 때문이다.

4월 초사흘

한밤중에 일어나보니 별빛이 밝았다. 앞으로 오랫동안 날이 맑으리라는 예감이 들었다. 동틀 무렵 식사를 채 마치지도 않았는데, 비가 계속 내렸다. 진창길을 조심조심 걸어갔다. 커다란 시내가 남산현에서 굽이져 동쪽으로 흘러왔다. 시내를 따라 동쪽으로 나아갔다. 잠시 후 시내는 남쪽으로 꺾이고, 길은 동쪽으로 꺾어졌다.

고개 하나를 넘어 모두 5리를 가자, 커다란 시내가 다시 남쪽에서 흘러왔다. 이곳은 허가도(許家渡)이다. 시내를 건너 동쪽으로 1리를 갔다. 시내는 북쪽을 향해 골짜기로 들어서고, 길은 남쪽으로 산에 접어들었다. 5리를 가자 양매원(楊梅原)이 나왔다. 한두 채의 집이 산초나무에 기대어 있는데, 도적들이 불태워버렸는지라 처량하고 불쌍하기 짝이 없었다. 이곳에 이르자, 비가 그쳤다.

다시 남쪽으로 10리를 가니 전심포(田心鋪)이다. 전심포의 남쪽으로 길이 훤히 뚫려 있고, 북쪽으로 흘러가는 조그마한 시내가 있다. 아마 주화포(朱禾鋪)에서 흘러온 물길이리라. 이곳에서부터 길 서쪽으로는 큰 산이 남산현 남쪽에서 줄지어 남쪽으로 뻗어내리고, 맑은 시내가 띠를 두른 듯 흐르고 있다. 또한 길 동쪽으로는 바위봉우리가 우뚝 솟은 채 역시 줄지어 남쪽으로 뻗어내리고, 높다란 소나무가 그늘을 드리우고 있다.

그 가운데로 길을 잡아 3리를 가자, 누워 쉴 만한 정자 하나가 있었다. 나그네길의 고단함을 잠시 잊을 수 있었다. 모두 20리를 걸어 주화포에서 식사를 했다. 이곳은 남산현과 임무현(臨武縣)의 경계이다. 다시 1리를 나아가 영제교(永濟橋)를 넘었다. 이곳의 물은 동쪽으로 흘러 동쪽 산의 기슭을 지나 북쪽으로 꺾어져 규수로 흘러든다.

다시 남쪽으로 4리를 나아가 강산령(江山嶺)에 이르렀다. 이곳은 남쪽으로 뻗은 큰 산줄기의 등성이이며, 이곳의 물길은 호광성과 광서성을 나누어 흘러내린다. [고개에서 서쪽으로 15리에 수두(水頭)가 있다. 『지』에서 무수(武水)가 서쪽 산 아래의 노자석(鸕鷀石)에서 흘러나온다고 했으니, 틀림없이 이곳일 것이다.]

등성이를 넘어 물길을 따라 남동쪽으로 4리를 나아가자, 동촌(東村)이 나왔다. 물길은 골짜기에서 남쪽으로 흘러가고, 길은 남동쪽으로 고개를 넘어 쭉 1리를 올라서야 고갯마루에 닿는다. 대체로 강산령은 평평하되 물길이 나뉘는 등성이이나, 이 고개는 높기는 해도 산줄기와는 아무 관련이 없다. 고개를 내려오니 길은 더욱 넓고 잘 닦여져 있고, 길 양쪽에는 아름드리 소나무가 높다랗게 서 있었다.

3리를 나아가서야 우묵한 평지를 걷기 시작했다. 우묵한 평지에는 드넓은 평지가 펼쳐지고 주거지가 이루어져 있다. 사방의 산은 그다지 높지 않았다. 북동쪽으로 동쪽 산만이 가장 험준하게 치솟아 있다. 남서쪽으로는 서쪽 산의 갈래가 남쪽으로 뻗어내리는데, 쭉 창오에 이르러 광동과 광서를 나누고 있다.

3리를 나아가 산간 평지를 지나 두 곳의 바위산의 어귀로 나왔다. 다시 드넓은 평지가 펼쳐지고 주거지를 이루고 있다. 다시 3리를 나아가 두 산의 어귀로 나왔다. 다시 1리만에 점강포(墊江鋪)에 닿았다. 여기에서 하룻밤을 묵었다. 이곳은 남쪽으로 임무현과 10리 떨어져 있다. 이날 60리를 걸었다. 발길을 멈추고 나니, 몸이 약간 좋지 않았다.

4월 초나흘

밤에 누워 자다가 열이 나는 바람에, 날이 환히 밝아서야 일어났다. 주위 사람들에게 물어보고서야 점강포에서 북동쪽으로 10리에 용동(龍洞)이 있는데 매우 기이하다는 것을 알았다. 용동은 내가 가고 싶었던 곳인데, 뜻밖에도 이곳에 있었다. 이에 짐을 여관에 맡긴 채 오솔길을 따라 북동쪽으로 나아갔다.

4리를 나아가자 큰길이 나왔다. 이 길은 임무현에서 북쪽의 계양주(桂陽州)로 통하는 길이다. 큰길을 따라 1리를 가자, 북쪽에서 남쪽으로 흐르는 시내가 있었다. 이 시내는 동쪽 산 아래에서 발원하는 물길(이름은 사강斜江이다)이다. 다리를 건너 곧바로 애강령(挨崗嶺)에 올랐다. 고개를 넘자 길은 정북쪽으로 굽이돌았다가 다시 오솔길을 따라 북서쪽의 산으로 들어섰다. 우리는 5리만에 석문(石門)의 장(蔣)씨의 집에 이르렀다. 우뚝 치솟은 산이 있다. 장씨의 집 뒤쪽에 동굴이 있다. 동굴은 푸른빛이 감도는 산 중턱에 있었다.

동굴 문은 남동쪽을 향해 있는데, 문 안에 들어서자 수백 수천의 기둥과 문이 그 가운데에 매달려 늘어서 있는 모습이 보였다. 허리를 굽혀 웅덩이로 내려가니, 바로 동굴의 바깥층이었다. 그 왼쪽을 좇아 올라가 줄지어선 기둥을 뚫고 들어갔다. 수많은 기둥이 나뉘어 선 채, 다시 빙 둘러 동굴을 이루고 있다. 마치 내실과 깊숙한 누각인 양 영롱하고 구불구불하다. 늘어선 창과 나누어진 문은 틈새사이로 빛이 통하지 않은 곳이 없으며, 팔방의 창들이 서로 어우러져 비추었다. 지금까지 돌아다니면서 구경했던 여러 동굴 가운데, 이 동굴만큼 굽이진 곳은 있었어도 이처럼 밝고 시원스런 곳은 없었으며, 이 동굴만큼 넓고 아름다운 곳은 있었어도 이처럼 영롱한 곳은 없었으니, 수많은 기이한 동굴을 압도하기에 넉넉했다.

이때 길잡이 장씨는 횃불을 가지러 돌아간 터였다. 그 사이에 나 홀로 기이한 경관을 찾다가 이곳에 먼저 이르렀던 것이다. 그가 횃불을 가지고 들어오는 곳이 틀림없이 아래 동굴의 바깥층 뒤쪽이리라 생각했기에 그쪽으로 가지 않고 먼저 이쪽으로 왔던 것이다. 그런데 횃불을 가지고 들어올 때, 그는 왼쪽 동굴의 뒤쪽에서 틈새를 뚫고 들어왔다. 여러 겹의 돌문을 잇달아 들어와, 어느덧 바깥 동굴의 뒤쪽, 아래층의 위편으로 돌아들어와 있었던 것이다.

이에 북쪽으로 돌문턱을 넘어 비좁은 곳을 뚫고 들어가서 바위 연못으로 내려갔다. 연못의 물은 흐르지 않은 채 맑다. 양쪽 벼랑은 온통 봉긋 솟은 암벽과 줄지은 석주 투성이이다. 바위의 발치에는 스며들지 않은 물이 고여 있고, 연못 속의 수심은 서너 자이다. 물 밑바닥의 가운데에는 바위 두둑이 가로누워 있다. 바위 두둑 위에 떠 있는 물은 겨우 1자 남짓인지라, 옷자락을 걷어올린 채 바위 두둑을 밟아 건너갈 수 있었다. 열 걸음 너머에 가로누운 두둑이 문턱처럼 가로놓여 있다. 문턱 너머의 못은 더욱 크고 물도 훨씬 깊다. 물 밑바닥에는 용처럼 생긴 하얀 바위는 머리로 가로놓인 등성이를 떠받치고 꼬리는 못 속에 끌고 있다. 비늘과 껍질이 영락없이 진짜처럼 보였다.

벼랑 곁에 들러붙어 다시 두세 걸음을 나아갔다. 되만한 크기의 둥근 바위가 보였다. 꽃받침 같은 부분은 물속에 꽂혀 있고, 수면 아래 잠겨 있는 부분 역시 1자 남짓이다. 이것은 귀한 옥구슬이다. 용 옆에 바짝 붙어 있으니, 잠자는 용의 턱 아래에 붙어 있는 여의주인 셈이다. 옥구슬 옆에는 또 이것보다 배나 큰 둥근 바위가 있다. 가운데는 절구처럼 오목하고 윗면은 수면과 나란하며, 색깔은 옥구슬과 똑같다. 이것은 옥쟁반이다. [그러나 옥구슬과 나란히 놓여져 있는지라, 구슬을 담아본 적은 없으리라.]

여기에서 앞으로 나아가자, 물의 깊이가 대여섯 자로 깊어졌다. 두둑이 없는지라 건널 수가 없었다. 서쪽을 바라보니, 물동굴이 훤히 트여 있다. 마치 다섯 무 정도의 못과 같다. 사방의 바위벼랑은 깎아지른 듯 가파르고 들쑥날쑥하며, 아래로 물이 새어나가지 않으니 참으로 기이한 정경이다. 그 북서쪽에 더욱 깊은 틈새가 있는 듯했지만, 타고 갈 뗏목이 없는 게 아쉬웠다. 왔던 길을 되짚어 나와 왼쪽 동굴을 지나 내려갔다. 동굴에 이르러 웅덩이진 동굴의 바깥층을 바라보니, 자욱한 연기 속에 아름답기 그지없다.

이에 하인 고씨에게 먼저 길잡이를 따라 산을 내려가 술을 준비하라고 했다. 나는 혼자서 동굴 밑바닥으로 내려가 사방을 둘러보고 나서, 늘어선 기둥의 뒤쪽으로 돌아나왔다. 그 동굴은 그다지 깊숙하지도, 굽이지지도 않으나, 선인의 영지밭과 연꽃 휘장, 옥으로 장식한 굴과 기둥이 위아래 층층이 늘어선 채 툭 트여 넓고 아득했다. 설사 안쪽의 동굴 두 곳의 기묘한 경관이 없다 해도, 절로 별천지를 이루고 있었다. [이 동굴의 지위는 참으로 마땅히 월암 위에 놓아야 할 것이다.]

오랫동안 이리저리 둘러보다가 산을 내려왔다. 하인 고씨는 끝내 술 파는 곳을 찾아내지 못했다. 그리하여 산길을 따라 10리를 점강포로 되돌아와 밥을 지어 먹었다. 길을 나서니, 해는 어느덧 서산 너머로 지고 있었다. 5리를 나아가 오리배(五里排)를 지나자, 어느덧 임무현 현성이 멀리 보였다. 다시 5리를 걸어 북문에 들어섰다. 성위에 사방으로 집들이 늘어서 있는데, 마치 누각과 같았다. 문에 들어서자마자 성을 따라 서쪽으로 나아가 서문을 지났다. 문밖에 북쪽에서 흘러오는 시내가 있다. 이 시내는 강산령의 물과 수두의 물이 합쳐져 흘러내린 것이다.

다시 성을 따라 남쪽으로 굽이돌았다가 동쪽의 현의 관청 앞을 지났다. 다시 동쪽으로 서(徐)공(이름은 서개희(徐開禧)이며 곤산(崑山) 사람이다)의 생사당1)에서 하룻밤을 묵었다. 사당은 아직 완공되지 않은 상태였으며, 사당지기 두 사람은 대원(大願)스님과 선암(善巖) 스님이었다. 이날 밤 나는 한기가 들어 낫지 않기에, 저녁밥을 조금만 먹고 술을 사와 알약을 부수어 함께 마셨다.

1) 생사당이란 살아있는 사람을 위하여 지은 사당을 가리킨다.

4월 초닷새

아침에 하인 고씨에게 생강탕 한 사발을 끓이라 하여 마시고는, 두꺼운 이불을 덮고 옷을 겹쳐 입었다. 온 몸에 흥건히 땀을 흘리다가 한참만에 일어나니, 정신이 개운하고 상쾌했다. 이에 아침을 차려 먹고 남문을 나와 돌다리를 지났다. 다리 아래의 시내는 서문에서 빙 둘러 흘러왔다. 성 밖에는 백성들이 꽤 많았다.

남쪽으로 1리를 나아가 광(酈)씨의 집을 지나고, 다시 남쪽으로 2리를 가서 영방교(迎榜橋)를 지났다. 다리 아래의 물은 서쪽 산에서 흘러오다가, 북쪽으로 남문의 시내와 합쳐진다. 다리를 지나자 괘방산(掛榜山)이 나타났다. 나는 처음에 다리를 지날 때에는 깨닫지 못했다. 괘방산 남쪽에서 동쪽으로 고개에 올랐다. 구불구불 이어져 2리를 올라갔다가 내려오면서 정자 한 곳을 지났다. 다시 5리를 나아가 심정평(深井坪)을 지나서야 인가가 보이기 시작했다.

다시 남쪽으로 2리를 나아가 길 오른편을 좇아 내려가자, 봉두암(鳳頭巖)이 나왔다. [송나라 사람 왕회석(王淮錫)이 수암(秀巖)이라 일컬었던 곳이다.] 봉두암의 동굴문은 북동쪽을 향해 있다. 우리는 다리를 넘어 들어갔다. 동굴을 나와 바닥으로 내려가 바위 틈새의 시내에 이르렀다. 이 시냇물은 다리 아래에서부터 바위 사이로 스며들었다가 다시 틈새를 뚫고 벼랑을 돌아 흘러 동굴을 뚫고 동쪽으로 흘러든다. 이 동굴은 왕회석이 기록한 바의, '내려와 시냇물을 건너자, 시냇물이 끝간 데 없이 흘러든다'는 곳이다. [다만 왕회석은 위쪽의 동굴을 따라 내려왔지만, 이 동굴의 시내는 오히려 바깥 벼랑을 따라 흘러든다.]

나는 물동굴의 입구에 이르렀으나, 물이 깊어 건너갈 수가 없었다. [듣기로는 물을 따라 동굴 속으로 두 길을 들어가면 하늘의 빛이 보이고, 다섯 길을 들어가면 동굴을 통과하여 산의 동쪽으로 나온다고 한다. 이 산은 천연의 다리처럼 보이는데, 물이 산 아래에 이르기까지는 세 길에서 다섯 길 정도이다. 연주로 가는 큰길이 바로 이 산 위를 지나지만 높고 넓은지라, 산을 넘어가는 이들이 산인 줄을 깨닫지 못한 채 그저 다리인 줄로만 안다.

나는 봉두암에 올라 동쪽을 내려다보았다. 깊은 골이 아래로 빙글 두르고 있고, 골짜기의 물은 동쪽으로 흘러가고 있었다. 가까이에는 온통 가파른 바위가 빽빽이 치솟아 있고, 무성한 초목이 뒤덮고 있는지라, 내려갈 수 없을 뿐만 아니라], 엿볼 수조차 없었다. 왕회석이 '시냇물이 끝간 데 없이 흘러든다'고 한 말은 거의 억측일 따름이다.

10리를 되돌아나와 괘방산 남쪽 고개를 넘어 고개 옆을 바라았다. 동굴 입구가 제법 깊숙한 듯했다. 나뭇꾼에게 물어보니, "동굴에 들어가면 산 너머로 갈 수 있습니다"라고 대답했다. 급히 옷깃을 걷어쥐고서 동쪽으로 올라갔다. 동굴문은 둥글게 뻗어 있고, 높이는 다섯 자이다. 쭉 뚫고 들어가는 5리 길 내내 굽이돌거나 캄캄하여 겪는 괴로움은 없었다. 그러나 동굴바닥이 남쪽으로 푹 꺼져 내린 채 아래로 움푹 들어가 있는지라 들어갈 수가 없었다.

이리하여 동굴에서 나와 영방교(迎榜橋)를 건넜다. 고개를 돌려 방문(榜文)이 내걸린 듯한 곳을 쳐다보았다. 휘장처럼 보이는 암벽은 노란색과 하얀색이 섞여 꽃무늬를 이루고 있다. 마치 봉우리를 쪼개서 평평히 늘어놓은 듯하지만, 네모지고 가지런하지는 않아 내걸린 방문처럼 보이지는 않았다. 이 산의 갈래는 온통 바위들이 북동쪽에서 남서쪽으로 가로놓이고, 그 양쪽에 봉우리가 하나씩 솟아 있다. 북동쪽의 봉우리는 괘방산이고, 남서쪽의 봉우리는 영두봉(嶺頭峰)이며, 그 한가운데에 끼어 있는 동굴문은 임무현 남쪽의 맞은편 산이다. 서쪽 산에서 흘러온 지류는 영두봉 아래를 지나 북쪽으로 남문의 물과 합쳐졌다가 괘방산 북쪽 기슭을 에돌아 동쪽으로 흘러간다. 돌아오는 길에 남문을 지나다가 가게에서 개고기를 팔기에 사서 먹었다. 밤에는 서공의 생사당에서 묵었다.

4월 초엿새

식사를 하고 길을 떠났다. 동문을 나서 5리를 나아가자, 산 하나가 길 북쪽에 불쑥 튀어나와 있다. 무수(武水)는 북쪽으로 흘러가고, 길은 산의 남쪽으로 뻗어 있다. 물길은 산부리를 굽이돌았다가 다시 남동쪽으로 흘러가고, 길은 북동쪽으로 꺾인다. 1리를 나아가자 한 줄기 길이 쭉 북쪽으로 나 있다. 이것은 계양주(桂陽州)로 가는 샛길이다. 이 길이 갈라져 북동쪽으로 향하는데, 이것은 의장현(宜章縣)으로 가는 길이다.

3리를 걸어 아피동(阿皮洞)에 이르렀다. 무계(武溪)는 다시 북쪽으로 꺾여 흘러오다가 아피동을 거쳐 북동쪽으로 흘러간다. 물길 서쪽에 민가가 몇 채 있더니, 여기에서 다리를 건너 동쪽으로 우묘령(牛廟嶺)에 오르니 마을이 전혀 보이지 않았다. 적막하기 짝이 없었다. 고개를 넘어 4리를 내려오니, 천주수량정(川州水涼亭)이 있다. 다시 5리를 걸어 산골짜기를 오르내리자, 동목랑교(桐木郎橋)가 나왔다. 다리 아래의 물은 남쪽에서 북쪽으로 흐르는데, 그 발원지는 틀림없이 수암에서 구멍을 뚫고 흘러나온 물이리라. 다리 동쪽에 오래된 비석이 있다. 비백[1]의 큰 글자로 '광복교(廣福橋)'라는 세 글자가 적혀 있다. 이 글자의 필체는 매우 힘차다. 송나라 때 계양군(桂陽軍) 임무현의 지현인 증회안(曾晦顔)이 쓴 것이었다.

이곳에서 남쪽으로 가다가 동쪽으로 고개 하나를 올랐다. 다시 동쪽으로 산 중턱을 따라 5리를 나아가자, 갑자기 길이 네 갈래로 나뉘어졌다. 나는 동쪽으로 가지 않고 북쪽길을 따라갔다. 고개를 내려와 다시 동쪽으로 산속의 우묵한 평지에서 5리를 나아가자, 우행(牛行)이 나왔다. 우행은 인적이 드물고, 민가도 산골짜기 곳곳에 흩어져 있다. 대체로 네 갈래 갈림길에서 동쪽으로 쭉 뻗어 있는 큰길은 내내 높은 봉우리인지라 사람이 없었을 터이지만, 우리가 걷는 이 길은 오솔길이어서 밥을 지어먹기에 편했다.

우행에서 다시 동쪽으로 오솔길을 따라 고개에 올랐다. 고개를 넘어 3리를 내려오니 소원(小源)이 나왔다. 민가 몇 채가 있었다. 이곳에서 다시 북동쪽으로 고개 두 곳을 넘어 내려가 5리만에 수하(水下)에 이르렀다. 어떤 사람을 만났는데, "수하에서 봉집포(鳳集鋪)까지는 고작 3리밖에 안되지만, 고개가 황량하여 도적이 많으니, 반드시 호송할 사람을 구해야만 갈 수 있을 것입니다"라고 말했다. 이에 나는 수하의 민가에서 식사를 했다. 그 집의 사람이 나를 위해 호송할 사람을 찾아보았으나 구하지 못했다.

남동쪽으로 1리를 갔다가 남쪽의 오솔길을 올라 잇달아 두 곳의 고개를 넘었다. 봉집포는 산머리에 있었다. 봉집포는 마침 고개 곁의 등성이에 있는데, 이곳은 임무현과 의장현의 동서를 가로지르는 경계이다. 봉집포의 정자는 쇠락하여 무너질 지경이고, 인가 한 채 없이 적막하기 그지없었다. 이에 동쪽으로 고개를 내려와 북동쪽으로 몸을 돌려 나아갔다.

2리를 가자 마을이 나타나기 시작했다. 마을은 조그마한 시내의 서쪽에 있었다. 시내의 다리를 건너 북동쪽으로 물길을 따라 2리를 내려가 쇄석(鎖石)에 이르자, 꽤 번성한 마을이 나타났다. 북쪽을 바라보니 높다란 산이 있다. 이 산은 마전대령(麻田大嶺)이다. 쇄석에서 북쪽으로 고개에 올라 3리를 걸어 사산(社山)을 지났다. 둥그스름하면서 가파른 두 개의 봉우리가 마주 서 있다. 하나는 끄트머리가 둥글고, 다른 하나는 비스듬히 불쑥 튀어나와 있다. 이곳은 쇄석의 물길 어귀이다.

여기에서 동쪽으로 고개를 2리쯤 내려갔다. 무계(武溪)는 다시 북쪽에서 남쪽으로 흘러오고, 길은 시내와 만났다. 이에 시내 남쪽을 따라 동쪽으로 나아가는데, 시내는 다시 북쪽으로 굽어지고, 시내 북쪽에는 빙 둘러 평지가 펼쳐져 있다. 이곳은 손거평(孫車坪)이며, 시냇가에는 조그마한 배가 정박해 있었다.

곧바로 시내 남쪽을 따라 산골짜기로 들어서서 1리만에 남쪽의 고개 하나를 올랐다. 이곳은 거대령(車帶嶺)이다. 이 고개는 높고도 황량한데, 행인들이 모두들 위험에 관한 과장된 이야기로 놀라게 만들었다. 나는 개의치 않고 곧장 위로 1리 반을 걸어 고갯마루에 올랐다. 동쪽을 바라보니, 노릇노릇한 색깔이 어슴푸레하여 구름인지 산인지 분간할 수가 없었다. 마전대령은 어느덧 그 북쪽에 있었다.

1리 반쯤 고개를 내려왔다. 졸졸 흐르는 시내가 있고, 그 옆의 바위동굴 속에 샘이 하나 있다. 동굴의 천정에서 떨어져 내리는 샘물은 시냇물보다 백 배나 맑고 차가웠다. 샘물을 손으로 움켜 마시고, 시냇물로 손을 씻었다. 좀더 내려와 동쪽으로 7리만에 매전(梅田)의 백사(白沙) 순검사에 이르렀다. 무계는 다시 북쪽의 마전(麻田)에서 남쪽으로 흘러내려 순검사 동쪽을 거쳐 흘러간다.

이날 오후에 날이 무척 맑아 모두 60리를 걸은 뒤, 순검사 옆의 저자에서 걸음을 멈추었다. 방금 전 거리에서 만난 사람들이 거듭 나에게 도중에 예기치 못한 일이 생길 수 있으니 어서 떠나라고 했다. 나는 날이 아직 이른 듯한데다, 어찌 사람들이 말하는 그 정도랴 싶었다. 여관에 이르고서야 오전에 도적 백사십 명이 윗마을에서 몰려와 순검사 동쪽을 거쳐 용촌(龍村)에 이르렀다가 광동으로 가는 지름길로 갔다는 것을 알게 되었다. 도적떼는 원주민들에게 두려워하지 말라면서, 소란을 피울 까닭이 없다고 말했다고 한다.

---

1) 비백(飛白)은 서체의 하나로, 팔분(八分)과 흡사하다. 필체가 나는 듯하고 붓자국이 비로 쓴 듯하여 필획 속에 빈 곳이 가는 실처럼 하얗게 드러나는 서체이며, 후한(後漢)의 채옹(蔡邕)이 창시했다고 한다.

4월 초이레

아침을 먹은 후에 길을 떠났는데, 어제 밤에 몸이 썩 편치 않았다. 순검사 동쪽에서 무계를 건너 동쪽의 도두령(渡頭嶺)에 올랐다. 북동쪽으로 나아가 곧장 마전대령 아래로 가까이 다가가 3리만에 남동쪽으로 돌아들어 다시 고개에 올랐다. 2리만에 내려가서야 비로소 산간 평지 속을 걸었다. 다시 5리를 나아가니, 수십 가구의 민가가 산기슭 여기저기에 흩어져 있다. 이곳은 용촌이다. 그 북쪽으로 길 왼편에 우뚝 치솟은 바위가 있다.

다시 북동쪽으로 2리를 나아간 뒤 남쪽으로 고개에 올랐다. 고개 위를 따라 평평한 길을 3리 걸어서 비로소 남쪽을 향해 골짜기 속으로 내려갔다. 실개천이 남쪽에서 북쪽으로 흐르고 있다. 시내를 건너자마자 동쪽의 고개에 올라 반리만에 고명포(高明鋪)에 이르렀다. 다시 고개를 내려와 3리를 나아가자, 초계교(焦溪橋)가 나왔다. 초계는 고명포의 남쪽에 있는데, 수십 (가구)가 다리 양쪽에 살고 있으며, 그 물길은 북쪽에서 남쪽으로 흐르고 있다.

이곳에서 남동쪽으로 3리를 나아가 고개 하나를 넘자, 근채평(芹菜坪)이 나타났다. 그 남쪽에는 봉우리가 갈라진 채 불쑥 튀어나와 있다. 봉우리 아래에는 층층의 벼랑이 받치고 있는데, 적갈색에 검은색이 섞여 있다. 무이산(武彝山)의 일부 모습과 매우 흡사하다. 이곳은 사방의 산이 온통 청록색이며 높고 험준한데, 이 봉우리만은 홀로 특이했다.

다시 3리를 나아가 고개를 넘었다. 고개가 자못 높았다. 먼저 고개 북쪽으로 나아갔다. 마전대령, 장군채(將軍寨), 황잠령(黃岑嶺) 등의 여러 봉우리를 반듯이 쳐다볼 수 있다. 잠시 후 고개 남쪽으로 나아갔다. 길이 남쪽으로 훤히 트인 채 쭉 뻗어 있다. 무강(武江)으로 쭉 내려가는 길이리라는 생각이 들었다.

고개를 내려와 다시 북쪽으로 2리를 갔다. 길 어귀에 가로놓인 누각이 있다. 이곳은 애구(隘口)이다. 그 남동쪽 산 위에 오층탑이 있는데, 아직 다 지어지지는 않은 상태였다. 애구를 지나 탑산(塔山)의 북쪽 자락을 따라 오솔길을 찾아 산의 우묵한 곳으로 돌아 들어갔다. 이곳은 간암(艮巖)이다. [절]은 남서쪽을 향해 있고 간암은 북서쪽을 향해 있다. 간암의 어구에 못이 하나 있다. 봉암 스님은 나를 위해 금강 죽순을 삶아 주었다. 식초와 기름으로 볶아서 죽에 넣어 먹었다. 절 안에 누워 한 숨을 잤다.

오후에 남진관(南鎭關)에 들어서서 삼성교(三星橋)에 이르렀다. 다리를 건너자, 저자가 길 양쪽에 늘어서 있고 짐들이 어지러이 뒤섞여 있다. 아마 남쪽으로 광동에 내려가는 큰길이리라. 다리는 현성 남쪽에 있고, 남문은 서쪽에 있으며, 큰길은 성을 따라 동쪽으로 뻗어 있다. 잠시 후 북쪽으로 동문을 지난 뒤, 다시 북쪽으로 쭉 나아가 연무장을 지났다. 연무장 서쪽에는 깎아지른 듯 험준한 푸른빛 바위가 길가에 가로누워 있다. 북쪽으로 10리만에 우근동(牛筋洞)을 지나는데, 거의 백 가구에 달하는 주민들이 청잠산(靑岑山) 아래에 살고 있다.

대체로 대산 남서쪽에 처음으로 우뚝 치솟은 곳이 마전대령(이 고개는 여전히 임무현에 속한다)이며, 그 북동쪽에 다시 치솟은 것이 장군채(이곳은 이미 의장현에 속한다)이다. 이곳의 최고봉은 북동쪽으로 건너뛴 고운산(高雲山)이다. 이곳에 절이 있다. 이에 북쪽의 가장 깊은 곳으로 돌아들면, 여기에서부터 동쪽으로 황잠(黃岑)이 늘어서 있다. 고운산은 남북으로 가로놓여져 있다. 그 남쪽 자락이 바로 곡절령(曲折嶺)이고, 다시 동쪽으로 늘어선 한 층이 청잠산이다. 우근동은 청잠산의 북동쪽 기슭에 있다.

북쪽으로 1리를 더 가자, 야석포(野石鋪)에 이르렀다. 그 북쪽으로 영롱한 바위봉우리가 길 왼편에 웅크리고 있다. 이것이 바로 야석암(野石巖)인데, 처음에는 알지 못했다. 그 아래에 사는 사람에게 물어보니, "그 북쪽으로 오솔길을 따라 들어가면 바로 석굴이 나오지요"라고 대답해 주었다. 그리하여 그 북쪽 자락을 따라 산의 뒤쪽으로 돌아 나왔다. 그런데 그곳은 절터이지 석굴이 아니었다.

급히 나와서 석굴 아래의 인가에 투숙하려 했다. 그러나 어떤 사람이 문을 가로막은 채 손님을 받아들이려 하지 않았다. 나는 그 바위의 기이한 모습을 보고 틀림없이 석굴이리라 여겨 간절히 사정했더니, 그 집 옆의 조그마한 집에서 자기 집에 묵도록 허락해주었다. 그 집의 뒤쪽에서 석굴로 오르려 했으나, 집의 뒤쪽에 온통 울타리를 쳐서 길이 끊겨 있었다. 하는 수 없이 그 가운데 집의 뒷문으로 나가지 않으면 안되었는데, 손님을 거절했던 그 사람이 한사코 들여보내주려 하지 않았다.

이에 남쪽의 어지러운 바위 속에서 벼랑을 기어올라 바위를 넘어 들어갔다. 먼저 석굴 한 곳에 오르니, 동굴문은 휑뎅그렁했다. 안에는 꼭대기로 뚫려 있는 틈새가 있으나, 그다지 깊지는 않다. 동굴문의 왼쪽을 쳐다보니 풀숲 사이에 층계가 파묻혀 있다. 얼른 가시덤불을 헤치고 기어올랐다. 남서쪽으로 돌길 사이를 나아가자, 두 손을 모은 듯한 모습의 돌문이 또다시 나타났다. 동굴 안은 비좁으나 약간 깊으며, 오른쪽에 동굴 구멍이 갈라져 있다. 그 위에 햇빛이 스며들고 있다. 오른쪽 암벽의 중턱에 둥근 구멍이 있는데, 거울처럼 투명했다.

골짜기 문을 나와 다시 북서쪽으로 층계를 따라 올랐다. 봉긋 솟은 벼랑이 깎아지른 듯 서 있다. 위에는 겹겹이 쌓인 바위가 하늘 높이 솟구쳐 있고, 아래에는 마치 펼쳐진 휘장이 안으로 말려 있는 듯하다. 이 때 날이 차츰 어두워져 사방으로 길을 찾아도 보이지 않았으나, 이곳이 야석암임에 틀림없다고 여겼다. 『지』에는 원래 "큰길 옆을 굽어보고 있다"고 했으니, 산의 뒤쪽이 아님을 알 수 있다. 하지만 안타깝게도 돌을 쌓아 길을 내지 않았는지라 그 아름다운 경관을 끝까지 가볼 수가 없었다.

이에 산을 내려와 그 곁채 아래에 앉았다. 방금 전에 문을 가로막았던 사람은 이미 다른 곳으로 가버리고 없었다. 잠시 후 가운데 집의 창문 안에서 손님을 부르는 소리가 들렸다. 주인이 그 안에서 누워 쉬고 있었다. 내게 "손님께선 석굴을 찾아가 선인의 시를 구경하셨습니까?"
라고 묻기에, 내가 다녀온 곳을 대답해주었다. 그러자 그는 "그럼 그곳
에 다녀오지는 못하셨군요. 봉긋 솟은 벼랑의 오른쪽, 골짜기 입구의 위
에 올라갈 수 있는 길이 있으니, 내일 꼭 다시 가보시지요"라고 말했다.

이때 옆집 주인은 손님에게 잘 대해주고는 싶어했다. 하지만 그의 방
은 너무 비좁은데다 돼지우리와 손님의 침상이 한 군데에 있어 내가 불
편해하는 기색을 보이자, 방안에 있던 아내에게 내게 잠잘 곳을 내어줄
수 있을지 물었다. 아내가 응하지 않자, 나는 창문 아래로 가서 가운데
방 주인에게 부탁을 해보았다. 그랬더니 주인이 기꺼이 허락하는지라,
침구를 그의 집안으로 옮겼다. 가운데 방 주인은 자리에서 일어나 나에
게 이렇게 말했다. "손님께서는 명산을 유람하시기를 좋아하시군요. 이
곳에 있는 고운산은 뭇 산의 꼭대기이지요. 길은 황잠령(黃岑嶺)을 따라
올라가면 됩니다. 의장현의 여덟 곳의 명승 가운데에 '황잠적취(黃岑滴
翠)'와 '백수류홍(白水流虹)'의 두 가지 경관이 그 아래에 있으니 절대로
놓치지 마십시오." 나는 그에게 고개를 끄덕여 보였다.

4월 초여드레

아침에 고운산 유람을 안내해줄 사람을 찾았다. 그러나 그는 좀 있다
가 오전에나 나와 함께 갈 수 있다고 했다. 나는 아침밥을 먹은 후 다시
야석암으로 올라가, 봉긋 솟은 벼랑 동쪽의 무성하게 우거진 수풀 아래
에서 과연 길을 찾아냈다. 몇 걸음을 오르자 어지러운 바위들이 제멋대
로인지라, 또다시 길을 분간할 수가 없었다. 이에 꽃받침 같은 바위를
기어올랐다. 위는 온통 움팬 채 갈라져 있고, 바깥에는 높이 치솟은 커
다란 바위가 있다. 그 사이에 평평한 바위가 이루어져 있으니, 서로 어
우러져 돋보인 채 더욱 아름다웠다. 그렇지만 끝내 동굴 속의 시는 발
견하지 못했다.

한참동안 서성거리다가 길을 잃어버렸던 곳으로 되돌아오자, 바위동굴 하나가 눈에 띄었다. 내가 넘었던 바위 위에 있었다. 이에 기어들어 갔다. 깊고도 그윽한 동굴 안은 제멋대로 갈라져 있고, 옆으로 통하는 구멍들이 늘어서 있다. 이 구멍들은 구불구불 평평한 바위로 뚫려 있어 환히 밝은지라, 뚫고 들어갈 수 있었다. 방금 전에는 그 위로 올라갔었다면, 이번에는 그 밑에서 뚫고 나아가면서 선인의 시를 찾으려 했으나, 끝내 찾지 못했다.

야석암을 내려오니 길잡이가 아직 오지 않았다. 그래서 막 짐을 꾸려 길을 나서려는데, 갑자기 북쪽 길에서 소식이 전해져왔다. 200여 명의 도적떼가 북쪽에서 오고 있다는 것이었다. 민가의 주인들도 모두들 도망하고, 아이를 등에 업고서 뒷산으로 재빨리 피했다. 나는 하인 고씨와 함께 짐을 가지고 다시 방금 다녀왔던 동굴 속으로 숨었다. 이곳은 길이 외진지라 쉽게 발각되지 않은데다, 뒷 동굴이 있어 다른 곳으로 도망할 수 있기 때문이었다.

나는 동굴 속에 숨어 하인 고씨에게 동굴 옆에서 동정을 살피도록 했다. 처음에는 도망하느라 정신이 없어 어지럽더니, 잠시 후 길은 인적이 끊긴 채 조용했다. 한참이 지나 북쪽에서 남쪽으로 오는 이가 있기에 내려가 그에게 물어보았더니, "도적들은 장교(章橋) 위를 따라 고개 너머 서쪽의 황모(黃茅)로 갔습니다"라고 대답했다.

이에 석굴에서 내려와 남쪽으로 나아갔다. 북쪽에서 남쪽으로 오는 이들이 매우 많은데 반해, 북쪽으로 가는 이들은 여전히 선뜻 발걸음을 떼지 못하고 있었다. 길에서 만난 사람들이 서로 전하기를, 매전(梅前)의 순검사에서 강을 넘은 백사십 명의 도적들이 남쪽으로 천도(天都) 석평(石坪)으로 강도짓을 하러 갔다고 했다. 도적들은 동쪽으로 샛길을 따라 북쪽의 장교로 나왔다가 서쪽으로 되돌았던 것이다. 의장현 현성의 사방 교외를 빙글 에돌았으니, 감히 성문을 넘을 생각은 하지 못했던 것이다.

우리는 남쪽으로 왔던 길을 따라 1리 반을 가다가 우근동 북쪽에 이르렀다. 이어 오솔길을 따라 남서쪽의 큰 산을 따라 나아갔다. 1리 반을 걸어 우근동의 뒤쪽으로 나온 뒤, 서쪽으로 산골짜기를 넘어 5리만에 산골짜기를 빠져나와서 청잠(靑岑) 남쪽 기슭을 좇아 나아갔다. 제법 큰 길이 나 있는데, 이 길은 남서쪽으로 현성에 이르는 길이다. 황잠령에 이르는 길은 끊어질 듯하면서 계속 이어졌다. 그저 옳게 가고 있으리라 여길 따름이었다.

서쪽으로 모두 3리를 가다가 등성이를 굽이돌아서야 남쪽에서 오는 큰길과 합쳐졌다. 북쪽을 향하여 구불구불 고개를 올랐다. 2리를 나아가 고개의 움푹 꺼진 곳에 이르렀다. 그 서쪽이 바로 '백수유홍'이다. 장수(章水)의 상류는 고운산에서 남쪽의 황잠동(黃岑峒)으로 흘러가는데, 이곳에서 산골짜기를 빠져 나와 세차게 우뚝 솟은 바위를 타넘어 흘러내린다. [토박이들은 이 고개를 황잠이라고 일컫지만, 황잠산(黃岑山)은 아직 북쪽에 치솟아 있고, 이곳은 그 남쪽의 아래 갈래이다.]

고개를 넘어 북서쪽으로 반리를 나아가 곧바로 산골물을 거슬러 나아갔다. 황잠산은 북동쪽에 높이 솟아 있고, 그 남쪽에 산에 둘러싸인 우묵한 분지가 이루어져 있다. 커다란 시내가 이곳을 가로지르고 있다. 분지에서 1리 반을 나아가자 북쪽으로 뻗어 있는 오솔길이 나타났는데, 장교(章橋)로 갈 수 있다고 한다. 계속 산골물을 거슬러 서쪽으로 3리를 나아가 병마당(兵馬堂) 어귀에 이르렀다. 시내를 거슬러 북쪽으로 돌아 1리를 나아가다가, 시내를 버리고 고개에 올랐다.

북쪽으로 1리를 오르다가 서쪽으로 움푹한 곳으로 내려갔다. 이곳은 장경루(藏經樓)이다. 높은 산이 사방에서 둘러싸고, 자그마한 산골물이 문을 에워싼 채 흐르고 있다. 절은 대단히 가지런하고 깨끗했다. 이곳은 예전에 불경 등을 보관하던 곳이었다. 그러나 최근에 도적들에게 약탈을 당하는 바람에 스님들은 흩어지고 경서도 고운사로 옮겼으며, 한두 명의 스님만이 문을 닫아건 채 지키고 있었다. 그리하여 우리는 절 안에서 죽을 쑤어먹고서, 한참동안 앉거나 누워 쉬었다.

오후가 되어서야 절의 왼쪽을 따라 고개를 올라 높이 쭉 2리를 올라갔다. 이곳은 평두령(坪頭嶺)이다. 고개를 넘어 조금 아래로 내려가니 무척 아늑한 산간 평지가 보였다. 산은 겹겹이 비취빛으로 휘장을 두른 듯하고, 뭇 산골물은 다투어 흐른다. 언덕에 기다란 대나무들이 무성한 수목과 서로 어우러져 돋보이는 속에 정실이 나타났다. 이 집은 깨끗하게 잘 꾸며져 있으나, 사는 사람이 없는지라 텅 비어 적막하고, 높은 산과 흐르는 물이 있어 그윽하다.

반리를 나아가 산간 평지를 넘어 다시 산골물을 거슬러 북쪽의 고개를 1리쯤 올랐다. 고개는 끝이 났으나, 물길은 끊이지 않았다. 이곳은 평두령 위의 두 번째 고개이다. 물은 다시 위쪽의 산간 평지로부터 골짜기를 뚫고 흘러내리고, 길은 골짜기를 뚫고 뻗어나온다. 다시 산간 평지 속을 반듯이 반리 걸어 산골물을 넘은 뒤 북동쪽의 고개에 올랐다.

[산골물은 동쪽의 황잠산 뒤에서 흘러나와 산간 평지를 평평히 흐른다. 평평히 깔린 바위는 검붉은색을 띠고 있고, 희게 반짝이는 맑은 샘은 마치 비단을 빨아놓은 듯하다. 골짜기를 나와 아래로 쏟아지는 물은 옥구슬이 구르는 듯했으나, 겹겹의 나무들에 가려진 채 가물가물한지라 엿볼 수가 없다. 여기에서 물은 정실을 에돌아 남서쪽으로 쏟아져 내렸다가 장경령(藏經嶺) 남쪽으로 흘러나온다. 이곳은 대장(大章)의 발원지이다.]

고개는 그다지 높지 않았다. 반리를 채 지나지 않아, 차츰 황잠령 북쪽으로 감돌아들었다. 이곳의 진달래는 아름답고 빛깔이 눈부셨다. 나무는 울창하지 않아도 꽃빛이 너무나 아름다워 다른 곳에 견줄 바가 아니다. 이곳은 평두령 위의 세 번째 고개이다. 평지를 약간 지나 다시 북동쪽으로 1리를 올랐다가 고개등성이를 넘었다. 이곳이 평두령 위의 네 번째 고개이다. 그 서쪽에 바위봉우리가 마치 웅크린 사자처럼 불쑥 튀어나와 있다. 이곳은 장군산(將軍山) 남쪽에서 뻗어내려와 동쪽으로 굽이진 산줄기이고, 그 동쪽은 남쪽으로 건너뛰어 황잠산을 이루는 산줄기이다.

고개를 넘어 북쪽으로 1리를 내려가다 북서쪽으로 꺾어 내려갔다. 다시 깊은 나무숲 속에서 1리를 나아가자, 고운사가 보였다. 고운사는 비취빛 어린 산에 약간 기대어 있으나, 여전히 수많은 봉우리의 꼭대기에 걸터앉아 있다. 이 절은 융경(隆慶) 5년[1]에 창건되었으나, 지금은 차츰 피폐해지고 있었다. 산문과 주지 스님의 방은 제대로 갖추어져 있지 않지만, 참으로 대단히 드높은 구조는 결코 쉬운 일이 아니다. 절에는 이전에 50 명의 스님이 있었다. 그러나 떠돌이 도적들이 약탈을 일삼는 바람에 지금은 경우 예닐곱 명의 스님만이 남아 있다. 스님들은 농사를 생업으로 삼되, 이른 아침과 밤에는 쉬지 않고 불경을 낭송했다. 이 또한 여기에서만 볼 수 있는 일이다. 주지인 보당(寶幢) 스님은 참으로 손님을 편안하게 대해주셨다. 절에 이르렀을 때 해는 아직 지지 않았으나, 너무나 피곤하여 얼른 몸을 씻고 자리에 누웠다.

---

1) 융경(隆慶)은 명나라 목종(穆宗)의 연호이며, 융경 5년은 1571년이다.

4월 초아흐레

아침에 일어나니 짙은 안개가 산을 뒤덮고 있어 지척을 분간할 수 없었다. 물어보니 산에도 기이한 경관이 없다고 했다. 산을 내려가기로 결정하고서 북동쪽을 향하여 울창한 나무숲 속을 내려갔다. 처음에 나는 산이 가시덤불로 뒤덮여 있어서 들어갈 수 없다고 여겼는데, 지나면서 얼핏 보니 예상에서 벗어나지 않을 듯했다.

5리를 나아가 산기슭에 이르렀다. 마을의 민가 몇 채가 산간 평지 속에 흩어져 있다. 담산(担山)이라는 곳을 물어보니 모두들 바로 이곳이라고 하고, 만화암(萬華巖)이란 곳을 물어보니 다들 없다고 했다. 이리저리 다니면서 사방을 둘러보았으나, 기이한 경관은 끝내 보이지 않았다. 다만 물길이 동쪽의 장교로 흘러내리고 있었다. 큰길도 이 물길을 따르는데, 너무 돌아가는 길이다. 이곳에서 북쪽으로 호두령(虎頭嶺)을 넘어 양전(良田)으로 빠지는 길은 샛길인지라 매우 편하다.

그리하여 마을 옆을 따라 북쪽으로 고개를 올랐다. 고개 동쪽의 움푹 꺼진 곳에 산골물이 커다란 바위벼랑에서 쏟아져 내리고 있었다. 마치 발이 매달린 듯하고, 베가 흘러내린 듯했다. 이러한 광경은 이곳에서만 볼 수 있는 경관이었다. 1리를 나아가 움푹 꺼진 곳을 넘은 뒤, 1리 반을 나아가 다시 물길을 거슬러 북쪽의 산간 평지를 걸었다. 1리 반을 나아가 다시 고개를 넘어 내려가니, 서쪽에서 동쪽으로 흐르는 시내가 있다. 물어보니 동쪽의 장교로 흘러간다고 한다. 시내를 건너자 북쪽에서 흘러드는 시내가 또 있다.

시내를 거슬러 북쪽으로 골짜기 속을 걸어 2리를 지나자, 대죽동(大竹峒)이 나왔다. 이곳에는 민가가 여러 채 있고, 서쪽에서 물이 흘러들었다. 이 물길은 황모령(黃茅嶺) 아래를 흐르는 물길의 여파라는 생각이 들었다. 대죽동에서 동쪽으로 대죽령(大竹嶺)을 넘었다. 이 고개는 대죽산(大竹山)이 남쪽으로 뻗어내린 등성이이며, 물길이 나뉘어지는 곳이다.(동쪽은 오계(吳溪)에서 침주(郴州)로 흘러나가고, 서쪽은 장교에서 의장현으로 흘러나간다.) 고개를 넘는 내내 오르막길은 적고 내리막길이 많았다.

동쪽을 향해 쭉 2리를 내려가니 오계(吳溪)가 나왔다. 민가 몇 채가 툭 트인 곳 여기저기에 흩어져 있다. 어제 장교를 넘어왔던 도적떼는 바로 여기에서 서쪽으로 갔다. 마을의 동쪽으로 1리를 나아가자, 시내 위에 다리가 걸쳐져 있다. 다리를 넘어 북쪽으로 가다가 소분령(小分嶺)을 오르는데, 역시 오르막길은 적고 내리막길이 많았다.

2리를 나아가 선인장(仙人場)으로 내려갔다. 제법 커다란 물길이 북쪽의, 산에 둘러싸인 분지에서 골짜기를 뚫고 동쪽으로 흘러내리다가, 막아선 봉우리의 바위에 부딪쳐 솟구쳐 올랐다. 물길은 방향을 돌려 남쪽으로 흐르고, 봉우리의 서쪽면은 반듯이 깎아내린 듯 갈라져 있다. 벼랑 아래에 틀림없이 쉴 만한 동굴이 있으리라는 생각이 들었다.

그리하여 벼랑 아래로 내려가 물길을 가로질러 건넜다. 인적이 드문 채 적막하기만 했다. 이에 북쪽으로 등성이를 넘어 2리를 가니 왜리(歪里)가 나왔다. 이곳은 이전에 요(廖)씨가 살던 곳으로 주민들이 제법 많다. 조그마한 물길이 북쪽에서 남쪽으로 흘러간다. 이 마을의 동쪽을 따라 완만한 고개를 올라 북쪽으로 1리를 나아갔다. 그 서쪽 평지에 왕씨가 살고 있는데, 집이 매우 정갈했다. 토박이에게 물어보니, 어제 도적떼가 장교 북쪽의 오솔길을 타고 마을 서쪽의 큰 산의 수풀 속에서 하룻밤을 묵고 떠났다고 한다. 틀림없이 무언가를 보고서 감히 행동으로 옮기지 못했으리라는 생각이 들었다.

여기에서 북동쪽으로 산간의 움푹 꺼진 곳을 나오자, 돌길이 잘 닦여져 있다. 12리를 걸어 양전(良田)에 도착했다. 왜리에서부터 비가 내리기 시작하더니, 이곳에 이르자 더욱 세차게 내렸다. 저자에서 식사를 하고 술을 샀다. 양전은 민가와 시장이 매우 번창한데다 오가는 길의 큰 마을이다. 2월에 삼사백 명의 도적이 떼를 지어 몰려왔다고 한다. 식사를 마친 후에도 비가 여전히 그치지 않았으나, 북쪽으로 10리를 가서 만세교(萬歲橋)에 투숙했다.

『지』의 기록에 따르면, 침주(郴州) 남쪽에 영수산(靈壽山)이 있다. 산에는 영수목(靈壽木)[1]이 있는데, 예전에 만세수(萬歲樹)라 일컬었기에 산 아래의 물을 천추수(千秋樹)라 일컬었다. 지금은 소만세(小萬歲)와 대만세(大萬歲)의 두 줄기 시내가 있는데, 그 위에 모두 다리를 놓았다. 두 줄기의 물길 모두 서쪽에서 동쪽으로 흘러간다. 나는 영수산에 분명히 찾아볼 만한 멋진 경관이 있으리라 생각했는데, 토박이들에게 두루 물어보았으나 가볼 만한 곳은 없었다. 다만 두 줄기 물이 '천추'라는 이름을 바꾸어 '만세'라는 이름으로 유지되고 있다는 이야기뿐이었다.

---

1) 영수목(靈壽木)은 대나무와 흡사하고 마디가 있는 나무로서, 지팡이나 말채찍을 만드는 데 흔히 사용된다.

4월 초열흘

비는 그쳤지만, 진창이 몹시 심했다. 만세교에서 북쪽으로 10리를 나아가자, 신교포(新橋鋪)가 나왔다. 여기에서 남동쪽에서 오는 길과 합쳐졌는데, 이 길은 계양현으로 통하는 갈래길이라는 생각이 들었다. 다시 북쪽으로 10리를 나아가니, 침주현(郴州縣)의 남쪽 관문이었다. 동쪽의 산골짜기에서 흘러나온 침수(郴水)는 구불구불 성의 남동쪽 모퉁이에 이르러 북쪽으로 꺾어져 성의 동쪽 관문 밖으로 흘러간다. 그 위에 소선교(蘇仙橋)가 가로걸려 있다. (소선교에는 아홉 개의 구멍이 있는데, 매우 크고 가지런하다.)

이곳에 이르자 비가 또다시 거세게 쏟아졌다. 성안에 들어갈 겨를이 없는지라 시내 위의 저자 안에서 잠시 식사를 한 다음, 우산을 받쳐들고 소선전(蘇仙殿)을 구경했다. 침계(郴溪)의 서쪽 언덕을 따라 1리를 나아가 소선교를 건넌 다음, 침계의 동쪽 언덕을 따라 북동쪽으로 2리를 나아갔다. 시내가 북서쪽으로 꺾여 흘러간다. 이 물길을 따라 동쪽으로 산에 올랐다. 산에 들어서자마자 커다란 비석이 있다. 비석에는 '천하 제십팔 복지(福地)'라 씌어 있었다.

여기에서 반리를 가자 유선궁(乳仙宮)이 나왔다. 울창한 계피나무가 입구를 뒤덮고, 맑은 물줄기가 길가에 흐르고 있다. 승종(乘宗) 스님이 나와 손님을 맞이했다. 나는 발과 양말이 빗물에 흠뻑 젖어 있는지라 유선궁 안을 더럽힐까 염려스러웠다. 그래서 오던 기세로 먼저 산꼭대기에 오른 뒤에 내일 스님과 만나기로 약속했다. 스님은 차와 죽순을 선물로 주시면서 "백록동(白鹿洞)이 이 궁 뒤에 있으니, 먼저 한 번 찾아가 보시지요"라고 말씀하셨다. 나는 얼른 그의 말대로 했다.

유선궁 왼쪽에서 궁의 뒤로 갔다. 세 칸의 새로 지은 집이 있는데, 문이 닫혀 있었다. 문을 밀어 열고 들어가니, 석굴이 마침 집 뒤에 있다. 몇 길 높이의 벼랑은 집에 가려져 보이지 않았다. 동굴문은 한 길 여섯 자인데, 오직 집 위로 스며든 빛만이 동굴에 비쳐들 뿐이다. 동굴은 동쪽을 향해 있다. 온통 푸른 바위들이 갈라져 두 길 안쪽에 골짜기를 이룬 채 안쪽으로 뻗어들어가다가, 잠시 후 동쪽으로 돌아들어 차츰 움푹 들어가면서 어둡고 좁아졌다. 엎드려 기어갈 수조차 없었다.

골짜기를 이룬 곳의 서쪽에는 바위벼랑이 거꾸로 늘어져 있다. 벼랑의 끄트머리는 땅바닥과 한 자 다섯 치 떨어져 있는데, 이 바위는 움푹 팬 채 갈라지고 구멍이 뚫린 형상을 하고 있다. 정덕(正德) 5년[1]에 무석현 출신인 태보 진금(秦金)[2]이 당시 순무의 신분으로 공복전(龔福全)을 토벌할 때 이 바위에 글을 새겨놓았다. 서쪽에 갈라진 틈새가 또 있었다. 몸을 옆으로 뉘어 들어간 뒤, 남쪽으로 돌아들어 내려가 구멍을 뚫고 석굴 앞으로 기어나왔다. 이곳은 빛이 들어오는 밝은 구멍이다.

다시 문지방을 따라 동굴로 들어가 잠시 쉬었다가 유선궁 앞에 이르러 승종 스님과 헤어졌다. 유선궁 안에서 오른쪽으로 고개에 올랐다. 비를 무릅쓰고 1리만에 중관(中觀)에 이르렀다. 중관의 문은 대단히 우아했다. 중관 안에는 서재가 있으며, 화초와 대나무가 제멋대로 자라나 있다. 서재는 왕씨의 것인데, 역시 발로 더럽힐까봐 들어가지 않았다.

중관에서 오른쪽으로 고개를 넘어 비를 무릅쓰고 북동쪽으로 1리 반을 나아가 마침내 그 꼭대기에 닿았다. 동쪽에서 뻗어오는 큰길이 있다. 이 길은 소선전의 앞문의 바른길이다. 북쪽으로 침향석(沈香石)과 비승정(飛升亭)에 오르는 오솔길이 있다. 이 길은 소선전의 뒷길이다.

나는 좁은 길을 따라 올라, 젖은 채로 소선(蘇仙)의 상에 배알했다. 스님과 세속인들 수십 명이 소선상에 배알하면서 떠들썩하게 모여 있었다. 나는 불에 쬐어 옷을 말리면서 조용히 안정하느라 남에게 물어볼 틈이 없었다. (침주는 아홉 명의 선인과 두 명의 부처의 땅이다. 성무정成武丁의 나강瞈崗은 서쪽 성 밖에 있고, 유잠劉瞈의 유선령劉仙嶺은 동쪽 성 밖에 있다. 부처로는 무량수불無量壽佛과 유지엄劉智儼 대사가 있으나, 모두 소선에 미치지 못하기에 찾아볼 겨를이 없다.)

4월 11일

여러 길손들과 함께 식사를 한 뒤, 홀로 소선전 바깥의 높은 집을 거
닐었다. 집은 세 칸이다. 위에는 시가 씌어진 편액이 둘러져 있고, 가운
데에는 액자가 있으나 이름이 고상하지 못한지라 기록할 겨를이 없었
다. 이 집은 터가 높고, 앞에는 누각이 빙 두르고 있다. 누각은 마침 집
과 높이가 같았다. 누각 역시 훤히 트여 밝고 널찍하지만, 단청이나 회
칠을 하지 않아 벌써 기울고 무너지려 했다. 집의 바깥은 곧바로 소선
전의 앞문이며, 소선전의 뒤에는 침궁인 옥황각이 있고, 그 아래에는 비
승정이 있다.

이날 이른 아침부터 이슬비가 내리더니 여전히 이슬비가 흩날렸다.
우산을 받쳐들고 산을 내려갔다. 중관에 들러 소선을 배알하고 편여(遍
如) 스님을 찾았으나 계시지 않았다. 왕씨의 서재에 들어갔다가, 장미 한
송이를 꺾어 유원궁(乳源宮)으로 내려가 신선의 탁자 사이에 바쳤다. 승
종 스님은 전과 다름없이 간식거리와 차를 내오고, 아울러 선도석을 나
에게 선물로 주셨다. 나는 답례로 드릴 것이 없는지라, 그저 스님께서
오 지역에 놀러오셔서 훗날 행각하시면, 재물을 시주할 수 있기를 바라
는 수밖에 없었다.

유원궁 안에는 천계(天啓)[1] 초년 침주성 출신인 원자훈(袁子訓, 뇌주雷州
의 이수二守)이 세운 비석이 있다. 이 비문에는 소선에 대한 사적이 매우
상세하게 서술되어 있다. 즉 소선의 어머니는 편현(便縣, 편현은 지금의 영
흥현永興縣이다) 사람이다. 그녀는 시내에 빨래하러 갔다가, 이끼 한 무더

기에 그녀의 발이 서너 바퀴 휘감겼는데, 이에 감응하여 임신하게 되었다. 그리하여 한나라 혜제(惠帝) 5년[2] 5월 15일에 소선을 낳았다. 소선의 어머니는 그를 뒷 동굴(곧 백록동이다)에 버렸다가 이튿날 가서 보니, 하얀 학이 아이를 덮어주고 흰 사슴이 아이에게 젖을 먹이고 있었다. 이를 기이하게 여겨 아이를 거두어 돌아갔다.

아이가 자라서 공부를 하는데, 그의 스승이 이름을 지어주고 싶었다. 하지만 그의 성을 모르는지라, 아이에게 밖에 나가 만나는 것을 살펴보라고 했다. 아이는 벼를 매고 가는 사람이 풀로 물고기를 꿰어 지나는 것을 보았다. 이리하여 소(蘇)를 성으로 삼고, 이름을 탐(耽)이라 했다. 여러 아이들과 함께 소와 양을 친 적이 있었는데, 그의 소와 양은 부딪치거나 소란을 피우는 일이 없었다. 아이들이 소떼와 양떼를 그에게 넘겨주자, 무리를 어지럽히는 일이 없었다. 여러 아이들은 그를 우사(牛師)라 불렀다.

그는 어머니를 지극히 효성스럽게 모셨다. 어머니가 병이 나서 얇게 썬 생선을 드시고 싶어 하시자, 그는 생선을 구하러 나가서 하룻밤도 채 안되어 돌아왔다. 어머니가 그것을 드시고 기뻐하시면서 어디에서 구했는지 묻자, 그는 "편현에서요"라고 대답했다. 편현은 사는 곳에서 먼 곳이라 이틀을 들이지 않으면 돌아올 수 없는 곳이었다. 그래서 어머니는 그가 자신을 속인다고 여겼다. 그러자 그는 "생선을 살 때 옆에 삼촌이 계셨습니다. 어머니가 편찮으시다는 것을 삼촌께서 물어 아시고 머지않아 오실 겁니다. 그때가 되면 증명할 수 있겠네요"라고 말했다. 그의 삼촌이 온 뒤에야, 어머니는 그가 범상치 않다는 것을 알게 되었다.

훗날 한낮에 상제의 명을 받들어 선관을 따라 문제(文帝) 3년[3] 7월 15일에 승천하게 되었다. 어머니가 "아들이 떠나면 내가 어떻게 살겠는가?"라고 말하자, 그는 궤짝 하나를 남기면서 단단히 봉하고 표시를 한 후 이렇게 말했다. "무릇 필요한 물건이 있을 때 궤짝을 두드리면 얻을 수 있을 것입니다. 다만 절대로 열어서는 안됩니다." 아울러 마당의 귤나무와 우물을 가리키면서 "이곳에 장차 심각한 전염병이 돌 터인데, 귤나무 잎과 우물물로 전염병을 낫게 할 수 있을 것입니다"라고 말했다.

후에 과연 그의 말대로 크게 영험을 보았다. 그 지방 사람들은 이를 더욱 신령스럽고 기이하게 여겨 궤짝을 열어 보고 싶어했다. 그의 어머니가 그들의 말에 따라 열었는데, 한 마리 학이 날아올라가더니 이후로는 궤짝을 두드려도 영험이 없었다. 그의 어머니는 백 살이 넘도록 살다가 세상을 떠났다. 마을 사람들은 마치 소선이 고개에서 한없이 슬퍼하는 모습을 보는 듯했다. 군수인 장막(張邈)이 장례를 치르러 갔다가 소선의 모습을 한 번 볼 수 있기를 간구했다. 그러자 소선이 얼굴의 절반을 보여주는데 광채가 쏟아져 나오고, 또 허공에 손을 내밀자 초록빛 털과 거대한 손바닥이 보였다. 모두들 매우 기이하게 여겼다. 이후로부터 영험하고 신이한 일들이 매우 많았다고 씌어 있지만, 나는 그것을 모두 살펴볼 겨를이 없었다.

다만 '침향석(沉香石)'이라는 것은 산머리에 불쑥 튀어나온 바위이다. 나는 처음에 대단치 않은 것이라고 생각했는데, 새겨진 글자가 매우 오래되고 글자 밖에 신발자국이 있다. 이는 선인이 승천할 때에 남긴 자국이다. '선도석(仙桃石)'이라는 것은 크기가 복숭아만하고 얕은 흙속에 묻혀 있어 호미로도 파낼 수 있다. 이 돌은 봉우리 꼭대기와 유선동(乳仙洞) 어디에나 있다. 이것을 갈아 복용하면 가슴의 질병을 치유할 수 있다고 한다. 이 역시 귤나무와 우물물의 신령한 기운이 남긴 흔적이다. 비문에 전하는 글은 매우 긴데, 나는 대략 한두 가지만 기록하여 사실의 자초지종을 증명했을 따름이다.

돌아오는 길에 소선교를 지나, 시내 위에서 거룻배를 찾았다. 배는 정오를 넘겨야 출발한다 했다. 그래서 남쪽 관문을 지나 현성의 관아로 들어갔다가 다시 서쪽으로 가설무대 앞을 지나 남쪽 관문을 나왔다. 남쪽 관문 밖에 사거리 길목이 있었다. 저잣거리는 흥성한 반면, 성안은 몹시 적막했다. 성은 그다지 크지 않으며, 성벽 역시 그리 높지 않았다.

침주의 물길은 남동쪽으로부터 북쪽으로 감돌아 흘러온다. 산으로는 절령(折嶺)이 남쪽으로 가로누워 있으나 높지 않으며, 높은 곳이라 해도 산줄기를 가로지르는 등성이만도 못했다.

오후에 거룻배에 올랐다. 북동쪽으로 소선교 아래에서 물길을 따라 북서쪽으로 60리를 달려 침구(郴口)에 당도했다. 이때 이미 날은 저물고 비가 또 내리기 시작했다. 이곳에서 북쪽으로 가려는데, 밤인지라 거룻배가 없을까봐 걱정스러웠다. 다행히 타고 있던 배가 밤을 새워 정구(程口)로 간다기에 배를 따라 나아갔다.

침구에는 침강이 남동쪽에서 흘러오고 뇌수(耒水)가 정동쪽에서 흘러온다. 이 두 물길이 만나 물살이 거세지기 시작한다. [뇌수는 계양현 남쪽 5리의 뇌산에서 발원하여 북서쪽으로 흥녕현(興寧縣)에 이르러 작은 배를 띄울 수 있고, 다시 30리만에 동강시(東江市)에 이르러 큰 배를 띄울 수 있으며, 다시 50리만에 이곳에 이른다.] 강 어귀의 여러 봉우리들마다 바위벼랑이 감아돌아 우뚝 솟아 있는데, 한 줌의 흙도 묻어있지 않다. 『지』에는 조왕채산(曹王寨山)이 있으며 몹시 험준하다고 쓰어 있었지만, 날이 저물어 오를 틈이 없는데다 올라갈 길도 없었다.

뱃사공이 밤새도록 노를 저어 30리만에 황니포에 이르렀다. 비가 내리는지라, 이곳에 배를 댔다. 나는 뜸 바닥에서 밖을 내다보았다. 밖에 다리 문이 있는 듯했다. [이상한 생각이 들어] 일어나 살펴보니, 커다란 석실 아래였다. 석실의 폭은 몇 칸의 집만 하고, 그 아래쪽에 못이 이루어져 있다. 바깥에는 빙 두른 다리가 덮고 있는데, 네 척의 배가 그 안에 정박하고 있었다. 석굴 밖에 빗소리가 주룩주룩 들리더니 4경이 되어 그쳤다. 비가 그치자 출발하여 동틀 무렵에 정구에 이르렀다. 이에 물가 언덕으로 올라갔다.

---

1) 천계(天啓)는 명나라 희종(熹宗)의 연호이다.
2) 혜제(惠帝)는 한나라 고조(高祖) 유방(劉邦)의 아들 유영(劉盈)이며, 혜제 5년은 기원

전 190년이다.
3) 문제(文帝)는 유항(劉恒)이며, 문제 3년은 기원전 177년이다.

4월 12일

이른 아침에 정구의 가게에서 밥을 지어 먹었다. 정구는『지』에서 말한 바의 정향수(程鄉水)이다. 이 지역은 흥녕현에 속하고, 이곳의 물길은 다릉주(茶陵州)와 영현(酃縣)의 경계에서 발원한다. 물길을 거슬러 들어가면, 곳곳마다 모두 흥녕현 서쪽 경내이다. 15리를 달리면 침강이 나오고, 더 들어가면 중원산(中遠山, 종원산鐘源山이라고도 한다)이 나온다. 이 산은 무량수불이 현신한 곳이라 하여, 토박이들은 명산이라고 자랑한다. 거룻배로 물길을 거슬러 사흘 동안 더 들어가 고각령(高脚嶺)을 넘으면, 다릉주로 가는 길이 나온다. 만약 흥녕현 현성에 이르려면, 동강시(東江市)에서 30리를 올라가야 닿을 수 있다.

정향수는 서쪽으로 침강에 흘러드는데, 이곳에는 석탄을 운반하는 큰 배들이 즐비하게 늘어서 있었다. 물이 얕아 배를 띄울 수 없었기 때문이었다. 오전에 조그마한 석탄운반선을 얻어 타고서 나아갔다. 정구의 북서쪽에는 겹겹의 바위가 칼로 쪼개놓은 듯이 강의 양쪽 언덕에 솟아 있는데, 온통 똑같은 색깔의 바위가 빙 둘러 뻗어 있다. 배는 왼쪽으로 향하다가 문득 오른쪽으로 향하는데, [적갈색이 섞여 있다.] 빙글 돌아드니 무이산과 똑같다. 내가 탄 배는 몹시 낡은데다 취사도구마저 없어서 나는 산수의 절경을 구경하는 수밖에 없었다. 하지만 정오가 지나도록 배고픔을 느끼지 못했다.

다시 20리를 달려 영흥현(永興縣)을 지났다. 영흥현은 강의 북쪽에 있고, 남쪽으로는 강 언덕을 굽어본 채 강 언덕을 성으로 삼고 있다. 배가 빠르게 지나는지라, 멈추어 세울 수가 없었다. 잠시 후 작은 배 한 척을 구하여 바꾸어 타고서 그 안에서 밥을 지어 먹었다.

식사를 마치고 15리를 달려 관음암(觀音巖)에 이르렀다. 강의 북쪽 언덕에 있는 관음암은 남서쪽으로 강을 굽어보고 있다. 바위벼랑이 하늘 높이 치솟아 있는데, 윗부분은 덮여 있고 아랫부분은 갈라진 채로 강물에 바짝 다가서 있다. 바위 발치에 기대어 누각이 두 층으로 쌓여 있고, 누각 앞에 물길을 내려다보는 동굴이 있다. 동굴 안은 여러 명이 들어갈 수 있을 정도이다.

누각 오른쪽에 매달린 계단을 타고 쭉 올라갔다. 허공에 하늘하늘 무지개가 걸려 벼랑 꼭대기에 이어져 있는 듯하다. 틈새를 뚫고 올라가 덮여 있는 꼭대기 아래에 이르렀다. 그 안에 감실이 움푹 패어 있고, 그곳에 관세음보살상이 모셔져 있다. 관음암 아래의 강 복판에는 돌사자가 가로누운 채 고개를 쳐들어 관음암을 바라보고 있다. 갖가지 경관이 참으로 기이했다.

배에 올라 다시 5리를 달렸다. 남쪽에서 흘러내려오는 큰 시내가 나타났다. 이곳은 삼구(森口)이다. [계양주(桂陽州)의 용도(龍渡) 동쪽의 여러 물길은 동쪽으로 흐르다가 백표수(白豹水)와 합쳐지며, 이곳에 이르러 뇌강으로 흘러든다.] 다시 북쪽으로 5리를 나아가 유주탄(柳州灘)에 배를 댔다. 나는 이웃의 배를 빌려 누각으로 가서 묵었다.

이날 밤 달빛이 유난히 밝았다. 이런 일은 석 달 동안 없었던 일이다. 강의 물과 산의 빛깔, 나무 그림자와 마을의 등불이 멀리 가까이에서 서로 어우러져 비추니, 소동파(蘇東坡)가 쓴 승천사(承天寺) 야경[1]이 이보다 더 아름답다고 할 수는 없으리라. 영흥현 북쪽으로는 산을 빙 두른 벼랑이나 불쑥 튀어나온 바위 등의 경관은 더 이상 없다. 그저 강을 사이에 두고 구불구불 이어질 따름이다.

---

1) 이와 관련된 글은 1083년 소동파가 폄적을 당하여 황주(黃州)로 가던 길에 지은 「승천사에서의 밤 나들이(記承天寺夜遊)」이며, 그 내용은 다음과 같다. "원풍 6년 10월 12일 밤, 옷을 벗고 잠을 자려 하매, 달빛이 창문으로 비쳐 들어오니 기꺼운 마음으로 일어나 나갔네. 즐거움을 함께 할 이 없으매 승천사에 이르러 장회민을 찾았더

니, 회민도 마침 잠 못 이루고 있던 터, 함께 뜨락을 거닐었네. 뜨락에 비친 달빛은 맑게 고인 물과 같고, 물속에 마름이 어른거리나 했더니 대나무와 잣나무의 그림자 일세. 어느 밤에야 달이 없으며, 어디엔들 대나무와 잣나무 없으랴만, 오로지 우리 두 사람처럼 한가한 이가 없을 뿐이네(元豊六年十月十二日夜, 解衣欲睡, 月色入戶, 欣然起行. 念無與爲樂者, 遂至承天寺, 尋張懷民, 懷民未寢, 相與步中庭. 庭下如積水空明, 水中藻荇交橫, 蓋竹柏影也. 何夜無月, 何處無竹柏, 但少閑人如吾兩人者耳.)"

4월 13일

날이 밝자 배로 돌아가 65리를 달려 상보시(上堡市)를 지났다. 강의 남쪽에 산이 있고, 고개 위에는 뒤집히고 구른 자갈들이 많이 있다. 이곳은 주석을 생산하는 곳이다. 산 아래에 저자가 있는데, 주석조각을 구워 덩어리로 만들어서 손님들에게 팔았다. 이곳은 이미 뇌양현(耒陽縣)에 속하는데, 대체로 영흥현과 뇌양현의 중간쯤에 있다.

잠시 후 강의 북쪽을 건너 조암(釣巖)으로 쭉 올라갔다. 조암 앞에는 진무전과 관음각이 있는데, 동쪽으로 강을 바라보고 있다. 석굴의 문에서 굽어보니, 강은 남쪽으로 흘러간다. 문을 가로막은 돌기둥이 문 가운데에 드리워져 두 개의 문의 경계를 이루고 있으니, 마치 고리처럼 보였다. 동굴 안은 넓고도 평탄했다. 동굴 오른쪽 모퉁이에는 구멍이 갈라져 있다. 그곳의 층계를 밝고 올라가자, 깊숙한 동굴방이 또 있다.

동굴의 왼쪽 모퉁이는 커다란 동굴을 따라 깊숙이 뻗어 들어간다. 바위의 구멍이 홀연 허공으로 감돌아 올라간다. 동쪽으로 벌어진 틈새로 햇빛이 비스듬히 스며들어온다. 그 안으로 또 바위 구멍이 허공으로 감돌아 올라가는데, 만 석의 곡식을 담을 수 있는 종과 같다. 구멍이 꼭대기를 뚫고 쭉 위로 뻗어 있는지라, 마치 밝은 거울처럼 둥근 한 줄기 햇살이 그 안으로 쏟아져 내린다. 고개를 쳐들어 바라보니, 그야말로 우물 밑바닥에서 하늘을 바라보는 듯하다.

이 날은 바람과 물이 모두 순조로운 덕에 오후에 다시 90리를 더 나아가 뇌양현의 남쪽 관문에 이르렀다. 뇌수는 뇌양현 현성의 동쪽을 거쳐 북쪽으로 쭉 흘러가고, 뭇 산들은 여기에 이르러 훤히 트여 있다. 강을 둘러싸고 있는 것은 오로지 흔적만 남은 등성이와 끊겨진 두둑뿐이었다. 뇌양은 비록 현성이지만 거주지나 저잣거리가 황량하고 적막했으며, 관아도 퇴락하여 무너질 듯했다.

남문으로 들어가 현성 관아를 거쳐 동문에 이르러 성에 올랐다. 서산에 지는 해가 황량한 성에 내려앉으니 차마 멀리 볼 수가 없었다. 성에서 내려와 자그마한 동문을 나왔다. 성 밖의 강물을 따라 남쪽으로 남쪽 관문에 이르러 배에 올랐다. 이 날 밤 달빛은 더욱 휘영청 밝았다. 불을 밝힌 상선의 가운데 선창을 빌려 묵었다.

4월 14일

오경에 일어나 달빛을 타고 거룻배로 돌아왔다. 물길을 따라 북쪽으로 나아가니, 아침을 먹을 때쯤 어느덧 배전(排前)에 이르렀다. 60리를 달린 셈이었다. 거룻배는 다시 앞으로 나아가 신성시(新城市)에서 멈출 터인데, 신성시는 형주에서 육로로 100리 길이고, 수로로는 200여리 길이다. 마침 석탄을 운반하는 배가 뒤에서 오기에 그 배로 옮겨 탄 뒤 밥을 지어 먹었다.

다시 60리를 달려 정오에 신성시에 이르렀다. 신성시는 강의 북쪽에 있으며 시가지가 대단히 번성했다. 이곳은 이 일대의 대도시로서, 뇌양현과 형양현(衡陽縣)의 경계이다. 이때 남풍이 매우 순조로운지라, 배는 신성시에 정박하지 않고 그대로 지나쳤다. 나는 이날 온 힘을 다하면 두 배의 거리인 150리를 달려갈 수 있을 듯하여 남몰래 기뻐했다. 그런데 잠시 후 뭇 배들이 물가에 멈추어 있다. 물어보니 앞쪽의 물굽이에 역풍이 부는지라 큰 파도가 일까 염려스러워, 바람이 자기를 기다리고 있다고 했다.

이때 나는 채소와 쌀이 모두 바닥난데다 주머니에는 한 푼도 없는지라, 매번 배를 갈아탈 때마다 그저 빨리 가기만을 바라던 터였다. 그런데 오히려 지체된다고 하니 마음이 답답하기 그지없었다. 나는 유명우가 선물로 준 명주를 가지고 시골의 아낙네에게 가서 네 통의 쌀과 바꾸었다. 해가 서산에 지고서야 배가 출발했다.

달빛을 타고 물길을 따라 60리를 달려 상공탄(相公灘)에 배를 댔다. 어느덧 한밤중이었다. 이는 아마 물살에 내맡긴 채 노를 젓지 않았기 때문이리라. (기록에 의하면, 뇌양현 40리에 상공산(相公山)이 있다. 이곳은 제갈공명이 군대를 주둔시켰던 곳이다. 지금의 상공산은 현의 북서쪽에 위치하며, 형양현의 경내에 속한다. 이곳의 여울 역시 상공탄이라는 이름을 붙였으니, 역시 제갈공명의 영향이 아닐까?) 신성의 서쪽에서 강물은 별안간 남쪽으로 꺾어져 흐르다가 15~16리만에야 서쪽으로 돌아들어 흐른다. 이 때문에 수로는 육로보다 곱절이나 돌아간다.

4월 15일

동틀 무렵에 배가 출발했다. 바람은 서풍으로 바뀌고, 구름 역시 뭉게뭉게 피어났다. 오전에 고작 60리를 달렸는데, 우레소리와 함께 비가 거세게 내렸다. 배는 정박한 채 나아가지 못했다. 정오에 비를 무릅쓰고 60리를 달려 전길도(前吉渡)에 이르렀다. 그런데 뱃사공의 집이 그곳에 있는지라, 다시 멈추더니 나아가지 않았다.

비가 그쳤다. 해를 보니 아직 높이 떠 있다. 물어보니 육로로 형주부성까지는 겨우 30리이며, 수로는 배나 멀다고 한다. 그래서 서쪽 강언덕을 넘어 뭍에 올라 길을 떠났다. 비탈길을 오르내리는데, 모래흙이 질척거리지는 않았다. 10리를 걸어 두림포(陡林輔)에 이르렀다. 진창길이라 나아갈 수가 없어서 걸음을 멈추고 이곳에서 묵었다.

침주 동문 밖의 강변에는 바위들이 쌓여 우뚝 솟아 있는데, 송나라의 장순민(張舜民)[1]이 와준석(窊樽石)이라는 이름을 새겨넣었다. 와준석의 유적을 도주에서는 보지 못했는데 이곳에서 그것을 만나게 되자, 잠시 도주의 것을 대신하여 꼭 가보고 싶었다. 성 동쪽의 산 아래에 샘이 있다. 샘 주위 10여리에 암벽이 솟구쳐 있고, 샘은 깊이를 헤아릴 수 없었다. 이 샘은 고무천(鈷鉧泉)이다. 영주부에 있는 고무담은 장관이라 할 수 없는지라 고무천 역시 이와 함께 홀시받았다. 그러나 고무(鈷鉧)는 실제로 이곳에 있는데, 유종원이 잠시 이곳의 이름을 빌어 영주부의 못을 고무담이라 일컬었던 것이다. 와준석은 실제로 도주에 있는데, 장순민이 잠시 그것을 이곳에 본떴을 따름이다. (전주에도 고무담이 있는데, 이 역시 유종원이 명명했다.)

영주부에는 세 줄기의 시내가 있다. 즉 오계(浯溪)는 원결이 거처했던 곳(기양현에 있다)이고, 우계는 유종원이 유배되었던 곳(영주부에 있다)이며, 염계(濂溪)는 주돈이가 태어난 곳(도주에 있다)이다. 이 가운데 오계의 경관이 가장 빼어나다. 안진경이 벼랑에 새긴 문장은 천년이 흘러도 사라지지 않을 것이며, 높이 매달린 바위거울은 한 오라기도 숨김없이 모두 비춘다. 이 두 가지 기이한 경관이 있으니, 어느 누가 맞설 수 있으랴!

침주의 흥녕현에는 영록천(醽醁泉)과 정향수(程鄉水)가 있다. 두 곳 모두 술로 유명하니, 하나의 현에서 이 두 곳의 물이 예로부터 오랫동안 이름을 드날려왔다. (진晉나라 무제武帝는 태묘太廟에 이곳의 영주醽酒를 바쳐 제사지냈다. 「오도부吳都賦」에서 "가벼운 술잔을 들어 영록주를 권하네"라고 했다. 정주程酒는 단맛으로 맛있는 술을 만들어내는데, 유향劉香은 "정향에는 천일주가 있는데, 이것을 마시면 집에 돌아와서야 취한다. 이전에는 산 아래에 관방의 술도가를 설치하고 이곳에서 빚은 술을 정주라 했으며, 영록주와 함께 바쳤다.") 지금은 술의 품질이 형편없이 낮아졌으며, 두 샘의 물 역시 더 이상 떠받들어지지 않는다.

오계의 '오(浯)'자는 세 곳의 명칭에, 우계의 '우(愚)'자는 여덟 곳의 명칭에, 염계의 '염(濂)'자는 두 곳의 명칭에 사용되고 있다. 세 곳과 여덟 곳은 모두 현지의 산과 하천, 정자와 섬의 이름에 쓰이고 있다. '염'자가 쓰이는 한 곳은 그가 태어난 곳으로 도주에 있고, 다른 한 곳은 그가 거처했던 곳으로 구강부(九江府)에 있으니, 서로 2000리나 떨어져 있다.

원결은 조양암(朝陽巖)을 제재로 하여 지은 시에서 "조양암 아래에 상수가 깊고, 조양동 어귀에 차가운 샘이 맑도다"라고 했다. 조양암은 영주부 남쪽의 소수 위에 있으며, 그때는 아직 상수에 합쳐지지 않았다. 원결이 직접 조양암 위를 거닐었다면, 어찌 이 사실을 모르겠는가? 일시에 생각나는 대로 붓을 휘둘렀는데도 오랜 세월동안 이를 바로잡는 이가 없으니, 소수와 상수의 위치를 바꾸어버린 것과 마찬가지가 아닌가?

---

1) 장순민(張舜民)은 북송대의 문학가이자 화가이며, 자는 운수(芸叟)이고 호는 정재(矴齋)이며 스스로 부휴거사(浮休居士)라 일컬었다. 저서에는 『화만록(畫墁錄)』과 『화만집(畫墁集)』 팔권 등이 있다.

4월 16일

동이 터올 즈음에 밥을 지어 먹었다. 식사를 마치고서 한참이 지난 후에야 날이 밝았다. 아마 달빛을 날이 밝은 것으로 착각한 탓이리라. 10리를 걸어 노구포(路口鋪)에 이르자 길이 몹시 질척거렸는데, 이 길을 지나자 다시 평탄하고 마른 땅이라 걸을 만했다. 10리를 나아가 상강을 건너니, 어느덧 형주부 부성의 남쪽 관문 밖에 와 있었다.

시부문에 들어가 김상보의 집에 갔다. 주인은 외출했고, 정문 스님은 화약사에 묵은 채 아직 돌아오지 않은 터였다. 이에 발을 씻고 드러누워 쉬면서, 정문 스님이 받으려고 기다리는 관아의 구호비와 유명우가 빌려주기로 약속한 돈에 대해 슬쩍 알아보니, 어느 것이나 모두 가망이 없었다. 아마 관아의 실무자는 병을 핑계로 미루고, 유명우는 정문 스님이 재촉할 수 없기 때문이리라.

해가 저물녘에야 정문 스님이 돌아왔다. 그는 불경 강해를 기꺼운 마음으로 즐기고 있던 터라 머무른 날짜가 오래되었다는 것조차 까맣게 잊고 있었다. 게다가 유명우도 그와 함께 불경을 듣다가 저물녘에 다른 곳에 가버린 채, 정문 스님과 내일 정오에 불경 강독소에서 만나기로 약속했다니 집에 서둘러 돌아가지는 않을 터였다. 이에 실망스러운 기분이 들어 누워버렸다.

4월 17일

김상보에게 내사에 다시 한 번 구호를 간청해달라고 부탁했는데, 이번에는 정문 스님을 위해 도와달라 애원했을 따름이다. 정문 스님과 함께 서안문(西安門)을 나섰다. (유명우를 기다릴 생각이었다.) 외지고 좁은 골목으로 들어갔다가 남쪽으로 돌아 2리만에 천불암(千佛庵)에 이르렀다. 화약사 뒤쪽에 있는 천불암은 등성이에 기댄 채 연못을 굽어보고 있는데, 작지만 제법 그윽한 곳이다. 운남의 자여(自如) 법사가 높은 자리에 올라가 『법화경』을 강해하고 있었다.

이때 마침 꽃잎이 비처럼 어지러이 흩날리는 가운데, 나도 뭇 사람들을 좇아 강해를 들었다. 암자에서 식사를 마쳤는데도 유명우는 끝내 오지 않았다. 그래서 암자 뒤로 가서 서역에서 오신 스님, 그리고 형산의 비로동(毗盧洞)에서 오신 보관(普觀) 대사를 만났다. 이들 역시 강해를 들으러 오셨다.

오후에 김상보의 거처로 돌아왔다. 이때 나는 이미 광서로 가는 배를 정해 놓고, 18일에 출발하기로 약속한 터였다. 이 날 밤 김상보 형제 두 사람과 사휴명(史休明), 육단보(陸端甫) 등이 성 서쪽 관문의 한 가게에서 나를 위해 송별연을 열어 주었다. 해질 무렵에 숙소로 돌아왔다. 오래도록 머무르면서 일 처리를 서두르지 않은 정문 스님에게 나도 모르게 화가 치밀어 큰 소리를 쳤다.

4월 18일

뱃사공이 동료가 아직 도착하지 않았다는 이유로 20일 아침에 출발하기로 조정했다. 나 역시 유명우를 만나지 못한지라 잠시 늦추기로 했다. 유명우를 만나자, 그는 전과 다름없이 나에게 조금만 더 기다려달라고 했다. 오후가 되자, 마침 김상보의 아이 종이 숙소로 달려와 큰소리로 내게 이렇게 말했다. "관아의 왕씨가 이미 여러 사람에게서 구호비를 모았는데, 액수는 모두해서 열두 은량입니다. 이미 지불하기로 했으니, 더 이상 번거롭게 하지 않겠답니다." 나는 그저 지난 일을 감안하여, 우선 정문 스님에게 내일 아침에 가서 채근하도록 했다.

4월 19일

아침 일찍 유명우의 집에 들렀다. 그는 마음이 조급했지만 돈이 마련되지 않은지라, 그저 나에게 조금만 더 기다려달라고 했다. 나는 그의 말에 따르지 않았다. 맡겨놓은 차용증을 어서 달라고 하자, 그는 오후까지만 기다려달라고 했다. 정문 스님을 채근하여 관아의 왕씨에게 가게 했는데, 정문 스님이 미적거리는 바람에 왕씨는 이미 해회암(海會庵), 매전암(梅田庵) 등지로 놀러 나가버렸다. 정문스님을 재촉하여 그를 만나러 가게 하고, 나는 김상보와 함께 화약사에 가서 축진(竺震) 스님의 초대에 응했다.

이에 앞서 축진 스님이 정문 스님과 교유할 때 내가 오기를 기다렸다가 찰수수를 넣어 만든 종자와 노자를 주었다. 나는 찰수수 종자1)는 받았으나, 노자는 되돌려주었다. 축진 스님은 땅에 엎드려 거듭거듭 자신의 집에 들러주기를 간청했다. 애초에 나는 18일에 출발하려 했기에 굳이 사양했는데, 이제 날짜가 바뀌었으니 가기로 했다.

먼저 천불암에 들러 강해를 듣고 나서 축진 스님을 따라 화약사로 가서 조그마한 누각에서 식사를 하면서 정문이 오기를 기다렸다. 쉬다가 이야기하다가 한참이 지나 어둠이 깃들 무렵에 성으로 들어왔다. 축진 스님은 나를 숙소까지 바래다주더니, 어제 내가 그에게 돌려준 노자와 약간의 과일을 기어이 내던지고 갔다.

날이 저문 후, 정문 스님이 김상보와 함께 관아의 왕씨가 준 구호 여비를 가지고 왔다. 모두 14 은량이었다. 내사의 우두머리인 왕봉승(王承奉)은 이전에 진상품을 받들고서 도성에 갔다. 그래서 그의 조카인 왕동(王桐)이 의위전장(儀衛典仗)으로서 숙부의 업무를 대신 처리했다. 도움을 베풀어준 스물네 명은 모두 그의 수하이지만, 구호금은 왕봉승이 승낙하여 내어준 것이었다. 이에 앞서 나는 유명우 숙소에 들러 차용증을 받으려 했으나, 그는 돈을 마련한답시고 나가더니 끝내 돌아오지 않았다.

---

1) 종자(粽子)는 찹쌀에 대추 따위를 넣어 댓잎이나 갈잎에 싸서 쪄먹는 음식으로 단오날에 주로 먹는다.

4월 20일

동틀 무렵, 뱃사공이 어서 배에 오르라고 심하게 재촉했다. 이때 정문 스님과 김상보는 관아의 왕씨와 도움을 준 여러 사람에게 고맙다는 인사를 하러 갔다. 나는 다시 유명우의 집에 갔으나 그는 끝내 돌아오지 않았다. 축진은 나를 배웅하러 성으로 들어오면서 말린 음식을 선물로 주었다. 어제 내가 즐겨 먹는 것을 보았기 때문이었다.

나는 이에 비를 무릅쓴 채 배에 올라탔다. 한참 뒤에 정문 스님과 김상보가 남쪽 관문 밖까지 쫓아왔다. 마침내 김상보와 손을 흔들어 작별했다. 배는 즉시 밧줄을 풀었다. 30리를 달려 동양도(東陽渡)에 배를 댔다. 아직 오후나절이었다.

이 날은 잔뜩 찌푸린 날씨에 비가 추적추적 내리고, 강물이 불어나면서 혼탁해진지라, 상강의 물길도 전혀 다른 모습을 보였다. 강의 양쪽 언덕에는 물고기 통이 즐비하게 늘어서 있었다. 대략 위로는 백방(白坊)에 이르기까지, 그리고 아래로는 형산을 지나기까지 그 물고기 통이 수천 개나 되었다. 이 통은 강물을 끌어들여 물고기 새끼를 포획한 다음, 치어로 길러서 사방에 파는 것이다. 물고기 통 하나마다 은자 1 량을 징수하여 계왕부에 바치고 있었다.

4월 21일

30리를 달려 신당참을 지났다. 다시 20리를 달려 송백에 거의 도착할 즈음, 홀연 누군가 강 언덕 위에서 다급하게 외치는 소리가 들렸다. 그는 목이 잠겨 소리를 내지 못하는데, 유명우가 나를 좇아 보낸 사람이었다. 그의 말에 따르면, 처음에 가마를 타고 뒤쫓던 유명우가 몸이 무거워 가마가 더디 가자 맨발로 달리면서, 가마꾼 가운데 걸음이 빠른 자를 앞서 보내 나를 붙잡아두면, 유명우가 곧 뒤따라온다는 것이었다. 원래 그러러 있는 힘껏 좇아오도록 내버려두었다가 송백에서 만나 그의 이야기를 들어보려 하던 참이었다. 그러나 마음이 불안하여 정문 스님과 함께 그를 맞으러 강 언덕에 올랐다. 뱃사공과 손을 맞잡아 헤어지면서 송백에 가서 배를 탈 수 있기를 바랐다.

강 언덕에 오르자, 뒤쫓아온 자가, 올 적에 유명우가 강의 동쪽 언덕을 따라 가기로 자기와 약속했다고 말했다. 그래서 강을 건너 강변을 따라 10리를 나아가 향로산에 이르렀다. 날이 이미 저물었는데도, 유명우는 오지 않았다. 잠시 후 어떤 사람을 만나고서야 그가 신당참에서 잠시 쉬고 있음을 알게 되었다. 향로산 아래에서 호랑이가 울부짖는 소리가 들리는지라, 날이 채 저물기도 전에 오가는 발걸음이 끊기고 한두 채의 민가는 모두 나무로 사립문을 받쳤다. 이에 산꼭대기로 올라가 띠집에 묵었다. 누우려 해도 침상이 없고, 빗고 싶어도 빗이 없는지라, 옷을 입은 채로 잠자리에 누웠다.

4월 22일

한밤중에 빗소리가 요란스럽더니, 날이 밝아도 그치지 않았다. 암자의 늙은 아낙에게 밥을 달라 하여 먹고서 길을 떠났다. 처음 5리 길은 산고개 속을 걸었는데, 비록 나뭇가지의 빗방울이 옷을 적시기는 해도, 질척거리지 않아 걷는 데에 방해받지는 않았다. 그 뒤의 5리 길은 밭두렁 길을 걸었다. 그때가 마침 모내기철이라 밭두렁을 쌓아 물을 가두어 두었는지라, 진창인데다 몹시 미끄러웠다.

모두 10리를 나아가 신당참에 이르렀다. 안개비가 강에 가득했다. 유명우에 대해 물어보니, 그는 이미 강을 건너 물길을 거슬러 떠났다고 한다. 그래서 나루터를 물어 서쪽으로 건넌 다음, 강 언덕을 거슬러 4리 만에 지난번에 약탈을 당했던 곳에 이르렀다. 불타버린 배는 이미 보이지 않았다. 강가의 인가에서 유명우의 종적을 물어보았더니, 모두들 그런 사람을 본 적이 없다고 했다.

다시 서쪽으로 1리만에 큰길 어귀로 나왔다. 인가를 찾아가 거듭 물어보았지만, 여전히 우리를 앞서 간 사람은 없었다고 했다. 이때 유명우에게는 우산이 없는 터에 비가 세차게 쏟아지니, 분명코 앞으로 나아가지는 못했으리라는 생각이 들었다. 나는 정문 스님과 함께 그 인가에서 잠시 쉬면서 늙은 아낙에게 밥을 달라 부탁하는 한편, 사람을 시켜 큰길로부터 나루터로 돌아가면서 유명우를 찾아보도록 했다. 잠시 후 늙은 아낙이 밥을 내왔는데, 몹시 차가웠다.

이때 옷이 비에 젖어 몸이 차가운데, 마침 그 집에 술이 있었다. 더운 술 한 잔으로 한기를 버틸 수 있기를 바랐다. 술을 내왔는데, 따뜻하지는 않으나 도수가 높은 화주였다. 나는 두 개의 사발에 술을 가득 따라, 뒤쫓아 간 사람을 위해 남겨 두었다. 한참이 지나 뒤쫓아 간 자가 돌아왔다. 유명우가 강을 건너자마자 배를 타고 송백으로 올라갔다가 다시 나를 뒤쫓아 백방역(白坊驛)으로 올라오는 중인데, 빨리 걷지 못해 지체되고 있음을 알게 되었다.

이에 우산을 받쳐 들고서 엉금엉금 기어갔다. 길이 온통 미끄러운 밭두렁인지라, 수없이 넘어졌다가 일어났다. 뒤쫓아 간 자에게 먼저 송백으로 뛰어가 유명우를 붙잡아두도록 했다. 나와 정문 스님은 번갈아 미끄러지면서 서로 욕을 퍼부어댔다. 15리를 나아가 신교를 지났다. 다리 아래의 물길은 상강의 지류인데, 송백의 북쪽에서 내지로 나뉘어 흐르다가 향로산 맞은편 봉우리에 이르러 상강으로 흘러든다.

다리를 지나 5리만에 서쪽의 고개 하나를 넘었다. 다시 5리만에 산간 평지를 나오자, 뒤쫓아갔던 자가 유명우를 따라온 이들과 함께 차를 가져와 나를 맞이했다. 유명우가 이미 송백의 가게에서 기다리고 있음을 알게 되었다. 유명우와 만나니 희비가 교차했다. 서둘러 식사를 차리게 하고 술을 내오라 명했다. 유명우는 나를 위해 빌린 물건을 기다려달라고 나를 만류할 생각이었지만, 나는 한사코 사양했다.

이때 내가 광서로 타고 가던 배는 오늘 아침 이곳을 떠나 종일토록 전력을 다하면 틀림없이 상녕현(常寧縣) 하구에 머물 것이고, 내일이면 귀양(歸陽)에 머물 터였다. 송백에서 귀양까지는 육로가 수로의 절반이다. 종일 걸어가면 당도할 수 있으나, 길이 진창이라 걷기 힘들 터였다. 백방역에서 말을 구하려 해도 이른 아침이 아니면 구할 수가 없을 것이다. 그래서 백방으로 고깃배를 구하여 밤을 새워 백방역으로 갈 작정이었다.

유명우는 가게에서 100문의 돈을 빌려 나에게 다시 빌려주고, 뱃사람에게 후한 보수를 주면서 함께 백방역까지 가고자 했다. 하지만 배가 작아 탈 수가 없어 나와 헤어졌다. 어느덧 날이 어두워져 있었다. 2경 때에 비가 그치고 달이 떴다. 배는 벌써 백방역에 이르렀다. 그곳에 역참이 있었다.

나는 다시 밤길을 달려 30리만 간다면 배를 따라잡을 수 있다고 생각했다. 그래서 뱃사공에게 보수를 후히 쳐줄 테니 즉시 떠나자고 했다. 그러나 뱃사공은 돌아가 물고기 통을 지켜야겠다면서, 아무리 사정하여도 나아가지 않았다. 나는 결연히 배 안에 누워버렸다. 그러자 뱃사공이 "마침 배 두 척이 하류에 정박해 있는데, 어제 송백을 거쳐 온 관선인 듯합니다"라고 말했다. (그 배는 광서에서 이도준李道尊을 상담湘潭까지 호송해준 배이다. 한 척은 서徐씨 성의 송관홍수전사送官興收典史가 탄 배이며, 다른 한 척은 내가 탔던 배이다.)

그러나 내가 타고 있는 고깃배의 뱃사공은 감히 소리쳐 물어보지 못했다. 그래서 내가 그에게 배를 저어 다가가라고 했다. 그러자 그는 "한밤중에 어떻게 감히 관선에 다가간단 말이오?"라고 대꾸했다. 나는 마음속으로 허망하리라 생각하면서도 잠시 고행(顧行)의 이름을 마구 불러보았다. 세 번을 외치자 응답하는 소리가 있었다. 그들이 이곳에서 나를 기다리고 있었던 것이다. 이에 고깃배를 저어가 그 배로 옮겨탔다. 이 기쁨을 능히 짐작할 수 있으리라.

4월 23일

동틀 무렵 자욱한 안개가 강을 뒤덮고 있었다. 배는 북쪽으로 굽이돌아 나아갔다. 20리를 달려 대어당(大魚塘)을 지나자, 약탈을 당한 두 척의 배가 보이고, 울음소리가 몹시 구슬펐다. 배안에는 살해당한 사람이 한 명, 부상을 입어 죽어가는 사람 한 명이 있었다. 이에 나와 동행하던 두 척의 배에 탄 사람들이 도리어 내게 감사하면서 이렇게 말했다. "어제 당신을 기다리지 않고 먼저 갔더라면 틀림없이 이렇게 당했을 겁니다. 이러한 재난을 어찌 피할 수 있었겠습니까?" 애초에 뱃사공은 나를 기다린다는 이유로 사람들에게 욕을 먹었는데, 이제 은덕을 베풀었다는 기색이 역력했다. 오전에 안개가 걷히고 햇빛이 찬란해지더니, 오후가 되자 찌는 듯한 더위로 땀이 비 오듯 했다. 이날 모두 60리를 달려 하주역(河洲驛)에 정박했다.

4월 24일

동틀 무렵 출발했다. 어느덧 형주부를 떠나 영주부에 들어서 있었다. 30리를 달려 대포(大鋪)를 지나자 차츰 서쪽으로 꺾어져 나아갔다. 다시 10리를 달려 북쪽으로 꺾어져 나아갔다. 정오가 되자 마치 불에 굽듯이 뜨거운 날씨 속에 5리를 달려 다시 서쪽으로 꺾어 나아갔다. 대포에서 오는 동안 강의 좌우에는 온통 산뿐인데, 등성이와 언덕이 연이어져 있는 듯하다. 강줄기가 왼쪽으로 굽이돌아 곧바로 왼쪽 산에 이르면, 오른쪽에는 비탈길이 굽이져 있다. 강줄기가 오른쪽으로 굽이돌아 곧바로 오른쪽 산에 이르면, 왼쪽에는 산고개가 빙 두르고 있다. 마치 번갈아 교대하는 듯했다. 다시 25리를 달려 귀양역(歸陽驛)의 하하구(下河口)에 배를 댔다. 이날 모두 60리를 달렸다. 종일 뜨거운 태양이 쇠를 달구듯 했다. 이 역시 흔치 않은 일이었다.

4월 25일

새벽녘 해가 밝고 아름답더니, 배를 띄워 5리를 달리자 느닷없이 비가 내렸다. 다시 남쪽으로 35리를 가자 하배당(河背塘)에 이르고, 다시 서쪽으로 10리를 달려 두 산 사이의 좁다란 곳을 지났다. 다시 10리를 달리자 백수(白水)가 나왔다. 이곳에는 순검사가 설치되어 있다. 또다시 먼 곳의 봉우리가 사방에 펼쳐져 있고, 그 가운데에 저자가 가로놓인 채 커다란 마을을 이루고 있다.

이날 모두 60리를 달렸다. 날이 어두워진 후에야 날이 갰다. 소하구(小河口)에 배를 댔다. 조그마한 강이 남쪽의 산간 분지에 흘러나와 북쪽의 상강에 흘러든다. 거룻배로 물길을 거슬러 이틀간 들어가는 길은 모두 기양현(祁陽縣)에 속한다. 산간 분지는 똑같지 않은데, 생산물은 쪽잎으로 만든 파란색 염료와 주석, 사라나무 등이 가장 풍부하다. 백수의 저자는 모두 이들 생산물에 의지하여 살아가며, 상강에 의지하지 않았다. 배가 정박하자, 나는 강 언덕에 올라 대명범(戴明凡)의 집을 찾아갔다. 내가 재난을 당했을 때 옷을 벗어 도와준 은덕에 감사드리고자 했으나, 대명범은 영주부성에 갔는지라 만나지 못했다.

4월 26일

뱃사공이 강 언덕의 저자에 올라가 신에게 복을 비는 제사를 드리는 바람에, 아침 식사를 한 후 출발했다. 산 사이의 비좁은 곳을 잇달아 지나 모두 30리를 달려 관음탄(觀音灘)에 올랐다. 비바람이 거세게 몰아치자, 뱃사공은 배를 대더니 제사 음식을 먹으면서 더 이상 나아가지 않았다. 한밤중에 비가 그치고 바람이 잦아들었다. 세찬 비바람 속의 강의 경관에 유난히 가슴이 뭉클했다.

4월 27일

날이 밝자, 배가 출발했다. 대부분의 배들은 북쪽으로 향했다. 20리를 달려 기양현의 동쪽 저자에 도착하자, 뱃사공이 배를 대고 쌀을 사느라, 정오가 지나서야 출발했다. 반리를 채 가지 못해 불어난 강물이 가로로 흐르는 바람에 뭇 배들이 나아가지 못하자, 양가패(楊家壩)에 배를 댔다. 이곳은 현성의 동쪽 저자의 남쪽 끄트머리이다.

오후에 배가 정박해 있는 터라, 나는 정문 스님과 함께 양가교(楊家橋)를 넘어 1리만에 기양현 현성의 서문으로 들어갔다. 이어 북쪽으로 사패방(四牌坊)을 거쳐 동쪽으로 동문 밖으로 나온 뒤, 다시 북동쪽으로 1

리를 가자 감천사(甘泉寺)가 나왔다. 절 앞의 비탈 아래에 샘이 하나 있다. 못은 사방으로 한 자 남짓인데, 샘물이 못 안에 가득하다. 깊이는 겨우 한 자 남짓이지만, 맛이 대단히 담백하고 차가와 혜천(惠泉)[1]의 물과 흡사했다. 현성 동쪽의 산언덕은 빙 두른 채 북쪽에서 남쪽으로 뻗어 있는데, 두 층이 골짜기를 이루고 있다. 샘물은 그 사이에서 나오고 있다.

절은 동쪽을 향한 채 현성 바깥의 첫 번째 등성이에 기대어 있다. 절 안의 대전 앞의 집에는 나의 고향 상주부 출신의 송나라 사람인 추충공(鄒忠公, 이름은 추호鄒浩[2]이며, 이곳으로 유배되어 장위蔣偉와 교유했다.)이 지은 「감천명비(甘泉銘碑)」가 세워져 있는데, 장남헌(張南軒, 이름은 장식張栻[3])이 이곳의 장씨라는 이에게서 이것을 얻어 발문을 붙여 여기에 새겨놓은 것이었다. 추호가 쓴 글은 큰 글씨체인 반면, 장식의 글은 작은 해서체이다. 필치가 힘찬지라 이 일대에서 가장 뛰어난 두 가지라 일컬을 만했다.

절 앞의 두 번째 층 가운데에 빙 두른 채 우묵한 곳이 이루어져 있다. 이곳에 구련암(九蓮庵)이 있다. 이곳은 예전에 다보사(多寶寺)였다. 이곳 사람인 상서 진(陳)씨가 다시 세워 옛 모습을 회복했다. 안에는 법우당(法雨堂), 장경각(藏經閣), 삼교당(三敎堂)이 있다. 장경각 안에는 본조의 태조(太祖)의 상을 모시고 있다. 이 상은 머리에는 당나라 때의 두건을 쓰고, 몸에는 주홍색의 좁은 옷을 걸쳤으며, 누에 모양의 눈썹은 가운데가 끊기지 않은 채 이어져 있고, 듬성듬성한 수염은 아무 꾸밈 없이 펼쳐져 있다. 이것은 진씨가 황궁에서 얻어다가 이곳에 바쳤던 것이다. 이제 진씨는 세상을 떠났지만, 그의 자손들이 여전히 끊임없이 보수하고 꾸미면서, 마치 자기 집안의 제사처럼 여기고 있었다.

절 앞의 둥그런 담은 왼쪽으로 휘감아도는데, 그 안에는 잡초만 무성했다. 닫혀진 문 위의 벽돌에 '연릉도의(延陵道意)'라는 네 글자가 새겨져 있다. 혹 추호가 남긴 자취가 아닐까?[4] 그러나 토박이들 가운데에 이를 아는 자가 아무도 없으니, 어찌 이 글자가 아름다운 이야기로 오래도록 전해지겠는가?

구련암이 있는 산의 남쪽 자락에 바로 학궁(學宮)이 있다. 학궁은 성 밖에 있으면서도 산에 기대어 있고, 산에 기대어 있으면서도 산의 남쪽 끄트머리에 자리하고 있다. 학궁 앞에 큰 못이 있다. 이 못의 물은 남쪽 으로 흘러내리다가 동쪽으로 감아돌아 상강으로 흘러들어간다. 상강으 로 흘러드는 곳에는 소상교(瀟湘橋)가 있다. 소상교의 북쪽에 기이한 바 위가 갖가지 모습을 띠고 있는데, 봉우리 하나가 불쑥 튀어나와 있다. 이것은 현성 바깥의 두 번째 층의 산이다. 처음에 휘감아도는 곳에 구 련암이 있고, 다시 치솟은 곳에 학궁이 있다. 또다시 학궁의 동쪽에서 산줄기를 넘어 불쑥 튀어나온 이 봉우리는 학궁의 청룡[5]이 사는 물가 인 셈이다.

봉우리 앞에는 상강이 남쪽에서 이곳에 이르러 동쪽으로 꺾여 흘러 가고, 기강(祁江)은 북쪽에서 이곳에 이르러 남쪽을 향해 상강에 흘러든 다. 감천사의 마르지 않는 물은 다시 학궁 앞으로 감돌아 산의 남쪽 옆 구리를 뚫고서 동쪽을 향해 상강으로 흘러든다. 이 세 줄기의 물이 서 로 합쳐지는 중간이기에, 다리를 소상교라 부르고 정자를 소상정(瀟湘亭) 이라 일컬었던 것이다. 그런데 지금은 정자를 현화각(玄華閣)으로 고쳐 짓고 사당을 소상묘(瀟湘廟)라 일컬으니, 이름으로만 본다면 소수와 상강 이 합류하는 곳처럼 보인다. [사당 뒤에는 바위들이 꽃받침처럼 갈라지 고 꽃잎처럼 촘촘히 모여 다양하고 기이한 형태를 보이고 있었다.] 사 당에서는 순임금의 상에 제사를 지내고 있다. 순임금이 순시하시다가 이곳을 거쳐 가셨다고 하지만, 비좁고 누추하여 도무지 어울리지 않았 다.

봉우리의 북동쪽으로 기수(祁水) 위에 다섯 개의 구멍이 뚫려 있는 돌 다리가 걸쳐져 있다. 이곳은 신교(新橋)로서 동쪽으로 백수에 이르는 길 이며, 형주부로 가는 길은 이 다리를 거치지 않고 북쪽으로 기강(祁江) 을 거슬러 간다. 이때 나는 오계로 가서 「중흥마애송(中興摩崖頌)」을 탁본

할 일꾼을 구하려 했는데, 일꾼은 날이 저물어 다녀올 시간이 안된다고
했다. 그래서 여러 절을 둘러보기로 했다. 대체로 감천사가 예스럽고 소
박하다면, 구련암은 산뜻하고 가지런하다. 한 곳이 옛 정취를 간직하고
있다면, 다른 한 곳은 지금의 것을 추구하고 있는 것이다.

날이 저물자, 강시(江市)에서 남쪽으로 가다가 삼오역(三吾驛)을 지났다.
이곳은 바로 원결의 오수(吾水), 오산(吾山), 오정(吾亭)이 있는 곳이다. 원
래의 글자에서 '산'의 부수와 '수'의 부수는 빼버리고 '오(吾)'만 쓰고 있
는데, 이게 참으로 옳다. 신교로부터 3리만에 남쪽의 양가교에 이르러
배에 올랐다. 어느덧 어두컴컴해져 있었다. 이틀 동안 모두 50리밖에 달
리지 못했는데, 처음에는 비가 가로막았고, 나중에는 물이 방해했기 때
문이다. 이날 밤 물소리가 요란하고, 물살도 더욱 거세졌다.

---

1) 혜천(惠泉)은 지금의 강소성 무석시(無錫市) 서쪽 모퉁이에 있는 샘으로, 당나라 때
　에는 '천하제이천(天下第二泉)'으로 명성이 높았다.
2) 추호(鄒浩, 1060~1111)는 상주(常州) 출신으로 자는, 지완(志完)이고 시호는 충(忠)이다.
3) 장식(張栻, 1133~1180)은 송나라의 이학가로서, 자는 경부(敬夫) 혹은 흠부(欽夫)이
　고 호는 남헌(南軒)이며 시호는 선(宣)이다. 그는 이학가로서 주희(朱熹)와 교우하면
　서 여러 차례 논전을 벌이기도 했으며, 저서로 『남헌역설(南軒易說)』, 『계사논어설
　(癸巳論語說)』, 『계사맹자설(癸巳孟子說)』 등을 남기고 있다.
4) 연릉(延陵)은 춘추시대의 오읍(吳邑)으로, 지금의 강소성 상주(常州) 지방을 가리킨
　다. 서하객은 '연릉'이라는 글자에서 상주 출신인 추호를 떠올렸던 것이다.
5) 오행과 방위, 색깔 및 상서로운 짐승을 연관시켜보면, 왼쪽인 동쪽은 청룡과 관련
　되어 있다.

4월 28일

강물이 불어난지라, 배는 정박한 채 끝내 떠나지 못했다. 주린 배를
안고 서둘러 감천사에 가서 탁본하는 이는 찾았으나, 그는 벌써 외출하
고 없었다. 다시 거리를 따라 동문으로 달려가 동문밖의 주자아(朱紫衙)
에서 범(范)씨 성의 사람을 찾고, 또 팔각방(八角坊)에서 진씨 성의 표구공
을 만났다. 그러나 모두들 물살(오계潙溪와 양강陽江이다)이 너무 거세어 건

너기 어렵다면서, 나를 위해 탁본을 두루 찾아보겠노라고 했지만 끝내 구하지 못했다. 다시 감천사로 달려가니 왕씨 성의 탁본공이 이미 돌아와 있었다. 그는 나에게 더 많은 돈을 요구하면서 끝내 가려 하지 않았다. 다만 감천사에 있는 글 두 쪽을 탁본했을 뿐이다. 나는 먼저 배로 돌아가고, 정문 스님에게 남아서 탁본을 기다리라 했다.

기양현 현성 동문 밖의 큰 거리와 강에 맞닿아있는 저자에는 거리가 사방으로 연결되어 있으며, 곳곳에 가게가 들어차 있는데다 거대한 저택이 많아 형주부성만큼이나 번성했다. 다만 성안이 쓸쓸하고 적막한지라, 동쪽 성 바깥만 본다면 험준한 성읍이라 할 만했다.

4월 29일

동틀 무렵 배를 띄웠다. [새벽빛에 아침놀이 피어나고 층층의 숲속 안개에 화사한 빛깔이 어렸다. 얼마 후 불수레 같은 태양이 솟아올라 활활 타오르는 햇살이 곧바로 고물에서 베갯머리 틈새로 비추어들었다. 태산(泰山)의 일출의 장관이야 머릿속으로 그려볼 수는 없는 일이다.] 5리를 달려 오계를 지나는데, 마애석이 서쪽에 있다.

동쪽으로 물길을 거슬러 서쪽을 따라 나아갔다. 다시 20리를 달려 시부당(媳婦塘)을 지나자, 시부석(媳婦石)이 아리따운 자태로 북쪽으로 기대어 있다. 물길을 따라가든 거슬러가든 남쪽에서 오는 이들마다 모두들 강 너머로 고개를 쳐들어 구경했다. 이른바 '시부석'은 강변의 벼랑이 산허리에서 깎여져 나온 채 아래 부분이 강바닥에 꽂혀 있는데, 그 위에 우뚝 솟은 채 고개를 쳐들어 서쪽을 바라보고 있는 바위이다. 설마 그녀의 남편이 옥문관(玉門關)에 갔다가 아직 돌아오지 않은 걸까? 다시 20리를 달려 이십사기(二十四磯)를 지나는데, 강가의 자갈밭이 하나 하나 계속 이어졌다. 다시 5리를 나아가 황양포(黃楊鋪)에 배를 댔다.

황양포는 이미 영릉현(零陵縣)에 속해 있다. 황양포의 동쪽은 기양현의 경계이다. 황양포의 서쪽으로 멀리 큰 산이 보이는데, 이것은 사마산(駟馬山)이다. 이 산은 동안현에 속하며, 서쪽으로 동안현의 경계까지는 약 30리이다. 북서쪽에 무강주(武崗州)로 통하는 큰길이 있는데, 무강주까지는 모두 240리이다. 황양포에는 서쪽에서 흘러오는 조그마한 물길이 있고, 그 위에 돌다리가 걸쳐져 있다. 이 다리는 대교(大橋)라고 한다. 다리 아래로 배가 지나다닐 수 있는데, 고작 3리에서 5리 정도 들어갈 수 있을 뿐, 더 이상 거슬러오를 수 없다.

윤사월 초하루

동틀 무렵 황양포에서 배를 띄워, 이곳에 이르자 남쪽으로 돌아 나아가기 시작했다. (이전에는 기양으로부터 와서 대부분 서쪽으로 나아갔다.) 15리를 달려 대호탄(大護灘)에 이르렀다. 물길이 소용돌이를 이루고 있다. 여러 물길들이 소용돌이 속으로 달려들면서 우레와 같은 소리를 내는데, 마치 술잔에서 술이 새어나가는 듯하다. 조금 더 올라가자 소호탄(小護灘)이 나왔다. 다시 15리를 달리자, 고율시(高栗市), 즉 방렴역(方濂驛)이 나타났다.

다시 20리를 달려 청룡기(靑龍磯)를 지났다. 강가의 자갈과 바위가 우뚝 솟아 가로로 강줄기를 삵아들고 있다. 다시 10리를 나아가 날이 어두워진 후에 냉수만(冷水灣)에 닿았다. 오후에 나는 병이 들어 배가 물고기처럼 부어오르기에, 저녁을 조금만 먹었다. 배는 서쪽 언덕의 바위벼랑 아래에 정박했다. 불어난 물에 바위가 잠겨 있는지라, 지난번만큼 가파르게 보이지는 않았다.

윤사월 초이틀

뱃사공이 강언덕에 올라 땔감과 야채를 사오느라, 아침 식사 때에 출발했다. 우레와 함께 비가 거세게 내리더니, 정오가 되자 맑아졌다. 모두 40리를 달려 호구관(湖口關)에 배를 댔는데, 해는 아직 높이 걸려 있었다. 냉수만에서 오는 동안, 산은 열리고 하늘이 드넓어 시야가 시원하게 트였다. 강의 양쪽 언덕에는 물을 삼키고 내뱉듯 철썩거리는 바위들이 나타났다간 사라지곤 하니, 눈에 뜨이는 것마다 아름다워 마음이 즐겁기 짝이 없었다.

기양현의 경계에 들어설 적에 바위의 재질은 기이하고 색깔은 촉촉이 윤이 났었다. 그런데 기양을 지날 무렵에는 우뚝 솟는 기세로 차례차례 모습을 드러내더니, 이곳에 이르러서는 아무데나 솟구쳐 올랐다. [상강 어귀로 들어서자, 높이 치솟아 구불구불 이어지던 모습은 깎아지른 듯 곧추서서 빙글빙글 날아오르는 모습으로 바뀌었다.]

윤사월 초사흘

날이 밝자 배를 띄워 상수 어귀로 들어섰다. 여기에서부터 소수를 떠나 오로지 상수로만 돌아들어갔다. 소수는 내가 전에 영주부로 들어갈 때 갔었던 길인데, 이곳에서 상수와 서로 만난다. 두 물길 가운데 한 줄기(즉 소수)는 남동쪽에서 흘러오고, 다른 한 줄기(즉 상수)는 남서쪽에서 흘러와 만난 다음 함께 북쪽으로 흘러간다. 이 물길은 동정호(洞庭湖)의 수많은 물길 가운데의 주류가 된다. 이 두 물줄기 사이를 경계지우는 것은 지산(芝山)의 산줄기이며, 이 산줄기는 북쪽으로 쭉 뻗어나간다. 산줄기의 끄트머리를 사이에 두고 두 물줄기가 흐르고, 산줄기는 마치 용의 꼬리가 드리워진 듯이 뾰족하다. 이 산등성이에 중심을 이룰 만한 바위가 없는지라, 두 물줄기에 침식되어 날카로와진 후에 끝나는 것이다. 소수의 동쪽 언덕(즉 상구역(湘口驛))에는 오래된 소상사(瀟湘祠)가 있는데, 순임금의 두 왕비를 제사지내는 곳이다.

우리가 탄 배는 소상사 앞에서 소수를 가로질러 서쪽으로 나아가 용

꼬리와도 같은 산자락을 감돌아 상수로 들어섰다. 상구(湘口)의 가운데에는 모래가 쌓여 높이 솟아 있고, 그곳에 수목이 산처럼 무성했다. 상수가 두 갈래로 나뉘어 감돌아 흐르는지라, 마치 용이 입에 여의주를 머금고 있는 듯하다. 오르내리는 배들은 서쪽으로 산벼랑에 바짝 붙어 나아가고 있었다. 이때 우리가 탄 배는 물이 불어난지라 여의주의 동쪽에 끼어 있는 뱃길을 좇아 용의 꼬리와 같은 산자락을 따라 나아갔다.

1리를 나아가 여의주와 같은 곳을 에돌아 나왔다. 이곳은 곧 강 어귀가 나뉘는 곳이다. 이곳에서 북서쪽으로 상수를 거슬러 오르니, 마치 목구멍에 들어가는 듯하다. 그 남쪽에 북쪽을 향하여 상수로 흘러드는 작은 물길이 있다. 이것은 지산의 서쪽 기슭에서 흘러나온 물길로서, 내가 이전에 고개에 올라 바라보았던 바로 그 물길이다. 이때 소수는 어느덧 맑아졌는데, 상수는 여전히 흐렸다. 상구에 들어섰을 때 배 한 척이 정박한 채 승선하는 이들을 기다리고 있었다. 그들은 모두 5명으로, 며칠 전에 이어당(鯉魚塘)에서 약탈당했던 그 사람들이었다.

상구에서 거슬러오르는 길은 대부분 북서쪽으로 굽이져 있고, 여울소리가 심해질수록 바위벼랑은 더욱 기이해진다. 20리를 달리자 오른쪽에 비스듬히 불쑥 튀어나온 벼랑이 있다. 위로는 층층이 가파르고 아래는 움푹 패어 있다. 다시 20리를 달리자 왼쪽에 반듯하게 깎아낸 듯한 벼랑이 있다. 노란색의 얼룩과 하얀색의 흘러내리는 물이 사이를 둔 채 줄을 이루고 있다. 또한 오른쪽에 나란히 서 있는 벼랑은 강 왼쪽의 반듯하게 깎아낸 듯한 벼랑과 강을 사이에 둔 채 마주하여 솟아 있다. [마치 나란히 줄지어 서 있는 여산의 오로봉(五老峰)과 같은데, 더욱 기이하고 험준하게 보였다.]

서쪽으로 방향을 돌려 5리를 나아가 군가부(軍家埠)를 지났다. 다시 남쪽으로 돌아들자, 산 하나가 가운데로 갈라진 채 낮고 평평하게 강 오른쪽에 꽂히듯 서 있었다. [그 아래의 바위는 겹겹의 물결 속에 잠겨 있었다.] 주위 사람에게 물어보았으나, 그곳의 이름을 아는 이가 아무도 없었다. [이때 지는 해가 마침 산 바깥에 걸려 있었다. 배가 강의 동쪽을 지날 때, 홀연 봉우리 사이의 구멍으로 밝은 빛이 통과하여 비추자, 갈고리 모양의 달과 해가 함께 허공에 매달려 있는 듯하더니 금방 가려지고 말았다.] 산 아래에서 동쪽으로 돌아들어 군가부와 대반자(臺盤子) 사이에 배를 댔다. 군가부로부터 5리길이다.

윤사월 초나흘

동틀 무렵, 배를 띄워 동쪽으로 괘방애(掛榜崖)를 지났다. 괘방애는 강 왼쪽에 반듯이 잘라낸 듯 서 있다. 아래는 수면에 닿은 채 움푹 패어 맑은 못을 이루고, 그 위의 마애석인 듯한 바위에는 노란색과 흰색이 섞여 있다. [임무현(臨武縣)의 마애석보다 훨씬 나았다.] 바깥은 네모지고 가지런하나 가운데는 세 부분으로 나뉘어져 있다. 어제 보았던 강 왼쪽의 줄을 이룬 벼랑만큼 높거나 넓지는 않았다.

괘방애 아래에서 배는 남쪽으로 돌아들어 20리를 달려 서류탄(西流灘)에 올랐다. 다시 10리를 달리자 석계역(石溪驛)이 나왔다. 어느덧 동안현에 들어서 있었다. (석계역은 강의 남쪽 언덕에 있었는데, 지금은 이미 사라져버렸다.) 동강(東江)이 남쪽에서 북쪽으로 흐르다가 상수로 흘러든다. 동강의 양쪽 언덕에 수많은 가게들이 들어서 있다. 동강의 강어귀에 커다란 돌다리가 걸쳐져 있다. 이 다리는 복성교(復成橋)이다. 동강의 물은 영릉현 남쪽 경계에서 발원한다. 배를 타고 돌다리 아래에서 남쪽으로 15리를 들어가면 영릉현의 경계에 이른다.

다시 25리를 달려 동강교(東江橋)에 이르렀다. 동강교 위에 세 줄기의 자그마한 물길이 있지만, 뗏목만이 지날 수 있을 뿐이다. [『지』에 따르면, "영수(永水)는 영산(永山)에서 발원한다. 영산은 영주성 남서쪽 90리에 위치하여 있고, 영수는 북쪽으로 상수에 흘러든다"고 했는데, 영수가 바로 이 물길임에 틀림없다.] 석계역은 영릉현과 동안현의 경계가 나뉘는 곳이다. 석계는 현지의 비문을 살펴보면 석기(石期)라 일컬었으며, 동강 역시 토박이들은 홍강(洪江)이라 불렀다. 이는 모두 음이 어지럽게 서로 섞였기 때문이다.

석기의 왼쪽에 산이 우뚝 솟아 있고 벼랑이 아래로 강 속에 꽂혀 있다. [북쪽을 향해] 틈새가 있는데, 마치 겹문이 골짜기에 매달려 있는 듯하다. 이 산의 뒤쪽 꼭대기에는 사자동(獅子洞)이 있다. 동굴문은 [남동쪽을 향해] 있고, 그다지 높거나 훤히 트여 있지는 않다. 석굴을 뚫고 1리를 내려가면, 강이 내려다보이는, 골짜기의 겹문과도 같은 틈새로 빠져나올 수 있을 듯하다. 하지만 아쉽게도 때마침 물이 차오르는 바람에, 강이 내려다보이는 곳은 이미 물에 잠겨버렸고, 동굴도 횃불을 가지고 들어가야만 했다.

이에 앞서, 나는 뱃사공이 배를 대고서 밥을 먹고 고기를 사러 가는 틈에, 산초나무를 붙들고서 1리를 기어올라 동굴문 앞에서 서성거리고 있었다. 그런데 뱃사공이 나를 기다려 주지 않을까봐 걱정스러운데다, 횃불을 가지고 동굴 안으로 들어갈 수도 없어서 급히 배로 되돌아왔다. 마침 하인 고씨도 생선과 오리를 사가지고 돌아왔다. 배는 빗속을 뚫고서 나아갔다.

다시 5리를 달려 백사주(白沙洲)에 배를 댔다. 백사주의 맞은편 벼랑에는 암벽이 강을 굽어보고 있는데, 노란색과 흰색이 반짝반짝 온 암벽을 가득 채우고 있다. 벼랑 북쪽의 산마루에 또 하나의 벼랑이 우뚝 솟아 있고, 북서쪽을 향하여 벼랑에 기대 있는 암자가 정박해 있는 나의 배와 똑바로 마주보고 있다. 빗속에 바라보고 있노라니, 가슴이 뛰었지만 아쉽게도 강 너머인지라 갈 수가 없었다. 이 날 모두 40리를 달렸다. 비가 내리고 여울이 사나와 수시로 정박했기 때문이다.

윤사월 초닷새

비가 밤 새워 날이 밝을 때까지 내렸다. 아침을 먹고서 출발했다. 10리를 가자 강의 남쪽 언덕에 바위벼랑이 날듯이 치솟아 있고, 북쪽 언덕에는 북쪽에서 흘러오는 물길이 있다. 이곳은 우강구(右江口, 혹은 요강 幼江이라고도 한다)이다. 다시 5리를 달려 마반탄(磨盤灘)과 백탄부(白灘埠)에 오르자, 양쪽 강 언덕의 산이 깎아지른 듯 험준해지기 시작했다. 오른쪽에 깎아지른 듯 솟구친 벼랑에는 나는 듯한 폭포가 벼랑의 겨드랑이에 걸려 있다. 빗물이 경관을 장엄하게 만들기는 했어도, 역시 흐르지 않은 적이 없는 폭포이다.

다시 5리를 나아갔다. 왼쪽에 불쑥 튀어나온 벼랑은 병서협(兵書峽)이다. 벼랑이 갈라져 커다란 바위들이 쌓여 있고, 바위가 그 가장자리에 움팬 채 이어져 있다. 형태는 네모지고 황백색을 띠고 있는지라, 삼협(三峽)[1]의 병서협의 이름을 그대로 따온 것이다. 그 서쪽의 움푹 꺼진 곳에는 마치 비단과도 같은 폭포가 흘러내리고, 맞은편 언덕의 강가에는 마치 상자와도 같은 둥근 바위가 있다. 이 바위는 과합당(果盒塘)이다. 과합당과 병서석은, 하나는 둥글고 아래에 있는 반면, 다른 하나는 네모지고 위에 있는데, 서로 마주한 채 본뜨고 있다.

다시 서쪽으로 5리를 나아가니 침향애(沉香崖)이다. [침향애는 바위가 비스듬히 쌓여 무늬를 이루고 있다.] 침향애의 끄트머리 높은 곳의 겹쳐진 무늬가 문득 갈라지더니, 중간에 두 줄기의 가지를 토해내고 있다. 가지 한 줄기는 굽었고 다른 한 줄기는 곧다. 멀리서 바라보면 나무 형태에 검은색을 띠고 있는지라 침향(沉香)이라 일컫지만, 나무인지 바위인지는 알 수가 없었다. 침향애의 위에는 커다란 나무 한 그루가 있는데, 마침 벼랑의 꼭대기에 자라나 있다. 또한 산꼭대기 안에 한 겹의 벼랑이 솟아 있고, 벼랑 사이에 암자가 박아 넣은 듯이 걸려 있다. 바라보노라니 겹겹의 산아지랑이 속에서 비취빛 산이 솟아오른 채, 아래로 멀리 강을 이끄는 듯하여 참으로 진기한 경관이다.

(토박이가 이런 이야기를 들려주었다. "우리 현령이 침향을 갖고 싶어서 엄청나게 큰 밧줄을 벼랑 끝의 큰 나무에 매달아 사람들에게 잡아당기게 했지요. 그런데 그 순간, 갑자기 우레와 함께 비가 거세게 쏟아지고 하늘이 어두워지면서 침향도 보이지 않게 되었어요. 현령도 두려워 그만 두었다고 합니다." 역시 터무니없는 이야기이다.)

침향애를 지나 배는 남쪽으로 돌아들어 나부두(羅埠頭)의 동쪽 언덕에 정박했다. 이 날 25리밖에 나아가지 못했다. 여울물이 거세고 물이 불어난데다, 장마비가 그치지 않았기 때문이다. 나부두는 강의 서쪽 언덕에 있는데, 산에 의지하여 강을 굽어보고 있다. 마을이 제법 번성하다. 이곳에서 북서쪽으로 나아가면 동안현으로 가는 큰길이 나온다.

---

1) 삼협(三峽)은 장강의 삼협을 가리키는 바, 서쪽으로 사천성 봉절현(奉節縣) 백제성(白帝城)으로부터 동쪽으로 호북성 의창(宜昌) 남진관(南津關)에 이르기까지의 경관이 빼어난 세 곳의 협곡, 즉 구당협(瞿塘峽)과 무협(巫峽), 서릉협(西陵峽)을 가리킨다. 병서협(兵書峽)은 서릉협의 서쪽에 위치하고 있다. 병서보검협(兵書寶劍峽)이라고도 하는데, 깎아지른 듯한 암벽 위의 바위 틈새에 책 모양의 바위가 걸려 있다.

윤사월 초엿새

밤에 비는 그쳤지만 강물이 불어나 물결소리가 요란하지라, 가던 길을 멈춘 채 나아가지 못했다. 서쪽으로 나부두를 바라보니, 물이 가득차 넘실거렸다. 배로 건너가기가 대단히 어려워보였다. 배안의 땔감이 떨어졌으나 동쪽 언덕에는 파는 곳이 없었다. 그래서 하인 고씨에게 떨어진 나뭇가지를 주워 모아 아침저녁에 사용하도록 했다. 오후에 물이 약간 빠지고 바람이 잦아들자, 돛을 달고서 남동쪽으로 나아갔다. 5리를 달려 동쪽으로 석충만(石衝灣)에 배를 댔다. 이날 저녁 달빛이 휘영청 밝고 산야는 광활한데, 안개 속에 일렁이는 물결이 아득했다. 서호(西湖)와 남포(南浦)[1]의 생각이 절로 났다. (지난밤에 강물이 예닐곱 자나 불었는데, 비가 하루 동안 그치자 물러난 흔적 역시 예닐곱 자였다.)

---

1) 남포(南浦)는 강서성 남창(南昌)에 있는 나루터로서, 이곳의 정자에서 손님을 마중하
거나 전송한다.

윤사월 초이레

동틀 무렵 출발했다. 서쪽으로 돌아들어 4리만에 하창(下廠)에 이르렀
다. 다시 서쪽으로 1리를 가자, 강 남쪽의 산 한 갈래가 남쪽에서 북쪽
으로 치달려온다. 다시 서쪽으로 1리를 더 가자, 강 북쪽의 산 한 갈래
가 북쪽에서 남쪽으로 치달려온다. 두 산이 강을 사이에 두고 만나니,
마치 문을 세워놓은 듯하다. 이곳은 호광과 광서의 두 성을 나누는 경
계이다. (두 산의 동쪽은 호광성 영주부 동안현에 속하고, 서쪽은 광서성 계림부 전주
全州에 속한다. 전주는 이전에 영주부에 속했는데, 홍무洪武 28년[1]에 광서성 소속으로
바뀌었다. 그 경계가 처음으로 물을 따르지 않고 산을 따르게 된 것이다.)

다시 5리를 달려 상창(上廠)에 닿았다. 이곳에서 남쪽으로 돌아들어 15
리만에 구불구불 서쪽으로 달리자 유포역(柳浦驛)에 닿았다. 다시 남쪽으
로 10리를 가자 금화탄(金華灘)이 나왔다. 금화탄의 왼쪽에 바위벼랑이
버티고 우뚝 서 있다. 요란스러운 소리를 내며 흐르는 강물과 높고 가
파른 암벽이 위아래로 두 가지 절경을 이루고 있다. 험준하면서도 아름
다운 경관을 동시에 보여주고 있다. 서쪽으로 돌아들어 8리를 가자 이
양하(彝襄河)의 어귀에 닿았다. 북쪽 언덕에서 상수로 흘러드는 물길이
있다. 그 물길을 거슬러 2리를 올라가자, 이양(彝襄)이 나왔다. 제법 큰
부락이다. 다시 서쪽으로 2리를 달려 묘두(廟頭)에 배를 댔다.

---

1) 홍무(洪武)는 명나라 태조(太祖) 주원장의 연호이며, 홍무 28년은 1395년이다.

원문

丁丑 正月十一日 是日立春, 天色開霽. 亟飯, 託靜聞隨行李從舟順流至衡州, 期十七日會於衡之草橋塔下, 命顧僕以輕裝從陸探茶陵、攸縣之山. 及出門, 雨霏霏下. 渡溪南涯, 隨流西行. 已而溪折西北, 逾一崗, 共三里, 復與溪遇, 是爲高隴. 於是仍逾溪北, 再越兩崗, 共五里, 至盤龍庵. 有小溪北自龍頭山來, 越溪西去, 是爲巫江, 乃茶陵大道; 隨山順流轉南去, 是爲小江口, 乃雲嶠山道. 二道分於盤龍庵前. [小江口卽蟠龍、巫江二溪北自龍頭至此, 南入黃雩大溪者]. 雲嶠山者, 在茶陵東五十里沙江之上, 其山深峭. 神廟初, 孤舟大師開山建刹, 遂成叢林.¹⁾ 今孤舟物故²⁾, 兩年前虎從寺側攫一僧去, 於是僧徒星散, 豺虎晝行, 山田盡蕪, 佛宇空寂, 人無入者. 每從人問津, 俱戒莫入. [且雨霧沉霾, 莫爲引導]. 余不爲阻, 從盤龍小路, [南沿小溪二里, 復與大溪遇]. 南渡小溪入山, 雨沉沉益甚. 從山夾小路西南二里, 有大溪自北來, 直逼山下, [盤曲山峽, 兩旁石崖, 水囓成磯]. 沿之二里, 是爲沙江, 卽雲嶠之水入大溪處. 途遇一人持傘將遠[出], 見余問道, 輒曰:"此路非多人不可入, 余當返家爲君前驅." 余感其意, 因隨至其家. 其人爲余覓三人, 各持械賷火, 冒雨入山. 初隨溪口東入[一里], 望[一小溪自]西峽[透隙出], 石崖層亘, 外束如門. 導者曰:"此虎窟. 從來燒采之夫俱不敢入." 時雨勢漸盛, 遂溯大溪入, 宛轉二里, [溪底石峙如平臺, 中剖一道, 水由石下, 甚見麗觀]. 於是上山, 轉山嘴而下, 得平疇一墺, 名爲和尙園. [四面重峰環合. 平疇盡], 約一里, 復逾一小山, 循前溪上流宛轉峽中, 又一里而雲嶠寺在焉. 山深霧黑, 寂無一人, 殿上金仙³⁾雲冷, 廚中丹竈烟空. 徘徊久之, 雨愈催行, 遂同導者出. 出溪口, 導者望見一舟, 亟呼而附焉. 順流飛槳, 舟行甚疾. 余衣履沾濕、氣寒砭肌, 惟炙衣之不暇, 無暇問兩旁崖石也. 山谿紆曲, 下午登舟, 約四十里而暮, 舟人夜行三十里, 泊於東江口.

十二日 曉寒甚. 舟人由江口挽舟入酃水, 遂循茶陵城過東城, 泊於南關. 入關, 抵州前, 將出大西門, 尋紫雲、雲陽之勝. 聞靈巖在南關外十五里, 乃飮於市, 復出南門, 渡酃水. 時微雨飄揚, 朔風寒甚. 東南行, 陂陀高下五里, 得平疇, 是曰歐江. 有溪自東南來, 遂溯之行, 霧中望見其東山石突兀, 心覺其異. 又五里, 抵山嘴溪上, 是曰沙陂, 以溪中有陂也. [溪源在東四十里百丈潭]. 陂之上, 其山最高者, 曰會仙寨, 其內穹崖裂洞, 曰學堂巖. 再東, 山峽盤亘, 中曰石梁巖, 即在沙陂之上, 余不知也. 又東一里, 乃北入峽中. 一里, 得碧泉巖、對獅巖, 俱南向. 又東逾嶺而下, 轉而北, 則靈巖在焉. 以東向, 曾守(名才漢), 又名爲月到巖云.

自會仙巖而東, 其山皆不甚高, 俱石崖盤亘, 堆環成壑, 或三面回環如玦者, 或兩對疊如門者, 或高峙成巖, 或中空如洞者, 每每而是. 但石質粗而色赤, 無透漏潤澤之觀, 而石梁橫跨, 而下穹然, 此中八景, 當爲第一.

靈巖者, 其洞東向, 前有亘崖, 南北迴環. 其深數十丈, 高數丈余, 中有金仙, 外列門戶而不至於頂, 洞形固不爲洞捫也. 爲唐陳光問讀書處. 陳居巖塘, (在洞北二十里.) 其後裔猶有讀書巖中者.

觀音現像, 伏獅峰之東, 迴崖上有石跡成像, 赭黃其色.

對獅巖者, 一名小靈巖, 在靈巖南嶺之外. 南對獅峰, 上下兩層, 上層大而高穹, 下層小而雙峙.

碧泉巖者, 在對獅之西, 亦南向, 洞深三丈, 高一丈餘. 內有泉一縷, 自洞壁半崖滴下, 下有石盤承之, 清冽異常, 亦小洞間一名泉也.

伏虎巖, 在清泉之後.

石梁巖, 在沙陂會仙寨東谷. 其谷亂崖分亘, 攢列成塢, 兩轉而東西橫亘, 下開一竇, 中穹若梁, 由梁下北望, 別有天地. 透梁而入, 梁上復開崖一層, 由東陂而上, 直造梁中而止, 登之如踐層樓矣.

會仙寨, 下臨沙溪, 上亘圓頂, 如疊磨然, 獨出衆山, 羅洪山羅(名其綸, 瓊[1]
司理.) 結淨藍於下, 卽六空上人所棲也. (其師號涵虔.)

學堂巖, 在會仙之北, 高崖間迸開一竇, 云仙人授學之處.

此靈巖八景也. 余至靈巖, 風雨不收. 先過碧泉、對獅二巖, 而後入靈巖,
曉霞留飯, 已下午矣. 適有一僧至, 詢爲前山淨侶六空也. 時曉霞方理諸俗
務, (結弟[2]、喂猪.) 飯罷, 卽託六空爲導. 回途至獅峰而睹觀音現像, 抵沙陂
而入游石梁, 入其庵, 而乘暮登會仙, 探學堂, 八景惟伏虎未至. 是日雨仍
空濛, 而竟不妨遊, 六空之力也. 晩卽宿其方丈.

---

1) 경(瓊)은 경주부(瓊州府)로서, 지금의 해남도(海南島)를 포함하여 해구시(海口市)를
   다스린다.
2) '결제(結弟)'는 '결모(結茅)'의 오자인 듯하다.

十三日 晨餐後寒甚, 陰翳如故. 別六空, 仍舊路西北行. 三里至歐江, 北入
山, 爲茶陵向來道; 南沿沙陂江西去, 又一道也. 過歐江, 溪勝小舟, 西北過
二小嶺, 仍渡茶陵南關外, 沿城溮江, 經大西門, [尋紫雲、雲陽諸勝]. 西行
三里, 過橋開隴, 始見大江自東北來. 於是越黃土坳, 又三里, 過新橋, 霧中
始露雲陽半面. 又三里, 抵紫雲山麓, 是爲沙江鋪, 大江至此直逼山下. 由
沙江鋪西行, 爲攸縣、安仁大道. 南登山, 是爲紫雲仙. 上一里, 至山半爲
眞武殿, 上有觀音庵, 俱東北瞰來水. 觀音庵松巖, 老僧也. 予詢雲陽道, 松
巖曰 : "雲陽山者, 在紫雲西十里. 其頂爲老君巖; 雲陽仙在其東峰之脅, 去
頂三里; 赤松壇又在雲陽仙之麓, 去雲陽仙三里. 蓋紫雲爲雲陽盡處, 而赤
松爲雲陽正東之麓. 由紫雲之下, 北順江岸西行三里, 爲洪山廟, 乃登頂之
北道; 由紫雲之下, 南循山麓西行四里, 爲赤松壇, 乃登頂之東道; 去頂各
十里而近. 二道之中有羅漢洞, 在紫雲之西, 卽由觀音庵側小徑橫過一里,
可達其庵. 由庵登頂, 亦有間道可達, 不必下紫雲也." 余從之. 遂由眞武殿
側, 西北度兩小坳, 一澗從西北來, 則紫雲與青蓮庵卽羅漢仙. 後山夾而成
者. [水北入大江, 紫雲爲所界斷]. 渡澗卽青蓮庵, 東向而出, 地幽而庵淨.

僧號六澗, 亦依依近人, 堅留余飯, 余亟於登嶺, 遂從庵後西向登山. 其時濃霧猶翳山半, 余不顧, 攀躋直上三里, 逾峰脊二重, 足之所上, 霧亦旋開. 又上二里, 則峰脊冰塊滿枝, 寒氣所結, 大者如拳, 小者如蛋, 依枝而成, 遇風而墜, 俱堆積滿地. 其時本峰霧氣全消, 山之南東二面, 歷歷可睹, 而北西二面, 猶半爲霾掩, [鄙江自東南, 黃雩江自西北, 盤曲甚遠]. 始知雲陽之峰, 俱自西南走東北, 排疊數重: 紫雲, 其北面第一重也; 青蓮庵之後, 余所由躋者, 第二重也; 雲陽仙, 第三重也; 老君巖在其上, 是爲絶頂, 所謂七十一峰之主也. 雲峰在南, 余所登峰在北, 兩峰橫列, 脈從雲陽仙之下, 度坳而起峰, 爲余所登第二重之頂, 東走而下, 由青蓮庵而東, 結爲茶陵州治. 余現登第二重絶頂, 徑路迷絶. 西南望雲峰絶頂, 中隔一塢, 而絶頂尙霾夙霧中. 俯瞰過脊處, 在峰下里許. 其上隔山竹樹一壑, 兩乳回環掩映, 若天開洞府, 卽雲陽仙無疑也. 雖無路, 亟直墜而下, 度脊而上, 共二里, 逾一小坳, 入雲陽仙. 其庵北向, 登頂之路, 由左上五里而至老君巖; 下山之路, 由右三里而至赤松壇. 庵後有大石飛累, 駕空透隙, 竹樹懸綴, 極爲倩疊, 石間有止水一泓, 澄碧迥異, 名曰五雷池, 雩祝甚靈. 層巖上突, 無可攀跻, 其上則黑霧密翳矣. 蓋第二重之頂, 當風無樹,[1] 故冰止隨枝堆積. 而庵中山環峰夾, 竹樹蒙茸, 縈霧成冰, 玲瓏滿樹, 如瓊花瑤谷, 朔風搖之, 如步搖玉珮, 聲叶金石. 偶振墜地, 如玉山之頹, 有積高二三尺者, 途爲之阻. 聞其上登跻更難. 時日過下午, 聞赤松壇尙在下, 而庵僧[楚]音, 誤爲'石洞'. 余意欲登頂右後, 遂從頂北下山, 恐失石洞之奇, 且謂稍遲可冀晴朗也. 索飯於庵僧鏡然, 遂東下山. 路側澗流瀉石間, 僧指爲'子房煉丹池'、'搗藥槽'、'仙人指跡'諸勝, 乃從赤松而附會留侯也. 直下三里抵赤松壇, 始知赤松之非石洞也. 遂宿庵中. 殿頗古, 中爲赤松, 左黃石, 而右子房. 殿前有古樹松一株, 無他勝也. 僧葛民亦近人.

---

1) 무수(無樹)는 아마 '무수(舞樹)'의 오기인 듯하다.

十四日 晨起寒甚, 而濃霧復合. 先是, 晚至赤松, 卽嘿禱黃石、子房神位, 求假半日晴霽, 爲登頂之勝. 至是望頂濃霾, 零雨四灑, 遂無復登頂之望. 飯後, 遂別葛民下山. 循山麓北行, 逾小澗二重, 共四里, 過紫雲之麓, 江從東北來, 從此入峽, 路亦隨之. 繞出雲陽北麓, 又二里, 爲洪山廟. 風雨交至, 遂停廟中, 市薪炙衣, 煨榾柮[1]者竟日. 廟後有大道南登絶頂. 時廟下江旁停舟數隻, 俱以石尤橫甚, 不能順流下, 屢招予爲明日行, 余猶不能恝然於雲陽之頂也.

---

1) 골돌(榾柮)은 '나무를 베고 남은 그루터기나 나무토막'을 가리키며, 장작용 나무토막을 의미한다.

十五日 晨起, 泊舟將放, 招余速下舟; 予見四山霧霽, 遂飯而決策登山. 路由廟後南向而登, 三里, 復有高峰北峙, [道分兩岐:]一岐從峰南, 一岐從峰西南. 余初由東南行, 疑爲前上羅漢峽中舊道, 乃向雲陽仙, 非逕造老君巖者, 乃復轉從西南道. 不一里, 行高峰西峽, 顧僕南望峽頂有石梁飛駕, 余瞻眺不及. 及西上嶺側, 見大江已環其西, 大路乃西北下, 遂望嶺頭南躋而上. 時嶺頭冰葉紛披, 雖無徑路, 余意卽使路訛, 可得石梁勝, 亦不以爲恨, 及至嶺上遍覓, 無有飛駕之石, 第見是嶺之脊, 東南橫屬高頂, 其爲登頂之路無疑. 遂東南度脊, 仰首直上, 又一里, 再逾一脊, 則下瞰脊南, 雲陽仙已在下方矣. 蓋是嶺東西橫亘, 西爲絶頂北盡處, 東卽屬於前所登雲陽東第二層之嶺也. 於是始得路, 更南向登頂, 其上冰雪層積, 身若從玉樹中行. 又一里, 連過兩峰, 始陟最高頂. 是時雖旭日藏輝, 而沉霾屏伏, 遠近諸峰盡露眞形, 惟西北遠峰尙存霧痕一抹. 乃從峰脊南下, 又一里, 復過兩峰, 有微路'十'字界峰坳間: 南上復登山頂, 東由半山直上, 西由山半橫下. 然脊北之頂雖高, 而純土無石; 脊南之峰較下, 而東面石崖高穹, 峰笋離立. 乃與顧僕置行李坳中, 從南嶺之東, 攀崖隙而踞石笋, 下瞰塢中, 有茅一龕, 意卽老君巖之靜室, 所云老主庵者. 窃計直墜將及一里, 下而復上, 其路旣

遙, 況旣踞石崖之頂, 仰矚俯瞰, 勝亦無殊, 不若逾脊從西路下, 便則爲秦
人洞之遊, 不便卽北去江滸覓舟, 順流亦易. 乃逡從西路行. 山陰冰雪擁塞,
茅棘交縈, 擧步漸艱. 二里, 路絶, 四顧皆茅茨爲冰凍所膠結, 上不能擧首,
下無從投足, 兼茅中自時有偃宕, 疑爲虎穴, 而山中濃霧四起, 瞰眺莫見,
計難再下. 乃復望山巓而上, 冰滑草擁, 隨躋隨墜. 念嶺峻草被, 可脫虎口,
益鼓勇直上. 二里, 復得登頂, 北望前西下之脊, 又隔二峰矣. 其處嶺東茅
棘盡焚, 嶺西茅棘蔽山, 皆以嶺頭路痕爲限, 若有分界者. 是時嶺西黑霧彌
漫, 嶺東日影宣朗, 霧欲騰衝而東, 風輒驅逐而西, 亦若以嶺爲界者. 又南
一里, 再下二峰, 嶺忽亂石森列, 片片若攢刃交戟, 霧西攫其尖, 風東搗其
膊, 人從其中溜足直下, 強攀崖踞坐, 益覺自豪. 念前有路而忽無, 旣霧而
復霧, 欲下而轉上, 皆山靈未獻此奇, 故使浪遊之踪, 迂迴其轍耳. 旣下石
峰, 坳中又得'十'字路, 於是復西向下嶺, 俱從濃霧中行矣. 始二里, 冰霾而
草中有路, 又二里, 路微而石樹蒙翳; 又二里, 則石懸樹密而路絶, 蓋前路
之逾嶺而西, 皆茶陵人自東而來, 燒山爲炭, 至此輒返. 過此, 崖窮樹益深,
上者不能下, 下者不復上. 余念所下旣遙, 再下三四里當及山麓, 豈能復從
前還躋? 遂與顧僕掛石投崖, 懸藤倒柯, 墜空者數層, 漸聞水聲遙遙, 而終
不知去人世遠近. 已而霧影忽閃, 露出層峰峽谷, 樹色深沉. 再一閃影, 又
見谷口兩重外, 有平塢可矚. 乃益捳叢歷級, 若鄧艾之下陰平, 墜壑滾崖,
技無不殫, 然皆赤手, 無從裹氈也. 旣而忽下一懸崖, 忽得枯澗, 遂得踐石
而行. 蓋前之攀枝懸墜者藉樹, 而兜衣掛履亦樹, 得澗而樹稍爲開. 旣而澗
復生草, 草復翳澗, 靡草之下, 不辨其孰爲石, 孰爲水, 旣難着足. 或草盡石
出, 又棘刺勾芒, 兜衣掛履如故. 如是三里, 下一瀑崖, 微見路影在草間, 然
時隱時現. 又一里, 澗從崖間破峽而出, 兩崖轟峙, 而北尤危峭, 始見路, 從
南崖逾嶺出. 又一里, 得北來大道, 始有村居, 詢其處, 爲窰里, 蓋雲陽之西
塢也. 其地東北轉洪山廟五里而遙, 南至東嶺十里而遙, 東嶺而南更五里,
卽秦人洞矣. 時霧影漸開, 遂南循山峽行, 逾一小嶺, 五里, 上棗核嶺, [嶺俱
雲陽西向度而北轉成峽者]. 下一里, 渡澗, [澗乃南自龍頭嶺下, 出上淸洞].

傍西麓溯澗南上半里, 爲絡絲潭, 深碧無底, 兩崖多疊石. 又半里, 復度澗, 傍東麓登山. 是處東爲雲陽之南峰, 西爲大嶺之東嶂. [大嶺高幷雲陽, 龍頭嶺其過脊也. 其東南盡西嶺, 東北抵麻葉洞, 西北峙五鳳樓, 西南爲古爽冲]. 一溪自大嶺之東北來者, 乃洪碧山之水; 一溪自龍頭嶺北下者, 乃大嶺、雲陽過脊處之水. 二水合而北出把七(鋪名). 龍頭嶺水分南北, 其南下之水, 由東嶺塢合秦人洞水出大羅埠. 共二里, 越嶺得平疇, 是爲東嶺塢. 塢內水田平衍, 村居稠密, 東爲雲陽, 西爲大嶺, 北卽龍頭嶺過脊, 南爲東嶺迴環. 余始至以爲平地, 卽下東嶺, 而後知猶衆山之上也. 循塢東又一里, 宿於新庵.

十六日 東嶺塢內居人段姓, 引南行一里, 登東嶺, 卽從嶺上西行. 嶺頭多漩窩成潭, 如釜之仰, 釜底俱有穴直下爲井, 或深或淺, 或不見其底, 是爲九十九井. 始知是山下皆石骨玲瓏, 上透一竅, 輒水搗成井. 竅之直者, 故下墜無底; 竅之曲者, 故深淺隨之. 井雖枯而無水, 然一山而隨處皆是, 亦一奇也. 又西一里, 望見西南谷中, 四山環繞, 漩成一大窩, 亦如仰釜, 釜之底有澗, 澗之東西皆秦人洞也. 由灌莽中直下二里, 至其處. 其澗由西洞出, 由東洞入, 澗橫界窩之中, 東西長半里, 中流先搗入一穴, 旋透穴中東出, 卽自石峽中行. 其峽南北皆石崖壁立, 夾成橫槽; 水由槽中抵東洞, 南向搗入洞口. 洞有兩門, 北向, 水先分入小門, 透峽下傾, 人不能從. 稍東而南入大門者, 從衆石中漫流, 其勢較平; 第洞內水匯成潭, 深浸洞之兩崖, 旁無餘隙可入. 循崖則路斷, 涉水則底深, 惜無浮槎可覓支磯片石. 惟小門之水, 入峽後亦旁通大洞, 其流可揭厲[1]而入. 其竅宛轉而披透, 其竅中如軒楞別啓, 返矚搗入之勢,[2] 亦甚奇也. 西洞洞門東穹, 較東洞之高峻少殺; 水由洞後東向出, 水亦較淺可揭. 入洞五六丈, 上嵌圍頂, 四圍飛石駕空, 兩重如庋懸閣, 得二丈梯而度其上. 其下再入, 水亦成潭, 深與東洞幷, 不能入矣. 是日導者先至東洞, 以水深難入而返, 不知所謂西洞也. 返五里, 飯於導者家, 日已午矣. 其長詢知洞水深, 曰 : "誤矣! 此入水洞, 非水所從出者." 復導予行, 始抵西洞. 余幸兼收之勝, 豈憚往復之煩. 旣出西洞過東洞, 共一里, 逾嶺東望, 見東洞水所出處; 復一里, 南抵塢下, 其水東向涌出山麓, 亦如黃雩之出石下也. 土人環石爲陂, 壅爲巨潭, 以灌山塍. 從其東, 水南流出谷, 路北上逾嶺, 共二里始達東嶺之上, 此由州人塢之大道也. 登嶺, 循舊路一里, 返宿導者家.

---

1) 게(揭)는 얕은 물에서 옷의 아랫도리를 걷어 올리는 것을, 려(厲)는 깊은 물에서 옷자락을 띠를 맨 곳까지 걷어 올리는 것을 가리킨다. 『논어(論語)』「헌문(憲問)」편에 "깊으면 옷자락을 걷고, 얕으면 아랫도리를 걷어올린다(深則厲, 淺則揭)"라는 구절이 있다.
2) 원문에는 '搗返觀倒入之勢'로 되어 있으나, 건륭본과 사고본에 의거하여 '返矚搗入之勢'로 바로잡는다.

十七日 晨餐後, 仍由新庵北下龍頭嶺, 共五里, 由舊路至絡絲潭下. 先是, 余按『志』有"秦人三洞, 而上洞惟石門不可入"之文, 余旣以誤導兼得兩洞, 無從覓所謂上洞者. 土人曰: "絡絲潭北有上淸潭, 其門甚隘, 水由中出, 人不能入, 入卽有奇勝. 此洞與麻葉洞俱神龍蟄處, 非惟難入, 亦不敢入也." 余聞之, 益喜甚. 旣過絡絲潭, 不渡澗, 卽傍西麓下. [蓋渡澗爲東麓, 雲陽之西也, 棗核故道; 不渡澗爲西麓, 大嶺, 洪碧之東也, 出把七道. 北]半里, 遇樵者, 引至上淸潭. 其洞卽在路之下, 澗之上, 門東向, 夾如合掌. 水由洞出, 有二派: 自洞後者, 匯而不流; 由洞左者, [乃洞南旁竇], 其出甚急. 旣逾洞左急流, 卽當伏水而入. 導者止供炬爇火, 無肯爲前驅者. 余乃解衣伏水, 蛇行以進. 石隙旣低而復隘, 且水沒其大半, 必身伏水中, 手擎火炬, 平出水上, 乃得入. 西入二丈, 隙始高裂丈余, 南北橫裂者亦三丈餘, 然俱無入處. 惟直西一竇, 闊尺五, 高二尺, 而水沒其中者亦尺五, 隙之餘水面者, 五寸而已. 計匍匐水中, 必口鼻俱濡水, 且以炬探之, 貼隙頂而入, 猶半爲水漬. 時顧僕守衣外洞,[1] 若泅水入, 誰爲遞炬者? 身可由水, 炬豈能由水耶? 況秦人洞水, 余亦曾沒膝浸服, 俱溫然不覺其寒, 而此洞水寒, 與溪澗無異. 而洞當風口, 颸飅[2]彌甚. 風與水交逼, 而火復爲阻, 遂舍之出. 出洞, 披衣猶覺周身起栗, 乃爇火洞門. 久之, 復循西麓隨水北行, 已在棗核嶺之西矣.

　去上淸三里, 得麻葉洞. 洞在麻葉灣, 西爲大嶺, 南爲洪碧, 東爲雲陽、棗核之支, 北則棗核西垂. 大嶺東轉, 束澗下流, 夾峙如門, 而當門一峰, 聳石屼突, 爲將軍嶺; 澗搗其西, 而棗核之支, 西至此盡. 澗西有石崖南向, 環如展翅, 東瞰澗中, 而大嶺之支, 亦東至此盡. 迴崖之下, 亦開一隙, 淺不能入. 崖前有小溪, 自西而東, 經崖前入於大澗. 循小溪至崖之西脅亂石間, 水窮於下, 竅啓於上, 卽麻葉洞也. 洞口南向, 大僅如斗, 在石隙中轉折數級而下. 初覓炬倩導, 亦俱以炬應, 而無敢導者. 曰: "此中有神龍." 或曰: "此中有精怪. 非有法術者, 不能攝服." 最後以重資覓一人, 將脫衣入, 問余乃儒者, 非羽士, 復驚而出曰: "予以爲大師, 故欲隨; 若讀書人, 余豈能以身殉耶?" 余乃過前村, 寄行李於其家, 與顧僕各持束炬入. 時村民之隨至洞口數十人, 樵者腰鎌, 耕者荷鋤, 婦之炊者停㸑, 織者投杼, 童子之牧者, 行人之負載者, 接踵而至, 皆莫能從. 余兩人乃以足先入, 歷級轉竇, 遞炬而下, 數轉至洞底. 洞稍寬, 可以側身矯首, 乃始以炬前向. 其東西裂隙, 俱無入處, 直北有穴, 低僅一尺, 闊亦如之, 然其下甚燥而平. 乃先以炬入, 後蛇伏以進, 背磨腰貼, 以仰後聳, 乃度此內洞之[第]一關. 其內裂隙旣高, 東西亦橫亘, 然亦無入處. 又度第二關, 其隘與低與前一轍, 進法亦如之. 旣入, 內層亦橫裂, 其西南裂者不甚深. 其東北裂者, 上一石坳, 忽又縱裂而起, 上穹下狹, 高不見頂. 至此石幻異形, 膚理頓換, 片竅俱靈. 其西北之峽, 漸入漸束, 內夾一縫, 不能容炬. 轉從東南之峽, 仍下一坳, 其底砂石平鋪, 如澗底潔溜, 第干燥無水, 不特免揭厲, 且免沾污也. 峽之東南盡處, 亂石轟駕, 若樓臺層疊, 由其隙皆可攀躋而上. 其上石竇一縷, 直透洞頂, 光由隙中下射, 若明星鉤月, 可望而不可摘也. 層石之下, 澗底南通, 覆石低壓, 高僅尺許; 此必前通洞外, 澗所從入者, 第不知昔何以涌流, 今何以枯洞也, 不可解矣. 由層石下北循澗底入, 其隘甚低, 與外二關相似. 稍從其西攀上一石隙, 北轉而東, 若度鞍歷嶠, 兩壁石質石色, 光瑩欲滴, 垂柱倒蓮, 紋若鏤雕, 形欲飛舞. 東下一級, 復値澗底, 已轉入隘關之內矣. 於是

關成一術, 闊有二丈, 高有丈五, 覆石平如布幄, 澗底坦若周行. 北馳半里,
下有一石, 庋出如榻, 楞邊勻整; 其上則蓮花下垂, 連絡成幃, 結成寶蓋, 四
圍垂幔, 大與榻幷, 中圓透盤空, 上穹爲頂; 其後西壁, 玉柱圓竪, 或大或小,
不一其形, 而色皆瑩白, 紋皆刻鏤: 此術中第一奇也. 又直北半里, 洞分上
下兩層, 澗底由東北去, 上洞由西北登. 時余所賫火炬已去其七, 恐歸途莫
辨, 乃由前道數轉而穿二隘關, 抵透光處, 炬恰盡矣. 穿竅而出, 恍若脫胎
易世. 洞外守視者, 又增數十人, 見余輩皆頂額³⁾稱異, 以爲大法術人. 且云
:"前久候以爲必墮異吻, 故余輩欲入不敢, 欲去不能. 想安然無恙, 非神靈
攝服, 安能得此!" 余各謝之, 曰 :"吾守吾常, 吾探吾勝耳, 煩諸君久佇, 何
以致之!" 然其洞但入處多隘, 其中潔淨干燥, 余所見洞, 俱莫能及, 不知土
人何以畏入乃爾! 乃取行囊於前村, 從將軍嶺出, 隨澗北行十餘里, 抵大道.
其處東向把七尙七里, 西向還麻止三里. 余初欲從把七附舟西行, 至是反
溯流逆上, 旣非所欲, 又恐把七一時無舟, 天色已霽, 遂從陸路西向還麻.
時日已下春, 尙未飯, 索酒市中. 又西十里, 宿於黃[石]鋪, 去茶陵西已四十
里矣. 是晚碧天如洗, 月白霜凄, 亦旅中異境, 竟以行倦而臥.

黃石輔之南, 卽大嶺北峙之峰, 其石嶙峋插空, 西南一峰尤甚, 名五鳳樓,
[去十里而近, 卽安仁道]. 余以早臥不及詢, 明日登途, 知之已無及矣. [黃
石西北三十里爲高暑山, 又有小暑山, 俱在攸縣東, 疑卽司空山也. 二山之
西, 高峰漸伏. 茶陵江北曲, 經高暑南麓而西, 攸水在山北. 是山界茶、攸
兩江云].

1) 외동(外洞)은 건륭본과 사고본에 '동외(洞外)'로 씌어 있다.
2) 수류(颼飅)는 바람이 솔솔 부는 소리를 가리킨다.
3) 정액(頂額)은 손을 이마에 대어 예를 표하는 것을 가리킨다.

十八日 晨餐後, 自黃石鋪西行, 霜花滿地, 旭日澄空. 十里爲丫塘鋪, 又十
里, 爲珠璣鋪, 則攸縣界矣. 又西北十里, 斑竹鋪. 又西北十里, 長春鋪. 又
十里, 北度大江, 卽攸縣之南關矣. 縣城瀕江北岸, 東西兩門, 與南門幷列

於江側. 茶陵之江北曲西回, 攸水自安福封侯山西流南轉, 俱夾高暑山而下, 合於縣城東, 由城南西去. 是日一路霽甚, 至長春鋪, 陰雲復合. 抵城纔過午, 候舟不得, 遂宿學門前. (亦南門.)

十九日 晨餐後, 陰霾不散. 由攸縣西門轉北, 遂西北登陟陂陀. 十里, 水澗橋, 有小水自北而南. 越橋而西, 連上二嶺, 其西嶺名黃山. 下嶺共五里, 爲黃山橋, 有水亦自北而南, 其水較大於水澗, 而平洋亦大開. 西行平疇三里, 上牛頭山. 又山上行二里, 曰長崗冲, 下嶺爲淸江橋. 橋東赤崖如迴翅, 澗從北來, 大與黃山橋等. 橋西開洋, 大亦如黃山橋, 但四圍皆山, 不若黃山洋南北一望無際也. 洋中平疇, 村落相望, 名漠田. 又五里, 西入山峽, 已爲衡山縣界. 界北諸山皆出煤, 攸人用煤不用柴, 鄉人爭輸入市, 不絶於路. 入山, 沿小溪西上, 路分兩歧: 西北乃入山向衡小路, 西南乃往太平等附舟路. 於是遵西南, 五里爲荷葉塘. 越盼兒嶺, 五里至龍王橋. 橋下水北自小源嶺來, 南向而去, 其居民蕭姓, 亦大族也. 北望二十里外, 小源嶺之上, 有高山屏列, 名曰大嶺山, 乃北通湘潭道. 過橋, 西面行三里, 上長嶺. 又西下一塢, 三里, 上葉公坳. 又四里, 下太平寺嶺, 則大江在其下矣. 隔江卽爲芒洲, 其地自攸縣東四十五里. 是日上長嶺, 日少開, 中夜雨聲滴瀝, 達明而止.

二十日 先晚候舟太平寺涯上, 卽宿泊舟間. 中夜見東西兩山, 火光熒熒, 如懸燈百尺樓上, 光焰映空, 疑月之升、日之墜者. 旣而知爲夜燒. 旣臥, 聞雨聲滴瀝, 達旦乃止. 上午得舟, 遂順流西北向山峽行. 二十五里, 大鵝灘. 十五里, 過下埠, 下回鄉灘, 險甚. 過此山始開, 江乃西向. 行二十五里, 北下橫道灘, 又十五里, 暮宿於楊子坪之民舍.

二十一日 四鼓, 月明, 舟人卽促下舟. 二十里, 至雷家埠, 出湘江, 鷄始鳴. 又東北順流十五里, 低衡山縣. 江流在縣東城下. 自南門入, 過縣前, 出西門. 三里, 越桐木嶺, 始有大松立路側. 又二里, 石陂橋, 始夾路有松. 又五里, 過九龍泉, 有頭巾石. 又五里師姑橋, 山隴始開, 始見祝融北峙, 然夾路之松, 至師姑橋而盡矣. 橋下之水東南去. 又五里入山, 復得松. 又五里, 路北有‘子抱母松’. (大者二抱. 小者分兩岐.) 又二里, 越佛子坳, 又二里, 上俯頭嶺, 又一里則岳市矣. 過司馬橋, 入謁岳廟, 出飯於廟前. 問水簾洞在山東北隅, 非登山之道. 時纔下午, 猶及登頂, 密雲無翳, 恐明日陰晴未卜. 躊躇久之, 念旣上豈能復迂道而轉, 遂東出岳市, 卽由路亭北依山轉岐. 初, 路甚大, 乃湘潭入岳¹⁾之道也. 東北三里, 有小溪自岳東高峰來, 遇樵者引入小徑. 三里, 上山峽, 望見水簾布石崖下. 二里, 造其處, 乃瀑之瀉於崖間者, 可謂之‘水簾’, 不可謂之‘洞’也. 崖北石上大書‘朱陵大澼洞天’, 幷‘水簾洞’、‘高山流水’諸字, 皆宋、元人所書, 不辨其人款. 引者又言, 其東九眞洞, 亦山峽間出峽之瀑也. 下山又東北二里, 登山循峽, 逾一隘, 中峰迴水繞, 引者以爲九眞矣. 有焚山者至, 曰 : “此壽寧宮故址, 乃九眞下流. 所云洞者, 乃山環成塢, 與此無異也, 其地在紫蓋峰之下. 逾山而北尙有洞, 亦山塢, [漸近湘潭境.” 予見日將暮, 遂出山, 十里], 僧寮已近, 還宿廟.

---

1) 형산현(衡山縣)에 오악(五岳) 가운데의 하나인 형산(衡山)이 있기에, 흔히 형산현을 악(岳)이라 일컫는다.

二十二日 [力疾登山. 由岳廟西度將軍橋, 岳廟東西皆澗. 北入山一里, 爲紫雲洞, 亦無洞, 山前一岡當戶環成耳. 由此上嶺一里, 大石後度一脊, 里許, 路南有鐵佛寺. 寺後躋級一里, 路兩旁俱細竹蒙茸. 上嶺, 得丹霞寺. 復從寺側北上, 由絡絲潭北下一嶺, 又循絡絲上流之澗一里, 爲寶善堂. 其處澗從東西兩壑來, 堂前有大石如劈, 西澗環石下, 出玉板橋, 與東澗合而南. 寶善界兩澗中, 去岳廟已五里. 堂後復躋蹬一里, 又循西澗嶺東平行二里, 爲半雲庵. 庵後渡澗西, 躋級直上二里, 上一峰, 爲茶庵. 又直上三里, 逾一峰, 得半山庵, 路甚峻. 由半山庵、丹霞側北上, 竹樹交映, 靑翠滴衣. 竹中聞泉聲淙淙. 自半雲逾澗, 全不與水遇, 以爲山高無水, 至是聞之殊快. 時欲登頂, 過諸寺俱不入. 由丹霞上三里, 爲湘南寺, 又二里], 南天門. 平行東向二里, 分路. 南一里, 飛來船、講經臺. 轉至舊路, 又東下半里, 北度脊, 西北上三里, 上封寺. 上封東有虎跑泉, 西有卓錫泉.

二十三日 上封.

二十四日 上封.

二十五日 上封.

二十六日 晴. 至觀音崖, 再上祝融會仙橋, 由不語崖西下. 八里, 分路. (南茅坪). 北二里, 九龍坪, 仍轉路口. 南一里, 茅坪. 東南由山半行, 四里渡亂澗, 至大坪分路. (東南上南天門). 西南小路直上四里, 爲老龍池, 有水一池, 在嶺坳, 不甚澄, 其淨室多在嶺外. 西南側刀之西, 雷祖之東分路. 東二里, 上側刀峰. 平行頂上二里, 下山頂, 度脊甚狹. 行赤帝峰北一里, 繞其東, 分路. 乃南由坳中東行, 一里, 轉出天柱東, 遂南下. 五里, 過獅子山與大路合, 遂由岐路西入福嚴寺, (殿已傾, 僧佛鼎謀新之.) 宿明道山房.

二十七日 早聞雨, 餐後行少止. 由寺西循天柱南一里, 又西上二里, 越南分之脊, 轉而北, 循天柱西一里, 上西來之脊, 遂由脊上西南行, 於是循華蓋之東矣. 一里, 轉華蓋南, 西行三里, 循華蓋西而北下. 風雨大至, 自是持蓋行. 北過一小坪, 復上嶺, 共一里, 轉而西行嶺脊上. 連度三脊, 或循嶺北, 或循嶺南, 共三里而復上嶺. 於是直上二里, 是爲觀音峰矣. 由峰北樹中行三里, 雨始止, 而沉霾殊甚. 又西南下一里, 得觀音庵, 始知路不迷. 又下一里, 爲羅漢臺. [有路自北塢至者, 卽南溝來道]. 於是復南上二里, 連度二脊, 叢木亦盡, 峰皆茅矣. 既逾高頂, 南下一里, 得叢木一丘, 是爲雲霧堂.

中有老僧, 號東窗, 年九十八, 猶能與客同拜起. 時霧稍開, 又南下一里半, 得東來大路, 遂轉西下, 又一里半至澗, 渡橋而西, 卽方廣寺. (寺正殿崇禎初被灾, 三佛俱雨中.) 蓋大嶺之南, 石廩峰分支四下, [爲蓮花諸峰;] 大嶺之北, 雲霧頂分支西下, [爲泉室、天台諸峰]. 夾而成塢, 寺在其中, (寺始於梁天監中.) 水口西去, 環鎖甚隘, 亦勝地也. (宋晦庵、南軒諸迹, 沒俱於火.) 寺西有洗衲池, 補衣石在澗旁. 渡水口橋, 卽北上山, 西北登一里半, 又平行一里半, 得天台寺. 寺有僧全撰, 名僧也. 適他出, 其徒中立以芽茶饋. [蓋泉室峰又西起高頂, 突爲天台峰. 西垂一支, 環轉而南, 若大尾之掉, 幾東接其南下之支. 南面水僅成峽, 內環一塢如玦, 在高原之上, 與方廣可稱上下二奇]. 返宿方廣慶禪、寧禪房.

先是, 余欲由南溝趨羅漢臺至方廣; 比登古龍池, 乃東上側刀峰, 誤出天柱東; 及宿福嚴, 適佛鼎師通道取木, 遂復辟羅漢臺路. 余乃得循之西行, 且自天柱、華蓋、觀音、雲霧至大塢, 皆衡山來脈之脊, 得一覽無遺, 實意中之事也. 由南溝趨羅[漢]臺亦迂, 不若徑登天台, 然後南岳[1]之勝乃盡.

---

1) 남악(南岳)은 오악 가운데의 하나인 형산(衡山)을 가리킨다.

二十八日 早起, 風雨不收. 寧禪、慶禪二僧固留, 余强別之. 慶禪送至補衲臺而別. 遂沿澗西行, 南北兩界, 山俱茅禿. 五里, 始有石樹縈溪, 崖影溪聲, 上下交映. 又二里, [隔溪前山, 有峽自東南來, 與方廣水合流西去]. 北向登崖, 崖下石樹愈密, 澗在深壑, 其中有黑、白、黃三龍潭, 兩崖峭削, 故路折而上, [聞聲而已, 不能見也]. 已而平行山半, 共三里, 過鵝公嘴, 得龍潭寺. 寺在天台西峰之下, 南爲雙髻峰. 蓋天台、雙髻夾而西來, 以成龍潭之流; 潭北上卽爲寺, 寺西爲獅子峰, 尖削特立, 天台以西之峰, 至此而盡; 其南隔溪卽雙髻西峰, 而蓮花以西之峰, 亦至此而盡; 過九龍, 猶平行山半, 五里, 自獅子峰南繞其西, 下山又五里, 爲馬跡橋, 而衡山西面之山始盡. [橋東去龍潭十里, 西去湘鄉界四十里, 西北去白高三十里, 南至衡陽界孟公坳五里]. 自馬跡橋南渡一澗, [澗卽方廣九龍水去白高者]. 卽東南行, 四里至田心. 又越一小橋, 一里, 上一低坳, 不知其爲界頭也. 過坳又五里, 有水自東北山間懸崖而下, 其高數十仞, 是爲小響水塘, 蓋亦衡山之餘波也. 又二里, 有水自北山懸崖而下, 是爲大響水塘. [闊大過前崖, 而水分兩級, 轉下峽間, 初見上級, 後見下級, 故覺其不及前崖飛流直下也]. 前卽寧水橋, 問水從何處, 始知其南由唐夫沙河而下衡州草橋. 蓋自馬跡南五里孟公坳分衡陽、衡山界處, 其水北下者, 卽由白高下一殞江, 南下者, 卽由沙河下草橋, 是孟公坳不特兩縣分界, 而實衡山西來過脈也. 第其坳甚平, 其西來山卽不甚高, 故不之覺耳. 始悟衡山來脈非自南來, 乃由此坳東峙雙髻, 又東爲蓮花峰後山, 又東起爲石廩峰, 始分南北二支, 南爲岣嶁、白石諸峰, 北爲雲霧、觀音以峙天柱. 使不由西路, 必謂岣嶁、白石乃其來脈矣.

由寧水橋飯而南, 五里, 過國清亭, 逾一小嶺, 爲穆家洞. 其洞迴環圓整, [水自東南繞至東北, [乃石廩峰西南峽中水;] 山亦如之, 而東附於衡山之西. 徑洞二里, 復南逾一嶺, 一里, 是爲陶朱下洞, 其洞甚狹, 水直西去. 路又南入峽, 二里, 復逾一嶺, 爲陶朱中洞, 其水亦西去. 又南二里, 上一嶺, 其坳甚隘, 爲陶朱三洞. 其洞較寬於前二洞, 而不及穆洞之迴環也. 二里, 又逾一嶺, 爲界江, 其水由東南向西北去. 界江之西爲大海嶺. 溯水南行一里, 上一坳, 亦甚平, 乃衡之脈, 又西度爲大海嶺者. 其坳北之水, 卽西北下唐夫; 其坳南之水, 卽東南下橫口者也. 逾坳共一里, 爲傍塘, 卽隨水東南行. 五里, 爲黑山, 又五里, 水口, 兩山逼湊, 水由其內破壁而入, 路逾其上. 一里, 水始出峽, 路亦就夷. 又一里, 是爲橫口. 傍塘、[黑]山之水南下, 岣嶁之水西南來, 至此而合. 其地北望岣嶁、白石諸峰甚近, 南去衡州尙五十里, 遂止宿旅店. 是日共行六十里.

二十九日 早起, 雨如注, 乃躑躅泥途中. 沿溪南行, 逾一小嶺, 是爲上梨坪. 又逾一小嶺, 五里, 是爲下梨坪, 復與溪遇. 又循溪東南下, 十里, 爲楊梅灘,有石梁南北跨溪上, 溪由梁下東去, 路越梁東南行. 五里入<u>排衝</u>, 又行排中五里, 南逾<u>青山坳</u>. <u>排衝</u>者, 崗自<u>譚碧嶺</u>東南至<u>青山</u>, 分爲兩支, 俱西北轉, 兩崗排闥, 夾成長塢, 繚繞爲田, 路由之入, 至<u>青山</u>而塢窮. 乃逾坳而南, 陂陀高下, 滑濘幾不留足, 而衣絮沾透, 亦疲而不覺其寒. 十里, 下望日坳, 爲<u>黃沙灣</u>, 則<u>蒸江</u>自西南沿山而來, 路遂隨江東南下. 又五里爲<u>草橋</u>, 即<u>衡州府</u>矣. 覓<u>靜聞</u>, 暮得之<u>綠竹庵天母殿瑞光師</u>處. 亟投之, 就火炙衣, 而<u>衡山古太坪僧融止</u>已在焉. 先是, 予過<u>古太坪</u>, 上<u>古龍池</u>, 於山半問路靜室, 而<u>融止</u>及其師兄<u>應庵</u>(雙瞽)苦留余, 余急辭去, 至是已先會<u>靜聞</u>, 知余踪迹. 蓋<u>融止</u>扶<u>應庵</u>將南返<u>桂林七星巖</u>, 故道出於此, 而復與之遇, 亦一緣也.

　<u>綠竹庵</u>在<u>衡</u>北門外<u>華嚴</u>、<u>松蘿</u>諸庵之間. 八庵連絡, 俱幽靜明潔, 唄[1]誦之聲相聞, 乃<u>藩府</u>焚修之地. 蓋<u>桂王</u>以親藩[2]樂善, 故孜孜於禪教云.

---

1) 패(唄)는 범어 '패익(唄匿)'의 약칭으로, 불교도들이 부르는 찬송을 의미한다.
2) 친번(親藩)은 제왕 종실의 친족으로 분봉을 받은 이를 가리킨다.

三十日 游城外<u>河街</u>, 濘甚. 暮, 返宿<u>天母殿</u>.

二月初一日 早飯於<u>綠竹庵</u>, 以城市泥泞, 不若山行. 遂東南逾一小嶺, 至<u>湘江</u>之上. 共一里, 溯江至<u>蒸水</u>入<u>湘</u>處. (隔江卽<u>石鼓合江亭</u>.) 渡江登東岸, 東南行, 其地陂陀高下, 四里, 過<u>把膝庵</u>, 又二里, 逾<u>把膝嶺</u>. 嶺南平疇擴然, 望<u>耒水</u>自東南來, 直抵<u>湖東寺</u>門, 轉而北去. <u>湖東寺</u>者, 在<u>把膝嶺</u>東南三里平疇中, 門對<u>耒水</u>, <u>萬曆</u>末<u>無懷禪師</u>所建, 後<u>憨山</u>亦來同栖, 有靜室在其間. 余至, 適<u>桂府</u>供齋, 爲二內官强齋而去. 乃西行五里, 過<u>木子</u>、<u>石子</u>二小嶺, 從<u>丁家渡</u>渡江, 已在<u>衡城</u>南門外. 登崖上<u>回雁峰</u>, 峰不甚高, 東臨<u>湘水</u>, 北瞰<u>衡城</u>, 俱在足下, <u>雁峰寺</u>籠罩峰上無餘隙焉, 然多就圮者. 又飯於僧之<u>千手觀音殿</u>. 乃北下街衢, 淖泥沒脛, 一里, 入南門, 經<u>四牌坊</u>, 城中闤闠與城東河市幷盛. 又一里, 經<u>桂府</u>王城東, 又一里, 至郡衙西, 又一里, 出北門,逕北登石鼓山. 山在臨蒸驛之後, 武侯廟之東, 湘江在其南, 蒸江在其北, 山由其間度脈, 東突成峰, 前爲禹碑亭, 大禹「七十二字碑」在焉. 其刻較前所摹望日亭碑差古, 而漶漫[1]殊甚, 字形與譯文亦頗有異者. 其後爲崇業堂, 再上, 宣聖殿中峙焉. 殿後高閣甚暢, 下名迴瀾堂, 上名大觀樓. 西瞰度脊, 平臨衡城, 與回雁南北相對, 蒸、湘夾其左右, 近出窗檻之下, 惟東面合流處則在其後, 不能全括. 然三面所憑挐, 近而萬家烟市, 三水帆檣, (湘江自南, 蒸江自西, 耒江自東南.) 遠而岳雲嶺樹, 披映層疊, 雖書院之宏偉, 不及[吉安]白鷺大觀, 地則名賢樂育之區, 而兼滕王、黃鶴之勝, (韓文公、朱晦庵、張南軒講學之所.) 非白鷺之所得侔矣. 樓後爲七賢祠, 祠後爲生生閣. 閣東向, 下瞰二江(蒸、湘.)合流於前, 耒水北入於二里外, 與大觀樓東西易向. 蓋大觀踞山頂, 收南北西三面之奇, 而此則東盡二水同流之勝者也. 又東爲合江亭, 其址較下而臨流愈近. 亭南崖側, 一隙高五尺, 如合掌東向, 側肩入, 中容二人, 是爲朱陵洞後門. 求所謂'六尺鼓'不可得, 亭下瀨水有二石如豎碑, 豈卽遇亂輒鳴者耶? 自登大觀樓, 正對落照, 見黑雲銜日, 復有雨兆. 下樓, 踐泥泞冒黑過青草橋, 東北二里入綠竹庵. 晚餐旣畢, 颶風怒號, 達旦甫止, 雨復瀟瀟下矣.

衡州城東面瀕湘, 通四門, 餘北西南三面鼎峙, 而北爲蒸水所夾. 其城甚狹, 蓋南舒而北削云. 北城外, 則青草橋跨蒸水上, (此橋又謂之韓橋, 謂昌黎公過而始建者. 然文獻無征, 今人但有草橋之稱而已.) 而石鼓山界其間焉. 蓋城之南, 回雁當其上瀉, 城之北, 石鼓砥其下流, 而瀟、湘循其東面, 自城南抵城北, 於是一合蒸, 始東轉西南來, 再合耒焉.

蒸水者, 由湘之西岸入, 其發源於邵陽縣耶薑山, 東北流經衡陽北界, 會唐夫、衡西三洞諸水, 又東流抵望日坳爲黃沙灣, 出青草橋而合於石鼓東. 一名草江, (以青草橋故.) 一名沙江, (以黃沙灣故.) 謂之蒸者, 以水氣如蒸也. 舟由青草橋入, 百里而達水福, 又八十里而抵長樂.

耒水者, 由湘之東岸入, 其源發於郴州之耒山, 西北流經永興、耒陽界.

又有<u>郴江</u>發源於<u>郴</u>之<u>黃岑山</u>, <u>白豹水</u>發源於<u>永興</u>之<u>白豹山</u>, <u>資興水</u>發源於<u>鈷鉧泉</u>, 俱與<u>耒水</u>會. 又西抵<u>湖東寺</u>, 至<u>耒口</u>而合於<u>回雁塔</u>之南. 舟向<u>郴州</u>、<u>宜章</u>者, 俱由此入, 過嶺, 下<u>武水</u>, 入<u>廣</u>之<u>滇江</u>.

　<u>來雁塔</u>者, <u>衡州</u>下流第二重水口山也. <u>石鼓</u>從<u>州城</u>東北特起垂江, 爲第一重; <u>雁塔</u>又峙於<u>蒸水</u>之東、<u>耒水</u>之北, 爲第二重. 其來脈自<u>岣嶁</u>轉<u>大海嶺</u>, 度<u>青山坳</u>, 下<u>望日坳</u>, 東南爲<u>桃花沖</u>, (卽綠竹、華嚴諸庵所附麗高下者.) 又南瀕江, 卽爲<u>雁塔</u>, 與<u>石鼓</u>夾峙<u>蒸江</u>之左右焉.

　<u>衡州</u>之脈, 南自<u>回雁峰</u>而北盡於<u>石鼓</u>, 蓋<u>邵陽</u>、<u>常寧</u>之間逶邐而來, 東南界於<u>湘</u>, 西北界於<u>蒸</u>, <u>南岳</u>岣嶁諸峰, 乃其下流回環之脈, 非同條共貫者. <u>徐靈期</u>謂<u>南岳</u>周回八百里, <u>回雁</u>爲首, <u>岳麓</u>爲足, 遂以<u>回雁</u>爲七十二峰之一, 是蓋未經<u>孟公坳</u>, 不知<u>衡山</u>之起於<u>雙髻</u>也. 若<u>岳麓</u>諸峰磅礴[2]處, 其支委固遠矣.

---

1) 환만(澴漫)은 흐려서 글씨 따위가 제대로 보이지 않음을 의미한다.
2) 방박(磅礴)은 '기세가 드높고 광대한 모양'을 가리킨다.

初二日 早起, 欲入城, 幷游<u>城南花藥山</u>. 雨勢不止, 遂返<u>天母庵</u>. 庵在修竹中, 有喬松一株當戶. 其外層崗回繞, 竹樹森郁, 俱在窗檻之下. 前池浸綠, 仰色垂痕, 後坂幃紅, 桃花吐艷. (原名桃花沖.) 風雨中春光忽逗, 而泥屐未周, 不能無開雲之望. 下午, 滂沱彌甚, 乃擁爐瀹茗, 兀坐竟日.

初三日 寒甚, 而地泞天陰, 顧僕病作, 仍擁爐庵中, 作「上封寺募文」. 中夜風聲復作, 達旦仍[未]止雨.

初四日 雨, 擁爐庵中, 作<u>完初</u>上人「<u>白石山</u>精舍引」.

初五日 峭寒, 釀雨. 令<u>顧僕</u>往<u>河街</u>(城東瀕湘之街, 市肆所集.) 覓<u>永州</u>船, 余擁爐書「上封疏」、「精舍引」, 作「書懷詩」呈瑞光.

初六日 雨止, 泞甚. 入城拜鄕人<u>金祥甫</u>, 因出河街, 抵暮返, 雨復霏霏. (金乃江城¹⁾<u>金斗垣</u>子, 隨桂府分封至此. 其弟以荊溪壺開肆東華門府墻下.)

---

1) 강성(江城)은 서하객의 고향인 강음(江陰)의 별칭이다.

初七日 上午開霽. 靜聞同顧僕復往河街, 更定<u>永州舡</u>. 余先循庵東入<u>桂花園</u>. (乃桂府新構[慶桂堂地], 爲賞桂之所.) [前列丹桂三株, 皆聳幹參天, 接蔭蔽日. 其北寶珠茶五株, 雖不及桂之高大, 亦郁森殊匹]. 又東爲<u>桃花源</u>. [西自<u>華嚴</u>、<u>天母</u>二庵來, 南北俱高崗夾峙, 中層疊爲池, 池兩旁依崗分塢, 皆梵宮紺字,¹⁾ 諸藩閣亭榭, 錯出其間]. <u>桃花源</u>之上卽<u>桃花冲</u>, 乃嶺坳也. 其南之最高處新結兩亭, 一曰<u>停雲</u>, 又曰<u>望江</u>, 一曰<u>望湖</u>, 在無憂庵後修竹間. 時登眺已久, 乃還飯<u>綠竹庵</u>. 復與完初再上<u>停雲</u>, 從其北逾<u>桃花冲</u>坳, 其東崗夾成池, 越池而上, 卽<u>來雁塔</u>矣. 塔前爲<u>雙練堂</u>, 西對<u>石鼓</u>, 返眺<u>蒸</u>、<u>湘</u>交會, 亦甚勝也. 塔之南, 下臨<u>湘江</u>, 有巨樓可凭眺, 惜已傾圮. 樓之東卽爲<u>耒江</u>北入之口, 時日光已晶朗, 岳雲江樹, 盡獻眞形. 乃趣促完初覓守塔僧, 開局開門而登塔, 歷五層. 四眺諸峰, 北惟<u>衡岳</u>最高, 其次則西之<u>雨母山</u>, 又次則西北之<u>大海嶺</u>, 其餘皆崗隴高下, 無甚崢嶸, 而東南二方, 固豁然無際矣. [<u>湘水</u>自<u>回雁</u>北注城東, 至<u>石鼓</u>合<u>蒸</u>, 遂東轉, 經塔下, 東合<u>耒水</u>北去, 三水曲折, 不及<u>長江</u>一望無盡, 而紆迴殊足戀也]. 眺望久之, 恐<u>靜聞</u>覓舟已還, 遂歸. 詢之, 則舟之行尙在二日後也. 是日頗見日影山光, 入更復雨.

按<u>雨母山</u>在府城西一百里, 乃<u>回雁</u>與<u>衡城</u>來脈, 玆望之若四五十里外者, 豈非<u>雨母</u>, 乃<u>伊山</u>耶? 恐<u>伊山</u>又無此峻耳. (『志』曰: "<u>伊山</u>在府西三十五里, 乃桓伊讀書處." 而<u>雨母</u>則大舜巡狩所經, 亦云雲阜. 余苦久雨, 望之不勝曲水之想.)

---

1) 범궁감우(梵宮紺字)는 불교 사원의 별칭이다.

初八日 晨起雨歇, 抵午有日光, 遂入城, 經桂府前. 府在城之中, 圓亘城半, 朱垣碧瓦, 新麗殊甚. 前坊標曰'夾輔親潢', 正門曰'端禮'. 前峙二獅, 其色純白, 云來自耒河內百里. 其地初無此石, 建府時忽開得二石筍, 俱高丈五, 瑩白如一, 遂以爲獅云. 仍出南門, 一里, 由回雁之麓又西一里, 入花藥山. 山不甚高, 卽回雁之西轉回環而下府城者. 諸峰如展翅舒翼, 四拱成塢, 寺當其中, 若在圍城之內, 弘敞爲一方之冠. 蓋城北之桃花冲, 俱靜室星聯, 而城南之花藥山, 則叢林獨峙者也. 寺名報恩光孝禪寺. 寺後懸級直上, 山頂爲紫雲宮, 則道院也. 其地高聳, 可以四眺. 還寺, 遇錫僧覺空, (興道人.) 其來後余, 而先至此. 因少憩方丈, 觀宋徽宗弟表文. 其弟法名瓊俊, 棄玉牒而遊雲水. 時知府盧景魁之子移酌入寺, 爲瓊俊所辱, 盧收之獄中, 潛書此表, 令獄卒王祐入奏, 徽宗爲之斬景魁而官王祐. 其表文與徽宗之御札如此, 寺僧以爲宗門一盛事. 然表中稱衡州爲邢州, 御札斬景魁, 卽改邢爲衡, 且以王祐爲衡守. 其說甚俚, 恐寺中捏造而成, 非當時之實蹟也. 出寺, 由城西過大西門、小西門, 城外俱巨塘環饒, 閭閻連絡. 共七里, 東北過草橋, 又二里, 入綠竹庵, 已薄暮矣. 是日雨已霽, 迨中夜, 雨聲復作潺潺, 達旦而不止.

初九日 雨勢不止, 促靜聞與顧僕移行李舟中, 而余坐待庵中. 將午, 雨中別瑞光, 過草橋, 循城東過瞻嶽、瀟湘、柴埠三門, 入舟. 候同舟者, 因復入城, 市魚肉筍米諸物. (大魚每二三月水至衡山縣放子, 土人俱於城東江岸以布兜圍其沫, 養爲雨苗,[1] 以大艑販至各省, 皆其地所產也.] 過午出城, 則舟以下客移他所矣. 與顧僕携物匍匐雨中, 循江而上, 過鐵樓及回雁峰下, 泊舟已盡而竟不得舟. 乃覓小舟, 順流復覓而下, 得之於鐵樓外, 蓋靜聞先守視於舟, 舟移既不爲阻, 舟泊復不爲覘, 聽我輩之呼棹而過, 雜衆舟中竟不一應, 遂致往返也. 是日雨不止, 舟亦泊不行.

---

1) 우묘(雨苗)는 어묘(魚苗)의 오기인 듯하다.

初十日 夜雨達旦. 初涉瀟湘,[1] 遂得身歷此景, 亦不以爲惡. 上午, 雨漸止. 迨暮, 客至, 雨散始解維. 五里, 泊於水府廟之下.

---

1) 소상(瀟湘)은 구체적으로 호남성을 흐르는 소수(瀟水)와 상강(湘江)을 가리키기도 하고, 상강만을 가리키기도 한다.

十一日 五更復聞雨聲, 天明漸霽. 二十五里, 南上鉤欄灘, 衡南首灘也, 江深流縮, 勢不甚洶涌. 轉而西, 又五里爲東陽渡, 其北岸爲琉璃敞, 乃桂府燒造之窯也. 又西二十里爲車江, (或作汊江.) 其北數里外卽雲母山. 乃折而東南行, 十里爲雲集潭, 有小山在東岸. 已復南轉, 十里爲新塘站, (舊有驛, 今廢.) 又六里, 泊於新塘站上流之對涯. 同舟者爲衡郡艾行可, 石瑤庭, 艾爲桂府禮生, 而石本蘇人, 居此已三代矣. 其時日有餘照, 而其處止有穀舟二隻, 遂依之泊. 已而, 同上水者又五六舟, 亦隨泊焉. 其涯上本無村落, 余念石與前艙所搭徽人俱慣遊江湖, 而艾又本郡人, 其行止余可無參與, 乃聽其泊. 迨暮, 月色頗明. 余念入春以來尙未見月, 及入舟前晚, 則瀟湘夜雨, 此夕則湘浦月明, 兩夕之間, 各擅一勝, 爲之躍然. 已而忽聞岸上涯邊有啼號聲, 若幼童, 又若婦女, 更餘不止. 衆舟寂然, 皆不敢問. 余聞之不能寐, 枕上方作詩憐之, 有"簫管孤舟悲赤壁, 琵琶兩袖濕靑衫"之句, 又有"灘驚回雁天方一, 月叫杜鵑更已三"等句. 然亦止慮有詐局, 俟憐而納之, 卽有尾其後以挾詐者, 不虞其爲盜也. 迨二鼓, 靜聞心不能忍, 因小解涉水登岸, (靜聞戒律甚嚴, 一吐一解, 必俟登涯, 不入於水.) 呼而詰之, 則童子也, 年十四五, 尙未受全髮, 詭言出王閣之門, 年甫十二, 王善酗酒, 操大杖, 故欲走避. 靜聞勸其歸, 且厚撫之, 彼竟臥涯側. 比靜聞登舟未久, 則群盜喊殺入舟, 火炬刀劍交叢而下. 余時未寐, 急從臥板下取匣中遊資移之. 越艾艙. 欲從舟尾赴水, 而舟尾賊方揮劍斫尾門, 不得出, 乃力掀篷隙, 莽投之江中, 復走臥處, 覓衣披之. 靜聞, 顧僕與艾, 石主僕, 或赤身, 或擁被, 俱逼聚一處. 賊前從中艙, 後破後門, 前後刀戟亂戳, 無不以赤體受之者. 余念必爲

盗執, 所持紬衣不便, 乃幷棄之. 各跪而請命, 賊戳不已, 遂一涌掀篷入水. 入水余最後, 足爲竹縴所絆, 竟同篷倒翻而下, 首先及江底, 耳鼻灌水一口, 急踊而起. 幸水淺止及腰, 乃逆流行江中, 得鄰舟間避而至, 遂躍入其中. 時水浸寒甚, 鄰客以舟人被蓋余, 而臥其舟, 溯流而上三四里, 泊於香爐山, 蓋已隔江矣. 還望所劫舟, 火光赫然, 群盜齊喊一聲爲號而去. 已而同泊諸舟俱移泊而來, 有言南京相公身被四創者, 余聞之暗笑其言之妄. 且幸亂刃交戟之下, 赤身其間, 獨一創不及, 此實天幸. 惟靜聞、顧奴不知其處, 然亦以爲一滾入水, 得免虎口, 資囊可無計矣. 但張侯宗璉所著『南程續記』一帙, 乃其手筆, 其家珍藏二百餘年, 而一入余手, 遂罹此厄, 能不撫膺! 其時舟人父子亦俱被戳, 哀號於鄰舟. 他舟又有石瑤庭及艾僕與顧僕, 俱爲盜戳, 赤身而來, 與余同被臥, 始知所謂被四創者, 乃余僕也. 前艙五徽人俱木客, 亦有二人在鄰舟, 其三人不知何處. 而余艙尙不見靜聞, 後艙則艾行可與其友曾姓者, 亦無問處. 余時臥稠人中, 顧僕呻吟甚. 余念行囊雖焚劫無遺, 而所投匣資或在江底可覔. 但恐天明爲見者取去, 欲昧爽卽行, 而身無寸絲, 何以就岸. 是晚初月甚明, 及盜至, 已陰雲四布, 迨曉, 雨復霏霏.

十二日 鄰舟客戴姓者, 甚憐余, 從身分裏衣、單袴各一以畀余. 余周身無一物, 摸髻中猶存銀耳挖一事, (余素不用髻簪, 此行至吳門, 念二十年前從閩前返錢塘江滸, 腰纏已盡, 得髻中簪一枝, 夾其半酬飯, 以其半覔輿, 乃達昭慶金心月房. 此行因換耳挖一事, 一以縮髮, 一以備不時之需. 及此墮江, 幸有此物, 髮得不散. 艾行可披髮而行, 遂至不救. 一物雖微, 亦天也.) 遂以酬之, 勿勿問其姓名而別. 時顧僕赤身無蔽, 余乃以所畀褲與之, 而自著其裏衣, 然僅及腰而止. 旁舟子又以衲幅畀予, 用蔽其前, 乃登涯. 涯猶在湘之北東岸, 乃循岸北行. 時同登者余及顧僕, 石與艾僕幷二徽客, 共六人一行, 俱若囚鬼. 曉風砭骨, 砂礫裂足, 行不能前, 止不能已. 四里, 天漸明, 望所焚劫舟在隔江, 上下諸舟, 見諸人形狀, 俱不肯渡, 哀號再三, 無有信者. 艾僕隔江呼其主, 余隔江呼靜聞, 徽人亦呼其侶, 各各相呼, 無一能應. 已而聞有呼予者, 予知爲靜聞也, 心竊喜曰：“吾三人俱生矣.” 亟欲與靜聞遇. 隔江土人以舟來渡余, 及焚舟, 望見靜聞, 益喜甚. 於是入水而行, 先覓所投竹匣. 靜聞望而問其故, 遙謂余曰：“匣在此, 匣中之資已烏有矣. 手摹「禹碑」及「衡州統志」猶未沾濡也.” 及登岸, 見靜聞焚舟中衣被竹笈猶救數件, 守之沙岸之側, 憐予寒, 急脫身衣以衣予給我穿, 復救得余一褲一袜, 俱火傷水濕, 乃益取焚餘熾火以炙之. 其時徽客五人俱在, 艾氏四人, 二友一僕雖傷亦在, 獨艾行可竟無踪迹. 其友、僕乞土人分舟沿流挓覓, 余輩炙衣沙上, 以候其音. 時飢甚, 鍋具焚沒無餘, 靜聞沒水取得一鐵銚, 復沒水取濕米, (先取乾米數斗, 俱爲艾僕取去.) 煮粥遍食諸難者, 而後自食. 迨下午, 不得艾消息, 徽人先附舟返衡, 余同石、曾、艾僕亦得土人舟同還衡州. 余意猶妄意艾先歸也. 土舟頗大, 而操者一人, 雖順流行, 不能達二十餘里, 至汉江已薄暮. 二十里至東陽渡, 已深夜. 時月色再明, 乘月行三十里, 抵鐵樓門, 已五鼓矣. 艾使先返, 問艾竟杳然也.

先是, 靜聞見余輩赤身下水, 彼念經笈在篷側, 遂留, 捨命乞哀, 賊爲之置經. 及破余竹撞, 見撞中俱書, 悉傾棄舟底. 靜聞復哀求拾取, 仍置破撞中, 盜亦不禁. (撞中乃『一統志』諸書, 及文湛持、黃石齋、錢牧齋與余諸手束, 并余自著日記、諸游稿. 惟與劉愚公書稿失去.] 繼開余皮厢, 見中有尺頭, 卽闔合上、關閉置袋中携去. 此厢中有眉公與麗江木公叙稿, 及弘辨、安仁諸書, 與蒼悟道顧東曙輩家書共數十通, 又有張公宗璉所著『南程續記』, 乃宣德初張侯特使廣東時手書, 其族人珍藏二百餘年, 予苦求得之. 外以莊定山、陳白沙字褁之, 亦置書中. 靜聞不及知, 亦不暇乞, 俱爲携去, 不知棄置何所, 眞可惜也. 又取余皮掛厢, 中有家藏『晴山帖』六本, 鐵針、錫瓶、陳用卿壺, 俱重物, 盜入手不開, 亟取袋中. 破予大筒, 取果餅俱投舡底, 而曹能始『名勝志』三本、『雲南志』四本及『游記』合刻十本, 俱焚訖. 其艾艙諸物, 亦多焚棄. 獨石瑤庭一竹笈竟未開. 賊瀕行, 輒放火後艙. 時靜聞正留其側, 俟其去, 卽爲撲滅, 而余艙口亦火起, 靜聞復入江取水澆之.

賊聞水聲, 以爲有人也, 及見靜聞, 戳兩創而去, 而火已不可救. 時諸舟俱遙避, 而兩穀舟猶在, 呼之, 彼反移遠. 靜聞乃入江取所墮篷作筏, 亟携經笈幷余燼餘諸物, 渡至穀舟; 冒火再入取艾衣、被、書、米及石瑤庭竹笈, 又置篷上, 再渡穀舟; 及第三次, 則舟已沉矣. 靜聞從水底取得濕衣三、四件, 仍渡穀舟, 而穀[舟]乘黑暗匿紬衣等物, 止存布衣布被而已. 靜聞乃重移置沙上, 穀舟亦開去. 及守余輩渡江, 石與艾僕見所救物, 悉各認去. 靜聞因謂石曰: "悉是君物乎?" 石遂大詬靜聞, 謂: "衆人疑爾登涯引盜. (謂訊哭童也.) 汝眞不良, 欲掩我之篋." 不知靜聞爲彼冒刃、冒寒、冒火、冒水, 奪護此篋, 以待主者, 彼不爲德, 而後詬之. 盜猶憐僧, 彼更勝盜哉矣, 人之無良如此!

十三日 昧爽登涯, 計無所之. 思金祥甫爲他鄕故知, 投之或可强留. 候鐵樓門開, 乃入, 急趨祥甫寓, 告以遇盜始末, 祥甫愴悲憤然. 初欲假數十金於藩府, 託祥甫担當, 隨託祥甫歸家收還, 而余輩仍了西方大願. 祥甫謂藩府無銀可借, 詢余若歸故鄕, 爲別措以備衣裝. 余念遇難輒返, (缺)覓資重來, 妻孥必無放行之理, 不欲變余去志, 仍求祥甫曲濟, 祥甫唯唯.

十四、五日 俱在金寓.

十六日 金爲投揭内司, 約二十二始會衆議助. 初, 祥甫謂已不能貸, 欲遍求衆内司共濟, 余頗難之. 靜聞謂彼久欲置四十八願齋[1]僧田於常住, 今得衆濟, 卽貸余爲西游資. 俟余歸, 照所濟之數爲彼置田於寺, 仍以所施諸人名立石, 極爲兩便. 余不得已, 聽之.

---

1) 원재(願齋)는 부처에게 발원했던 일이 이루어지자 먹을거리를 마련하여 스님에게 시주하는 것을 가리킨다. 여기서는 부처의 은덕에 감사의 뜻으로 드리는 시주를 의미한다. 48원은 아미타여래가 법장(法藏)이라는 이름의 비구로 수행을 할 때 48원을 발원하여 마침내 이를 성취하여 극락정토를 세웠다고 하는 데에서 비롯되었다.

十七、八日 俱在金寓. 時余自頂至踵, 無非金物, 而顧僕猶蓬首赤足, 衣不蔽體, 只得株守[1]金寓. 自返衡以來, 亦無晴霽之日, 或雨或陰, 泥汙異常, 不敢動移一步.

---

1) 주수(株守)는 낡은 것에 얽매어 변화를 능동적으로 받아들이지 못한 채 그저 요행만을 바라는 것을 의미하며, 수주대토(守株待兔)와 같은 뜻이다.

十九日 往看劉明宇, 坐其樓頭竟日. 劉爲衡故尙書劉堯誨養子, 少負膂力, 慷慨好義, 尙書翁故倚重, 今年已五十六, 奉齋而不禁酒. 聞余被難, 卽叩金寓余, 欲爲余緝盜. 余謝物已去矣, 卽得之, 亦無可爲西方資, 所惜者唯張侯『南程』一紀, 乃其家藏二百餘年物, 而眉公輩所寄麗江諸書, 在彼無用, 在我難再遘耳. 劉乃立矢[1]神前, 曰："金不可復, 必爲公復此." 余不得已, 亦姑聽之.

---

1) 시(矢)는 '맹세하다'의 서(誓)와 통한다.

二十日 晴霽, 出步柴埠門外, 由鐵樓門入. 途中見折寶珠茶, 花大瓣密, 其紅映日; 又見折千葉緋桃, 含苞甚大, 皆桃花冲物也, 擬往觀之. 而前晚下午, 忽七門早閉, 蓋因東安有大盜臨城, 祁陽亦有盜殺掠也. 余恐閉於城外, 遂復入城, 訂明日同靜聞往遊焉.

二十一日 陰雲復布, 當午雨復霏霏, 竟不能出游. 是日南門獲盜七人, 招黨及百, 劉爲余投揭捕廳. 下午, 劉以蕨芽爲供餉余, 幷前在天母殿所嘗葵菜, 爲素供二絶. 余憶王摩詰"松下淸齋折露葵", 及東坡"蕨芽初長小兒拳", 嘗念此二物, 可與薄絲共成三絶, 而余鄕俱無. 及至衡, 嘗葵於天母殿, 嘗蕨於此, 風味殊勝. 蓋葵鬆而脆, 蕨滑而柔, 各擅一勝也, 是日午後, 忽發風寒甚, 中夜風吼, 雨不止.

二十二日 晨起, 風止雨霽. 上午, 同<u>靜聞</u>出<u>瞻岳門</u>, 越<u>草橋</u>, 過<u>綠竹園</u>. 桃花歷亂, 柳色依然, 不覺有去住之感. 入看<u>瑞光</u>不值, 與其徒入<u>桂花園</u>, 則寶珠盛開, 花大如盤, 殷紅密瓣, 萬朶浮團翠之上, 眞一大觀. 徜徉久之, 不復知身在患難中也. 望隔溪塢內, 桃花竹色, 相爲映帶, 其中有閣臨流, 其巓有亭新構, 閣乃前遊所未入, 亭乃昔時所未有綴. 急循級而入, 感花事之芳菲, 嘆滄桑之倏忽. 登山踞巓亭, 南瞰<u>湘</u>流, 西瞻落日, 爲之憮然. 乃返過<u>草橋</u>, 再登<u>石鼓</u>, 由<u>合江亭</u>東下, 瀕江觀<u>二竪石</u>. 乃二石柱, 旁支以石, 上鐫對聯, (一曰:'臨流欲下任公釣.' 一曰:'觀水長吟孺子歌.') 非石鼓也. 兩過此地, 皆當落日, 風景不殊, 人事多錯, 能不興懷!

二十三日 碧空晴朗, 欲出南郊, 先出<u>鐵樓門</u>. 過<u>艾行可</u>家, 登堂見其母, 則<u>行可</u>尸已覓得兩日矣, 蓋在遇難之地下流十里之<u>雲集潭</u>也. 其母言 : "昨親至其地, 撫尸一呼, 忽眼中血迸而濺我." 嗚呼, 死者猶若此, 生何以堪! 詢其所傷, 云'面有兩槍'. 蓋實爲<u>陽侯</u>[1]助虐, 所云支解爲四, 皆訛傳也. 時其棺停於城南<u>洪</u>君<u>鑒山房</u>之側. <u>洪</u>乃其友, 幷其親. <u>畢</u>君<u>甫</u>適挾靑烏[2]至, 蓋將營葬也, 遂與偕行. 循回雁西麓, 南越崗塢, 四里而至其地. 其處亂岡繚繞, 間有搆關習梵之室, 亦如<u>桃花</u>沖然, 不能如其連扉接趾, 而閴寂過之. <u>洪</u>君之室, 綠竹當前, 危崗環後. 內有三楹, 中置佛像, 左爲讀書之所, 右爲僧㸑之處, 而前後俱有軒可憩, 庭中盆花紛列, 亦幽棲淨界也. <u>艾</u>棺停於嶺側, 亟同<u>靜聞</u>披荊拜之. 余誦"同是天涯遇難人, 一生何堪對一死"之句, <u>洪</u>、<u>畢</u>皆爲拭泪. 返抵回雁之南, 有宮翼然於<u>湘江</u>之上, 乃<u>水府殿</u>也. 先是<u>艾行可</u>之弟爲予言, 始求兄尸不得, 依其籤而獲之<u>雲集潭</u>, 聞之心動. 至是乃入謁之, 以從<u>荊</u>、從<u>粤</u>兩道請決於神, 而從<u>粤</u>大吉. (時余欲從<u>粤</u>西入<u>滇</u>, 被劫後, 措賚無所, 或勸從<u>荊州</u>, 求賚於<u>奎</u>之叔者. 時<u>奎</u>之爲<u>荊州</u>別駕, 從此至<u>荊州</u>, 亦須半月程, 而時事不可知, 故決之神) 以兩處貸金請決於神, 而皆不能全. (兩處謂金與劉.) 余益欽服神鑒. 蓋此殿亦藩府新構, 其神極靈也. 乃覓道者, 俱錄其詞以藏之. 復北登回雁峰, 飯於<u>千手觀音閣</u>東寮, 卽從閣西小徑下, 復西入<u>花</u>

藥寺, 再同覺空飯於方丈. 薄暮, 由南門入. 是日風和日麗, 爲入春第一日
云.

1) 양후(陽侯)는 중국 고대 전설속의 파도의 신이다.
2) 청오(靑鳥)는 중국 고대 전설속의 풍수가인 청오자(靑鳥子) 혹은 풍수지리가를 가리
   킨다.

二十四日 在金寓, 覺空來顧. 下午獨出柴埠門, 市蒸酥, 由鐵樓入. 是夜二
鼓, 聞城上遙吶聲, 明晨知盜穴西城, 幾被逾入, 得巡者喊救集衆, 始散去.

二十五日 出小西門, 觀西城被穴處. 蓋衡城甚卑, 而西尤敝甚. 其東城則
河街市房俱就城架柱, 可攀而入, 不待穴也. 乃繞西華門, 循王牆後門, (後
宰門外肆, 有白石三塊欲售. 其一三峰尖削如指, 長二尺, 潔白可愛; 其一方竟尺, 中有溝
池田塍可畜水, 但少假人工, 次之; 其一亦峰乳也, 又次之.) 返金寓. 是時衡郡有倡爲
神農之言者, 謂神農、黃帝當出世, 小民翕然信之. 初猶以法輪寺爲窟, 後
遂家傳而戶奉之. 以是日下界, 察民善惡, 民皆市紙焚獻, 一時騰閧, 市爲
之空. 愚民之易惑如此.

二十六日 金祥甫初爲予措資, 展轉不就. 是日忽鬮會,[1] 得百余金. 予在
寓知之, 金難再辭, 許假二十金, 予以田租二十畝立券付之.

1) 구회(鬮會)는 과거에 민간에서 서로를 구제하는 방법의 하나로서, 매월 일정액을 내
   고 제비를 뽑아 선후를 정한 뒤 한 사람에게 목돈을 몰아주었는데, 우리나라의 계와
   비슷하다.

二十七、二十八、二十九日 俱在金寓候銀, 不出.

三月初一日 桂王臨朝, 命承奉劉及王承奉之侄設齋桃花沖施僧. 靜聞往投
齋, 唔王承奉之侄, 始知前投揭議助之意, 內司不爽.[1] 蓋此助非余本意, 今

既得金物, 更少貸於劉, 便可西去. 靜聞見王意如此, 不能無望. 余乃議先往道州, 游九疑, 留靜聞候助於此, 余仍還後與同去, 庶彼得坐俟, 余得行游, 爲兩便云.

---

1) 상(爽)은 '어긋나다, 어기다'를 의미한다.

初二日 乃促得金祥甫銀, 仍封置金寓, 以少資隨身. 劉許爲轉借, 期以今日, 復不能得. 予往別, 且坐候之, 遂不及下舟.

初三日 早出柴埠門登舟. 劉明宇先以錢二千幷絹布付靜聞, 更以糕果追予於南關外. 時余舟尙泊柴埠未解維, 劉沿流還覓, 始與余遇, 復訂期而別. 是日風雨復作, 舟子遷延, 晚移南門埠而泊.

初四日 平明行, 風暫止, 夙雨霏霏. 下午過汊江, 抵雲集潭, 去予昔日被難處不遠, 而雲集則艾行可沉汩之所也. 風雨淒其, 光景頓別. 欲爲『楚辭』招之, 黯不成聲. 是晚泊於雲集潭之西岸, 共行六十餘里.

初五日 雷雨大至. 平明發舟, 而風頗利. 十里, 過前日畏途, 沉舟猶在也. 四里, 過香爐山, 其上有灘頗高. 又二十五里, 午過桂陽河口, 桂陽河自南岸入湘. [舂水出道州舂陵山, 巋水出寧遠九疑山, 經桂陽西境, 合流至此入湘, 爲常寧縣界. 由河口入, 抵桂陽尙三百里]. 又七里, 北岸有聚落名松北. 又四里, 泊於瓦洲夾. 共行五十里.

初六日 昧爽行, 雨止風息. 二十里, 過白坊驛, 聚落在江之西岸, 至此已入常寧縣界矣. 又西南三十里, 爲常寧水口, 其水從東岸入湘, 亦如桂陽之口, 而其水較小, 蓋常寧縣治猶在江之東南也. 又西十五里, 泊於粮船埠, 有數家在東岸, 不成村落. 是日共行六十五里.

初七日 西南行十五里, 河洲驛. 日色影現, 山崗開伏. 蓋自衡陽來, 湘江兩岸雖崗陀繚繞, 而雲母之外, 尙無崇山傑嶂. 至此地, 湘之東岸爲常寧界, 湘江西岸爲永之祁陽界, 皆平陵擴然, 崗阜遠疊也. 又三十里, 過大鋪, 於是兩岸俱祁陽屬矣. 上九州灘, 又三十里, 泊歸陽驛.

初八日 飯後余驟疾急病, 呻吟不已. 六十里, 至白水驛. 初擬登訪戴宇完, 謝其遇劫時解衣救凍之惠, 至是竟不能登. 是晚, 舟人乘風順, 又暮行十五里, 泊於石壩里, 蓋白水之上流也. 是日共行七十五里. 按『志』: 白水山在祁陽東南二百餘里, 山下有泉如白練. [缺]去祁陽九十餘里, 又在東北. 是耶, 非耶?

初九日 昧爽, 舟人放舟, 余病猶甚. 五十餘里, 下午抵祁陽, 遂泊焉, 而余不能登. 先隔晚將至白水驛, 余力疾起望西天, 橫山如列屏, 至是舟溯流而西, 又轉而北, 已出是山之陽矣, 蓋卽祁山也. 山在湘江北, 縣在湘江西, 祁水南, 相距十五里. 其上流則湘自南來, 循城東, 抵山南轉, 縣治實在山陽、水西. 而縣東臨江之市頗盛, 南北連峙, 而西向入城尙一里. 其城北則祁水西自邵陽來, 東入於湘, 遂同曲而東南去.

初十日 余念浯溪之勝, 不可不一登. 病亦稍差, 而舟人以候客未發, 乃力疾起. 沿江市而南, 五里, 渡江而東, 已在浯溪下矣. 第所謂獅子袱者, 在縣南濱江二里, 乃所經行地, 而問之, 已不可得. 豈沙積流移, 石亦不免滄桑耶?浯溪由東而西入於湘, 其流甚細. 溪北三崖駢峙, 西臨湘江, 而中崖最高, 顏魯公所書「中興頌」高鑴崖壁, 其側則石鏡嵌焉. 石長二尺, 闊尺五, 一面光黑如漆, 以水噴之, 近而崖邊亭石, 遠而隔江村樹, 歷歷俱照徹其間. 不知從何處來, 從何時置, 此豈亦元次山所遺, 遂與顏書媲勝耶! 宋陳衍云: "元氏始命之意, 因水以爲浯溪, 因山以爲峿山, 作室以爲[㽵]亭, 三吾之稱, 我所自也. 制字從水、從山、從广, 我所命也. 三者之目, 皆自吾焉, 我所擅而有也." 崖前有亭, 下臨湘水, 崖巓石巉簇[立], 如芙蓉叢萼. 其北亦有亭焉, 今置伏魔大帝像. 崖之東麓爲元顔祠, 祠空而隘. 前有室三楹, 爲駐遊之所, 而無守者. 越浯溪而東, 有寺北向, 是爲中宮寺, 卽漫宅舊址也, 傾頹已甚, 不勝弔古之感. 時余病怯行, 臥崖邊石上, 待舟久之, 恨磨崖碑拓架未徹而無拓者, 爲之悵悵! 旣午舟至, 又行二十里, 過媳婦娘塘, 江北岸有石娉婷立巖端, 矯首作西望狀. 其下有魚曰竹魚, 小而甚肥, 八九月重一二斤, 他處所無也. 時余臥病艙中, 與媳婦覿面而過. 又十里, 泊舟滴水崖而後知之, 矯首東望, 已隔江雲幾曲矣. 滴水崖在江南岸, 危巖亙空, 江流寂然, 荒村無幾, 不知舟人何以泊此? 是日共行三十五里.

十一日 平明行, 二十五里, 過黃楊鋪, 其地有巡司. 又四十里, 泊於七里灘. 是日共行六十五里. 自入舟來, 連日半雨半晴, 曾未見皓日當空, 與余病體同也.

十二日 平明發舟. 二十里, 過冷水灘. 聚落在江西岸, 舟循東岸行. 是日天清日麗, 前所未有. 一舟人俱泊舟東岸, 以渡舟過江之西岸, 市魚肉諸物. 余是時體亦稍蘇, 起坐舟尾, 望隔江聚落俱在石崖之上. 蓋瀕江石骨嶙峋, 直揷水底, 閭閻之址, 以石不以土, 人從崖級隙拾級以登, 眞山水中窟宅也. 涯上人言, 二月間爲流賊殺掠之慘, 聞之骨竦. 久之, 市物者渡江還, 舟人泊而待飯, 已上午矣. 忽南風大作, 竟不能前, 泊至下午, 余病復作. 薄暮風稍殺, 舟乃行, 五里而暮. 又乘月五里, 泊於區河. 是晚再得大汗, 寒熱忽去, 而心腹間終不快然. 夜半忽轉北風. 吼震彌甚, 已而挾雨益驕. 是日共行三十里.

十三日 平明, 風稍殺, 乃行. 四十里, 爲湘口關. 人家在江東岸, 湘江自西南, 蕭江自東南, 合於其前而共北. 余舟自瀟入, 又十里爲永之西門浮橋, 適午耳, 雨猶未全止. 諸附舟者俱登涯去, 余亦欲登陸遍覽諸名勝, 而病體不堪, 遂停舟中. 已而一舟從後來, 遂移附其中, 蓋以明日向道州者. 下午, 舟過浮橋, 泊於小西門. 隔江望江西岸, 石甚森幻, 中有一溪自西來注, 石梁跨其上, 心異之. 急索粥爲餐, 循城而北, 乃西越浮橋, 則浮橋西畔, 異石噓吸靈幻. 執土人問愚溪橋, 卽浮橋南畔溪上跨石者是; 鈷鉧潭, 則直西半里, 路旁嵌溪者是. 始知潭卽愚溪之上流, 潭路從西, 橋路從南也. 乃遵通衢直西去, 路左人家隙中, 時見山溪流石間. 半里, 過柳子祠, [祠南向臨溪]. 再西將抵茶庵, 則溪自南來, 抵石東轉, 轉處其石勢尤森特, 但亦溪灣一曲耳, 無所謂潭也. 石上刻‘鈷鉧潭’三大字, 古甚, 旁有詩, 俱已泐模糊不可讀. 從其上流求所謂小丘, 小石潭, 俱無能識者. 按是水發源於永州南百里之鴉山, 有‘冉’, ‘染’二名. (一以姓, 一以色.) 而柳子厚易之以‘愚’. 按文求小丘, 當卽今之茶庵者是. (在鈷鉧西數十步叢丘之上, 爲僧元會所建, 爲此中鼎刹.) 求西山亦無知者. 後讀「芝山碑」, 謂芝山卽西山, 亦非也, 芝山在北遠矣, 當卽柳子祠後圓峰高頂, 今之護珠庵者是. 又聞護珠, 茶庵之間, 有柳子崖, 舊刻詩篇甚多, 則是山之爲西山無疑. 余覓道其間, 西北登山, 而其崖已荒, 竟不得道. 乃西南繞茶庵前, 復東轉經鈷鉧潭, 至柳子祠前石步渡溪, 而南越一崗, 遂東轉出愚溪橋上, 兩端[架]瀟江之上, 皆前所望異石也. 因探窟踞萼, 穿雲肺而剖蓮房, 上瞰旣奇, 下穿尤幻. 但行人至此以爲溷圍, 污穢靈異, 莫此爲甚, 安得司世道者一厲禁之. [橋內一庵曰圓通, 北向俯溪, 有竹木勝]. 時舟在隔江城下, 將仍從浮橋返, 有僧圓面而長鬚, 見余盤桓久, 輒來相訊. 余還問其號, 曰: "頑石." 問其住山, 曰: "衡之九龍." 且曰: "僧卽寓愚溪南圓通庵. 今已暮, 何不暫止庵中." 余以舟人久待, 謝而辭之, 乃返.

十四日 余早索晨餐, 仍過浮橋西. 見一長者, 余叩問此中最勝, 曰: "溯江而南二里, 瀕江爲朝陽巖. 隨江而北, 轉入山崗二里, 爲芝山巖. 無得而三也." 余從之, 先北趨芝山. 循江西岸半里, 至劉侍御山房. (諱興秀, 爲余郡司李者也.) 由其側北入山, 越一嶺, 西望有亭, 舍之不上. 由徑道北逾山崗, 登其上, 卽見山之西北, 湘水在其北而稍遠, 又一小水從其西來, 而逼近山之東南, 瀟水在其東, 而遠近從之. 瀟江東岸, 又有塔臨江, 與此山夾瀟而爲永之水口者也. 蓋北卽西山北走之脈, 更北盡於瀟、湘合流處, 至此其中已三起三伏, 當卽『志』稱萬石山, 而郡人作「記」或稱爲陶家冲, (土名.) 或稱爲芝山, (似形似名.) 或又鐫崖歷亭, 「序」, 謂此山卽柳子厚西山, 後因產芝, 故易名爲芝, 未必然也. 越嶺而北, 從嶺上東轉, 前望樹色掩映, 石崖巑岏, 知有異境. 亟下崖足, 仰而望之, 崖巓卽山巓, 崖足卽山足半也. 其下有庵倚之, 見路繞其北而上, 乃不入庵而先披路. 遙望巓崖聳透固奇, 而兩旁亂石攢繞, 或上或下, 或起或伏, 如蓮萼芝房, 中空外簇, 隨地而是. 小徑由其間上至崖頂, 穿一石關而入. 有室南向, 門閉不得入, 繞其南至西, 復穿石峽而入焉, 蓋其側有東西二門云. 室止一楹, 在山頂衆石間. 仍從其西峽下至崖足, 一路竹木扶疏, 玉蘭鋪雪, 滿地餘香猶在. 入崖下庵中, 有白衣大士[1]甚莊嚴, 北有一小閣可憩, 南有一淨侶結精廬依之. 門在其左, 初無從知, 問而得之, 猶無從進. [僧]忽從內啓扉門揖入, 從之. 小庭側竇, 穿臥隙而上, 則崖石穹然, 有亭綴石端, 四窗空明, 花竹掩映, 極其幽奧. 僧號覺空, 堅留淪茗, 余不能待而出.

仍從舊路, 南至浮橋. [聞直西四十里有寺曰石門山, 最勝, 以渴登朝陽巖, 不及往]. 令顧奴從橋東溯瀟放舟南上; 余從橋西, 仍過愚溪橋, 溯瀟西崖南行. 一里, 大道折而西南, [道州道也]. 由岐徑東南一里, 則一山怒而竪石, 奔與江鬪. 逾其上, 俯而東入石關, 其內飛石浮空, 下瞰瀟水, 卽朝陽巖矣. 其巖後通前豁, 上覆重崖, 下臨絕壑, 中可憩可倚, 雲帆遠近, 縱送其前. 惜甫佇足而舟人已放舟其下, 連聲呼促, 余不顧. 崖北有石蹬直下緣江, 亟從之. 蹬西倚危崖, 東逼澄江, 盡處忽有洞岈然, 高二丈, 闊亦如之, 亦東面臨江, 溪流自中噴玉而出, 蓋水洞也. 洞口少入卽轉而南, 平整軒潔, 大江當其門, 泉流界其內, 亦可憩可濯, 乃與上巖高下擅奇, 水石共韻者也. 入洞五六丈, 卽匯流滿洞. 洞亦西轉而黑, 計可揭而進, 但無火炬, 而舟人遙呼不已, 乃出洞門. [其北更有一巖, 覆結奇]雲, 下揷淵黛, 土人橫杙架板如閣道. 然第略爲施欄設几, 卽可以坐括水石, 恐綴瓦備扁, 便傷雅趣耳. 徙倚久之, 仍從石磴透出巖後, 遂凌絶頂. 其上有佛廬官閣,[2] 石間鐫刻甚多, 多宋、唐名蹟而急不暇讀, 以舟人促不已也.

下舟溯江, 漸折而東, 七里至香爐山. 山小髻, 獨峙於西岸, 山[3]江中乃石骨攢簇而成者. 其上佳木扶搖, 其下水竅透漏. 最可異者, 不在江之心, 三面皆沙磧環之, 均至山足則決而成潭, 北西南俱若界溝, 然沙遯於外, 而水繞其內, 其東則大江之奔流矣. 蓋下流之沙不能從水而上, 而上流之沙何以不逐流而下, 豈日夜有排剔之者耶? 亦理之不可解也. 下午過金牛灘, 其上有金牛嶺, 一峰尖峭, 而分聳三峰, 斜突而橫騫, 江流直搗其脅. 至是舟始轉而南, 得風帆之力矣. 是晚宿於廟下, 舟行共五十里, 陸路止二十里也. 先是, 余聞永州南二十五里有澹巖之勝, 欲一遊焉. 不意舟行五十里而問之, 猶在前也. 計當明晨過其下, 而舟人莽不肯待. 余念陸近而水遠, 不若聽其去, 而從陸躡之, 舟人乃首肯.

---

1) 백의대사(白衣大士)는 관세음보살을 가리키는 바, 관세음보살이 늘 흰 옷을 입고 흰 연꽃위에 앉아 있기에 붙여진 이름이다.
2) 관각(官閣)은 사람들이 구경하고 쉴 수 있도록 만든 누각을 의미한다.
3) 산(山)은 내용으로 보아 출(出)의 오자인 듯하다.

十五日 五更聞雨聲泠泠, 達旦雷雨大作. 不爲阻, 亟炊飯. 五里至巖北, 力疾登涯, 與舟人期會於雙牌. 雙牌者, 永州南五十里之鋪也. 永州南二十五里爲巖背, 陸路至此與江會. 陸路從此南入山, 又二十五里而至雙牌; 水路從此東迂溯江, 又六十里而至雙牌. 度舟行竟日, 止可及此, 余不難以病體追躡也. 巖背東北臨江, 從其南二里西向入山, 山石忽怒涌作攫人狀. 已而望見兩峰前突, 中有雲廬高敞, 而西峰聳石尤異, 知勝在是矣. 及登之, 而官舍半穨. 先是望見西峰之陽, 洞門高張, 至是路從其側而出, 其上更見石崖攢舞, 環玦東向, 其下則中空成巖, 容數百人, 下平上穹, 明奧幽爽, 無逼仄昏暗之狀病. 其北洞底亦有垂石環轉, 覆

棱分內外者, 巨石磊砢[1]界道, 石上多宋、元人題鐫. 黃山谷最愛此巖,
謂爲此中第一, 非以其幽而不閟, 爽而不露耶? 巖東穿腋竅而上, 有門
上透叢石之間, 東瞰官舍後迴谷, 頓若仙凡分界. 巖西南又闢一門, 逾
門而出其右, 石壁穹然, 有僧寮倚之, 西眺山下平疇, 另成一境, 桑麻其
中. 有進賢江發源自西南龍洞, [洞去永城西南七十里. 江]東來直逼山
麓, 而北入於瀟. 進賢江側又有水洞, 去此二里. 秉炬可深入, 昔人謂此
洞水陸濟勝, 然不在一處也. 按澹巖之名, 昔爲澹姓者所居. 而舊經又
云, 有正實者, 秦時人, 遁世於此, 始皇三召不赴, 復尸解[2]焉, 則又何以
不名周也. 從僧寮循巖南東行, 過前所望洞門高張處, 其門雖峻, 而中夾
而不廣, 其內亦不能上通後巖也. 仍冒雨東出臨江, 望瀟江迢迢在數里
外, 自東而來. 蓋緣澹山之南, 即多崇山排亘, 有支分東走者, 故江道東
曲而避之. 乃舍江南行, 西遵西嶺, 七里至木排鋪, 市酒於肆, 而雨漸停.
又南逾一小嶺, 三里爲陽江. 其江不能勝舟, 西南自大葉江、小葉江來,
至此[二十餘里], 東注於瀟. 其北則所謂西嶺者, 橫亘於右, 其南則曹祖
山、張家沖諸峰駢立於前. 又南七里, 直抵張家沖之東麓, 是爲陳皮鋪.
又南三里, 逾一小嶺, 望西山層隊而下, 時現石骨, 逗奇標異. 已而一區
湊靈, 萬竅逆幻. 亟西披之, 則石片層層, 盡若鷄距龍爪, 下蹲於地, 又
如絲瓜之囊, 筋縷外絡, 而中悉透空; 但上爲蔓草所縛, 無可攀躋, 下爲
棘箐所塞, 無從披入. 乃南隨之, 見旁有隙土新薙地者, 輒爲捫入, 然每
至純石, 輒復不薙. 路旁一人, 見余披跁久, 荷笠倚鋤而坐待於下, 余因
下問其名, 曰: "是爲和尙嶺, 皆石山也. 其西大山, 是爲七十二雷." 因
指余前有庵在路隅, 其石更勝. 從之, 則大道直出石壁下, 其石屛挿而
起, 上多透明之竇, 飛舞之形; 其下則清泉一泓, 透雲根而出. 有庵在其
南, 時僧問其名, 曰: "出水崖." 問他勝, 曰: "更無矣." 然仰見崖後石勢
駢叢, 崖側有路若絲, 皆其薙地境也. 賈勇從之, 其上石皆[如臥龍翥鳳,
出水青蓮, 萼叢瓣裂. 轉至山水崖後, 覺茹吐[3]一區, 包裹叢沓, 而窈窕
無竟. 蓋其處西亘七十二雷大山, 叢嶺南列, 惟東北下臨官道, 又出水崖

障其東, 北復屏和尙嶺, 四面外同錯綺, 其中怪石層明, 采艷奪眺. 予乃透數峽進, 東北屏崖之巓, 有石高碧, 若天門上開, 不可慰卽. 碧石西南, 卽出水崖內堅, 一潭澄石隙中, 三面削壁下嵌, 不見其底, 若爬梳沙蔓, 令石與水接, 武陵漁當爲移棹. 予歷選山棲佳勝, 此爲第一, 而九疑尤溪村口稍次云].

[搜剔久之]乃下. 由庵側南行二里, 有溪自西南山凹來, 大與陽溪似. 過溪一里, 東南轉出山嘴, 復與瀟江遇. 於是西南溯江三里, 則雙牌在焉. 適舟至, 下舟, 已下春矣. 雙牌聚落亦不甚大, 其西南豁然, 若可遠達, 而舟反向南山瀧中入. 蓋瀟水南自靑口與㳰水合, 卽入山峽中, 是曰瀧口. 北行七十里, 皆連山駢峽, 虧蔽天日, [且水傾瀉直中下], 一所云'瀧'也. 瀧中有麻潭驛, (屬零陵.) 驛南四十里屬道[州], 驛北三十里屬零陵. 按其地卽丹霞翁宅也. 『志』云 : 在府南百里零陵瀧下, 唐永泰中有瀧水令唐節, 去官卽家於此瀧, 自稱爲丹霞翁. 元結自道州過之, 爲作宅刻銘. 然則此瀧北屬零陵, 故謂之零陵瀧. 而所謂瀧水縣者, 其卽此非耶? 又按『志』: 永州南六十里有雷石鎭, 當瀧水口, 唐置. 則唐時瀧水之爲縣, 非此而誰耶?時風色甚利, 薄暮, 乘風驅舟上灘, 卷浪如雷. 五里入瀧, 又五里泊於橫口, 江之東岸也, 官道在西岸, 爲雷石鎭小墅耳. [自永州至雙牌, 陸五十里, 水倍之. 雙牌至道州, 水陸俱由瀧中行, 無他道. 故瀧中七十里, 止有順逆分, 無水陸異. 出瀧至道州, 又陸徑水曲矣].

---

1) 뢰가(磊砢)는 바위들이 어지럽게 쌓이고 널려 있는 모양을 가리킨다.
2) 시해(尸解)는 도가(道家)에서 신선이 되는 두 가지 방법 가운데의 하나이다. 두 가지 방법은 육신을 그대로 간직한 채 불로장생을 얻는 환골탈태, 그리고 육신은 버리고 혼백만이 빠져 나가서 신선이 되는 시해를 가리킨다.
3) 여토(茹吐)는 원래 『시경』의 「대아(大雅)·증민(烝民)」의 "부드러우면 씹어 삼키고, 딱딱하면 뱉는다데(柔則茹之, 剛則吐之.)"에서 비롯되었는 바, 여기에서는 연하고 억센 화초를 의미한다.

十六日 平明行, 二十里, 爲麻潭驛, 其地猶屬零陵, 而南卽道州界矣. 自入瀧來, 山勢逼束, 石灘懸亘, 而北風利甚, 卷翠激玉, 宛轉凌波, 不覺其難, 咏舊句‘舡梭織峰翠, 山軸卷溪綃’, (「下寧洋溪中詩」.) 若爲此地設也. 其處山鵑盛開, 皆在水涯岸側, 不作蔓山布谷之觀, 而映碧流丹, 老覺有異. 二十里, 吳壘鋪, 其西南山稍遜, 舟反轉而東. 又五里, 復南轉, 其東北岸有石, 方形疊砌, 圍亘山腰, 東下西起, 若甃而成者, 豈壘之遺者耶?又十里, 山勢愈逼束, 是爲瀧口. 又五里, 泊於將軍灘. 灘有峰立瀧之口, 若當關者然. 溯流出瀧, 劃然若另闢區宇. 是夜月明達旦, 入春來所未有.

十七日 平明行, 水徑迂曲, 五里至青口. 一水東自山峽中出者, 寧遠道也, 此水最大, 卽瀟水也; 一水南自平曠中來者, 道州道也, 此水次之, 卽沲水也, [水小弱]. 乃舍瀟而南溯沲. 又五里爲泥江口. 按『志』有三江口, 爲瀟、沲、營合處, 問之舟人, 皆不能知, 豈卽青口耶?但營水之合在上流耳. [水西通營陽, 舟上羅坪三日程, 當卽營水矣]. 又三十里, 抵道州東門, 繞城南, 泊於南門. 下午入城, 自南門入, 過大寺, (名報恩寺.) 由州前抵西門. 登南城迴眺, 乃知道州城南臨江水, 東南西三門俱南瀕於江, 惟北門在內. 蓋沲水自江華, 掩、遼二水自永明, 俱合於城西南十五里外, 東北來, 抵城西南隅, 繞南門至東門, 復東南去, 若彎弓然, 而城臨其背. 西門有濂溪水, 西自月巖, 翼雲橋跨其上. 東門亦水自北來注, 流更微矣. 迨暮, 仍出南門, 宿舟中. 夜復雨. 道州附郭有四景 : 東有響石, (卽五如石.) 西有濂溪, 北有九井, 南有一木. (南門外一大木臥江底.)

十八日 天光瑩徹, 早飯登涯. 由南門外循城半里, 過東門, 又東半里有小橋, 卽淎泉入江處也. 橋側江濱有石突立, [如永州愚溪橋, 透漏聳削過之], 分岐空腹, 其隙可分瓣而入, 其竇可穿瓢而透, 所謂五如石也. 中有一石, 擊之聲韻幽亮, 是爲響石. 按元次山道州詩題, 石則有五如、窊樽, 泉則有淎、漫等七名, 皆在州東, 而泉經一淎而可槪其餘, 石得五如而窊樽莫覓. 屢詢, 一儒生云 : “在報恩大寺.” 然元序云, 在州東左湖中石山巓, 石窊可

樽, 其上可亭, 豈可移置寺中者, 抑寺卽昔之左湖耶? 質之其人, 曰: "入寺自知." 乃入東門, 經南門內, 西過報恩寺, 欲入問쫒樽石, 見日色麗甚, 姑留爲歸途探質. 亟出西門, 南折過翼雲橋, 有二岐. 從西二十五里爲濂溪祠, 又十里爲月巖; 又南爲十里鋪, 又六十里爲永明縣; 十里鋪側有華巖, 由巖下間道可出濂溪祠. 余欲兼收之, 遂從南行. 大道兩傍俱分植喬松, 如南岳道中, 而此更綿密. 有松自下分柯五六枝, 叢挺競秀, 此中特見之, 他所無也. 自州至永明, 松之夾道者七十里, 栽者之功, 亦不啻甘棠矣. 州西南崗陀高下, 置道因之. 而四顧崇山開遠, 惟西北一山最高而較近, 則月巖後所倚之大山也. 至十里鋪東, 從小徑北向半里, 爲華巖. 洞門向北, 有小水自洞下出. 由洞入, 止聞水聲, 而不見水. 轉東三丈餘, 復南下, 則穹然深暗, 不復辨光矣. 時洞北有僧寮, 行急不及入覓火炬, 聞其內止一炬可盡, 亦不必覓也. 遂從寮右北向小徑行. 此處山小而峭, 或孤峙, 或兩或三, 連珠騈笋, 皆石骨嶙峋, 草木搖颺, 升降宛轉, 如在亂雲疊浪中, 令人茫然, 方向[莫]辨. 然無大山表識, 惟西北崇峰, 時從山隙瞻其一面, 以爲依歸焉. 五里, 橫過山蹊, 四五里, 渡一小石橋, 又逾嶺, 得大道西去. 隨之二里, 又北入小徑, 沿石山之嘴, 共四里而轉出平疇, 則道州西來大道也, 又一里而濂溪祠在焉. 祠北向, 左爲龍山, 右爲多山, 皆後山象形, 從祠後小山分支而環突於前者也. 其龍山卽前轉嘴而出者, 多山則月巖之道所由渡濂溪者也. 祠環於山間而不臨水, 其前擴然, 可容萬馬, 乃元公所生之地, 今止一二後人守其間, 而旁無人焉. 無從索炊, 乃西行. 一里, 過多山, 沿其北, 又一里, 渡濂溪. [溪自月巖來, 至此爲多山東障, 乃北走, 又東至州西入洭水]. 從溪北溯流西行, 五里而抵達村, 爲洪氏聚族. 乃臥而候飯, 肆中無酒, 轉沽久之, 下午始行. 遂西南入山. 路傍先有一峰圓銳若標, 從此而亂峰漸多, 若卓錐, 若騈指, 若列屛, 俱環映於大山之東, 分行逐隊, 牽引如蔓, 皆石骨也. 又五里, 南轉入亂山之腋. 又三里, 西越一嶺, 望見正西一山, 若有白煙一脈抹橫其腰者, 卽月巖上層所透之空明也. 蓋正西高山屛立, 若齊天之不可階, 東下第三層而得此山, 中空上碧, 下闢重門, 翠微中剜, 光映

前山, 故遙睇若白雲不動. 又二里, 直抵[月巖]山下, 從其東麓拾級而上, 先入下巖. 其巖東向, 中空上連, 高砮若橋, 從下望之, 若虎之張吻, 目光牙狀, 儼然可畏. 復從巖上遍歷諸異境, 是晚宿於月巖.

十九日 自月巖行二里, 仍過[所]望巖如白煙處. 分岐東南行, 穿小石山之腋, 宛轉群隊中. 八里出山, 渡大溪而東, 是爲洪家宅, 亦洪氏之聚族也. 又東南入小土山, 南向山脊行, 三里而下, 一里出山, 有巨平巖橫宕, 而東一里, 復南向行山坡, 又二里, 南上一嶺. (名銀鷄嶺.) 越嶺而下, 有村兩三家. 從其東又三里爲武田, (自月巖至武田二十里.) 其中聚落頗盛. 再東半里, 卽永明之大道也. 橫大道而過, 南沿一小平溪行一里, 渡橋而東又半里, 則大溪湯湯介於前矣. 是爲永明掩、遜二水, 是爲六渡. 渡江復東南行, 陂陀高下, 三里爲小暑洞. 又東逾山岡, 三里得板路甚大, 乃南隨板路, 又十里而止於板寮, 蓋在上都之東北矣, 問所謂楊子宅、南龍, 俱過矣.

二十日 從寮中東南小徑, 一里, 出江華大道, 遂南遵大道行, 已爲火燒鋪矣. 鋪在道州南三十里而遙, 江華北四十里而近. 又行五里爲營上, 則江華、道州之中, 而設營兵以守者也. 其後有小尖峰倚之. 東數里外有峰突屼, 爲楊柳塘, 由此遂屛亘而南, 九疑當在其東矣. 西南數里外, 有高峰圓聳, 爲斜溜. 其南又起一峰, 爲大佛嶺, 則石浪以後雲山也. 自營上而南, 兩旁多小峰巑岏. 又五里, 爲高橋鋪. 又三里, 有溪自西而東, 石骨嶙峋, 橫臥澗中, 濟流漱之, 宛然包園石礐也. 溪上有石梁跨之, 當卽所謂高橋矣. 又南七里, 爲水塘鋪. 自高橋來, 途中村婦多覓笋箐中, 余以一錢買一束, 携至水塘村家煮之, 與顧奴各啜二碗, 鮮味殊勝, 以筒藏其半而去. 水塘之西, 直逼斜溜, 又南, 斜溜、大佛嶺之間, 有小峰東起, 若紗帽然. 又五里爲加佑鋪, 則去江華十里矣. 由鋪南直下, 從徑可通浪石寺. 轉而東南從嶺上行, 共六七里而抵江華城西. 蓋自高橋鋪南, 名三十里, 而實二十五里也. 循城下抵南門, 飯於肆. 又東南一里, 爲蕨拐巖. (一名迴龍庵.) 由迴龍庵沿江岸南行半里, 水分二道來:一自山谷中出者, 其水較大, 乃澠水也; 一自南來者, 亦通小舟, 發源自上武堡. 蓋西界則大佛嶺、班田、囂雲諸山迤邐而南去, 東界則東嶺、苦馬雲諸峰環轉而南接, 獨西南一塢遙開, 卽所謂上武堡也, 其西南卽爲廣西富川、賀縣界. [大小二江合於蔴拐巖之南. 大江東源錦田所, 溯流二百餘里, 舟行三、四日可至; 小江南自上武堡, 舟溯流僅到白馬營, 可五十里. 然入江之口, 卽積石爲方堰, 置中流, 橫遏江舟, 不得上下, 堰內另置小舟, 外有橋, 橫板以渡. 白馬營東大山曰吳望山, 有秦洞甚奇, 惜未至; 又南始至上武堡, 堡東大山曰冬冷山. 二山之水合出白馬營, 爲小江上流云. 乃沿南小江岸又西行三里, 是爲浪石寺. 小江中石浪如涌, 此寺之所由得名也. 寺有蔣姓者成道, 今肉身猶在, 卽所稱'一刀屠'也. (浪石有'一刀屠'肉身, 其面肉如生. 碑言姓蔣, 卽寺西村人. 宋初, 本屠者, 賣肉, 輕重俱一刀而就, 不爽錙銖.[1] 旣而弃妻學道, 入大佛嶺洞中, 坐玉柱下. 久之, 其母入洞, 尋得拜之, 遂出洞, 坐化於寺. 後有盜欲劫江華庫, 過寺, 以占取決, 不吉. 盜劫庫還, 遂剖其腹, 取心臟而去. 此亦'一刀屠'之報也. 其身已槧, 而面尙肉, 頭戴香巾, 身襲紅褶, 爲儒者服, 以子孫有靑其衿[2]者耳.) 是日止於浪石寺, 但其山僧甚粗野.

1) 치(錙)와 수(銖)는 모두 소량의 중량 단위인 바, 치는 일 량(兩)의 사분의 일이고, 수는 일 량의 이십사분의 일이다. 치수는 극소량 혹은 하찮은 득실을 가리킨다.
2) 청금(靑衿)은 청색으로 옷깃을 단 장삼으로, 고대의 학자와 명청대의 수재(秀才)의 일상복이다.

二十一日 飯於浪石寺. 欲往蓮花洞, 而僧方聚徒耕田, 候行路者, 久之得一人, 遂由寺西邁大路行. (南去山盡爲上武堡, 賀縣界. 西逾大佛坳爲富川道.) [坳去江華西十里. 聞逾坳西二十里, 爲崇柏, 卽永明界; 又西二十五里, 過枇杷所, 在永明東南三十里, 爲廣西富川界; 更西南三十里, 卽富川縣治云.] 七里, 直抵大佛嶺下. 先是, 路左有一巖, 若雲楞嵌垂, 余疑以爲卽是矣, 而蓮花巖尙在路右大嶺之麓. 乃從北岐小徑入, 不半里, 至洞下. 導者取枯竹一大捆, 縛爲六大炬分肩以出, 由路左洞披轉以入. 還飯於浪石, 已過午矣. 乃循舊路, 抵蔴拐巖之西合江口, 有板架江壖外爲橋, 乃渡而南. 東南二里, 至重元觀, 寺南一里, 入獅子巖洞. 出洞四里, 渡小江橋, 經疏拐巖, 北登嶺, 直北行, 已過東門外矣. 又北逾一嶺, 六里, 渡浥水而北, 宿於江渡.

二十二日 昧爽, 由江渡循東山東北行. 十里, 爲蠟樹營. 由此漸循山東轉, 五里, 過鰲頭源北麓. 二里, 至界牌, 又三里, 過石源, 又五里, 過馬崗源. 自鰲頭源突於西北, 至東北馬崗源, 皆循山北東向行, 其山南皆瑤人所居也. 馬崗之北, 猶見浥水東曲而來, 馬崗之北,[1] 始見溪流自南而北. 又東七里, 逾虎版石. 自界牌而來, 連過小嶺, 惟虎版最高. 逾嶺又三里, 爲分村, 乃飯. (村南大山, 內有分嶺. 謂之'分'者, 豈瑤與民分界耶?) 東三里, 渡大溪, 南自韭彩源來者. 溪東又有山橫列於南, 與西來之山似. 復循其北麓行七里, 至四眼橋, 有溪更大, 自顧村來者, 與分村之水, 皆發於瑤境也. 渡木橋, 頗長, 於是東登嶺. 其先只南面崇山, 北皆支崗條下; 至是北亦有山橫列, 路遂東行兩山之間. 升跂崗坳十里, 抵孟橋西之彭家村, 乃宿. 是日共行五十里, 而山路荒僻, 或云六十里云.

---

1) 마강지북(馬崗之北)은 마강지남(馬崗之南)의 오기인 듯하다.

二十三日 五鼓, 雨大作. 自永州來, 山田苦旱, 適當播種之時, 至此嗷嗷[1]已甚, 乃得甘霖, 達旦不休. 余僵臥待之, 晨餐後始行, 持蓋草履, 不以爲苦也. 東一里, 望見孟橋, 卽由岐路南行. 蓋至是南列之山已盡, 遂循之南轉. 五里, 抵唐村坳. 坳北有小洞東向, 外石轕峭, 俯而入, 下有水潺潺, 由南竇出, 北流而去. 乃停蓋, 坐久之. 逾嶺而南, 有土橫兩山, 中剖爲門以適行, 想爲道州、寧遠之分隘耶. 於是連涉兩三嶺, 俱不甚高, 蓋至是前南列之山轉而西列, 此皆其東行之支壟, 而其東又有卓錐列戟之峰, 攢列成隊, 亦自南而北, 與西面之山若排闥者. 然第西界則崇山屛列, 而東界則亂阜森羅, 截然不紊耳. 直南遙望兩界盡處, 中竪一峰, 如當門之標, 望之神動, 惟恐路之不出其下也. 過唐村坳, 又五里而至大洋. (道州來道亦出此) 其處山勢忽開, 中多村落. 又南二里, 東渡一橋, 小溪甚急. 逾橋則大溪洋洋, 南自九疑, 北出靑口, 卽瀟水之上流矣. 北望小溪入江之口, 有衆舟艤泊其側. (小舟上至魯觀, 去九疑四五里, 瀟江與母江合處.) 渡大溪, 是爲車頭. 又東南逾嶺, 共六里, 爲紅洞. 市米而飯, 零雨猶未止. 又東南行六里, 直逼東界亂峰下, 始過一峰, 巉石巖巖, 東裂一竅, 若雲氣氤氳. 攀坐其間, 久之雨止, 遂南從小路行. 四里, 過一村, 曰大蓋. 又南二里, 至掩口營, 始與寧遠南來之路合, [北去寧遠三十里]. 掩口之南, 東之排岫, 西之橫嶂, 至此湊合成門, 向所望當門之標, 已列爲東軸之首, 而西嶂東垂, 亦豎一峰, 北望如挿屛, 逼近如攢指, 南轉如亘垣, 若與東岫分建旗鼓而出奇鬪勝者. 二里, 出湊門之下, 水亦從其中南出, 其下平疇曠然, 東西成塹. 於是路從西峰之南, 轉西向行. 又三里而至路亭. 路亭者, 王氏所建, 名應豐亭, 其處舊名周家峒, 王氏之居在焉. 王氏, 世家也, 因建亭憩行者, 會發鄕科, 故遂以‘路亭’爲名. 是日止行三十五里, 計時尙早, 因雨濕衣透, 遂止而向薪焉.

---

1) 오오(嗷嗷)는 ‘많은 사람들이나 짐승들이 슬피 우는 소리 혹은 떠들썩한 소리’를 가리킨다.

二十四日 雨止而雲氣蒙密. 平明, 由路亭西行, 五里爲太平營, 而九疑司亦在焉. 由此西北入山, 多亂峰環岫, 蓋掩口之東峰, 如排衙列戟, 而此處之諸岫, 如攢隊合圍, 俱石峰森羅. [中環成洞, 穿一隙入, 如另闢城垣. 山不甚高, 而]窈窕回合, 眞所謂別有天地也. 途中宛轉之洞, 卓立之峰, 玲瓏之石, 噴雪驚濤之初張, 漾煙沐雨之新綠, 如是十里而至聖殿. 聖殿者, 卽舜陵也. 余初從路岐望之, 見頹垣一二楹, 而路復荒沒, 以爲非是, 遂從其東逾嶺而北. 二里, 遇耕者而問之, 已過聖殿而抵斜巖矣. 遂西面登山, 則穹巖東向高張, 勢甚宏敞. 洞門有石峰中峙, 界門爲兩, 飛泉傾墜其上, 若水簾然. 巖之右, 垂石縱橫, 巖底有泉懸空而下, 有從垂石之端直注者, 有從

石竇斜噴者, 衆隙交亂, 流亦縱橫交射於一處, 更一奇也. 其下復開一巖,
深下亦復宏峻, 然不能遠入也. 巖後上層復開一巖, 圓整高朗, 若樓閣然.
正對洞門中峙之峰, [兩瀑懸簾其前, 爲外巖最麗處]. 其下有池, 瀦水一方,
不見所出之處, 而水不盈. 池之左復開一門, 卽巖後之下層也. 由其內墜級
而下, 卽深入之道矣. 余旣至外巖, 卽炊米爲飯, 爲深入計. 僧明宗也, 曰
:"此間勝蹟, 近則有書字巖、飛龍巖, 遠則有三分石. 三分石不可到, 二巖
君當先了之, 還以餘晷入洞, 爲秉燭游, 不妨深夜也." 余頷之. 而按『志』求
所謂紫虛洞, 則茲洞有碑, 稱爲紫霞, 俗又稱爲斜巖, 斜巖則唐薛伯高已名
之, 其卽紫虛無疑矣. 求所謂碧虛洞、玉琯巖、高士巖、天湖諸勝, 俱云
無之. 乃隨明宗爲導, 先探二巖.

　　出斜巖北行, 下馬蹄石, 其陰兩旁巉石嵯峨, 疊雲聳翠, 其內亂峰復環迴
成峒.1) 蓋聖殿之後, 卽峙爲簫韶峰, 簫韶之西卽起爲斜巖. 山有嶺界其間.
嶺北之水, 西北流經寧遠城, 而下入於瀟江, 卽舜源水也. 嶺南之水, 西北
流經車頭, 下會舜源水而出青口, 卽瀟水也. 簫韶、斜巖之南北, 俱亂峰環
峒, 獨此二峰之間, 則峽而不峒, 蓋有嶺過脊於中, 北爲寧遠縣治之脈也.
蹄石南, 其峒寬整, 問其名, 爲九疑洞. 余疑聖殿、舜陵俱在嶺北, 而峒在
嶺南, 益疑之. 已過永福寺故址, 礎石猶偉, 已犁爲田. 又南過一溪, 卽瀟水
之上流也. 轉而西共三里, 入書字巖. 巖不甚深, 後有垂石夭矯, 如龍翔鳳
翥. 巖外鐫'玉琯巖'三隸字, 爲宋人李挺祖筆. 巖右鐫'九疑山'(又名蒼梧山)
三大字, 爲宋嘉定六年知道州軍事莆田方信孺筆. 其側又隸刻漢蔡中郎
「九疑山銘」, 爲宋淳祐六年郡守潼川李襲之屬郡人李挺祖書. 蓋襲之旣新
其宮, 因鐫其銘於側以存古蹟. 後人以崖有巨書, 遂以'書字'名, 而竟失其
實. 始知書字巖之卽爲玉琯, 而此爲九疑山之中也. 始知在簫韶南者爲舜
陵, 在玉琯巖之北者, 爲古舜祠. 後人合祠於陵, 亦如九疑司之退於太平營,
滄桑之變如此. (土人云：永福(寺)昔時甚盛, 中有千餘僧常住, 田數千畝, 是云永福卽
舜陵. 稱小陵云：義以玉琯、舜陵相迫, 欽癸繹擾, 疏請合祠於陵. 今舜陵左碑, 俱從永福
移出. 後玉琯古祠旣廢, 意寺中得以專享, 不久, 寺竟蕪沒, 可爲廢古之鑒.) 余坐玉琯中

久之, 因求土人導往三分石者. 土人言: "去此甚遠, 俱瑤窟中, 須得瑤人爲導. 然中無宿處, 須携火露宿乃可." 已而重購得一人, 乃平地瑤劉姓者, 期以明日晴爽乃行. 不然, 姑須之斜巖中. 乃自玉琯還, 過馬蹄石之東, 入飛龍巖. 巖從山半陷下, 內亦寬廣, [如斜巖外層之南巖], 有石坡中懸, 而無宛轉之紋. 巖外鑴'飛龍巖'三字, 巖內鑴'仙樓巖'字, 俱宋人筆.

出洞, 復逾馬蹄石, 復共三里而返斜巖. 明宗乃出火炬七枚, 與顧僕分携之, 仍蓺炬前導. 始由巖左之下層捱隙歷蹬而下, 水從巖左飛出, 注水流與人爭級, 級盡路竟, 水亦無有. 東向而入, 洞忽平廣. 旣而石田鱗次, 水滿其中, 遂塍上行, 下遂隥成深壑. 石田之右, 上有石池, 由池涉水, 乃楊梅洞道也. 舍[之], 仍東下洞底. 旣而涉一溪, 其水自西而東, 向洞內流. 截流之後, 循洞右行, 路復平曠, 洞愈宏闊. 有大柱端立中央, 直近洞頂, 若人端拱者, 名曰'石先生'. 其東復有一小石竪立其側, 名曰'石學生', 是爲敎學堂. 又東爲吊空石, 一柱自頂下垂, 半空而止, 其端反卷而大. 又東有石蓮花、擎天柱, 皆不甚雄壯. 於是過爛泥河, 卽前所涉之下流也. 其處河底泥濘, 深陷及膝, 少緩, 足陷不能拔. 於是循洞左行, 左壁崖片楞楞[2]下垂, 有上飛而爲蓋者, 有下庋而爲臺者, 有中凹而爲床、爲龕者, 種種各有名稱, 然俚不足紀也. 南眺中央有一方柱, 自洞底屛立而上, 若巨笏然. 其東有一柱, 亦自洞底上穹, 與之幷起, 更高而巨. 其端有一石旁坐石蓮上, 是爲觀音座. 由此西下, 可北繞觀音座後. 前爛泥河水亦繞觀音座下西來, 至此南折而去. 洞亦轉而南, 愈宏崇, 遊者至此輒止, 以水深難渡也. 余强明宗渡水, 水深逾膝, [然無爛泥河濘甚]. 旣渡, 南向行, 水流於東, 路循其西, 四顧石柱參差高下, 白如羊脂, 是爲雪洞, 以其色名也. 又前爲風洞, 以其洞轉風多也. 旣而又當南下渡河, 明宗以從來導遊, 每歲不下百次, 曾無至此者. 故前遇觀音座, 輒抽炬竹揷路爲志, 以便歸途. 時余草履已壞, 跣一足行, [先令顧僕携一緉備壞者, 以渡河水深, 竟私置大士座下], 不能前而返. 約所入已三里餘矣. [聞其水潛出廣東連州, 恐亦臆論. 大抵入灘之流, 然所進周通, 正無底也]. 還過敎學堂, 渡一重河, 上石田, 遂北入楊梅洞. 先由石田涉石池, 池兩崖石峽如門, 池水滿浸其中, 涉者水亦逾膝, 然其下皆石底平整, 四旁俱無寸土. 入峽門, 有大石橫其隘. 透隘入, 復得平洞, 寬平廣博. 其北有飛石平鋪, 若樓閣然, 有隙下窺, 則石薄如板, 其下復穹然成洞, 水從下層奔注而入, 卽前爛泥諸河之上流也. 洞中產石, 圓如彈丸, 而凹面有蝸紋, '楊梅'之名以此 然其色本黃白, 說者謂自洞中水底視, 皆殷紫, 此附會也. [此洞所入水, 卽巖外四山窪注地中者. 此塢東爲簫韶峰, 西卽斜巖, 南爲聖殿西嶺, 北爲馬蹄石, 皆廓高裏降, 有同釜底, 四面水俱潛注, 第不見所入隙耳]. 出洞, 已薄暮, 燒枝炙衣, 炊粥而食, 遂臥巖中. 終夜瀑聲、雨聲, 雜不能辨, 詰朝起視, 則陰雨霏霏也.

此巖之瀑, 非若他處懸崖瀉峽而下, 俱從覆石之底, 懸穿竇下注, 若漏卮然. 其懸於北巖上洞之前者, 二瀑皆然而最大; 其懸於右巖窪洞之上者, 一瀑而有數竅, 較之左瀑雖小, 內有出自懸石之端者一, 出於石底之竇而斜噴者二, 此又最奇也.

---

1) 동(峒)은 사방이 산으로 둘러싸이고 가운데에 평지가 있는, 우묵한 분지 형태의 지형을 가리키며, 광서와 호남, 귀주 등의 여러 성에서 흔히 나타나고 있다. 이러한 지형에는 여러 소수민족들이 거주하고 있으며, 소수민족의 명칭에 따라 묘족(苗族)은 묘동(苗峒), 동족(侗族)은 십동(十侗), 장족(壯族)은 황동(黃峒)으로 일컬어진다.

2) 릉릉(楞楞)은 '툭 불거져 드러나 있는 모양'을 가리킨다.

二十五日 靜坐巖中, 寒甚. 閑則觀瀑, 寒則煨枝, 飢則炊粥, 以是爲竟日程.

二十六日 雨仍不止. 下午, 持蓋往聖殿, 仍由來路北逾嶺, 稍東, 轉出簫韶峰之北. 蓋簫韶自南而北, 屏峙於斜巖之前, 上分兩歧, 北盡卽爲舜陵矣. 陵前數峰環繞, 正中者上岐而爲三, 稍左者頂有石獨聳. 廟中僧指上岐者娥皇峰, 獨聳者爲女英峰, 恐未必然. 蓋此中古祠今殿, 峰岫不一, 不止於九, 而九峰之名, 土人亦莫能辨之矣. 陵有二大樹夾道, 若爲雙闕然, 其大俱四人圍, 廟僧呼爲'珠樹', 而不識其字云. 結子大如指, 去殼可食, 謂其旣枯而復榮, 未必然也. 兩旁枒本甚巨, 中亦有大四圍者, 尋丈而上, 卽分岐高聳. 由二珠樹中入, 有屋三楹, 再上一楹. 上楹額云'舞干遺化', 有虞帝牌位. 下三楹額云'虞帝寢殿', 列五六碑, 俱世廟、神廟[1]二朝之間者, 無古蹟也. 二室俱敝而隘, 殊爲不稱. 問穸宮何在? 帝原與何侯飛升而去, 向無其處也. 因遍觀其碑, 乃詩與祝詞, 惟慈谿顔鯨. (嘉靖間學道.) 一碑已斷, 言此地卽古三苗地, 帝之南巡蒼梧, 此心卽'舞干羽'之心. 若謂地在四岳[2]之外, 帝以髦期之年, 不當有此遠游, 是不知大聖至公無間之心者也. 蓋中國諸侯, 悉就四岳朝見, 而南蠻荒遠, 故不憚以身過化. 其說似爲可取. (李中溪元陽引『山海經』, 謂帝舜煉丹於紫霞洞, 白日上升. 『三洞錄』謂帝舜禪位後, 煉丹於此. 後儒者不欲有其事, 謂帝崩於蒼梧之野; 而道者謂其在九疑中峰. 夫聖人之初, 原無三教之名, 聖而至於神, 上天下地, 乃其餘事. 及執儒者, 三見而辨其事, 不亦固哉. 後其任李恒顔宰寧遠, 跋其後, 引『藝文志』載蔡邕謂舜在九疑解體而升. 書曰: "陟方乃死."[3] 韓愈曰: "陟, 升也, 謂升天也." 『零陵郡忠』載道家書, 謂帝厭治天下, 修道九疑, 後遂仙云. 寧遠野史「何侯記」載, 負元君家九疑, 修煉丹藥功成, 帝舜狩止其家. 帝旣升遐, 負元君亦於七月七日升去. 是玆地乃舜鼎湖, 非陵寢也. 且言蒼梧在九疑南二百里, 卽崩蒼梧, 葬九疑亦無可疑者. 唐元次山之說似未必然, 其說種種姑存之.) 惟寢殿前除露立一碑甚鉅, 余意此必古碑, 冒雨趨視之, 乃此山昔爲瑤人所據, 當道剿而招撫之者. 其右卽爲官廨, 亦頹敝將傾, 內有一碑已碎, 而用木匡其四旁. 亟讀之, 乃道州九疑山「永福禪寺記」, 淳熙七年庚子道州司法參軍長樂鄭舜卿撰, 知湖、梧州軍州事河內向子廓書. 書乃八分體, 遒逸殊甚. 卽聖殿古碑, 從永福移出者, 然與陵殿無與, 不過好事者惜其字畫之妙, 而移存之耳. 然此廨將圮, 不幾爲永福之續耶? (舜卿碑中有云: "余去年秋從山間謁虞帝祠, 求何侯之丹井、鄭安期之鐵臼, 訪成武丁於石樓, 張正禮於娥皇, 與蕚綠華之妙想之故迹, 乃了無所寄目, 留永福寺齊雲閣二日, 桂林、萬歲諸峰四顧如指, 主僧意超方大興工作, 余命其堂曰徹堂.") 廨後有室三楹, 中置西方聖人, 兩頭各一僧棲焉, 亦荒落之甚. 乃冒雨返斜巖, 濯足炙衣, 晚餐而臥.

1) 세묘(世廟)는 명나라 12대 제왕인 세종(世宗)을, 신묘(神廟)는 14대 제왕인 신종(神宗)을 가리키며, 각각 1521년부터 1566년까지, 그리고 1572년부터 1620년까지 재위했다.
2) 사악(四岳)이란 태산(泰山)·화산(華山)·형산(衡山)·항산(恒山)을 가리키며, 중원의 임금의 권력이 미치는 범위를 의미한다.
3) '陟方乃死'는『서경』「우서(虞書)·순전(舜典)」에 적혀 있다.

二十七日 雨色已止, 而濃雲稍開. 亟飯, 逾馬蹄石嶺, 三里, 抵玉琯巖之南, 覓所期劉姓瑤人, 欲爲三分石之行. 而其人以雲霧未盡, 未可遠行, 已往他所矣. 復期以明日. 其人雖不在, 而同居一人於山中甚熟, 惜患瘡不能爲導, 爲余言: 玉琯乃何侯故居, 古舜祠所在, 其東南山上爲煉丹觀故址. (『志』言在舜廟北簫韶·祁林之間, 中有石臼, 松穿臼而生, 枝柯拳曲如龍. 余遍詢莫知其處, 想鄭舜卿所云訪鄭安期之鐵臼, 豈卽此耶?然宋時已不可徵矣.『志』又引『太平廣記』, 魯妙典爲九疑女冠, 麓林道士授『太洞黃庭經』, 入山十年, 白日升天, 而山中亦無知者. 九疑洞之西, 地名有魯觀, 亦無餘蹟. 舜卿碑所云玉妙, 想豈卽其人耶?舜卿「永福碑」又云: "訪成武丁於石樓." 樓亦無徵矣. 飛龍洞又名仙樓巖, 豈卽石樓之謂耶?不然, 何以又有此鐫也?) 由此東行五十里, 有三石參天, 水分三處, 俗呼爲舜公石, 卽三分石也. [路已湮]. 由此南行三十里, 有孤崖如髻, 盤突山頂, 俗呼爲舜婆石. [有徑可達]. (其下有蒲江, 過嶺爲麻江, 由麻江口搭筒櫓舡可達錦田.) 其人以所摘新茗爲獻. 乃仍返斜巖. 中道過永福故址, 見其南溪甚急, 雖西下瀟江, 而東北南三面皆予所經, 未睹來處, 乃溯流尋之. 則故址之左, 石崖倒懸, 水由下出, 崖不及水者三尺, 而其下甚深, 不能入也. 過馬蹄石, 見嶺北水北流, 憶昨過聖殿西嶺, 見嶺南水南流, 疑其水俱會而東去, 因東趨簫韶北麓, 見其水又西注者, 始知此塢四面之水俱無從出, 而楊梅下洞之流爲爛泥河者, 卽此衆水之沁地而入者也. 兩嶺之間, 中有釜底凹向, 名山潭, 有石穴在桑塢中, 僚人耕者以大石塞其穴, 水終不蓄. 桑園葉樹千株, 蠶者各赴采, 乃天生而無禁者. 是日仍觀瀑炙薪於巖中, 而雲氣漸開, 神爲之爽. 因念余於此洞有緣, 一停數日, 而此中所歷諸洞, 亦不可無殿最,[1] 因按列書之爲永南洞目. (月巖第一, 道州; 紫霞洞第二, 九疑; 蓮花洞第三, 江華; 獅巖第四, 江華; 朝陽巖第五, 永州; 澹巖第六, 永州, 大佛嶺側巖第七, 江華; 玉琯巖第八, 九疑; 華巖第九, 道州; 月巖南嶺水洞第十, 道州; 飛龍巖第十一, 九疑; 蔴拐巖第十二, 江華. 此外尙有經而不勝書, 勝而不及到者, 不罄附於此.)

---

1) 전최(殿最)는 고대에 업적이나 군공을 심사하는 것을 가리키며, 하등을 '전'이라 하고 상등을 '최'라 한다.

二十八日 五鼓, 飯而候明. 仍過玉琯南覓導者. 其人始起炊飯, 已乃肩火具前行. 卽從東上楊子嶺, 二里登嶺, 上卽有石, 人立而起, 獸蹲而龍蝘, 其上皆盤突. 從嶺上東南行坳中, (地名茅窩.) 三里, 皆奇石也. 下深窩, 有石崖嵌削, 靑玉千丈, 四面交流, 搗入巖洞, 墜巨石而下, 深不可測, 是名九龜進巖, 以窩中九山如龜, 其水皆向巖而趨也. 其巖西向, 疑永福旁透崖而出者, 卽此水也. 又東南二里, 越一嶺, 爲蟠龍峒水口. (峒進東尙深, 內俱高山瑤.) 又登嶺一里, 爲淸水潭. 嶺側有潭, 水甚澄澈. [其東下嶺, 韭菜原道也.] 又東南二里, 渡牛頭江. 江水東自紫金原來, 江兩崖路俱峭削, 上下攀援甚艱, 時以流賊出沒, 必假道於此, 土人伐巨枝橫截崖道, 上下俱從樹枝, 或伏而穿其胯, 或騎而逾其脊. 渡江卽東南上半邊山, 其東北高山爲紫金原, (山外卽藍山縣治矣.) 其西南高山爲空寮原, 再南爲香爐山. (空寮原山上有白石痕一幅, 上自山巓, 下至山麓, 若懸帛然, 土人謂之'白綿紬'. 香爐山在玉琯巖南三十里, 三分石西北二十里, 高亞於三分石, 頂有澄潭, 廣二三畝, 其中石筍兩枝, 亭亭出水面三丈餘, 疑卽『志』所稱天湖也. 第『志』謂在九疑麓, 而此在山頂爲異, 若山麓則無之.) 由[半邊]山上行五里, 稍下爲狗矢窩. 於是復上, 屢度山脊, 狹若板築, 屢跻山頂, 下少上多, 共東南五里而出螯頭山. 先是積霧不開, 卽半邊、螯頭諸山, 近望不及, 而身至輒現. 至是南眺三分石, 不知所在. 頃之而濃雲忽開, 瞥然閃影於高峰之頂, [與江山縣江郎山相似. 一爲浙源, 一爲瀟源, 但江郎高矗山半, 此懸萬峰絶頂爲異耳]. 半邊、螯頭二山, 其東北與紫金夾而爲牛頭江, 西南與空寮[香爐]夾而爲瀟源江, (卽三分石水.) 此乃兩水中之脊也. 二水合於玉琯東南, 西下魯觀與蒲江合, 始勝如葉之舟而出大洋焉. 由鰲頭東沿嶺半行, 二里始下. 三里下至爛泥河, 始得水而炊, 已下午矣.(由爛泥河東五里逾嶺, 嶺側小路爲冷水坳, 盜之內藪也. 下嶺三里爲高梁原, 乃藍山西境, 亦盜之內藪也. 此嶺乃藍山、寧遠分界, 在三分石之東, 水亦隨之.) [余徑三分石, 下爛泥河], 於是與高梁原分道. 折而西南行, 又上一嶺, 山花紅紫鬪色,(自鰲頭山始見山鵑藍花. 至是又有紫花二種, 一種大, 花如山茶; 一種小, 花如山鵑, 而艷色可愛. 又枯樹間蕾黃白色, 厚大如盤. 余摘袖中, 夜至三分石, 以箸穿而烘之, 香正如香蕈) 山木干霄.(此中山木甚大, 有獨木最貴, 而楠木次之. 又有壽木, 葉扁如側柏, 亦柏之類也. 巨者圍四、五人, 高數十丈. 瀟源水側渡河處倒橫一楠, 大齊人眉, 長三十步不止. 聞二十年前, 有采木之命, 此豈其遺材耶)

上下共五里而抵瀟源水. 其水東南從三分石來, 至此西去, 而經香爐山之東北以出魯觀者. 乃絶流南渡, 卽上三分嶺麓. 其嶺峻削不容足, 細徑伏深箐中, 俯首穿箐而上, 卽兩手挽之以移足. 其時箐因夙霧淋漓, 旣不能矯首其上, 又不能平行其下, 惟資之爲垂空之繮練, 則甚有功焉. 如是八里, 始漸平. 又南行嶺上二里. 時夙霧仍翳, 望頂莫辨, 而晚色漸合, 遂除箐依松, 得地如掌. 山高無水, 有火難炊. 命導者砍大木, 積而焚之, 因箐爲茵, 因火爲幃, 爲度宵計. 旣暝, 吼風大作, 卷火星飛舞空中, 火焰游移, 倏而奔突數丈, 始以爲奇觀. 旣而霧隨風陣, 忽仰明星, 忽成零雨, 擁傘不能, 擁被漸濕, 幸火威猛烈, 足以敵之. 五鼓雨甚, 亦不免淋漓焉.

二十九日 天漸明, 雨亦漸霽. 仰見三分[石], 露影在指顧間, 輒忍飢衝濕箐而南. 又下山二里, 始知向隔一峰也. 度坳中小脊, 復南上三里, 始有巨石盤崖; [昨升降處皆峻土, 無塊石], 爲導者誤. 出其南, 又一里, 東眺蠱頂, 已可捫而摩之, 但爲霧霾, 不見眞形, 進窮磴絶. 忽山雨大注, 頂踵無不沾濡, 乃返. 過巨石崖, 見其側有線路伏深箐中, 雨巨不可上, 上亦不得有所見. 遂從故道下, 至夜來依火處, 擬從直北舊路下, 就溪炊米. 而火爲雨滅, 止存餘星, 急覓乾爐引之, 荷而下山. 乃誤從其西, 竟不得路. 久之得微澗,遂炊澗中, 已當午矣. 躑躅莽箐中, 久之, 乃得抵澗, 則五澗縱橫, 交會一處, 蓋皆三分石西南北三面之水, 而向所渡東來一溪在其最北. 乃舍其一, 渡其三, 而留最北者未渡. 循其南涯灘流而東, 一里, 至來時所渡處, 始涉而北. 從舊道至爛泥, 至鰲頭偶坐. 聞蘭香甚, 覓之卽在坐隅, 乃攜之行. 至半邊山, 下至牛頭河, 暝色已合, 幸已過險, 命導者從間道趨韭菜原. 蓋以此處有高山瑤居之, 自此而南, 絶無一寮, 直抵高梁原而後有瑤居也. 初升猶土山, 旣入而東下, 但聞水聲潺潺在深壑. 暗捫危級而下, 又一里, 過兩獨木橋, 則見火光熒熒. 亟就之, 見其伏畦旁, 亦不敢問. 已而有茅寮一二重, 呼之, 一人輒秉炬出, 迎歸託宿焉. 問其畦間諸火, 則取乖者, 蓋瑤人以蛙爲乖也. 問其姓爲鄧, 其人年及二十, 談山中事甚熟. 余感其深夜迎宿, 始知瑤猶存古人之厚也. 亟燒枝炙衣, 炊粥就枕焉.

三十日 以隔宿不寐, 平明乃呼童起炊. 晨餐後行, 始見所謂韭菜原, 在高山之底, 亦若釜焉. 第不知夜來所聞水聲潺潺, 果入洞, 抑出峽也. 窪中有澄潭一, 甚深碧, 爲龍潭云. 西越一山, 共二里過淸水潭, 又一里半, 過蟠龍溪口. 又一里半, 逾一嶺, 過九龜進巖, 遂上嶺, 過茅窩, 下楊子嶺, 共五里, 抵導者家. 又三里, 還飯於斜洞, 乃少憩洞中, 以所攜蘭花(九頭花, 共七枝, 但葉不長聳, 不如建耳.), 栽洞中當門小峰間石臺上以供佛. 下午始行, 北過聖殿西嶺, 乃西出娥皇、女英二峰間, 已轉而東北行, 共十里, 過太平營. 又北五里, 宿於路亭. [是夕始睹落照].

九疑洞東南爲玉琯巖, 乃重四圍中起小石峰, 巖在其下, 西向. 有卦山在其西, 正當洞門. (形如葵也, 又似儒巾, 亦群山中特起者.) 其中平央, 南北通達, 是爲古祠基, 所稱何侯上升處也. 由此南三十里爲香爐山, 東南五十餘里爲三分石, 西三十里爲舜母石, 又西十里爲界頭分九, 則江華之東界矣.

三分石, 俱稱其下水一出廣東, 一出廣西, 一下九疑爲瀟水, 出湖廣. 至其下, 乃知爲石分三岐耳. 其下水東北者爲瀟源, 合北、西諸水(卽五澗交會者), 出大洋, 爲瀟水之源. 直東者自高梁原爲白田江, [東十五里]經臨江所, [又東二十里]至藍山縣治, 爲巋水之源. 東南者自[高梁原東南十五里之] 大橋下錦田, 西至江華縣, 爲洮水之源. 其不出兩廣者, 以南有錦田水橫流 爲[楚、粵]界也. 錦田東有石魚嶺, 爲廣東連州界, 其水始東南流, [入東粵 耳]. 若廣西, 則上武堡之南爲賀縣界也.

高梁原, 爲寧遠南界、藍山西界, 而地屬於藍, 亦高山瑤也, 爲盜賊淵藪. 二月間, 出永州殺東安縣捕官, 及殺掠冷水灣、博野橋諸處, 皆此輩也. 出 入皆由牛頭江, 必假宿於韭菜原、蟠龍洞, 而經九疑峒焉. 其黨約七八十 人, 有馬二三十匹, 創銳羅幟甚備, 內有纔蓄髮者數人, 僧兩三人(卽冷水坳 嶺上廟中僧), 又有做木方客亦在焉. 韭菜原中人人能言之, 而余導者亦云然.

四月初一日 五鼓, 雨大作, 平明冒雨行. 卽從路亭岐而東北, 隨蕭韶溪西岸 行. 三里, 西望掩口東兩山峽, 已出其下平疇矣. 於是東山漸豁, 溪轉而東, 路亦隨之. 又五里, 溪兩旁石盤錯如鬪, 水奔束其中, 隘處如門, 卽架木其 上以渡. 旣渡, 循溪南岸行, 又二里而抵下觀. 巨室鱗次, 大聚落也. (大姓李 氏居之.) 自路亭來, 名五里, 實十里而遙, 雨深泥濘, 俱行田畦小徑間. 乃市 酒於肆而行. 下觀之西, 有溪自南繞下觀而東, 有石梁鎖其下流, 水由橋下 出, 東與蕭韶水合. 其西一溪, 又自應龍橋來會, 三水合而勝舟, [北可二十 里至寧遠]. 過下觀, 始與蕭韶水別, 路轉東南. 南望下觀之後, 千峰聳翠, [亭亭若竹竿玉立], 其中有最高而銳者, 名吳尖山. 山下有巖, 窈窕如斜巖 云, 其內有尤村洞, 其外有東角潭, 皆此中絶勝處. 蓋峰盡干羽[1]之遺, 石俱 率舞之獸,[2] 游九疑而不經此, 幾失其眞形矣. [恨未濡杖履其中, 搜別奇閟 也]. 東南二里, 有大溪南自尤村洞來, 橋亭橫跨其上, 是爲應龍橋, 又名通 濟[橋]. 過橋, 遂南入亂峰中. (卽吳尖山東來餘派也.) 二里上地寶坪坳, 於是四 旁皆奇峰宛轉, 穿瑤房而披錦幛, 轉一隙復攢一峒, 透一竅更露一奇, 至獅 象龍蛇夾路而起, 與人爭道, 恍惚夢中曾從三島[3]經行, 非復人世所遘也. 共六里, 飯於山口峒. 由山口南逾一嶺, 共三里, 有兩峰夾道, 爭奇競怪. 峰

下有小溪南向, 架橋亭於其上. 貪奇久憩, 遇一儒冠者, 家<u>尤村</u>之內, 欲挽
余還其處, 爲<u>吳尖</u>主人, 余期以異日, 問其姓名, 爲曰<u>王璇峰</u>云. 過峽而南,
始有容土負塊之山. 又五里, 逾一嶺, 爲<u>大吉墅</u>, 石峰夾夾道起. 路東一峰,
嵌空玲瓏, [逆懸欹裂, 蜃雲不足喩其巧]. 余望之神往, 亟披荊入, 皆竇隙透
漏, 或盤空而上, 或穿腋而轉, 莫可窮詰, 惜不能誅茅引級, 以極幽玄之妙
也. 其西峰懸削亦然. 路出其間, 透隘而南, 始豁然天開地曠, 是爲<u>露園下</u>.
於是石峰斂影, 西俱崇巒峻嶺, 東皆迴岡盤坂. 南二里, 遂出大路, 在<u>藕</u>
<u>塘</u>、<u>界頭</u>二鋪之間. 又南五里, 宿於<u>界頭鋪</u>, 是爲<u>寧遠</u>、<u>藍山</u>之界. 其西之
大山曰<u>滿雲山</u>, 當是<u>紫金原</u>之背, 其支東北行, 界遂因之. 再南爲<u>天柱山</u>,
卽『志』所稱石柱巖洞之奇者. 余旣幸身經<u>山口</u>一帶奇峰, 又近瞻<u>吳尖</u>、<u>尤</u>
<u>村</u>衆岫, 而所慕<u>石柱</u>, 又不出二里之外, 神爲躍然. 但足爲草履所蝕, 卽以鞋
行猶艱, 而是地向來多雨, 畦水溢道, 鞋復不便. 自<u>永州</u>至此, 無處不苦旱,
卽近而<u>路亭</u>、<u>下觀</u>, 亦復嗷嗷; 而山口以南, 遂充畦浸壑, 豈'滿雲'之驗耶!

---

1) 간우(干羽)는 고대에 춤추는 이들이 사용하는 무용 도구로서, 무무(武舞)에는 방패를
들고 춤을 추고, 문무(文舞)에는 새의 깃을 들고 춤을 추었다.
2) 솔무(率舞)는 『서경・우서(虞書)』의 "제가 경을 치고 두드리니 여러 짐승들도 다 함
께 춤추더이다(予擊石拊石, 百獸率舞)"에서 비롯되었다.
3) 삼도(三島)는 신선이 산다는 봉래산(蓬萊山), 방장산(方丈山), 영주산(瀛洲山)의 삼신
산(三神山)을 가리킨다.

初二日 余欲爲<u>石柱</u>游. 平明, 雨復連綿, 且足痛不勝履, 遂少停逆旅. 上午
雨止, 乃東南行. 途中問所謂<u>石柱山</u>巖之勝, 而所遇皆行道之人, 莫知所在.
已而雨止路滑, 四顧土人不可得, 乃徘徊其間, 庶幾一遇. 久之, 遇樵者, 又
遇耕者, 問<u>石柱</u>、<u>天柱</u>, 皆以無有對. 共五里, 過一嶺, 山勢大豁, 是爲<u>總管</u>
<u>廟</u>. 亟投廟中問道者, 終不能知. 又東南行, 遙望正東有聳尖卓立, 不辨其
爲樹爲石. 又五里, 抵<u>顏家橋</u>, 始辨其爲石峰, 而非樹影也. <u>顏家橋</u>下小水
東北流去. 過橋, 又東南逾一小嶺, 遂從間道折而東向<u>臨武道</u>. (藍山大道南行
十五里至城.) 共四里過<u>寶林寺</u>, 讀寺前「護龍橋碑」, 始知<u>寶林</u>山脈由<u>北柱</u>來,

乃悟向所望若樹之峰正在寺北, 亦在縣北. 寺去縣十五里, 此峰在寺後恰二十里, 『志』所稱石柱, 卽碑所稱北柱無疑矣. 又東過護龍橋, 橋下水南流洶涌, 卽顏家橋之曲而至者. 隨溪東行, 於是北瞻石柱, 其峰倩削[如碧玉簪], 而旁有石崖, 亦兀突露奇, 然較之尤村山口之峰, 直得其一體, 不啻微矣. 又二里至下灣田, 有大樹峙路隅, 上枝分聳, 而其下盤曲堆突, 大六七圍, 其旋窩錯節之間, 俱受水若洗頭盆, 亦樹妖也. 又東, 路出臥石間, 溪始折而南向藍山路. 乃東入崗隴二里, 有路自西南橫貫東北, 想卽藍山趨桂陽之道矣. 又東沿白帝嶺行. 蓋界頭鋪山脈自滿雲山東北環轉, 峙而東起爲白帝嶺. 故界頭之南, 其水俱南轉藍山, 而山自界頭西峙巨峰, 卽九疑東隅, 屛立南繞, 東起高嶺卽白帝, 北列夾塢成坪, 中環平央, 西卽藍山縣治. 而路循白帝山南行, 屢截支嶺, 五里, 路轉南向, 又五里爲雷家嶺, 則白帝之東南盡處也. 飯於雷家嶺. 日未下午, 而前途路沓無人, 行旅俱宿, 遂偕止焉. 旣止行, 乃大霽. 是日止行三十里, 以足裂而早雨, 前無宿處也.

初三日 中夜起, 明星皎然, 以爲此後久晴可知. 比曉, 飯未畢, 雨仍下矣. 躞蹀泥淖中, 大溪亦自藍山曲而東至, 遂循溪東行. 已而溪折而南, 路折而東. 逾一嶺, 共五里, 大溪復自南來, 是爲許家渡. 渡溪東行一里, 溪北向入峽, 路南向入山. 五里爲楊梅原, 一二家倚山椒, 爲盜焚破, 零落可憐. 至是雨止. 又南十里, 爲田心鋪. 田心之南, 徑道開闢, 有小溪北向去, 蓋自朱禾鋪來者. 自此路西大山, 自藍山之南南向排列, 而澄溪帶之; 路東石峰聳秀, 亦南向排列, 而喬松蔭之. 取道於中, 三里一亭, 可臥可憩, 不知行役之苦也. 共二十里, 飯於朱禾鋪, 是爲藍山、臨武分界. 更一里, 過永濟橋, 其水東流, 過東山之麓, 折而北以入㵎水者. 又南四里爲江山嶺, 則南大龍之脊, 而水分楚、粵矣. [嶺西十五里曰水頭, 『志』謂武水出西山下鸐鷟石, 當卽其處]. 過脊卽循水東南, 四里爲東村. 水由峽中南去, 路東南逾嶺, 直上一里而遙, 始及嶺頭. 蓋江山嶺平而爲分水之脊, 此嶺高而無關過脈也. 下嶺, 路益開整, 路旁喬松合抱夾立. 三里, 始行塢中. 其塢開洋成峒, 而四圍山不甚高, 東北惟東山最巍峻, 西南則西山之分支南下, 直抵蒼梧, 分粵之東西者也. 三里, 徑塢出兩石山之口, 又復開洋成峒. 又三里, 復出兩山口. 又一里, 乃達墊江鋪而止宿焉. 南去臨武尙十里. 是日行六十里, 旣止而余體小羔.

初四日 予以夜臥發熱, 平明乃起. 問知由墊江而東北十里, 有龍洞甚奇, 余所慕而至者, 而不意卽在此也. 乃寄行囊於旅店, 逐由小徑東北行. 四里, 出大道, 則臨武北向桂陽州路也. 遵行一里, 有溪自北而南, 蓋發於東山之下者. (名斜江) 渡橋, 卽上挺崗嶺. 越嶺, 路轉純北, 復從小徑西北入山, 共五里而抵石門蔣氏. 有山兀立, 蔣氏居後洞, 在山半翠微間. 洞門東南向, 一入卽見百柱千門, 懸列其中, 俯窪而下, 則洞之外層也. 從其左而上, 穿列柱而入, 衆柱分列, 復迴環成洞, 玲瓏宛轉, 如曲房邃閣, 列戶分窗, 無不透明聚隙, 八窗掩映. 從來所歷諸洞, 有此屈折者, 無此明爽, 有此宏麗者, 無此玲瓏, 卽此已足壓倒衆奇矣. 時蔣氏導者還取火炬, 余獨探奇先至, 意炬而入處, 當在下洞外層之後, 故不趨彼而先趨此. 及炬至, 導者從左洞之後穿隙而入. 連入石門數重, 已轉在外洞之後, 下層之上矣. 乃北逾石限穿隘而入, 卽下石池中. 其水澄澈不流, 兩崖俱穹壁列柱, 而石脚匯水不漏, 池中水深三四尺. 中有石埂中臥水底, 水浮其上僅尺許, 踐埂而行, 褰裳可涉. 十步之外, 臥埂又橫若限, 限外池益大, 水益深, 水底白石龍一條, 首頂橫脊而尾拖池之中, 鱗甲宛然. 挨崖側又前兩三步, 有圓石大如斗, 萼插水中, 不出水者亦尺許, 是爲寶珠, 緊傍龍側, 眞睡龍頷下物也. 珠之旁, 又有一圓石大倍於珠, 而中凹如臼, 面與水平, 色與珠共, 是爲珠盤. [然與珠幷列, 未嘗盛珠也]. 由此而前, 水深五六尺, 無埂, 不可涉矣. 西望水洞宏廣, 若五畝之池, 四旁石崖巃岏參錯, 而下不泄水, 眞異境也. 其西北似有隙更深, 恨無仙槎[1]一葉航之耳! 還從舊路出, 經左洞下, 至洞迴望窪洞外層, 氤氳窈窕. 乃令顧僕先隨導者下山覓酒, 而獨下洞底, 環洞四旁, 轉出列柱之後. 其洞果不深邃, 而芝田[2]蓮崿, 瓊窩寶柱, 上下層列, 岈峒杳渺, 卽無內二洞之奇, 亦自成一天也. [此洞品第, 固當在月巖上]. 探索久之, 下山, 而僕竟無覓酒處. 遂遵山路十里, 還至墊江, 炊飯而行, 日已下舂. 五里, 過五里排, 已望見臨武矣. 又五里, 入北門, 其城上四圍俱列屋如樓. 入門卽循城西行, 過西門, 門外有溪自北來, 卽江山嶺之流與水頭合而下注者也. 又循城南轉而東過縣前, 又東入徐公生祠而宿. (徐名開禧, 崑山人.) 祠尙未完, 守祠二上人曰大願、善巖. 是晚, 予病寒未痊, 乃減晚餐, 市酒磨錠藥飲之.

初五日 早, 令顧僕炊姜湯一大碗, 重被襲衣[1]覆之, 汗大注, 久之乃起, 覺開爽矣. 乃晨餐, 出南門, 渡石橋, 橋下溪卽從西門環至者. 城外居民頗盛. 南一里, 過酈氏居, 又南二里, 過迎榜橋. 橋下水自西山來, 北與南門溪合. 過橋卽爲掛榜山, 余初過之不覺也. 從其南東上嶺, 逶迤而上者二里, 下過一亭, 又五里過深井坪, 始見人家. 又南二里, 從路右下, 是爲鳳頭巖, [卽宋王淮錫稱秀巖者]. 洞門東北向, 渡橋以入. 出洞, 下底, 抵石溪, 溪流自橋卽伏石間, 復透隙瀠崖, 破洞東入. 此洞卽王記所云'下渡溪水, 其入無窮'處也. [第王從上洞而下, 此則水更由外崖入]. 余抵水洞口, 深不能渡. [聞隨水入洞二丈, 卽見天光, 五丈, 卽透壁出山之東. 是山如天生橋, 水達其下僅三五丈, 往連州大道正度其上, 但高廣, 度者不覺耳. 予登巓東瞰, 深壑下環, 峽流東注. 近俱峭石森立, 灌莽翳之, 不特不能下], 亦不能窺, 所云'其入無窮', 殆臆說耳. 還十里, 下掛榜山南嶺, 仰見嶺側, 洞口岈然, 問樵者, 曰: '洞入可通隔山'. 急披襟東上, 洞門圓亘, 高五尺, 直透而入者五丈, 無曲折黑暗之苦, 其底南伏而下, 則卑而下窪, 不能入矣. 仍出, 渡迎榜橋, 迴瞻掛榜處, 石壁一幛, 其色黃白雜而成章花紋, 若剖峰而平列者, 但不方整, 不似榜文耳. 此山一枝俱石, 自東北橫亘西南, 兩頭各起一峰, 東北爲掛榜, 西南爲嶺頭, 而洞門介其中, 爲臨武南案. 西山支流經其下, 北與南

門水合, 而繞掛榜北麓, 東向而去. 返過南門, 見肆有戌肉, 乃沽而餐焉. 晚宿生祠.

---

1) 습의(襲衣)는 옷 위에 옷을 겹쳐 입음을 의미한다.

初六日 飯而行. 出東門, 五里, 一山突於路北, 武水亦北向至, 路由山南. 水北轉山嘴復東南去, 路折而東北. 一里, 一路直北, 乃桂陽間道; 一岐東北, 乃宜章道也. 三里, 至阿皮洞, 武溪復北折而來, 經其東北去. 水西有居民數家, 從此渡橋東上牛廟嶺, 俱寂無村落矣. 逾嶺下四里, 爲川州水凉亭. 又五里, 升降山谷, 爲桐木郎橋. 橋下去水, 自南而北, 其發源當自秀巖穿穴之水也. 橋東有古碑, 大書飛白, 爲廣福橋. 其書甚遒勁, 爲宋桂陽軍知臨武縣事曾晞顔所書. 從此南而東上一嶺, 又東向循山半行五里, 路忽四岐, 乃不東而從北. 下嶺, 又東從山塢行五里, 爲牛行. 牛行人烟不多, 散處山谷. 蓋大路從四岐直東, 俱高嶺無人, 而此爲小路, 便於中火耳. 由牛行又東, 從小徑登嶺. 逾而下, 三里, 爲小源, 亦有村民數家. 從此又東北逾二嶺而下, 共五里, 爲水下. 遇一人, 言 : "水下至鳳集鋪止三里, 而嶺荒多盗, 必得送者乃可行." 余乃飯於水下村家, 其人爲我覓送者不得, 遂東南一里, 復南上小徑, 連逾二嶺, 則鋪在山頭矣. 其鋪正在嶺側脊, 是爲臨武、宜章東西界, 而鋪亭頹落, 寂無一家. 乃東下嶺, 轉而東北行. 二里, 始有村落, 在小溪西. 渡溪橋, 而東北循水下二里, 至鎮石, 村落甚盛. 北望有大山高穹, 是爲麻田大嶺. 由鎮石北上嶺, 三里過社山, 兩峰圓削峙, 一尖圓而一斜突, 爲鎮石水口. 由其東下嶺二里, 則武溪復自北而南, 路與之遇. 乃循溪南東行, 溪復轉而北, 溪北環成一坪, 是爲孫車坪, 涯際有小舟舶焉. 卽從溪南轉入山峽, 一里, 南上一嶺, 曰車帶嶺. 其嶺嶕而荒, 行者俱爲危言. 余不顧, 直上一里半, 登其巓, 東望隱隱有斑黃之色, 不辨其爲雲爲山, 而麻田大嶺已在其北矣. 下嶺半里, 有溪流淙淙, 其側石穴中, 有泉一池, 自穴頂下注, 清冷百倍溪中, 乃掬而飲之, 以溪水鹽焉. 更下而東, 共七里, 至梅田白沙巡司. 武溪復北自麻田南向而下, 經司東而去. 是日午後大霽, 共行六十里, 止於司側肆中. 先是, 途人屢以途有不測戒余速行, 余見日色尚早, 何至乃爾, 抵逆旅, 始知上午有盜百四十人, 自上鄉來, 由司東至龍村, 取徑道向廣東, 謂土人無恐, 爾不足擾也.

初七日 晨餐後乃行, 以夜來體不安也. 由司東渡武溪, 遂東上渡頭嶺. 東北行, 直逼麻田大嶺下, 共三里, 乃轉東南, 再上嶺, 二里而下, 始就塢中行. 又五里, 有數十家散處山麓間, 是爲龍村. 其北有石峰突兀路左. 又東北二里, 乃南向登嶺, 從嶺上平行三里, 始南下峽中, 有細流自南而北, 渡溪卽東上嶺, 里半爲高明鋪. 又下嶺, 又三里, 爲焦溪橋. 焦溪在高明南, 有數十[家]夾橋而居, 其水自北而南. 由此東南三里, 逾一嶺, 爲芹菜坪. 其南有峰分突, 下有層崖承之, 其色斑赭雜黑, 極似武彝之一體. 此處四山俱青蕚巉屼, 獨此有異. 又三里, 逾嶺, 頗高. 其先行嶺北, 可平瞻麻田、將軍寨、黃岑嶺諸峰, 已行嶺南, 則南向曠然開拓, 想武江直下之境矣. 下嶺, 又北二里, 有樓橫路口, 是爲隘口. 其東南山上, 有塔五層, 修而未竟. 過隘口, 循塔山之北垂, 覓小徑轉入山坳, 是爲艮巖. [寺]向西南, 巖向西北, 巖口有池一方. 僧鳳巖爲我煮金剛笋, 以醯油炒之以供粥, 遂臥寺中, 得一覺. 下午入南鎭關, 至三星橋. 過橋, 則市肆夾道, 行李雜遝, 蓋南下廣東之大道云. 橋卽在城南, 而南門在西, 大道循城而東. 已乃北過東門, 又直北過演武場. 其西蕚石巉巉, 橫臥道側. 共北十里, 過生筋洞, 居民將及百家, 在青岑山下. 蓋大山西南, 初峙爲麻田大嶺, (猶臨武地.) 其東北再峙爲將軍寨. (已屬宜章.) 此最高之頂, 乃東北度爲高雲山, 有寺焉. 乃北轉最深處, 於是始東列爲黃岑. 其山南北橫列, 其南垂卽爲曲折嶺, 又東更列一層, 則青岑也, 生筋洞在其東北麓. 更北行一里, 爲野石鋪. 其北石峰嵌空, 蹲踞路左, 卽爲野石巖, 而始不知. 問其下居人, 曰: "由其北小徑入卽是." 乃隨其北垂, 轉出山背, 乃寺場, 非巖洞也. 亟出, 欲投宿於巖下人家, 有一人當門拒客, 不入納. 余見其巖石奇, 以爲此必巖也, 苦懇之, 屋側一小戶中容留焉. 欲從其舍後上巖, 而其家俱編籬絶, 須自其中舍後門出, 而拒客人猶不肯容入.
乃從南畔亂石中攀崖逾石而入. 先登一巖, 其門岈然, 而內有透頂之隙, 而
不甚深. 仰觀門左, 有磴埋草間, 亟披莉上. 西南行石徑間, 復得石門如合
掌, 其內狹而稍深, 右裂旁竅, 其上亦透天光, 而右壁之半, 一圓竅透明如
鏡. 出峽門, 更西北隨磴上, 則穹崖削立, 上有疊石聳霄, 下若展幛內斂. 時
漸就晚, 四向覓路不得, 念此卽野石巖無疑.『志』原云"臨官道旁", 非山後
可知, 但恨無補疊爲徑以窮其勝者. 乃下, 就坐其廡下, 而當門人已他去.
已而聞中室牖內有呼客聲, 乃主人臥息在內也. 謂 : "客探巖曾見仙詩否?"
余以所經對. 曰 : "未也, 穹崖之右, 峽門之上, 尚有路可上, 明日當再窮之."
時側戶主人意雖愛客, 而室甚卑隘, 猪圈客鋪共在一處, 見余意不便, 叩室
中婦借下余榻, 而婦不應, 余因就牖下求中室主人, 主人許之, 乃移臥具於
中. 中室主人起向客言 : "客愛遊名山, 此間有高雲山, 乃衆山之頂. 路由黃
岑嶺而上, 宜章八景有'黃岑滴翠'、'白水流虹'二勝在其下, 不可失也." 余
頷之.

初八日 晨, 覓導遊高雲者, 其人欲余少待, 上午乃得同行. 余飯後復登巖
上, 由穹崖之東, 叢鬱之下, 果又得路. 上數步, 亂石縱橫, 路復莫辨. 乃攀
逾石夢, 上俱嵌空決裂, 有大石高聳於外, 夾成石坪, 掩映愈勝, 然終不得
洞中詩也. 徘徊久之, 還至失路處, 見一石穴, 卽在所逾石上. 乃匍伏入, 其
內嶇岈起裂, 列穴旁通, 宛轉透石坪下, 皆明朗可穿. 蓋前越其上, 茲透其
底, 求所謂仙詩, 竟無有也. 下巖, 導者未至, 方拽囊就道, 忽北路言, 大盗
二百餘人自北來. 主人俱奔, 裸負奔避後山, 余與顧僕復携囊藏適所遊穴
中, 以此處路幽莫覺, 且有後穴可他走也. 余伏穴中, 令顧僕從穴旁窺之.
初奔走紛紛, 已而路寂無人. 久之, 復有自北而南者, 乃下問之, 曰 : "賊從
章橋之上, 過外嶺西向黃茅矣." 乃下巖南行, 則自北南來者甚衆, 而北去
者猶踖踖不前也. 途人相告, 卽梅前司渡河百四十名之夥, 南至天都石坪
行刧. 乃東從間道, 北出章橋, 轉而西還, 蓋繞宜章之四郊, 而猶不敢竟度

國門也. 南從舊路一里半, 抵牛筋洞北, 遂從小徑, 西南循大山行. 里半, 出牛筋洞之後, 乃西越山峽, 共五里, 出峽, 乃循靑岑南麓行. 有路差大, 乃西南向縣者, 而黃岑之道則若斷若續, 惟以意擬耳. 共西三里, 轉一崗, 始與南來大道合, 遂北向曲折嶺. 二里, 直躋嶺坳, 其西卽‘白水流虹’. 章水之上源, 自高雲山南徑黃岑峒, 由此出峽, 布流懸石而下者也. [土人卽稱此嶺曰黃岑, 然黃岑山尙此嶺, 此其南下支]. 逾嶺, 西北半里, 卽溯澗行, 黃岑山高峙東北, 其陽環成一峒, 大溪橫貫之. 竟峒里半, 有小徑北去, 云可通章橋. 仍溯溪西行三里, 爲兵馬堂路口. 仍溯溪北轉一里, 乃舍溪登嶺. 北上一里, 西下塢中, 是爲藏經樓. 高山四繞, 小澗濚門, 寺甚整潔. 昔爲貯藏之所, 近爲賊劫, 寺僧散去, 經移高雲, 獨一二僧閉戶守焉. 因炊粥其中, 坐臥其中久之. 下午, 乃由寺左登嶺, 岧嶢直上者二里, 是爲坪頭嶺. 逾嶺稍下, 得塢甚幽, 山幃翠疊, 衆壑爭流, 有修篁一丘, 叢木交映中, 靜室出焉. 其室修潔, 而空寂無人, 高山流水, 窈然而已. 半里, 逾塢, 復溯澗北上嶺一里, 嶺窮而水不絶. 此坪頭而上第二嶺也. 水復自上塢透峽下, 路透峽入, 又平行塢中半里, 渡澗, 東北上嶺. [澗東自黃岑山後來, 平流塢中, 石坪殷紅, 淸泉素潤, 色侔濯錦; 出峽下瀉, 珠鳴玉韻, 重木翳之, 杳不可窺; 於是繞靜室西南下注, 出藏經嶺南, 爲大章之源也]. 嶺不甚高, 不過半里, 漸盤出黃岑北. 其處山鵑鮮麗, 光彩射目, 樹雖不繁, 而花色絶勝, 非他處可比. 此坪頭上第三嶺也. 稍過坪, 又東北上一里, 逾嶺脊. 此坪頭上第四嶺矣. 其西石峰突如踞獅, 爲將軍山南來東轉之脈, 其東則南度爲黃岑山者也. 逾嶺北下一里, 折而西北下, 行深樹中又一里, 得高雲寺. 寺雖稍倚翠微, 猶踞萬峰絶頂. 寺肇於隆慶五年, 今漸就敝, 而山門方丈, 猶未全備, 洵峻極之構造非易也. 寺向有五十僧, 爲流寇所擾, 止存六七僧, 以耕種爲業, 而晨昏之梵課不廢, 亦此中之僅見者. 主僧寶幢, 頗能安客. 至寺, 日猶未銜山, 以憊極, 急浴而臥.

　　初九日 晨起, 濃霧翳山, 咫尺莫辨, 問山亦無他奇, 遂決策下山, 東北向叢木中下. 初, 余意爲藟棘所翳, 卽不能入, 而身所過處, 或瞻企不辜. 及五里至山麓, 村落數家散處塢中, 問所謂坦山, 皆云卽此, 而問所謂萬華巖, 皆云無之. 徘徊四顧, 竟無異處. 但其水東下章橋, 大路從之, 甚迂; 由此北逾虎頭嶺出良田, 爲間道, 甚便. 遂從村側北上嶺, 嶺東坳中, 澗水瀉大石崖而下, 懸簾洩布, 亦此中所僅見. 一里, 逾坳上, 一里半, 復溯流北行塢中, 一里半, 又逾嶺而下, 有溪自西而東, 問之, 猶東出章橋者也. 渡溪, 又有一溪自北來入. 溯溪北行峽中, 二里爲大竹峒, 居民數家, 水自西來, 想亦黃茅嶺下之餘波也. 由大竹峒東逾大竹嶺, 嶺爲大竹山南下之脊, 是爲分水, (東由吳溪出郴, 西由章橋入宜.) 上少下多. 東向直下二里, 是爲吳溪. 居民數家, 散處甚敞, 前章橋流賊所從而西者也. 村東一里, 有橋跨溪上, 度橋北, 上小分嶺, 亦上少下多. 二里, 下至仙人場, 有水頗大, 北自山峒透峽而東, 一峰當關扼之, 水激石奮. 水折而南, 峰剖其西, 若平削而下者, 以爲下必有洞壑可憩; 及抵崖下, 乃絶流而渡, 則寂無人烟. 乃北逾一崗, 二里爲歪里. 先爲廖氏, 居人頗盛, 有小水自北南去. 乃從其村東上平嶺, 北行一里, 其西塢中爲王氏, 室廬甚整. 詢之土人, 昨流賊自章橋北小徑, 止於村西大山叢木中, 經宿而去, 想必有所覬而不敢動也. 從此東北出山坳, 石道修整, 十二里而抵良田. 自歪里雨作, 至此愈甚, 乃炊飯索飮於肆中. 良田居市甚衆, 乃中道一大聚落, 二月間, 流寇三四百人亦群而過焉. 飯後, 雨不盡, 止北十里, 宿於萬歲橋. 按『志』, 郴南有靈壽山, 山有靈壽木, 昔名萬歲, 故山下水名千秋. 今有小萬歲、大萬歲二溪, 俱有橋架其上, 水俱自西而東. 余以靈壽山必有勝可尋, 及遍詢土人, 俱無可徵, 惟二流之易‘千秋’存‘萬歲’耳.

初十日 雨雖止而潦甚. 自萬歲橋北行十里, 爲新橋鋪, 有路自東南來合, 想桂陽縣之支道也. 又北十里爲郴州之南關. 郴水東自山峽, 曲至城東南隅, 折而北徑城之東關外, 則蘇仙橋橫亘其上. (九洞, 甚宏整.) 至是雨復大作, 余不暇入城, 姑飯於溪上肆中, 乃持蓋爲蘇仙之遊. 隨郴溪西岸行, 一里, 度蘇仙橋, 隨郴溪東岸行, 東北二里, 溪折西北去, 乃由水經東上山. 入山即有穹碑, 書'天下第十八福地'. 由此半里, 即爲乳仙宮. 叢桂蔭門, 清流界道, 有僧乘宗出迎客. 余以足襪淋漓, 恐污宮內, 欲乘勢先登山頂, 與僧爲明日期. 僧以茶笋出餉, 且曰: "白鹿洞即在宮後, 可先一探." 余急從之. 由宮左至宮後, 則新室三楹, 掩門未啓. 即排推開門以入, 石洞正當楹後, 崖高數丈, 爲楹掩, 俱不可見, 洞門高丈六, 止從楹上透光入洞耳. 洞東向, 皆青石迸裂, 二丈之內, 即成峽而入, 已轉東向, 漸窪伏黑隘, 無容匍伏矣. 成峽處其西石崖倒垂, 不及地者尺五, 有嵌裂透漏之狀. 正德五年, 錫邑秦太保金時以巡撫征龔福全, 勒石於上. 又西有一隙, 側身而進, 已轉南下, 穿穴匍伏出巖前, 則明寶也. 復從楹內進洞少憩, 仍至前宮別乘宗, 由宮內右登嶺, 冒雨北上一里, 即爲中觀. 觀門甚雅, 中有書室, 花竹翛然. 乃王氏者, 亦以足污未入. 由觀右登嶺, 冒雨東北一里半, 遂造其頂. 有大路由東向迆入者, 乃前門正道; 有小路北上沉香石, 飛升亭, 爲殿後路. 余從小徑上, 帶濕謁蘇仙, 僧俗謁仙者數十人, 喧處於中. 余向火炙衣, 自適其適, 不暇他問也. (郴州爲九仙二佛之地, 若成武丁之騾崗在西城外, 劉曜之劉仙嶺在東城外, 佛則無量, 智儼廖師也, 俱不及蘇仙, 故不暇及之.)

十一日 與衆旅飯後, 乃獨遊殿外虛堂. 堂三楹, 上有詩扁環列, 中有額, 名不雅馴, 不暇記也. 其堂址高, 前列樓環之, 正與之等. 樓亦軒敞, 但未施丹堊, 已就欹裂. 其外即爲前門, 殿後有寢宮玉皇閣, 其下即飛升亭矣. 是早微雨, 至是微雨猶零, 仍持蓋下山. 過中觀, 入謁仙, 覓僧遍如, 不在. 入王氏書室, 折薔薇一枝, 下至乳源宮, 供仙案間. 乘宗仍留茶點, 且以仙桃石饋余, 余無以酬, 惟勸其爲吳遊, 冀他日備雲水一供耳. 宮中有天啓初邑人袁子訓(雷州二守)碑, 言蘇仙事甚詳. 言仙之母便縣人(便即今永興.), 有浣於溪, 有苔成團繞足者再四, 感而成孕, 生仙於漢惠帝五年五月十五. 母弃之後洞中, (即白鹿洞.) 明日往視, 則白鶴覆之, 白鹿乳之, 異而收歸. 長就學, 師欲命名而不知其姓, 令出觀所遇, 遇擔禾者以草貫魚而過, 遂以蘇爲姓, 而名之曰耽. 嘗同諸兒牧牛羊, 不突不擾, 因各群界之, 無亂群者, 諸兒又稱爲牛師. 事母至孝, 母病思魚膾, 仙行覓膾, 不宿而至. 母食之喜, 問所從得, 曰:"便." 便去所居遠, 非兩日不能返, 母以爲欺. 曰:"市膾時舅氏在旁, 且詢知母恙, 不日且至, 可驗." 舅至, 母始異之. 後白日奉上帝命, 隨仙官上升於文帝三年七月十五日. 母言:"兒去, 吾何以養?" 乃留一櫃, 封識甚固, 曰:"凡所需, 扣櫃可得. 第必不可開." 指庭間橘及井曰:"此中將大疫, 以橘葉及井水愈之." 後果大驗. 郡人益靈異之, 欲開柜一視, 母從之, 有隻鶴衝去, 此後扣櫃不靈矣. 母逾百歲, 旣卒, 鄕人仿佛見仙在嶺哀號不已. 郡守張邈往送葬, 求一見仙容, 爲示半面, 光彩射人. 又垂空出只手, 綠毛巨掌, 見者大異. 自後靈異甚多, 俱不暇覽. 第所謂'沉香石'者, 一石突山頭, 予初疑其無謂, 而鐫字甚古, 字外有履迹痕, 則仙人上升遺迹也. 所謂'仙桃石'者, 石小如桃形, 在淺土中, 可鋤而得之, 峰頂及乳仙洞俱有, 磨而服之, 可已心疾, 亦橘井之遺意也. 傳文甚長, 略識一二, 以徵本末云. 還過蘇仙橋, 從溪上覓便舟, 舟過午始發, 乃過南關, 入州前, 復西過行臺前, 仍出南關. 蓋南關外有十字口, 市肆頗盛, 而城中甚寥寂. 城不大, 而墙亦不甚高. 郴之水自東南北繞, 其山則折嶺橫其南而不高, 而高者皆非過龍之脊.

午後, 下小舟, 東北由蘇仙橋下, 順流西北去, 六十里達郴口. 時暮色已上, 而雨復至, 恐此比晚無便舟, 而所附舟連夜往程口, 遂隨之行. 郴口則郴江自東南, 耒水自正東, 二水合而勢始大. [耒水出桂陽縣南五里耒山下, 西北至興寧縣, 勝小舟; 又三十里至東江市,[1] 勝大舟, 又五十里乃至此]. 江口諸峰, 俱石崖盤立, 寸土無麗. 『志』稱有曹王寨, 山極險峻, 暮不及登, 亦無路登也. 舟人夜鼓棹, 三十里, 抵黃泥鋪, 雨至而泊. 余從篷底窺之, 外若橋門, [心異], 因起視, 則一大石室下也. 寬若數間屋, 下匯爲潭, 外覆若環橋, 四舟俱泊其內. 巖外雨聲潺潺, 四鼓乃止. 雨止而行, 昧爽達程口矣. 乃登涯.

---

1) 동강시(東江市)는 원문에 강동시(江東市)로 되어 있으나, 12일의 일기에 따라 고쳤다.

十二日 晨炊於程口肆中. 程口者,『志』所稱程鄉水也, 其地屬興寧, 其水發源茶陵、酃縣界. 舟溯流入, 皆興寧西境. 十五里爲郴江, 又進有中遠山 (又名鐘源), 爲無量佛現生地, 土人夸爲名山. 又進, 則小舟尙可溯流三日程, 逾高脚嶺則茶陵道矣. 若興寧縣治, 則自東江市而上三十里乃至也. 程鄉水西入郴江, 其處煤炭大舟鱗次, 以水淺尙不能發. 上午, 得小煤船, 遂附之行. 程口西北, 重巖若剖, 夾立江之兩涯, 俱純石盤亘, 倏左倏右, [色間赭黑], 環轉一如武夷. 所附舟敝甚而無炊具, 余攬山水之勝, 過午不覺其餒飢餓. 又二十里, 過永興縣. 縣在江北, 南臨江岸, 以岸爲城, 舟過速不及停. 已而得一小舟, 遂易之, 就炊其間. 飯畢, 已十五里, 爲觀音巖. 巖在江北岸, 西南下瞰江中, 有石崖騰空, 上覆下裂, 直濱江流. 初倚其足, 疊閣兩層, 閣前有洞臨流, 中容數人. 由閣右懸梯直上, 裊空掛蛛, 上接崖頂. 透隙而上, 覆頂之下, 中嵌一龕, 觀世音像在焉。巖下江心, 又有石獅橫臥中流, 昂首向巖, 種種絕異. 下舟又五里, 有大溪自南來注, 是爲森口. [乃桂陽州龍渡以東諸水, 東合白豹水, 至此入耒江]. 又北五里, 泊於柳州灘, 借鄰舟拖樓以宿. 是晚素魄獨瑩, 爲三月所無, 而江流山色, 樹影墟燈, 遠近映合, 蘇東坡承天寺夜景不是過也. 永興以北, 山始無迴崖突石之觀, 第夾江逶迤耳.

十三日 平明過舟, 行六十五里, 過上堡市. 有山在江之南, 嶺上多翻砂轉石, 是爲出錫之所. 山下有市, 煎煉成塊, 以發客焉. 其地已屬耒陽, 蓋永興、耒陽兩邑之中道也. 已過江之北, 登直釣巖. 巖前有眞武殿、觀音閣, 東向迎江. 而洞門瞰江南向, 當門石柱中垂, 界爲二門, 若連環然. 其內空闊平整. 其右隅裂一竅, 歷磴而上, 別爲邃室. 其左隅由大洞深入, 石竅忽盤空而起, 東迸一隙, 斜透天光; 其內又盤空而起, 若萬石之鐘, 透頂直上, 天光一圍, 圓若明鏡, 下墮其中, 仰而望之, 直是井底觀天也. 是日風水俱利, 下午又九十里, 抵耒陽縣南關. 耒水經耒陽城東直北而去, 群山至此盡開, 繞江者惟殘崗斷隴而已. 耒陽雖有城, 而居市荒寂, 衙廨頹陋. 由南門入, 經縣前, 至東門登城, 落日荒城, 無堪極目. 下城, 出小東門, 循城外江流, 南至南關入舟. 是夜, 色尤皎, 假火賈舡中艙宿焉.

十四日 五鼓起, 乘月過小舟, 順流而北, 晨餐時已至排前, 行六十里矣. 小舟再前卽止於新城市, 新城去衡州陸路尙百里, 水路尙二百餘里, 適有煤舟從後至, 遂移入其中而炊焉. 又六十里, 午至新城市, 在江之北, 闤堵甚盛, 亦此中大市也, 爲耒陽、衡陽分界. 時南風甚利, 舟過新城不泊, 余私喜取日之力尙可兼程百五十里. 已而衆舟俱止涯間, 問之, 則前灣風逆, 恐有巨浪, 欲候風止耳. 時余蔬米俱盡, 而囊無一文, 每更一舟, 輒欲速反遲, 爲之悶悶. 以劉君所惠紬一方, 就村婦易米四筒. 日下舂, 舟始發. 乘月隨流六十里, 泊於相公灘, 已中夜矣, 蓋隨流而不棹也. (按耒陽縣四十里有相公山, 爲諸葛武侯[1]駐兵地, 今已在縣西北, 入衡陽境矣, 灘亦以相公名, 其亦武侯之遺否耶?) 新城之西, 江忽折而南流, 十五、六里而始西轉, 故水路迂曲再倍於陸云.

---

1) 제갈무후(諸葛武侯)는 삼국시대 촉(蜀)나라의 승상을 지냈던 제갈량(諸葛亮孔, 181~234)을 가리키는 바, 호는 공명(孔明)이고 시호는 충무(忠武) 또는 무후(武侯)이다.

十五日 昧爽行, 西風轉逆, 雲亦油然. 上午甫六十里, 雷雨大至, 舟泊不行. 旣午, 帶雨行六十里, 爲前吉渡, 舟人之家在焉, 復止不行. 時雨止, 見日影尙高, 問陸路抵府止三十里, 而水倍之, 遂度西岸登陸而行. 陂陀高下, 沙土不濘. 十里至陡林輔, 則泥淖不能行矣, 遂止宿.

郴東門外江濱有石攢聳, 宋張舜民銘爲崇樽. 至崇樽之蹟不見於道, 而得之於此, 聊以代渴. 城東山下有泉, 方圓十餘里, 其旁石壁峭立, 泉深莫測, 是爲鈷鉧泉. 永州之鈷鉧潭不稱大觀, 遂并此廢食, 然鈷鉧實在於此, 而柳州姑借名永州; 崇樽實在於道, 而舜民姑擬象於此耳. [全州有鈷鉧潭, 亦子厚所命.]

永州三溪: 浯溪爲元次山所居, (在祁陽.) 愚溪爲柳子厚所謫, [在永.] 濂溪爲周元公所生, (在道州.) 而浯溪最勝. 魯公之磨崖, 千古不朽; 石鏡之懸照, 一絲莫遁. 有此二奇, 誰能鼎足!

郴之興寧有醽醁泉、程鄉水, 皆以酒名, 一邑而有此二水擅名千古. (晉武帝荐醽酒於太廟.「吳都賦」: "飛輕觴而酌醽醁." 程水甘美出美酒, 劉香云: "程鄉有千日酒, 飲之至家而醉, 昔嘗置官醞於山下, 名曰程酒, 同醽酒獻焉.") 今酒品殊劣, 而二泉之水, 亦莫尙焉.

浯溪之'浯'有三, 愚溪之'愚'有八, 濂溪之'濂'有二. 有三與八者, 皆本地之山川亭島也. '濂'則一其所生在道州, 一其所寓在九江, 相去二千里矣.

元次山題朝陽巖詩: "朝陽巖下湘水深, 朝陽洞口寒泉淸." 其巖在永州南瀟水上, 其時尙未合於湘. 次山身履其上, 豈不知之, 而一時趁筆, 千古遂無正之者, 不幾令瀟、湘易位耶?

十六日 見明而炊, 旣飯猶久候而後明, 蓋以月光爲曉也. 十里, 至路口鋪, 泥濘異常, 過此路復平燥可行. 十里, 渡湘江, 已在衡[郡]南關之外. 入柴埠門, 抵金寓, 則主人已出, 而靜聞宿花藥未歸. 乃濯足偃息, 旁問靜聞所候內府助金, 并劉明宇物, 俱一無可望, 蓋內府以病, 而劉以靜聞懈弛也. 旣暮, 靜聞乃歸, 欣欣以聽經爲得意, 而竟忘留日之久. 且知劉與俱在講堂, 暮且他往, 與靜聞期明午當至講所, 不遑歸也. 乃悵悵臥.

十七日 託金祥甫再懇內司, 爲靜聞請命而已. 與靜聞同出西安門, (欲候劉也.) 入委巷中, 南轉二里, 至千佛庵. 庵在花藥之後, 倚崗臨池, 小而頗幽, 有雲南法師自如, 升高座講『法華』. 時雨花繽紛, 余隨衆聽講. 遂飯於庵, 而劉明宇竟復不至. 因從庵後晤西域僧, 并衡山毗盧洞大師普觀, 亦以聽講至者. 下午返金寓, 時余已定廣右[1]舟, 期十八行. 是晚, 祥甫兄弟與史休明、陸端甫餞余於西關肆中. 入更[2]返寓, 以靜聞久留而不亟於從事, 不免徵色發聲焉.

十八日 舟人以同伴未至, 改期二十早發. 余亦以未晤劉明宇, 姑爲遲遲. 及晤劉, 其意猶欲余再待如前也. 迨下午, 適祥甫僮馳至寓, 呼余曰: "王內府已括諸助, 數共十二金, 已期一頓應付, 不煩零支也." 余直以故事視之, 姑令靜聞明晨往促而已.

十九日 早過劉明宇, 彼心雖急, 而物仍莫措, 惟以再待懇予, 予不聽也. 急索所留借券, 彼猶欲望下午焉. 促靜聞往候王, 而靜聞泄泄, 王已出游海會、梅田等庵, 因促靜聞往就見之, 而余與祥甫赴花藥竺震上人之招. 先是, 竺震與靜聞遊, 候余至, 以香秫程資餽, 余受秫而返資. 竺震匍匐再三, 期一往顧. 初余以十八發, 固辭之, 至是改期, 乃往. 先過千佛庵聽講畢, 隨竺震於花藥, 飯於小閣, 以待靜聞, 憩啖甚久, 薄暮入城. 竺震以相送至寓, 以昨所返資菓固擲而去. 旣昏, 則靜聞同祥甫賫王所助遊資來, 共十四金. 王承奉爲內司之首, 向以賫奉入都, 而其侄王桐以儀衛典仗, 代任叔事. 雖施者二十四人, 皆其門下, 而物皆王代應以給. 先是, 余過索劉借券, 彼以措物出, 竟不歸焉.

二十日 黎明, 舟人促下舟甚急. 時靜聞、祥甫往謝王并各施者, 而余再往劉明宇處, 劉竟未還. 竺震仍入城來送, 且以凍米[1]餽余, 見余昨所嗜也. 余乃冒雨登舟. 久之, 靜聞同祥甫追至南關外, 遂與祥甫揮手別, 舟卽解維. 三十里, 泊於東陽渡, 猶下午也. 是日陰雨霏霏, 江漲渾濁, 湘流又作一觀. 而夾岸魚廂鱗次, 蓋上至白坊, 下過衡山, 其廂以數千計, 皆承流取子, 以魚苗貸四方者. 每廂摧銀一兩, 爲桂藩供用焉.

二十一日 三十里, 過新塘站. 又二十里, 將抵松柏, 忽有人亟呼岸上, 而咽不成聲, 則明宇所使追余者也. 言明宇初肩輿來追, 以身重輿遲, 乃跣而馳, 而令輿夫之捷足者前驅要余, 劉卽後至矣. 欲聽其匍匐來晤於松柏, 心覺不安, 乃與靜聞登涯逆之, 冀一握手別, 便可仍至松柏登舟也. 既登涯, 追者言來時劉與期從江東岸行, 乃渡而濱江行, 十里至香爐山, 天色已暮, 而劉不至. 已遇一人, 知其已暫憩新塘站, 而香爐山下虎聲咆哮, 未暮而去來屏跡, 居者一兩家, 俱以木支扉矣. 乃登山頂, 宿於茅庵, 臥無具, 櫛無梳, 乃和衣而臥.

二十二日 夜半雨聲大作, 達旦不休, 乃謀飯於庵嫗而行. 始五里, 由山隴中行, 雖枝雨之沾衣, 無泥濘之妨足. 後五里, 行田塍間, 時方揷秧, 加岸壅水, 濘滑殊甚. 共十里至新塘站, 烟雨滿江來, 問劉明宇, 已渡江溯流去矣. 遂亦問津西渡, 始溯江岸行四里, 至昔時遇難處, 焚舟已不見. 從涯上人家問劉踪迹, 皆云無之. 又西一里, 出大路口, 得居人一家, 再三詢之, 仍無前過者. 時劉無蓋, 而雨甚大, 意劉必未能前. 余與靜聞乃暫憩其家, 且謀飯於嫗, 而令人從大道, 仍還覓於渡頭. 既而其嫗以飯出, 冷甚. 時衣濕體寒, 見其家有酒, 冀得熱飛大白[1]以敵之. 及以酒至, 仍不熱, 乃火酒也. 余爲浮兩甌, 俱留以待追者. 久之, 追者至, 知劉既渡, 卽附舟上松柏, 且擬更躡予白坊驛, 非速行不及. 乃持蓋匍匐, 路俱滑塍, 屢仆屢起, 因令追者先趨松柏要留劉, 而余同靜聞更相跌, 更相話也. 十五里過新橋, 橋下乃湘江之支流, 從松柏之北分流內地, 至香爐對峰仍入於江者. 過橋五里, 西逾一嶺, 又五里, 出山塢, 則追者同隨劉之夫攜茶迎余, 知劉已相待松柏肆中矣. 既見, 悲喜交幷, 亟治餐命酒. 劉意猶欲挽予, 候所貸物, 予固辭之. 時予所附廣右舟今晨從此地開去, 計窮日之力, 當止於常寧河口, 明日當止於歸陽. 從松柏至歸陽, 陸路止水路之半, 竟日可達, 而路濘難行, 欲從白坊覓騎, 非清晨不可得; 乃遍覓漁舟, 爲夜抵白坊計. 明宇轉從肆中借錢百文, 厚酬舟人, 且欲同至白坊, 而舟小不能容, 及分手已昏黑矣. 二鼓, 雨止月出, 已抵<u>白坊</u>, 有驛. 余念再夜行三十里可及舟, 更許厚酬, 令其卽行, 而舟人欲返守魚廂, 强之不前, 余乃堅臥其中. 舟人言:"適有二舟泊下流, 頗似昨所過<u>松柏</u>官舫." (其舟乃廣右送李道尊至湘潭者, 一爲送官興收典史徐姓者所乘, 一卽余所附者.) 第予舟人不敢呼問, 余令其刺舟往視之, 曰:"中夜何敢近官舫!" 予心以爲妄, 姑漫呼<u>顧行</u>, 三呼而得應聲, 始知猶待余於此也. 乃刺舟過舫, 而喜可知矣.

---

1) 대백(大白)은 깊이가 얕고 조그마한 술잔의 일종이다.

二十三日 昧爽, 濃霧迷江, 舟曲北行. 二十里, 過<u>大魚塘</u>, 見兩舟之被劫者, 哭聲甚哀, 舟中殺一人, 傷一人垂死. 於是, 余同行兩舫人反謝予曰:"昨不候君而前, 亦當至此 至此禍其能免耶!" 始舟子以候予故, 爲衆所訴, 至是亦德色焉. 上午霧收日麗, 下午蒸汗如雨. 行共六十里, 泊於<u>河洲</u>驛.

二十四日 昧爽行, 已去<u>衡</u>入<u>永</u>矣. 三十里過<u>大鋪</u>, 稍折而西行; 又十里, 折而北行; 午熱如炙, 五里, 復轉西向焉. 自<u>大鋪</u>來, 江左右復有山, 如連崗接阜. 江曲而左, 直抵左山, 而右爲旋坡; 江曲而右, 且抵右山, 而左爲迴隴, 若更相交代者然. 又二十五里, 泊於<u>歸陽</u>驛之<u>下河口</u>. 是日共行六十里, 竟日皓日如爍, 亦不多見也.

二十五日 曉日瑩然, 放舟五里, 雨忽至. 又南三十五里, 爲<u>河背塘</u>, 又西十里, 過兩山隘口. 又十里, 是爲<u>白水</u>, 有巡司. 復遠峰四闢, 一市中橫, 爲一邑之大聚落云. 是日共行六十里, 晚而後霽, 泊於<u>小河口</u>. 小河南自山峒來, 北入於<u>湘江</u>, 小舟溯流入, 可兩日程, 皆<u>祁陽</u>屬也. 山峒不一, 所出靛、錫、杪木最廣, <u>白水</u>市肆, 俱倚此爲命, 不依<u>湘江</u>也. 既泊, 上覓<u>戴明凡</u>家, 謝其解衣救難之患, 而<u>明凡</u>往<u>永</u>不值.

二十六日 舟人登市神福, 早餐後行. 連過山隘, 共三十里, 上觀音灘. 風雨大至, 舟人泊而享餕,[1] 遂止不行. 深夜雨止風息, 瀟瀟江上, 殊可懷也.

---

1) 준(餕)은 제사를 지내고 남은 음식을 의미한다.

二十七日 平明行, 舟多北向. 二十里, 抵祁陽東市, 舟人復泊而市米, 過午始行. 不半里, 江漲流横, 衆舟不前, 遂泊於楊家壩, 東市南盡處也. 下午舟既泊, 余乃同靜聞渡楊家橋, 共一里, 入祁陽西門. 北經四牌坊, 東出東門外, 又東北一里, 爲甘泉寺. 泉一方, 當寺前坡下, 池方丈餘, 水溢其中, 深僅尺許, 味極淡冽, 極似惠泉水. 城東山隴繚繞, 自北而南, 兩層成峽, 泉出其中. 寺東向, 倚城外第一岡. 殿前楹有吾郡宋鄒忠公(名浩, 貶此地與蔣漳游)「甘泉銘碑」, 張南軒(名栻)從郡中蔣氏得之, 跋而鑴此. 鄒大書, 而張小楷, 筆勢遒勁, 可稱二絶. 其前山第二層之中, 盤成一窩, 則九蓮庵也. 舊爲多寶寺, 邑人陳尙書重建而復之, 中有法雨堂、藏經閣、三敎堂. 而藏經閣中供高皇帝[1]像, 唐包巾, 丹窄衣, 眉如臥蠶而中不斷, 疏鬚開張而不志文, 乃陳氏得之內府而供此者. 今尙書雖故, 而子孫猶修飾未已, 視爲本家香火矣. 寺前環堵左繞, 其中已蕪, 而閉戶之上, 有磚鑴'延陵道意'四字, 豈亦鄒忠公之遺跡? 而土人已莫知之, 那得此字之長爲饌羊也. 九蓮庵之山, 南垂卽爲學宮. 學在城外而又倚山, 倚山而又當其南盡處. 前有大池, 甘泉之流, 南下東繞, 而注於湘. 其入湘處爲瀟湘橋. 橋之北奇石靈幻, 一峰突起, 爲城外第二層之山. 一盤而爲九蓮, 再峙而爲學宮, 又從學宮之東度脈突此, 爲學宮靑龍之沙. 其前湘江從南至此, 東折而去; 祁江從北至此, 南向入湘; 而甘泉活水, 又繞學前, 透出南穀, 而東向入湘. 乃三交會之中, 故橋曰瀟湘橋, 亭曰瀟湘亭, 今改建玄華閣, 廟曰瀟湘廟, 謂似瀟、湘之合流也. [廟後葶裂瓣簇, 石態多奇]. 廟祀大舜像, 謂巡守由此, 然隘陋不稱. 峰之東北, 有石梁五拱, 跨祁水上, 曰新橋, 乃東向白水道, 而衡州道則不由橋而北溯<u>祁</u>流矣. 時余欲覓工往<u>浯溪</u>搨「中興摩崖頌」, 工以日暮不及往, 故探歷諸寺. 大抵<u>甘泉</u>古朴, 九蓮新整, 一以存舊, 一以徵今焉. 日暮, 由<u>江市</u>而南, 經<u>三吾驛</u>, 卽<u>次山吾水</u>、<u>吾山</u>、<u>吾亭</u>境也, 去'山'、去'水'而獨以'吾'甚是. 自<u>新橋</u>三里, 南至<u>楊家橋</u>, 下舟已昏黑矣. 是兩日共行五十里, 先阻雨, 後阻水也. 是夜水聲洶洶, 其勢愈急.

---

1) 고황제(高皇帝)는 명나라 태조인 주원장(朱元璋)을 가리킨다.

二十八日 水漲舟泊, 竟不成行. 亟枵腹趨<u>甘泉</u>, 覓搨碑者, 其人已出. 又從大街趨東門, 從門外<u>朱紫衕</u>覓<u>范</u>姓, <u>八角坊</u>覓<u>陳</u>姓裱工, 皆言水大難渡, (以<u>浯溪</u>、<u>陽江</u>也.) 爲余遍覓搨本, 俱不得. 復趨<u>甘泉</u>, 則<u>王</u>姓搨工已歸, 索余重价, 終不敢行, 止就<u>甘泉</u>摹銘二紙. 余先返舟中, 留<u>靜聞</u>候搨焉.

<u>祁陽</u>東門外大街與<u>瀨江</u>之市, 闤闠連絡, 市肆充牣, 且多高門大第, 可與<u>衡郡</u>比隆. 第城中寥寂, 若祇就東城外觀, 可稱巖邑.

二十九日 昧爽放舟. [曉色蒸霞, 層嵐開藻, 旣而火輪涌起, 騰焰飛芒, 直從舟尾射予枕隙, <u>泰岳日觀</u>, 不謂得之臥遊[1]也]. 五里過<u>浯溪</u>, 摩崖在西. 東溯流從西, 又二十里, 過<u>媳婦塘</u>, 娉婷傍北, 沿洄自南, 俱從隔江矯首. 所稱'媳婦石'者, 江邊一崖, 從山半削出, 下挿江底, 其上一石特立而起, 昂首西瞻, 豈其良人猶<u>玉門</u>未返耶? 又二十里, 過<u>二十四磯</u>, 磯數相次. 又五里, 泊於<u>黃楊鋪</u>.

<u>黃楊鋪</u>已屬<u>零陵</u>. 其東卽爲<u>祁陽</u>界, 其西遙望大山, 名<u>駟馬山</u>, 此山已屬<u>東安</u>, 則西去<u>東安</u>界約三十里. 西北有大路通<u>武岡州</u>, 共二百四十里. <u>黃楊</u>有小水自西而來, 石梁跨其上, 名<u>大橋</u>. 橋下通舟, 入止三五里而已, 不能上也.

---

1) 와유(臥遊)는 산수화를 감상함으로써 유람을 대신하는 것을 의미한다.

閏四月初一日 昧爽, 從黃楊鋪放舟, 至是始轉南行. (其先自祁陽來, 多西向行.)
十五里大護灘, 有渦成漩, 諸流皆奔入漩中, 其聲如雷, 蓋漏巵也. 又上爲
小護灘. 又十五里爲高栗市, 卽方激驛也. 又二十里過青龍磯, 磯石巃岏,
橫嚙江流. 又十里, 昏黑而後抵冷水灣. 下午, 余病魚腹, 爲減晚餐. 泊西岸
石涯下, 水漲石沒, 不若前望中崢嶸也.

初二日 舟人登涯市薪菜, 晨餐時乃行. 雷雨大作, 距午乃晴. 共四十里, 泊
於湖口關, 日尙高舂[1]也. 自冷水灣來, 山開天曠, 目界大豁, 而江兩岸, 啖
水之石時出時沒, 但有所遇, 無不賞心悅目. 蓋入祁陽界, 石質卽奇, 石色
卽潤; 過祁陽, 突兀之勢, 以次漸露, 至此而隨地涌出矣; [及入湘口, 則聳突
盤亘者, 變爲峭竪迴翔矣].

---

1) 고용(高舂)은 정오를 지난 후를 가리키는데, 하루 가운데 이즈음이 농촌에서는 절구
질하기에 가장 바쁜 때이다.

初三日 平明, 放舟入湘口, 於是去瀟而專向湘矣. 瀟卽余前入永之道, 與
湘交會於此. 二水一東南, (瀟.) 一西南, (湘.) 會同北去, 爲洞庭衆流之主, 界
其中者卽芝山之脈, 直走而北盡. 盡處兩流夾之, 尖若龍尾下垂, 因其脊無
石中砥, 故兩流挫也必銳而後已. 瀟之東岸(卽湘口驛), 有古瀟湘祠, 祀舜帝
之二妃. 由祠前截瀟水而西, 盤龍尾而入湘. 湘口之中, 有砂磧中懸, 叢木
如山, 湘流分兩派瀠之, 若龍口之含珠, 上下之舟, 俱從其西逼山崖而上.
時因流漲, 卽從珠東夾港沿龍尾以進. 一里, 繞出珠後, 卽分口處也. 於是
西北溯全湘, 若入咽喉然, 其南有小水北向入湘, 卽芝山西麓之水, 余向登
嶺所望而見之者也. 是時瀟水已淸, 湘水尙濁. 入湘口時, 有舟泊而待附,
共五人焉, 卽前日鯉魚塘被劫之人也. 由湘口而上, 多有西北之曲, 灘聲愈
多, 石崖愈奇. 二十里, 有斜突於右者, 上層峭而下嵌空. 又二十里, 有平削
於左者, 黃斑白溜, 相間成行; 又有骈立於右者, 與江左平剖之崖, 夾江對

峙, [如五老比肩, 愈見奇峭]. 轉而西行五里, 過軍家埠. 又轉而南, 又一山中剖卑平揷江右, [其下雲根倒浸重波]. 詢之, 無知其名者. [時落日正銜山外, 舟過江東, 忽峰間片穴通明, 若鉤月與日幷懸, 旋卽隱蔽]. 由山下轉而東, 泊於軍家埠、臺盤子之間, 去軍家埠又五里矣.

初四日 昧爽發舟, 東過掛榜崖. 崖平削江左, 下至水面, 嵌入成潭, 其上石若磨崖, 色間黃白, [遠逾臨武]. 外方整而中界三分北之,[1] 前所見江左成行者, 無其高廣. 由掛榜下舟轉南, 行二十里, 上西流灘. 又十里, 石溪驛, 已屬東安矣. (驛在江南岸, 今已革.) 有東江自南而北, 注於湘, 市廛東江之兩岸, 有大石梁跨其口, 名曰復成橋. 其水發源於零陵南界, 舡由橋下南入, 十五里爲零陵界. 又二十五里爲東江橋, 其上有小河三支, 通筏而已. [按『志』:"永水出永山, 在永州西南九十里, 北入湘." 卽此水無疑也]. 石溪驛爲零陵、東安分界. 石溪, 考本地碑文曰石期, 東江, 土人又謂之洪江, 皆音相溷也. 石期之左, 有山突兀, 崖下揷江中, 有隙[北向], 如重門懸峽. 山之後頂爲獅子洞, 洞門[東南向], 不甚高敞. 穿石窟而下一里, 可透出臨江門峽, 惜時方水溢, 其臨江處旣沒浸中, 而洞須秉炬入. 先, 余乘舟人泊飯市肉, 一里攀山椒而上, 徘徊洞門, 恐舟人不余待, 余亦不能待炬入洞, 急返舟中. 適顧僕亦市魚鴨入舟, 遂帶雨行. 又五里, 泊於白沙洲. 其對崖有石壁臨江, 黃白燦然滿壁, 崖北山巓又起一崖, 西北向有庵倚之, 正與余泊舟對, 雨中望之神飛, 恨隔江不能往也. 是日共行四十里, 天雨灘高, 停泊不時耳.

──────────

1) 중계삼분북지(中界三分北之)의 '북(北)'은 '비(比)'의 오기인 듯하다.

初五日 雨徹夜達旦, 晨餐乃行. 十里, 江南岸石崖飛突, 北岸有水自北來注, 『志』曰右江口. (或曰幼江.) 又五里, 上磨盤灘、白灘埠, 兩岸山始峻而削. 峭崖之突於右者, 有飛瀑掛其腋間, 雖雨壯其觀, 然亦不斷之流也. 又五里, 崖之突於左, 爲兵書峽. 崖裂成壘, 有石嵌綴其端, 形方而色黃白, 故效響[1]

三峽之稱. 其西坳亦有瀑如練, 而對岸江濱有圓石如盒, 爲果盒塘. 果盒、兵書, 一方一圓, 一上一下, 皆對而擬之者也. 又西五里, 爲沉香崖. [崖斜疊成紋], 崖端高迥處疊紋忽裂, 中吐兩枝, 一曲一直, 望之木形黝色, 名曰沉香, 不知是木是石也. 其上有大樹一株, 正當崖頂. 更有上崖一重內峙, 有庵嵌其間, 望之層嵐聳翠, 下挈遙江, 眞異境也. (土人言："在縣令欲取沉香, 以巨索懸崖端大樹垂人下取, 忽雷雨大作, 迷不可見. 令懼而止." 亦漫語也.) 過崖, 舟轉而南, 泊於羅埠頭之東岸. 是日止行二十五里, 灘高水漲, 淋雨不止也. 羅埠頭在江西岸, 倚山臨流, 聚落頗盛, 其地西北走東安大道也.

---

1) 효빈(效顰)은 동시효빈(東施效顰)이라는 고사성어에서 비롯된 말이다. 즉 춘추시대 월(越)나라의 미인인 서시(西施)가 병이 있어 눈썹을 찡그리며 아픔을 참았는데, 마을의 추녀가 이를 아름답다고 여겨 서시의 찌푸림을 흉내내매 더욱 추하게 보였다. 이후 사람들은 이 추녀를 동시(東施)라 일컬어, 모방의 효과가 제대로 나지 않은 채 더욱 추하게 보임을 비유했다.

初六日 夜雨雖止, 而江漲有聲, 遂止不行. 西望羅埠, 一水盈盈, 舟渡甚艱. 舟中薪盡, 東岸無市處, 令顧僕拾墜枝以供朝夕焉. 下午, 流殺風順, 乃掛帆東南行. 五里, 東泊於石衝灣. 是夕, 月明山曠, 烟波渺然, 有西湖南浦之思. (前一夕, 江漲六七尺; 停一日, 落痕亦如之.)

初七日 昧爽行, 西轉四里爲下廠. 又西一里, 江南山一支自南奔而北向; 又西一里, 江北山一支自北奔而南來, 兩山夾江湊而門立, 遂分楚、粵之界. (兩山之東, 屬湖廣永州府東安縣; 兩山之西, 屬廣西桂林府全州. 全州舊屬永, 洪武二十八年改隸廣西. 其界始不從水而從山.) 又五里爲上廠. 於是轉而南行, 共十五里, 迤邐而西, 爲柳浦驛. 又南十里, 爲金華灘. 灘左有石崖當衝, 轟流嶄壁, 高下兩絶, 險勝一時. 西轉八里, 爲彝襄河口, 有水自北岸入湘. 舟入二里, 爲彝襄, 大聚落也. 又西二里, 泊於廟頭.